Andreas Franz

Das Verlies

Ein-Julia-Durant-Krimi

Knaur Taschenbuch Verlag

Besuchen Sie uns im Internet:
www.knaur.de

Vollständige Taschenbuchausgabe Juli 2007
Knaur Taschenbuch.
Ein Unternehmen der Droemerschen Verlagsanstalt
Th. Knaur Nachf. GmbH & Co. KG, München
Copyright © 2004 bei Droemersche Verlagsanstalt
Th. Knaur Nachf. GmbH & Co. KG, München
Alle Rechte vorbehalten. Das Werk darf – auch teilweise –
nur mit Genehmigung des Verlages wiedergegeben werden.
Umschlaggestaltung: ZERO Werbeagentur, München
Umschlagabbildung: mauritius images / age, FinePic, München
Satz: Ventura Publisher im Verlag
Druck und Bindung: Clausen & Bosse, Leck
Printed in Germany
ISBN 978-3-426-63930-6

2 4 5 3 1

Dieses Buch ist all jenen Menschen gewidmet,
die das Leben meistern, ohne psychische und physische
Gewalt anzuwenden. Sie werden am Ende zu den
Gewinnern gehören, auch wenn sie sich manchmal
als Verlierer fühlen mögen. Mit Gewalt löst man
keine Probleme, man schafft nur welche.
Ich möchte mich aber auch bei meiner Lektorin
Christine Steffen-Reimann bedanken, mit der ich
seit Anbeginn zusammengearbeitet habe
und hoffentlich noch lange werde.
Und danke auch an Beate Kuckertz, Dr. Übleis
und Dr. Gisela Menza, denen ich viel
zu verdanken habe.

Prolog

Melissa Roth stand etwa zehn Meter neben der Bushaltestelle, holte einen kleinen Spiegel und den Lippenstift aus der Handtasche, steckte aber beides wieder zurück, nachdem sie festgestellt hatte, dass ihre Lippen noch keine Auffrischung brauchten. Sie trug einen kurzen hellen Rock, halb hohe Schuhe und eine dünne Jacke. Ihr langes blondes Haar hatte sie zu einem Zopf geflochten, der fast bis zum Po reichte. Sie war hübsch, eine der hübschesten jungen Frauen, die er kannte, eigentlich sogar die hübscheste, wenn er es recht betrachtete. An der Uni drehten alle Männer die Köpfe nach ihr um, die Schwulen vielleicht ausgenommen, und es gab kaum einen Studenten oder sogar Professor, der nicht gerne etwas mit ihr angefangen hätte. Sie war eine hervorragende Studentin, aber auf eine gewisse Weise auch ein kleines Luder. Seit er sie kannte, hatte sie mindestens fünf Kerle gehabt, darunter auch ein Professor. Die längste Liaison dauerte ungefähr zwei Wochen. Er hatte alles akribisch notiert. Sie war in seinem BWL-Kurs, außerdem hatte sie noch Anglistik belegt. Vor einigen Tagen aber hatte er zufällig erfahren, dass sie eventuell vorhatte, diesen ganzen trockenen Kram hinzuschmeißen und stattdessen auf Kunst umzusatteln. Einige Male hatten sie sich kurz über Belanglosigkeiten unterhalten, meist beim Verlassen des Hörsaals, mehr aber auch nicht. Sie war für ihn ein weit entfernter Traum, er offensichtlich nicht ihr Typ, was sie ihm durch die Blume zu verstehen gegeben hatte, als sie eine Einladung zum Essen ablehnte. Es war die Art, wie sie ablehnte, die ihn wütend gemacht hatte. Er hatte ihr zwar seinen

Namen genannt, doch sie hatte ihn bestimmt längst vergessen. Aber das würde sich bald ändern.

Seit exakt zweiundfünfzig Tagen beobachtete er Melissa, seit er sie zum ersten Mal gesehen hatte. Er führte genau Buch über ihre Aktivitäten außerhalb der Uni und wusste, mit wem sie heute Abend verabredet war. Sie ließ sich nie von ihrer Wohnung abholen, sondern stets an dieser Bushaltestelle, und sie hatte auch noch nie eine ihrer Bekanntschaften mit zu sich nach oben genommen. Anscheinend zog sie es vor, es mit den Kerlen in deren Buden zu treiben, denn nicht selten kam sie erst gegen drei oder vier Uhr morgens zurück. Auch heute lief wieder alles wie gewohnt ab.

Aber diesmal kam derjenige nicht. Es verschaffte ihm eine große Genugtuung, und er musste hämisch grinsen, wenn er sich das Gesicht des Typen vorstellte, als der sich die Bescherung betrachtete. Aber in den letzten zwei Wochen zog eine Bande von Reifenstechern durch die westlichen Vororte Sindlingen und Zeilsheim, weshalb es auch diesmal nur einer von vielen Versicherungsfällen sein würde. Er selbst hatte lange auf diesen Moment gewartet.

Der Bus hielt, in ihm nur ein älterer Mann außer dem Fahrer. Melissa winkte ab, die Türen schlossen sich wieder mit einem Zischen. In immer kürzeren Abständen warf sie einen Blick auf die Uhr, drehte sich ab und zu in die Richtung, aus der ihr derzeitiger Galan kommen musste, doch ihr Gesichtsausdruck wurde von Sekunde zu Sekunde ärgerlicher. Für halb neun hatten sie sich verabredet, und sie hasste Unpünktlichkeit. Der Himmel war jetzt schon den zweiten Tag zugezogen, immer wieder hatte es kurze Schauer gegeben, der Wind war mäßig, die Temperatur beinahe frühlingshaft mild. Für Weihnachten hatten die Meteorologen ebenfalls milde Temperaturen vorausgesagt, aber irgendwann würde der Winter trotzdem Einzug halten. Nach einer knappen halben Stunde war ihre Geduld am Ende. Sie war sehr dünn angezogen und fror trotz der zwölf Grad plus und machte sich auf den Weg zurück zu ihrer Wohnung. In diesem Moment fuhr er mit seinem erst wenige Tage alten BMW 2002 aus der Parklücke, von wo aus er sie immer beobachtete, und um die Ecke und hielt direkt neben ihr. Er kurbelte das Seitenfenster herunter und lächelte sie an.

»Hi. Was machst du denn hier?«, fragte er und tat überrascht, sie zu sehen.

Sie blickte ihn wie ein willkommenes Geschenk an, das ihr den Abend versüßen würde, und zuckte mit den Schultern. »Das frag ich mich allerdings auch. Ich bin verabredet, das heißt, eigentlich war ich verabredet, aber dieser Idiot …«

»Wollen wir was trinken gehen? Oder essen? Ich lad dich ein«, sagte er schnell.

Sie zögerte einen Moment, schaute ins Wageninnere und sah den aufmunternden Blick. »Warum eigentlich nicht. Wenn er jetzt noch kommt, hat er eben Pech gehabt. Und wohin willst du mich entführen?«, fragte sie neckisch lächelnd und setzte sich auf den Beifahrersitz.

»Lass dich überraschen«, antwortete er vielsagend und gab Gas. Er bog an der Ampel rechts ab, nahm die Straße, die aus Frankfurt hinausführte. Nur wenige Autos waren unterwegs, bei diesem Regenwetter verkrochen sich die meisten Leute lieber in ihren Wohnungen. Die Scheibenwischer bewegten sich in monotonem Takt, das Radio spielte leise Musik, sie unterhielten sich einmal mehr über unwichtige Dinge wie das Wetter.

»Ich dachte, wir fahren in die Innenstadt«, sagte Melissa eher belanglos, nachdem sie merkte, dass sie die Stadtgrenze bereits hinter sich gelassen hatten.

»Die besten Lokale gibt es außerhalb. Mit wem warst du eigentlich verabredet?«, fragte er scheinheilig.

»Kennst du nicht«, entgegnete sie und schaute aus dem Fenster in die Dunkelheit. »Wir wollten essen gehen …«

»Woher willst du wissen, dass ich ihn nicht kenne?«

»Also gut«, antwortete sie und verdrehte die Augen, was er

nicht sehen konnte, »er heißt Tobias. Ist in meinem Anglistik-kurs. Du kannst ihn also nicht kennen.« Und nach einer Weile: »Aber er ist unzuverlässig. Was machst du eigentlich so außer-halb der Uni?«

»Was schon«, sagte er, zuckte mit den Schultern und grinste. »Lernen, lernen, lernen. Und nebenbei ein bisschen arbeiten.«

»Aber heute Abend nicht«, erwiderte sie mit kokettem Augen-aufschlag und sah ihn von der Seite an.

»Einmal in der Woche, das hab ich mir vorgenommen, kön-nen mir die Bücher gestohlen bleiben. Und dieses eine Mal ist heute.«

»Na gut. Jetzt sag schon, wo wir hinfahren.« Melissa holte eine Zigarette aus der Tasche und wollte sie anzünden.

»Bitte nicht rauchen. Das kannst du doch nachher im Lokal machen. Ich mag keinen Rauch.«

»Bisschen spießig, was?«, fragte sie spöttisch.

»Nee, nur gesundheitsbewusst.«

»Und verrätst du mir jetzt, wo wir hinfahren?«

»Gleich sind wir da«, antwortete er und bog kurz darauf in ei-nen asphaltierten Waldweg ein, an dessen Beginn ein Schild stand mit der Aufschrift: Privatweg – Betreten verboten. Sie run-zelte die Stirn, ihr bis dahin gelöster Gesichtsausdruck wurde schlagartig ernst.

»He, was soll das? Wo sind wir hier?«, sagte sie mit einem ängstlichen Unterton in der Stimme.

»Wart doch mal ab«, antwortete er, während er innerlich ange-spannt wie selten zuvor war und wieder beschleunigte.

»Fahr mich bitte sofort nach Hause«, forderte sie.

»Piano, piano«, beschwichtigte er sie. »Du hast doch nicht etwa Angst, oder?« Und nach ein paar Sekunden: »Komm, vor mir brauchst du keine Angst zu haben, ich tu dir nichts, Ehren-wort …«

»Ich will trotzdem bitte sofort nach Hause!«

»Jetzt mach aber mal halblang, okay!«, herrschte er sie scharf an und trat abrupt auf die Bremse, woraufhin sie beinahe mit dem Kopf gegen die Windschutzscheibe geprallt wäre. »Du bist eingestiegen und mit mir mitgefahren. Und ab sofort machst du genau das, was ich dir sage, kapiert!«

»Willst du mich vergewaltigen?«, fragte sie mit einem Mal ruhig und sah ihm in die Augen, doch es gelang ihr nicht ganz, ihre Angst zu verbergen. »Du kannst es auch so haben, ich wollte sowieso schon mal …«

»Was wolltest du sowieso schon mal?«, fragte er misstrauisch.

»Meinst du vielleicht, du bist mir bisher nicht aufgefallen? Du siehst gut aus, du … Na ja, aber du hast dich nie getraut, mich anzusprechen, außer dieser blöden Essenseinladung zwischen Tür und Angel. Und ich mache grundsätzlich nicht den ersten Schritt. Ich stehe auf die gute alte Schule, wenn du verstehst, was ich meine.«

»Ist schon okay.« Er stellte den Motor ab. Ringsum herrschte absolute Finsternis, nur die Radiobeleuchtung spendete diffuses Licht. Sie waren allein, und er kannte die Gegend gut genug, um zu wissen, dass sich um diese Zeit und vor allem bei diesem Wetter kein Mensch weit und breit aufhalten würde. Die Leute waren mit den Vorbereitungen für Weihnachten beschäftigt, überall in der Stadt waren die Straßen und Geschäfte festlich geschmückt. Er wandte seinen Kopf in ihre Richtung und streichelte über ihr Haar. »Du bist schön, ehrlich. Aber ich kann Frauen nicht leiden, die ständig mit andern ins Bett steigen. Warum machst du das?«

»Wieso steig ich ständig mit andern ins Bett?! Spinnst du? Ich hab Freunde, na und?! Aber ich bin keine Hure …«

»Komm, ich hab dich beobachtet, wenn dich die Typen von der Bushaltestelle abholen und dich irgendwann nachts dort wieder rauslassen. Lässt du dich dafür bezahlen, oder machst du es einfach nur, weil du Spaß daran hast?«

»Das geht dich nichts an. Außerdem, wieso beobachtest du mich? Bist du ein Spanner?«

»Nein, aber mich interessieren die Menschen, die ich gerne mag.«

»So, du magst mich also. Okay, dann machen wir's eben hier. Oder wir kehren um, und du bringst mich wieder nach Hause. Oder ich laufe notfalls«, sagte sie mit kehliger Stimme, wobei sie vergeblich versuchte ihre Angst zu unterdrücken.

»Bitte, machen wir's.«

Er griff an ihre Brust. Sie trug keinen BH, sie gehörte zu den Frauen, die so etwas nicht nötig hatten. Kleine feste Brüste. Und während er unter ihre Bluse langte und die rechte Brust massierte, presste er seine Lippen auf ihre. Sie erwiderte seinen Kuss, fasste zwischen seine Beine und fühlte sein erigiertes Glied. Er legte die Rückenlehne des Beifahrersitzes um, seine Erregung steigerte sich ins Unermessliche.

»Mach die Beine breit«, sagte er mit schwerer Stimme und drang kurz darauf mit einem heftigen Stoß in sie ein. Er ejakulierte schon nach wenigen Sekunden. Sie lachte kurz und trocken auf. Er hielt inne, und wollte er eben noch seinen Plan verwerfen, so würde er ihn jetzt nach diesem ihn verhöhnenden Auflachen ausführen. Ihn lachte man nicht aus, schon gar nicht in einer solchen Situation. Sie sah seinen Blick nicht, nicht das Mahlen seiner Kiefer. »Sorry«, sagte er kühl und tonlos, »ich war wohl etwas schnell.«

»Tja«, erwiderte sie leicht spöttisch, »wir können's ja noch mal probieren, aber dann in aller Ruhe …«

»Vergiss es, ich glaub, das bringt nichts.« Er zog den Reißverschluss seiner Hose hoch.

Seine Hände strichen über ihr Gesicht, er streichelte zärtlich die glatte, feine Haut und sagte: »Weißt du eigentlich, wie ich heiße?«

»Nein. Aber was sind schon Namen?«

»Schade, Melissa«, entgegnete er nur, dann wurde der Druck etwas stärker, er glitt tiefer an ihren Hals, und plötzlich umschlossen die eben noch weichen und zärtlichen Hände diesen und drückten zu. Sie schlug um sich, versuchte ihn zu kratzen, doch seine Knie waren auf ihren Oberarmen. Er wusste genau, wo er den Griff anzusetzen hatte, er hatte es sich einmal von einem Medizinstudenten erklären lassen. Es dauerte keine zwei Minuten, bis das Zungenbein gebrochen war und ihr Kopf schlaff zur Seite fiel. Ein letztes Zucken raste wie ein Stromschlag durch ihren Körper.

Er schaltete die Innenbeleuchtung an und registrierte, dass auf ihrem Sitz ein paar Flecken waren, die man aber leicht beseitigen konnte. Er würde es gleich morgen früh tun. Außerdem hatte sie bei ihren verzweifelten Versuchen, sich zu wehren, mit ihren Schuhen das Handschuhfach ramponiert und ein Loch in den Teppich gerissen. Er zuckte nur mit den Schultern, stieg aus, ging um den Wagen herum, holte den leblosen Körper heraus und legte ihn in den Kofferraum. Mit einem Tuch wischte er kurz über den Sitz.

Er fuhr weiter geradeaus bis zu einem Platz, den außer ein paar gelegentlich vorbeikommenden Spaziergängern und einigen Jägern keiner sonst kannte. Das Grundstück lag eingebettet zwischen riesigen Bäumen und war umschlossen von einem mannshohen Zaun. Über drei Meter hohe, dicht an dicht stehende Koniferen verdeckten den Blick auf das alte, halb verfallene Haus. Er öffnete das Tor und fuhr auf das Grundstück, das von jedem, der hier vorbeikam, wohl für das Refugium eines wunderlichen Einsiedlers gehalten wurde. Er ging ins Haus, schob einen großen Teppich beiseite, öffnete eine flach über der Erde liegende Tür, zündete eine Petroleumlampe an, die er an die Wand hängte, holte den Leichnam aus dem Kofferraum, hievte ihn über die Schulter und schleppte die Tote die lange Treppe hinunter in den Raum, in dem sich ein Feldbett, ein kleiner Tisch, zwei Holzstühle und ein alter Schrank befanden. Die Wände waren weiß, von der Decke baumelte eine Bastlampe, deren Birne jedoch schon seit langem kaputt war. Links von der Treppe befand sich eine weitere

Tür, dahinter ein kleinerer Raum mit einem Regal voller Dosen und Flaschen und einem schmalen, hohen Schrank.

Es war kühl hier unten, und früher, als er noch ein Kind war, hatte er den modrigen Geruch wie einen kleinen Schatz empfunden, denn nur ihm war es vorbehalten, diesen Geruch zu atmen. Und seit er sechzehn war, hatte er dieses Refugium angefangen auszubauen, unbemerkt von allen anderen in seiner Familie. Er hatte die Spuren der Vergangenheit allmählich beseitigt, den Estrich und darüber die Fliesen gelegt, auf denen jetzt Teppiche waren. Er hatte die Wände gereinigt und gestrichen und die alten elektrischen Leitungen wieder angeschlossen.

Als er ein Kind war, gerade mal acht Jahre alt, und bei einem seiner heimlichen Ausflüge diesen verlassenen Ort entdeckt hatte, war dies seine Zuflucht geworden. Hier hatte er seinen Gedanken nachhängen können, hierhin konnte er fliehen, wenn ihm die Gegenwart der andern zuwider war. Dabei waren es von hier nur knapp zwanzig Minuten zu Fuß bis zu seinen Eltern – wenn er rannte –, denen das gesamte Gelände bis zur Bundesstraße gehörte, vererbt über Generationen mütterlicherseits hinweg, und irgendwann würde er alles sein Eigen nennen.

»Ich komme morgen wieder, Süße. Schade, du wolltest nicht mal meinen Namen wissen«, sagte er leise und mit einem letzten Blick auf die Tote und schloss die Tür hinter sich. Er nahm den Weg zurück zur Straße, nicht ohne sich vorher zu vergewissern, dass ihn niemand beobachtete.

Nach einer guten halben Stunde langte er zu Hause an. Kaum dass er die Wohnung betreten hatte, klingelte das Telefon. Seine Mutter. Sie wollte nur wissen, wie sein Tag verlaufen war. Bestens, hatte er ihr geantwortet, worüber sie sich natürlich freute. Sie war stolz auf ihren Jungen, und er würde alles tun, um sie nicht zu enttäuschen. Er ließ sich Badewasser ein, trank ein Glas Rotwein und rauchte genüsslich eine Zigarette. Melissa hatte er es verboten, aber er konnte Rauch im Auto nun wirklich nicht ausstehen. Er trocknete sich ab und besah sich im Spiegel. Sie hatte ihn doch einmal erwischt, ein etwas längerer Kratzer auf der linken Wange. Er zuckte mit den Schultern. Im Bett las er ein paar Seiten aus *Der Prozeß* von Kafka, legte das Buch aber, als seine Augen immer schwerer wurden, auf den Nachtschrank. Er fühlte sich irgendwie gut.

Montag, 14. Oktober, 19.15 Uhr _____

Er hörte es an der Art, wie die Tür aufgeschlossen und wieder zugemacht wurde, wie der Mantel an die Garderobe gehängt wurde, an den Schritten, die langsam näher kamen. Er konnte schon seit langem unterscheiden, ob sein Vater gute oder schlechte Laune hatte. Wovon seine Laune abhing, vermochte er nicht zu sagen, wohl keiner vermochte dies, und es interessierte ihn auch nicht. Heute ahnte er, dass es nach langer Zeit wieder einer dieser Abende werden würde, die er so hasste und vor denen er sich so fürchtete. Doch noch viel mehr hasste er seinen Vater, der für all das verantwortlich war. Aber was sollte er mit seinen zwölf Jahren schon machen, er war hilflos und fühlte sich ohnmächtig. Und er hatte Angst vor dem, was unweigerlich wieder einmal kommen würde. Markus saß auf der Couch, der Fernseher lief, doch er schaute nicht mehr hin. Er wartete auf das Eintreten seines Vaters, alles in ihm war eine einzige unerträgliche Spannung. Er merkte, wie ihm das Schlucken schwer fiel, wie sich alles um seine Brust zusammenzog und es in seinen Händen anfing zu kribbeln.

»Hallo, Papa«, sagte er, als sein Vater ins Zimmer trat, ein Mann von einsvierundsiebzig, schlank, mit dichtem blondem Haar, schmalen, wie ein Strich geformten Lippen und eisblauen Augen.

»Wo ist deine Mutter?«, fragte Rolf Lura, ohne die Begrüßung zu erwidern.

»Oben.«

Rolf Lura machte auf dem Absatz kehrt und stieg die Treppe hinauf. Markus erhob sich, nachdem sein Vater außer Sichtweite war, und begab sich zum Treppenabsatz, um zu lauschen.

»Gabriele?«

Es war der typische Ton, kalt, hart, streng. Markus' Angst steigerte sich noch weiter, sein Herz pochte wie wild. Seit er denken konnte, war sein Leben von kaum etwas anderem als Angst geprägt.

»Ja?«, erwiderte sie und kam aus dem Schlafzimmer gehuscht. Gabriele Lura war klein und zierlich, nur knapp einsfünfundfünfzig groß, mit vollem rötlich braunem Haar, grazilen Händen und einem sehr ebenmäßigen Gesicht, in dem das Hervorstechendste die sanften grünen Augen und der weiche, malerisch geschwungene Mund waren. Ihre Haut war von einem natürlichen zarten Weiß, das übersät war von unzähligen Sommersprossen.

»Was ist mit Essen?«

»Ist gleich fertig«, entgegnete sie und wollte sich an ihm vorbeiwinden, doch er hielt sie mit einer Hand am Oberarm fest.

»Gleich fertig?«, sagte er mit hochgezogenen Augenbrauen und diesem kalten stechenden Blick. »Hatten wir nicht abgemacht, dass das Essen pünktlich um sieben auf dem Tisch zu stehen hat? Wir haben jetzt aber genau achtzehn Minuten nach sieben, wenn ich nicht irre. Noch nicht einmal der Tisch ist gedeckt. Hast du dafür vielleicht eine Erklärung?«

»Entschuldigung, aber ich habe vergessen, auf die Uhr zu sehen«, sagte sie mit fester Stimme, auch wenn alles in ihr vibrierte.

»Du hast also vergessen, auf die Uhr zu schauen! Sieh an! Aber mich würde viel mehr interessieren, wo du heute Nachmittag warst? Ich habe mehrmals versucht, dich zu erreichen, auch auf deinem Handy. Wofür habe ich dir eigentlich das Handy gekauft, wenn du es nie einschaltest?«

»Ich war spazieren, und zwar im Schwanheimer Wald. Den ganzen Tag habe ich schon Kopfschmerzen. Ich habe meine Tage, und ich habe leider mein Handy vergessen.«

»So, mein kleiner roter Teufel war also mal wieder spazieren«, sagte er mit maliziösem Lächeln. »Und sicher hast du auch deinen lieben Sohn Markus mitgenommen, oder?«

»Markus war bei Daniel. Er ist um Punkt sechs heimgekommen. Und bitte, nicht schon wieder vor dem Jungen«, flehte sie. »Es war doch in letzter Zeit alles so schön.«

»Nicht schon wieder vor dem Jungen, nicht schon wieder vor dem Jungen«, äffte er sie nach, ohne auf ihren letzten Satz einzugehen. »Keine Angst, ich tu ihm nichts, ich hab ihn noch nie angerührt, das weißt du genau. Er kann am wenigsten dafür, dass er eine solche Mutter hat. Außerdem …«

»Du kriegst doch gar nicht mit, was in ihm vorgeht, wenn er das alles mitbekommt«, schrie sie ihn unvermittelt an, wobei in der Mitte der Stirn die Zornesader hervortrat. »Und du bist sein Vater, falls du das vergessen haben solltest!«

Mit einem Mal wurde seine Stimme leise, er zischte nur noch und hob seine Hand, als wollte er gleich zum Schlag ansetzen. »Wage nicht, noch einmal so mit mir zu reden, sonst knallt's, merk dir das! Ist es vielleicht meine Schuld, wenn es dem Bengel nicht gut geht? … Aber lassen wir das. Du warst also wieder den ganzen Nachmittag allein. Tz, tz, tz, du warst allein, aber das Essen ist nicht fertig. Weißt du was, mir ist der Appetit vergangen. Komm mit nach unten, ich will dir was zeigen«, sagte er bestimmend und zog sie mit eisernem Griff am Arm hinter sich her. Markus rannte leise zurück ins Wohnzimmer und ließ sich auf die Couch fallen. Er tat, als würde er fernsehen.

»Ab auf dein Zimmer«, befahl Rolf Lura und sah den Jungen, keinen Widerspruch duldend, an, »du kannst auch dort in die Glotze stieren. Und mach die Tür hinter dir zu. Und nachher will ich deine Hausaufgaben sehen.«

Markus warf seiner Mutter einen angsterfüllten Blick zu, die ihm mit einem kaum merklichen Nicken bedeutete, dem Befehl seines Vaters nachzukommen. Er verließ wortlos das Zimmer, blieb aber auf halber Treppe stehen, um zu horchen, was gleich geschehen würde, obgleich er es wusste.

»Hier, meine Liebe«, sagte Rolf Lura und zog sie zum Geschirrschrank. »Hier drin sind die Teller«, er nahm einen heraus und ließ ihn auf die Fliesen neben dem Teppich fallen, wo er in viele kleine Teile zerbrach, »die Tassen«, von denen er ebenfalls eine fallen ließ, und mit einem Mal schrie er: »Ganz viele Teller, Tassen, Gläser! Teller, Tassen, Gläser, die ich für teures Geld gekauft habe, um dir eine Freude zu machen! Dir, dir, dir! Und nichts von diesem ganzen verdammten Zeug steht auf dem Tisch, wenn ich nach einem harten Arbeitstag nach Hause komme. Ich möchte von einer liebenden Frau empfangen werden, alles soll Liebe, Frieden und Harmonie ausstrahlen, aber was erwartet mich, wenn ich die Tür aufmache?! Mein Sohn hockt vor der Glotze, anstatt sich um seine Schularbeiten zu kümmern, du treibst dich im Schlafzimmer rum, anstatt das Essen fertig zu haben, und wer weiß, wo du dich sonst noch den ganzen Tag über rumgetrieben hast …«

»Rolf, mir geht es heute wirklich nicht besonders gut. Lass mich dir doch bitte erklären, was …«

»Du willst dich rechtfertigen? Ist ja nichts Neues! Wenn meiner kleinen lieben Gabi nichts mehr einfällt, dann muss sie sich eben rechtfertigen. Und wer sich rechtfertigt, hat Schuld. Aber gut, dann erklär mir doch bitte, wieso hier nichts so funktioniert, wie ich das angeordnet habe.«

Ohne auf die letzte Bemerkung einzugehen, sagte sie: »Das Essen ist fertig, ich muss nur noch den Tisch decken.«

»Aber vorher machst du den Dreck hier weg. Über alles Weitere unterhalten wir uns später, verlass dich drauf. Irgendwann wirst auch du noch lernen, gehorsam zu sein. Los, mach schon!« Er gab ihr einen kräftigen Stoß gegen die Brust, doch sie fiel nicht zu Boden. Sie drehte sich um und holte aus dem Putzschrank die Handschaufel und den Besen und fegte wortlos die Scherben zusammen und schüttete sie in den Mülleimer. Anschließend fuhr sie mit dem Staubsauger über den Boden, um auch die letzten winzigen und mit dem Auge kaum sichtbaren Splitter aufzusaugen.

Rolf Lura lockerte seine Krawatte und setzte sich in seinen Sessel, die Beine breit, und beobachtete seine Frau bei der Arbeit.

»Was gibt's eigentlich zu essen?«, fragte er mit plötzlich sanfter Stimme und erhob sich gleich wieder, umfasste seine Frau von hinten und presste seine Hände gegen ihre Brüste.

»Szegediner Gulasch, dein Leibgericht. Und bitte, nicht jetzt, ich muss den Tisch decken.«

»Und wenn ich jetzt Hunger auf was anderes habe? Was dann?«, fragte er und küsste sie auf den Hals.

»Ich hab dir doch gesagt, dass ich meine Tage hab. Und jetzt lass mich den Tisch decken.«

»Natürlich, tu das, wir haben auch später noch Zeit für die andern Sachen. Und du weißt, mir ist es egal, ob du deine Tage hast oder nicht«, entgegnete er und lächelte erneut maliziös, was sie zwar nicht sehen, aber spüren konnte, setzte sich wieder, zündete sich eine Zigarette an und nahm die Zeitung von dem kleinen runden Tisch neben seinem Sessel.

Markus hatte sich, nachdem der erste Teller zu Boden gefallen war, mit weichen Knien auf sein Zimmer begeben, sich ans Fenster gestellt, hinausgeschaut und sich wie so oft gewünscht, irgendjemand würde kommen und ihn und seine Mutter aus diesem Horrorhaus befreien. Wie oft hatten sie sich unterhalten, wenn dieses gottverdammte Arschloch, wie er seinen Vater insgeheim titulierte, nicht da war, und sich geschworen, immer füreinander da zu sein. Und eines Tages würden sie es schaffen und abhauen, irgendwohin, wo er sie nicht finden konnte.

Und keiner dort draußen wusste, was in diesem Haus vor sich ging. Für die Nachbarn war Rolf Lura der angesehene Autohändler eines riesigen Autohauses, in dem Rolls Royce und andere Nobelmarken sowie exklusive italienische Sportwagen wie Ferrari und Lamborghini verkauft wurden. Er war ein Meister im Sich-Verstellen, nach außen der integre, seriöse, höfliche Geschäftsmann, doch in den eigenen vier Wänden der brutale Tyrann, der allein mit seiner Anwesenheit ein ums andere Mal die Atmosphäre vergiftete. Es gab nur selten Tage, an denen er sich wie ein normaler Ehemann und Vater benahm, an denen man mit ihm reden konnte, ohne gleich angefaucht oder angeschrien oder wie Markus' Mutter verprügelt zu werden. Auch wenn seine Wutausbrüche in letzter Zeit deutlich weniger geworden waren und in Markus und auch seiner Mutter die Hoffnung keimte, es würde eines Tages doch noch schön werden. Und jetzt kam er nach Hause, und alles war wieder wie früher.

Er weinte nicht, als er am Fenster stand und in die Dunkelheit hinausstarrte, er hatte längst aufgehört zu weinen. Die Angst war so stark, dass sie keine Tränen mehr zuließ. Er wünschte sich nur einmal mehr, größer und vor allem stärker zu sein und seinen Vater so zu schlagen, wie er dies immer mit seiner Mutter machte. Er würde seine Fäuste so lange in das verhasste Gesicht schlagen, bis er blutend und um Gnade winselnd am Boden lag, in das Gesicht, in den Bauch, in die Genitalien, er würde ihn an den wenigen Haaren ziehen, bis er schrie und wimmerte und nur noch darum bettelte, am Leben gelassen zu werden. Nur einmal ihm das antun, was er seiner Mutter seit Jahren antat. Aber Markus war gerade einmal so groß wie seine Mutter und schmächtig, und es war diese furchtbare Angst, die ihn lähmte. Und es gab niemanden, der von dieser Angst wusste, außer seiner Mutter, die versuchte, so gut es ging, ihm diese Angst zu nehmen, und, wenn er seinen Vater mit den erbärmlichsten Flüchen belegte, auch noch mahnend meinte, er solle so etwas nicht sagen, schließlich sei er sein Vater und wäre ohne ihn nicht auf der Welt. Aber was war dies für eine Welt, in der er, seit er denken

konnte, beinahe täglich von unsäglichen Angstzuständen ge-
plagt wurde, Angst davor, eines Tages von der Schule nach
Hause zu kommen und seine Mutter tot aufzufinden.

Wie aus weiter Ferne hörte er seinen Namen rufen, löste sich
vom Fenster und ging nach unten. Der Tisch war gedeckt, Markus' Mutter begann aufzufüllen.

»Hast du dir die Hände gewaschen?«, fragte Rolf Lura.

»Ja«, log Markus und zeigte seine Hände. Sein Vater schaute
nicht einmal hin.

»Und wie war's in der Schule? Habt ihr eine Arbeit geschrieben?«

»Nein, erst am Mittwoch.«

»Und was? Jetzt lass dir nicht alles aus der Nase ziehen.«

»Englisch.«

»Du hast doch hoffentlich dafür gelernt, oder?«

»Ja.«

»Dann ist es ja gut«, sagte Rolf Lura und begann zu essen.

Markus warf seiner Mutter einen Blick zu, die diesen auch
diesmal nur kurz erwiderte. Rolf Lura hasste es, wenn sie und
Markus sich leise unterhielten oder sich vielsagend anschauten.
Manchmal schien es, als würde er Gedanken lesen können.

Die restliche Zeit während des Essens verbrachten sie schweigend, ein Schweigen, das für Markus wie ein lauter Schrei war,
den jedoch keiner außer ihm hörte, denn er spürte, es würde in
dieser Nacht noch etwas geschehen, von dem er aber hoffte, es
würde nicht geschehen.

Nach dem Essen räumte Gabriele Lura den Tisch ab und ver-
staute das Geschirr in der Spülmaschine, während ihr Mann sich
eine weitere Zigarette anzündete und dabei die Tagesschau an-
stellte.

»Wann hast du morgen Schule?«, fragte er nebenbei seinen
Sohn.

»Um acht.«

»Dann mach dich fürs Bett fertig. Ich will, dass du um halb

neun in der Falle liegst. Und vergiss nicht, dir die Zähne zu putzen.«

Markus ging ins Bad, wusch sich die Hände und das Gesicht und putzte die Zähne. Auf dem Flur kam ihm seine Mutter entgegen.

»Mutti …«

»Pssst.« Sie legte einen Finger auf ihre Lippen und schob Markus in sein Zimmer. »Geh schnell ins Bett und schlaf. Versprochen?«

»Mutti, ich …«

»Keine Angst, mir wird nichts passieren. Und jetzt schlaf schön. Die Engel werden auf dich aufpassen.«

»Ich will aber, dass sie auf *dich* aufpassen.«

»Das tun sie schon«, sagte sie aufmunternd lächelnd und gab ihm einen Kuss auf die Stirn. »Vielleicht ist bald alles vorbei. Wir dürfen nur die Hoffnung nicht aufgeben.« Und nach einer kurzen Pause, während der sie Markus liebevoll anschaute und ihm mit einer Hand übers Haar strich: »Mach dir keine Sorgen, ich glaub, seine schlechte Laune ist schon wieder vorbei. Und denk an die Engel.«

Sie hatten nicht gehört, wie Rolf Lura die Treppe hochgekommen war, in der Tür stand und fast alles mitbekommen hatte.

»Ja, ja, denk an die Engel«, sagte er mit zynischem Lächeln und trat näher an das Bett heran. »Was habt ihr beide denn wieder für Geheimnisse zu bequatschen? Wir sind eine Familie, und da sollte es doch eigentlich keine Geheimnisse geben. Also, um was ging's?«

»Ich hab Markus nur gute Nacht gesagt, mehr nicht«, antwortete Gabriele Lura.

»Aha, mehr also nicht. Und dazu müsst ihr so flüstern. Ich wünsche meinem Sohn ebenfalls eine gute Nacht.« Und an seine Frau gewandt: »Und jetzt komm, ich hab was mit dir zu besprechen.«

»Gleich.«

»Nicht gleich, sondern sofort! Es ist halb neun, und ich habe gesagt, Markus wird um halb neun schlafen. Los jetzt!«

Markus schluckte schwer, als sein Vater an der Tür stand und seine Mutter an ihm vorbei nach draußen huschte. Rolf Lura schloss leise die Tür hinter sich, und als seine Frau wieder nach unten in den Wohnbereich wollte, hielt er sie mit brutalem Griff zurück.

»Die Richtung«, befahl er und zog wieder die Augenbrauen hoch. »Ich hab doch vorhin gesagt, dass ich etwas mit dir zu besprechen habe, und glaub ja nicht, ich hätte das vergessen. Ich vergesse nie etwas, merk dir das ein für alle Mal. Und jetzt da rein!«

Er schubste sie ins Schlafzimmer, das unmittelbar neben Markus' Zimmer lag, und kickte die Tür mit dem Absatz zu. Gabriele Lura stand in der Mitte des großen Zimmers mit dem begehbaren Kleiderschrank, der die ganze linke Seite einnahm und dessen Vorderfront mit orientalischen Intarsien versehen war. Eine dezente Beleuchtung verlieh diesem erlesenen Schrank etwas Transparentes. Die beiden unauffälligen Türen ließen sich geräuschlos öffnen, indem man sie leicht berührte und zur Seite schob und schließlich ins Innere gelangte, wo alle Kleidungsstücke in akribischer Ordnung hingen oder lagen, denn auch darauf legte Rolf Lura großen Wert, wie überhaupt alles in seinem Leben einer von ihm geschaffenen Ordnung zu entsprechen hatte. Ein feinfloriger hellbrauner Teppichboden machte jeden Schritt unhörbar. Jedes noch so kleine Detail in dem Zimmer war edel und kostbar, so wie alles in dem Haus, das Rolf Lura vor der Hochzeit vor dreizehn Jahren in Schwanheim im Südwesten von Frankfurt bauen ließ.

Er stand jetzt etwa einen Meter vor seiner Frau, die ihm direkt in die Augen blickte. »Dürfte ich jetzt bitte erfahren, wo du dich heute Nachmittag wirklich rumgetrieben hast?«, fragte er scharf.

»Ich hab doch gesagt, dass ich im Schwanheimer Wald spazieren war. Oder soll ich in Zukunft vielleicht eine Videokamera mitnehmen und mich selbst aufnehmen, wenn ich allein unterwegs bin?«, fragte sie schnippisch. Es war in Momenten wie diesem egal, wie sie auf seine Fragen reagierte, ob demütig, ehrfürchtig oder spöttisch, seine Reaktion würde immer die gleiche sein. So auch diesmal. Sie sah die Hand kaum kommen, die auf ihre linke Wange klatschte.

»Nicht so, meine Liebe!«, zischte er mit drohendem Blick. »Also, wo warst du? Ich habe zwei Stunden lang vergeblich versucht dich zu erreichen, und du kannst mir nicht erzählen, dass du zwei Stunden lang spazieren warst. Sag die Wahrheit, oder ich werde sie aus dir rausprügeln, was ich offenbar schon viel zu lange nicht mehr gemacht habe. Dich an der langen Leine laufen zu lassen war wohl ein Fehler von mir, denn du nutzt das schamlos aus.«

»Rolf, die vergangenen Monate waren schön, wirklich. Warum willst du das jetzt alles kaputtmachen?«, sagte sie mit fester Stimme, um ihn vielleicht zu beruhigen, auch wenn dies nur ein Traum war, denn beruhigen ließ er sich in Zeiten der Rage nie.

»Ja, sie waren schön, aber nicht ich mache etwas kaputt, sondern du. Warum lügst du mich an?«

»Ich lüge dich nicht an, und das weißt du genau …«

»Ich merke sofort, wenn jemand lügt«, fuhr er sie an. »Also, sag mir ganz ehrlich, was du heute gemacht hast. Ich verlange eine Antwort … Oder muss ich sie aus dir rausprügeln?«

»Es ist doch immer wieder das Gleiche, mit deinen Fäusten und deinem Schwanz bist du stark. Aber in Wirklichkeit bist du ein …«

Er schlug sie zweimal ins Gesicht, aber nur mit der flachen Hand. Sie hatte längst aufgehört zu zählen, wie oft er sie schon geschlagen hatte. Doch diesmal hatte er bereits nach diesen zwei Schlägen genug. Seit April hatte er nicht mehr richtig auf sie eingeprügelt. Früher boxte er sie obendrein in den Bauch, auf die Arme, und wenn er ganz schlimm drauf war, trat er sie auch noch, wenn sie wimmernd am Boden lag. Und wenn die Zeit der

Schläge und Tritte und der anschließenden Vergewaltigung vorüber war, stand er jedes Mal vor ihr, blickte auf sie hinab und sagte in immer dem gleichen ruhigen Ton: »Steh auf und geh dich waschen. Ich hasse es, wenn du so aussiehst.«

Die Tat und diese Worte waren ein Ritual, an das sie sich gewöhnt hatte. Doch diesmal war sie nicht hingefallen, sie lehnte nur an der Messingstange des Bettes und hielt sich fest. Natürlich, es gab immer wieder Momente, in denen sie sich nicht anders zu helfen wusste, als zum letzten Mittel zu greifen, nämlich zu beißendem Spott, um wenigstens ein klein wenig die Genugtuung zu haben, auch ihm ein paar Stiche versetzt zu haben.

»Du hast alles, was du zum Leben brauchst, und kannst mir nicht einmal ein wenig Dankbarkeit und Ehrlichkeit entgegenbringen! Aber ich werde dich noch lehren, gehorsam zu sein, das schwöre ich bei Gott!«

Er öffnete seinen Gürtel, zog ihn aus den Laschen, faltete ihn und ließ ihn ein paar Mal in seine Handfläche klatschen. »Du weißt, dass ich dich liebe. Aber mir scheint, ich muss dir diese Liebe erst einbläuen. Was bist du bloß für ein Miststück.« Er machte eine Pause, schüttelte den Kopf, öffnete den Reißverschluss seiner Hose, hielt den Gürtel weiter in der Hand und sagte mit einem seltsamen Lächeln: »Und trotzdem liebe ich dich. Ich liebe dich, obwohl du mich permanent hintergehst.«

»Ich hintergehe dich nicht«, sagte sie leise. Sie hatte Angst vor den nächsten Minuten, vor den Schlägen mit dem Gürtel.

Sie sah ihn nicht an, während er sie an den Haaren packte und aufs Bett warf. Er riss ihren Slip auseinander und zischte: »Dreh dich um!« Sie gehorchte wortlos. Er drang von hinten in sie ein, ein beinahe unerträglicher Schmerz durchflutete sie. Alles, was er jetzt tat, ließ sie willenlos über sich ergehen. Als er nach einer schier endlosen Zeit ejakulierte, sagte er: »Du wirst meine Liebe schon noch verstehen, irgendwann wirst du sie verstehen.«

»Irgendwann gehe ich weg«, erwiderte sie leise, woraufhin er hämisch lachte, sie am Kinn packte und sie zwang, ihm in die Augen zu sehen.

»Du gehst nirgendwohin. Wohin denn auch? Du hast keine Eltern, keine Geschwister, wo um alles in der Welt willst du also hin? Hier ist dein Zuhause, das sollte endlich mal in deinen kleinen dickköpfigen Schädel dringen! Und solltest du doch versuchen abzuhauen, ich werde dich finden, egal, wo auf der Welt du dich versteckst. Und dann gnade dir Gott! Ich werde dich umbringen, so wahr ich Rolf Lura heiße. Also, Liebling, vergiss es einfach, okay! Und jetzt mach dich sauber, ich hasse es, wenn du so aussiehst.« Und nachdem sie aufgestanden war: »Und wag es bloß nicht, in Markus' Zimmer zu gehen. Und wag es auch nicht, ihm von heute Abend zu erzählen. Du weißt, ich sehe es an seinem Gesicht. Ich sehe und höre alles. Selbst die Dinge, die nicht ausgesprochen werden.«

Sie schlich ins Bad und betrachtete sich im Spiegel. In ihrem Gesicht waren kaum Spuren der Schläge zu sehen, nur ein kleiner Kratzer an der linken Wange. Dafür schmerzte ihr Unterleib, vor allem ihr Anus, als würde er sie immer noch mit seinen heftigen, gewalttätigen Stößen penetrieren. Aber auch diese Schmerzen war sie inzwischen gewohnt. Prügel und Vergewaltigung gehörten seit ihrer Eheschließung zu ihrem Leben wie essen und trinken. Er hatte sie bestimmt schon tausendmal physisch misshandelt, noch öfter jedoch war es die psychische Gewalt, die er einsetzte. Tagelang hielt er es aus, ohne ein Wort zu sprechen – morgens grußlos das Haus verlassen, abends ebenso grußlos wieder heimkommen, dazwischen immer wieder das Läuten des Telefons, doch sobald sie den Hörer abnahm, wurde am andern Ende aufgelegt. Sie wusste, es waren seine Kontrollanrufe, ob sie auch schön brav daheim war. Es war ein Spiel, dessen Regeln er bestimmte. Psychoterror. Und jeden dieser Tage verbrachte sie in der Furcht, es könnte etwas Schreckliches passieren.

Manchmal hörten diese Zustände von einer Sekunde zur

andern auf, und er wurde freundlich und zugänglich, brachte ihr Blumen oder sogar größere Geschenke mit. Doch genauso plötzlich brach in ihm wieder der brutale, jähzornige Ehemann hervor. Es waren Kleinigkeiten, die in ihm den Schalter umlegten und aus dem Jekyll einen Hyde machten. Ein Telefonat mit einer Bekannten – Freundinnen hatte sie keine –, bei dem sie lachte, eine harmlose Bemerkung, wenn das Essen nicht auf die Minute genau auf dem Tisch stand oder nicht seinem Geschmack entsprach, sie sich mit ihrem Sohn allein unterhielt, vor allem aber, wenn sie am Klavier saß und spielte. Sie beherrschte außer Deutsch vier weitere Sprachen, hatte Musik studiert und war auf dem besten Weg gewesen, eine gefeierte Konzertpianistin zu werden, als er in ihr Leben trat.

Er saß bei einer Aufführung vor geladenen Gästen der feineren Gesellschaft im Publikum, sie hatten sich nach dem Konzert unterhalten, Champagner getrunken und sich für einen der kommenden Abende zum Essen verabredet. Er überhäufte sie mit Geschenken, und obwohl sie bereits einen Vertrag für eine Konzerttournee unterschrieben hatte, zerriss sie diesen wieder, nachdem er sie immer wieder gedrängt hatte, ihn doch zu heiraten. Und sie hatte nachgegeben. Zu dem Zeitpunkt war sie gerade einundzwanzig Jahre alt, er zweiunddreißig.

Das erste Mal hatte er sie in der Hochzeitsnacht geschlagen, weil sie nur ein einziges Mal mit einem andern getanzt hatte, obwohl dieser andere niemand weiter als sein Bruder Wolfram gewesen war. Die Gäste waren alle gegangen, er hatte sie nach oben ins Schlafzimmer gezerrt, ihr ein paar Ohrfeigen gegeben und sie angeschrien, was sie sich einbilde, mit einem andern zu tanzen und ihn damit vor den Gästen bloßzustellen. Wie eine Hure habe sie sich aufgeführt. Anschließend hatte er sie brutal vergewaltigt. Am nächsten Morgen hatte er sich bei ihr entschuldigt und gemeint, er habe wohl ein wenig zu viel getrunken und so etwas würde ganz sicher nicht wieder vorkommen. Sie hatte ihm verziehen, aber die folgenden Tage, Monate und

Jahre wurden zu einer wahren Tortur. Immer mehr und immer schneller wurde aus dem anfangs so freundlichen, aufmerksamen Rolf Lura ein Mann, der sich alles, was er wollte, mit Gewalt nahm.

Er verwaltete das gesamte Vermögen, sie selbst hatte bis vor einem halben Jahr kein eigenes Konto, keinen Einblick in die Kontoauszüge, er teilte ihr jeden Cent zu und verlangte, dass sie sämtliche Einkäufe belegte. Doch von einem Tag auf den andern war er wie ausgewechselt und ausnehmend großzügig, drückte ihr einfach tausend oder zweitausend Euro in die Hand und sagte, sie solle sich was Schönes dafür kaufen. Seit ziemlich genau einem halben Jahr tat er dies immer häufiger. Sie hatte das Gefühl, als wollte er damit sein schlechtes Gewissen beruhigen. Einen Teil dieses Geldes hatte sie bei einer kleinen Bank auf ein Sparbuch gebracht und irgendwann, so hoffte sie, würde es ausreichen, um mit Markus endlich dieser Hölle zu entfliehen. Er hatte ihr auch vor sechs Monaten zum Geburtstag einen BMW Z8 geschenkt, mit dem sie ihre Einkäufe erledigen konnte, während sie vorher immer ein Taxi nehmen und ihm anschließend die Belege vorlegen musste. Überhaupt ging irgendetwas mit ihm vor, für das sie keine Erklärung hatte. Er war seitdem nicht mehr so gewalttätig, auch wenn ihm dann und wann noch die Hand ausrutschte, aber es waren Schläge, die sie ertragen konnte. Die Stimmungswechsel wurden seltener, es gab öfter als in den Jahren zuvor Zeiten, in denen er regelrecht euphorisch und aufgedreht war. Doch das, was heute Abend geschehen war, ließ sie befürchten, dass er wieder in alte Verhaltensweisen verfiel.

Nachdem sie sich gewaschen und die Stelle, wo er in sie eingedrungen war, dick eingecremt hatte und die brennenden Unterleibsschmerzen ganz allmählich nachließen, ging sie zurück ins Schlafzimmer. Er saß auf der Bettkante, die Nachttischlampe brannte. Sie hatte sich ein Nachthemd übergezogen und legte sich auf ihre Seite.

»Ich möchte mich in aller Form bei dir entschuldigen, ich

wollte das eben nicht«, sagte er leise, schüttelte den Kopf und fuhr sich mit beiden Händen durch das immer lichter werdende Haar. »Ich weiß wirklich nicht, was auf einmal wieder in mich gefahren ist. Es wird nicht mehr vorkommen, das verspreche ich. Ich weiß, ich weiß, ich habe das schon so oft versprochen, aber die letzten Monate waren doch ganz schön, oder? Sag jetzt nichts, ich will einfach nur, dass du das von eben vergisst. Ich hatte einen miserablen Tag, wirklich, und irgendwie hab ich mich saumäßig gefühlt. Ich will doch nur, dass du glücklich bist, genau wie Markus. Verzeihst du mir diesen Ausrutscher?« Er legte sich hin, auf ihre Seite, und streichelte mit einer Hand ihr Gesicht.

»Ist schon gut«, sagte sie und starrte an die Decke. »Aber vielleicht solltest du doch mal überlegen, ob du nicht eine Therapie machen willst. Wir haben schon mal drüber gesprochen, und du …«

»Ich werde eine machen. Gleich morgen rufe ich bei einem Therapeuten an. Ich liebe dich, ich liebe dich wirklich über alles. Und allein der Gedanke, dich zu verlieren, macht mich krank. Ich will dich nicht verlieren, weil du für mich die beste Frau bist, die ich mir vorstellen kann. Und so was wie heute soll nicht mehr passieren, ich schwöre es bei Gott. Ich weiß, ich bin krank, ich muss krank sein. Aber so leicht gebe ich mich nicht geschlagen. Ich bin ein Kämpfer, und ich werde gegen meine Schwächen ankämpfen.«

»Ich würde mir nichts sehnlicher wünschen.«

»Ich werde dich nicht enttäuschen, garantiert.« Er gab ihr einen Kuss auf die Wange. »Ich möchte gerne in deinem Arm einschlafen«, sagte er.

Auch das war sie gewohnt, streckte ihren rechten Arm aus, und er legte seinen Kopf in die Achselhöhle. Er atmete ruhig und gleichmäßig, die Beine angezogen, der Körper zusammengerollt wie ein Embryo. Er benahm sich wie ein kleines Kind, bockig, jähzornig, und dann wieder suchte er ihre Wärme. Sie lag noch lange wach und starrte in die Dunkelheit, während er längst schlief. Es war fast ein Uhr, als auch ihr endlich die Augen zufielen.

Montag, 20.30 Uhr

Julia Durant stellte den Wagen nach einem langen und zermürbenden Arbeitstag in unmittelbarer Nähe ihrer Wohnung ab. Der brutale Mord an einem siebzigjährigen Rentner hatte sie und ihre Kollegen das ganze Wochenende und auch den Montag auf Trab gehalten. Ein Mord, so sinnlos wie ein Pickel am Arsch, wie Kullmer sarkastisch bemerkt hatte. Der Mann war am Donnerstag noch lebend gesehen worden. Er hatte zwei Brötchen und etwas Wurst sowie die obligatorische Zeitung und drei Zigarren gekauft. Ein stiller Mann, der seine Frau vor einem Jahr verloren hatte und jetzt allein in seinem schmucken Haus lebte. Unauffällig und ruhig. Ein pensionierter Finanzbeamter, bei den Nachbarn beliebt, der sich aber nach dem Tod seiner Frau zurückgezogen hatte. Lediglich seine Tochter kam dreimal in der Woche vorbei, um nach dem Rechten zu sehen und ihm beim Putzen und Aufräumen zur Hand zu gehen. Sie hatte ihren Vater am Freitagvormittag gefunden, der Schädel mit einem massiven Kerzenständer eingeschlagen, auf dem Teppich um den Kopf herum eine riesige Blutlache. Die Schubladen und Schränke waren durchwühlt worden, es fehlte Schmuck, ein paar Euro, die Zimmer sahen aus wie nach einem Bombenangriff. Die Haustür war nicht aufgebrochen, der Mann hatte den oder die Täter offenbar arglos eingelassen. Die Nachbarn in der Siedlung waren befragt worden, doch wie so oft hatte keiner etwas Außergewöhnliches gesehen oder gehört. Dabei war die Tat laut Rechtsmedizin gegen Mittag verübt worden, und in der Nachbarschaft wohnten vorwiegend ältere Menschen. Wenn der Polizei nicht Kommissar Zufall zu Hilfe kam, würden sie die Akten in einem, vielleicht auch erst in zwei Jahren als unerledigt schließen müssen.

Sie hatte es gerade noch geschafft, um kurz vor acht in den Supermarkt zu kommen und schnell ein paar notwendige Lebensmittel einzukaufen, eine Tüte geschnittenes Brot, ein Stück Butter, eine Dose Tomatensuppe, Salami und zwei Dosen Bier und an der Kasse eine Schachtel Gauloises, obwohl in der alten noch fünf Zigaretten waren und diese mit Sicherheit bis morgen Mittag reichen würden. Sie hatte nicht ganz mit dem Rauchen aufgehört, es jedoch geschafft, ihr Tagespensum von vierzig auf etwa zehn zu reduzieren, in Stresszeiten waren es auch mal ein paar mehr. Sie war stolz auf sich, es jetzt schon seit über einem halben Jahr durchzuhalten, und irgendwann würde sie ganz damit aufhören. Als sie den Sommerurlaub bei ihrer Freundin Susanne Tomlin in Südfrankreich verbrachte, hatte sie sogar einmal eine ganze Woche nicht geraucht. Aber dann kam der Alltag wieder und mit ihm der Griff zur Zigarette.

Im Briefkasten war keine Post wie meist am Montag. Sie stieg die Stufen nach oben, schloss die Tür auf und verzog die Mundwinkel, als sie die unaufgeräumte Wohnung, das ungespülte Geschirr, den seit zwei Wochen nicht gesaugten Boden sah. Sie wusste, es würde vielleicht eine halbe oder Dreiviertelstunde dauern, bis das Gröbste erledigt war, und nahm sich vor, es noch vor dem Abendessen zu tun. Sie fühlte sich selbst nicht wohl in dieser Unordnung. Sie hängte ihre Handtasche an die Stuhllehne und stellte die Einkaufstüte auf einen Stuhl. Dann streifte sie die Schuhe ab, ging ins Bad, um sich die Hände und das Gesicht zu waschen, und warf einen kurzen Blick in den Spiegel.

Während sie saugte, den Aschenbecher leerte, das Geschirr spülte und frische Luft von draußen hereinwehte, köchelte die Tomatensuppe auf kleiner Flamme vor sich hin. Die neueste CD von Bon Jovi hörte sie sich jetzt zum ersten Mal in voller Länge an. »Jungs, ihr habt schon bessere Musik gemacht, ihr werdet langsam alt«, sagte sie zur Stereoanlage, als sie, nachdem sie das

Bett abgezogen und die Bezüge zusammen mit drei Handtüchern und etwas Unterwäsche in die Waschmaschine gestopft hatte, ein frisches Laken und Bezüge auf das Bett legte und zurück in den Küchenbereich ging. Sie sah sich um und war zufrieden. Ein Blick auf die Uhr, Viertel nach neun. Sie machte den Fernseher an, um ihre Lieblingsserie auf RTL zu schauen, *Hinter Gittern,* schmierte sich zwei Brote, legte auf eines vier kleine Salamischeiben und auf das andere Lachsschinken, nahm zwei Gurken aus dem Glas und schüttete die Tomatensuppe in den tiefen Teller. Bevor sie zu essen begann, schloss sie die Fenster, zog die Vorhänge zu, löschte das große Licht und machte die Stehlampe an.

Erst jetzt wurde ihr bewusst, wie müde und erschöpft sie war, wie sehr dieser Tag und das zurückliegende Wochenende auf der Suche nach dem Mörder des alten Mannes sie geschlaucht hatten. Nach dem Essen lehnte sie sich zurück und zündete sich eine Zigarette an. In der ersten Werbepause klingelte das Telefon. Hellmer.

»Hi, ich will auch nicht lange stören. Nur so viel, wir haben eine heiße Spur. Ein Pfandleiher hat, kurz nachdem du weg bist, beim KDD angerufen und mitgeteilt, dass ein Achtzehnjähriger am Donnerstag Schmuck bei ihm versetzt hat, und zwar genau den Schmuck, der als gestohlen gemeldet wurde. Der Typ war so blöd, dass er auch noch seinen Ausweis vorgelegt hat. Er wird gerade abgeholt. Wohnt übrigens nicht weit von dem Alten entfernt.«

»Schön, dann lass das mal die Kollegen machen, ich bin müde. Und sollte es sich um den Täter handeln, sag mir Bescheid, aber erst morgen früh im Präsidium. Okay?«

»Schon gut, schon gut, ich wollte ja nur …«

»Gute Nacht und bis morgen«, sagte sie und legte einfach auf. Sie holte sich eine Dose Bier aus dem Kühlschrank und trank in kleinen Schlucken. Achtzehn Jahre, dachte sie und schüttelte den Kopf. Wenn er's wirklich war, dann wird er aller Wahrscheinlichkeit nach noch nach Jugendstrafrecht verurteilt und kommt für maximal zehn Jahre in den Bau. Scheißspiel. So, und jetzt hör auf, darüber nachzudenken, bringt eh nichts.

Sie bezog das Bett, schaute sich noch einen Bericht in *Extra* an und ließ in einer weiteren Werbepause Wasser in die Wanne laufen. Um spätestens halb zwölf wollte sie in der Falle liegen und würde hoffentlich schnell einschlafen. Sie nahm die noch halb volle Dose Bier mit ins Bad, legte sich ins Wasser und schloss für einen Moment die Augen. Ein halbes Jahr war vergangen, seit sie zuletzt einen Mann gehabt hatte. Ein verdammt langes halbes Jahr. Am Wochenende würde sie sich schön machen und mal wieder in ihre Bar gehen und dort vielleicht einen Mann kennen lernen. Vielleicht. Sie trocknete sich ab, trank die Dose leer und putzte sich die Zähne. Um halb zwölf schlief sie ein.

Dienstag, 8.00 Uhr, Polizeipräsidium _

Julia Durant hatte tief und fest geschlafen, fühlte sich aber dennoch nicht ausgeruht. Seit Wochen schon plagten sie Albträume, am häufigsten jener, in dem sie verzweifelt einem Zug nachrannte, ihn aber nicht mehr erreichte. Dabei wusste sie nicht einmal, weshalb sie diesen Zug unbedingt nehmen wollte oder musste, es war einfach nur erschreckend, als sie am Ende allein auf dem Bahnsteig stand und dem Zug hinterhersah. Ihr Leben war nicht in Ordnung, und mit jedem Monat mehr, der verging, meinte sie ihre Zeit vertan zu haben. Die Einsamkeit, die nur durch den Dienst unterbrochen wurde, zermürbte sie von Tag zu Tag mehr. Sie ging allein zu Bett und stand genauso allein wieder auf. Niemand, der sie in den Arm nahm, der mit ihr frühstückte oder mit dem sie am Abend vor dem Fernseher sitzen konnte. Immer öfter dachte sie, dass ihr Leben ein einziger Trümmerhaufen war, doch sie hatte keine Ahnung, wie sie auch nur das Geringste daran ändern konnte. Vor allem jetzt, mit dem Einsetzen des Herbstes, verfiel sie, wenn sie abends nach Hause kam, in eine depressiv-melancholische Stimmung, fing aus unerklärlichen Gründen an zu weinen und trank, um den Weltschmerz zu bekämpfen, gleich mehrere Dosen Bier hintereinander. Es war keine Lösung, das wusste sie, aber es gab niemanden, der ihr helfen konnte. Sie allein war für ihr Leben verantwortlich, und nur sie konnte etwas an ihrer verfahrenen Situation ändern.

Sie öffnete das Wohnzimmerfenster. Der Himmel war trüb und würde bald Regen bringen, die Temperatur war der Jahreszeit angemessen kühl. Während sie die Zeitung überflog, löffelte sie Cornflakes mit Zucker und Milch und trank zwei Tassen Kaffee. Auf die obligatorische Zigarette nach dem Frühstück wollte sie aber nicht verzichten, rauchte in aller Ruhe und bereitete sich innerlich auf den bevorstehenden Tag vor.

Als sie im Präsidium ankam, saß Berger bereits hinter seinem Schreibtisch, der jedoch schon in vier bis sechs Wochen im neuen Präsidium stehen würde. Ein Umzug, an den keiner ihrer Kollegen gerne dachte. Ihre Abteilung sollte mit zu den Ersten gehören, die umziehen würden. Sie kannte die neuen Büros schon, jedes eine perfekte Kopie des andern. Die Wände altweiß, dunkelgraue Lamellen an den Fenstern, ahornfarbene Einbauschränke, die sich die ganze Wand entlangzogen, hellgraue Schreibtische, hellgraue Sideboards, grauschwarzer PVC-Boden mit lauter hellen Pünktchen darauf, die aussahen, als wären tausende von Kippen darauf ausgetreten worden. Etwa hundertfünfzig bis zweihundert Meter lange Gänge im Karree, acht Innenhöfe mit langen Verbindungsröhren zwischen den einzelnen Komplexen und, und, und ... Unpersönlich, steril, leblos. Aber es gab auch viele, denen das neue Präsidium gefiel. Sie allerdings würde lange brauchen, bis sie sich an die neue Umgebung gewöhnt haben würde, zu sehr hatte sie das alte Präsidium lieb gewonnen. Aber vielleicht hing dies auch nur damit zusammen, dass sie ein nostalgischer Mensch war und gerne in Erinnerungen schwelgte.

»Guten Morgen«, sagte Berger und schaute auf. Er schlug die *Bild*-Zeitung zu und faltete sie zusammen. Fast ein Jahr war seit seiner Heirat vergangen, und er sah seitdem jünger und dynamischer aus. Die große Trauer über den Verlust seiner Frau und seines Sohnes war verflogen, seine jetzige Frau Marcia war zwölf Jahre jünger, eine reizende und auf eine subtile Weise resolute Person, die ihm wieder jenen Lebensmut gegeben hatte, den er zwischenzeitlich verloren zu haben schien. Sie zeigte ihm, welchen Wert das Leben hatte, wie schön es sein konnte, wenn man es nicht allein verbrachte. Noch immer besuchte er regelmäßig den Friedhof in Sossenheim, wo sich das Grab seiner Frau und seines Sohnes befand, noch immer brachte er Blumen hin, setzte im Frühjahr und manchmal auch noch einmal im Sommer frische Pflanzen in die Erde, aber seit dem Moment, in dem sie sich näher gekommen waren, wurde er dabei von Marcia begleitet, die ihn aus seiner Isolation gerissen hatte. Bergers Tochter Andrea, die Psychologie studierte und ihren eigenen Worten zufolge eine Karriere als Kriminalpsychologin, vielleicht sogar als Profilerin anstrebte, hatte die Neue vom ersten Moment an ins Herz geschlossen und freute sich mit ihrem Vater über dessen wiedergewonnenes Glück.

»Morgen«, sagte Durant und setzte sich. »Hellmer hat mich gestern Abend noch angerufen und …«

»Ja, ja, ich weiß. Wir haben den jungen Mann. Er war's …«

»Hat er schon gestanden?«, unterbrach sie Bergers Ausführungen.

»Das nicht, aber es spricht alles gegen ihn. Der Pfandleiher hat seine Personalien aufgenommen, der Schmuck wurde gleich nachdem er angerufen hat, dort abgeholt und der Tochter vorgelegt, die ihn eindeutig identifiziert hat. Außerdem macht die KTU noch Abgleiche von Fingerabdrücken et cetera. Würde mich wundern, wenn die nichts finden. Sie wollen sich doch bestimmt mit dem Bürschchen unterhalten, oder?«, fragte Berger und lehnte sich zurück.

»Gleich. Gibt's sonst irgendwas Neues?«

»Reicht das nicht?«, entgegnete Berger und strich sich über den ehemals so gewaltigen Bauch, der jetzt nur noch ein Bäuchlein war. Zweiundvierzig Kilo hatte er in den letzten anderthalb Jahren abgenommen. Er hatte es selbst vor kurzem stolz verkündet, wobei er zugab, dass er dies ausschließlich der Liebe zu verdanken hatte. Er rauchte nicht mehr, trank nur noch Wasser und ernährte sich anscheinend sehr gesund.

»Doch, schon. Wo ist er?«

»Noch in seiner Zelle. Es war allerdings auch schon ein Anwalt hier, der ziemlichen Rabatz gemacht haben soll. Sie kennen das ja. Die Eltern schwören Stein und Bein, dass ihr Sohn nie zu einer solch schrecklichen Tat fähig wäre. Es müsse sich um ein Missverständnis handeln. Wer's glaubt!«

»Ich kümmere mich um ihn«, sagte Durant und erhob sich. »Bei mir werden die Leute in der Regel gesprächig.«

Sie rief einen Beamten aus dem Zellentrakt an, um den Tatverdächtigen in ihr Büro zu bringen. Fünf Minuten später wurde der junge Mann hereingeführt. Sie schloss die Verbindungstüren zu den anderen Büros und setzte sich hinter ihren Schreibtisch, nahm die Akte, schlug sie auf, überflog die Personalangaben und sah den jungen Mann an. Er war etwa einsachtzig, sehr schlank, sein blondes Haar war kurz geschnitten, und er hatte blaue Augen. Er wirkte verschüchtert und übernächtigt. Kein Wunder, dachte Durant, auf dieser Holzpritsche könnte ich auch kein Auge zumachen. Dem Blick von Julia Durant wich er aus, als würde er sich schämen.

»Herr Scheffler, ich bin Hauptkommissarin Durant und leite die Ermittlungen im Mordfall Beck. Deshalb sind Sie auch hier. Meine Kollegen haben Sie sicherlich schon informiert, dass die Wohnung von Herrn Beck noch einmal eingehend auf Spuren untersucht wird, die belegen sollen, dass Sie dort waren. Haben Sie ihn getötet?«

Scheffler schluckte und schüttelte den Kopf.

»Soll ich das als ein Nein verstehen?«, fragte Durant.

»Ich war's nicht, ich schwör's«, sagte Scheffler.

»Und wie kommen Sie dann zu dem Schmuck?« Durant beugte sich nach vorn und versuchte in dem Gesicht ihres Gegenübers zu lesen. Alles, was sie sah, war Angst.

»Jemand hat ihn mir gegeben.«

»So, jemand hat Ihnen den Schmuck also gegeben. Einfach so. Sie wollen mich doch hier nicht auf den Arm nehmen, oder? Denken Sie sich bitte eine bessere Geschichte aus. Oder nennen Sie mir den Namen des großen Unbekannten.«

»Ich habe Herrn Beck nicht umgebracht, bitte glauben Sie mir …«

»Warum sollte ich Ihnen das glauben? Solange Sie nicht den Mund aufmachen, sind Sie für mich ein kaltblütiger Mörder. Sie haben die Tat geplant, Herrn Beck brutal ermordet und ihn ausgeraubt.« Sie machte eine Pause. Scheffler hielt den Blick zu Boden gesenkt.

Er hat Angst, dachte Durant, panische Angst. Aber wovor? »Sie haben also nicht mit einem Kerzenständer mehrmals auf den wehrlosen alten Mann eingeschlagen, bis das Gehirn aus dem Schädel quoll? Warten Sie, ich zeige Ihnen die Bilder vom Tatort.« Sie schlug die Akte nochmals auf, drehte sie um und legte die Tatortfotos nebeneinander. »Schauen Sie genau hin, das ist Ihr Werk. Kein Mensch möchte auf eine solch bestialische Weise sterben. Also, ich höre.«

»Ich könnte niemals einen Menschen umbringen«, sagte er leise und mit Tränen in den Augen, nachdem er einen kurzen Blick auf die Fotos geworfen hatte.

»Das sagen alle, die von sich meinen, die Polizei würde ihnen schon nicht auf die Schliche kommen …«

»Ich war's aber nicht!«, schrie er mit sich überschlagender Stimme. »Warum glaubt mir denn keiner?«

»Weil Sie meinen Kollegen und mir bisher keinerlei Anlass dafür gegeben haben.« Sie zündete sich eine Zigarette an und hielt Scheffler die Schachtel hin, der nur den Kopf schüttelte. »Gut, ich werde Ihnen jetzt etwas sagen. Selbst wenn unsere Spezialisten keine Hinweise finden, dass Sie in der Wohnung waren, bleiben Sie dennoch der einzige Tatverdächtige, weil Sie im Besitz des Schmucks waren und ihn bei einem Pfandleiher versetzt haben. Sie werden so oder so verurteilt, es sei denn, Sie haben den Schmuck im Auftrag einer anderen Person versetzt. Gibt es eine solche Person?«

»Ich konnte doch nicht wissen, dass an dem Zeug Blut klebt«, stieß er hervor. »Wenn ich das gewusst hätte, hätte ich so was niemals gemacht.«

»Wer hat Ihnen den Schmuck gegeben? Ein Freund? Ein Bekannter? Oder sind Sie unter Druck gesetzt worden?«

»Mein Vater hat gemeint, ich soll nichts ohne meinen Anwalt sagen.«

»Ach kommen Sie«, entgegnete Durant, stand auf und stellte sich mit dem Rücken ans Fenster. »Der Anwalt hält Sie für schuldig, und auch Ihr Vater scheint wohl der Auffassung zu sein, dass Sie den alten Mann umgebracht haben, sonst hätte er nicht gleich einen Anwalt eingeschaltet. Doch irgendwie kann ich mir das bei Ihnen nicht vorstellen. Sie sind einfach nicht der Typ für so was. Aber ich kann Ihnen nur helfen, wenn Sie mit der Sprache rausrücken. Wissen Sie, was Ihnen passiert, wenn Sie auspacken?« Sie machte erneut eine Pause und sah Scheffler direkt an, der zum ersten Mal den Kopf hob und ihn schüttelte. »Nichts. Rein gar nichts, vorausgesetzt, Sie haben Herrn Beck nicht umgebracht. Erzählen Sie mir einfach, was sich abgespielt hat.«

Scheffler schüttelte daraufhin immer wieder den Kopf und fuhr sich mit beiden Händen durch die kurzen Haare. »Die bringen mich um«, sagte er schließlich mit bebender Stimme.

»Gehen Sie noch zur Schule?«, fragte Durant, die letzte Bemerkung von Scheffler ignorierend.

»Ja.«

»Gymnasium also. Zwölfte Klasse?«

»Dreizehnte.«

Julia Durant setzte sich wieder, die Ellbogen auf den Tisch ge-stützt, die Hände gefaltet. »Also schon kurz vorm Abi. Hätt ich gar nicht gedacht. Das heißt, Sie sind nicht dumm. Und doch auch wieder dumm genug, eventuell für etwas ins Gefängnis zu wandern, was Sie gar nicht getan haben. Tun Sie mir einen Ge-fallen, werfen Sie nicht Ihr Leben weg. Denn das machen Sie, wenn Sie für mindestens zehn Jahre im Knast verschwinden, vorausgesetzt, der Richter wendet das Jugendstrafrecht an. Sie werden es danach verdammt schwer haben, wieder Boden unter den Füßen zu kriegen. Ich kenne einige, die es nie wieder ge-packt haben. Manche, die so alt waren wie Sie oder sogar noch älter, haben sich dort schon umgebracht, weil sie mit dem Druck nicht fertig wurden. Aber wenn Sie irgendwann wieder raus-kommen, wird der Makel eines Exknackis immer an Ihnen haf-ten, und zwar der Makel, einen Menschen brutal umgebracht zu haben. Und den Leuten draußen ist es egal, ob Sie es waren oder nicht, für sie zählt nur das Urteil.« Sie hielt kurz inne, den Blick auf ihr Gegenüber gerichtet. »Das ist es nicht wert, glauben Sie mir. Und meine Kollegen sind überzeugt, dass Sie Herrn Beck getötet haben. Sogar mein Chef ist davon überzeugt. Also sagen Sie schon, was vorgefallen ist.«

»Die bringen mich um«, wiederholte er und sah Durant Hilfe suchend an.

»Wer bringt Sie um?«

»Sie haben ja keine Ahnung, was das für Typen sind!«, sagte er, wobei er am ganzen Körper zitterte.

»Waren es mehrere Personen?«

»Zwei.«

»Und diese zwei haben Herrn Beck getötet?«

»Ich nehme es an.«

»Nennen Sie mir Namen. Ich garantiere Ihnen, wer immer da-für verantwortlich ist, er wird Ihnen nichts tun. Wie schaut's aus?«

»Sie wissen doch gar nicht, zu was die alles fähig sind«, entgegnete er leise.

»Und Sie wissen nicht, zu was ich fähig bin. Kommen Sie, schauen Sie mich an. Glauben Sie wirklich, ich würde Ihnen sagen, dass Ihnen nichts passiert, wenn es nicht so wäre? Sind es Freunde von Ihnen?«

»Freunde! Ich wollte nie solche Freunde haben, aber ...«

»Schöne Freunde.« Julia Durant schüttelte den Kopf. »Die lassen Sie in den Bau wandern und lachen sich ins Fäustchen. Aber ich werde Ihnen mal sagen, was ich denke. Ihre so genannten Freunde haben Sie schon seit längerem unter Druck gesetzt. Vermutlich hat es in der Schule angefangen. Sie haben Sie erpresst, ohne dass Ihre Eltern etwas davon mitbekommen haben. Und Sie haben immer schön mitgespielt, weil Sie panische Angst vor diesen Typen hatten. Ich nehme an, Sie wurden von ihnen schon verprügelt und anderweitig eingeschüchtert. Verbessern Sie mich, wenn ich falsch liege. Und dann kam der letzte Donnerstag. Die beiden haben Herrn Beck kaltblütig und auf brutalste Weise umgebracht, haben die Wohnung auf den Kopf gestellt, Wertsachen mitgehen lassen und Sie auf irgendeine Weise dazu gebracht, den Schmuck zum Pfandleiher zu bringen. War es so?«

Scheffler nickte nur.

»Es hätte möglicherweise klappen können. Nur dumm, dass Sie Ihren Ausweis vorlegen mussten. Sie haben in Ihrer Naivität ja nicht ahnen können, dass wir dadurch ganz schnell auf Ihre Spur kommen würden. Und jetzt sitzen Sie hier, obwohl Sie nichts getan haben, als Schmuck, dessen Herkunft Sie nicht einmal kannten, zu versetzen. Nun sagen Sie schon, wer die beiden sind, und wir werden sie uns holen. Und dann wandern sie für eine sehr lange Zeit hinter Gitter. Sie brauchen also keine Angst zu haben, das verspreche ich Ihnen in die Hand.«

»Mirko und Igor.«

»Mirko und Igor wer? Ich brauche auch die Nachnamen.«

»Mirko Hradic und Igor Wassilew.«

»Deutsche?«

»Mirko kommt aus Jugoslawien und Igor aus Russland.«

»Gehen die auch auf Ihre Schule?«

»Nein, die sind beide zwanzig und gammeln so in der Gegend rum. Sie sind aber oft auf dem Schulgelände, obwohl sie eigentlich Hausverbot haben. Die sind unglaublich brutal, glauben Sie mir. Und die haben immer eine Waffe dabei. Die machen sich einen Spaß daraus, andere zu quälen. Sie haben's mit mir ja auch gemacht.«

»Wo kann ich die beiden finden?«

»Windthorststraße in Höchst. Die Eltern von denen stehen im Telefonbuch.«

Julia Durant griff zum Telefonbuch, suchte nach den Einträgen und notierte sich die Hausnummern. »Meinen Sie, die beiden sind jetzt zu Hause?«

»Glaub schon, die schlafen wahrscheinlich noch. Die sind ja jeden Abend weg.«

»Danke schön«, sagte Durant, als die Tür aufging und ein Mann an Hellmer vorbei ins Zimmer stürmte.

»Was soll das?«, fuhr er Durant an und knallte seinen Aktenkoffer auf den Tisch. »Ich habe doch ausdrücklich gesagt, dass mein Mandant keine Aussagen ohne mein Beisein machen darf. Setzen Sie sich eigentlich immer über alle Regeln hinweg?«

»Darf ich fragen, mit wem ich das Vergnügen habe?«, entgegnete Durant kühl.

»Dr. Wegener, Rechtsanwalt. Ich bin der Anwalt von Herrn Scheffler. Und jetzt ...«

»Und jetzt, Herr Dr. Wegener«, wurde er von Durant unterbrochen, die sich nach vorn beugte, »jetzt schwingen Sie Ihren Arsch hier raus, ich habe nämlich zu tun. Und noch was – Ihr Mandant hat soeben ein vollständiges Geständnis abgelegt. Das heißt, er hat gestanden, dass er's nicht war. Und mein Kollege und ich werden uns jetzt die wahren Schuldigen holen. Zufrieden?«

»Augenblick, soll das heißen ...«

»Genau das. Herr Scheffler wird gleich in seine Zelle zurückgebracht und vermutlich schon heute Nachmittag das Präsidium als freier Mann verlassen können. Wenn Sie uns jetzt bitte entschuldigen wollen, wir müssen weg. Ach ja, vorerst bitte kein Wort zu den Eltern, es könnte nur den folgenden Einsatz gefährden.« Durant bat den vor der Tür postierten Beamten herein und ließ Scheffler in seine Zelle bringen. »Gibt's noch irgendwas?«, fragte sie Wegener, der mit einem Mal unsicher wirkte. »Gut, dann wollen wir mal. Machen wir's allein?«, wandte sie sich an Hellmer, der sie angrinste.

»Guten Morgen, Julia. Gut geschlafen?«

»Idiot. Auf geht's. Ich sag dir, ich hab den Jungen vorhin gesehen und gewusst, dass er's nicht gewesen sein kann. Und ich habe mal wieder Recht behalten. Ich bin doch toll, oder?«

»Du bist einfach umwerfend. Aber erklär mir doch bitte, was wir jetzt gleich allein machen.«

»Uns die wahren Täter schnappen. Das Problem ist nur, die sind angeblich bewaffnet und brandgefährlich. Oder sollen wir doch Verstärkung anfordern?«

»Wenn's zwei sind, können wir das unmöglich allein machen. Wir sollten Peter und Doris mitnehmen. Wir schnappen uns den einen, die sich den andern.«

»Okay«, sagte sie nur, bat Hellmer, Peter Kullmer und Doris Seidel zu informieren, und erstattete Berger währenddessen einen knappen Bericht. Als alle bereit waren, gingen sie zu ihren Wagen. Um kurz nach halb zehn fuhren sie vom Präsidiumshof.

Dienstag, 9.45 Uhr

Gabriele Lura hatte miserabel geschlafen, ihr Kopf schmerzte, ihr Unterleib brannte immer noch, und dazu kam eine leichte Übelkeit. Sie räumte den Esstisch ab und das

Geschirr in die Spülmaschine, als das Telefon klingelte. Sie nahm ab. Am andern Ende war Frau Walter, die Sekretärin von Rolf Lura.

»Frau Lura, ich wollte nur wissen, ob Ihr Mann noch zu Hause ist?«

»Nein, er ist wie immer um acht ins Geschäft gefahren.«

»Ich rufe auch nur an, weil er eigentlich genau jetzt einen wichtigen Termin hat und der Kunde bereits wartet. Ich wundere mich auch, dass Ihr Mann noch nicht hier ist, denn normalerweise ist er derjenige, der aufschließt.«

»Ich kann Ihnen leider nichts anderes sagen, als dass er sich pünktlich um acht von mir verabschiedet hat«, erwiderte Gabriele Lura, die sich erinnerte, wie gut gelaunt er an diesem Morgen war. Als hätte es die vergangene Nacht nicht gegeben. Aber das war nicht ungewöhnlich, denn in der Regel war er am Tag danach stets ziemlich aufgekratzt.

»Ich habe es übrigens auch auf seinem Handy probiert, aber da ist nur die Mailbox an. Na gut, warten wir mal, vielleicht kommt er ja gleich. Entschuldigen Sie die Störung.«

»Keine Ursache«, sagte Gabriele Lura und legte auf. Sie saugte das Wohnzimmer und machte die Betten. Eine halbe Stunde später klingelte erneut das Telefon.

»Hier noch mal Walter. Entschuldigen Sie, wenn ich schon wieder störe, aber irgendwas stimmt da nicht. Ihr Mann ist noch immer nicht hier, und ich kann ihn auch über Handy nicht erreichen. Haben Sie eine Ahnung, wo er sein könnte? Ich meine, der Kunde wollte ausschließlich von Ihrem Mann beraten werden und ist extra aus Kassel angereist. Er ist ein sehr bekannter Schauspieler.«

»Frau Walter, ich weiß nicht, wo mein Mann sein könnte. Er hat mir gesagt, er würde ins Geschäft fahren. Das Einzige, was ich tun kann, ist, bei seinen Eltern anzurufen, ob die etwas wissen.«

»Seltsam«, erklärte Frau Walter, »das ist überhaupt nicht seine

Art. Ich würde gar nicht anrufen, wenn es nicht ein so wichtiger Kunde wäre. Ich meine, der Mann will zwei Autos kaufen und ist inzwischen recht ungehalten, was ich ihm nicht verübeln kann. Ich hoffe, es ist nichts passiert.«

»Dann hätte er wohl schon längst hier angerufen, oder … Nein, Frau Walter, ich versuche es bei meinen Schwiegereltern und rufe Sie gleich zurück. Mehr kann ich nicht tun.«

Gabriele Lura tippte die Nummer ihrer Schwiegereltern in den Apparat, was sie nur ungern tat, denn sie verstand sich nicht sonderlich gut mit ihnen, wobei diese Abneigung insbesondere ihre Schwiegermutter betraf, die an allem, was sie tat, etwas auszusetzen hatte. Horst Lura, ihr Schwiegervater, war ganz in Ordnung, aber er hatte nichts zu melden, seine Frau war die alleinige Herrscherin im Haus. Der Kontakt zu ihnen fand im Wesentlichen zu Weihnachten und an den Geburtstagen statt, sonst sah man sich kaum. Wie nicht anders zu erwarten, war ihre Schwiegermutter am Apparat.

»Ja?« Sie meldete sich grundsätzlich mit »Ja«, kurz, knapp und mit dieser harten, blechernen Stimme, die für Gabriele Lura ein Spiegelbild ihrer Persönlichkeit war.

»Hier Gabriele. Ich wollte nur mal hören, ob Rolf sich bei euch gemeldet hat. Ich versuche ihn seit einer Stunde anzurufen, aber …«

»Mein Gott, dann wird er eben einen Termin haben. Was gibt's denn so Wichtiges?«

»Ach, nichts weiter. Ich hab nur vergessen, ihm etwas zu sagen. Entschuldige die Störung.«

»Schon gut. Und grüß Rolfi, wenn er sich meldet.«

Blöde Kuh, dachte sie und knallte den Hörer auf. »Rolfi, Rolfi!« Anschließend probierte sie ihren Mann auf dem Handy zu erreichen, vergeblich. Sie schüttelte den Kopf und teilte Frau Walter mit, dass sie ihren Mann nicht habe ausfindig machen können.

Es war fast dreizehn Uhr, als sie anfing, sich ernstlich Gedanken zu machen, nachdem sie es noch mehrere Male auf seinem Handy versucht hatte, aber immer nur die Mailbox ansprang. Um kurz nach eins kam Markus von der Schule zurück. Sie erzählte ihm, dass sein Vater offenbar verschwunden sei.

»Na und«, sagte Markus nur und stellte seine Schultasche in den Flur. »Von mir aus kann er für immer und ewig wegbleiben.«

»Markus, bitte, wie oft soll ich es noch sagen, was er auch tut, er ist und bleibt dein Vater. Was, wenn ihm etwas passiert ist?«

»Ich scheiß auf so einen Vater! Warum nimmst du ihn eigentlich immer in Schutz? Warum schlägt er mich eigentlich nie? Ich will nicht, dass er dich andauernd schlägt.«

Gabriele Lura nahm ihren Sohn in den Arm und sagte leise: »Wir gehen weg, Ehrenwort. Es wird nicht mehr lange dauern.«

»Wann?«

»Bald.«

»Und woher weißt du das?«

»Du kennst doch den Traum, von dem ich dir schon einige Male erzählt habe. Ich wohne in einem wunderschönen Haus, alles ist hell und friedlich, da ist ein Park und ein Bach und …«

»Und was ist mit mir? Bin ich auch dabei?«, fragte er misstrauisch.

»Natürlich«, sagte sie beruhigend, »natürlich bist du auch dabei. Wo solltest du denn sonst sein?«

»Und wo steht dieses Haus?«

»Ich weiß es nicht, ich weiß nur, dass es dieses Haus gibt. Und dein Vater ist nicht dort.«

»Aber woher willst du das Geld nehmen?«

Sie lächelte und antwortete: »Mach dir darüber keine Sorgen, Gott passt auf uns auf und wird uns einen Weg zeigen. Bei ihm ist nichts unmöglich.«

»Das sagst du schon die ganze Zeit, aber bis jetzt ist nichts passiert.«

»Manchmal wird unsere Geduld auf eine harte Probe gestellt,

das ist nun mal so. Und noch haben wir Kraft, denn zusammen sind wir stark.«

»Ich hab gestern Angst gehabt«, sagte Markus und löste sich von seiner Mutter. »Fängt es wieder an?«

»Nein, ich glaub nicht. Er hat's versprochen ...«

»Aber wie er gestern wieder geguckt hat! Und ich hab wieder alles gehört, was er gesagt hat.«

»Als wir im Schlafzimmer waren?«

»Hm.«

»Du solltest doch schlafen«, sagte sie liebevoll und streichelte ihm übers Haar.

»Ich hatte aber solche Angst.« Er hielt inne und sah seine Mutter an. »Meinst du, ihm ist was passiert?«

»Keine Ahnung. Und wenn?«

»Dann könnten wir endlich machen, was wir wollen.«

Gabriele Lura lächelte erneut und entgegnete: »Ich glaub, den Gefallen wird er uns nicht tun. Er kommt bestimmt wieder.«

»Hast du Angst?«

»Nein, ich weiß nur, dass bald alles gut wird. Und du brauchst keine Angst um mich zu haben, der liebe Gott wird immer auf mich aufpassen. Und auf dich erst recht. So, und jetzt wasch dir die Hände und komm essen. Ich hab für uns beide Frikadellen und Pommes gemacht.«

Sie hatte den letzten Satz kaum ausgesprochen, als das Telefon klingelte. Frau Walter.

»Frau Lura, allmählich mache ich mir wirklich Sorgen. Ich habe bereits zwei weitere Kunden vertrösten müssen, und ich konnte ihnen nicht einmal sagen, wann Ihr Mann wieder verfügbar ist. Haben Sie schon die Polizei eingeschaltet?«

»Nein, noch nicht. Aber wenn er sich nicht innerhalb der nächsten Stunde meldet, rufe ich dort an.«

»Gut, denn ich arbeite jetzt inzwischen seit fünfzehn Jahren für Ihren Mann, und so etwas ist bisher noch nie vorgekommen. Sie wissen ja selbst, wie ... genau Ihr Mann ist.«

»Sie können ruhig penibel sagen, das trifft es eher«, entgegnete Gabriele Lura lachend. »Ich melde mich in einer Stunde wieder bei Ihnen.« Sie legte auf und fragte dann ihren Sohn: »Soll ich die Polizei anrufen?«

Er zuckte nur mit den Schultern. Sie suchte an der Pinnwand über dem Telefontisch die Nummer des für sie zuständigen 10. Polizeireviers, tippte die Nummer ein und erklärte dem Beamten in kurzen Worten die Lage. Er erklärte, es habe an diesem Tag noch keinen Unfall im Bereich des 10. Reviers gegeben, und versprach, zwei Kollegen in ein paar Minuten vorbeizuschicken.

»Komm, lass uns schnell essen«, sagte sie zu Markus, »die Polizei kommt gleich und wird ein paar Fragen stellen.«

Ein ungutes Gefühl beschlich sie, während sie aß. Sie war noch nicht ganz fertig, als die Türglocke anschlug. Zwei uniformierte Beamte standen vor der Tür, ein etwa fünfzigjähriger Mann und eine junge Frau, deren Alter schwer zu schätzen war. Sie bat sie ins Haus.

»Was können wir für Sie tun?«, fragte der Mann, während er einen kurzen Blick durch das geräumige Wohnzimmer warf und anerkennend nickte.

»Es geht um meinen Mann, wie Sie sicherlich schon erfahren haben. Er hat heute Morgen um acht das Haus verlassen, ist aber nicht im Geschäft angekommen. Wir fangen allmählich an, uns Sorgen zu machen«, antwortete sie und bot den Beamten einen Platz an.

»Wer ist wir?«

»Die Arbeitskollegen meines Mannes und ich natürlich.«

»Ihrem Mann gehört das Autohaus, richtig?«

Gabriele Lura nickte.

»Also, wir haben gerade eben die Meldung bekommen, dass es heute im Laufe des Vormittags im gesamten Frankfurter Stadtgebiet keinen Unfall mit Personenschaden gegeben hat. Hatte Ihr Mann vielleicht einen Termin außerhalb, von dem Sie keine Kenntnis hatten?«

»Nein, er hatte mehrere Termine, aber alle im Geschäft, wie mir seine Sekretärin versicherte.«

»Mit was für einem Auto ist er unterwegs?«

»Mit seinem Mercedes. Hier ist das Kennzeichen«, sagte sie und schrieb es auf einen Zettel.

»Was für ein Mercedes?«

»Ein 500er.«

»Und die Farbe?«

»Dunkelblau.«

»Hat sich Ihr Mann in letzter Zeit auffällig verhalten?«

»Was meinen Sie damit?«

»Wirkte er nervös oder sogar ängstlich? Könnte es sein, dass er bedroht wurde?«

»Nicht, dass ich wüsste«, antwortete Gabriele Lura. »Er war wie immer, als er heute Morgen weggefahren ist. Und wenn er bedroht worden wäre, hätte er mich das mit Sicherheit wissen lassen.«

»Frau Lura, das Einzige, was wir machen können, ist, das Auto Ihres Mannes zur Fahndung auszuschreiben. Und natürlich wäre es ratsam, eine Vermisstenanzeige aufzugeben, wenn Sie in den nächsten zwei oder drei Stunden nichts von ihm hören. Dann allerdings wird sich die Kriminalpolizei um alles Weitere kümmern.«

»Hm«, sagte sie nachdenklich, »seltsam, so etwas ist bisher noch nie vorgekommen. Er ist die Zuverlässigkeit in Person.«

»Was meinen Sie damit?«, fragte der Beamte.

»Nun, er hat noch nie einen Geschäftstermin platzen lassen, denn ihm ist kaum etwas wichtiger als seine Kunden. Zufriedene Kunden, guter Umsatz, das ist seine Devise. Und gerade heute war ein sehr wichtiger Tag für ihn.«

»Also gut, dann brauchen wir ein paar Angaben über Ihren Mann, die wir an die Vermisstenstelle bei der Kripo weitergeben. Und wenn Sie möchten, können wir auch eine Suchmeldung über Radio ausgeben.«

»Nein, nicht über Radio«, sagte sie und schüttelte den Kopf. »Wir sollten erst mal abwarten.«

»Haben Sie heute schon irgendwelche … nennen wir es merkwürdige Anrufe bekommen?«, fragte der Polizist mit hochgezogenen Augenbrauen und durchdringendem Blick.

»Nein. Außer Frau Walter, das ist die Sekretärin meines Mannes, hat niemand hier angerufen.« Sie stand auf, ging zum Schrank und holte ein Foto aus einer Schublade. »Das Bild wurde vor wenigen Wochen gemacht, als das Autohaus achtzigjähriges Bestehen feierte. Vielleicht hilft es Ihnen. Und was benötigen Sie sonst noch?«

»Die üblichen Daten. Wann ist Ihr Mann geboren?«

»26. Juni 1957 in Frankfurt.«

»Größe?«

»Einsvierundsiebzig.«

»Haarfarbe?«

»Blond, blaue Augen.«

»Körperliche Auffälligkeiten?«

»Er hat eine zwei Zentimeter lange Narbe über dem linken Auge, die aber kaum zu sehen ist, und noch ein paar Narben an den Armen und Beinen aus der Kindheit. Er hat mal einen Unfall gehabt.«

»Gut, ich denke, das war's fürs Erste. Wir leiten das weiter, und sollte sich Ihr Mann nicht bis heute Abend achtzehn Uhr gemeldet haben oder wieder zu Hause sein, wird sich automatisch die Kripo einschalten. Ihr Mann ist ja offensichtlich recht wohlhabend«, bemerkte der Beamte vielsagend, als er seinen Blick ein weiteres Mal durchs Zimmer schweifen ließ.

»Sie meinen, er könnte entführt worden sein?«

»Jetzt malen Sie nicht gleich den Teufel an die Wand, aber in einem solchen Fall werden alle Möglichkeiten in Betracht gezogen. Doch wenn Sie sagen, dass Sie bis jetzt keine entsprechenden Anrufe oder anderweitigen Mitteilungen bekommen haben …«

49

»Ja, man muss heutzutage wohl immer mit dem Schlimmsten rechnen«, sagte sie seufzend und reichte den Beamten die Hand. »Danke, dass Sie gekommen sind. Ich begleite Sie noch zur Tür.«

Als die Polizisten gegangen waren, lehnte sich Gabriele Lura von innen gegen die Tür, schloss für einen Moment die Augen und spürte das Pochen ihres Herzens bis in die Schläfen. Markus, der von ihr auf sein Zimmer geschickt worden war, kam herunter.

»Was ist?«, fragte er.

»Nichts weiter«, antwortete sie. »Die Polizei wird deinen Vater jetzt suchen.«

»Na gut. Hilfst du mir bei meinen Hausaufgaben?«

»Klar doch. Aber erst muss ich noch mal kurz telefonieren. Geh schon hoch, ich komm glcich nach.«

Sie wartete, bis Markus in seinem Zimmer war, und schloss die Tür hinter sich. Dann setzte sie sich auf die Couch, nahm den Hörer ab und tippte eine Nummer ein. Das Telefonat dauerte nur zwei Minuten. Als sie die Aus-Taste drückte, war sie erleichtert.

Markus hatte bereits das Englischbuch aufgeschlagen und ein Heft vor sich liegen. Er wollte nur, dass seine Mutter Vokabeln abhörte. Sie blieb aber zwei Stunden bei ihm. Die ganze Zeit über vermieden sie es, über Rolf Lura zu sprechen, doch beide wussten, was der andere dachte.

Dienstag, 10.05 Uhr

Mirko Hradic und Igor Wassilew wohnten in einem Mehrparteienhaus unweit der ehemaligen McNair-Kaserne, Hradic im ersten und Wassilew im dritten Stock. Die Fassade war grau und seit Jahrzehnten nicht erneuert worden, die Klingelschilder zum Teil unleserlich oder nicht vorhanden, die meisten Klingelknöpfe angesengt. Ein paar Tropfen fielen aus einem grauen Herbsthimmel. Es war eine dieser Gegenden, in der die Saat des Unkrauts aufging, wie Berger einmal in einem seiner philosophischen Anflüge bemerkt hatte. Betrachtete man den Bürgersteig, die Stufen, die zum Haus führten, die Fenster und die ungepflegten Vorgärten, sofern man diese als solche bezeichnen konnte, so hatte Berger sicher nicht ganz Unrecht mit seiner Behauptung.

»Wir müssen vorsichtig sein«, sagte Julia Durant an ihre Kollegen gewandt, während sie etwa fünfzig Meter vom Haus entfernt standen. »Ich will nicht, dass irgendeinem von uns etwas passiert. Wir müssen ins Haus rein, aber am besten, ohne zu klingeln. Sowie wir drin sind, gehen Frank und ich in den dritten Stock, ihr beide bleibt im ersten. Doris und ich werden uns als Mitarbeiterinnen der Hausverwaltung ausgeben. Frank und Peter, ihr postiert euch so, dass ihr nicht durch den Spion gesehen werden könnt. Erst wenn die Türen aufgemacht werden, gehen wir rein, aber mit gezogener Waffe. Und dann muss alles ganz schnell gehen. Verstanden?« Und zu Kullmer und Seidel: »Sobald wir oben sind, räuspere ich mich, das ist das Zeichen.«

»Alles klar«, sagte Kullmer.

»Auf dass alles gut geht«, fügte Hellmer hinzu.

Sie gingen auf das Haus zu, warteten einen Moment, Kullmer drückte mit einer Hand gegen die Haustür, sie war verschlossen.

»Ich nehme einen deutschen Namen. Hier, Peters. Soll ich klingeln? Was kann uns passieren?«

»Mach.«

Nur wenige Sekunden später ertönte ein leichtes Summen. Sie traten in den Hausflur. Eine ältere Frau kam aus der Wohnung im Erdgeschoss und sah die Beamten misstrauisch an, ein Misstrauen, das in einem solchen Haus angebracht war.

»Ja, bitte?«

Durant legte einen Finger auf die Lippen und zeigte ihr den Polizeiausweis. Sie bat sie mit leisen Worten, wieder in die Wohnung zu gehen und die Tür hinter sich zuzumachen. Die

Stufen waren aus ausgetretenem Stein, die Schritte der Kommissare dadurch kaum hörbar. Kullmer und Seidel blieben im ersten Stock stehen, während Durant und Hellmer in den dritten gingen. Durant gab das vereinbarte Zeichen, indem sie sich räusperte. Sie und Seidel betätigten gleichzeitig die Klingel. Sie warteten, keine Reaktion. Sie versuchten es erneut, bis Durant Schritte näher kommen hörte.

»Ja?«, fragte eine männliche Stimme von drinnen.

»Durant von der Hausverwaltung. Ich würde gerne mit Ihnen sprechen, es geht um die Wohnung. In den nächsten drei Wochen werden sämtliche Heizkörper ausgetauscht und …«

Die Tür wurde geöffnet, ein junger Mann, der nur ein Unterhemd und eine Sporthose anhatte, stand vor ihr. Bevor er etwas sagen konnte, blickte er in die Mündung von Durants Pistole.

»Igor Wassilew?«, sagte sie scharf und stieß die Tür auf.

»Ja, und? Was soll der Scheiß? Ich denk …«

»Sie werden wegen des dringenden Tatverdachts verhaftet, Herrn Beck am vergangenen Donnerstag in dessen Haus ermordet zu haben. Und jetzt schön brav die Hände auf den Rücken, mein Kollege wird Ihnen Handschellen anlegen, und danach werden wir Sie mit aufs Präsidium nehmen. Sie haben das Recht, die Aussage zu verweigern. Alles, was Sie von jetzt an sagen, kann notfalls gegen Sie verwendet werden.«

»He, spinnt ihr?! Ich soll was gemacht haben? Ich hab keinen umgelegt!«

»An die Wand und Hände auf den Rücken!«, befahl Hellmer. Wassilew leistete keine Gegenwehr. Auch Hradic, der noch geschlafen hatte, als Seidel klingelte, war derart überrascht, dass er sich widerstandslos festnehmen ließ. Hellmer und Kullmer holten noch ein paar Sachen zum Anziehen aus den jeweiligen Wohnungen, bevor sie losfuhren.

Um kurz nach elf kamen sie im Präsidium an. Sie besprachen sich noch zehn Minuten, bevor sie mit dem Verhör in getrennten Zimmern begannen. Hradic und Wassilew waren bereits polizei-

52

lich registriert wegen Handels mit Ecstasy, Hradic zusätzlich wegen schwerer Körperverletzung. Die vor zwei Jahren verhängten Strafen waren allerdings zur Bewährung ausgesetzt worden, weil die Prognose der Jugendgerichtshilfe positiv ausgefallen war. Ein Irrtum, wie sich einmal mehr herausstellen sollte.

»Ich will meinen Anwalt sprechen«, sagte Wassilew, der Kleinere der beiden, aber der Anführer, was er allein durch sein Auftreten demonstrierte. Klein und drahtig, kurz rasiertes dunkles Haar und stechende dunkle Augen, der Körper ein einziges Muskelpaket, an dem kein Gramm Fett war. Hradic war fast einen Kopf größer, ebenfalls muskulös, aber er konnte zum einen nicht so gut Deutsch, zum andern gehörte er zu den Mitläufern, denn allein wie er Hilfe suchend Wassilew ansah, als sie in getrennte Zimmer geführt wurden, sprach Bände. Ohne seinen großen Boss neben sich war er hilflos, ein Nichts, und es war nur eine Frage der Zeit, bis er aufgeben und gestehen würde. Mit ihm, das wusste Durant, würden Kullmer und Seidel leichtes Spiel haben, ein paar Suggestivfragen, ein paar angebliche Aussagen von Wassilew, was den Tathergang betraf. Hradic war brutal, aber Durant kam er vor wie ein kleines unmündiges Kind, das im Grunde seines Herzens naiv war. Er gehörte zu jenen, die einen Anführer und entsprechende Befehle brauchten. Wahrscheinlich, so mutmaßte Durant, war er sogar ein eher umgänglicher junger Mann, der nur in schlechte Gesellschaft geraten war.

»Ihren Anwalt kriegen Sie schon, aber erst haben wir ein paar Fragen an Sie«, erwiderte Durant ruhig.

»Ich hab noch nicht gefrühstückt.«

»Frank, sag mal draußen Bescheid, die sollen zwei belegte Brötchen und Kaffee bringen. Wir wollen doch nicht, dass unser Kleiner an Unterernährung stirbt«, sagte sie spöttisch.

Die Vernehmung dauerte zwei Stunden. Wassilew frühstückte, aber er blieb stur und sah die Kommissare immer wieder nur kalt an, ohne etwas zu sagen, außer dass er hin und wieder ein paar russische Flüche ausstieß. Durant begab sich zu Kullmer und Seidel, die Hradic bereits einiges entlockt hatten, womit er Wassilew schwer belastete. Mit diesem Wissen ging sie zurück zu Wassilew und Hellmer und besprach sich mit ihm. Hellmer nickte bloß.

»Also, Herr Wassilew, machen wir's kurz. Ihr Freund hat bereits gestanden. Das Problem ist nur, er behauptet, Sie hätten die Tat begangen. Er sagt, er wollte nicht, dass Herr Beck stirbt. Angeblich hätten Sie gesagt, Sie wollten den Alten überfallen, ihn fesseln und knebeln und dann ausrauben. Aber dann ist alles ganz anders gekommen.«

»Erzählen Sie das Ihrer Großmutter. Mirko würde nie so einen Scheiß labern. Der ist doch viel zu blöd in seiner Birne! Außerdem sollten Sie sich mal seine Akte anschauen, der ist wegen schwerer Körperverletzung verurteilt worden. Ich hab nur mal mit Pillen gehandelt.«

»Wer hier blöd ist, wird sich noch rausstellen. Ein Geständnis kommt beim Richter jedenfalls immer gut an.«

»Hradic ist ein Arschloch«, erwiderte Wassilew mit abfällig heruntergezogenen Mundwinkeln. »Der lügt doch, wenn er die Fresse aufmacht.«

»Aber er ist doch Ihr bester Freund, oder?«

»Scheiße, ich hab keine Freunde, klar?! Ich bleib dabei, ich hab keinen umgebracht. Oder seh ich so aus?«, fragte er grinsend.

»Ja, irgendwie schon. Ihr Freund hat einige Details genannt, die nur der Täter und wir wissen können, denn in der Zeitung hat nichts davon gestanden. Wissen Sie, es ist nur eine Frage der Zeit, bis die Spurensicherung Hinweise findet, die beweisen, dass Sie sich am Tatort aufgehalten haben. Und wenn es nur ein paar Stofffasern sind oder Abdrücke von Schuhsohlen oder vielleicht sogar Fingerabdrücke.« Sie machte eine Pause, zündete sich eine Zigarette an und stellte sich ans Fenster. »Außerdem gibt es noch einen ungeklärten Mordfall, der sich ähnlich abgespielt hat wie der letzte Woche. Vor ziemlich genau vier Monaten wurde in Zeilsheim eine alte Frau in ihrer Wohnung überfallen. Sie wurde wie Herr Beck gefesselt und geknebelt und ist schließlich gestorben, weil sie keine Luft mehr bekommen hat. Auch in diesem Fall werden wir gegen Sie ermitteln. Und was auf Doppelmord steht, sollte Ihnen klar sein, vor allem, da Sie polizeilich kein unbeschriebenes Blatt sind. So, und jetzt können Sie Ihren Anwalt anrufen.«

Wassilew schüttelte den Kopf, seine Stimme wurde mit einem Mal leise. »Ich hab keinen.«

»Na so was, keinen Anwalt? Zu dumm, dann müssen wir Ihnen wohl einen Pflichtverteidiger zur Seite stellen. Das dauert aber einen Moment. Sie sollten sich trotzdem reiflich überlegen, was Sie ab jetzt sagen, denn mit jeder Lüge mehr reiten Sie sich tiefer in die Scheiße. Herr Scheffler, das wissen wir inzwischen, hat mit der Tat nichts zu tun.«

»Scheffler ist 'ne dumme Sau.«

»Herr Wassilew«, sagte Durant, setzte sich auf die Schreibtischkante und sah ihn durchdringend an, »im Gegensatz zu Ihnen hat er kein Menschenleben auf dem Gewissen. Aber beinahe wäre er für etwas verurteilt worden, was er nicht begangen hat.«

»Und Sie meinen, das interessiert mich? Scheiße, nein. Aber gut, wenn Sie's genau wissen wollen, Hradic hat den Alten gekillt. Schauen Sie sich doch mal den Bär an. Der haut einmal zu, da bleibt keiner mehr stehen. So war's und nicht anders. Ich bin zu so was gar nicht fähig.«

»Okay, das können Sie alles später Ihrem Anwalt und dem Richter erzählen. Ich lasse Sie jetzt in Ihre Zelle bringen, dort haben Sie Gelegenheit, in Ruhe nachzudenken. Glauben Sie mir, wir kriegen raus, wer von Ihnen den Mord begangen hat und wer nur Mitläufer oder Anstifter war. Wenn Sie's uns nicht sagen, Ihr Freund da drüben plappert schon wie ein Wasserfall.«

Um vierzehn Uhr dreißig wurden Wassilew und Hradic in ihre

Zellen gebracht, und die Kommissare gingen in ein italienisches Lokal. Sie besprachen den weiteren Verlauf des Verhörs und erschienen genau eine Stunde später wieder im Präsidium.

Mittlerweile waren zwei Anwälte eingetroffen, die von Durant und Kullmer über den aktuellen Stand informiert wurden. Sie hatten anschließend eine halbe Stunde Zeit, mit ihren Klienten zu sprechen, bevor die Vernehmungen fortgesetzt wurden. Um siebzehn Uhr fünfzehn hatte Hradic ein vollständiges Geständnis abgelegt und zugegeben, mit Wassilew bei Herrn Beck geklingelt zu haben, um angeblich nach einem Nachbarn zu fragen. Sie hatten den alten Mann blitzschnell in seine Wohnung gedrängt, gefesselt und ihn nach Wertgegenständen gefragt. Bereits zwei Wochen vor der Tat hatten sie ihn beobachtet und seinen Tagesablauf notiert. Hradic gab zu Protokoll, dass er sich im ersten Stock aufgehalten habe, als Beck angefangen habe zu schreien, und kurz darauf mehrere dumpfe Schläge gehört habe. Als er wieder nach unten kam, habe der alte Mann am Boden gelegen und Wassilew neben ihm gestanden, mit einem Kerzenständer in der Hand, dessen Fuß mit Blut verschmiert war. Diese Fakten waren bislang bloß der Polizei bekannt. Wassilew hingegen schilderte den Vorfall genauso, nur dass angeblich er im ersten Stock gewesen sei und Hradic den Alten umgebracht habe.

Noch am selben Abend wurden Hradic und Wassilew dem Haftrichter vorgeführt, anschließend kamen sie nach Weiterstadt in U-Haft.

Julia Durant hatte schon am Vormittag gespürt, dass es nicht schwer werden würde, die Mörder von Beck zu überführen, nachdem Scheffler ihr die Namen genannt hatte. Dennoch hatte der Tag Spuren hinterlassen. Sie war müde und wollte nur noch nach Hause. Sie rauchte noch eine Zigarette und unterhielt sich dabei mit Hellmer, Kullmer und Seidel, als das Telefon klingelte.

Hellmer nahm ab, sagte nur »Ja« und »Wir kümmern uns drum«, machte noch ein paar Notizen und legte wieder auf.

Dann sah er mit ernster Miene in die Runde. »Das war die Einsatzzentrale. Seit heute Morgen acht Uhr wird ein gewisser Rolf Lura vermisst. Sagt euch der Name was?«

Kopfschütteln.

»Er hat ein Autohaus, und zwar ausschließlich Nobelkarossen. Nadine hat sich dort im Frühjahr einen 500 SL gekauft. Übernehmen wir die Sache?«, fragte er und schaute Julia Durant an.

»Ich bin erschossen, kaputt, fertig«, antwortete sie und rollte mit den Augen.

»Ich auch, aber Lura ist ein gewaltiges Kaliber. Womöglich haben wir es mit Entführung zu tun, vielleicht auch mit Mord. Lass uns zu seiner Frau fahren. Wir haben doch sowieso Bereitschaft. Komm, gib dir einen Ruck.«

»Du nervst. Wo wohnt die denn?«

»Schwanheim, direkt am Wald.«

»Wo ist das denn?«

»Jetzt mach doch nicht so ein Gesicht. In zwei Stunden bist du zu Hause und kannst die Beine hochlegen. Versprochen. Und jetzt komm.«

»Ciao«, sagte Durant, winkte Kullmer und Seidel zu, nahm ihre Tasche und folgte Hellmer nach unten. »Erzähl mir was von diesem Lura, wenn du ihn schon kennst.«

»Ich kenne ihn nicht, ich hab ihn nur zweimal gesehen. Er handelt mit Autos, das hab ich ja schon gesagt, und zwar ausschließlich mit solchen, die sich ein Normalsterblicher nicht leisten kann.«

»Ihr schon«, konnte sie sich nicht verkneifen zu sagen, als sie die Treppe nach unten gingen.

»Mein Gott, ich kann doch nichts dafür, dass Nadine so viel Geld geerbt hat. Aber sie ist auf dem Boden geblieben, und das weißt du auch.«

»Habt ihr eigentlich Gütertrennung?«

Hellmer grinste sie an. »Nee, obwohl ich das eigentlich wollte. Aber Nadine hat darauf bestanden, dass ihr Geld auch meins sein soll. Sie hat gemeint, ich hätte sie aus der Scheiße geholt und sie könnte das niemals wieder gutmachen. So´n Blödsinn! Na ja, ich kann´s nicht ändern.«

»Ich wär nicht traurig, wenn ich einen Mann mit einem Haufen Kohle kennen lernen würde, der dazu auch noch über die notwendigen Charaktereigenschaften verfügt. Wir fahren übrigens mit zwei Autos. Ich will gleich danach heim.« Sie stieg in ihren Corsa, Hellmer nahm seinen BMW. Sie brauchten knapp eine Viertelstunde, bis sie vor dem Haus der Luras hielten.

Dienstag, 18.20 Uhr

Bitte, kommen Sie herein«, sagte Gabriele Lura, nachdem Durant und Hellmer ihre Ausweise gezeigt hatten. Sie trug eine schlichte beige Bluse und eine Jeans und ließ die Beamten an sich vorbei ins Haus treten. Julia Durant hatte selten eine fragilere Person gesehen, an der das Hervorstechendste die halblangen rötlich braunen Haare waren und die unzähligen Sommersprossen, die das Gesicht und die Hände und mit Sicherheit auch die Arme bedeckten. Die grünen Augen blitzten kurz auf. Alles in allem, so dachte Durant, ist sie eine sehr aparte junge Frau. Die Sommersprossen waren kein Makel, sie gaben ihr sogar das gewisse Etwas. Sie schloss die Tür hinter sich und ging voran in das geräumige Wohnzimmer, in dem ein schwarzer Flügel stand und eine sich über zwei Seiten erstreckende Bücherwand mit unzähligen Büchern sich an den Wänden entlangzog, in der die Bücher sowohl alphabetisch als auch nach Sachgebieten geordnet waren.

»Markus, würdest du uns bitte allein lassen und die Tür hinter dir zumachen«, forderte sie ihn mit sanfter Stimme auf. Markus schaltete den Fernseher aus, warf Durant und Hellmer einen kurzen neugierigen Blick zu und ging auf sein Zimmer.

»Bitte, nehmen Sie doch Platz. Kann ich Ihnen etwas zu trinken anbieten?«

»Nein danke, nicht nötig«, sagte Durant und winkte ab. Sie setzte sich neben Hellmer auf die breite weiße Ledercouch. Gabriele Lura nahm ihnen gegenüber in einem der beiden Sessel Platz. Durant schaute sich um, die Teppiche, die Gemälde, der Schrank und der Sekretär, alles in diesem Raum musste ein Vermögen wert sein.

»Frau Lura, wir haben vorhin die Mitteilung erhalten, dass Sie Ihren Mann als vermisst gemeldet haben. Wann genau hat er das Haus verlassen?«

»Um acht Uhr wie jeden Tag, außer Sonntag natürlich.«

»Kam es schon einmal vor, dass Ihr Mann einen Tag oder länger einfach so weggeblieben ist, ohne ein Lebenszeichen von sich zu geben?«

»Nein, noch nie. Wir sind seit beinahe dreizehn Jahren verheiratet, und er ist ein überaus korrekter Mann. Das wird Ihnen auch jeder bestätigen können. Er hasst jede Form von Unpünktlichkeit oder Unordnung. Mein Mann hatte heute eigentlich einige sehr wichtige Termine im Geschäft, aber …«

»Haben Sie versucht, ihn über Handy zu erreichen?«

»Natürlich. Aber es springt immer nur die Mailbox an. Ich habe keine Ahnung, wo er steckt. Es ist mir wirklich alles ein riesengroßes Rätsel.«

»Hat Ihr Mann Feinde?«

Gabriele Lura lachte auf. Sie hatte eine angenehm warme Stimme. »Jeder, der so erfolgreich ist, hat Feinde. Und wenn es nur Neider sind, die ihm den Erfolg nicht gönnen. Sie müssen wissen, er hat das Autohaus von seinem Vater übernommen und es erst zu dem gemacht, was es jetzt ist. Die Nullachtfünfzehn-Autos haben ihn nicht interessiert, er wollte eine bestimmte Klientel ansprechen, und das ist ihm in sehr überzeugender Weise gelungen. Seine Kunden kommen zum Teil sogar aus dem Ausland.«

»Haben Sie auch Namen von Personen, die Ihrem Mann feindlich gesonnen sind oder waren?«

»Nein, damit kann ich leider nicht dienen. Er hat auch nie über so etwas mit mir gesprochen. Aber vielleicht kann Ihnen Frau Walter, seine Sekretärin, weiterhelfen oder einer der anderen Angestellten. Alles, was mit dem Geschäft zu tun hat, bringt er nicht mit nach Hause.«

»Gab es in letzter Zeit familiäre Probleme? Verzeihen Sie die Frage, aber manchmal möchte man einfach allein sein und fasst einen solchen Entschluss sehr kurzfristig.«

Gabriele Lura sah Durant an, schüttelte den Kopf und meinte nach kurzem Überlegen: »Nein, keine familiären Probleme.«

Der Ton irritierte Durant, doch sie ließ es sich nicht anmerken. Irgendwann aber würde sie tiefer bohren, denn die Antwort kam ihr nicht ganz ehrlich vor.

»Und was ist mit geschäftlichen Problemen?«

»Wie ich schon sagte, er hat nie über solche Dinge mit mir gesprochen.«

»Was hatte er heute Morgen an, als er das Haus verließ?«

»Da muss ich kurz überlegen … Einen grauen Anzug, ein einfarbiges hellblaues Hemd, eine rote Krawatte und bordeauxfarbene Schuhe. Ja, genau das hatte er heute an.«

»Und wie hat er sich von Ihnen verabschiedet?«

»Er hat mir einen Kuss gegeben und ist weggefahren. Es war alles wie sonst auch.«

»Welchen Weg nimmt er, wenn er ins Geschäft fährt?«

»Über die Schwanheimer Brücke, die Mainzer Landstraße hoch und dann in die Schmidtstraße, wo sich auch die Firma befindet.«

»Wann haben Sie davon erfahren, dass Ihr Mann nicht im Geschäft erschienen ist?«

»Das war zwischen halb zehn und zehn. Frau Walter hat mich angerufen und gefragt, ob mein Mann noch zu Hause ist.«

»Und wann haben Sie die Polizei verständigt?«

»Um kurz nach eins.«

»Warum haben Sie so lange gewartet?«, fragte Durant.

»Weil ich seinen Tagesablauf nicht kenne und mir ehrlich gesagt auch keine Sorgen gemacht habe«, war die schnelle Antwort.

»Aber Sie haben es doch vorher schon einige Male auf seinem Handy probiert und keinen Anschluss bekommen, das heißt, nur die Mailbox war an. Sind Sie da nicht stutzig geworden?«

»Schon, aber …«

»Frau Lura, es könnte sein, dass wir es mit einem Verbrechen zu tun haben. Und bei einer Person wie Ihrem Mann, der ja nun nicht gerade unbekannt ist und von dem viele wissen, wie reich er ist, hätten Sie die Polizei viel früher einschalten müssen. Warum haben Sie es nicht getan?«

»Ich sage Ihnen doch, ich habe mir keine ernsthaften Gedanken gemacht. Außerdem habe ich seit gestern starke Migräne und kann kaum klar denken.«

»Und dass Ihrem Mann etwas zugestoßen sein könnte, darauf sind Sie nicht gekommen. Trotz Migräne hätten Sie …«

»Frau Durant, ich gebe zu, vielleicht einen Fehler gemacht zu haben, als ich mich nicht sofort bei der Polizei gemeldet habe, nachdem Frau Walter mich angerufen hat. Aber das war keine böse Absicht von mir, das müssen Sie mir glauben.«

»Lieben Sie Ihren Mann?«

Gabriele Lura sah Durant erstaunt an. Mit dieser Frage hatte sie nicht gerechnet. »Wieso wollen Sie das wissen?«

»Es interessiert mich einfach. Führen Sie eine harmonische Beziehung?«

»Ja, ich liebe ihn«, sagte sie, ohne die zweite Frage zu beantworten, und lehnte sich zurück, die Beine übereinander geschlagen, die Arme wie einen Schutzschild vor der Brust verschränkt. Auch dies registrierte Durant und würde es im Gedächtnis behalten. Eine Frau, die ihren Mann wirklich liebt, hätte normalerweise ein verheultes Gesicht und würde nicht so

61

ruhig, beinahe teilnahmslos dasitzen, dachte sie. Zu ruhig und zu gefasst.

»Das Auto Ihres Mannes wurde zur Fahndung ausgeschrieben, aber bislang Fehlanzeige. Es gibt mehrere Möglichkeiten, die wir in Betracht ziehen müssen. Zum einen, Ihr Mann könnte entführt worden sein, was aber bedeutet, dass sich der oder die Entführer entweder schon hätten melden müssen oder das bald tun würden. Er könnte aber auch an einer schlecht einsehbaren Stelle einen Unfall gehabt haben und bis jetzt nicht gefunden worden sein. Ist Ihr Mann ein umsichtiger Fahrer?«

»Er hatte noch nie einen Unfall. Und soweit ich weiß, gibt es auf dem Weg in die Firma keine schlecht einsehbaren Stellen.«

»Nimmt er nicht vielleicht manchmal auch einen anderen Weg?«

»Nein, er ist durch und durch ein Gewohnheitsmensch. Außerdem würde jeder andere Weg nur unnötige Zeit kosten. Und hinzu kommt, dass mein Mann grundsätzlich der Erste im Geschäft ist, außer er hat wichtige Termine außerhalb, dann ist Frau Walter für das Öffnen und Schließen zuständig. Er kommt morgens als Erster und geht als Letzter.«

»Hat er häufig auswärts zu tun?«

»Des Öfteren. Es gibt zahlreiche Kunden, die zu Hause von ihm beraten werden wollen. Ein paar davon wohnen sogar im Ausland. Ich würde sagen, mindestens einmal pro Woche ist er unterwegs.«

»Aber heute war nicht so ein Tag?«

»Nein, er hat sich verabschiedet und gesagt, bis heute Abend. Das war alles.«

»Ruft er Sie vom Geschäft aus manchmal an?«

»Ja, das tut er.«

»Hat er auch da feste Zeiten?«, fragte Durant, die sich einen leicht spöttischen Unterton nicht verkneifen konnte.

»Nein, denn es hängt davon ab, ob er persönlich Kunden betreuen muss. Er ruft nur an, wenn seine Zeit es erlaubt.«

»Hat er sich in den letzten Tagen oder Wochen irgendwie auffällig verhalten? War er nervöser als gewöhnlich oder vielleicht sogar ängstlich?«

»Dasselbe haben mich die Polizisten heute Nachmittag auch schon gefragt. Nein, mir ist nichts aufgefallen.«

»Wie lange sind die Angestellten in der Regel im Geschäft?«

»Bis halb sieben. Frau Walter bleibt aber oft noch, bis auch mein Mann geht, weil sie mit ihm noch Termine abspricht und ihm bei diesem und jenem hilft.«

»Gibt es unter den Angestellten Personen, die mit Ihrem Mann nicht gut auskommen oder ihm nicht wohlgesinnt sind?«

»Das müssen Sie die Betreffenden schon selbst fragen, denn ich kenne außer Frau Walter keine Angestellten.«

»Würden Sie uns bitte die Telefonnummer des Autohauses geben und vielleicht auch die von Frau Walter?«

»Moment, bitte«, sagte Gabriele Lura. Sie stand auf, ging in den Flur und holte das Telefonbuch. »Das ist die Durchwahl von Frau Walter. Möglicherweise ist sie sogar noch im Büro.«

»Dürfte ich Ihr Telefon benutzen?«

»Bitte.«

Durant tippte die Nummer von Frau Walter ein, die sich sofort meldete.

»Hier Durant, Kriminalpolizei. Es geht um Herrn Lura. Mein Kollege und ich würden Ihnen gerne ein paar Fragen stellen, am besten heute Abend noch.«

»Selbstverständlich. Möchten Sie, dass ich hier im Büro bleibe, oder wollen Sie zu mir nach Hause kommen? Es ist ihm doch hoffentlich nichts passiert?«

»Wir kommen zu Ihnen nach Hause. Wenn Sie mir bitte Ihre Adresse und Telefonnummer geben würden.«

Julia Durant notierte die Angaben und legte auf. Hellmer und Gabriele Lura unterhielten sich. Er erzählte ihr, dass seine Frau Nadine sich erst vor einem halben Jahr im Autohaus Lura einen

Mercedes gekauft hatte, was Gabriele Lura jedoch nicht sonderlich zu interessieren schien.

»Wer spielt denn bei Ihnen Klavier?«, fragte Durant und deutete auf den Flügel.

Ein Lächeln huschte über das Gesicht von Gabriele Lura, die sonst eher matten Augen glänzten für einen Moment. »Ich spiele Klavier, doch nur noch zu meinem eigenen Vergnügen, hin und wieder auch, wenn wir Gäste haben. Aber sonst …« Sie zuckte mit den Schultern.

»Und was spielen Sie? Klassik oder mehr moderne Musik?«

»Klassik. Ich habe Musik studiert. Dann lernte ich meinen Mann kennen, wir heirateten, ich wurde sehr bald schwanger, und damit zerplatzte der Traum von einer großen Karriere. So spielt nun mal das Leben.« Da war wieder dieser seltsam traurige Ton, der Durant nicht gefiel und sie immer hellhöriger werden ließ.

»Und jetzt sind Sie nur noch Hausfrau und Mutter?«

»So in etwa.«

»Ist das nicht frustrierend? Ich meine, jeder Künstler …«

»Frau Durant, wer weiß denn schon, ob ich wirklich Karriere gemacht hätte. Es gibt so viele hochbegabte Pianisten. Das Leben wird nicht durch Zufälle bestimmt, sondern durch Fügung. Wahrscheinlich musste es so kommen. Und bisweilen werden wir auf eine harte Probe gestellt.«

»Wie soll ich das verstehen?«, fragte Durant weiter.

»Das Leben ist kein Zuckerschlecken. Wissen Sie, ich glaube fest daran, dass jeder von uns seine ganz persönliche Bestimmung hat. Ich sollte eben nicht weiter Klavier spielen, sondern Ehefrau und Mutter sein. Und wie Sie sehen, geht es mir nicht schlecht. Wir haben keine finanziellen Sorgen, wir haben mehrere Häuser, auch im Ausland. Wir haben alles, was man zum Leben braucht.«

Da war erneut dieser Unterton, diesmal jedoch eine Spur bitterer als zuvor. Durant gewann immer stärker den Eindruck, einer

Frau gegenüberzusitzen, die von ihrem bisherigen Leben enttäuscht war, diese Enttäuschung aber ziemlich gut zu verbergen wusste.

»Ist das wirklich alles, was man zum Leben braucht? Häuser, Geld?«

»Ich habe auch noch eine Familie«, war die knappe, etwas schroffe Antwort.

»Frau Lura, hier ist meine Karte. Sie können mich jederzeit anrufen, wenn sich etwas Neues ergibt oder Sie noch etwas für uns haben, das jetzt vergessen wurde. Und übrigens, ich glaube auch nicht an Zufälle. Nur noch eine Frage zum Schluss – bis jetzt hat sich kein anonymer Anrufer bei Ihnen gemeldet, und Sie haben auch kein Erpresserschreiben erhalten?«

»Das hätte ich Ihnen doch vorhin schon gesagt. Für mich ist das alles ein großes Rätsel. Und entschuldigen Sie, wenn ich einen Fehler gemacht habe, als ich die Polizei nicht gleich eingeschaltet habe, aber …«

»Vergessen Sie's, es hätte ohnehin wenig Sinn gehabt. Aber irgendwie werden wir den Knoten schon lösen«, sagte Durant aufmunternd lächelnd und gab Hellmer ein Zeichen, woraufhin sie sich erhoben. Sie reichte Gabriele Lura die Hand. Diese hatte lange, grazile Finger, Künstlerhände. Sie hätte sie gerne gefragt, ob sie ihr etwas vorspielen würde, sie liebte Klaviermusik, auch wenn sie zu Hause mehr auf härtere Sachen stand. Vielleicht ein andermal, dachte sie. »Wir hören voneinander. Und wie gesagt, Sie können mich jederzeit anrufen.«

»Danke.«

Gabriele Lura sah den Kommissaren nach, bis sie das Tor hinter sich geschlossen hatten. Anschließend ging sie zu ihrem Sohn und nahm ihn stumm in den Arm.

Schließlich sagte sie: »Markus, ich glaube, Papa ist etwas passiert. Aber was?«

Markus zuckte bloß mit den Schultern. Er wusste, es wäre falsch, jetzt etwas zu sagen. Er dachte nur nach, und diese Gedanken auszusprechen war verboten. Aber er hatte sie schon oft gedacht, und vielleicht würden sie diesmal in Erfüllung gehen. Gabriele Lura begab sich wieder hinunter, nahm den Telefonhörer in die Hand und tippte dieselbe Nummer ein wie schon am Nachmittag. Diesmal jedoch dauerte das Gespräch wesentlich länger.

Dienstag, 19.45 Uhr _____

Das Haus, in dem Frau Walter wohnte, stand in der Lotzstraße in Nied, einem kleinen Stadtteil von Frankfurt, und war als Einziges in der Reihe noch relativ neu. Bevor sie klingelten, fragte Durant Hellmer: »Was ist dein erster Eindruck von der ganzen Sache?«

»Ziemlich bizarr, würde ich sagen. Wo ist der Typ abgeblieben? Wäre er entführt worden, hätten sich die Entführer doch längst gemeldet, oder?«

»Vermutlich. Welche anderen Möglichkeiten siehst du im Augenblick?«

»Keine. Höchstens die, dass ihm jemand das Lebenslicht ausgeblasen hat. Die Unfalltheorie, die du vorhin erwähnt hast, halte ich für ziemlich ausgeschlossen. Für mich gibt es nur zwei Möglichkeiten – entweder er wurde entführt, oder er ist schon tot. Die Frage ist nur, wo ist sein Wagen? Entführer benutzen so gut wie nie das Auto des Opfers, das ist einfach ein Erfahrungswert. Und ein 500er Mercedes ist nicht so leicht zu übersehen. Fragen wir Frau Walter, sie muss Lura relativ gut kennen.«

»Hast du seine Frau beobachtet, als ich sie befragt habe?«

»Worauf willst du hinaus?«

»Ich glaube, sie ist unglücklich. Die hat ein paar Mal so merkwürdig geguckt, und wie sie gesprochen hat, ich meine, die hat zwar materiell gesehen alles, was man zum Leben braucht, aber sie ist trotzdem nicht zufrieden. Sie kommt mir vor wie ein Vogel in einem Käfig, aus dem sie nicht rauskommt.«

»Kann schon sein. Doch ehrlich gesagt interessiert mich das im Moment herzlich wenig. Ich will vielmehr wissen, was aus ihrem Mann geworden ist. Hören wir doch mal, was Frau Walter über ihren Boss zu sagen hat.«

Sie wurden bereits erwartet. Auf dem Tisch standen drei Tassen mit Goldrand, eine Schale Gebäck und eine Kanne Tee. Frau Walter war etwa einssiebzig groß und um die fünfzig Jahre alt. Ihre Erscheinung war äußerst gepflegt. Sie hatte kurzes dunkelblondes Haar, eine für ihr Alter tadellose Figur und neugierig dreinblickende graue Augen, mit denen sie die Beamten, vor allem Hellmer, eingehend musterte, der ihr sichtlich zu gefallen schien.

»Bitte, nehmen Sie Platz.« Sie deutete auf das Sofa. »Ich bin erst vor ein paar Minuten nach Hause gekommen und dachte mir, dass Sie vielleicht nichts gegen eine Tasse Tee einzuwenden hätten. Es ist ein ganz spezieller Früchtetee aus Südamerika.«

»Danke, aber Sie hätten sich wegen uns keine Mühe zu machen brauchen …«

»Das ist keine Mühe, ich trinke jeden Abend nach der Arbeit zwei oder drei Tassen Tee«, sagte sie und schenkte ein. Nachdem sie sich gesetzt hatte, fragte sie: »Gibt es schon etwas Neues von Herrn Lura?«

»Nein, leider nicht. Wir …«

»Das ist schrecklich! Diese Ungewissheit! Wissen Sie, ich kenne Herrn Lura schon aus der Zeit, als er noch Student war. Ich habe bereits für seinen Vater gearbeitet, habe alle Höhen und Tiefen in der Firma miterlebt, und jetzt so was. Dabei ist Herr Lura ein so zuverlässiger Mann. Ich habe einfach keine Idee, was vorgefallen sein könnte. Ich hoffe nur, ihm ist nichts zugestoßen. Ich weiß nicht, ob die Firma das überleben würde.«

»Frau Walter, wir müssen Ihnen jetzt ein paar Fragen stellen«, sagte Hellmer, der in einem Moment, als sie gerade zu Boden schaute, von Durant angetippt und per Blickkontakt aufgefordert wurde, die Befragung durchzuführen. »Wann haben Sie Herrn Lura zuletzt gesehen?«

»Gestern Abend. Wir haben zusammen das Geschäft verlassen. Das war so um kurz vor sieben, und seitdem habe ich ihn nicht mehr gesehen. Heute Morgen hätte er einen äußerst wichtigen Termin mit einem Kunden aus Kassel gehabt, mit Herrn Leitner, dem Schauspieler. Der ist nach einer knappen Stunde ziemlich wütend wieder gegangen. Außerdem standen noch zwei weitere Termine an, aber …« Sie schüttelte den Kopf. »Ich habe bei seiner Frau angerufen, zigmal auf seinem Handy, aber er scheint wie vom Erdboden verschluckt.«

»Erzählen Sie uns doch etwas über Herrn Lura. Was für ein Mensch ist er?«

»Was soll ich großartig über ihn sagen? Er ist immer freundlich, zuvorkommend, aber er hat auch seine Macken, wie jeder von uns. Er kann zum Beispiel ein furchtbarer Pedant sein, ganz anders als sein Vater, der auch mal fünf gerade sein ließ. Andererseits hat er aus einem ganz gewöhnlichen Autohaus ein äußerst exklusives gemacht, indem er von Anfang an betonte, dass seine Zielgruppe nicht die große Masse ist, sondern eine Klientel, die nicht nur exklusive Autos kaufen möchte, sondern auch eine entsprechende Beratung wünscht. Er hatte mit Billigwagen von Anfang an nichts am Hut, und sein Konzept ging auf. Mittlerweile ist das Autohaus Lura bei der betuchten Klientel in ganz Deutschland ein Begriff. Und wir haben etliche Kunden, die aus den angrenzenden Ländern kommen. Vor knapp zwei Wochen war sogar ein Scheich aus Dubai bei uns und hat gleich zwei Maybach und drei Ferrari geordert. Herr Lura gehört zu den ganz wenigen Händlern, über die man einen Maybach beziehen kann.«

»Maybach?«, fragte Durant, die mit dem Namen nichts anzufangen wusste.

»Eine der teuersten und exklusivsten Limousinen überhaupt. Wer ihn kauft, spricht nicht über den Preis, denn allein was zählt, ist, dass man einen hat.«

»Und wie teuer ist so einer?«

Frau Walter lächelte und sagte: »Mit einer vernünftigen Ausstattung ab vierhunderttausend Euro aufwärts. Nach oben gibt es keine Grenze, denn die Wünsche der Kunden sind bisweilen sehr ausgefallen. Und sehen Sie, Herr Lura hat schon vor fünfzehn Jahren diese Marktlücke erkannt. Wenn es überhaupt ein gesundes mittelständisches Unternehmen gibt, dann ist es das Autohaus Lura.«

»Wie ist sein Verhältnis zu den Mitarbeitern? Wie viele gibt es überhaupt?«

»Wir haben mit den Mechanikern zweiunddreißig Mitarbeiter. Er ist der Chef, aber er behandelt jeden gleich …«

»Gleich gut oder gleich schlecht?«

»Gleich gut, natürlich!«, antwortete Frau Walter leicht entrüstet. »Glauben Sie denn, ein Unternehmen würde derart florieren, wenn das Betriebsklima vergiftet wäre? Nein, niemals. Zudem zahlt er überdurchschnittlich gut, was natürlich ein weiterer Ansporn für die Angestellten ist.«

»Gibt es auch Mitarbeiter, die mit Herrn Lura nicht so gut klarkommen?«

»Die gibt es überall, schließlich kann man es nicht jedem zu jeder Zeit recht machen.«

»Könnten Sie sich vorstellen, dass einer dieser Mitarbeiter etwas mit dem Verschwinden Ihres Chefs zu tun hat?«

»Nein, ganz ausgeschlossen. Momentan haben wir ein hervorragendes Team, und, nein, da würde mir beim besten Willen keiner einfallen. Aber sprechen Sie doch mit jedem selbst, vielleicht ist mir ja etwas entgangen.«

»Das machen wir sowieso. Dazu brauchen wir allerdings eine Liste aller Angestellten der letzten zwei Jahre, nein, am besten der letzten drei Jahre. Können Sie sich an eine oder mehrere Entlassungen erinnern, die mit einer Auseinandersetzung einhergegangen sind?«

Frau Walter nippte an ihrem Tee und schüttelte den Kopf. »Nein, da fällt mir keine ein. Es ging immer alles ganz reibungslos. Und die meisten Beschäftigten sind schon seit mehreren Jahren bei uns tätig. Die Fluktuation ist sehr gering. Die letzten Neueinstellungen waren Frau Preusse aus der Buchhaltung am 1. Januar, und das auch nur, weil eine andere Kollegin weggezogen ist, und Frau Beyer, weil eine andere Kollegin plötzlich gekündigt hatte.«

»Gut, dann werden wir gleich morgen Vormittag bei Ihnen vorbeikommen und die Liste holen und uns auch mit dem einen oder andern Mitarbeiter unterhalten. Sollte Herr Lura allerdings bis dahin wieder aufgetaucht sein, erübrigt sich die Sache natürlich.«

»Hoffentlich. Ich wünsche es auch für seine Familie. Sie sollten hören, wie er immer von seiner Frau und seinem Sohn schwärmt. Einen solchen Ehemann und Vater findet man nicht oft.«

»Das ist doch schön. Sie sind nicht verheiratet?«, konnte sich Hellmer nicht verkneifen zu fragen.

»Nein, das hatte ich auch nie vor. Ich habe trotzdem oder gerade deshalb meinen Spaß am Leben.«

Julia Durant ergriff jetzt das Wort. »Sie haben uns eben einen vorbildlichen Mann geschildert. Gibt es denn nichts, was Sie an ihm auszusetzen haben? Er muss doch irgendwelche Macken haben, außer dass er extrem pedantisch ist.«

»Er ist nicht perfekt, wenn Sie das hören möchten. Er weiß nur ganz genau, was er will. Sie können es visionär nennen, aber was er innerhalb kürzester Zeit beruflich erreicht hat, finde ich mehr als bewundernswert. Ich komme mit ihm jedenfalls bestens aus.«

»Vielen Dank für den Tee und die Informationen. Wir sehen uns morgen so gegen neun in der Firma.«

»Die Mitarbeiterliste wird für Sie bereitliegen, und sollten Sie noch weitere Wünsche haben, Sie können sich jederzeit an mich wenden.«

Die Kommissare verabschiedeten sich und gingen hinunter zu ihren Autos.

»Ein geradezu perfekter Mann«, sagte Durant kopfschüttelnd. »Wer's glaubt! Der verschwindet doch nicht einfach so mir nichts, dir nichts! Wo ist er, verdammt noch mal?!«

»Vielleicht ist er abgehauen, wer weiß«, bemerkte Hellmer und zündete sich eine Marlboro an. Er lehnte sich gegen seinen Wagen und blies den Rauch in den kühlen Abendhimmel. Die ersten Frostnächte waren nicht mehr weit, und nachdem es den ganzen Tag über bedeckt und regnerisch gewesen war, war die Wolkendecke jetzt aufgerissen und hatte einem herrlichen Sternenhimmel Platz gemacht. Auch Julia Durant hatte sich eine Zigarette angemacht und blieb eine Weile schweigend neben Hellmer stehen.

»Ich werde das Gefühl nicht los, dass Lura trotz aller Lobeshymnen Dreck am Stecken hat«, sagte Durant kurz darauf. »Er wird mir einfach als zu glatt beschrieben. Wie war dein Eindruck, als du ihn damals gesehen hast?«

»Ich hab mich weniger auf ihn als auf das Auto konzentriert. Keine Meinung und kein Eindruck. Sorry. Aber Nadine könnte mir vielleicht einiges über ihn sagen. Sie war ein paar Mal bei ihm im Laden. Erst als sie sich nicht entscheiden konnte, hat sie meinen Rat eingeholt.«

Durant und Hellmer warfen die Kippen auf den Bürgersteig und wollten sich gerade auf den Nachhauseweg machen, als Durants Handy piepte.

»Ja?«

»Peter hier. Bist du schon zu Hause oder noch unterwegs?«

»Wir kommen gerade von Luras Sekretärin. Was gibt's denn?«

»Der Wagen von Lura wurde gefunden. Am besten, ihr fahrt

selber hin. Er steht in der Emmerich-Josef-Straße in Höhe des ehemaligen Hertie. Ein Streifenwagen hat ihn eben dort entdeckt.«

»Sind schon unterwegs.«

Sie steckte ihr Handy in die Tasche und sah Hellmer an. »Luras Wagen. Emmerich-Josef-Straße. Ist doch gleich um die Ecke.«

»Es wird wohl doch ein bisschen später als geplant.«

Dienstag, 20.40 Uhr

Frankfurt-Höchst, Emmerich-Josef-Straße. Der Mercedes stand direkt vor einer Metzgerei, unter dem Scheibenwischer steckte ein Strafzettel, ausgestellt um zehn Uhr fünfunddreißig. Die Straße war hell erleuchtet, und dennoch waren nur wenige Menschen unterwegs. Ein Pärchen blieb auf der anderen Straßenseite stehen, um neugierig die Aktivitäten der Polizei zu verfolgen.

»Haben Sie etwas angefasst?«, fragte Durant die Streifenbeamten, was diese verneinten.

Sie zog sich Plastikhandschuhe über. Die Fahrertür war nicht verschlossen, im Innenraum roch es nach Leder. Einer der Polizisten reichte ihr auf ihre Bitte hin eine Taschenlampe, und sie ließ den Lichtstrahl über die Sitze, den Boden und die Verkleidung gleiten. Anschließend ging sie nach hinten und öffnete den Kofferraum, der leer war. Sie begab sich noch einmal nach vorne, machte das Handschuhfach auf, fand außer einem Stadtplan auch ein ausgeschaltetes Handy und warf Hellmer einen vielsagenden Blick zu.

»Ab damit zur KTU. Ich frag mich nur, wieso der Wagen hier abgestellt wurde. Und wo ist Lura? Doch entführt? Aber warum haben sich die Entführer bis jetzt nicht gemeldet? Sonderbar«, sagte sie und fuhr sich mit einer Hand über die Stirn. »Das alles ergibt bis jetzt überhaupt keinen Sinn. Sein Wagen ist hier, aber von ihm fehlt jede Spur. Keine eingeschlagene Scheibe, nicht einmal ein Kratzer. Die Karre hätte im Prinzip jeder klauen können.«

»Aber wer denkt bei einem solchen Auto schon, dass es unverschlossen sein könnte«, meinte Hellmer grinsend, um gleich wieder ernst zu werden. »Ich werde veranlassen, dass die KTU den Wagen noch heute Nacht untersucht, ich hab da so ein blödes Gefühl. Ich ruf gleich mal bei denen an. Die finden was, wetten?«

Ohne auf Hellmers letzte Bemerkung einzugehen, meinte Durant: »Wir müssen es auf jeden Fall seiner Frau sagen. Dabei wollte ich schon längst zu Hause sein und es mir gut gehen lassen. Scheiß Bereitschaft!«, fluchte sie.

Hellmer rief bei der KTU an und bat nachdrücklich darum, den Mercedes sofort nach dem Eintreffen auf Blutspuren zu untersuchen. Anschließend forderte er einen Abschleppwagen an. Durant instruierte die Beamten zu warten, bis der Wagen verladen und abtransportiert worden war.

Um Viertel nach neun kamen sie bei Gabriele Lura an.

»Frau Lura«, sagte Durant, nachdem sie im Haus waren, »wir haben das Auto Ihres Mannes gefunden. Und zwar in der Emmerich-Josef-Straße. Wir lassen es untersuchen.«

»In der Emmerich-Josef-Straße?« Sie überlegte und schüttelte den Kopf. »Wo ist die?«

»In Höchst, in der Nähe des ehemaligen Hertie.«

»Was hat er dort gemacht?«, fragte sie mit gerunzelter Stirn.

»Wenn wir das wüssten, wären wir vermutlich nicht hier …«

»Und gibt es irgendeine Spur von meinem Mann?«

»Nein, leider nicht. Der Wagen war leer. Im Handschuhfach lag ein Handy, ich nehme an, es gehört Ihrem Mann. Es ist aber ausgeschaltet, und ohne PIN kommen wir im Moment da nicht ran. Haben Sie zufällig …«

»Nein, ich kenne den Code nicht. Aber Ihre Experten werden doch sicherlich eine Möglichkeit finden, es zu aktivieren, oder?«

»Natürlich. Hat Ihr Mann hier im Haus ein Arbeitszimmer?«

»Ja, im ersten Stock. Sie können sich gerne dort umsehen, wenn Sie möchten.«

»Das machen wir gleich. Brauchen Sie Hilfe?«

»Was meinen Sie?«

»Geht es Ihnen gut, oder sollen wir einen Arzt rufen?«

»Es geht schon«, antwortete Gabriele Lura und wich Durants Blick aus, stand auf, begab sich zum Fenster und starrte hinaus in die Dunkelheit.

Sie wirkt immer noch erstaunlich ruhig und gefasst, dachte Durant, keine Spur von Nervosität oder Angst. Warum? Warum ist diese Frau so ruhig, obwohl doch ihr Mann verschwunden ist? Normalerweise müsste sie spätestens jetzt wie ein aufgescheuchtes Huhn in der Wohnung rumrennen oder heulen oder an den Nägeln kauen oder ständig irgendwelche Fragen stellen. Aber nichts von dem tut sie. Als wäre es ihr egal, was mit ihrem Mann passiert ist. Verhält sich so eine liebende Frau? Angeblich ist die Ehe doch so vorbildlich, zumindest hat die Walter das behauptet. Aber ich werde das Gefühl nicht los, dass diese Vorzeigeehe gar keine ist, wie ich vorhin schon vermutet hatte. Siehst du, Julia, du kannst dich immer noch auf deine Intuition verlassen. Aber weshalb ist sie so teilnahmslos, ja, das ist wohl der richtige Ausdruck für ihr Verhalten. Teilnahmslos. Vielleicht auch gefühllos, obwohl, nein, diese Frau ist nicht gefühllos. Aber sie verbirgt irgendetwas. Kann auch sein, dass ich mich da in etwas verrenne, aber seltsam ist das schon.

»Und es hat sich noch niemand bei Ihnen gemeldet?«, fragte Durant.

Gabriele Lura drehte sich um und schüttelte den Kopf.

»Können wir uns noch einen Augenblick setzen? Wir brauchen ein paar weitere Angaben zu Ihrem Mann.«

»Bitte.«

Nachdem sie Platz genommen hatten, fragte Durant: »Hat Ihr Mann Angehörige?«

»Seine Eltern und einen Bruder. Die Eltern haben ein Haus in Oberursel, und Wolfram, sein Bruder, wohnt in Bockenheim. Ich schreib Ihnen die Adressen und Telefonnummern auf.«

Julia Durant wartete, warf einen Blick auf den Zettel und steckte ihn ein.

»Wie haben Ihre Schwiegereltern reagiert, als sie erfuhren, dass ihr Sohn verschwunden ist?«

»Ich habe heute Mittag mit meiner Schwiegermutter telefoniert und sie nur gefragt, ob sie vielleicht weiß, wo ihr Sohn ist«, sagte sie mit verhaltener Stimme und einem gequälten Lächeln. »Seitdem habe ich nicht mehr mit ihr gesprochen, ich hatte einfach keine Lust. Wolfram weiß es auch noch nicht, ich habe ihn noch nicht angerufen.«

»Das hört sich an, als hätten Sie kein gutes Verhältnis zu Ihren Schwiegereltern.«

»Das ist leicht untertrieben. Ich kam mit ihnen von Anfang an nicht klar. Das heißt, mit meinem Schwiegervater schon, doch sie hat zu Hause die Hosen an, und er tanzt nach ihrer Pfeife.«

»Sie müssen es ihnen aber mitteilen. Es macht keinen guten Eindruck, wenn wir das für Sie übernehmen.«

»Meine Schwiegermutter denkt doch sofort, dass ich etwas damit zu tun habe. Wahrscheinlich wird sie Ihnen das auch sagen. Ich war für sie immer die ungeliebte Schwiegertochter. Wissen Sie, sie wollte eine gestandene Frau und keine abgehobene Künstlerin für ihren über alles geliebten Rolf.«

»So schlimm?«

»Schlimmer«, seufzte sie.

»Rufen Sie jetzt an, dann sind Sie wenigstens nicht allein.«

Gabriele Lura zögerte, holte das Telefon und tippte die Nummer ein.

»Ja, hallo, ich bin's noch mal, Gabriele. Ich wollte nur sagen, dass Rolf noch immer nicht aufgetaucht ist … Es tut mir Leid, aber ich konnte ja nicht ahnen, dass … Bitte, ich brauche jetzt keine Vorwürfe … Ja, die Polizei ist im Augenblick hier bei mir.

Sie suchen schon nach ihm … Ja, du kannst mit ihnen reden. Moment.«

Sie reichte den Hörer Durant. »Frau Lura?«

»Wo ist mein Sohn?«, fragte die Frau am andern Ende mit harter, energischer Stimme.

»Wenn wir das wüssten, wären wir nicht bei Ihrer Schwiegertochter. Wir arbeiten daran herauszufinden, wo Ihr Sohn sich aufhält.«

»Ist ihm etwas zugestoßen?« Plötzlich wurde die Stimme sanfter und auch ängstlich.

»Wir wissen noch überhaupt nichts, weil wir keine Spur von ihm haben. Sie müssen sich also bitte noch gedulden … Nein, jetzt hören Sie mir zu … Frau Lura, bitte! … Ja … Wir werden morgen im Laufe des Tages bei Ihnen vorbeikommen, und dann können wir uns in aller Ruhe unterhalten. Und sollte es vorher Entwarnung geben, werden Sie das als Erste erfahren … Frau Lura, Ihre Schwiegertochter hat alles richtig gemacht … Und jetzt entschuldigen Sie mich, ich habe noch zu tun.« Nach dem Telefonat sah sie Gabriele Lura an und zog die Augenbrauen hoch. »Ist sie immer so?«

Diese seufzte auf und antwortete: »Ich kenne sie nicht anders. Ich kann angeblich nicht richtig kochen, ich erziehe Markus falsch, ich tauge sowieso zu nichts. Das ist jedenfalls ihre Meinung, und das lässt sie mich immer wieder spüren.«

»Kommen wir auf Ihren Mann zurück. Was macht er, wenn er nicht geschäftlich zu tun hat? Hat er Hobbys?«

»Er will abends eigentlich immer nur seine Ruhe haben. Sein größtes Hobby ist Lesen. Sie sehen ja selbst, wie viele Bücher hier stehen. Ob Sie es mir glauben oder nicht, er hat sie alle gelesen. Er ist ein wandelndes Lexikon. Wenn *Wer wird Millionär* kommt, weiß er fast immer alle Antworten. Das nur nebenbei. Und dann besucht er mindestens zweimal in der Woche seine Eltern, hauptsächlich seine Mutter, die für ihn der Mittelpunkt der Welt oder des Universums ist.«

»Und was ist mit Freunden?«

»Sie meinen, ob er Freunde hat. Rolf ist kein sonderlich geselliger Mensch. Der einzige Freund, wenn man ihn als solchen bezeichnen kann, ist Dr. Becker. Er wohnt in Niederrad in der Humperdinckstraße. Werner ist sein Anwalt und Freund. Sie sind jedenfalls öfter zusammen.«

»Was heißt öfter?«

»Zwei-, dreimal im Monat treffen sie sich, gehen in eine Bar oder unternehmen irgendwas anderes. Aber sonst hat mein Mann keine Freunde. Bekannte ja, doch er hält Distanz.«

»Wann haben sich Dr. Becker und Ihr Mann zuletzt getroffen?«

»Vergangene Woche.«

»Wir brauchen dann bitte auch seine genaue Adresse und Telefonnummer.«

»Warten Sie bitte, ich muss sie raussuchen.« Sie zog die Schublade des Telefontisches heraus, kramte darin herum und kam mit einem Blatt Papier zurück, auf dem mehrere Namen und Nummern vermerkt waren, nahm einen Stift und einen Zettel und schrieb auch diese Nummer und die Adresse auf.

»Ich muss Ihnen noch einmal die Frage stellen, ob Ihr Mann schon mal für einen Tag oder länger weggeblieben ist, ohne dass er Ihnen mitgeteilt hat, wo er ist?«

»Nein, ich weiß immer, wo er ist. Wenn er geschäftlich unterwegs ist, dann bei Kunden, die eben die persönliche Beratung zu Hause wünschen. Und diese Kunden sind in der Regel sehr reich, sehr angesehen und stehen im Mittelpunkt des gesellschaftlichen Lebens. Die meisten zumindest.«

»Frau Lura, könnte es sein, dass Ihr Mann eine Geliebte hat? Wir müssen alle Möglichkeiten in Betracht ziehen.«

Sie schüttelte den Kopf und lächelte dabei kaum merklich. »Er hat keine Geliebte, zumindest weiß ich nichts davon. Aber weshalb sollte er einfach so verschwinden, wenn er eine hätte? Er würde niemals sein Geschäft im Stich lassen, denn dafür lebt er, und dafür würde er auch sterben.«

»Sie sagen, er hat keine Geliebte, aber sehr sicher hat sich das nicht angehört. Hatte er, seit Sie verheiratet sind, irgendwann einmal eine Affäre?«

»Finden Sie nicht, dass Sie etwas zu intim werden?«, fragte Gabriele Lura zurück.

»Nein, das finde ich nicht. Wir suchen nach einem Mann, der sehr wohlhabend ist, den viele Menschen kennen und der ohne jede Vorwarnung einfach so verschwunden ist. Es gibt bis jetzt keinen Erpresserbrief, keinen entsprechenden Anruf, keine Drohung, Ihr Mann ist seit mittlerweile fast vierzehn Stunden weg. Als hätte er sich in Luft aufgelöst. Frau Lura, das ist kein Spiel …«

»Das weiß ich selbst! Aber was soll ich Ihnen großartig sagen? Ich habe keine Ahnung, wo mein Mann sich aufhält, was mit ihm passiert ist oder sein könnte, ich weiß nicht, ob er Affären hatte oder immer noch hat, ob er erpresst wurde oder ob er sich Feinde geschaffen hat. Frau Durant, ich weiß nichts, aber auch rein gar nichts. Ich kann Ihnen nicht weiterhelfen, außer dass ich Ihnen sämtliche Namen, Adressen und Telefonnummern von den Menschen gebe, mit denen mein Mann regelmäßig zu tun hat. Und das sind nun mal hauptsächlich seine Eltern, Dr. Becker und die Angestellten in seinem Betrieb.«

»Okay. Gehen wir einmal vom schlimmsten Fall aus, dass nämlich Ihr Mann einem Verbrechen zum Opfer gefallen ist, wer würde dann das Geschäft leiten?«

»Das kann ich Ihnen nicht sagen, diese Frage müssen Sie meinen Schwiegereltern stellen. Ich jedenfalls nicht.«

»Aber Sie sind Haupterbin, oder?«

»Frau Durant, allmählich glaube ich, Sie sind überzeugt, dass er tot ist. Ich denke aber, dass er lebt. Und um Ihre Frage zu beantworten, nein, ich bin nicht die Haupterbin, sondern unser

Sohn. Sollte meinem Mann etwas zustoßen, würde unser Sohn bei Erreichen des fünfundzwanzigsten Lebensjahres das Unternehmen erben. Bis dahin wäre ein Vermögensverwalter für alle unternehmerischen Dinge zuständig.«

»Und das Haus beziehungsweise die Häuser?«, fragte Durant überrascht über die Auskunft.

»Ich kann es Ihnen nicht sagen, da ich bisher keinen Einblick in ein Testament erhalten habe.«

»Aber woher wissen Sie dann, dass Ihr Sohn Unternehmenserbe sein wird?«

»Das hat mein Mann so beschlossen, als Markus geboren wurde. Über alles Weitere haben wir nicht gesprochen. Ich habe ihn auch nicht danach gefragt. Er hat nur gemeint, für mich wäre schon gesorgt.«

»Haben Sie Gütertrennung vereinbart?«

»Nein. Aber könnten wir bitte dieses Thema jetzt lassen?«, fragte Gabriele Lura sichtlich ungehalten. »Mein Mann ist nicht tot, und damit hat sich für mich jede Diskussion um Erbschaft und so weiter erübrigt.«

Durant und Hellmer erhoben sich. »Dann würden wir gerne noch einen Blick in das Arbeitszimmer Ihres Mannes werfen.«

Gabriele Lura begleitete die Beamten nach oben und wies auf die Tür, hinter der sich besagtes Zimmer befand. Während Durant und Hellmer hineingingen, blieb sie auf der Schwelle stehen. Das Zimmer war groß und, wie Durant befand, klinisch rein. Die Einrichtung bestand aus einem mahagonifarbenen Schreibtisch, einem Chefsessel, zwei Bücherregalen, einem PC und einer Telefon-Fax-Kombination. Durch das große Fenster hatte man bei Tag einen traumhaften Blick auf den Garten, der jetzt von den in den Boden eingelassenen Lampen erhellt wurde. Sie sahen in den Schubladen nach, ob sie irgendeinen Hinweis für sein plötzliches Verschwinden finden würden, doch es war spät, und alles war aufgeräumt, selbst die Stifte lagen in Reih und Glied. Sie hielten sich kaum zehn Minuten in dem Zimmer auf, bevor sie wieder nach unten gingen, wo Gabriele Lura bereits auf sie wartete.

In der Haustür sagte Durant: »Sobald Sie etwas von Ihrem Mann hören, rufen Sie mich an, und wenn es heute Nacht um drei ist. Ansonsten sehen wir uns vielleicht morgen schon wieder. Ich wünsche Ihnen trotz allem eine gute Nacht, und hoffen wir, dass alles einen guten Ausgang nimmt.«

»Danke, und gute Nacht.«

Julia Durant und Frank Hellmer gingen langsam zu ihren Autos, zündeten sich am Tor eine Zigarette an und blieben noch einen Moment stehen. Die Nachtluft war klar und kühl, der am Tag noch nasse Asphalt begann allmählich zu trocknen.

»Die Sache stinkt«, sagte Hellmer und nahm einen tiefen Zug an seiner Zigarette. »Und die Frau ist mir ein Rätsel. Was stimmt mit ihr nicht?« Er schüttelte den Kopf und sah zum Haus, wo der von einem Motor angetriebene Rollladen allmählich das Wohnzimmerfenster verdeckte.

»Das frage ich mich auch schon die ganze Zeit«, entgegnete Durant. »Sie hat weder Angst, noch zeigt sie irgendwelche Trauer, sie kommt mir vor wie eine … mir fällt nicht mal der treffende Ausdruck ein.«

»Mumie?«

»Nee, so nun auch wieder nicht. Es berührt sie einfach nicht. Man könnte fast glauben, dass sie froh ist … Meinst du, hier kriegt jemand mit, wenn einer aus der Garage fährt?«

»Die Nachbarn?«

»Zum Beispiel. Doch wenn Lura seit Jahren jeden Morgen um dieselbe Zeit das Haus verlässt, dann wird das auch für die Nachbarn zu einer Alltäglichkeit, der man keine Beachtung mehr schenkt. Aber Fakt ist, sein Auto wurde irgendwann heute am frühen Vormittag in der Emmerich-Josef-Straße abgestellt, und die liegt weiß Gott nicht auf der Route zu seinem Geschäft. Außerdem sind die Scheiben ziemlich dunkel getönt, weshalb ich bezweifle, dass jemand sehen kann, wer im Wageninnern sitzt. Was ist hier also passiert? Was, wenn der Wagen schon gestern Abend oder heute Nacht dort abgestellt wurde? Nachts laufen da keine Politessen rum und verteilen Knöllchen.«

»Augenblick«, sagte Hellmer und zog die Stirn in Falten, »damit würdest du behaupten, dass seine Frau lügt. Das ist dir doch klar, oder?«

»Ich spiel nur alle Möglichkeiten durch. Sie sagt, er ist heute Morgen um acht weggefahren. Wer kann es beweisen?«

»Kannst du beweisen, dass es nicht so war?«, fragte Hellmer zurück.

»Wir können überhaupt nichts beweisen, schon gar nicht mehr heute. Und außerdem, sie hat nichts damit zu tun, das war 'ne Scheißidee von mir. Weißt du was, ich fahr heim, ich hab nämlich die Schnauze gestrichen voll. Ich will nur noch in mein Bett und meine Ruhe haben. Und hoffentlich werde ich nicht gestört.«

»Also, die KTU ruft bei mir an, sobald sie was finden. Die Einzige, die deine wohlverdiente Ruhe stören könnte, ist sie«, sagte Hellmer und deutete auf das Haus. »Aber daran glaube ich nicht.« Er wollte bereits in seinen BMW einsteigen, als Durant ihn zurückhielt.

»Stopp mal. Nehmen wir an, die Geschichte stimmt, dass Lura um acht weggefahren ist. Um kurz nach halb elf hat eine Politesse einen Strafzettel hinter den Scheibenwischer geklemmt. Das ist eine Differenz von etwas mehr als zweieinhalb Stunden. Das heißt, ihm müsste, sofern er entführt wurde, schon gleich hier oder zumindest in der Nähe von seinen Entführern aufgelauert worden sein. Sie haben ihn in ein anderes Auto gezerrt und ... Nein, verdammt noch mal, das passt auch nicht. Sie hätten ja Luras Wagen einfach am Tatort stehen lassen können, wie das die meisten Entführer machen. Vielleicht ...«

»Warte, warte. Vielleicht hat er jemanden mitgenommen, den er kennt. Derjenige hat aber keine guten Absichten gehabt, ganz im Gegenteil. Er hat Lura gezwungen, an irgendeine einsame

Stelle zu fahren, wo ein oder mehrere Komplizen gewartet haben, man hat ihm eins übergebraten und das Auto demonstrativ in die Einkaufsstraße gestellt. Es könnte zumindest so gewesen sein … Mist, was ist in diesen zweieinhalb Stunden passiert? Auf der andern Seite, hätte man ihn entführt, mein Gott, die hätten sich doch längst gemeldet! Ich kapier das nicht. Lura wird sowohl von seiner Frau als auch von seiner Sekretärin als überaus korrekt bezeichnet. Keine offensichtlichen Feinde, keine Drohungen, keine Persönlichkeitsveränderungen, alles lief bis heute Morgen bestens bei ihm. Was hat sich wie abgespielt? Das ist die Frage, auf die wir keine Antwort haben.«

»Deine Theorie könnte hinhauen. Es könnte jemand sein, dem Lura vertraut hat. Lassen wir uns einfach mal überraschen, was unsere Spezies im Auto finden. Und jetzt verzieh ich mich endgültig. Bye-bye und bis morgen.«

»Ciao, und möge uns die Nachtruhe erhalten bleiben.«

Hellmer gab Gas und brauste davon, während Durant sich erst noch eine Zigarette ansteckte, den Motor startete und eine CD von Bryan Adams in ihren neuen Player legte und die Lautstärke aufdrehte. Sie bemerkte nicht den dunkelblauen Honda Civic, der auf der anderen Straßenseite stand und aus dem eine Person sie beobachtete.

Julia Durant fuhr langsam durch die jetzt einsamen Straßen des kleinen, aber noblen Viertels und versuchte trotz der Nacht ein paar Eindrücke zu gewinnen. Hier lebt jeder für sich allein, dachte sie nur. Sie hatte schon viele solcher Viertel gesehen und viele Menschen kennen gelernt, die in einem komfortablen Haus vor sich hin lebten. Sie scheffelten Geld, fuhren zwei oder drei Autos, doch glücklich waren nur wenige von ihnen. Die meisten waren einsam oder innerlich hart und kalt. Vor zwei Wochen hatte sie ihren Vater von Donnerstag bis Sonntag besucht, einfach nur, um zu reden, etwas Erinnerungen aufzufrischen und dadurch Kraft zu tanken. Am Freitagabend hatten sie bis in die frühen Morgenstunden bei Kerzenschein und leiser Musik im

Wohnzimmer gesessen, hatten herrlichen Früchtetee getrunken und gequatscht. Und zwangsläufig kamen sie auf Gott und die Menschen zu sprechen, und ihr Vater hatte gesagt, ein Zeichen der letzten Tage dieser Erde sei, dass die Nächstenliebe erkalten würde. Sie hatte ihm zugehört, und seine Ausführungen klangen plausibel. Und irgendwie deckten sie sich mit dem, was sie in den letzten Jahren bei der Polizei erlebt hatte, nämlich dass die Menschen immer kälter wurden. Sie liebte ihren Vater, für sie war er der weiseste und gütigste Mensch überhaupt, und sie wünschte sich manchmal, wenigstens ein bisschen von seinem Glauben und seiner Demut zu haben. Seine Tür war immer noch für jeden offen, auch wenn er längst nicht mehr als Pastor sonntags auf der Kanzel stand, aber die Leute im Ort mochten ihn, und er wollte auch weiterhin für jene da sein, die seine Hilfe und seinen Rat suchten.

Auf der Heimfahrt ließ sie den Tag Revue passieren, der mit der Vernehmung des mordverdächtigen Scheffler begonnen hatte, anschließend war die Festnahme der beiden eigentlichen Mörder, und letztlich endete alles mit dem spurlosen Verschwinden eines reichen Autohändlers.

Zu Hause angekommen, würde sie vor dem Zubettgehen noch eine Scheibe Brot essen und ein Bier trinken und vielleicht noch duschen. Sie fühlte eine bleierne Müdigkeit in ihren Gliedern, und ihre Beine schmerzten. Ich werde älter, sagte sie sich, als sie ihren Corsa über hundert Meter von ihrer Wohnung entfernt parkte. Ein beschissener Tag, ein absolut beschissener Tag, dachte sie und ging mit schweren Schritten auf das Haus zu. Sie nahm die Post aus dem Kasten, bis auf einen Brief von Susanne Tomlin war alles wertloser Reklamemüll, den sie gleich entsorgte. Sie wusch sich die Hände, machte sich ein Salamibrot und holte eine Dose Bier aus dem Kühlschrank. Dann legte sie die Beine hoch und aß. Sie hatte keine Lust mehr, über Lura nachzudenken. Heute Nacht konnte sie sowieso nichts mehr tun.

Dienstag, 22.55 Uhr

Frank Hellmer hatte etwas gegessen und mit seiner Frau Nadine noch eine halbe Stunde im Wohnzimmer verbracht. Sie hatten sich über den vergangenen Tag unterhalten und über Rolf Lura.

»Er ist ein Autoverkäufer, das ist alles«, antwortete sie auf die Frage, wie sie Lura einschätze. »Auf jeden Fall ist er nicht mein Typ. Er hat etwas im Blick, das ich nicht mag, wobei ich dir nicht einmal genau sagen könnte, was es ist. Ich könnte mich jedenfalls in seiner Nähe nicht wohl fühlen. Und er hat was Schmieriges an sich, auch wenn das dem gängigen Klischee eines Autoverkäufers entspricht. Aber wahrscheinlich gehört das zum Beruf. Er ist erfolgreich, zu ihm kommt nur, wer auch das nötige Kleingeld hat, aber befreundet möchte ich nicht mit ihm sein.«

»Das sollst du ja auch nicht«, sagte Hellmer. »Wir müssen jedenfalls davon ausgehen, dass wir es mit einem Verbrechen zu tun haben. Und da ist es egal, ob jemand schmierig ist oder verschlagen oder was immer. Hast du dich durch seine Gegenwart in irgendeiner Weise belästigt gefühlt?«

»Ich hatte beim ersten Mal, als ich allein dort war, das Gefühl, als würde er mich mit seinen Augen ausziehen. Und du weißt, wie sehr ich so was hasse. Nein, ich will mit solchen Menschen nichts zu tun haben. Aber das ist meine Meinung, andere finden ihn wahrscheinlich ganz toll. In meinem Leben gibt es jedenfalls nur einen Mann, und das bist du. Fertig!«, meinte sie lachend und umarmte ihn.

»Ist ja gut«, sagte er und gab ihr einen Kuss, als das Handy klingelte. Ein Mann von der Spurensicherung.

»Ich sollte anrufen, wenn wir was haben. Wir haben tatsächlich was gefunden. Und zwar Blut auf dem Fahrersitz und im Kofferraum. Dazu einige kurze blonde Haare. Wir haben das

Zeug ins Labor gebracht und lassen es dort untersuchen. Wenn es zu Lura gehört, dann habt ihr es wohl mit einem Gewaltverbrechen zu tun.«

»Bullshit!«, stieß Hellmer aus. »Jetzt kennen wir natürlich nicht die Blutgruppe von ihm. Wann habt ihr denn das Ergebnis?«

»So gegen acht, halb neun. Seine Blutgruppe dürfte ja nicht schwer rauszukriegen sein, oder?«

»Sicher nicht. Danke für die Nachricht. Dann weiß ich ja, was morgen so auf uns zukommt. Bis irgendwann.« Er drückte den Aus-Knopf und sah Nadine nachdenklich an. »Du hast alles mitbekommen?«

»Denk schon. Und jetzt?«

»Schlafen. Was sollen wir mitten in der Nacht schon anderes machen?«

»Und die nächsten Tage oder Wochen werde ich mit Stephanie wieder ziemlich viel allein sein«, seufzte Nadine auf. »Wie lange willst du diesen Job eigentlich noch machen? Ist der dir wirklich so viel wert?«

»Nadine, bitte, nicht jetzt. Das haben wir doch schon tausendmal durchdiskutiert. Ich liebe meinen Beruf, auch wenn er mich manchmal ankotzt. Aber jeder noch so kleine Erfolg sagt mir, dass ich genau dort gebraucht werde, wo ich bin. Wirst du das jemals verstehen?«

»Keine Ahnung. Aber ständig mit der Angst zu leben, eines Tages könnte einer deiner Kollegen vor der Tür stehen und mir sagen, dass du nicht wiederkommst, weil irgend so ein Verrückter … Mensch, Frank, ich weiß, dass du gebraucht wirst, aber die Angst kannst du mir nicht nehmen. Einmal wärst du beinahe draufgegangen. Die Kugel hätte nur ein kleines bisschen höher treffen müssen, und ich würde jetzt mit Steffi ganz allein dasitzen.«

»Sie hat aber nicht höher getroffen. Und das war überhaupt das erste Mal, dass ich in nunmehr achtzehn Jahren Polizeidienst in eine Schießerei verwickelt wurde. Hab einfach Vertrauen. Und denk dran, wenn ich nicht bei der Polizei wäre, wären wir beide nicht zusammengekommen.«

»Das war schon 'ne verrückte Geschichte, was?«, sagte sie und kuschelte sich an ihn. »Erst trennen wir uns, dann hören wir eine Weile nichts voneinander, und dann auf einmal passieren so unglaubliche Dinge, dass ich mich heute noch frage, wer da wohl alles die Hand im Spiel hatte. Wie heißt es doch so schön – man trifft sich immer zweimal im Leben. Und jetzt komm, du hast morgen einen langen Tag vor dir. Und eins darfst du nie vergessen – ich liebe dich über alles.« Sie machte eine kurze Pause, sah ihn mit schelmischem Blick an und fügte grinsend hinzu: »Auch wenn ich deinen Beruf hasse!«

»Schon gut, du liebst mich und hasst meinen Beruf. Solange es nicht umgekehrt ist, soll's mir recht sein.«

Bevor sie einschliefen, liebten sie sich, und es war fast halb zwei, als Nadine in Franks Arm einschlief. Er lag noch eine Weile wach, dachte an den zurückliegenden Tag und drehte seinen Kopf schließlich so, dass er den Duft ihres Haares einatmen konnte. Er liebte diesen Duft.

Dienstag, 23.10 Uhr _____

Gabriele Lura ging seit über einer Stunde ruhelos im Wohnzimmer auf und ab, schielte immer wieder zum Telefon und fragte sich, ob sie anrufen oder lieber bis morgen warten sollte. Der Besuch der Kommissare hatte sie verunsichert, aber sie hatte keine Angst, nein, wovor auch. Sollte ihrem Mann etwas passiert sein, was immer es auch war, sie würde nicht trauern. Sie hatte es ihm nicht gewünscht, aber weinen, nein. Die letzten dreizehn Jahre waren die Hölle gewesen, und sie hoffte, diese Hölle würde nun ein Ende haben. Doch eine innere Stimme flüsterte ihr zu, dass die Hoffnung verfrüht war, dass noch irgendetwas kommen würde. Markus lag schon seit über zwei Stunden im Bett. Sie hatte ihm gute Nacht gesagt, bevor die Polizisten gekommen waren. Sie hatte mit ihm gebetet und ihm noch einmal versichert, dass alles gut werden würde. Jetzt schloss sie für einen Moment die Augen und dachte nach. Zehn nach elf, du kannst nicht um diese Uhrzeit anrufen, sagte sie sich. Schließlich griff sie doch zum Hörer und tippte mit zittrigen Fingern eine Nummer ein. Ein Mann meldete sich am andern Ende.

»Hallo, ich bin's, Gabriele«, sagte sie, erleichtert, dass er am Telefon war.

»Was gibt's denn?«, fragte er mit gedämpfter Stimme. »Irgendwas Neues?«

»Nein. Aber die Polizei war heute Abend zweimal hier. Sie haben Rolfs Auto in Höchst gefunden. Und ich habe das komische Gefühl, als würden die mich verdächtigen, mit seinem Verschwinden etwas zu tun zu haben.«

»Jetzt reg dich nicht auf, es wird alles gut, okay? Wahrscheinlich bist du ihn ein für alle Mal los.«

»Schön wär's. Ich meine, er muss ja nicht gleich tot sein. Ich trau dem Frieden aber trotzdem nicht. Ich habe Angst, dass er plötzlich vor mir stehen könnte und …«

»Du brauchst keine Angst zu haben. Was immer auch geschehen ist, es ist gut so. Ich kann jetzt aber nicht mehr länger reden. Corinna liegt zwar schon im Bett, doch man kann nie wissen. Wir sehen uns morgen wie verabredet. Ich bin zwischen elf und eins bei dir, genau kann ich's noch nicht sagen.«

»Danke. Aber wenn die Polizisten da sind, die dürfen nichts merken.«

»Was denkst du denn von mir? Ich bin einfach nur jemand, der sich Sorgen um seinen besten Freund und Klienten macht. Das ist doch legitim. Weiß die Polizei eigentlich schon von meiner Existenz?«

»Ich musste es ihnen vorhin sagen. Du bist sein Anwalt und

bester Freund und so weiter. Sie wollten ja alles Mögliche von mir wissen. Sie würden dich sowieso befragen.«

»Also gut, dann bis morgen und schlaf schön. Und denk dran, ich liebe dich.«

»Ich dich auch.«

Sie hielt den Hörer noch eine Weile in der Hand und blickte zur Haustür, als müsste sie sich vergewissern, auch wirklich allein zu sein. Dann ging sie in den ersten Stock, schaute nach Markus, der tief und fest schlief, stellte sich im Dunkeln an das Schlafzimmerfenster und sah hinunter auf den Garten und die Straße. Nur wenige parkende Autos waren zu sehen, die meisten wurden von den Haltern abends in die Garage gestellt. Sie ließ ihren Blick über die kleine Straße schweifen und sah, wie in einem dunklen Auto ein Feuerzeug aufflammte. Doch sie schenkte dem keine Beachtung, drehte sich um, begab sich wieder nach unten und trank in langsamen Schlucken ein Glas Wasser. Dabei kreisten Gedanken aller Art durch ihren Kopf, so viele Gedanken auf einmal, und es schienen immer mehr zu werden. Sie wurde zunehmend nervöser und mahnte sich zur Ruhe, sagte sich, doch gelassen zu bleiben und die Dinge so zu nehmen, wie sie sind. Aber da war auch Angst, und die wollte nicht weichen.

Wo verdammt noch mal bist du? Hast du dich in Luft aufgelöst? Bist du tot? Du weißt, ich habe dir nie den Tod gewünscht, ich wollte nur geliebt werden. Was ist, wenn sie dich nicht finden?

Es war weit nach Mitternacht, und obwohl sie seit sieben Uhr auf den Beinen war und in der Nacht zuvor kaum mehr als zwei Stunden geschlafen hatte, war sie nicht müde. Sie legte sich auf das Sofa und schaltete den Fernseher ein. Ihr war egal, was gerade lief, sie wollte nur nicht allein sein. Zuletzt schaute sie um zwanzig nach zwei zur Uhr. Kurz darauf schlief sie ein.

Mittwoch, 8.15 Uhr

Julia Durant hatte eine viel zu kurze, aber ruhige Nacht hinter sich. Sie war von ganz allein um halb sieben aufgewacht, hatte auf nüchternen Magen eine Aspirin genommen, weil sie kleine spitze Stiche in der linken Schläfe verspürte, war ins Bad gegangen, wo sie sich eine Viertelstunde aufhielt, und hatte gefrühstückt. Als sie im Präsidium ankam, waren Berger und Hellmer bereits in ihren Büros, Kullmer und Seidel würden irgendwann in den nächsten Minuten eintreffen. Sie murmelte ein »Guten Morgen«, hängte ihre Tasche über die Stuhllehne und setzte sich Berger gegenüber.

»Der Fall Lura hat eine neue Dimension angenommen«, war das Erste, was Berger von sich gab. Er lehnte sich zurück und verschränkte die Arme hinter dem Kopf.

»Irgendwas, was ich noch nicht weiß?«, fragte Durant.

»Blut und Haare auf dem Fahrersitz und im Kofferraum«, antwortete Berger trocken. »Wir warten auf die Analyse.«

»Uups«, entfuhr es Durant. »Die Sache wird spannend.«

»Denken Sie das Gleiche wie ich?«

»Möglich. Aber wo ist die Leiche? Im Auto war sie jedenfalls nicht.«

»Ich bin sicher, Sie werden das herausfinden. Aber fragen Sie doch Herrn Hellmer, der hat letzte Nacht mit der KTU gesprochen.«

Hellmer stand an den Türrahmen gelehnt da, die Hände in den Taschen seiner Jeans vergraben, und nickte. »Tja, ich geh mal ganz stark davon aus, dass Lura ermordet wurde. Wenn es nicht so wäre, hätten sich die Entführer längst gemeldet, da bin ich sicher. Wir haben es hier nicht mit einer Entführung zu tun, da ist meiner Meinung nach etwas völlig anderes vorgefallen.« Er kam näher, zog sich einen Stuhl heran und setzte sich neben Durant, aber so, dass er sie ansehen konnte. »Irgendwer muss einen derartigen Hass auf Lura gehabt haben, dass er ihn nur noch tot sehen wollte. Jetzt gilt es herauszufinden, mit wem Lura in letzter Zeit im Clinch gelegen hat. Wenn wir das wissen, haben wir unter Umständen auch den oder die Mörder. Ich hatte gleich die Vermutung, dass es keine Entführung ist. Und ich scheine Recht zu behalten.«

Durant hatte aufmerksam zugehört und fragte: »Wie viel Blut und Haare wurden denn gefunden?«

»Keine Ahnung, da musst du schon unsere Spezialisten fragen. Sie haben jedenfalls nur von ein paar Haaren und etwas Blut gesprochen.«

»Als ich gestern Abend mit der Taschenlampe alles abgeleuchtet habe, ist mir nichts Besonderes aufgefallen. Und hätte man ihn erschossen, erstochen oder erschlagen, so wäre mit Sicherheit eine Menge Blut zu sehen gewesen. Ich kann mir aber nicht vorstellen, dass in der kurzen Zeit, die dem oder den Tätern zur Verfügung stand, Lura ermordet, in einen Teppich oder Plastiksack verstaut und dann irgendwo deponiert und anschließend sein Wagen in Höchst abgestellt wurde. Das ist mir zu simpel, vor allem stimmt die Zeitspanne nicht.«

»Und was ist deine Theorie?«

»Ich hab keine. Außerdem will ich erst das Ergebnis abwarten.«

»Was ist mit seiner Frau? Würdest du ihr zutrauen …«

»Vergiss es. Die mag zwar ein bisschen komisch sein, aber schau dir doch mal dieses Persönchen an, so klein und zierlich, wie die ist.«

»Und wenn sie einen Komplizen hatte, der die Tat ausgeführt hat? Einen Liebhaber?«

»Frank, bitte! Nicht am frühen Morgen mit solchen Hypothesen. Wir fahren doch nachher sowieso noch mal zu ihr. Und dabei werden wir ihr noch etwas genauer auf den Zahn fühlen. Aber erst sprechen wir mit einigen Mitarbeitern von Lura.«

»Du bist der Boss«, sagte Hellmer leicht beleidigt und stand auf. »Aber könntest du meine Theorie nicht wenigstens mal durchdenken?«, fügte er ironisch hinzu.

»Ich bin für alles offen, das weißt du doch. Ich hab nur was gegen Schnellschüsse. Was ist eigentlich mit Wassilew und Hradic?«

»Sitzen in U-Haft. Die haben Beck umgebracht und werden ihren Prozess kriegen. Der Fall ist für Sie erledigt. Die Staatsanwaltschaft hat bereits eigene Ermittlungen eingeleitet«, sagte Berger.

Kullmer und Seidel waren inzwischen ebenfalls eingetroffen und hatten sich zu den andern gesellt. Durant informierte sie über den aktuellen Stand der Dinge und fragte anschließend Berger: »Sollen wir eine Soko bilden?«

Er zuckte mit den Schultern und meinte: »Ich habe auch schon darüber nachgedacht, aber vorerst möchte ich Sie bitten, den Fall allein zu bearbeiten, das heißt Sie vier. Sollte allerdings bis heute Abend achtzehn Uhr keine Lösegeldforderung vorliegen, wir aber ein Tötungsdelikt nicht ausschließen können, werden wir eine Soko bilden und auch eine Vermisstenmeldung an die Medien rausgeben.«

»Okay. Dann fahren wir jetzt zum Autohaus und befragen die Angestellten. Peter und Doris, ihr werdet dabei den Hauptteil übernehmen, weil Frank und ich noch mal zur Lura fahren und auch noch einen gewissen Werner Becker und vor allem die Eltern von Lura über ihren Sohn befragen müssen.«

»Tun Sie das, Sie leiten die Ermittlungen.«

»Wann kommt denn endlich der Bericht der Spurensicherung?«

Sie hatte es kaum ausgesprochen, als das Telefon klingelte. Berger nahm ab, machte sich einige Notizen, sagte »Danke« und legte wieder auf.

»Also, das gefundene Blut stammt eindeutig von ein und derselben Person. An den Haaren wurde ebenfalls Blut festgestellt und kann auch dieser Person zugeordnet werden. Blutgruppe B-positiv.«

»B-positiv ist eher selten«, sagte sie. »Schauen wir mal, was wir im Autohaus erreichen. Auf geht's.«

Mittwoch, 9.00 Uhr

Frau Walter hatte eine Liste aller Mitarbeiter der vergangenen fünf Jahre zusammengestellt, mehr als Durant erwartet hatte. Sie wollte bereits das Kommando geben, mit der Befragung der Angestellten zu beginnen, als Frau Walter Julia Durant bat, kurz mit ihr unter vier Augen sprechen zu dürfen.

»Haben Sie schon irgendetwas in Erfahrung bringen können?«, fragte sie besorgt, ob gespielt oder nicht, vermochte Durant nicht zu sagen.

»Nein, bisher nicht«, log sie, bewusst verschweigend, dass Luras Mercedes gefunden wurde. Sie würde es halten wie immer – Außenstehende würde sie nicht über den Stand der Ermittlungen informieren.

»Ich mache mir schreckliche Sorgen. Herr Lura ist ein großartiger Mensch, und ich hoffe und bete, dass ihm nichts Schlimmes zugestoßen ist.«

»Ja, das hoffen wir auch. Und jetzt entschuldigen Sie mich bitte, ich …«

»Warten Sie, das muss vorhin, als ich mal kurz raus war, jemand auf meinen Schreibtisch gelegt haben.« Sie reichte Durant einen verschlossenen Umschlag, auf dem »Für die Polizei« stand. Sie würde ihn öffnen, sobald sie allein war.

»Wer leitet jetzt eigentlich das Geschäft?«

»Wir haben äußerst qualifiziertes Verkaufspersonal. Trotzdem können wir nicht ewig ohne Herrn Lura weitermachen. Mit ihm steht und fällt die Firma. Weiß die Presse eigentlich …?«

»Nein, aber wir werden es nicht mehr lange geheim halten

können. Ich möchte Sie nur bitten, nicht von sich aus an die Presse heranzutreten, das würden wir lieber selbst in die Hand nehmen.«

»Natürlich, Sie können sich auf mich verlassen.«

Julia Durant verließ das Büro und machte die Tür hinter sich zu. Hellmer, Kullmer und Seidel hatten bereits ohne sie angefangen, die ersten Angestellten zu befragen. Sie riss den Umschlag auf, in dem ein Zettel war, auf dem nur stand »Letzte Tür links, Judith Klein«. Sie durchquerte den Gang, klopfte an die angegebene Tür, und von drinnen kam ein »Herein«. Zwei junge Damen von etwa dreißig Jahren saßen an einem modernen Schreibtisch und blickten auf, als die Kommissarin das Büro betrat.

»Frau Klein?«, fragte sie.

»Ja, das bin ich«, sagte eine brünette Schönheit, die sofort aufstand und auf Durant zukam. Sie hatte große braune Augen, lange, bis auf die Schultern fallende Haare und besaß eine Figur, die jeden normal gearteten Mann um den Verstand bringen musste. Sie reichte Durant die Hand und lächelte verlegen. »Judith Klein. Das ist meine Kollegin, Frau Preusse.«

»Hallo«, sagte Durant und nickte Frau Preusse zu, die ein etwas herbes, aber markantes Gesicht hatte. Ihr blondes Haar war kurz geschnitten, sie hatte ein Piercing am Kinn und war sehr schlank, hatte aber eine beachtliche Oberweite. Ihr Blick war neugierig, doch sie sagte außer einem dahingehauchten »Tag« nichts weiter. Nach der kurzen Begutachtung wandte sich Durant gleich wieder Judith Klein zu. »Ich würde mich gerne mit Ihnen unterhalten. Wo können wir das ungestört tun?«

»Am besten im Aufenthaltsraum. Dort gehe ich immer hin, wenn ich eine rauchen will«, sagte sie wieder mit diesem charmant-verlegenen Lächeln. »Ich hol nur schnell meine Zigaretten.«

»Gut, gehen wir eine rauchen.«

Der Aufenthaltsraum befand sich schräg gegenüber. Judith Klein schloss die Tür hinter sich und deutete auf einen Stuhl.

»Sie rauchen dieselbe Marke wie ich«, sagte Durant und gab der jungen Frau Feuer. »Es ist ein Laster, aber ich bin gerade dabei, es mir ganz langsam abzugewöhnen.«

»Würde ich auch gerne, aber … Na ja.« Sie nahm einen langen Zug, sah Durant durch den Rauch hindurch an und sagte: »Als ich vorhin von Frau Walter erfahren habe, dass heute die Polizei kommen würde, habe ich erst überlegt, ob … Nun, hier weiß ja inzwischen jeder, dass irgendwas mit unserm Chef passiert ist. Die Gerüchteküche brodelt natürlich, doch Frau Walter schweigt wie ein Grab. Die lässt nichts auf ihn kommen. Aber ich möchte doch etwas sagen, was Ihnen eventuell weiterhelfen könnte, doch es soll keiner wissen, dass es von mir kommt. Ich bin wahrscheinlich auch die Einzige, die davon weiß.« Sie hielt inne, nahm einen weiteren tiefen Zug, bevor sie fortfuhr: »Ich habe eine Freundin, die bis vor kurzem hier gearbeitet hat. Vor drei Monaten ist sie plötzlich nicht mehr gekommen. Das war eine böse Geschichte.« Sie machte erneut eine Pause, überlegte und fragte mit einem Mal: »Was hat man Ihnen eigentlich bisher über Herrn Lura erzählt? Hat man Ihnen gesagt, er sei ein Supermann?«

»Dazu kann ich Ihnen leider keine Auskunft geben, alle Informationen sind streng vertraulich, genau wie das, was Sie mir sagen werden«, entgegnete Durant lächelnd.

»Ich kann's mir schon denken. Der tolle Ehemann, der tolle Vater, der tolle Chef. Ob er ein toller Ehemann und Vater ist, kann ich nicht beurteilen, als Chef ist er ganz okay, bis auf einige Ausnahmen.«

»Sie wollten mir etwas von Ihrer Freundin und einer bösen Geschichte erzählen.«

»Ja, natürlich, aber glauben Sie bitte nicht alles, was man Ihnen über Herrn Lura sagt. Er ist nicht so toll, wie er immer hingestellt wird. Meine Freundin hat diese Erfahrung gemacht.« Sie drückte die Zigarette aus und steckte sich gleich eine neue an. Nervosität. »Ich will's kurz machen – Karin war die Geliebte von Herrn Lura. Bis vor drei Monaten, da war mit einem Mal Schluss. Und dieser Schluss hätte beinahe in einer Katastrophe geendet. Das hat sie zumindest so durchklingen lassen.«

»Wie heißt Ihre Freundin genau?«, wollte Durant wissen, die wie elektrisiert war, ließ diese Aussage die Person Rolf Lura doch plötzlich in einem völlig neuen Licht erscheinen.

»Karin Kreutzer. Sie wohnt in Königstein bei ihrer Mutter. Wir haben vorher kaum etwas miteinander zu tun gehabt, dann haben wir uns mehr zufällig vor zwei Monaten im Kinopolis getroffen und sind nach der Vorstellung noch zum Chinesen gegangen. Erst haben wir uns ganz normal unterhalten, bis ich sie gefragt habe, warum sie bei uns gekündigt hat, und da hat sie mir so einiges erzählt, aber sie ist nicht ins Detail gegangen, und ich hab sie nicht weiter gedrängt. Seitdem sind wir ziemlich gut befreundet und sehen uns auch regelmäßig oder telefonieren.«

»Was ist vorgefallen? Ich meine, Sie haben von einer Beinahe-Katastrophe gesprochen.«

»Sie wollte mir bis jetzt nicht erzählen, was konkret passiert ist, aber es muss sehr schlimm gewesen sein. Wie gesagt, sie will mit mir nicht mehr darüber sprechen, es sind immer nur Andeutungen, in denen aber immer wieder Herr Lura vorkommt. Keine Ahnung, vielleicht hat sie versucht, sich umzubringen oder … Ach, ich weiß es nicht. Aber Lura ist nicht der Saubermann, als den ihn alle gerne hinstellen. Er hat zumindest seine Frau betrogen, und wer so was einmal macht, der macht es auch öfter. Karin hat von einem Tag auf den andern hier aufgehört, das allein ist doch schon merkwürdig. Sie hat sich nie etwas zuschulden kommen lassen, und die Kündigungsfrist beträgt wie fast überall sechs Wochen zum Quartalsende. Sie hat aber zum 10. Juli aufgehört. Einfach so.«

»Ich habe hier auf meiner Liste nur die Namen und Telefonnummern der ehemaligen Mitarbeiter. Haben Sie die Adresse von Frau Kreutzer?«

Sie diktierte, Durant schrieb mit.

»Wann ist sie am besten zu erreichen?«

»Sie arbeitet im Moment nicht, hat sich eine Auszeit genommen, wie es so schön heißt, unter anderem, weil ihre Mutter krank ist und sie sich um sie kümmern muss. Ich habe aber erst gestern Abend mit Karin telefoniert. Sprechen Sie mit ihr, vielleicht erzählt sie Ihnen ja die ganze Geschichte.«

»Das werde ich tun. Sonst noch etwas?«

»Nein, ich denke, das reicht schon. Ich hoffe, ich habe mir den Mund nicht verbrannt.«

»Hat Herr Lura es auch bei anderen weiblichen Angestellten versucht … Bei Ihnen?«

Judith Klein lächelte wieder, wobei sich niedliche Grübchen um den Mund bildeten. »Er steht auf hübsche, junge Frauen. Und ja, er hat es auch bei mir versucht. Aber ich habe einen eisernen Grundsatz – niemals mit verheirateten Männern, das bringt nur Unglück. Bei wem er es noch probiert hat, kann ich nicht sagen.«

»Ich bedanke mich vielmals für diese Auskunft. Ich werde Ihre Freundin noch heute besuchen. Möglicherweise haben Sie mir sehr geholfen.«

»Gern geschehen. Und Sie können ihr ruhig sagen, dass ich Sie geschickt habe. Und wenn es irgendwer sonst hier erfährt, mein Gott, ich habe sowieso nicht vor, noch lange in diesem Laden zu bleiben. Das Klima ist nicht besonders gut.«

»Da habe ich aber ganz andere Dinge gehört«, sagte Durant sichtlich erstaunt. »Angeblich soll doch das Betriebsklima ausgezeichnet sein.«

»Klar, wer seit mehr als fünfundzwanzig Jahren hier arbeitet, nimmt eine Sonderstellung ein. Sie wissen, wen ich meine. So, ich gehe jetzt besser wieder an meine Arbeit. Und viel Glück.«

»Nochmals danke. Und auch Ihnen viel Glück.«

Julia Durant suchte Hellmer, berichtete ihm in knappen Worten von ihrem Gespräch und bat Kullmer und Seidel, die weiteren Befragungen allein durchzuführen. Hellmer fuhr über die

A66, bog am Main-Taunus-Zentrum ab und nahm den direkten Weg nach Königstein.

Mittwoch, 10.10 Uhr

Karin Kreutzer wohnte zusammen mit ihrer Mutter in einer zweistöckigen Jugendstilvilla in unmittelbarer Nähe zum Schlosspark. Die Fassade war alt, der Putz bröckelte ab, der Vorgarten war verwildert, der hohe Eisenzaun rostete vor sich hin. Das Tor quietschte beim Aufmachen, die Fliesen, die zum Haus führten, waren zum großen Teil gebrochen.

»Hier müsste auch mal was gemacht werden«, murmelte Hellmer, »so ein schönes Haus.«

»Nicht jeder hat das Geld dafür«, erwiderte Durant und klingelte.

»Ja?«, tönte es aus der Sprechanlage.

»Durant und Hellmer von der Kriminalpolizei. Wir möchten mit Frau Karin Kreutzer sprechen.«

»Moment, ich komme runter.«

Sie hörten Schritte auf der Treppe, eine junge Frau nahm die letzten drei Stufen und öffnete die Tür. Julia Durant hielt ihren Ausweis hin. Karin Kreutzer warf einen Blick darauf und sagte: »Was kann ich für Sie tun?«

»Das würden wir gerne drin mit Ihnen besprechen. Es ist sehr wichtig.«

»Bitte, kommen Sie rein. Wir bleiben am besten hier unten.«

Der Hausflur war das genaue Gegenteil von der Fassade. Er schien erst vor kurzem renoviert worden zu sein, Stuck an der Decke, die alten Türen restauriert. Sie folgten Karin Kreutzer in einen großen, hohen Raum, von dem aus man direkt auf den Park blicken konnte. Die Einrichtung war alt, aber gediegen, es roch angenehm, doch Durant konnte nicht identifizieren, wonach.

»Nehmen Sie Platz«, sagte Karin Kreutzer, eine attraktive Erscheinung mit halblangen blond gelockten Haaren, markant ausgeprägten Gesichtskonturen, blauen Augen und einem vollen, sinnlichen Mund. Obwohl sie eine Jeans und ein Sweatshirt trug, erkannte Durant sofort, dass darunter eine fast perfekte Figur stecken musste. Sie schätzte sie auf Ende zwanzig bis Anfang dreißig. »Ich sage nur schnell meiner Mutter Bescheid, dass wir nicht gestört werden möchten.«

Hellmer sah ihr nach. Sie hatte einen schwebenden Gang, und seine Gedanken waren an seinen Augen abzulesen.

»Sie gefällt dir, was?«, fragte Durant grinsend.

»Sehr hübsch, sehr, sehr hübsch«, meinte er anerkennend.

»Ich sage nur Nadine.«

»Das sagst du jedes Mal, wenn ich einer schönen Frau nachschaue. Wenn ich blind wäre, würde ich es nicht tun.«

»Könntest du ja auch gar nicht. Dann müsstest du dich auf ihren Duft konzentrieren. Was glaubst du denn, wie sie duftet?«

»Woher soll ich das denn wissen?! Und jetzt lass mich zufrieden, alte Zicke.«

»Das alt nimmst du bitte sofort zurück«, konterte Durant immer noch grinsend.

Gut eine Minute später kam Karin Kreutzer wieder herunter. »Habe ich etwas verbrochen?«, fragte sie mit leicht rauchiger Stimme und sah Durant mit einem spöttischen Aufblitzen in den Augen an und setzte sich in einen alten Ohrensessel aus dunklem Leder, der direkt neben dem Fenster stand.

»Nein, das haben Sie nicht. Es geht um Herrn Lura.«

Die eben noch vorhandene Lockerheit wich urplötzlich einer Steifheit, der Blick wurde ernst und abweisend.

»Was ist mit Herrn Lura?«, fragte sie kühl.

»Er ist seit gestern verschwunden, und wir befragen sämtliche Angestellten, die mit ihm in den letzten Jahren zu tun hatten. Und dazu gehören auch Sie.«

»Verschwunden? Ich verstehe nicht ganz …«

»Wir auch nicht, deshalb sind wir hier. Frau Kreutzer, ich habe vorhin mit Frau Klein gesprochen, die einige Andeutungen machte, was Ihr Verhältnis zu Herrn Lura betraf oder immer noch betrifft.«

»Ich weiß nicht, worauf Sie hinauswollen«, sagte sie kühl.

»Frau Kreutzer, Sie hatten eine Affäre mit Herrn Lura, das ist uns inzwischen bekannt. Sie haben am 10. Juli aber plötzlich Ihre Tätigkeit im Autohaus beendet. Was war der Grund dafür?«

Karin Kreutzer holte tief Luft, schloss die Augen und legte den Kopf in den Nacken. In ihr arbeitete es, ihre Finger zitterten. Nachdem sie sich einigermaßen gefangen hatte, sah sie erst Hellmer, dann Durant an, faltete ihre Hände wie zum Gebet und presste sie so fest zusammen, dass die Knöchel weiß hervortraten.

»Eigentlich wollte ich nicht mehr darüber reden, aber gut. Ja, ich hatte ein Verhältnis mit ihm. Es hat fast ein Jahr gedauert. Eine innere Stimme hat mich damals gewarnt, mich mit ihm einzulassen, aber er hat so verdammt ehrlich gewirkt«, sagte sie kopfschüttelnd. »Er hat mir vom Drama seiner ach so kaputten Ehe vorgejammert, und er hat es so perfekt getan, dass ich ihm geglaubt habe. Seine Frau sei frigide, und er würde nur noch wegen des Sohnes bei ihr bleiben. Aber er würde es nicht mehr aushalten und müsse endlich einen Schlussstrich ziehen. Er hat mich zum Essen eingeladen, hat mich mit auf Geschäftsreisen genommen, aber so, dass keiner etwas mitbekommen hat. Ich habe mich jedes Mal zwei Tage vorher krank gemeldet, so dass keinem aufgefallen ist, wenn wir zusammen verreist sind. Es waren immer nur maximal zwei Tage.« Sie lächelte verklärt und machte erneut eine Pause, um ihre Gedanken zu sammeln. »Er überhäufte mich mit Geschenken, und ich bekam ein außergewöhnlich gutes Gehalt, das heißt, offiziell habe ich zuletzt zweitausendfünfhundert Euro verdient, in Wirklichkeit war es fast das Doppelte. Dafür verlangte er, dass ich niemals mit irgendwem über unsere Beziehung spreche. Und er verlangte auch, dass ich keinen Freund oder gar Geliebten habe. Er duldete keine anderen Männer neben sich. Und ich blöde Kuh hab mich auf das verdammte Spiel eingelassen. Ich habe mir eingeredet, er meint es ernst, er liebt mich wirklich, und eines Tages würde er seine Frau verlassen und mich heiraten …«

»Das klingt so, als hätten Sie ihn geliebt«, sagte Durant.

»Ja, das habe ich anfangs auch. Ich war so blind und bin auf seine blöden Sprüche reingefallen. Na ja, und dann war Schluss.«

Durant wartete, ob noch etwas kommen würde, doch Karin Kreutzer hatte sich in ihr Schneckenhaus zurückgezogen.

»Frau Kreutzer, das ist doch nicht alles. Was ist wirklich passiert? Ihre Freundin hat mir erzählt, es wäre beinahe zu einer Katastrophe gekommen, aber sie kann nicht sagen, wie diese Katastrophe ausgesehen haben könnte. Ich verspreche Ihnen, was immer Sie uns hier und jetzt erzählen, es bleibt unter uns. Auch Ihre Freundin wird nichts davon erfahren. Ehrenwort.«

Karin Kreutzer überlegte und fuhr sich mit der Zunge über die Lippen. »Okay. Lura ist ein Schwein. Entschuldigung, aber das ist noch das Harmloseste, was mir zu ihm einfällt. In der Anfangszeit war er zärtlich und immer um mich bemüht. Aber nach und nach hat er sein wahres Gesicht gezeigt. Er steht auf perverse Spielchen, richtig harten Sex. Am Ende hat er mich ein paar Mal regelrecht vergewaltigt, und es hat ihm einen Heidenspaß bereitet. Schließlich habe ich es nicht mehr ausgehalten. Mit so einem Mann wollte ich nicht länger zusammen sein. Also habe ich ihm gesagt, dass Schluss ist. Ich dachte, ich könnte ganz vernünftig mit ihm reden, aber er ist völlig ausgerastet. Das war bei mir zu Hause, ich wohnte da noch in Frankfurt. Erst hat er mir gedroht. Er hat gesagt, ich hätte nicht das Recht, ihn zu verlassen. Wenn einer Schluss macht, dann er. Ich würde in seiner Schuld stehen, die ganzen Geschenke, das Gehalt, er hat mir alles um die Ohren geschlagen.« Sie lachte bitter auf. »Ja, klar, das waren Argumente, ich stand tatsächlich in seiner Schuld. Andererseits hat er von mir Dinge bekommen, die ihm offensichtlich seine eigene Frau nicht gibt. Ich kenne Frau Lura nicht, deshalb kann ich mir kein Urteil erlauben. Ich war aber so fest entschlossen, diese unselige Beziehung zu beenden, dass ich einfach gesagt habe, Rolf, lass uns Freunde bleiben, aber nicht mehr … Hm, das war wohl zu viel. Ich weiß nicht mehr, wie lange es gedauert hat, aber er hat mich grün und blau geprügelt, in den Bauch, ins Gesicht, überallhin, wo er nur treffen konnte. Er hat pausenlos auf mich eingeschlagen, bis ich die Schläge gar nicht mehr wahrgenommen habe. Dann hat er plötzlich aufgehört. Ich habe am Boden gelegen, habe geblutet, habe meinen Körper vor lauter Schmerzen nicht mehr gespürt. Haben Sie schon mal Trockeneis angefasst? Ich habe das als Kind einmal gemacht, meine Hand einen Moment auf das Eis gelegt und mich dabei verbrannt. Ich habe nicht geglaubt, dass man sich an Eis verbrennen kann. Und so war es mit den Schmerzen. Sie waren so stark, dass ich sie nicht mehr gespürt habe.« Sie beugte sich nach vorn, die Hände gefaltet, den Blick zu Boden gerichtet. Schließlich sah sie wieder auf. »Er hat vor mir gestanden und auf mich herabgeschaut. Ich habe diese widerliche Fresse immer noch vor Augen. Er hat gegrinst, so verdammt zynisch gegrinst. Und dann hat er ganz langsam seinen Gürtel geöffnet, ihn herausgezogen und mich damit ausgepeitscht. Er war wie von Sinnen. Zuletzt hat er mich vergewaltigt, und wenn Sie´s genau wissen wollen, als er auch damit fertig war, hat er auf mich gepisst. Er hat sich wieder angezogen, sich hingesetzt und mich eine ganze Weile beobachtet. Schließlich hat er seinen Anwalt angerufen und ihn zu mir bestellt. Ich konnte kaum kriechen, ich hatte das Gefühl, als hätte er mir sämtliche Knochen gebrochen …«

»Das hat er Ihnen angetan?«, fragte Durant, die ihr Entsetzen nur mühsam unterdrücken konnte.

»Ja, aber wenn ich es erzähle, ist es nicht dasselbe, wie wenn man es erlebt.«

»An welchem Tag war das?«

»Das war am 9. Juli dieses Jahres. Dieses Datum werde ich nie vergessen. Wir haben uns um halb acht in meiner Wohnung getroffen, so gegen neun hat er mir … den Krieg erklärt.«

»Können Sie sich erinnern, wie dieser Anwalt heißt?«

»Natürlich kann ich mich an dieses Arschloch erinnern. Becker, Dr. Werner Becker, er ist schließlich auch der Anwalt der Firma. Er kam, hat mich kurz angesehen und irgendwas mit Lura besprochen. Später erschien noch ein Arzt, der mich gewaschen und meine Wunden versorgt hat. Ich habe eine Spritze bekommen und bin kurz darauf eingeschlafen. Als ich am nächsten Morgen aufgewacht bin, war eine Frau in meinem Zimmer. Sie sollte auf mich aufpassen, dass ich nur nichts Falsches mache. Ich weiß bis heute nicht ihren Namen. Dann kam Becker noch mal und hat mir ein Schriftstück vorgelegt. Er hat mir einen Koffer mit fünfzigtausend Euro gegeben, und außerdem habe ich noch einen Mercedes Cabrio mit allen Schikanen bekommen, musste allerdings unterschreiben, nie ein persönliches Verhältnis mit Rolf Lura gehabt zu haben. So hat er sich freigekauft. Das ist die ganze Geschichte.«

»Und Sie haben nicht in Erwägung gezogen, zur Polizei zu gehen? Sie hätten ihn anzeigen können.«

»Welche Beweise hätte ich denn gehabt? Außerdem war da noch etwas anderes. Meine Mutter ist ziemlich krank, und ich muss mich um sie kümmern. Das Geld kam gerade richtig, so kann ich ein paar Monate zu Hause bleiben. Ich wusste ja, er würde mich nie wieder anrühren.«

»Gut, das ist Ihre Sache, doch für meine Begriffe gehört ein Mann wie er hinter Gitter.«

»Für meine Begriffe auch, aber ich sagte ja, ich habe in dem Moment auch an meine Mutter denken müssen. Und auf einen Prozess wollte ich mich nicht einlassen, ich hätte sowieso verloren. Wem glaubt man denn im Notfall eher, einer einfachen Sekretärin oder dem großen Rolf Lura? Der hätte doch mindestens zwei, drei Zeugen angeschleppt, die unter Eid ausgesagt hätten, dass er an jenem Abend mit ihnen zusammen war. Ich hätte keine Chance gehabt, was mir übrigens auch Becker klar gemacht hat. Also habe ich das Geld und das Auto genommen, wobei ich für das Auto auch noch mal gut fünfzigtausend bekommen habe.«

»Frau Kreutzer, könnten Sie sich vorstellen, dass er mit seiner Frau in ähnlicher Weise umspringt?«

»Keine Ahnung, das müssen Sie sie selber fragen. Ich traue ihm jedenfalls nach diesem Vorfall alles zu.«

»Und jetzt geht es Ihnen gut?«

»Ich habe mich schneller erholt, als ich gedacht hätte. Ich habe nur noch eine Narbe am Rücken. Aber vergessen werde ich das nie. Es war die schlimmste Demütigung meines Lebens, und das wünsche ich keiner Frau. Vor allem, als er auf mich gepinkelt hat, fühlte ich mich wie der letzte Dreck. Aber es ist vorbei, fertig, aus.«

»Warum haben Sie mit Ihrer Freundin nie darüber gesprochen?«

Sie schüttelte kaum merklich den Kopf. »Keine Ahnung. Ich spreche nicht gern darüber. Vielleicht, weil sie noch dort arbeitet, ich weiß es nicht. Aber vielleicht tue ich es. Irgendwann.«

»Hatten Sie psychologische Hilfe?«

»Nein, ich musste allein damit fertig werden. Für mich war es wichtig, Abstand zu gewinnen und mich um meine Mutter zu kümmern. Das allein zählt. Sie ist der wichtigste Mensch in meinem Leben.«

»Wissen Sie, ob Herr Lura noch andere Affären hat oder hatte?«

»Nein, mir ist davon nichts bekannt. Aber ich würde es nicht ausschließen.« Mit einem Mal hielt sie inne, ihr Blick ging an Durant vorbei an die Wand, und dann sagte sie: »Da fällt mir etwas ein. Ganz zum Schluss, als er … na ja, da hat er gemeint, das würde er mit jeder Frau machen, die ihn nicht respektiert. Komisch, aber das hatte ich bis eben vergessen.«

Durant warf Hellmer einen kurzen, aber vielsagenden Blick zu. Der nickte nur.

»Wie war er denn so als Chef?«

»Mal so, mal so. Er kann sehr launisch sein, und wenn er jemanden auf dem Kieker hat, ist er sogar sehr unangenehm. Es gibt nur eine Person, die für ihn unantastbar ist, und das ist Frau Walter. Sie schmeißt den Laden, ohne sie hätte er gar nicht einen solchen Erfolg. Aber ansonsten ist er als Chef eigentlich in Ordnung. Und er bezahlt überdurchschnittlich gut.«

»Wie lange haben Sie für ihn gearbeitet?«

»Anderthalb Jahre.«

»Hat er Feinde? Vielleicht ein Konkurrent oder ein gehörnter Freund, Liebhaber oder gar Ehemann?«

»Nicht, dass ich wüsste. Er konkurriert ja nicht mit anderen Autohäusern, sondern pflegt ein Niveau, mit dem er eine sehr ausgewählte Kundschaft anspricht. Sein Privatleben kenne ich natürlich nicht, nur das, was er mir erzählt hat, was sich aber im Nachhinein als Lüge herausgestellt hat.«

»Frau Kreutzer, ich danke Ihnen für Ihre Offenheit. Und ich kann nur noch einmal betonen, es ist schade, dass Sie nicht zur Polizei gegangen sind.«

»Es ist vorbei. Und ich werde ganz sicherlich einen solchen Fehler nicht noch einmal begehen.«

Karin Kreutzer begleitete die Beamten zur Tür und sah ihnen nach, bis sie ins Auto einstiegen. Dann ging sie zurück in das große Zimmer, setzte sich auf die Couch und vergrub das Gesicht in beiden Händen. Sie schluchzte und weinte, weil Erinnerungen hochgespült worden waren, die sie verdrängt geglaubt hatte. Sie weinte, bis eine Stimme aus dem ersten Stock ihren Namen rief. Sie schnäuzte sich, wischte die Tränen ab und begab sich nach oben. Ihre Mutter sollte nie erfahren, was Lura ihr angetan hatte.

Wieder im Auto, sagte Durant: »Das war ein Hammer. Der tolle Rolf Lura ein brutaler Vergewaltiger und Perversling. Was, wenn er sich zu Hause ebenso aufführt?«

Hellmer zuckte mit den Schultern. »Ich halte nichts für unmöglich«, war seine knappe Antwort.

»Ich könnte es mir sogar sehr gut vorstellen. Dann ergibt nämlich auf einmal auch die seltsam emotionslose Art seiner Frau einen Sinn. Die ist wahrscheinlich froh, dass sie ihn los ist. Wäre ich ehrlich gesagt auch, wenn einer so mit mir umspringen würde. Und wahrscheinlich waren die Kreutzer und womöglich auch seine Frau nicht die Einzigen, denen gegenüber er dieses Verhalten an den Tag gelegt hat.«

»Angenommen, seine Frau wurde von ihm in ähnlicher Weise gedemütigt. Wäre das ein Motiv, ihn verschwinden zu lassen?«

»Es gibt viel geringfügigere Motive, jemanden umzubringen«, erwiderte Durant lakonisch. »Ich sehe nur diese zerbrechliche Frau und ihr gegenüber einen gewalttätigen Tyrann. Wie groß ist sie? Einsfünfundfünfzig, einssechsundfünfzig? Ich werde sie ganz gezielt fragen, wie die Beziehung zwischen ihr und ihrem Mann ist.«

»Glaubst du denn, sie hat etwas mit seinem Verschwinden zu tun?«

»Im Moment glaube ich noch gar nichts. Aber wenn ja, dann muss sie einen Helfer gehabt haben. Doch sie ist nicht der Typ für ein Kapitalverbrechen. Nein, ich glaube es nicht.«

»Wer sagt dir das? Dein kleiner Mann, genannt Intuition?«, fragte Hellmer grinsend.

»Vielleicht. Kann auch sein, dass ich mich irre.«

»Wieso hast du eigentlich die Kreutzer nicht nach ihrem Alibi gefragt? Die hätte doch wahrlich ein Motiv, Lura zu killen.«

»Die hätte aber keine drei Monate gewartet. Und wenn, dann hätte sie ihn in seinem Büro erschossen oder es zumindest auf eine offenere Art gemacht, wie halt Frauen so sind. Die will damit einfach nur abschließen und ist wahrscheinlich froh, dass

105

sie heute zum ersten Mal jemandem die Wahrheit über dieses Arschloch erzählen konnte.«

»Manche warten sogar ein paar Jahre, bis sie sich für etwas rächen«, bemerkte Hellmer trocken.

»Ach komm, die Kreutzer streichen wir einfach durch. Außerdem hätte sie uns mit Sicherheit angelogen, wenn sie was damit zu tun hätte. Sie war viel zu offen und ehrlich.«

»Ich wollte ja nur mal deine Meinung hören. Aber wenn diese ganze Geschichte auch nur ansatzweise stimmt, dann hat sich dieser Becker in meinen Augen auch strafbar gemacht.«

»Das kannst du sehen, wie du willst. Anwälte haben einen Freibrief. Wenn du einen guten hast, rufst du ihn an, erteilst ihm ein Mandat, und er tut alles für dich, vorausgesetzt, die Kohle stimmt. Und ein Verbrechen ist erst dann ein Verbrechen, wenn das Opfer Anzeige erstattet, sofern es noch am Leben ist.«

»Das weiß ich selber. Aber mich wundert immer wieder, mit welchen Tricks diese Rechtsverdreher arbeiten.«

Hellmer beschloss kurzerhand, nicht durch Höchst, sondern über die A66 Richtung Krifteler Dreieck zu fahren und dann über die Autobahn weiter bis zur Ausfahrt Schwanheim, wo es nur noch fünf Minuten bis zum Oestricher Weg waren.

Mittwoch, 12.00 Uhr_____

Gabriele Lura betätigte den Türöffner, ohne zu fragen, wer da ist. Als sie Durant und Hellmer sah, wurde ihr Blick schlagartig ernst, doch sie hatte sich schnell gefangen und lächelte verkniffen.

»Gibt es Neuigkeiten?«, fragte sie und bat die Kommissare ins Haus.

»Schon, aber das besprechen wir gleich in aller Ruhe«, antwortete Durant, die intuitiv spürte, dass Gabriele Lura mit jemand anderem gerechnet hatte. Sie begaben sich ins Wohnzimmer, wo frische Blumen auf dem Tisch standen. Durant verfolgte jede Bewegung dieser undurchschaubaren, so jugendlich wirkenden Frau, versuchte in ihrem Gesicht abzulesen, was sie dachte oder bewegte. Sie setzten sich, und Durant wollte bereits etwas sagen, als erneut die Türglocke mit einem warmen Dingdong anschlug.

Gabriele Lura fragte durch die Sprechanlage, wer da sei, eine männliche Stimme antwortete. Sie ging an die Tür, und ein etwa vierzigjähriger Mann kam herein. Er war kaum größer als Durant, schlank, hatte volles dunkles Haar und ebenso dunkle Augen. Er trug einen dunkelblauen Anzug, ein gestreiftes Businesshemd und eine gelbe Krawatte. Sein ganzes Outfit verriet, dass er seine Kleidung nicht von der Stange kaufte.

»Darf ich vorstellen, Hauptkommissarin Durant und Herr Hellmer von der Kriminalpolizei, Dr. Becker, von dem ich Ihnen bereits gestern erzählt habe.«

»Angenehm«, sagte Hellmer und reichte Becker die Hand. »Wir wollten sowieso noch mit Ihnen sprechen. So können wir uns den Weg sparen.«

»Ich habe aber nicht viel Zeit«, sagte Becker und schaute demonstrativ auf die Uhr, setzte sich den Beamten gegenüber und schlug die Beine übereinander, während Gabriele Lura stehen blieb. »Ich wollte Frau Lura nur einen kurzen Besuch abstatten, nachdem sie mir berichtet hat, was mit ihrem Mann passiert ist.«

»Was ist denn mit ihm passiert?«, fragte Hellmer vieldeutig.

»Was soll diese Frage? Glauben Sie vielleicht, ich weiß mehr als Sie? Aber da ich der Anwalt von Herrn Lura bin, interessiert mich natürlich auch, wie die Polizei den Fall behandelt.«

»Wir ermitteln in alle Richtungen«, mischte sich jetzt Durant ein. »Und auch wenn Ihre Zeit begrenzt ist, so möchten wir Sie doch bitten, uns ein paar Fragen zu beantworten. Und damit es schneller geht, werde ich mit Frau Lura sprechen und Herr Hellmer mit Ihnen. Sofern Sie damit einverstanden sind.«

»Bitte, wenn es nicht zu lange dauert. Wollen wir in das Arbeitszimmer von Herrn Lura gehen?«, fragte Becker und sah Hellmer an.

»Von mir aus.«

Im Hinausgehen warf Becker Gabriele Lura einen Blick zu, den Durant nicht zu deuten wusste, der von Frau Lura jedoch nicht erwidert wurde. Sie schaute stattdessen schnell zu Boden. Es war ein Blick, der eine gewisse Vertrautheit hatte, doch ich kann mich auch täuschen, dachte Julia Durant. Gabriele Luras Nervosität lag wie ein unsichtbarer Schleier in der Luft, und nachdem die beiden Männer den Raum verlassen hatten, schluckte sie ein paar Mal schwer, und ihre Augen schweiften ruhelos durch das große Zimmer.

»Lassen Sie uns doch im Sitzen darüber reden«, meinte Durant und bat Frau Lura, wieder Platz zu nehmen. »Haben Sie inzwischen weiteren Kontakt zu Ihren Schwiegereltern gehabt?«

Gabriele Lura lachte kehlig auf und antwortete, während sie sich setzte: »Meine Schwiegermutter hat heute schon dreimal angerufen. Und wie ich gestern bereits sagte, sie gibt mir die Schuld, wenn auch nicht direkt, aber durch die Blume deutet sie es an. So einfach ist das für sie.«

»Werden Sie sie sehen?«

»Sie hat mir quasi angedroht herzukommen. Zum Glück kommt sie erst morgen. Na ja, ich werd's überleben. Und wenn Markus dabei ist, hält sie sich sowieso meist zurück.«

Durant ließ bewusst ein paar Sekunden verstreichen. Sie beugte sich nach vorn, die Arme auf den Oberschenkeln, die Hände aneinander gelegt, mit den Fingerspitzen berührte sie das Kinn.

»Frau Lura, wir haben das Auto Ihres Mannes von unseren Spezialisten untersuchen lassen. Sie haben Blut- und Haarreste gefunden. Welche Blutgruppe hat Ihr Mann?«

Sie neigte den Kopf ein wenig zur Seite, kniff die Augen zusammen und verkrampfte die Hände ineinander. »Was sagen Sie da? Sie haben Blut gefunden? Ist er tot? Wollen Sie mir das damit sagen?«

»Nein, das will ich nicht. Wir tappen völlig im Dunkeln. Aber das Ganze ist schon sehr mysteriös. Kennen Sie die Blutgruppe Ihres Mannes?«

»Ja, natürlich. B-positiv …«

»Dachte ich mir. Das ist nämlich genau die Blutgruppe, die auch im Labor bestimmt wurde. Wir können mittlerweile ein Gewaltverbrechen nicht mehr ausschließen, aber ohne Leiche kein Mord. Wir drehen uns ehrlich gesagt im Kreis, was das Motiv sein könnte und warum der Wagen Ihres Mannes ausgerechnet in einer Einkaufsstraße in Höchst abgestellt wurde. Haben Sie eine Erklärung dafür?«

Gabriele Lura schüttelte den Kopf. »Nein, das ist mir ein Rätsel. Vor allem, was sollte er in Höchst machen? Höchst ist in den letzten Jahren ziemlich heruntergekommen. Ich bin ehrlich gesagt schockiert. Blut und Haare haben Sie gefunden?«

»Ja.«

»Und es ist seine Blutgruppe. Da muss etwas Schreckliches mit ihm passiert sein. Aber was?« Gabriele Lura sah die Kommissarin ratlos an.

Sie ist ahnungslos, dachte Durant. Oder sie ist eine verdammt gute Schauspielerin. Was war das vorhin für ein Blick, den ihr Becker zugeworfen hat und dem sie bewusst ausgewichen ist? Und wenn sie sagt, dass sie schockiert ist, dann kann sie das ziemlich gut verbergen. Ich werde nicht schlau aus ihr. Aber mal sehen, wie sie gleich reagiert.

»Frau Lura, ich muss Ihnen jetzt einige sehr intime Fragen stellen. Ob Sie sie beantworten wollen, ist Ihre Entscheidung, aber ich fände es besser, wenn Sie einfach ehrlich zu mir sind.«

»Was haben intime Fragen mit dem möglichen Tod meines Mannes zu tun?«, erwiderte sie und wurde noch eine Spur nervöser.

»Wie ist Ihre Ehe? Ist Ihr Mann ein guter Ehemann?«

»Ja, aber das habe ich doch schon gestern ...«

»Hat Ihr Mann Sie geschlagen?«

Gabriele Lura wich dem bohrenden Blick von Julia Durant aus und atmete tief ein. In ihr arbeitete es.

»Er ist kein böser Mensch«, antwortete sie nur.

»Ich habe nicht gefragt, ob er ein böser Mensch ist, sondern, ob er Sie jemals geschlagen hat?«

»Warum interessiert Sie das?«

»Weil wir ein Persönlichkeitsprofil Ihres Mannes benötigen. Wir müssen alles über ihn wissen, seine Gewohnheiten, sein Verhalten andern und auch Ihnen gegenüber, seine Stärken, seine Schwächen. Also noch einmal, hat er Sie jemals oder sogar des Öfteren geschlagen?«

Gabriele Lura kaute auf der Unterlippe. Ihr schien die Beantwortung der Frage nicht leicht zu fallen. Schließlich, nach einigem Zögern, sagte sie leise: »Ja, das hat er.«

»Hat er Sie oft geschlagen?«

»Mein Gott, was wollen Sie mit diesen Fragen bezwecken? Das hat doch mit diesem ganzen Zeug nichts zu tun.«

»Er hat Sie oft geschlagen, richtig?«, sagte Durant mit einfühlsamer Stimme, die Stirn in Falten gezogen. »Habe ich Recht?«

Sie nickte.

»Hat er Sie auch vergewaltigt oder anderweitig misshandelt?«

Wieder nickte sie, ohne Durant anzusehen.

»Erzählen Sie mir davon. Bitte.«

»Es gibt da nicht viel zu erzählen. Er ist launisch und unberechenbar. Ich habe Angst vor ihm, aber Markus, unser Sohn, hat noch viel mehr Angst. Er leidet wie ein geprügelter Hund, wenn er mitbekommt, was Rolf mit mir macht. Den Jungen hat er bis jetzt nie angerührt, er hat nie die Hand gegen ihn erhoben. Hätte er es getan, ich glaube, ich wäre dazwischengegangen, ganz gleich, was er mit mir danach gemacht hätte. Aber wissen Sie, mit der Zeit gewöhnt man sich an all diese Demütigungen. Und Schmerzen vergehen.« Sie hielt an dieser Stelle inne, atmete ein

110

paar Mal tief ein und wieder aus und fuhr fort, wobei sie Durant in die Augen sah: »Und jetzt glauben Sie bestimmt, ich hätte etwas mit dem Verschwinden meines Mannes zu tun. Glauben Sie von mir aus, was Sie wollen, aber ich bin genauso ratlos wie Sie. Ich habe mir in den letzten Jahren immer öfter gewünscht, endlich hier rauszukommen, aber ich habe Rolf nie den Tod gewünscht. Das ist nicht meine Art. Ich wollte nur raus, raus, raus! Seine Launen sind einfach unerträglich, und ich weiß nicht einmal, warum er so ist. Er verlangt von mir, dass jeden Morgen pünktlich um sieben der Frühstückstisch gedeckt ist, dass das Ei nicht länger als viereinhalb Minuten gekocht wird, dass ich jeden Tag das Haus sauge und Staub wische und … Wenn ich Ihnen erzählen würde, was er alles verlangt, Sie würden vermutlich lachen. Aber schauen Sie sich doch mal um, das ist keine Wohnung, das ist ein lebloses Haus. Einmal stand ich kurz davor, mir das Leben zu nehmen, und ich schwöre Ihnen, ich hätte es getan, wenn Markus nicht gewesen wäre. Aber ich würde es nie übers Herz bringen, ihn mit meinem Mann allein zu lassen. Markus würde zugrunde gehen.« Sie hielt erneut inne. Ein paar Tränen lösten sich und liefen über die Wangen. Sie schüttelte den Kopf, nahm ein Taschentuch und hielt es sich vor die Augen. Julia Durant hatte Mitleid mit ihr und hätte sie jetzt gerne in den Arm genommen, doch das durfte sie nicht, nicht, solange Gabriele Lura zum Kreis der Verdächtigen gehörte.

»Hat er sie jemals krankenhausreif geschlagen?«

»Ich hätte sicherlich einige Male ins Krankenhaus gemusst, aber er hat es immer verhindert. Wenn er mal wieder einen seiner Ausraster hatte, hat er am nächsten Tag seine Mutter kommen lassen, die sich um mich gekümmert hat«, sagte sie und lachte hart auf. »Was man so kümmern nennt. Ich habe entweder im Bett oder auf dem Sofa gelegen, weil ich vor Schmerzen kaum laufen konnte, und sie hat dagesessen und mir von ihrem prächtigen Sohn erzählt. Und ich sei selber schuld, wenn ich mir ab und zu ein paar Ohrfeigen einfangen würde. Wenn es doch nur Ohrfeigen gewesen wären! Ihr absoluter Liebling Rolf. Wie Sie wissen, hat Rolf noch einen Bruder, Wolfram, doch der wird von seinen Eltern ignoriert, das heißt, von seiner Mutter. Zu seinem Vater scheint er einen ganz guten Draht zu haben. Doch in den Augen seiner Mutter ist er ja nur ein Journalist, und seit er seinen Job verloren hat, ist er bei ihr völlig unten durch. Aber das ist eine andere Sache. Ich habe Wolfram übrigens inzwischen erreicht und ihm alles erzählt. Dass er nicht sonderlich erschüttert war, brauche ich Ihnen wohl nicht zu sagen. Aber das nur nebenbei.

Rolf durfte mit mir machen, was er wollte, seine Mutter hat ihn immer in Schutz genommen. Ich war ja selbst schuld, wenn ich verprügelt wurde. Ich habe mich eben nicht anständig verhalten. Und irgendwann habe ich selbst an mir gezweifelt. Dieser Punkt kommt zwangsläufig. Man fragt sich: Was mache ich falsch? Aber ich habe nichts falsch gemacht, das weiß ich inzwischen. Ich habe aber angefangen, Pläne zu schmieden, wie Markus und ich abhauen können, ohne dass er uns findet. Und jetzt brauche ich, wie es scheint, keine Pläne mehr zu machen.«

»Wann hat er Sie zuletzt geschlagen?«

»Vorgestern Abend. Es war das übliche Spiel. Gestern Morgen hat er sich von mir ganz normal mit einem Küsschen auf die Wange verabschiedet, und seitdem habe ich nichts mehr von ihm gehört.«

»Wurden Sie jemals von einem Arzt behandelt, nachdem Sie geschlagen wurden?«

»Etliche Male. Mein Mann hat ihn aber immer herbestellt, er hat meine Wunden versorgt und …«

»Augenblick. Was heißt, er hat Ihre Wunden versorgt?«

»Genau genommen hat er mir Salben gegeben und vor allem Beruhigungsmittel, Valium hauptsächlich. Er hat es mir gespritzt und mir auch immer eine Packung Tabletten dagelassen. Mein Mann hat ihn bezahlt, und weg war er.«

»Wie heißt dieser Arzt?«

»Dr. Meißner. Er hat eine Praxis in Höchst.«

Julia Durant schrieb sich den Namen auf und fuhr fort: »Weiß irgendjemand außer Ihnen, Ihrem Sohn und Ihren Schwiegereltern von der dunklen Seite Ihres Mannes?«

»Wolfram hat mich einmal gesehen, als ich ein blaues Auge hatte, und ein anderes Mal, als mein Mann mir zwei Zähne ausgeschlagen hatte. Er wollte natürlich wissen, was passiert ist, und da hab ich's ihm erzählt. Er hat mich schon vor der Hochzeit vor meinem Mann gewarnt, aber ich blöde Kuh wollte ja nicht auf ihn hören. Doch mit Wolfram kann ich immer reden. Er und Rolf dagegen sind wie Feuer und Wasser, sie sehen sich, wenn's hochkommt, ein- oder zweimal im Jahr.«

»Und die Nachbarn oder Freunde von Ihnen …«

Gabriele Lura lachte auf. »Um Himmels willen, nein! Die Nachbarn existieren für mich nicht, das heißt, ich habe keinen Kontakt zu ihnen, weil Rolf das von Anfang an so gewünscht hat, oder besser gesagt, er hat es befohlen. Ich will Ihnen jetzt nicht die ganze Geschichte erzählen, das würde zu lange dauern.«

»Ich habe Sie gestern gefragt, ob Ihr Mann eine Geliebte hat oder hatte oder ob Ihnen irgendetwas von Affären bekannt ist. Ich möchte Ihnen diese Frage noch einmal stellen.«

»Ich kann nur wiederholen, ich weiß davon nichts. Und wenn, glauben Sie, es hätte mich auch nur im Geringsten interessiert? Im Gegenteil, ich wäre froh gewesen, hätte er sich woanders ausgetobt. Ich will ganz ehrlich sein, Rolf ist ein sehr potenter Mann, und er kann jeden Tag mehrmals, wenn Sie verstehen, was ich meine. Er ist schon ausgeflippt, wenn ich meine Periode hatte. Aber auch da gibt es ja noch andere Möglichkeiten. In den letzten Jahren hat mich das Zusammensein mit ihm nur noch angeekelt. Immer nur das Eine. Und wenn ich nicht sofort gespurt habe, hat er es sich mit Gewalt genommen.«

Julia Durant überlegte, ob sie ihr von Karin Kreutzer berichten sollte. Sie wusste ja nicht, was Hellmer mit Becker, dem sauberen Anwalt von Rolf Lura, besprach, und entschloss sich, es zu tun.

»Frau Lura, wir haben erfahren, dass Ihr Mann bis vor kurzem eine Geliebte hatte. Wir haben vorhin mit ihr gesprochen. Ihr Mann hat sie ebenfalls schwer misshandelt und sich ihr Schweigen mit Hilfe seines Anwalts erkauft. Sie haben nie davon erfahren?«

Sie schüttelte überrascht den Kopf. »Nein. Wer ist die Frau?«

»Ihr Name ist Karin Kreutzer. Ich wollte es Ihnen nur sagen.«

»Es ist mir egal, ehrlich. Wahrscheinlich hat er sie mit der gleichen Masche rumgekriegt wie mich damals. Er kann unglaublich charmant und zuvorkommend sein. Sein wahres Gesicht zeigt er erst, wenn er einen in seinen Klauen hat. Er ist krank, aber dessen ist er sich nicht bewusst, auch wenn er vorgestern Abend einmal zugegeben hat, dass etwas mit ihm nicht stimmt. Er hat gemeint, er wolle eine Therapie machen. Aber das hat er nur gesagt, um mich zu beruhigen. Er sieht sich immer im Recht, Widerspruch duldet er nicht. So wird es wohl auch bei der andern gewesen sein. Gibt es noch mehr Frauen?«

»Bis jetzt kennen wir nur die eine.«

»Es gibt bestimmt mehr, er ist erfolgreich, gut aussehend, und wie gesagt, er kann jeden und vor allem jede um den Finger wickeln. Nur, er lässt sich nicht in die Karten schauen. Erst, wenn es zu spät ist.«

»Empfinden Sie noch etwas für ihn?«

»Schon lange nicht mehr. Weder Liebe noch Hass, da ist nichts mehr in mir. Der Mann, den ich vor langer Zeit kennen gelernt habe, hat sich mit dem Tag der Hochzeit als ein Tyrann entpuppt. Es ist einfach nur noch Gleichgültigkeit. Mir ist es egal, was er tut, ob er Affären hat, ob sein Geschäft gut läuft, es ist mir alles egal. Wie gesagt, wenn Markus nicht wäre … Was glauben Sie, weshalb ich gestern so ruhig reagiert habe? Würde ich meinen Mann lieben, ich würde mich bestimmt anders verhalten. Aber so?«

114

»Wieso haben Sie nie Ihren Sohn genommen und sich von Ihrem Mann getrennt?«

Gabriele Lura lachte wieder auf. »Meinen Mann verlassen? Wohin hätte ich denn gehen sollen? Ich habe kaum Geld, und meine Eltern sind schon lange tot. Meine Großmutter hat mich erzogen, aber sie lebt auch seit über zehn Jahren nicht mehr. Rolf hat mir immer gedroht, mich umzubringen, sollte ich wagen abzuhauen. Und glauben Sie mir, er hätte es getan. Es gab für mich noch keine Möglichkeit, aus diesem Gefängnis zu fliehen. Er hat mich kontrolliert, von morgens bis abends. Ständig hat er aus dem Geschäft angerufen, und wenn er mich einmal nicht erreicht hat, Sie können sich nicht vorstellen, was dann los war. Das war mein Leben in den vergangenen dreizehn Jahren.«

»Das hört sich nicht gut an. Aber Sie haben das schlechte Verhältnis zwischen ihm und seinem Bruder erwähnt. Warum verstehen die beiden sich nicht?«

»Wolfram wurde immer benachteiligt. Er hat für alles, was er erreicht hat, hart arbeiten und sogar kämpfen müssen, während Rolf alles auf einem goldenen Tablett serviert bekam. Seine Mutter nennt ihn heute noch ihren Rolfi, Wolfram ist nur Wolf, und wenn sie seinen Namen ausspricht, dann klingt es, als würde sie von einem wilden Tier sprechen. Dabei ist Wolfram zahm wie ein Lamm. Der könnte keiner Fliege was zuleide tun.«

»Sie würden ihm also nicht zutrauen, etwas mit dem Verschwinden Ihres Mannes zu tun zu haben?«

»Im Leben nicht! Wolfram geht seinem Bruder seit Jahren schon aus dem Weg.«

»Frau Lura, ich kann nur sagen, Sie haben mir sehr geholfen. Und sollte Ihnen noch etwas einfallen, bitte, rufen Sie an. Ich bin für jede scheinbar noch so unwichtige Information dankbar.«

»Verdächtigen Sie mich jetzt …?«

»Nein, das tue ich nicht. Übrigens, wir werden heute um achtzehn Uhr die Presse verständigen und eine Vermisstenmeldung herausgeben. Das muss sein.«

115

»Ich habe mich schon gewundert, wieso Sie das nicht längst getan haben.«

»Wir wollten abwarten, aber es deuten eben immer mehr Indizien auf ein Gewaltverbrechen hin. Doch uns fehlen die Beweise. Ein paar Blutspritzer und Haare sind noch kein verwertbarer Beweis.«

»Ich kann nur betonen, ich habe ihm den Tod nicht gewünscht. Und noch ist ja nicht sicher, ob er überhaupt tot ist.«

»Nein, das ist es nicht.« Julia Durant schaute auf die Uhr, fast eins. Ihr Magen knurrte, sie hatte Durst und das Verlangen nach einer Zigarette. »Ich warte nur noch auf meinen Kollegen, dann sind wir auch gleich weg.«

»Möchten Sie etwas trinken? Ich habe aber nur Wasser, Cola oder Fruchtsaft.«

»Zu einer Cola sag ich nicht Nein.«

Gabriele Lura ging in die Küche, holte eine Flasche und zwei Gläser und schenkte ein. »Sie haben es schön hier. Wer hat die Einrichtung ausgesucht?«, fragte Durant, die einen Schluck von der Cola nahm, das Glas aber in den Händen behielt.

»Das war ich. Das war eines der wenigen Male, in denen ich mich durchgesetzt habe. Nur die Bücherwand hat er ausgesucht. Für alles andere bin ich verantwortlich.«

»Und die Bilder? Sind die echt?«

Gabriele Lura lächelte, zum ersten Mal entspannten sich ihre Gesichtszüge. »Zwei davon ja, die anderen drei sind Repliken, die allerdings auch nicht ganz billig waren, was mir aber egal ist, weil Rolfs Eltern sie uns geschenkt haben. Ich mag diese Bilder nicht besonders, sie sind düster. Hätte ich eine eigene Wohnung, ich würde nur helle Farben nehmen. Und vor allem, ich würde wieder anfangen, Klavier zu spielen. Eigentlich möchte ich nur noch raus hier. Für viele ist dieses Haus sicher ein Traum, für mich ist es ein einziger Albtraum, den ich irgendwann nicht mehr träumen möchte.«

Hellmer und Becker kamen herein. Beckers Gesicht war gerötet, er wirkte aufgebracht. Der Blick, den er Durant zuwarf, sprach Bände.

»Ich werde mich dann mal verabschieden. Und noch was – ich würde es begrüßen, wenn Sie Frau Lura nicht in den Kreis der Verdächtigen aufnehmen würden.«

»Weshalb sollten wir sie verdächtigen?«, entgegnete Durant mit Unschuldsmiene.

»Das fragen Sie besser Ihren Kollegen. Ich finde es taktlos, wie Sie mit mir und wahrscheinlich auch mit Frau Lura umspringen.«

»Es ist schon gut«, beschwichtigte Gabriele Lura, »du brauchst dir keine Gedanken zu machen, es ist alles geklärt. Und Frau Durant war sehr freundlich.«

»Wenigstens etwas. Wir telefonieren. Bis dann«, sagte Becker, nahm seinen Aktenkoffer und machte auf dem Absatz kehrt.

»Sind Sie und Dr. Becker befreundet?«, fragte Durant.

»Werner geht seit Jahren bei uns ein und aus. Wir duzen uns, aber wir sind keine Freunde.«

»Wir machen uns dann auch mal auf den Weg. Und wie gesagt, ich bin jederzeit für Sie erreichbar. Wir finden allein hinaus. Und nachher werden wir Ihren Schwiegereltern einen Besuch abstatten.« Sie blieb stehen, drehte sich noch einmal um und fragte: »Haben Sie eigentlich keine Alarmanlage?«

»Doch, wir haben eine, aber die komplette Anlage ist vor einigen Wochen ausgefallen, und bis jetzt wurde sie noch nicht repariert. Mein Mann wollte sich drum kümmern.«

»Und wo ist die Kamera?«, fragte Hellmer.

»Die ist auch schon seit einem halben Jahr kaputt. Mein Mann hat sich dann von einer Sicherheitsfirma beraten und die Fenster und Türen entsprechend sichern lassen, und wir haben neuerdings auch Bewegungsmelder vom Tor bis zum Haus und rings um das Grundstück.«

»Passen Sie auf sich auf«, sagte Durant. Markus kam ihnen auf dem Weg nach draußen entgegen und sah die Kommissare für Sekundenbruchteile mit großen Augen an. Dann senkte er den Kopf und huschte an ihnen vorbei ins Haus.

Im Auto sagte Durant: »Wieso war Becker so wütend?«

»Ich hab ihm lediglich ein paar Fragen gestellt.«

»Aha, nur ein paar Fragen also. Und wieso hat das so lange gedauert? Hast du ihn auf die Kreutzer angesprochen?«

»Logisch. Der hat sich gewunden wie ein Aal, aber er kam da nicht raus. Das allein hat fast eine halbe Stunde gedauert. Er hat eingeräumt, dass Lura bei der Kreutzer Mist gebaut hat, und er musste ihm da helfen. Scheiße, keiner muss so einem Drecksack helfen! Aber der Typ ist seit vierzehn Jahren Luras Anwalt. Er vertritt ihn in allen Angelegenheiten, geschäftlich wie privat. Ihm würde ich keinen Meter weit über den Weg trauen.«

»Was sagt er denn über Lura?«

»Was wohl?! Ein klasse Geschäftsmann, ein liebevoller Vater und Ehemann et cetera pp. Der gleiche hohle Quark, den wir auch schon von den meisten andern gehört haben. Und wie ist es bei dir gelaufen?«

»Sie wurde von ihrem Mann häufig misshandelt und permanent unter Druck gesetzt. Von der Kreutzer weiß sie angeblich nichts. Ob's stimmt, wird sich noch rausstellen. Aber jetzt lass uns was essen gehen und dann zu Rolfis Eltern fahren …«

»Hä? Rolfi?«

Durant grinste Hellmer von der Seite an. »So nennt ihn seine Mutter. Der liebe kleine Rolfi. Hast du Becker eigentlich nach seinem Alibi für gestern Vormittag gefragt?«

»Lupenrein. Er hatte um halb zehn einen Termin bei Gericht.«

Durant holte ihr Handy aus der Tasche und rief Kullmer an. Sie erkundigte sich, was die Befragung der Angestellten ergeben habe. Er meinte nur, es sei ein verlorener Vormittag ohne neue Erkenntnisse gewesen. Einer plötzlichen Eingebung folgend, bat sie ihn, sich von zwei bis sechs zusammen mit Doris Seidel in der Nähe von Luras Haus zu postieren und es zu beobachten.

Anschließend sollten sie ins Präsidium kommen, wo man dann das weitere Vorgehen besprechen würde.

»Wieso sollen die das Haus observieren?«, fragte Hellmer verwundert.

»Weiß nicht, nur so ein Gefühl. Etwas passt hier nicht zusammen, aber ich komm nicht drauf, was. Die Lura wollte unbedingt aus der Ehe ausbrechen, was ich ihr nicht verdenken kann, wenn es stimmt, was sie gesagt hat. Und warum sollte es nicht stimmen, nach dem, was die Kreutzer uns berichtet hat. Doch er hat sie nicht gelassen. Ich kenn diese Typen, die beherrschen alle Tricks, um ihre Frauen im Käfig zu halten. Aber diese Frau braucht ihren Freiraum und …Vielleicht hat sie doch was mit seinem Verschwinden zu tun. Allein jedoch kann sie es nicht geschafft haben. Wenn, dann muss sie einen Helfer gehabt haben. Wir werden das Haus notfalls auch morgen und in den nächsten Tagen observieren. Ich hoffe, ich täusche mich, denn ich mag die Frau.«

»Julia, denk doch mal logisch. Wenn sie ihren Mann beseitigt hat oder beseitigen ließ, dann wird sie wohl kaum so blöd sein und den oder die Helfer zu sich nach Hause bestellen, um sie uns auf dem Präsentierteller zu servieren.«

»Ich denke logisch. Die vermutet doch nicht im Traum, dass wir ihr Haus überwachen. Wir müssen alles ausschöpfen.«

»Wohin?«

»Wohin was?«

»Essen, mangare, happa-happa. Currywurst und Pommes oder lieber Thai, Chinese, Italiener?«

»Currywurst. Und anschließend zu Luras Eltern.« Plötzlich hielt Durant inne, fuhr sich mit einer Hand durchs Haar und sagte: »Fahr mal kurz rechts ran.« Sie wandte ihren Kopf zur Seite und sah Hellmer an. »Wir lassen das Haus nicht nur überwachen, wir werden auch einen Durchsuchungsbeschluss erwirken. Falls wir es mit einem Tötungsdelikt zu tun haben, könnte es doch sein, dass Lura in seinem eigenen Haus ermordet wurde.

Man hat die Leiche eingewickelt, im Mercedes abtransportiert und dann in ein anderes Fahrzeug verladen. Der Mercedes wurde dann ...«

»Zum ersten Mal klingst du wirklich logisch«, meinte Hellmer anerkennend. »Wann ziehen wir das durch?«

»So bald wie möglich. Und jetzt kannst du weiterfahren.«

Mittwoch, 13.45 Uhr

Gabriele Lura hatte ihrem Sohn zwei Butterbrote und Rührei gemacht. Während er aß, nahm sie das Telefon, ging damit ins Schlafzimmer und tippte eine Nummer ein.

»Werner, ich bin's. Können wir uns heute noch sehen?«

»Wann?«

»Wann hast du denn Zeit?«

»Ab halb vier, denn eigentlich hätte ich mich heute mit Rolf um diese Zeit treffen sollen.«

»Kommst du zu mir?«

»Das ist gefährlich«, sagte er. »Was ist, wenn dein Haus überwacht wird?«

»Glaub ich nicht. Ich hab dieser Durant die Wahrheit erzählt. Die haben Besseres zu tun, als ... Außerdem würde ich das merken. Ich sehe, wenn da jemand steht.«

»Das ist trotzdem unvorsichtig. Ich kenne die Polizei, die sind in solchen Fällen scharf wie Bluthunde. Was sagen wir denen, wenn sie plötzlich kommen, und ich bin bei dir?«

»Du bist Rolfs Anwalt. Dir wird doch was einfallen. Bitte, ich kann doch hier nicht weg.«

»Also gut, ich bin gegen halb vier bei dir. Wenn ich jedoch merke, dass da was faul ist, fahre ich gleich weiter.«

»In Ordnung. Aber ich kann im Augenblick nicht allein sein. Das verstehst du doch, oder?«

»Natürlich. Bis nachher.«

Sie drückte die Aus-Taste und warf sich aufs Bett, die Arme von sich gestreckt. Allmählich fiel eine gewaltige Last von ihr ab. Sie wusste, alles würde gut werden. Sie blieb zehn Minuten regungslos liegen, bevor sie wieder nach unten ging und sich zu Markus setzte. Sie sagte ihm, er könne den ganzen Nachmittag bei seinem Freund bleiben, und wenn er wolle und Daniels Eltern dies erlauben, dann dürfe er auch bei ihm übernachten und morgen von dort aus zur Schule gehen. Markus rannte sofort zum Telefon, um bei Daniel anzurufen. Nach zwei Minuten kam er zurück und sagte, er gehe gleich zu ihm und schlafe auch dort.

»Vergiss aber nicht, deine Hausaufgaben zu machen.«

»Versprochen. Und Papa kommt bestimmt nicht wieder?«

Sie nahm ihn in den Arm. »Ich weiß es nicht«, antwortete sie ausweichend, denn da war ein ungutes Gefühl in ihr, das sie aber nicht einzuschätzen wusste. Sie kannte ihren Mann, seine Launen, seine Unberechenbarkeit, und solange sie keine Gewissheit hatte, ob er noch lebte oder schon tot war, so lange würde sie dem trügerischen Frieden, und als solches empfand sie die gegenwärtige Situation, nicht trauen. Immer wieder sagte sie sich: Er kommt nicht wieder, nein, das ist unmöglich, schließlich wurde Blut in seinem Auto gefunden, ihm muss etwas zugestoßen sein, aber es fehlen Beweise. Und da war niemand, der ihr half, ihr Sicherheit gab. Außer Werner Becker, doch selbst bei ihm war sie unsicher, was seine Versprechungen betraf. Ihr Leben war alles andere als rosig verlaufen – erst der frühe Verlust der Eltern, an die sie sich kaum noch erinnern konnte, danach von der Großmutter aufgezogen, einer liebevollen und sehr gläubigen Frau, die trotz ihres beinahe kindlichen Glaubens nie den Blick für die Realität verloren hatte und ihr zeigte, dass das Leben nie ungerecht war, die Menschen mit ihrem begrenzten Verstand es nur allzu oft so empfanden. Sie würde nie aufhören, ihre Großmutter zu lieben, diese warmherzige, gutmütige Frau, die nie jammerte, nie schlecht über einen andern sprach, die immer für andere da war, auch wenn ihr eigenes Leben durch

121

viele Schicksalsschläge gezeichnet war. Ihr Lebensmut und ihre Freude übertrugen sich auch auf ihre Enkelin.

Schließlich fand sie bereits mit fünf Jahren ihre Liebe zur Musik, bekam Klavierunterricht und gab schon im zarten Alter von neun Jahren erste Konzerte. Einer der berühmtesten Musiklehrer, ein Pole, hatte, als sie elf war, über sie gesagt, ein größeres Talent sei ihm nie zuvor untergekommen. Er hatte sie unter seine Fittiche genommen, ihr die Technik des Spielens vermittelt, die Feinheiten, das Gefühl und der Ausdruck aber waren ihr in die Wiege gelegt worden. Sie hatte die Fähigkeit, mit ihrem Spiel Glücksgefühle bei den Zuhörern entstehen zu lassen, doch auch Trauer, Freude und Schwermut. Vor allem aber interpretierte sie in den Augen ihres Lehrers die Stücke von Tschaikowsky, Chopin, Scriabin und all den anderen großen Komponisten auf eine Weise, wie diese es gewollt hätten. Und dann, als ihr Karrierepfeil steil nach oben zeigte, als die größten Bühnen der Welt kein bloßer Traum, sondern Realität werden sollten, trat Rolf Lura in ihr Leben. Da war sie gerade einmal einundzwanzig Jahre alt. Und jetzt, mit vierunddreißig, fühlte sie sich alt, verbraucht und ausgebrannt. Was immer sie bewog, mehr auf ihn als auf all jene zu hören, die ihr von einer Heirat abrieten, vermochte sie heute nicht mehr zu sagen. Nachdem sie die ersten beiden Konzertverträge platzen ließ, weil ihr Mann das so wollte, wandten sich alle ehemaligen Freunde und Gönner kopfschüttelnd von ihr ab. Und damit war ihre Karriere, die noch nicht einmal richtig begonnen hatte, bereits beendet. Seit über dreizehn Jahren spielte sie nur noch für sich allein, aber sie merkte selbst, dass das Feuer und die Begeisterung verloschen waren und nie mehr aufflammen würden. Dafür war sie zu lange aus dem Geschäft. Und es würde auch nie wieder so werden können wie früher, denn nicht lange nach der Hochzeit hatte ihr Mann ihr in einem seiner gefürchteten Wutanfälle den kleinen Finger der rechten Hand gebrochen, der seitdem viel von seiner Beweglichkeit eingebüßt hatte. Wie oft hatte sie in den ersten Jahren ihrer Ehe geweint, aber da war niemand, der sie in den Arm nahm und sie tröstete. Markus war noch ein Baby oder ein Kleinkind, und doch der einzige Mensch, von dem sie sich geliebt fühlte. Sie stritt mit Gott, fragte ihn, warum er all dieses Leid über sie hatte kommen lassen, aber die einzige Antwort war immer dieses ruhige Gefühl, das ihr sagte, alles würde gut werden, und der Traum, den sie seit Jahren schon träumte und der in den letzten Wochen immer häufiger kam, meist morgens kurz vor dem Aufwachen, ein Traum, in dem sie schwebte, in dem alles Ruhe ausstrahlte, hell war und sie sich einfach geborgen fühlte. Sie wusste, es war die Antwort, die Gott ihr auf all die Gebete gab, aber sie wusste nicht wirklich, was dieser Traum zu bedeuten hatte. Und vor allem wusste sie nicht, weshalb sie immer nur allein war, umgeben von einer unbeschreiblichen Liebe, aber Markus nirgends zu sehen war. Doch selbst dies beunruhigte sie nicht, denn sie war sicher, sie würde bald eine Antwort auch auf diese Frage erhalten. Den Lebensmut hatte sie jedenfalls nicht verloren, es waren nur die Zweifel, die mit spitzen Zähnen an ihr nagten, weil sie nicht wusste, wie ihre Zukunft aussehen würde. Und diese Zukunft, das waren die kommenden Tage und Wochen. Unsicherheit. Machtlosigkeit. Rolf Lura hatte schon viele perfide Spiele gespielt, aber irgendwie traute sie ihm nicht zu, es auf eine solche Spitze zu treiben, obwohl sie ihm inzwischen alles zutraute. Sie wusste nicht mehr, was sie denken oder fühlen sollte. In ihr waren Hoffnung und Angst zugleich, Hoffnung, der Albtraum ihrer Ehe würde endlich beendet sein, Angst vor etwas Ungewissem, das nicht greifbar war. Und Angst, man könnte sie verdächtigen, etwas mit dem Verschwinden ihres Mannes zu tun zu haben. Sie würde aber auf Gott vertrauen, so wie sie es immer getan hatte, und er würde sie nicht enttäuschen, im Gegensatz zu den Menschen, denen sie in der Vergangenheit so oft vertraut hatte.

Sie wollte nur leben, in Freiheit und Sicherheit, sie wollte nicht mehr geschlagen und misshandelt und gedemütigt werden, wollte morgens nicht mehr mit dem Gefühl aufwachen, der Tag könnte zu einem Horrortrip werden. Vor allem aber wollte sie nur geliebt werden, sanft und zärtlich.

Sie fasste Markus an der Schulter und sagte: »Doch lass uns nicht jetzt darüber reden. Wenn ihm etwas zugestoßen ist, dann ist es tragisch, aber ändern können wir es nicht mehr. Und jetzt pack deine Sachen und nimm deine Zahnbürste mit. Und morgen Mittag kommst du bitte pünktlich nach Hause.«

Um zehn vor zwei hatte Markus seinen Rucksack über die Schulter gehängt und verabschiedete sich von seiner Mutter mit einem Kuss auf die Wange. »Es wird alles gut, Mutti«, sagte er zum Abschied und drehte sich in der Tür noch einmal um. Sie winkte ihm nach, bis er am Tor war, und ging zurück ins Haus.

Ja, es wird alles gut werden, dachte sie und legte sich auf die Couch, schloss die Augen und spürte das Pochen ihres Herzens bis in die Schläfen.

Mittwoch, 14.05 Uhr

Peter Kullmer und Doris Seidel hatten etwa fünfzig Meter von dem Grundstück entfernt Stellung bezogen. Während sie die Einfahrt beobachteten, unterhielten sie sich über sehr persönliche Dinge. Jeder in der Abteilung wusste, dass Kullmer und Seidel mehr als nur Kollegen waren, dass es zwischen ihnen schon beim ersten Aufeinandertreffen gefunkt hatte, doch solange die Arbeit nicht darunter litt, so lange würde Berger eine Zusammenarbeit der beiden dulden.

»Was tun wir hier eigentlich?«, fragte Kullmer nach einer Stunde ergebnislosen Wartens. »Glaubt Julia wirklich, dass die Frau was damit zu tun hat?«

»Wenn er tatsächlich so ein schlimmer Finger ist oder war, halte ich nichts für unmöglich. Warten wir's ab.«

»Mir wird langsam kalt«, maulte Kullmer, als sich auch nach anderthalb Stunden nichts tat.

»Tja, das ist eben unser Job. In drei Stunden haben wir's hinter uns. Was machst du denn heute Abend?«

»Keinen Schimmer. Wahrscheinlich schlafen. Außerdem, was heißt, was ich mache?«

»Du verstehst auch keinen Spaß mehr. Bei dir oder bei mir?«, fragte Doris Seidel grinsend.

»Diesmal bei mir. Wir lassen uns was vom Pizzaservice kommen, trinken ein Gläschen Rotwein und …«

»Und was?«

»Na ja, eben das.«

»Okay«, antwortete sie nur und lehnte ihren Kopf zurück.

Sie warteten noch eine weitere halbe Stunde, bis Kullmer im Rückspiegel einen silberfarbenen Jaguar näher kommen sah.

»Duck dich«, sagte er nicht zum ersten Mal an diesem Nachmittag zu Seidel.

Der Wagen fuhr langsam an ihnen vorbei und parkte etwa fünfzig Meter von Luras Haus entfernt. Ein dunkelhaariger Mann in einem Anzug und mit einem Aktenkoffer überquerte die Straße und klingelte.

»Der Beschreibung nach müsste das dieser Anwalt sein«, murmelte Kullmer. »Was macht der denn schon wieder hier?«

»Keine Ahnung. Frag ihn doch.«

»Haha! Schauen wir doch mal, wie lange er bleibt. Ruf Julia an und gib ihr Bescheid.«

Um Punkt sechs verließen sie ihren Standort und fuhren zurück ins Präsidium. Becker war noch nicht wieder aus dem Haus gekommen.

Mittwoch, 14.50 Uhr

Rolf Luras Eltern wohnten in einem Bungalow am Stadtrand von Oberursel, umgeben von anderen Bungalows und Einfamilienhäusern. Die Mutter war eine mittelgroße, schlanke Frau mit grauen Haaren und stechend blauen Augen, einem schmalen Mund und einer langen, spitzen Nase. Sie ist keine hübsche Frau, ist es vermutlich nie gewesen, dachte Durant, als sie sie kurz betrachtete, um einen ersten Eindruck von ihr zu gewinnen, der alles andere als positiv ausfiel. Durant kannte Lura nur von einem Foto, doch die Ähnlichkeit zwischen ihm und seiner Mutter war unübersehbar. Sie kam an das Tor, nachdem Hellmer geklingelt hatte, ließ sich die Ausweise zeigen und bat die Beamten ins Haus. Ihre Stimme war hoch, fast schrill, ihr Gang forsch. Sie standen im Flur, als Ursula Lura sagte: »Ich möchte Sie sehr darum bitten, Ihre Schuhe auszuziehen.«

»Frau Lura, draußen ist es trocken, und wir haben saubere Schuhe. Wenn Sie möchten, können wir uns auch hier unterhalten«, entgegnete Durant kühl und schnippisch. Sie vermochte der ihr gegenüberstehenden Frau auch auf den zweiten Blick keinerlei Sympathie entgegenzubringen, im Gegenteil. Jetzt verstand sie, dass Gabriele Lura keinen guten Draht zu ihr hatte. Wahrscheinlich gab es kaum einen Menschen, der mit ihr auskam.

»Dann kommen Sie eben rein …«

»Wir wollen Sie auch bestimmt nicht lange behelligen«, beeilte sich Hellmer mit einem ironischen Unterton zu versichern. »Wir wollten nur ein paar Auskünfte über Ihren Sohn einholen. Es ist doch sicherlich auch in Ihrem Interesse, wenn wir ihn so schnell wie möglich finden, oder?«

»Tut die Polizei denn auch alles, um ihn zu finden?«, fragte sie und deutete auf ein mit dunkelgrünem Samt bezogenes Sofa. Der Vorgarten blitzte, das Innere des Hauses hatte etwas von einem Museum, in dem nichts angerührt werden durfte. Auf einem großen Regal an der Wand standen hundert oder mehr Nippesfiguren, Kitsch, wie Hellmer und Durant fanden, ohne dass sie dies auszusprechen brauchten, doch nirgends war auch nur ein Buch zu sehen, kein Fernsehapparat, keine Musikanlage.

Was machen die hier drin?, dachte Hellmer und sah sich unauffällig weiter um. Ein wuchtiger Eichenschrank zog sich über zwei Wände, der Fußboden war mit dicken Teppichen belegt, dunkle Holzpaneele an der Decke. Kein Krümel auf dem Boden, kein Staubkorn auf dem Tisch oder dem Schrank. Die Sterilität glich der eines Operationssaals im Krankenhaus. Durant fühlte sich unbehaglich in einer Wohnung wie dieser. Die Menschen, die darin lebten, mussten so kalt und so steril sein, dass man sie nicht einmal berühren mochte. An einem solchen Ort fiel ihr das Atmen schwer, und sie wollte ihn so schnell wie möglich wieder verlassen.

»Das tut die Polizei«, versicherte Durant und nahm Platz. »Ist Ihr Mann auch zu sprechen?«

Ursula Lura ging in den Flur und rief: »Horst, zwei Polizisten sind hier! Komm bitte, sie haben nicht viel Zeit!«

»Hast du so was schon mal gesehen?«, flüsterte Durant, bevor Ursula Lura wieder zurückkam.

»Nachher«, quetschte er durch die Zähne.

»Mein Mann kommt gleich«, sagte sie und ließ sich in einem der drei Sessel nieder, schlug die Beine übereinander und faltete die Hände. Sie hatte es kaum ausgesprochen, als ein höchstens einssiebzig großer Mann das Zimmer betrat. Er hatte leicht nach vorn hängende Schultern und tiefe Falten um den Mund, doch seine Augen blitzten neugierig auf, als er die Beamten sah. Er machte einen freundlichen Eindruck, schien aber sehr zurückhaltend zu sein. Bis auf ein paar graue Haare über den Ohren hatte er eine Glatze. Er reichte erst Durant, dann Hellmer die Hand und setzte sich schließlich in den Sessel neben seiner Frau.

»Glauben Sie, dass meinem Sohn etwas zugestoßen ist?«, fragte Ursula Lura, bevor die Kommissare etwas sagen konnten.

»Wir können nur Vermutungen anstellen, aber wir haben keinerlei Beweise, was mit ihm geschehen ist oder sein könnte, ob er vielleicht auf eigenen Wunsch untergetaucht ist, ob ein Verbrechen vorliegt … Es gibt sehr viele Möglichkeiten.«

127

»Aber Sie haben doch seinen Mercedes gefunden. Also muss sich mein Sohn in der Stadt aufhalten, oder?«

»Der Wagen war leer, was aber nichts zu bedeuten hat. Er kann genauso gut in ein anderes Auto umgestiegen sein und …«

»Frau …«

»Durant.«

»Frau Durant, jetzt allen Ernstes. Sie glauben doch selbst nicht, dass mein Sohn einen Mercedes im Wert von über hunderttausend Euro mitten in Höchst abstellt, um sich dann einfach so in Luft aufzulösen. Ich kenne meinen Rolf, er ist ein äußerst gewissenhafter Mann. Er würde das Geschäft, das er jetzt in der dritten Generation führt, niemals im Stich lassen. Und außerdem hat er eine Familie, um die er rührend bemüht ist. Also tischen Sie mir hier bitte keine Märchen auf«, sagte Ursula Lura mit einer gewissen Schärfe in der Stimme, wodurch sie noch schriller klang. »Wir machen uns größte Sorgen um ihn, und wir verlangen, dass Sie Ihre Ermittlungen so gewissenhaft wie nur möglich durchführen.«

»Das tun wir bereits«, erwiderte Durant ruhig, obwohl sie Mühe hatte, diese Ruhe auch zu bewahren. Bleib gelassen, dachte sie nur, gleich bist du hier wieder raus. »Dazu gehört aber auch, dass wir noch mehr über Ihren Sohn erfahren. Wie uns Ihre Schwiegertochter sagte, hat er einen sehr guten Kontakt zu Ihnen.«

»Allerdings. Rolf ist ein vorbildlicher Sohn. Er kommt regelmäßig bei uns vorbei, schaut nach dem Rechten und hilft uns, wo immer er nur kann. Wir hätten uns keinen besseren Sohn wünschen können. Nicht wahr, Horst?«

»Hm«, war alles, was er dazu zu sagen hatte, doch dieses »Hm« klang nicht sehr überzeugend. Nachdem Durant ihn einige Male kurz beobachtet hatte, musste sie Gabriele Lura zustimmen – hier gab es nur eine Person, die etwas zu sagen hatte, und das war ihre Schwiegermutter.

»Aber Sie haben auch noch einen anderen Sohn, Wolfram.«

128

»Ja, und? Was hat das Verschwinden von Rolf mit Wolfram zu tun? Außerdem, Wolfram ist aus der Art geschlagen. Er will mit uns nichts mehr zu tun haben, und das haben wir akzeptiert. Im Gegensatz zu Rolf hat er sein Leben nie in den Griff gekriegt. Aber er ist alt genug, um zu wissen, was er tut. Unsere Tür steht ihm jedenfalls immer offen.«

Ja, dachte Hellmer, die steht ihm offen, wenn er wie ein Büßer bei zwanzig Grad minus angekrochen kommt und lange genug gebettelt hat, eingelassen zu werden. Du alte Hexe machst ihm wahrscheinlich erst auf, wenn er kurz vor dem Erfrieren ist.

»Herr Lura, Ihr Sohn führt seit einigen Jahren das Autohaus. Hat er in der jüngeren Vergangenheit, in den letzten Tagen oder Wochen etwas verlauten lassen, dass er zum Beispiel bedroht wird oder dass es einen Konkurrenten gibt, der ihm nicht wohlgesonnen ist?«

»Nein«, war die knappe Antwort.

»Oder er hat sich vielleicht in anderer Weise auffällig verhalten? Nervös, fahrig, hektisch? Oder war er introvertierter als sonst?«

»Frau Durant«, meldete sich Ursula Lura wieder zu Wort, »jede Veränderung wäre mir bei Rolf sofort aufgefallen. Rolf kann sich nicht verstellen, er ist eine ehrliche Haut und würde niemals mit irgendetwas hinter den Berg halten. Und nein, er war weder nervös noch hektisch noch … Außer, wenn Gabriele, unsere liebe Schwiegertochter, mal wieder quer geschossen hat, was nicht selten vorkommt.«

»Haben Sie ein gespanntes Verhältnis zu Ihrer Schwiegertochter?«

»Was heißt gespannt«, erwiderte sie schulterzuckend. »Sie hat eben Flausen im Kopf und stärkt Rolf nicht in der Weise den Rücken, wie eine gute Frau das tun sollte. Ich habe meinem Mann immer zur Seite gestanden, in guten wie in schlechten Zeiten. Sie sollten sie mal fragen, ob sie das auch tut. Aber so, wie ich sie kenne, wird sie Ihnen das Märchen von der treu sorgenden, liebevollen Ehefrau auftischen, der es ja ach so schlecht geht. Mein Gott, ich habe Rolf damals von dieser Ehe abgeraten, und ich habe, soweit ich das beurteilen kann, mal wieder Recht behalten. Aber es war seine Entscheidung.«

»Ihr Sohn ist erwachsen und weiß, was er tut. Wir wollen Sie dann auch nicht länger aufhalten. Sobald sich etwas Neues ergibt, werden Sie es sofort erfahren.«

»Wissen Sie, ich will ja nichts Schlechtes über meine Schwiegertochter sagen«, fügte sie beschwichtigend hinzu, als hätte sie gemerkt, dass sie etwas zu viel über ihre Gefühle verraten hatte, »aber Rolf hätte eine bessere Frau verdient. Gabriele hat einfach keinen Sinn für Familie und vor allem für das Geschäft. Sie kann mit Geld nicht umgehen.«

»Was wollen Sie uns damit sagen?«, fragte Durant mit hochgezogenen Brauen.

»Nichts, gar nichts. Vergessen Sie's. Und geben Sie uns Bescheid, wenn Sie wissen, was mit unserem Sohn passiert ist. Ich hoffe und bete, dass alles ein gutes Ende nimmt. Rolf bedeutet uns sehr viel, mehr, als Sie sich vorstellen können«, sagte sie, und zum ersten Mal seit dem Besuch der Kommissare hatte sie Tränen in den Augen, während sie die Beamten zur Tür begleitete, sich verabschiedete und ihnen hinterhersah, bis sie in den Lancia eingestiegen waren. Du und beten, dachte Durant nur und zündete sich eine Zigarette an.

Mittwoch, 15.45 Uhr

Die möchte ich nicht geschenkt haben«, sagte Hellmer und startete den Motor. »Mein Gott, wenn ich mir vorstelle, ich hätte so einen Drachen als Mutter gehabt. Nicht auszudenken! Ich glaub, ich hätt mir 'ne Kugel verpasst.«

»Wenn du so eine Mutter gehabt hättest, wärst du wahrscheinlich ganz anders geworden. Vermutlich so einer wie Rolfi.«

»Da drin bleibt einem ja die Luft weg. Ich möchte Sie sehr darum bitten, Ihre Schuhe auszuziehen«, äffte er Ursula Lura nach und schüttelte verständnislos den Kopf.

»Sie ist genau so, wie sie mir geschildert wurde. Und der Alte kuscht. Hast du gesehen, wie der die ganze Zeit dagesessen hat? Wie das berühmte Kaninchen vor der Schlange. Nur nichts Falsches sagen, am besten gar nichts sagen, damit's später keine Dresche gibt.«

Durants Handy piepte. Kullmer. Sie sagte nur »Ja« und »Bleibt am Ball« und »Wir besprechen alles nachher im Büro« und drückte auf Aus.

»Das war Peter. Rate mal, wer eben bei Frau Lura aufgetaucht ist.«

»Bin ich vielleicht ein Hellseher oder bei Günther Jauch?«, entgegnete Hellmer, der diese Fragen hasste, gereizt.

»Dr. Becker. Was macht der jetzt schon wieder bei ihr? Ich meine, der ist der Anwalt ihres Mannes, aber …«

»Vielleicht ist er ja auch ihrer«, sagte Hellmer lakonisch.

»Kommt mir trotzdem ein bisschen komisch vor. Schaffen wir noch den Bruder?«

»Wenn wir uns beeilen. Ich bezweifle aber, dass wir ihn antreffen. Jeder normale Mensch arbeitet um diese Zeit noch.«

»Der ist doch arbeitslos. Ich sag schon mal Berger Bescheid, dass er einen Durchsuchungsbeschluss für Luras Haus besorgen soll. Wir werden sie morgen früh überraschen, und ich bin gespannt, ob wir was finden.«

»Und was willst du finden? Glaubst du ernsthaft, die Lura würde ihren Mann im eigenen Haus killen und dann auch noch Beweismaterial für uns aufheben? Dazu ist sie meines Erachtens zu intelligent. Außerdem hat sie in Becker einen hervorragenden Berater, wenn er denn einer ist.«

»Das ist ja das Interessante an Hausdurchsuchungen. Man muss immer auf Überraschungen gefasst sein. Und vielleicht gibt's ja eine. Ich habe jedenfalls inzwischen keine Hoffnung mehr, dass Lura noch lebt. Der wurde um die Ecke gebracht, garantiert.«

»Da wär ich mir nicht so sicher. Totgesagte leben länger, manchmal zumindest.«

»Aber ich kenne wenigstens zwei Frauen, die sicher nicht traurig wären, wenn er nicht mehr leben würde. Und ehrlich gesagt, ich kann's ihnen nicht verdenken, wenn nur die Hälfte von dem stimmt, was er ihnen angetan hat.«

Sie schnippte ihre Zigarette aus dem Seitenfenster und schloss es gleich wieder. Dann machte sie die Augen zu und schlief schon nach wenigen Sekunden ein und schreckte hoch, als Hellmer sie an die Schulter tippte.

»Hallo, Schatzilein, wir sind da«, sagte er mit breitem Grinsen. »Nachholbedarf, was?«

»Kann sein. Wie lang war ich denn weg?«

»Viertelstunde vielleicht. Und jetzt komm, wir haben nicht ewig Zeit.«

»Warte, ich muss noch Berger wegen der Hausdurchsuchung anrufen«, sagte sie und rieb sich die Augen. »Mann o Mann, bin ich müde.«

Berger sicherte Durant, ohne Fragen zu stellen, zu, den Durchsuchungsbeschluss umgehend bei der Staatsanwaltschaft anzufordern. Alles, was er wissen wollte, war, welchen Grund er dem Staatsanwalt nennen sollte. Julia Durant antwortete lediglich, es gebe einige Verdachtsmomente, die dafür sprächen, dass Lura bereits in seinem Haus oder auf seinem Grundstück einem Verbrechen zum Opfer gefallen sein könnte. Diese Auskunft genügte Berger. Durant steckte ihr Handy wieder in die Tasche.

»Dann wollen wir mal«, sagte sie, streckte sich und stieg aus. Sie rauchte noch eine Zigarette, weil sie sich einbildete, dadurch wacher zu werden.

»Alle guten Vorsätze dahin?«, fragte Hellmer auf dem Weg zum Haus.

»Was ist denn jetzt los?«

»Du wolltest doch mit der Qualmerei aufhören. Und ...«

»Lass mich zufrieden, okay?«, fauchte sie ihn an und nahm einen tiefen Zug. »Mir gehen einfach Leute wie die alte Lura gewaltig auf den Keks. Außerdem bin ich saumüde.«

»Ist ja gut. War auch nicht so gemeint.«

Mittwoch, 16.15 Uhr

Wolfram Lura wohnte im dritten Stock eines alten Hauses in der Falkstraße. Sie mussten zweimal klingeln, bevor der Türöffner summte und sie in den dunklen Flur eintreten konnten. Sie stiegen die knarrenden Holzstufen nach oben. Es roch muffig, der Geruch der Jahrzehnte hatte in jeder Ritze des Gemäuers Spuren hinterlassen – Gerüche von den vielen Bewohnern, die gekommen und gegangen waren, die hier gelacht, geweint, sich gefreut und getrauert haben, Gerüche von Gebratenem, scharf Gewürztem, Gerüche vom Leben und vom Tod.

Er stand in der Tür, ein mittelgroßer hagerer Mann mit eingefallenen Wangen und tief in den Höhlen liegenden Augen, in schwarzem T-Shirt, schwarzer Jeans und nur mit Socken an den Füßen. Er hatte eine Alkoholfahne, was Hellmer sofort auffiel.

»Herr Lura?«, fragte Hellmer, als sie näher traten.

»Ja?«

»Hellmer und meine Kollegin Durant von der Kriminalpolizei. Dürfen wir reinkommen?«

»Ich habe Sie schon erwartet, ich meine, ich habe damit gerechnet, dass Sie kommen würden«, sagte Wolfram Lura mit freundlich aufblitzenden Augen. Die Wohnung bestand aus drei Zimmern, von denen das Wohnzimmer mit Sicherheit das größte war. Sie nahmen auf einer alten Couch Platz, und Durant ließ ihren Blick durch den Raum schweifen, nahm erste Eindrücke davon in sich auf und stellte fest, dass Wolfram das genaue Gegenteil seines Bruders war, etwas chaotisch, unordentlich und allem Anschein nach auch unorganisiert. Sie fühlte sich auf Anhieb wohl, vielleicht, weil es in ihrer eigenen Wohnung selten anders aussah. Was ihr jedoch auffiel, waren all die Whiskeyflaschen auf dem Regal hinter dem Schreibtisch, und nachdem sie Wolfram Lura etwas eingehender betrachtete, kam sie zu dem Schluss, es womöglich mit einem Alkoholiker zu tun zu haben. Ich kann mich auch täuschen, dachte sie, aber seine langen, fettigen Haare und das unrasierte Kinn …

»Darf ich Ihnen etwas zu trinken anbieten?«, fragte er, bevor er sich setzte.

»Nein, danke«, winkte Hellmer ab.

Durant hingegen antwortete: »Gerne. Zu einem Glas Wasser sage ich nicht Nein.«

Er begab sich in die Küche und kam gleich darauf mit drei Gläsern und einer Flasche Mineralwasser zurück und schenkte wortlos auch Hellmer ein. Dann setzte er sich, sprang aber noch einmal kurz auf, um einen Text auf dem PC zu speichern.

»Sie kommen wegen Rolf. Ich habe erst heute Morgen von Gabriele erfahren, was passiert ist. Gibt es schon etwas Neues?«, fragte er.

»Bis jetzt nicht. Wir kommen gerade von Ihren Eltern …«

Er lachte kurz und trocken auf und fuhr ihr ins Wort: »Meine Eltern, oder sollte ich besser sagen, meine liebe Mutter. Was hat sie Ihnen von Rolf erzählt? Was für ein wunderbarer Sohn er doch ist und was für ein Versager ich bin? Hat sie es gesagt?«

»Nicht direkt«, antwortete Durant diplomatisch.

»Nicht direkt heißt, sie hat es gesagt. Na ja, das ist meine Mutter. Ich bin ja nur ein abgehalfterter Journalist, der nicht mal mehr einen Job hat. Egal. Fragen Sie, vielleicht kann ich Ihnen weiterhelfen, auch wenn Rolf und mich nichts, aber auch rein gar nichts verbindet außer der Stammbaum.«

»Wann haben Sie Ihren Bruder zuletzt gesehen?«

»Kann ich nicht sagen. Irgendwann vor einem halben Jahr

oder so. Ja, es war zu Markus' Geburtstag. Ich bin hingefahren, habe Markus ein Geschenk gebracht, ein Stück Kuchen gegessen und wurde von meinem Bruderherz nach einer knappen Stunde ziemlich unverblümt aufgefordert, wieder zu gehen. Das war das letzte Mal, dass ich ihn gesehen habe.«

»Wir müssen Sie aber trotzdem fragen, wo Sie gestern Morgen zwischen acht und zehn waren.«

»Hier. Meine Lebensgefährtin wird Ihnen das bestätigen können, denn wir haben zu der Zeit gefrühstückt.«

»Wie heißt Ihre Lebensgefährtin, und wo ist sie jetzt?«

»Andrea Lieber. Sie müsste eigentlich jeden Moment hier eintrudeln, sie bringt sich oft Arbeit mit nach Hause, weil sie den Büromief nicht mag. Sie arbeitet als Lektorin in einem Verlag.«

»Warum sind Sie und Ihr Bruder zerstritten?«, wollte Hellmer wissen. »Gab es dafür einen bestimmten Auslöser?«

»Ph, Auslöser! Der Auslöser war meine Geburt. Ich war ein unerwünschtes Kind, und das hat mich vor allem meine Mutter immer wieder spüren lassen. Und mein Bruderherz hat ziemlich schnell rausgekriegt, wie er das zu seinem Vorteil nutzen kann. Mein Vater ist in Ordnung, er schafft es nur nicht, sich gegen die beiden durchzusetzen. Mit ihm komme ich gut klar, wir sehen uns auch des Öfteren, und jetzt, wo's mir finanziell nicht so gut geht, greift er mir heimlich hin und wieder unter die Arme. Meine Mutter darf das aber nie erfahren, die würde ihm nämlich schwer was geigen. Ich hoffe trotzdem, dass ich bald wieder arbeiten kann, denn es stinkt mir gewaltig, nur rumzuhängen und …« Er stand auf, goss sich ein Glas Whiskey ein und leerte es in einem Zug. »Entschuldigung, aber immer wenn ich darüber spreche, kommt's mir hoch. Und da hilft das Zeug wenigstens ein bisschen über diese ganze Scheiße hinweg.«

»Welche meinen Sie? Die mit Ihrer Mutter oder wegen Ihrer Arbeit?«, fragte Durant.

»Beides«, sagte er und zuckte resignierend mit den Schultern.

»Wenn's schief läuft, dann eben richtig. Hier«, er deutete auf ein Bild, das auf einem Sideboard stand, und zog die Mundwinkel nach unten, »das war meine Frau. Wir waren sieben Jahre verheiratet. Und jetzt ist sie weg.«

»Sie haben sich scheiden lassen?«

»So kann man's auch nennen«, erwiderte er bitter. »Nein, keine Scheidung. Sie hatte Krebs, der leider zu spät erkannt wurde. Und das Schlimme ist, als man ihn erkannte, war sie gerade im zweiten Monat schwanger, nachdem wir es schon fast aufgegeben hatten, noch Kinder zu bekommen. Sie starb nur drei Monate nach der Diagnose, es ging rasend schnell. Das ist jetzt zwei Jahre her. Aber glauben Sie bloß nicht, dass meine Mutter oder Rolf das auch nur im Geringsten interessiert hätte. Rolf erschien nicht mal zur Beerdigung, Gabriele schon, und meine Mutter verzog die ganze Zeit über keine Miene. Ich hab mich dran gewöhnt, man gewöhnt sich schließlich irgendwann an alles. Na ja, um nicht unterzugehen, habe ich mich in die Arbeit gestürzt und geschrieben und geschrieben und geschrieben, aber als ich mich etwas zu weit aus dem Fenster gelehnt habe, indem ich eine so genannte unantastbare Person öffentlich bloßgestellt habe, hat diese Person im Gegenzug dafür gesorgt, dass ich meinen Job loswurde. Dabei hat der Kerl so viel Dreck am Stecken, doch solche Leute führen bekanntlich ein richtig tolles Leben. Und wird einem erst einmal das Stigma des Unangepassten auf die Stirn gebrannt, ist Feierabend. Aber mittlerweile ist einige Zeit verstrichen, und ich hoffe, bald wieder arbeiten können. Momentan schreibe ich an einem Buch, um mir die Zeit zu vertreiben.«

»Darf ich fragen, über wen Sie geschrieben haben?«, erkundigte sich Durant interessiert.

»Ich möchte nicht mehr darüber reden. Ich muss neu anfangen, und dazu gehört, die Vergangenheit hinter sich zu lassen. Aber mein Leben ist unwichtig. Was möchten Sie denn noch über meinen werten Bruder wissen?«

»Beschreiben Sie ihn doch einfach mal aus Ihrer Sicht«, forderte ihn Durant auf.

»Meine Sicht ist sehr, sehr subjektiv. Aber gut, ich versuch's mal. Rolf ist ein kleinkarierter Pedant, ein außergewöhnlich erfolgreicher Geschäftsmann, und er hängt wie eine Klette an unserer Mutter, was sie aber nicht nur gut findet, sondern sogar noch unterstützt. Für sie ist er immer noch der liebe kleine Rolfi, der vor den Gefahren der Welt beschützt werden muss. Dabei sollte eigentlich die Welt vor ihm beschützt werden. Er wird von ihr Rolfi genannt, ich bin nur der Wolf. Grrrrrr!«

»Und was können Sie uns über seine Ehe sagen?«

Wolfram Lura zögerte, fuhr sich mit der Zunge über die Lippen und zündete sich eine Zigarette an. »Was hat Ihnen denn Gabriele erzählt?«

»Eine ganze Menge. Sie können ruhig offen Ihre Meinung dazu sagen, wir behalten es auch für uns.«

»Okay. Ich habe Gabriele öfter gesehen als meinen Bruder. Einige Male war sie völlig am Boden und hat mich angerufen, weil sie niemand andern hatte, bei dem sie sich ausheulen konnte. Einmal, das war vor anderthalb, zwei Jahren, da hat er ihr zwei Zähne ausgeschlagen. Und ich weiß, dass da noch viel mehr vorgefallen ist, auch wenn Gabi nicht viel darüber gesprochen hat. Haben Sie sich mal ihre Hände angeschaut? Das sollten Sie mal tun. Sie hatte vor Jahren einen komplizierten Bruch, und jetzt dürfen Sie dreimal raten, wie dieser Bruch entstanden ist …«

»Ihr Bruder?«, fragte Durant zweifelnd.

»Sie ist seitdem gehandikapt, was das Klavierspielen angeht. Deshalb spielt sie auch nicht mehr gerne vor andern Leuten … Rolf ist in seinem tiefsten Innern ein Sadist. Er ist meiner Meinung nach krank und gehört in eine Anstalt. Er hat einfach Spaß daran, andere zu quälen. Es gibt wirklich nur zwei Personen, vor denen er Halt macht, und das sind unsere Eltern.«

»Hat er auch Sie gequält?«, fragte Durant.

»Schnee von gestern. Vergessen Sie's, ist eine Ewigkeit her«, sagte er und winkte ab.

»Was ist denn noch vorgefallen?«

»Das können Sie sich doch denken, und wenn Gabriele Ihnen schon eine Menge erzählt hat, dann doch mit Sicherheit auch von den anderen Gewalttätigkeiten ihr gegenüber. Wir haben oft telefoniert, wobei ich sie meistens angerufen habe, weil Rolf jede Telefonrechnung kontrolliert, und wenn er meine Nummer sieht, dann sieht er im wahrsten Sinn des Wortes rot.«

»Sie würden also die Ehe als nicht sehr glücklich bezeichnen?«

»Nicht sehr glücklich?! Diese Ehe ist gelinde gesagt die reinste Katastrophe. Doch Gabriele kommt da nicht raus. Aber ziehen Sie jetzt bloß keine falschen Schlüsse. Gabriele wäre niemals zu einem Verbrechen fähig. Sie hält lieber noch tausendmal die andere Wange hin, bevor sie zurückschlägt. Ich an ihrer Stelle wäre schon längst ausgetickt und hätte meinem Bruder nachts, wenn er schläft, die Eier abgeschnitten. Ehrlich. Oder ich hätte ihn sogar umgebracht.«

»Aber das haben Sie nicht, oder?«

»Quatsch, ich hab doch keinen Grund. Soll er mit seinem Geld glücklich werden ... Aber so was wie Glück kennt der gar nicht, es sei denn, man definiert Glück über das Leid der andern. Ich denke, er ist nur dann glücklich und zufrieden, wenn er mal wieder jemandem eins reingewürgt hat.«

»So übel?«

»Ich sag doch, meine Sicht ist eine sehr subjektive. Kann auch sein, dass ich übertreibe. Und vergessen Sie einfach das mit dem Sadisten, es gibt Schlimmere als ihn.«

»Haben Sie denn nie daran gedacht, Ihrer Schwägerin zu helfen?«

Wolfram Lura lachte gallig auf. »Wie denn? Sagen Sie mir, was ich hätte tun können? Wo hätte ich Gabriele hinbringen sollen? Da ist ja auch noch Markus. Schauen Sie sich doch mal

138

diese Bude an, hier wäre kein Platz für die beiden gewesen. Geld hat sie keines, und Verwandte und Freunde auch nicht. Ich habe ihr zwar einige Male meine Hilfe angeboten, als ich noch richtig gute Kontakte hatte, aber sie hat es kategorisch abgelehnt, mich da mit reinzuziehen. Sie ist eine unglaublich feine Frau. Mein Gott, was hätte aus der werden können! Wissen Sie, als ich sie damals kennen lernte und das Glück hatte, mich einmal mit ihr unter vier Augen unterhalten zu können, habe ich ihr von der Heirat abgeraten. Ehrlich. Ich habe sofort gemerkt, dass sie viel zu schade für Rolf ist. Sie war aber blind und wollte nicht auf mich hören. Na ja, und außerdem, hätte ich ihr geholfen, Rolf und unsere Mutter hätten sofort mich dahinter vermutet. Nee, nee, keine Chance. Gabriele muss da ganz allein durch, so Leid es mir für sie tut. Auch um Markus, für den das alles ein riesiger seelischer Albtraum sein muss.«

Ein Schlüssel wurde ins Schloss gesteckt und gedreht, die Tür ging auf und wurde gleich wieder zugekickt, und eine junge, sehr sportlich wirkende Frau mit kurzen blonden Haaren kam herein. Sie legte einige Manuskripte auf den Schreibtisch, stellte ihre Tasche neben den Sessel und gab Wolfram Lura einen kurzen Kuss.

»Andrea, das sind Herr Hellmer und Frau Durant von der Kripo. Sie sind wegen Rolf hier.«

»Ah ja«, sagte sie mit warmer Stimme und nahm Platz. »Ich hab's vorhin von Wolfram gehört. Schlimm.«

»Ach komm, ich hab den Kommissaren schon gesagt, was für ein Arschloch Rolf ist …«

»Hast du wieder getrunken?«, fragte sie vorwurfsvoll.

»Blödsinn, ich hab nicht getrunken, oder hör ich mich etwa so an?«

»Immerhin ist er dein Bruder …«

»Ich scheiß auf ihn, und das weißt du auch.«

»Und wenn er tot ist?«, fragte sie und schien keine Notiz mehr von Durant und Hellmer zu nehmen.

»Na und? Wenn das wirklich so sein sollte, dann ist das ganz allein seine eigene gottverdammte Schuld. Ich würde ihm jedenfalls keine Träne nachweinen.«

»Du bist unfair …«

»Ha, unfair! Dass ich nicht lache! Du hast ihn nie kennen gelernt, du weißt nicht mal im Ansatz, was für ein Arschloch er ist. Frag Gabriele, die kann dir was erzählen. Und ich auch.«

»Ich kann mir nicht vorstellen, dass jemand so gemein sein soll«, erwiderte sie zweifelnd.

»Er ist es.«

»Verzeihen Sie«, mischte sich jetzt Durant ein, »aber eine Frage noch – kennen Sie persönlich Feinde Ihres Bruders?«

Wolfram Lura überlegte einen Moment und schüttelte den Kopf. »Nein, weil ich nicht weiß, mit wem er verkehrt. Aber dass er Feinde hat, könnte ich mir schon vorstellen. Ehrlich gesagt, es wäre ein Wunder, wenn er keine hätte. Ein Rolf Lura fühlt sich erst wohl, wenn er den Atem seines Feindes im Nacken spürt. Schön ausgedrückt, was? Nein, Scherz beiseite, Rolf würde eine offene Feindschaft nie ertragen. Er ist hinterhältig und gemein. Zu einem offenen Kampf würde er es nie kommen lassen. Er hat viele, die ihn beneiden, weil er es wunderbar versteht, sich bei ihnen einzuschleimen. Das ist sein ganzes Erfolgsrezept. Er bekommt alles, was er will, weil er eine Art hat, die auf andere anziehend wirkt. Nennen Sie es von mir aus charismatisch. Und er hat natürlich bei der Umstrukturierung des Autohauses ein goldenes Näschen und ein ebenso goldenes Händchen bewiesen. Ansonsten ist mein Bruder ein gottverdammtes Arschloch, und zwar in jeder Beziehung.«

»Hassen Sie ihn?«

»Ach was, das wären verschwendete Emotionen. Es gab mal eine Zeit, da habe ich ihn gehasst, das liegt aber schon eine Ewigkeit zurück. Heute ist da nichts mehr. Und sollte er tot sein, eins garantiere ich Ihnen, zu seiner Beerdigung werde ich nicht gehen.«

»Können Sie uns etwas über seine Geschäftsmethoden sagen?«

Er winkte ab. »Nichts, aber auch gar nichts. Als er damals die Firma übernommen hat, hatten wir schon längere Zeit kaum noch Kontakt miteinander. Wie gesagt, es interessiert mich nicht, wie er sein Geschäft führt und mit wem er verkehrt.«

»Würden Sie ihm zutrauen, in illegale Geschäfte verwickelt zu sein?«

»Im Leben nicht. Er mag zwar das größte Arschloch im Universum sein, aber illegale Geschäfte, nein. Der würde nicht mal das Finanzamt um auch nur einen Cent bescheißen.«

»Das war's schon, Herr Lura. Hier ist meine Karte«, sagte Durant und legte sie auf den kleinen Wohnzimmertisch. »Vielen Dank für Ihre Hilfe. Und falls Ihnen doch noch etwas einfällt …«

»Glaub ich zwar kaum, aber man kann ja nie wissen.«

»Wir finden allein hinaus. Und vielen Dank für Ihre Informationen.«

»Die vielen ›Lobeshymnen‹ kommen mir schon fast unheimlich vor«, sagte Hellmer sarkastisch, als sie zum Auto gingen. »Selbst sein eigener Bruder spart nicht damit. Geschäftlich ein Ass, privat ein Arschloch.«

»Aber damit ist er noch längst kein Mörder.«

»Das hab ich auch nicht behauptet. Außerdem säuft er zu viel. Ich weiß nicht, wie der noch mal einen Job finden will, wenn der so weitermacht. Und ein Buch zu schreiben ist was anderes als einen Artikel für eine Zeitung.«

»Woher willst du das denn wissen? Du hast doch überhaupt keine Ahnung von der Materie. Und außerdem, wenn nur ein Teil von dem stimmt, was er sagt, dann ist er einfach nur zu bedauern.«

»Und? Andere Leute haben's auch nicht leicht«, bemerkte Hellmer trocken.

»Dein Mitgefühl ist wirklich überwältigend«, erwiderte Durant ironisch.

»Ich hab mir irgendwann geschworen, keins mehr zu haben, das trübt nämlich den klaren Blick. Und jetzt auf, unsere Leute warten schon.«

Mittwoch, 18.20 Uhr

Polizeipräsidium, Lagebesprechung. Berger hatte den Durchsuchungsbeschluss auf dem Schreibtisch liegen und schob ihn wortlos zu Durant rüber.

»Sie wollen also morgen tatsächlich die Durchsuchung durchführen?«, fragte er noch einmal.

»Um ganz ehrlich zu sein, ich würde es am liebsten heute noch machen, aber ich fürchte, wir kriegen nicht mehr genügend Leute zusammen«, antwortete Durant.

»Wie viele brauchen Sie denn?«, fragte Berger schmunzelnd.

»Es ist ein großes Haus. Zehn bis zwölf.«

»Wenn Sie's heute wirklich noch machen wollen, dann klappt das auch mit den Leuten. Haben Sie denn noch die Kraft, Sie sehen müde aus«, sagte Berger mit fürsorglicher Miene.

»Bevor irgendwelche Beweise verschwinden, lieber heute noch. Ich komm dann eben morgen fünf Minuten später«, fügte sie lächelnd hinzu.

»Nach was suchen Sie eigentlich?«

»Wenn ich das wüsste«, antwortete sie schulterzuckend. »Vielleicht irgendetwas, das uns einen Hinweis auf ein Motiv gibt. Muss ja nicht unbedingt mit seiner Frau zu tun haben, obwohl die weiß Gott mehr als nur ein Motiv hätte.« Sie hielt inne und wandte sich an Kullmer und Seidel: »Was ist eigentlich mit Becker? Wann ist er wieder gegangen?«

»Keinen Schimmer. Als wir gefahren sind, war er noch im Haus. Ein bisschen sehr lange für einen Beratungsbesuch, finde ich jedenfalls«, antwortete Kullmer und zog die Augenbrauen hoch.

»Dann machen wir's erst recht heute noch. Ist die Presse schon über Luras Verschwinden informiert?«

Berger nickte. »Punkt achtzehn Uhr ging die Mitteilung raus. Fragen beantwortet die Pressestelle, wir haben Wichtigeres zu tun.«

»Also gut, dann würde ich sagen, trommeln wir die Leute zusammen und machen einen Überraschungsbesuch. Aber stellt euch drauf ein, dass es ein langer Abend werden kann.«

»Egal«, meinte Seidel und sah Kullmer vielsagend an, was Durant nicht entging. Sie musste innerlich grinsen, weil sie sich vorstellen konnte, dass die beiden sich für den Abend etwas vorgenommen hatten.

Berger hatte bereits zum Telefon gegriffen, um die nötige Verstärkung für die Hausdurchsuchung anzufordern. Die Männer und Frauen sollten in spätestens zwanzig Minuten einsatzbereit sein.

»Dann mal viel Spaß«, sagte Berger, als Durant und ihre Kollegen das Büro verließen. »Und vor allem Erfolg«, rief er ihnen noch hinterher.

Durant kam noch einmal zurück. »Soll ich Ihnen was sagen, ich wünsche mir gar nicht, Erfolg zu haben. Ich wünsche mir, nichts zu finden. Ich mag die Frau, Sie hätten sie mal sehen müssen. Die ist die letzten dreizehn Jahre durch die Hölle gegangen. Manchmal wird man mit Schicksalen konfrontiert, da möchte man beide Augen ganz fest zudrücken, auch wenn jemand einen Mord begangen hat. Aber es gibt Situationen, da habe ich einfach Verständnis, wenn einer durchdreht. Ich weiß, das ist politisch nicht korrekt, doch so bin ich nun mal.«

»Aber in Ihrem Innern glauben Sie, dass sie etwas mit dem Verschwinden ihres Mannes zu tun hat, oder?«

»Ich weiß nicht mehr, was ich glauben soll. Natürlich könnte man ihr ein Motiv unterstellen, aber auch sein Bruder könnte seine Finger im Spiel haben oder irgendjemand, den wir bis jetzt noch überhaupt nicht auf der Liste haben. Dieser Lura ist jedenfalls ein Stinktier, davon bin ich inzwischen fest überzeugt, und wer weiß, wie viele Feinde er sich im Laufe seines Lebens geschaffen hat. Ich hoffe, wir kommen nachher mit leeren Händen zurück.«

»Viel Glück«, sagte Berger aufmunternd. »Und ich stehe hinter Ihnen, das wissen Sie.«

»Natürlich.«

Julia Durant ging zu den anderen, die sich auf dem Präsidiumshof versammelt hatten, und gab das Kommando zum Aufbruch. Um genau drei Minuten nach sieben hielten vier Autos vor dem Haus der Familie Lura.

Mittwoch, 19.03 Uhr

Das Innere war hell erleuchtet, als Hellmer seinen Finger auf den Klingelknopf legte. Gabriele Luras Stimme kam aus dem Lautsprecher, Hellmer nannte seinen Namen. Das Tor ging auf, die neun Männer und drei Frauen betraten das Grundstück.

Sie stand in der Tür und sah die vielen fremden Menschen verwundert an.

»Frau Lura«, sagte Durant und hielt den Beschluss hoch, »wir werden jetzt eine Hausdurchsuchung durchführen ...«

»Moment mal, was soll das? Was glauben Sie hier zu finden?«

»Wir gehen mittlerweile von einem Gewaltverbrechen aus und ...«

»Sie verdächtigen mich also doch! Ich hätte es wissen müssen. Mein Gott, Sie halten mich tatsächlich für eine Mörderin.«

»Nein, das tue ich nicht. Wir suchen nach Hinweisen auf einen möglichen Täter, das ist alles«, erwiderte Durant und wagte es kaum, der kleinen, zierlichen Frau in die Augen zu schauen, weil sie sich auf unerklärliche Weise schäbig vorkam.

»Tun Sie doch, was Sie für richtig halten.« Gabriele Lura machte die Tür frei. »Aber ich kann Ihnen gleich sagen, Ihre Mühe wird umsonst sein. Stellen Sie von mir aus alles auf den Kopf. Sagen Sie mir nur eins – wird es hinterher so aussehen, wie sie es im Fernsehen immer zeigen, ich meine, dass ich mein eigenes Haus nicht mehr wiedererkenne.«

Durant schüttelte den Kopf. »Wir sind nicht in Amerika. Es wird zwar etwas unordentlich sein, aber meine Leute sind instruiert worden, nicht zu viel Chaos anzurichten.«

Durant nahm Hellmer beiseite, flüsterte ihm etwas ins Ohr, fasste anschließend Gabriele Lura an der Schulter, ging mit ihr ins Wohnzimmer und schloss die Tür hinter sich.

»Frau Lura, ich möchte kurz mit Ihnen allein sprechen. Es geht um Dr. Becker. Wir haben heute Nachmittag Ihr Haus überwachen lassen, und dabei wurde er beobachtet, wie er um kurz nach halb vier zu Ihnen gekommen ist und um sechs, als meine Kollegen ihren Standort verlassen haben, noch immer bei Ihnen war. Was hat er so lange hier gemacht?«

»Das Haus beobachtet! Das wird ja immer schöner! Aber gut, wir haben uns unterhalten. Er ist der Anwalt meines Mannes, und ich habe ihn gebeten, mich zu beraten, falls …«

»Falls was? Falls Ihr Mann tot ist?«

Gabriele Lura nickte.

»Inwiefern sollte er Sie beraten?«

»Ich wollte wissen, ob Rolf ein Testament hinterlassen hat. Er hat. Aber Dr. Becker hat mir nicht gesagt, was drin steht«, log sie.

»Und das hat nun so lange gedauert?«, fragte Durant zweifelnd.

»Wir haben noch über alles Mögliche gesprochen. Wir haben durchgespielt, was passiert sein könnte, sind aber zu keinem Ergebnis gekommen. Er hat auch gemeint, es könnte sein, dass die

Polizei das Haus auf den Kopf stellt. Dass es so schnell gehen würde, damit habe ich aber nicht gerechnet.«

»Eine Frage noch – haben Sie mehr als nur ein freundschaftliches Verhältnis zu Dr. Becker?«

Gabriele Lura wandte sich ab und stellte sich ans Fenster, sah aber nur ihr Spiegelbild in der Scheibe. Sie schüttelte zaghaft den Kopf. »Nein, da ist nicht mehr.«

»Wir kriegen es raus, so oder so.«

»Hören Sie, Werner ist nur und ausschließlich ein Freund des Hauses. Er ist glücklich verheiratet und hat zwei Kinder. Genügt Ihnen das?«

»Das muss es wohl für den Augenblick«, antwortete Durant, die merkte, dass Gabriele Lura nicht die volle Wahrheit sagte, ihre Körpersprache war zu eindeutig. Doch sie würde erst mal nicht weiter nachhaken, denn es war nicht der richtige Zeitpunkt, sie unter Druck zu setzen. »Ich möchte Sie jetzt bitten, unsere Arbeit nicht zu behindern, umso schneller sind wir fertig.«

»Reißen Sie von mir aus das Haus ab. Ich kann Ihnen nur versichern, mit dem Verschwinden meines Mannes nicht das Geringste zu tun zu haben. Aber ich weiß auch, dass Ihnen das nicht genügt. Sie brauchen Beweise, und wenn Sie die nicht finden, dann konstruieren Sie welche …«

»Nein, Frau Lura, das tun wir nicht. Wir werden nicht auf Gedeih und Verderb einen Schuldigen präsentieren. Wenn Sie etwas damit zu tun haben, finden wir's raus, wenn nicht, dann auch. Und noch etwas – Sie können mir vertrauen.«

Gabriele Lura lachte spöttisch auf und entgegnete: »Es gibt nur zwei Menschen, denen ich vertraue – mir selbst und meinem Sohn. Das ist nicht gegen Sie gerichtet, aber ich habe in meinem Leben zu viele negative Erfahrungen gemacht.«

»Ist schon okay, ich kann Sie sogar verstehen. Ich mach mich dann mal an die Arbeit.«

»Nach was suchen Sie eigentlich?«

»Nach möglichen Hinweisen. Sollte Ihr Mann Feinde haben oder gehabt haben, so könnte es sein, dass wir Aufzeichnungen finden, die uns zu dem oder den Tätern führen. Wir werden selbstverständlich auch seine Büroräume durchsuchen. Vielleicht beruhigt Sie das ein wenig.«

»Schon gut, ich bin nun sehr durcheinander. Verzeihen Sie.«

Julia Durant bat zwei Kollegen, mit ihr zusammen den geräumigen Wohnbereich zu bewältigen. Gabriele Lura nahm in einem Moment, in dem sie unbeobachtet war, ihr Handy vom Tisch und steckte es in die Tasche ihrer Jeans.

»Darf ich auf die Toilette gehen?«, fragte sie.

»Sie können sich frei bewegen und uns sogar bei der Arbeit zuschauen.«

Sie ging ins Bad, schloss die Tür hinter sich, tippte die Nummer von Werner Becker ein und meldete sich mit leiser Stimme.

»Werner, ich bin's. Die Polizei ist hier. Die durchsuchen das Haus. Ich muss dich heute noch sehen. Bitte! … Nein, lass dir was einfallen … Ich hab doch keine Ahnung, was die wirklich suchen … Ja, ich ruf dich an, sobald die weg sind … Ja, auf dem Handy … Ich hoffe, das ist alles bald vorbei. Diese Ungewissheit … Ja, bis nachher.« Sie atmete erleichtert auf, steckte das Handy wieder in die Hosentasche und betätigte die Spülung. Draußen kam ihr Hellmer mit ernster Miene entgegen und bat sie, mit nach unten zu Julia Durant zu kommen.

»Hier, wir haben was gefunden, Julia. Schau's dir an.«

Er reichte ihr einen Hängeordner. Sie schlug ihn auf und begann zu lesen. Nachdem sie fertig war, wandte sie sich Gabriele Lura zu. »Frau Lura, Sie haben doch gesagt, Ihr Sohn würde das Geschäft erben. Richtig?«

»Ja, warum?«

»Ich habe hier ein handschriftliches Testament Ihres Mannes, datiert vom 18. Juni dieses Jahres. Laut diesem Testament vermacht er Ihnen bei seinem Ableben sowohl das Geschäft als auch sämtliche Immobilien et cetera pp. Ihr Sohn Markus erhält bei Erreichen des 18. Lebensjahres seinen Pflichtteil, so lange sind Sie als Vermögensverwalterin bestimmt. Dazu kommt noch eine Lebensversicherung über drei Millionen Euro, die vor einem halben Jahr abgeschlossen wurde und die allein Sie als Begünstigte vorsieht …«

»Bitte was?«, fragte Gabriele Lura mit weit aufgerissenen Augen. »Was soll das heißen?«

»Hatten Sie Kenntnis von diesem Testament?«

»Ich hatte bisher keine Ahnung, weder von diesem Testament noch von einer Versicherung«, sagte sie mit tonloser Stimme. »Ich schwöre es.«

»Haben Sie das Arbeitszimmer Ihres Mannes denn nie betreten?«, fragte Hellmer zweifelnd.

»Soweit es sich vermeiden ließ, nein. Warum fragen Sie?«

»Die Tür und der Schreibtisch waren unverschlossen, der Ordner hing für jedermann zugänglich in der untersten Schublade.«

»Ich kann nur wiederholen, ich hatte keine Ahnung davon. Er hat mir jedenfalls nie etwas davon gesagt. Außerdem hängen da viele Ordner.«

»Frau Lura, ich wiederhole mich ungern, aber der Ordner befand sich in einer unverschlossenen Schublade. Sie hätten jederzeit die Gelegenheit gehabt, einen Blick hineinzuwerfen. Haben Sie es getan?«

»Nein, wie oft soll ich es noch betonen?«, erwiderte sie erregt. »Sein Zimmer war für mich tabu. Er hat mir verboten, es zu betreten, es sei denn, er wollte etwas von mir. Er hätte doch sofort gemerkt, wenn ich etwas angefasst hätte. Ich höre von diesem Testament heute zum ersten Mal. Bitte, glauben Sie mir!«

»Das würde ich gerne«, sagte Hellmer ruhig, »aber es ist schon merkwürdig, dass …«

»Ja, es ist tatsächlich merkwürdig. Ich verstehe das nicht«, stammelte sie und ließ sich aufs Sofa fallen. »Er hat nie davon gesprochen. Frau Durant, ich habe Ihnen doch gesagt, dass er bei der Geburt unseres Sohnes ein Testament verfasst hat, nach dem Markus, wenn er fünfundzwanzig ist, das Geschäft erbt. Was ich bekommen sollte, wusste ich bis jetzt nicht. Rolf hat nur gemeint, für mich wäre schon gesorgt. Aber das …«

»Frau Lura, mir scheint, Ihr Mann war doch nicht so schlimm, wie Sie uns weismachen wollten …«

»Ich habe Ihnen nichts weisgemacht«, entgegnete sie mit Tränen in den Augen. »Von mir aus können Sie diesen ganzen Kram zerreißen, ich will nichts von dem Geld. Ist das jetzt der Beweis, den Sie gesucht haben, um mich zu verhaften?«

Julia Durant packte Hellmer am Arm und forderte ihn mit festem Griff auf, ihr in den Nebenraum zu folgen. »Frank, halt dich bitte zurück. Auch wenn du jetzt furchtbar sauer bist, aber ich glaube ihr. Die hatte bisher nicht den blassesten Schimmer von diesem Zeug. Und wenn, dann hätte sie es, vorausgesetzt, sie hat ihren Mann umgebracht, diesem Dr. Becker gegeben, der es versiegelt hätte, um es dann bei der Testamentseröffnung ganz offiziell zu präsentieren. Es kann sein, dass die beiden etwas miteinander haben, beweisen kann ich es noch nicht, aber gerade dann wäre es logisch, wenn diese Papiere in dem Moment, in dem ihr Mann verschwunden ist, bei seinem Anwalt gelandet wären. Kannst du mir folgen?«

»Ich bin ja nicht blöd«, antwortete er mit düsterem Blick und fuhr sich mit einer Hand übers Kinn. »Trotzdem, ein Restzweifel bleibt. Ich traue der Sache nicht. Ich komm mit der Frau einfach nicht klar …«

»Deswegen überlässt du sie bitte ab sofort mir. Okay? Ich hab auch Schwierigkeiten, an sie ranzukommen, aber vielleicht ist es gerade dieses Testament, durch das sie gesprächiger wird. So, und jetzt sei locker und mach ein freundliches Gesicht.«

»Warte mal kurz. Du meinst, sie und Becker haben eine Affäre? Könnte das nicht ein Grund sein, dass sie ihn kaltgemacht haben?«

»Konjunktiv, mein Lieber. Es könnte sein, dass sie eine Affäre haben, es könnte aber auch sein, dass ich mich total irre. Ich will keine voreiligen Schlüsse ziehen. Wir kriegen das schon noch raus. Becker ist verheiratet, hat zwei Kinder und verdient als Anwalt ganz sicher nicht schlecht. Am Geld kann's also nicht liegen.«

Sie begaben sich zurück ins Wohnzimmer, wo Gabriele Lura wie versteinert dasaß und die Beamten verschüchtert ansah.

»Frau Lura«, sagte Durant, »gehen wir davon aus, dass Sie tatsächlich nichts von dem Testament und der Versicherung wussten. Weshalb hat Ihr Mann dann aber nie mit Ihnen darüber gesprochen?«

»Der hat doch nie mit mir über irgendwas gesprochen. Ich war doch immer nur ein Stück Vieh für ihn. Er hat mich verprügelt, vergewaltigt und manchmal tagelang kein Wort mit mir gewechselt. Und jetzt das! Ich begreife es nicht, ich begreife es einfach nicht!«

»Ist es möglich, dass er ein schlechtes Gewissen Ihnen gegenüber hat oder hatte?«

»Kann sein«, antwortete sie leise, wobei ihre Nasenflügel bebten. »Aber wenn, dann hat er es sehr gut zu verbergen gewusst. Ich versichere Ihnen jedoch noch einmal, ich habe ihm nichts getan. Ich schwöre es bei allem, was mir heilig ist. Ich schwöre es bei Gott, ich habe ihm nichts getan, und ich wusste bis eben auch nichts von diesen Papieren. Mehr kann ich dazu nicht sagen. Aber wenn Sie mich verhaften wollen, bitte, tun Sie sich keinen Zwang an.«

»Kein Mensch will Sie verhaften. Wir lassen Sie jetzt auch in Ruhe, es sei denn, meine Kollegen finden noch etwas. In spätestens einer Stunde sind wir weg.«

»Und was passiert dann?«

»Wir nehmen diesen Ordner mit aufs Präsidium, werden einen Schriftsachverständigen beauftragen, uns ein Gutachten zu erstellen, das die Echtheit dieses Testaments bezeugt oder auch nicht, und dann werden Sie eine ganze Menge erben, vorausgesetzt, Ihr Mann ist tot und seine Leiche wird gefunden. Wenn seine Leiche allerdings verschwunden bleibt, entscheidet das Gericht, wann er für tot erklärt wird.«

»Das heißt, ich kann hier bleiben?«

»Natürlich.«

Die Beamten waren noch eine Stunde beschäftigt, dann brachen sie wieder auf. Außer dem Testament und der Versicherungspolice hatten sie nichts gefunden. Nachdem alle bis auf Hellmer, Kullmer und Seidel gefahren waren, sagte Durant: »Wir gehen morgen Vormittag noch mal rein. Eine Möglichkeit haben wir noch. Die KTU hat doch so'n Dingsda, mit dem für das Auge unsichtbares Blut nachgewiesen werden kann …«

»Du meinst ein CrimeScope«, sagte Kullmer.

»Wie immer das Ding auch heißt. Die sollen das mal einsetzen und den Boden und die Wände abscannen. Wenn die auch nichts finden, fangen wir wieder bei null an.«

»Und du bist sicher, dass die Lura hier nicht eine Riesenshow abzieht?«, fragte Kullmer skeptisch.

»Sicher bin ich erst, wenn alle Zweifel ausgeräumt sind. Aber mein Gefühl sagt mir, dass sie nicht lügt. Lura ist tot, davon bin ich überzeugt. Und er muss ein verdammt schlechtes Gewissen gehabt haben, sonst hätte er nicht dieses Testament verfasst. Fragt sich nur, wer ihn umgebracht hat. Aber das will ich heute nicht mehr besprechen, wir haben immerhin fast zehn. Wir sehen uns morgen früh in alter Frische. Bis dann.«

»Moment noch«, hielt Kullmer sie zurück. »Mir geht der Anwalt nicht aus dem Kopf. Nehmen wir mal an, Lura hat ihn wegen irgendwas in der Hand gehabt, weshalb er auch jeden noch so dreckigen Job für ihn erledigt hat. Irgendwann stinkt ihm dieser Druck so gewaltig …«

»Nein«, wurde er von Durant unterbrochen. »Du kennst doch die Anwälte. Ich kann mir nicht vorstellen, dass Lura kriminell ist oder war. Nach dem, was ich bisher über ihn weiß, ist er nach außen ein Saubermann. Der frisiert keine Bilanzen, bescheißt nicht das Finanzamt und geht mit Geschäftspartnern absolut loyal um. Das ist die eine Seite des Rolf Lura, nehme ich an. Dass er Frauen misshandelt, steht auf einem andern Blatt. Einer wie er braucht einfach einen guten Anwalt, fertig. Und Becker scheint gut zu sein. Wir nehmen ihn uns morgen mal richtig vor, und zwar, wenn er allein ist. Einverstanden?«

»Mach dich ab«, sagte Kullmer grinsend und setzte sich zu Seidel ins Auto.

Durant und Hellmer stiegen in den Dienstwagen. Er startete den Motor, musste aber warten, als von hinten ein älterer dunkler Honda Civic langsam die Straße entlangkam und an ihnen vorbeifuhr.

»Mann, was für ein Lahmarsch!«, fluchte Hellmer.

»Das ist eine Dreißiger-Zone«, sagte Durant nur und zündete sich eine Zigarette an, inhalierte tief und blies den Rauch aus dem halb geöffneten Fenster. »Ich freue mich auf meine Heia, glaubst du mir das?«

»Ich auch. Dieser Fall wird noch 'ne verdammt harte Nuss.«

»Sind wir das nicht gewöhnt? Bis jetzt haben wir doch jeden Fall zu Ende gebracht. So wird's auch diesmal sein.«

Auf dem Präsidiumshof angekommen, wünschte sie Hellmer eine gute Nacht und fuhr nach Hause. Sie blieb noch eine halbe Stunde auf der Couch sitzen, während langsam das Badewasser einlief. Sie hörte Musik und hatte den Fernseher angemacht und trank eine Dose Bier. Kurz nach Mitternacht ging sie zu Bett, stellte den Wecker auf sieben Uhr und hoffte auf eine ruhige Nacht.

Mittwoch, 22.25 Uhr

Gabriele Lura wartete, bis alle vier Polizeiautos weg waren, schaute auch dem letzten Rücklicht nach, warf einen Blick in alle Zimmer, in denen es aussah, als wäre seit Wochen nicht aufgeräumt worden, schüttelte den Kopf und rief Werner Becker an, um sich mit ihm für dreiundzwanzig Uhr in dessen Zweitwohnung über seiner Kanzlei in Sachsenhausen zu verabreden. Sie war in Panik, hatte Angst, die Polizei könnte doch noch etwas finden, das sie als Mörderin ihres Mannes überführte. Andererseits hegte sie eine gewisse Sympathie für Julia Durant und glaubte nicht, dass diese ihr etwas unterschieben würde, nur um eine Mörderin zu haben. Sie musste trotzdem mit Becker sprechen, sich mit ihm beraten, ihn fragen, ob er von dem Testament und der Lebensversicherung Kenntnis hatte. Wenn ja, dann würde sie ihn zur Rede stellen und ihn fragen, weshalb er so unaufrichtig ihr gegenüber war.

Er hatte ihr fest versprochen, ihr zu helfen, auch wenn diese Hilfe vielleicht etwas länger dauern würde. Er war ein Teil ihrer Hoffnung, aber ihre Hoffnungen hatten sich im Laufe ihres Lebens immer wieder zerschlagen. Wie Seifenblasen im Wind. Sie empfand weit mehr als Freundschaft für Becker, aber sie schämte sich auch, sich mit einem verheirateten Mann eingelassen zu haben, vor allem, da sie seine Frau Corinna schon mehrere Male getroffen hatte, eine liebenswürdige, sehr charmante, doch sehr stille und introvertierte Malerin, die seit der Geburt des zweiten Kindes vor zwei Jahren in unregelmäßigen Abständen mehr oder minder starken Stimmungsschwankungen unterworfen war. Ihr Arzt hatte einmal gesagt, dass eine Wochenbettpsychose der Auslöser gewesen sein könnte. Becker liebte sie, obwohl sie ihm im Laufe der letzten zwei Jahre fremd geworden war, unter anderem weil ihre Stimmungsschwankungen ihn schlichtweg überforderten. Sie war eine begnadete Malerin, ihre Bilder wurden ausgestellt und kosteten inzwischen mindestens zehntausend Euro pro Exemplar, aber all dieser Erfolg schien sie nicht sonderlich zu beeindrucken, zumindest zeigte sie dies nicht nach außen. Ihr Mann und die Familie waren der Mittelpunkt ihrer kleinen Welt, aus der sie nur ausbrach, wenn sie sich vor die Staffelei stellte oder zu einem Empfang musste.

Doch an all das dachte Gabriele Lura in diesem Augenblick nicht, es gab zu viele andere Dinge, auf die sie sich konzentrierte. Sie war froh, auf ihre innere Stimme gehört und Markus zu seinem Freund Daniel geschickt zu haben, denn sie wollte nicht, dass er mehr als nötig von dem mitbekam, was im Moment geschah.

Sie legte etwas Make-up auf, zog die weißen Tennisschuhe und einen beigen Übergangsmantel an und verließ das Haus, nicht ohne vorher sämtliche Rollläden heruntergelassen und die komplette Außenbeleuchtung eingeschaltet zu haben. Sie ging hinunter zur Straße, lief ein paar Schritte in jede Richtung, um sich zu vergewissern, auch wirklich unbeobachtet zu sein, und holte schließlich ihren BMW aus der Garage, um nach Sachsenhausen zu fahren. Auf der Schwanheimer Uferstraße beschleunigte sie, um so schnell wie möglich ans Ziel zu kommen. Sie war zu sehr in Gedanken versunken, um den dunkelblauen Honda zu bemerken, der sich die ganze Zeit über in angemessenem Abstand hinter ihr hielt.

Mittwoch, 23.00 Uhr

Werner Beckers Jaguar stand bereits in der Garageneinfahrt, das Licht im ersten Stock brannte. Sie stellte ihren Wagen daneben, ging mit schnellen Schritten auf das Haus zu und betätigte kurz die Klingel. Sekunden später ertönte der Türsummer. Sie trat ein und stieg die Treppe hinauf in den zweiten Stock. Becker stand in der Tür, hauchte ihr einen Kuss auf die Wange und machte hinter sich zu.

»Ich glaub, Corinna hat vorhin mitgekriegt, wie ich telefoniert habe. Jetzt schläft sie aber. Lange habe ich nicht Zeit.«

»Du weißt, dass das nicht meine Art ist, aber ...«

»Schon gut. Erzähl einfach, was los ist«, sagte er, nachdem sie sich gesetzt hatte. Sie behielt ihren Mantel an.

»Die waren mit zwölf Mann da. Das ganze Haus haben die auf den Kopf gestellt. Es ist ein einziges Tohuwabohu. Die verdächtigen mich, etwas mit Rolfs Verschwinden zu tun zu haben, auch wenn die Kommissarin das Gegenteil behauptet. Ich weiß nicht mehr, was ich machen soll. Ich kenne aber auch niemanden, der ihn entführt oder gar umgebracht haben könnte. Ich bin einfach nur hilflos, und die Polizei lässt nicht locker.«

»Ganz ruhig«, sagte er, setzte sich zu ihr und nahm ihre Hand. »Du brauchst dir keine Sorgen zu machen, die haben nichts, aber auch rein gar nichts in der Hand. Und ganz ehrlich, ich habe keine Ahnung, wer Rolf auf dem Gewissen haben könnte.«

Es entstand eine Pause, während der Gabriele Lura auf den Boden starrte und überlegte, wie sie die folgenden Worte formulieren sollte. Schließlich fragte sie ihn: »Werner, hat Rolf bei dir ein Testament hinterlegt?«

»Ja, das weißt du doch. Warum?«

»Und was steht da drin?«

»Das hab ich dir auch schon alles haarklein erzählt. Willst du es etwa noch mal hören?«

»Du brauchst es nicht zu wiederholen, ich kenne den Text auswendig. Aber wusstest du, dass es noch ein zweites Testament gibt? Von ihm handschriftlich verfasst.«

»Bitte, was? Das höre ich zum ersten Mal.«

»Er hat mit dir nie darüber gesprochen? Ihr seid doch so gut befreundet, er hat dir doch alles Mögliche erzählt.«

»Gabriele, worauf willst du hinaus? Meinst du, ich verschweige dir etwas? Wenn ja, dann sag's«, entgegnete er pikiert.

»Die Polizei hat vorhin ein Testament gefunden, in dem steht, dass Rolf mir alles vermacht. Und er hat eine Lebensversicherung über drei Millionen Euro abgeschlossen, laut der ich die Alleinbegünstigte bin. Markus erbt erst etwas, wenn er achtzehn ist. Ich soll bis dahin das Vermögen verwalten. Hast du eine Erklärung dafür?«

»Ich habe keine, ich schwöre es. Ich …«

155

»Werner, ich habe genug von Spielchen, ich kann nicht mehr. Wenn auch du mich jetzt noch belügst, dann …«

»Ich belüge dich nicht, verdammt noch mal!«, fuhr er sie an und rüttelte sie an den Schultern. »Ich habe keine Ahnung, was es mit diesem zweiten Testament auf sich hat. Wann hat er es denn verfasst?«

»Am 18. Juni.«

»Und die Lebensversicherung, wann hat er die abgeschlossen?«

»Vor einem halben Jahr.«

»Vor einem halben Jahr«, wiederholte Werner Becker die letzten Worte mechanisch und ging im Zimmer auf und ab, wobei er sich immer wieder übers Kinn fuhr. »Er hat das ursprüngliche Testament bei mir unmittelbar nach der Geburt von Markus hinterlegt, mir aber nicht gesagt, dass es mittlerweile ungültig ist. Ich habe keine Erklärung für seinen Sinneswandel. Eigentlich solltest du nur ein Haus erben und ein Drittel des Vermögens, der Rest war für Markus bestimmt. Und jetzt auf einmal bist du quasi Alleinerbin. War Rolf in letzter Zeit irgendwie anders? Sei ehrlich.«

»Mein Gott, wie oft soll ich es wiederholen, Rolf war seit einem guten halben Jahr bei weitem nicht mehr so aggressiv und gewalttätig wie die Jahre zuvor. Vielleicht ist er ja allmählich zur Besinnung gekommen und … Aber vorgestern plötzlich, da hat er sich fast wieder benommen wie früher. Ich bin so durcheinander«, sagte sie und vergrub ihr Gesicht in den Händen.

»Kann ich mir vorstellen. Aber sollte Rolf nicht mehr am Leben sein, dann wird doch alles gut für dich und Markus.«

»Die werden trotzdem immer denken, ich hätte was mit seinem Tod zu tun.«

»Dafür müssten sie erst mal Beweise erbringen. Doch es gibt keine Beweise gegen dich, denn du hast ihn nicht umgebracht. Also, worüber machst du dir Sorgen?«

»Über alles. Markus hasst seinen Vater, und er wird froh sein,

wenn er nicht wiederkommt. Aber er soll ihn nicht hassen.« Sie
sah auf und fuhr mit traurigem Blick fort: »Werner, du warst in
den letzten anderthalb Jahren eine große Stütze für mich. Aber
was jetzt passiert, muss ich ganz allein durchstehen. Sei mir
nicht böse.«

»Was soll das heißen?«, fragte er mit einem seltsamen Unterton, die Augen zu Schlitzen verengt. »Heißt das, du willst, dass
wir uns vorläufig nicht mehr sehen?«

Sie nickte. »Es wäre besser. Außerdem bin ich vorhin zu dem
Schluss gekommen, dass es auch besser für dich und deine Familie ist. Du kannst und darfst Corinna nicht im Stich lassen. Ich
mag sie, und sie wird sich auch wieder berappeln. Du weißt, ich
liebe dich, aber …«

Es entstand eine Pause, während der beide nachdachten. Becker stand am Fenster, die Hände in den Hosentaschen vergraben. Schließlich drehte er sich um. »Nichts aber. Gabriele, hör
zu«, sagte er verständnisvoll und nahm sie in den Arm, »ich
kann dich verstehen. Und du liebst mich nicht wirklich, du hast
nur jemanden gebraucht, der zu dir hält.« Sie wollte etwas erwidern, doch er hob die Hand und fuhr fort: »Lass mich bitte aussprechen. Das ist nicht böse von mir gemeint. Du hast in den
letzten Jahren eine furchtbare Zeit durchgemacht, und da würde
so ziemlich jeder nach einem Strohhalm suchen, an dem er sich
festklammern kann. Ich war der Strohhalm, und ich werde es
auch weiter sein, sofern du damit einverstanden bist. Wir hatten
ganz klar abgemacht, dass ich mich niemals von Corinna trennen werde. Ich sage dir aber auch, dass ich immer dein Freund
bleibe. Mir war von Anfang an klar, dass es zwischen uns keine
Liebe ist. Ich fühlte mich einsam und du auch. Eigentlich sind
wir eher wie Geschwister. Was immer der Grund war, weshalb
wir uns aufeinander eingelassen haben, ich bereue es nicht. Und
das solltest du auch nicht. Rolf hat so viele Schweinereien begangen, da brauchst du dich nicht zu schämen. Und Corinna
weiß von nichts, und sie wird es auch nie erfahren. Ich habe ihr

vorhin gesagt, dass ich mit ihr ganz allein im November auf die Seychellen fahren will. Ihre Mutter wird die Kinder versorgen, und ich kann versuchen, mit Corinna ins Reine zu kommen. Das wollte ich dir sowieso in den nächsten Tagen sagen. Du bist eine wunderbare, liebenswerte Frau und hast ein besseres Leben verdient, und jetzt hast du die große Chance dazu. Und wenn du willst, helfe ich dir bei allen anwaltlichen Fragen. Es wäre mir sogar eine Ehre, dich zu beraten.«

»Danke«, erwiderte sie lächelnd und wischte sich ein paar Tränen aus dem Gesicht. »Und die Idee von dir, mit Corinna mal ganz weit wegzufahren, finde ich gut. Und du meinst wirklich, die Polizei wird mich in Ruhe lassen?«

»Hundertprozentig. Sie werden noch einige Male kommen und die eine oder andere Frage stellen, aber du hast doch nichts zu verbergen. Und notfalls bin ich auch noch da.«

»Die denken, wir beide hätten ein Verhältnis«, sagte sie leise.

Er verzog die Mundwinkel. »Oh, das ist natürlich nicht so gut. Wie kommen die denn da drauf?«

»Unser Haus wurde heute Nachmittag beobachtet. Dabei haben sie dich kommen sehen und wissen auch, dass du sehr lange bei mir warst. Sie haben mich darauf angesprochen, aber ich habe beteuert, dass du nur ein Freund des Hauses bist und mich beraten hast.«

»Gut so. Dann weiß ich wenigstens, was ich sage, wenn sie mich besuchen. Und das werden sie garantiert.« Und nach einer Pause: »Mensch, Gabi, hätten wir uns nicht früher begegnen können? So fünfzehn Jahre?«

»Sind wir aber nicht. Leider. Doch wer weiß, wozu es gut war. Du hast feine Kinder, eine Frau, die alles für dich tun würde, und einen prima Job. Warum ich aber ausgerechnet Rolf begegnet bin, das weiß nur der liebe Gott.«

»Du wirst jemand andern finden, jetzt, da du frei bist. Ich gebe zu, es wird mir schwer fallen, dich nicht mehr so oft zu sehen, aber es ist okay. Dann ziehen wir also heute Nacht einen

Schlussstrich unter unsere heimliche Liaison. Irgendwie bin ich traurig, doch ich sehe ein, dass es die beste Lösung ist. Aber weißt du was – ich bin froh, dass wir nicht im Zorn auseinander gehen. Ich könnte dir sowieso nie böse sein, dazu bist du viel zu liebenswert. Du bist fast zu gut für diese Welt.«

»Ach komm, hör auf mit diesem Gesülze, ich bin auch nur ein Mensch mit Fehlern und Schwächen«, wiegelte sie verschämt lächelnd ab. »Ich danke dir für alles und weiß gar nicht, wie ich es wieder gutmachen kann. Du kamst genau in dem Moment, als ich nicht mehr konnte. Und das Komische ist, du kennst Rolf länger als ich, und trotzdem sind wir erst vor anderthalb Jahren …«

»Schwelgen wir jetzt in Erinnerungen?«, sagte er lachend. »Vor anderthalb Jahren, da war auch mein absoluter Tiefpunkt. Corinna hat sich in ihre Welt zurückgezogen, die Kinder wurden von Corinnas Mutter versorgt, und ich habe nur gedacht, soll das alles gewesen sein? Wir sind erst aufeinander aufmerksam geworden, als wir beide so richtig am Boden lagen. Und dann haben wir uns gegenseitig aufgerichtet. Also habe ich auch dir zu danken.«

»Hast du dich eigentlich jemals mies gefühlt, wenn du Sachen für Rolf gemacht hast wie die mit dieser Karin Kreutzer?«

»Mies ist gar kein Ausdruck. Ich hätte Rolf umbringen können, aber ich hab's mir nie anmerken lassen. Als ich die Kreutzer so zerschlagen und zerschunden gesehen habe, da hab ich nur gedacht, aus der Sache kommt er nicht mehr raus, weil ich nicht wollte, dass er da rauskommt. Aber er hat einen Dreh gefunden, indem er ihr Geld angeboten hat. Ich hab ihn dann davon überzeugt, dass es besser wäre, noch ein Geschenk obendrauf zu legen, was er dann auch getan hat. Und trotzdem, ich habe in solchen Momenten meinen Beruf gehasst. Die Drecksarbeit für andere erledigen, das wollte ich nie. Für ihn musste ich es tun.«

»Du hättest aber auch genauso gut sagen können, dass du nicht länger sein Anwalt sein möchtest …«

»Dann hätte ich dich aber nicht mehr sehen können. Und jetzt, wo er anscheinend nicht mehr da ist, beenden wir alles. Was immer auch der Sinn dahinter sein mag.«

»Es gibt für alles einen Sinn. So, und jetzt sollten wir besser nach Hause fahren. Und bitte, sei nicht traurig«, sagte sie und umarmte ihn. Als er sie küssen wollte, wandte sie ihren Kopf ab und meinte: »Nicht, es macht alles nur noch viel schwerer. Komm, gehen wir.«

»Warte noch einen Moment. Wenn die Polizei morgen kommt, werden sie mich noch einmal fragen, ob Rolf Feinde hatte. Du kennst wirklich niemanden, der ihn lieber tot als lebendig gesehen hätte?«

»Ich wünschte, ich würde jemanden kennen. Das würde nämlich alles viel einfacher machen. Außerdem müsstest du viel besser wissen, wem er alles Schaden zugefügt hat.«

»Da gibt es einige, aber nur junge Frauen. Geschäftlich war bei ihm alles perfekt. Und dass eine von diesen Frauen etwas damit zu tun hat, bezweifle ich ganz stark. Deren Wunden sind mit reichlich Geld versorgt worden.«

»Dann weiß ich auch nicht mehr weiter. Ich will heim und schlafen. Obwohl ich vermutlich gar nicht schlafen kann. Solange diese Ungewissheit da ist …«

»Du wirst es bald hinter dir haben. Gehen wir.« Er nahm seine Tasche, löschte das Licht, und zusammen gingen sie nach unten.

»Ciao«, sagte er und streichelte ihr noch einmal über das Gesicht.

Sie begleitete ihn zu seinem Wagen und umarmte ihn ein weiteres Mal, als aus dem Dunkel eine bekannte Stimme zischte: »Hallo, ihr zwei.«

Becker drehte sich um und blickte in die Mündung einer Pistole. »Keinen Mucks, sonst seid ihr auf der Stelle mausetot. Gabi, du setzt dich nach hinten zu mir, und du, mein lieber, treuer Freund, fährst. Ich werde dir den Weg zeigen.«

»Was …« Becker sah vor sich einen Mann mit dichtem brau-

160

nem Haar, einem Oberlippenbart, einer getönten Hornbrille, der Jeans, Turnschuhe und einen Parka trug. Ein Durchschnittsmensch mittleren Alters.

»Halt's Maul, okay. Ab sofort wird gemacht, was ich sage. Ich schätze, ich habe die besseren Argumente.« Rolf Lura lachte kurz und hämisch auf und wedelte mit der Pistole. »Einsteigen! Sofort!« Und im Auto: »Na, Gabilein, du hast doch nicht wirklich gedacht, ich wäre tot, oder? Zu dumm, denn ich beabsichtige noch lange nicht, dieser schönen Welt den Rücken zu kehren.«

»Was hast du mit uns vor?«, fragte Becker mit kehliger Stimme.

»Das werdet ihr schon noch früh genug erfahren, ihr beiden Turteltäubchen. Drück auf die Zentralverriegelung, ich will nicht, dass du Dummheiten machst. Und jetzt fährst du erst mal schön die Schweizer Straße entlang und über die Brücke und dann auf die A66 und von dort auf die A5. Und bitte, halt dich an die Verkehrsvorschriften, ich will nicht, dass wir unnötig auffallen. Und solltest du irgendwelche Tricks versuchen, hat Gabi schwuppdiwupp ein hübsches Loch in ihrem ebenso hübschen Köpfchen. Kapiert?«

Becker schluckte schwer, als er den Motor anließ. Er zitterte, sein Herz raste, er überlegte, wie er und Gabriele dieser Situation entfliehen konnten. Ihm fiel nichts ein, sein Hirn war wie umnebelt. Er hatte mit allem gerechnet, nur nicht damit, Rolf Lura jemals lebend wiederzusehen. Er fuhr rückwärts auf die Straße, legte den Vorwärtsgang ein, musste einmal nach links abbiegen und dann wieder nach rechts, die Schweizer Straße. Er war schon seit Jahren in keine Polizeikontrolle geraten, doch diesmal wünschte er sich inständig die grellen Lichter herbei, die anzeigten, dass die Straße gesperrt war und es von Polizei nur so wimmelte. Er sehnte sich einen Polizisten herbei, der seinen Führerschein sehen wollte und seinen Kopf durch die Fensteröffnung steckte. Und zum ersten Mal in seinem Leben betete er.

»Rolf, bitte …«

»Ich hab gesagt, du sollst dein verdammtes Maul halten! Fahr einfach weiter, oder willst du die kleine Hure neben mir tot sehen?«

»Erschieß mich doch«, sagte Gabriele Lura leise.

»Das könnte dir so passen. Und jetzt halt die Klappe.«

»Ich habe immer nur meine Klappe gehalten. Jetzt ist doch sowieso alles egal.«

»Aber mir ist nichts egal. Und jetzt bitte, halt's Maul.«

Sie überquerten die Untermainbrücke und kamen auf die Neue Mainzer Straße. Trotz der späten Stunde herrschte noch reger Verkehr, überall brannten noch Lichter in den riesigen Büropalästen und waren Fußgänger auf den Bürgersteigen. Nach zehn Minuten kamen sie auf die Theodor-Heuss-Allee und ließen die Stadt allmählich hinter sich. Auf der A5 nahmen sie die Ausfahrt Bad Homburg. Nach einer weiteren Viertelstunde gelangten sie an ein lang gezogenes Waldstück.

»So, und jetzt schön langsam. Da vorne biegst du rechts ab und dann immer geradeaus.«

Sie fuhren fünf Minuten durch einen Waldweg, bis die Scheinwerfer dicht bei dicht stehende undurchdringliche übermannshohe Büsche, einen hohen Zaun und ein offenes Tor anleuchteten. Jeweils fünfzig Meter zur Rechten und zur Linken befanden sich zwei kleine Hütten, die jetzt in der Nacht nur schemenhaft im Scheinwerferlicht zu erkennen waren.

»Fahr durch bis zum Haus und dann in die Garage«, befahl Rolf Lura. Werner Becker gehorchte wortlos. »So ist es gut. Und nun, Gabilein und mein lieber treuer Freund, darf ich bitten, wir sind zu Hause angekommen. Wenn ihr mir folgen würdet. Ach nein, ich gehe lieber hinter euch, man kann ja nie wissen. Schließlich seid ihr beide meine Mörder«, sagte er mit höhnischem Lachen. »Bitte schön, tretet ein. Fühlt euch wie zu Hause, denn mein Zuhause soll auch eures sein.«

»Was hast du jetzt vor?«, fragte Gabriele Lura, als sie in dem ihr fremden Haus stand, während Rolf Lura noch immer mit der Pistole auf sie zeigte.

»Das werdet ihr schon noch früh genug erfahren. Es ist alles vorbereitet. Weiter geradeaus, jetzt links und durch diese Tür.«

Becker und Gabriele Lura blickten auf eine aufgeklappte, in den Boden eingelassene Stahltür.

»Da runter, aber ein bisschen dalli!«

Es waren sechzehn steile Stufen, die nach unten in einen großen Raum führten, mit einem Tisch, einem Bett, einem Ohrensessel, zwei Regalen, in denen Konservendosen und Getränke aufbewahrt wurden, einem Kühlschrank, einem Fernsehapparat und einem Radio. Der Boden war mit dicken Teppichen bedeckt, die Wände und die Decke weiß gestrichen. Eine weitere Tür war geschlossen. Es war kühl, die Luft abgestanden, Neonröhren verliehen ein kaltes Licht. Auf dem Tisch standen ein Aschenbecher voll mit Kippen und ein Glas mit einem Rest Whiskey darin. Becker bemerkte erst beim zweiten Hinsehen die beiden Eisenstangen, die vom Boden bis in die Decke reichten.

»Setzt euch auf den Boden, jeder vor eine der Stangen«, sagte Rolf Lura.

»Was ist das hier?«, fragte Becker.

»Bloß ein alter Bunker. Meine Großeltern haben ihn im Zweiten Weltkrieg gebaut. Sie hatten panische Angst, von einer Bombe getroffen zu werden. Als ob hier auch nur eine Bombe runtergekommen wäre! Aber du siehst, heute dient es einem richtig guten Zweck. Es ist mein Refugium, quasi meine zweite Heimat. Und ich habe alles, was das Herz begehrt, Strom, Wasser, sogar eine Mikrowelle und eine Gefriertruhe. Na ja, ihr seht ja selbst. Und dieses bescheidene Haus haben auch meine Großeltern gebaut, weil sie nicht wollten, dass andere von diesem Bunker Wind bekamen. Ihr wisst ja, wie das im Krieg war, da hat jeder nur an sich selbst gedacht. Aber mal ehrlich, meine Großeltern haben sich mächtig ins Zeug gelegt, oder? Ich bin jedenfalls zufrieden. Und soll ich euch was sagen, meine Eltern wissen gar nicht mehr, dass es diesen Platz noch gibt. Mein alter Herr sowieso nicht, meine Mutter vielleicht, aber die hat's verdrängt. Die will mit der Vergangenheit nichts mehr zu tun haben. Verdrängt und vergessen, so wie das in dieser Welt nun mal ist. Und jetzt runter auf den Boden!«

»Sag uns, was du vorhast«, bat Werner Becker. »Was haben wir dir getan?«

»Halt's Maul und hock dich hin. Und du auch, Schatz. Und keine Tricks, ich bin schneller, glaubt mir.« Als sie seinem Befehl nicht sofort nachkamen, gab er seiner Frau einen kräftigen Schubs, und sie fiel hin.

»Da hin!«, schrie er und deutete auf die Stange.

Gabriele Lura sagte kein Wort. Sie kniff die Augen zusammen. Seltsamerweise verspürte sie keine Angst. Sie setzte sich mit dem Rücken gegen die Stange, Becker blieb weiter stehen.

»Willst du uns umbringen?«, fragte er.

»Ach Werner, du denkst schon wieder an die Zukunft. Schau, Gabi ist ein ganz braves Mädchen. Und du sei jetzt bitte ein ebenso braver Junge und beweg deinen Arsch.«

»Du bist verrückt«, sagte Becker nur, kam der Aufforderung aber dennoch nach.

Rolf Lura nahm zwei Paar Handschellen aus dem Regal. »Werner, deine Hände hinter die Stange. Gabi, du wirst ihm die Handschellen anlegen, und zwar ein Paar um die Hände und das andere Paar um die Fußgelenke. Und ich will es richtig schön schnappen hören.«

Sie kam dem Befehl wortlos nach und setzte sich danach wieder.

»Wisst ihr, das ist nur zur Sicherheit, damit ihr nicht auf dumme Gedanken kommt.« Er holte zwei weitere Paar Handschellen und kettete damit seine Frau fest. Anschließend schenkte er sich ein Glas Wasser ein, trank es in einem Zug leer und stellte sich vor seine Frau.

»Wie fühlst du dich, liebste Gabriele?«, fragte er mit diabolischem Lächeln. »Ihr beide gebt ein richtig gutes Paar ab. Für immer und ewig miteinander verbunden. Na ja, fast verbunden. Ein schöner Anblick, wirklich. Ach ja, wenn ihr irgendwelche Wünsche habt, ihr braucht es nur zu sagen, ich werde versuchen, sie euch zu erfüllen.

»Ich muss mal aufs Klo«, sagte Gabriele Lura.

»Hättest du das nicht früher sagen können?«, herrschte er sie an und schloss die Handschellen auf. »Mein Gott, da mach ich mir solche Mühe, und dann … Du bist eine verdammt schwierige Frau. Schön langsam gehen, Liebste. Hier, hinter dieser Tür ist das Klo. Ist zwar nur eine chemische Toilette, aber besser als nichts, oder? Zum Scheißen und Pissen reicht's jedenfalls.«

Er schaute ihr zu, wie sie ihre Hose aufknöpfte und sie zusammen mit dem Slip bis zu den Knien runterließ.

»Musst du mir dabei zusehen?«

»Zier dich nicht so, wir sind schließlich seit dreizehn Jahren verheiratet. Ich hab dir schon öfter beim Pissen zugeschaut. So was geilt mich richtig auf. Ehrlich.«

»Willst du uns umbringen?«, fragte sie, nachdem sie fertig war und sich wieder anzog.

»Wie oft wollt ihr diese Frage eigentlich noch stellen? Gabi, Schatz, warum denkst du bloß immer an den Tod?«, sagte er zynisch. »In deinem Tagebuch hast du so oft darüber geschrieben. Ich bitte um Vergebung, wenn ich drin gelesen habe, aber ich konnte einfach nicht an mich halten. Ich will sterben, ich will sterben, aber ich kann doch Markus nicht allein lassen … Immer wieder der gleiche Scheiß, mindestens einmal pro Woche hast du so was reingeschrieben. Dabei geht's dir doch gut bei mir, oder?«

Gabriele Lura sah ihn kalt an und erwiderte ruhig: »Du hast mein Leben ruiniert, und das weißt du ganz genau. Und es freut dich, dass du das geschafft hast.«

»So würde ich das nicht unbedingt sehen«, sagte er und wollte ihr übers Gesicht streicheln, doch sie drehte ihren Kopf zur Seite. Er packte sie bei den Haaren und flüsterte ihr ins Ohr: »Sei ganz brav, ganz, ganz brav, dann geschieht dir nichts. Und in Zukunft wirst du dich nicht mehr von mir abwenden, klar?!«

»Du hast doch unseren Tod schon beschlossen. Was soll das also?«

»Ich habe noch gar nichts beschlossen, denn ich bin ein spontaner Mensch, das solltest du eigentlich wissen. Sei still und setz dich wieder«, antwortete er und schubste sie zurück in den großen Raum, kettete sie wieder an, stand einen Augenblick scheinbar unschlüssig vor Becker und Gabriele, holte zwei Gläser, gab aus einem Fläschchen ein paar Tropfen hinein und füllte etwas Wasser dazu.

»Hier, trink das«, sagte er zu seiner Frau.

»Was ist das?«

»Ich habe seit gestern früh nicht geschlafen, weil ich ständig in deiner Nähe war. Ich hab übrigens die Bullen kommen und gehen sehen, kommen und gehen, kommen und gehen, und ich muss dir ganz ehrlich sagen, ich habe mich diebisch gefreut, dass mich keiner bemerkt hat. Aber ihr müsst zugeben, meine Verkleidung ist geradezu perfekt. Ihr hättet mich niemals auf der Straße erkannt, stimmt's?«

Keine Antwort.

»Hallo, hallo, ich habe euch etwas gefragt! Hättet ihr mich erkannt? Na los, sagt schon, bin ich nicht perfekt?«

»Du bist verrückt, du gehörst in eine Anstalt«, entgegnete Werner Becker nur. Er sah den heftigen Schlag nicht kommen, der ihn unvermittelt im Gesicht traf.

»Sei nie wieder so unverschämt mir gegenüber! Du bist nämlich in der schlechteren Position. Und wenn hier jemand verrückt ist, dann seid ihr beide das. Was hast du dir eigentlich dabei gedacht, meine Frau zu ficken? Sie gehört mir, ganz alleine mir! Und ich mache mit ihr, was ich will. Ich meine, du hast ein reizendes Frauchen, auch wenn sie ziemlich durchgeknallt ist,

166

reizende, verzogene Gören, und trotzdem musst du meine kleine liebe Gabi ficken. Tz, tz, tz, das finde ich nicht nett von dir, gar nicht nett, vor allem, wo wir doch so gute Freunde sind und bisher immer durch dick und dünn gegangen sind.« Er hielt abrupt inne, zog die Stirn in Falten und fuhr fort: »So, und jetzt Schluss mit diesem Plausch, ich bin müde und will nicht, dass ich durch euer Gequake vom Schlafen abgehalten werde. Ihr solltet übrigens auch ein wenig schlafen, damit ihr nachher fit seid. Keine Angst, das bringt euch nicht um. Und sollte einer von euch es ausspucken, werde ich jedem von euch eine Spritze geben müssen. Und noch was – dieser Raum ist absolut schalldicht. Ihr könnt so laut schreien, wie ihr wollt, kein Mensch würde euch hören, selbst wenn er direkt vor dem Haus stehen würde. Spart euch also die Mühe.«

»Was ist mit Markus? Was hast du mit ihm vor?«

»Er wird nach der Schule nach Hause kommen. Vermutlich werden die Bullen da sein. Na ja, er wird fürs Erste schon unterkommen. Mach dir um ihn keine Sorgen, ihm wird schon nichts passieren. Schließlich soll er eines Tages das Geschäft übernehmen. Von Generation zu Generation, wie gehabt. Und jetzt keine Fragen mehr, sondern trinken. Schön brav trinken.«

Er hielt ihr das Glas an die Lippen, und sie trank, ohne dass ein Tropfen daneben ging. Und auch Becker trank. Lura wartete einige Minuten, bis beiden die Augen zufielen und ihre Köpfe nach vorne sanken. Ein Blick auf die Uhr, fünf vor halb zwei. Er ging in die Garage, holte die Handtasche seiner Frau, nahm das Handy heraus, entfernte den Chip und versengte ihn mit dem Feuerzeug, bis er völlig unbrauchbar war. Anschließend durchsuchte er Becker, fand auch dessen Handy in der Jackentasche und machte damit das Gleiche. Jetzt kann euch keine Sau mehr orten, dachte Lura und grinste. Er nahm die Perücke ab und legte sie auf den Tisch. Wieder im Keller, genehmigte er sich noch ein Glas Whiskey, rauchte eine Zigarette, löschte das Licht, legte sich aufs Bett, drehte sich auf die rechte Seite, die

Beine angezogen, die Arme vor dem Bauch. Anders konnte er nicht einschlafen.

Donnerstag, 3.10 Uhr _____

Corinna Becker drehte sich um, ihre Hand tastete nach ihrem Mann, doch alles, was sie fühlte, war die Bettdecke. Sie betätigte den Schalter der Nachttischlampe und schaute verwundert auf die leere Seite, wo er eigentlich liegen sollte. Sie hatte mitbekommen, wie er vorhin auf dem Handy angerufen wurde und leise telefonierte, und auch gehört, wie er kurz darauf mit dem Wagen losgefahren war, wohin, das wusste nur er. Sie hatte schon im Bett gelegen und sich einmal mehr gefragt, was ihn mitten in der Nacht aus dem Haus trieb. Irgendwann war sie eingeschlafen, aber es war ein unruhiger Schlaf, mit einem üblen Albtraum, den sie nur noch schemenhaft in Erinnerung hatte, von dem sie jedoch aufgewacht war.

Sie stand auf, öffnete leise die Tür und begab sich hinunter in den Wohnbereich, denn manchmal hielt er sich nachts unten auf, weil er nicht schlafen konnte. Meist hörte er dann Musik über Kopfhörer, aber im Wohnzimmer war alles dunkel. Sie ging durchs ganze Haus, schaute in jedes Zimmer, nichts. Als Letztes sah sie in der Garage nach, der Jaguar fehlte. Angst überfiel sie. Sie griff zum Telefon, um ihn auf seinem Handy zu erreichen, doch nicht einmal die Mailbox meldete sich. Sie spürte, wie das Atmen immer schwerer wurde, sich ein Kloß in ihrem Hals bildete und sie meinte, nicht mehr schlucken zu können. Sag, dass du mich nicht verlassen hast, dachte sie, schloss die Augen und hörte den kräftigen Schlag ihres Herzens wie dumpfes Trommeln in ihrem Kopf. Warum war er nicht da? Und wo war er? Du hast das doch noch nie gemacht, warum heute? Bitte, Werner, komm nach Hause. Du hast mir doch vorhin noch gesagt, wie sehr du mich liebst. Ich kann ohne dich nicht leben. Wenn du eine Geliebte hast, das macht nichts, aber bitte, komm heim. Ich weiß ja, dass da jemand anders ist, aber ich habe doch nie etwas gesagt, ich kann dich ja verstehen. Warum stiehlst du dich einfach mitten in der Nacht weg wie ein Dieb?

Sie ließ sich in den Sessel fallen, zwang sich zur Ruhe, die sich aber nicht zwingen ließ. Stattdessen wurde Corinna Becker immer aufgeregter. Sie begann zu hyperventilieren, Sterne tanzten vor ihren Augen, sie fiel zu Boden, krümmte sich auf dem Teppich, ihre Finger krallten sich in die Fasern. Sie blieb einige Minuten liegen. Allmählich beruhigte sich ihr Puls, der Atem wurde regelmäßiger, der Druck in ihrem Hals ließ nach, das Schwindelgefühl verging. Langsam erhob sie sich, tippte ein weiteres Mal die Nummer ihres Mannes ein, drückte auf die Gabel und versuchte es in seiner Kanzlei, obgleich sie genau wusste, dass sie ihn dort nicht antreffen würde. Vielleicht in der anderen Wohnung, dachte sie und tippte auch diese Nummer ein. Nichts.

Schließlich gab sie es auf, ging an die Bar, nahm mit fahrigen Bewegungen eine Flasche Cognac und ein Glas heraus und füllte es zur Hälfte. Sie schüttete den Inhalt in einem Zug hinunter. Es brannte in ihrem Hals und ihrem Magen, aber nach kurzer Zeit stellte sich ein angenehm warmes Gefühl ein. Sie schenkte nach und trank. Drei Gläser. Anfangs hatte sie es mit Tabletten versucht, die jedoch nicht halfen. Er hatte nicht mitbekommen, wie sie angefangen hatte zu trinken, er war ja auch kaum noch zu Hause. Abends kam er selten früher als zwanzig Uhr, aber oft hatte er auch Termine, die bis Mitternacht oder sogar länger dauerten. Sagte er zumindest. Nachprüfen konnte sie es nicht, und sie wollte es auch nicht. Sie hätte Dinge erfahren können, die sie nicht wissen wollte, weil sie sie nicht verkraftet hätte. Sie war froh um jeden Moment, den er bei ihr war.

Es war eine abgöttische Liebe, die sie für ihn empfand, obwohl er sie seit mehr als einem Jahr nicht mehr angerührt hatte, was aber vor allem an ihr lag. Er küsste sie auf die Wange oder die Stirn, manchmal nahm er sie auch in den Arm, aber das, wonach sie sich sehnte, das hatte er ihr lange nicht mehr gegeben, weil sie es nicht zuließ. Ihn zu spüren war das schönste Gefühl, das sie sich vorstellen konnte, doch da war eine Blockade, die sie hinderte, seine Berührungen entgegenzunehmen. Und jetzt war da vermutlich eine andere Frau an ihre Stelle getreten, eine Frau, mit der er all das machte, was er früher mit ihr gemacht hatte. Welche Frau das auch immer war, Corinna Becker beneidete und hasste sie zugleich. Und sie hasste sich selbst.

Sie setzte sich in seinen Sessel, der Alkohol zeigte Wirkung. Sie lächelte und schüttelte den Kopf. Du verdammter Mistkerl, warum tust du mir das an? Bin ich dir nicht mehr attraktiv genug? Ich bin doch erst vierunddreißig und kann es mit diesen jungen Dingern immer noch aufnehmen. Ich habe schöne Brüste, ich bin nicht fett, aber dass ich dir nicht geben kann, was du verdienst, ist doch nicht meine Schuld. Doch, es ist meine Schuld, ganz allein meine Schuld. Ich liebe dich, ich liebe dich – und ich hasse dich! Aber ich kann ohne dich nicht leben. Komm nach Hause, bitte, bitte, bitte. Ich mach dir auch keine Vorwürfe, ich habe dir nie welche gemacht. Du siehst verdammt gut aus, und ich weiß, dass sich andere Frauen nach dir umdrehen, aber *ich* bin deine Frau! Du bist mit *mir* verheiratet. Und wenn ich jetzt trinke, dann nur wegen diesem beschissenen Zustand. Aber ich bin keine Alkoholikerin, ich war noch nie betrunken, und ich werde mich auch nie betrinken. Ich habe mich immer unter Kontrolle – außer in Situationen wie dieser. Wo bist du bloß?! Wer ist diese andere Frau? Werner, ich liebe dich, ich liebe dich, ich liebe dich! Ich verspreche dir, alles zu tun, damit es wieder so wird wie früher. Es war doch kein Zufall, dass wir uns getroffen haben, es gibt keine Zufälle. Ich habe dich gesehen und mich unsterblich in dich verliebt. Und bei dir war es nicht anders. Bitte, lass die andere gehen. Ich brauche dich wie die Luft zum Atmen. Weißt du noch, als wir uns das erste Mal geliebt haben? Es war der schönste Moment in meinem Leben. Und dann kamen so viele schöne Momente. Ich habe dich unterstützt, als du dich selbständig gemacht hast, ich war immer für dich da. Aber jetzt brauche ich dich. Komm zurück zu mir, bitte. Und außerdem, du hast vorhin noch beteuert, dass du mich liebst. Warum sagst du so was und gehst danach zu deiner kleinen Hure? Warum?

Sie blieb noch eine halbe Stunde sitzen, ging in die Küche, aß eine Banane und legte sich wieder ins Bett. Obwohl sie müde war, konnte sie nicht schlafen. Nach einer Weile stand sie erneut auf, trank noch ein Glas Cognac und hoffte, dieser Albtraum würde bald zu Ende gehen. Ein Albtraum mit vielen Facetten. Sie schlief im Sessel ein, wachte aber schon zwei Stunden später wieder auf. Ruhelos lief sie im Haus auf und ab. Der kleine Maximilian und seine zehnjährige Schwester Verena schliefen noch, aber in einer Stunde würde Verena aufstehen, um sich für die Schule fertig zu machen. Erst zehn Jahre, aber schon jetzt brauchte sie fast eine Stunde für die Morgentoilette. Ich darf mir Verena gegenüber nichts anmerken lassen, sie soll nicht denken, dass ich Angst habe und mir Sorgen mache. Es muss ein Morgen sein wie jeder andere auch. Ich schaffe das, ja, ich werde es schaffen.

Sie fühlte sich wie gerädert, hatte sie doch kaum geschlafen und vielleicht ein Glas zu viel getrunken. Es würde ein grässlicher Tag werden. Die Kopfschmerzen, die sie in letzter Zeit so häufig attackierten, machten sich bereits jetzt mit leichten Stichen in der Schläfe bemerkbar, und irgendwann würden sie in Migräne übergehen. Warum kommst du bloß nicht nach Hause?, dachte sie mit einem bitteren Zug um die Mundwinkel, schielte nach der Cognacflasche, schüttelte aber den Kopf. Nicht jetzt, ich darf jetzt nichts trinken. Stattdessen ging sie in die Küche und trank eine halbe Flasche Wasser. Ich werde diesen Tag überstehen, und ich werde dich nicht fragen, wo du gewesen bist. Ich werde auch nicht in deinem Büro anrufen, denn dorthin wirst du vermutlich gehen, nachdem du bei der andern aufgewacht bist.

Ist dies das Ende unserer Ehe? Fängt es so an? Aber warum hast du mir vor ein paar Stunden noch gesagt, du würdest mich lieben? Sagt man so etwas, wenn man Schluss machen will?

Die elenden Gedanken kreisten in ihrem Kopf immer weiter, malten die düstersten Bilder, doch im nächsten Moment beruhigte sie sich wieder. Ich liebe dich, dachte sie, ich werde dich immer lieben. Und was auch kommt, ich werde zu dir stehen, denn du sollst wissen, ich bin die Frau, auf die du dich verlassen kannst. Sie ging ins Schlafzimmer, legte sich ins Bett und starrte an die Decke. Sie war nicht müde, sie war nur aufgeregt. Ich muss mit ihm sprechen, dachte sie, irgendwann muss ich mit ihm sprechen. Irgendwann. Sie blieb eine halbe Stunde liegen, stand auf und zog sich an. Sie würde wie jeden Morgen den Frühstückstisch decken, und sollte Verena fragen, wo ihr Vater sei, würde Corinna Becker antworten, er habe heute früher in die Kanzlei fahren müssen. Ja, das würde sie sagen.

Donnerstag, 6.50 Uhr

Julia Durant war wie so oft in den letzten Wochen aufgewacht, bevor der Wecker sie aus dem Schlaf riss. Ein Blick zur Uhr, kurz vor sieben. Sie legte sich auf den Rücken, die Arme hinter dem Kopf verschränkt, und wartete, bis das Uhrenradio ansprang. Sie gähnte ein paar Mal herzhaft, fühlte sich unausgeruht und dachte an den vor ihr liegenden Tag – die nochmalige Hausdurchsuchung bei Gabriele Lura, ein Besuch bei Werner Becker und Geschäftsfreunde und -partner von Lura befragen. Letzteres wollte sie aber Kullmer, Seidel und den anderen Kollegen überlassen. Sie würde sich mit Hellmer auf das direkte Umfeld von Lura konzentrieren. Als das Radio um Punkt sieben zu spielen begann, setzte sie sich auf, fuhr sich mit beiden Händen durchs Haar, zog die Beine an und schlang die Arme darum. Sie sah zum Fenster, vermutlich würde es ein kühler und trüber Tag werden, falls der Wetterbericht von gestern Recht behalten sollte.

Sie warf die Bettdecke zur Seite, stand auf und ging ins Bad. Ein Blick in den Spiegel, da waren wieder diese tiefen Ränder unter den Augen, die ihr verrieten, dass das Alter auch vor ihr nicht Halt machte. Einige Monate waren vergangen, seit sie sich von ihrem Freund getrennt hatte, einige Monate, in denen sie nicht einmal einen One-Night-Stand hatte. Ihr Hormonhaushalt war durcheinander, ihre Tage schon zum zweiten Mal längst überfällig, obwohl sie die Pille nahm. Doch bevor sie in Depressionen verfiel, was ihr bescheidenes Leben betraf, wusch sie sich die Haare, fönte sie trocken und putzte sich die Zähne. Im Schrank hing eine frisch gebügelte Jeans, die sie zusammen mit einem leichten Pullover anzog. Sie holte die Zeitung aus dem Briefkasten, während das Kaffeewasser kochte. Die Meldung stand im Lokalteil, ein kurzer Bericht über den verschwundenen Autohändler Rolf Lura, mit Angabe einer Telefonnummer der Polizei, bei der mögliche Zeugen anrufen konnten, die vielleicht am Dienstag etwas Ungewöhnliches gehört oder gesehen hatten. Allerdings glaubte Durant nicht, dass brauchbare Hinweise eingehen würden. Wer interessiert sich schon für einen Mercedes, der am helllichten Tag in einer Einkaufsstraße geparkt wird?, dachte sie, aß eine Schüssel Cornflakes mit Milch und trank eine Tasse Kaffee. Um kurz vor acht verließ sie die Wohnung, um sich auf den Weg ins Präsidium zu machen. Die Arbeit würde sie von ihren privaten Problemen ablenken. Vielleicht ergab sich ja am Abend die Möglichkeit, mit ihrem Vater zu telefonieren und sich einmal mehr den Kummer von der Seele zu reden. Auch wenn er es schon tausendmal oder öfter gehört hatte, aber er war immer noch ein geduldiger Zuhörer, der einzige Mensch, auf den sie sich bedingungslos verlassen konnte. Es gab Tage, und dieser war einer davon, da überlegte sie, ihren Job an den Nagel zu hängen und wieder zurück in den kleinen Ort ihrer Kindheit und Jugend zu fahren und für immer dort zu bleiben. Und dann wieder gab es Tage, an denen sie Frankfurt und ihren Beruf liebte und voller Energie war.

Im Auto drehte sie das Radio auf volle Lautstärke, um sich abzulenken. Doch ihre Gedanken kreisten in einem fort um Rolf Lura und was mit ihm geschehen war. Sie hatte in der Vergangenheit schon häufig mit Vermisstenfällen zu tun gehabt, doch dieser gehörte in die Kategorie der sehr außergewöhnlichen. Bislang gab es nur zwei Personen, die mit seinem mysteriösen Verschwinden in Verbindung gebracht werden konnten, seine Frau und Werner Becker. Sie hoffte, spätestens nach einem intensiven Gespräch mit ihm mehr über Lura zu erfahren. Und sie erhoffte sich Aufschluss darüber zu bekommen, ob er und Gabriele Lura eine Affäre hatten. Dahinter könnte, so glaubte sie zu diesem Zeitpunkt, das einzige Motiv stecken, den unliebsamen und gewalttätigen Ehemann zu beseitigen. Andererseits traute sie dieser zerbrechlichen Frau ein Gewaltverbrechen nicht zu, dafür hatte sie zu offen über ihre Ehehölle berichtet.

Und nach dem, was Karin Kreutzer erzählt hatte, mochte Durant sich nicht vorstellen, von Gabriele Lura belogen worden zu sein. Aber sie hatte schon die unmöglichsten Dinge in ihrer Polizeilaufbahn erlebt, um nicht auch das scheinbar Unmögliche in Erwägung zu ziehen. Sie stellte das Radio ab, als sie an der Ampel der Kreuzung Neue Mainzer Straße und Kaiserstraße stand. Ihr ging das Testament nicht aus dem Kopf und die erstaunlich hohe Lebensversicherung, die Lura erst vor einem halben Jahr abgeschlossen hatte. Was hatte ihn dazu getrieben, sich auf einmal so generös zu zeigen, hatte er sich doch all die Zeit zuvor als wahrer Kotzbrocken dargestellt? Ihn würde man nicht mehr fragen können, aber wusste Gabriele Lura wirklich nichts von diesen Papieren? Sosehr Durant sich auch anstrengte, sie fand keinen roten Faden, an dem sie sich orientieren konnte. Vielleicht kam ihr ja wie schon so manches Mal Kommissar Zufall zu Hilfe. Vielleicht, nein, hoffentlich.

Donnerstag, 8.20 Uhr

Hellmer, Kullmer, Seidel und Berger saßen hinter ihren Schreibtischen, als Julia Durant kam. Sie grüßte Berger und wollte bereits in ihr Büro gehen, als der sie zurückhielt.

»Nicht so schnell, Frau Durant. Nur eine Frage – was versprechen Sie sich davon, wenn wir ein CrimeScope einsetzen? Meinen Sie nicht, dass das des Aufwands ein wenig zu viel wäre? Bedenken Sie die Kosten, die damit verbunden sind und die ich vor dem Staatsanwalt rechtfertigen muss.«

Sie zuckte mit den Schultern. »Es war ja nur eine Idee von mir. Wir müssen zumindest in Betracht ziehen, dass Lura schon tot war, als der Mercedes das Grundstück verließ. Ob Lura hinter dem Steuer gesessen hat, wird uns wohl keiner beantworten können, denn die Scheiben sind so dunkel getönt, dass man den Fahrer unmöglich erkennen kann. Nehmen wir an, Lura wurde in seinem Haus getötet, seine Leiche eingewickelt in was immer in den Kofferraum gelegt und weggefahren. Dann wurde er entweder irgendwo deponiert oder in ein anderes Fahrzeug umgeladen und anschließend oder zeitgleich sein Mercedes in Höchst abgestellt. Genauso wenig wissen wir, ob wir es mit einem oder mehreren Tätern zu tun haben. Wir kennen das Tatmotiv nicht, da wir noch viel zu wenig über seine geschäftlichen und auch privaten Aktivitäten wissen. Fakt ist aber, dass in seinem Arbeitszimmer ein Testament und eine sehr hohe Lebensversicherung gefunden wurden. Ergo spricht erst mal alles gegen seine Frau. Ich will aber trotzdem nicht glauben, dass sie etwas damit zu tun hat. Er kann genauso umgebracht worden sein, ohne dass sie auch nur das Geringste davon mitbekommen hat. Das Haus und das Grundstück sind schließlich groß genug. Es kann aber auch sein, dass sie den Mord von langer Hand geplant und ihren Mann mithilfe eines Komplizen ermordet hat. Das sind aber alles nur Spekulationen, denn wer sagt uns, dass Lura nicht doch am Dienstag wie immer um acht das Haus verlassen hat und nur ein paar Straßen weiter Opfer eines Überfalls wurde? Es kann der rachsüchtige Freund oder Ehemann eines seiner früheren Opfer sein, seinen Bruder dürfen wir auch nicht außer Acht lassen, und dieser Dr. Becker könnte ebenfalls seine Finger im Spiel haben. Er ist der Erste auf unserer Liste heute Morgen. Und Kullmer und Seidel sollen sich diesen Arzt, einen gewissen Dr. Meißner, vornehmen und ihn ausquetschen. Der hat auch eine Menge Drecksarbeit für Lura erledigt ...«

»Wer ist dieser Meißner?«, fragte Berger.

»Er ist immer dann angetanzt, wenn Frau Lura zusammengeschlagen wurde. Er hat sie versorgt und sie mit hohen Dosen an Beruhigungsmitteln voll gepumpt. Und ich pfeif auf die ärztliche Schweigepflicht, Kullmer soll ihn von mir aus richtig hart rannehmen, denn solche Ärzte gehören meiner Meinung nach aus der Ärztekammer ausgeschlossen. Wer weiß, was für Schweinereien der noch deckt. Erst dieser Becker, dann Meißner, das kommt mir alles vor, als ob der Lura ein verkappter Mafiaboss ist.«

»Jetzt bleiben Sie mal auf dem Teppich«, sagte Berger lachend. »Nach alldem, was Sie bis jetzt über Ihren Mafiaboss in Erfahrung bringen konnten, was für ein Bild haben Sie dabei von ihm gewonnen?«

»Du meine Güte, was für ein Bild? Extrem gewalttätig gegenüber Schwächeren, in seinem Fall vornehmlich Frauen, perverse Neigungen, Pedant, Tyrann ... Suchen Sie sich noch ein paar nette Dinge aus, sie treffen mit Sicherheit auf ihn zu.«

»Das hört sich nicht sehr freundlich an ...«

»Es geht noch weiter. Wenn es stimmt, was sein Bruder und seine Frau über ihn sagen, dann ist er durch und durch ein Muttersöhnchen, und der Eindruck, den die Mutter auf mich gemacht hat, bestärkt mich in dieser Meinung nur. Ich bin überzeugt, der hätte sich nie mit Männern angelegt, zumindest nicht körperlich. Kommen wir zum Positiven. Er ist ein überaus erfolgreicher Geschäftsmann und beliebt bei den meisten seiner Angestellten. Das sind aber auch die einzigen Pluspunkte, die wir bis jetzt über ihn in Erfahrung bringen konnte. Oder bist du anderer Meinung?«

»Nein«, sagte Hellmer, der aufmerksam zugehört hatte und sich auf die Schreibtischkante gesetzt hatte. »Für meine Begriffe ist er tot, fragt sich nur, wer ihn getötet hat und wo seine Leiche ist. Ich hab letzte Nacht noch mal alles Revue passieren lassen und denke, dass seine Frau doch was damit zu tun hat. Und eventuell Becker. Wenn nicht, fangen wir wieder bei null an.«

»Wenn ich Sie so reden höre, zieht also keiner von Ihnen mehr in Erwägung, dass er noch leben könnte?«

»Sehr unwahrscheinlich. Potenzielle Entführer hätten sich längst bemerkbar gemacht, und dass er einfach abgehauen ist, passt nicht in sein bisheriges Verhaltensmuster. Wie gesagt, er ist ein Pedant, und eine solche Eigenschaft legt man nicht mal so eben beiseite. Nee, der liegt irgendwo im Wald oder auf 'ner Müllhalde.«

Sie steckte sich eine Zigarette an, inhalierte und wollte gerade fortfahren, als Kullmer sich zu Wort meldete: »Julia, ich will ja deine Mordtheorie nicht in Frage stellen, aber wenn Lura umgebracht wurde, weshalb hat man dann sein Auto in Höchst abgestellt? Man hat Blut und Haare im Wageninnern gefunden, also muss er in dem Auto auch transportiert worden sein. Verstehst du, was ich meine?«

»Nicht ganz.«

»Pass auf. Ich bringe dich um, wickle dich in einen Teppich oder pack dich in einen Plastiksack, leg dich in den Kofferraum deines eigenen Autos, entsorge dich irgendwo im Unterholz und stelle dein Auto anschließend in Höchst ab. Wo ist der Sinn? Wenn ich es wirklich wie ein perfektes Verbrechen aussehen lassen will, dann plane ich dieses Verbrechen so akribisch, dass garantiert keine Fasern, Haare oder Blut nachzuweisen sind. Ich würde zum Beispiel die Ledersitze direkt nach der Tat reinigen, den Kofferraum vorher komplett mit Plastikfolie auslegen und dann, nach getaner Arbeit, das Auto woanders hinstellen, so dass es aussieht, als hätte er es selber gefahren. Sollten Becker und die Lura was damit zu tun haben, ich glaube, die hätten sorgfältiger gearbeitet.«

»Und wenn er in seinem Auto überfallen und niedergeschlagen wurde?«

»Und weiter?«

»Na ja, er wird zum Beispiel mit vorgehaltener Waffe gezwungen, in ein Waldstück zu fahren. Dort zieht man ihm erst eins über die Rübe, erschießt oder ersticht ihn, legt ihn in den Kofferraum und ...« Sie stockte und blickte ratlos in die Runde.

»Und?«, sagte Kullmer und beugte sich nach vorn. »Das ist die Krux an der Sache. Würde ich dich mit vorgehaltener Waffe zwingen, in ein Waldstück zu fahren, und dir eins über den Schädel braten und so weiter, warum sollte ich dich nicht gleich dort auch ablegen? Warum erst in den Kofferraum, dann vielleicht sogar noch in ein anderes Auto? Die Frage stelle ich mir seit gestern schon. Das ist wie der Gordische Knoten.«

»Wir haben aber kein Schwert, mit dem wir ihn durchtrennen können. Doch deine Überlegungen sind nicht verkehrt. Nur bringen die uns kein Stück weiter.«

»Vielleicht doch«, bemerkte Seidel. »Lura hat nach Angaben seiner Frau das Haus um acht verlassen. Was, wenn er aber nicht allein losgefahren ist, sondern seine Frau bei ihm war? Sie hat sich vorher mit Becker besprochen, an welcher Stelle es geschehen soll. Becker hat nur wenige Meter weiter geparkt, sie hat ihrem Mann eine Pistole an die Schläfe gehalten und ihn gezwungen, an die Seite zu fahren. Becker ist zugestiegen, hat ihn an einen bestimmten Ort dirigiert, ihm eins übergebraten, ihn in den Kofferraum gelegt und ist noch ein bisschen weitergefahren, bis zu der Stelle, wo sie ihn deponiert haben, wo immer das auch sein mag, aber es kann nicht allzu weit von zu Hause weg sein. Möglich, dass sie den Kofferraum ausgelegt hatten, aber eben

178

nicht gründlich genug. Ich schätze, sie haben ihn umgebracht, als er nicht mehr im Wagen war. Doch das ist natürlich nur Spekulation, wie alles, was wir besprechen. Aber gut, sie haben sofort danach Beckers Auto geholt, sind zusammen nach Höchst gefahren, um den Mercedes zu parken, und danach hat Becker die Lura heimgebracht. Das Ganze kann sich innerhalb von nur einer Stunde abgespielt haben. Wann hat Luras Sekretärin bei ihr angerufen?«

»Halb zehn rum«, murmelte Durant. »Solltest du Recht haben, müsste die Leiche von Lura unweit seiner Wohnung im Schwanheimer Wald zwischen Schwanheim und Flughafen zu suchen sein. Dort gibt es viele schwer einsehbare und auch höchstens von Wildschweinen oder Rehen besuchte Stellen. Der Zeitplan müsste dann aber wirklich sehr genau eingehalten worden sein, denn Becker hatte seinen Gerichtstermin auch um halb zehn. Das heißt, es blieb ihm maximal eine halbe Stunde, um von Höchst nach Schwanheim und von dort zum Gericht zu kommen, was um diese Uhrzeit gar nicht so einfach ist.«

»Aber nicht unmöglich«, wurde Durant von Kullmer unterbrochen. »Von der Emmerich-Josef-Straße nach Schwanheim schaffst du es in zehn bis zwölf Minuten. Von dort zum Gericht schätze ich mal zwanzig bis maximal fünfundzwanzig Minuten. Vielleicht ist er fünf Minuten zu spät gekommen, aber das lässt sich doch herausfinden, oder? Als Erstes würde ich ihn fragen.«

»Das werden wir tun. Aber wie wir alle wissen, lässt sich ein Verbrechen zwar sehr exakt planen, doch an der Ausführung hapert es meistens. Was, wenn nur eine Kleinigkeit dazwischengekommen wäre? Sagen wir ein Stau, oder sie hatten sich eine Stelle ausgesucht, wo sie Lura entsorgen konnten, aber mit einem Mal waren dort völlig unerwartet Leute. Einen solchen Zeitplan so genau einzuhalten erscheint mir beinahe unmöglich. Irgendwer müsste doch was gemerkt haben. Und noch was – die Lura muss den Terminkalender ihres Mannes gekannt haben, und sie muss auch gewusst haben, dass seine Sekretärin sofort anruft, wenn er sich verspätet. Es war ein Spiel mit der Zeit, wenn's die beiden denn waren.«

»Julia«, sagte Hellmer, »wir haben es doch schon mit Verbrechen zu tun gehabt, wo wir uns gefragt haben, wie der Täter uns derart an der Nase rumführen konnte. Wir haben alle Varianten durchgespielt, und der Täter war uns eine ganze Weile immer einen Schritt voraus. Bis er einen Fehler gemacht hat. Das Problem ist nur, Lura ist aller Wahrscheinlichkeit nach keinem Serienkiller zum Opfer gefallen, sondern es handelt sich bei ihm um eine Einzeltat, von der wir bis jetzt nicht wissen, aber wenigstens ahnen können, wer sie ausgeführt hat. Knöpfen wir uns Becker noch mal vor. Es wird zwar verdammt schwer werden, aber bisher haben wir jede Nuss geknackt. Wenn wir ihm nachweisen können, dass er eine Affäre mit der Lura hat, wird's verdammt eng für die beiden. Ich werde jedenfalls nicht lockerlassen …«

»Und wenn die beiden keine Affäre haben, was dann?«, fragte Durant trocken.

»Wie schon gesagt, dann fangen wir wieder bei null an. Und jetzt lass uns fahren, ich will ein bisschen Spaß haben.«

»Deinen morbiden Humor möchte ich haben …«

»Den braucht man bei unserem Job, oder, Chef?«, sagte er grinsend und sah Berger an, der sich das Grinsen ebenfalls nicht verkneifen konnte.

»Wenn Sie meinen. Hauen Sie schon ab. Aber trampeln Sie nicht wie eine wild gewordene Elefantenherde in Beckers Kanzlei herum.«

»Hat die Spurensicherung sonst noch was im Mercedes gefunden?«

»Fingerabdrücke. Aber die werden uns nicht viel weiterhelfen, denn von seiner Frau und seinem Sohn sind mit Sicherheit welche dabei und wahrscheinlich auch von andern Personen. Ansonsten Fehlanzeige.«

»Also gut, dann wollen wir mal«, sagte Durant und erhob sich.

»Auf zu Becker.« Sie warf einen Blick auf die Uhr und meinte: »Er müsste jetzt eigentlich schon in der Kanzlei sein, oder?«

»Außer er hat einen Gerichtstermin.«

»Was für ein Anwalt ist er überhaupt?«, wollte Durant wissen.

»Wirtschafts- und Steuerrecht«, antwortete Hellmer. »So'n richtig blasierter Anwalt eben.«

»Ciao und bis später. Peter und Doris, ihr beide vernehmt noch mal alle Angestellten von Lura und versucht herauszufinden, ob es nicht doch jemanden gibt, der ihn aus dem Weg haben wollte.«

»Und an welche Möglichkeit denkst du nun dabei?«, fragte Kullmer.

»Vielleicht eine organisierte Bande oder auch ein Konkurrent. Wir treffen uns um fünf wieder hier«, sagte Durant und gähnte. Ihr fehlte heute der Elan, das trübe Wetter trug auch nicht dazu bei, ihre Stimmung aufzuhellen, der wenige Schlaf der letzten Wochen machte sich körperlich bemerkbar. Sie ging wortlos neben Hellmer zum Parkplatz. Um zwanzig vor zehn hielten sie neben einem BMW Z8 vor Beckers Kanzlei in Sachsenhausen. Ein kühler Wind wehte von Norden durch die Stadt, der Himmel war seit gestern bedeckt.

Donnerstag, 7.30 Uhr _____

Rolf Lura war seit wenigen Minuten wach. Er fühlte sich wie aufgedreht, hatte einige Dinge zurechtgelegt, die er in den nächsten Stunden brauchen würde, und er hatte ausgiebig gefrühstückt. Es hatte ihm selten so gut geschmeckt wie heute. Er strich sich über den Bauch, rülpste laut und warf immer wieder einen Blick auf seine Frau und Werner Becker, deren Köpfe noch immer nach vorne hingen, die Augen geschlossen. Ich hab wohl doch ein bisschen zu viel von dem Schlafmittel reingetan, dachte er grinsend, während er sich eine Zigarette ansteckte und sich zurücklehnte. Das Radio spielte, sie hatten in den Nachrichten in einer kurzen Meldung von dem verschwundenen Autohändler Rolf Lura berichtet, worüber er sich köstlich amüsierte. Er rauchte genüsslich, während seine Augen wie magisch auf den beiden Angeketteten klebten, die in ihren schlimmsten Albträumen nicht ahnen konnten, was ihnen noch bevorstand. Er freute sich diebisch auf die Zeit, wenn sie endlich aufwachen, aber erst noch eine Weile benommen sein würden, bis sie schließlich den Ernst ihrer Lage erkannten. Gestern Nacht war dies alles für sie noch so irreal und wie ein böser Traum gewesen, doch heute würden sie erkennen, dass dieser Traum bittere Wirklichkeit war. Er drückte die Zigarette aus, ging nach oben und schaute nach draußen. Der Himmel war bedeckt, aber es sah nicht nach Regen aus. Er konnte den Regen riechen wie kaum ein anderer, und er konnte Wolkenformationen deuten. Schon als Kind hatte er sich für alles, was mit der Natur zusammenhing, interessiert. Er hatte viele Bücher über Naturphänomene verschlungen, aber nicht nur darüber, ihn interessierte alles, was in der Welt vor sich ging, wie die Naturgesetze funktionierten, wie das Weltall entstanden war und vieles mehr. Eigentlich wollte er nie das Autohaus übernehmen, aber letztlich hatte ihn seine Mutter, liebevoll, wie sie eben so war, dazu überredet. Sein Traumberuf war Naturforscher oder Entdecker, aber auch Psychologe hätte ihm gelegen. Er hatte neben Betriebswirtschaft auch Psychologie studiert und beide Examen mit magna cum laude abgeschlossen, aber das war für die andern bedeutungslos. Viel wichtiger war seiner Mutter, dass er die Familientradition fortführte und somit das Autohaus übernahm. Und so wendete sich sein Leben in eine Richtung, die er zwar so nicht eingeplant, aber aus der er das Beste gemacht hatte. Seine zündende Idee war, das für jeden Proleten, wie er den Mittelstand und alles, was sich darunter angesiedelt hatte, nannte, zugängliche Autohaus zu einem Geschäft zu machen, dessen Zutritt nur einer bestimmten Klientel gestattet war, nämlich all jenen, für die Geld nur eine angenehme Nebensache war, weil sie ohnehin viel zu viel davon hatten.

Er war ein Genie, er war eben so geboren worden, und er hatte es verstanden, sein geniales Multitalent, das sich auf viele Bereiche erstreckte, auch in die Tat umzusetzen. Er war besser, schneller, effektiver und schlauer als die anderen, und nur deshalb hatte er es so weit gebracht. Er sagte es sich seit vielen Jahren wieder und wieder und stellte dabei ein ums andere Mal fest, dass er einfach nur Recht hatte. Wer wollte ihm schon sagen, was er zu tun und zu lassen hatte, solange diese Kreaturen nicht in der Lage waren, ihr eigenes Leben auf die Reihe zu bringen? Er war etwas Besonderes, zweifelsohne, doch erst jetzt würde er allen zeigen, wie besonders er war. Er würde ein Schauspiel hinlegen, das sich gewaschen hatte, ein Spiel, um das ihn jeder Roman- und Drehbuchautor beneiden würde. Sein Plan war so perfekt, so durchdacht, dass keiner ihm auf die Schliche kommen würde, sein Spiel so geschickt, dass die Polizei auch in hundert Jahren noch denken würde, er sei ein armes Opfer, das sich erst in letzter Sekunde vor dem sicheren Tod retten konnte. In hundert Jahren würde man mit großer Wahrscheinlichkeit eine Straße nach ihm benennen oder eine Schule, davon war er überzeugt. Nein, keine hundert Jahre, dachte er, während er sich eine weitere Zigarette anzündete, es dauert höchstens vierzig oder fünfzig Jahre. In mir steckt noch viel mehr als nur der große Autoverkäufer. Ich werde mich noch stärker um die Armen und Schwachen kümmern, werde soziale Einrichtungen mit meinem Geld unterstützen und dabei selbst noch reicher werden, denn ich werde auch andere Reiche von meinen wohltätigen Plänen überzeugen, sie werden bei mir investieren, ich werde expandieren und so weiter. Aber erst muss ich mir diese Teufelsbrut hier vom Hals schaffen.

Sein Blick war weiterhin auf seine beiden Opfer gerichtet. Er hoffte, sie würden bald die Augen aufmachen, und wenn nicht, dann wollte er nachhelfen. Ach Mama, wenn du das hier sehen könntest, du wärst stolz auf mich. Aber du hast dieses Haus so ja noch nie gesehen, diese Gegend ist eben nicht deine Gegend. Ich weiß ja, welch fürchterliche Erinnerungen du hier begraben hast, aber irgendwer muss dieses Grab doch pflegen. Und ich tue das. Ich tue das alles nur für dich. Du hast mir so viele Dinge beigebracht, du warst immer für mich da, wenn ich dich brauchte. Sicher, manchmal habe ich nachgeholfen, wenn du nicht gleich gekommen bist, aber das hat doch seit jeher zu meinem Spiel gehört, und das weißt du genau. Und im Laufe der Zeit habe ich gelernt, es zu vervollkommnen – bis zur Perfektion. Leider werde ich dir nie von diesem unglaublichen Triumph erzählen können, denn auch du wirst älter, und alte Menschen verplappern sich leicht. Also muss ich das hier ganz allein erledigen. Ich bin gespannt, was die Polizei sagen wird, denn die denken ja, dass Werner und Gabi mich umbringen wollten. Und doch werde ich von den Toten auferstehen wie Phönix aus der Asche, und dann fängt das Leben erst richtig an.

Er schenkte sich ein Glas Wasser ein, trank in kleinen Schlucken und lachte auf. Er legte eine CD von AC/DC ein und drehte die Lautstärke bis zum Anschlag. »Highway to Hell«. Der ganze Raum vibrierte, ein Krach, der selbst Tote zum Leben erwecken musste. Seine Frau bewegte sich als Erste, zunächst die Arme, dann der Kopf, den sie langsam hob, der aber wie von allein wieder nach vorne fiel. Er ging zu ihr und stellte sich vor sie, fasste sie am Kinn und sagte leise: »Hallo, Schatz, Zeit, um aufzustehen.«

Sie öffnete die Augen und sah ihn anfangs wie durch einen Nebel, bis die Konturen immer klarer wurden. Sie riss an den Handschellen. Ihre Hände und Arme waren taub von der unnatürlichen Stellung, die sie die ganze Nacht über eingenommen hatte, an ihren Handgelenken waren breite rote Streifen, ihr ganzer Körper schmerzte.

»Mach mich los, bitte«, flüsterte sie mit heiserer Stimme.

»Wie bitte?«, schrie er, beugte sich nach unten und grinste dabei. »Ich kann dich nicht hören, die Musik ist so laut!«

Er ging zur Anlage und stellte sie aus. Er konnte diese Musik sowieso nicht leiden, nur dieses eine Lied.

»Mach mich los, bitte«, wiederholte sie ihre Worte.

»Mach mich los, mach mich los! Nein, mein kleiner Liebling, ich kann dich nicht losmachen. Das ist die Strafe dafür, dass du mich verraten hast. Und du weißt, einen wie mich betrügt man nicht. Und du schon gar nicht. Hast du Durst?«

Sie schüttelte den Kopf wie ein trotziges kleines Kind, obgleich ihr Mund und ihr Hals wie ausgetrocknet waren.

»Natürlich hast du Durst, du musst sogar einen gewaltigen Durst haben. Hier, ich hab schon etwas für dich vorbereitet, davon wirst du garantiert wach. Und keine Angst, ich will euch nichts tun, ich bin ja kein Unmensch. Ich will euch nur eine Lektion erteilen.«

Nachdem er die Handschelle der rechten Hand gelöst hatte, um sie gleich darauf um die Eisenstange einschnappen zu lassen, reichte er ihr den Becher. Sie trank ihn schnell leer. Allmählich kam sie zu sich, sah ihren Mann mit kaltem Blick an und sagte: »Du willst uns eine Lektion erteilen? Und wie soll die aussehen? So wie immer?« Sie konnte sich den spöttischen Unterton nicht verkneifen, doch im Gegensatz zu sonst schlug er diesmal nicht zu, sondern reagierte mit einem zynischen Lachen.

»O nein, Liebste, nicht wie immer. Du solltest inzwischen wissen, dass ich ein innovativer Mensch bin, ständig auf der Suche nach etwas Neuem. Ich liebe die Herausforderung, und dies ist eine. Aber wollen wir nicht erst mal deinen lieben Freund und ... Stecher wecken? Ich frage mich, wie er so lange schlafen kann. Na ja, ich werd ihn schon wach kriegen.«

Rolf Lura kniete sich vor Becker, der schwer atmete. Er schlug ihm ein paar Mal mit der flachen Hand ins Gesicht und zog an seinen Haaren. »Hallo, Werner! Zeit zum Aufstehen!« Nur ein unverständliches Murmeln war die Antwort. »He, Arschloch, mach verdammt noch mal die Augen auf! Wir haben gleich neun. Du müsstest eigentlich schon in der Kanzlei sein, wenn ich mich nicht irre.« Als Becker noch immer nicht reagierte, trat er ihm mit der Fußspitze und mit voller Wucht in den Bauch, woraufhin der Getretene hochschreckte, laut aufstöhnte und nach Luft japste.

»So ist es schon besser«, sagte Lura kalt. »Wach?«

»Lass ihn in Ruhe, er hat dir nichts getan!«, schrie ihn seine Frau an. »Ich …«

»Halt's Maul! Du redest nur, wenn ich dir das Wort erteile, kapiert?! Musst du mal pissen?«

Sie schüttelte den Kopf.

»Ich warne dich, du weißt, ich hasse Schmutz. Ein Tropfen auf den schönen Boden, und ich werde dich wohl oder übel bestrafen müssen. Also, musst du mal?«

»Nein.«

»Okay, dann nicht. Und was ist mit dir?«, fragte er Becker, der ihn aus kleinen müden Augen ansah.

»Ob du mal pissen musst? Musst du, oder musst du nicht?«

»Wenn ich darf«, antwortete Becker mit schwerer Stimme.

»Hätt ich dich sonst gefragt, Arschloch?« Lura nahm seine Pistole vom Tisch, schloss die Handschellen auf und bedeutete Becker mit einer Kopfbewegung, sich zu erheben. Er hatte Mühe, auf die Beine zu kommen und aufrecht zu stehen. Alles um ihn drehte sich, er hörte Luras Stimme wie aus weiter Ferne. »Da lang. Und keine Mätzchen, ich bin schneller.«

Becker machte den Reißverschluss seiner Hose auf und wollte pinkeln, als Lura ihn anherrschte: »Du willst doch nicht im Stehen pissen, oder?! Hinsetzen!«

Becker drehte sich um, sah sein Gegenüber an und folgte dem Befehl ohne eine Erwiderung.

»Ich hör gar nichts. Kannst wohl nicht pissen, wenn dir jemand zuschaut?«, fragte er mit meckerndem Lachen. »Na ja, irgendwann wird schon was kommen, außer deine Prostata ist im Arsch. Aber glaub bloß nicht, ich würde dich allein lassen. Auf diese Tricks falle ich nicht rein.«

»Rolf, jetzt hör doch mal zu, ich …«

»Nein, ich höre überhaupt nicht zu. Du wirst gleich zuhören, was ich zu sagen habe. Und bis dahin ist Funkstille. Und jetzt mach schon, ich hab nicht ewig Zeit!«

Becker blickte zu Boden, er konzentrierte sich, obwohl ihm schwindlig war, der Druck in seiner Blase war beinahe unerträglich. Erst kamen nur ein paar Tropfen, bis sich schließlich der gesamte Inhalt in einem breiten Strahl entleerte.

»Also, geht doch«, sagte Lura grinsend. »Ich kann's auch nicht ausstehen, wenn mir jemand beim Pissen zusieht. Erleichtert?«

Becker erhob sich wortlos, zog die Hose hoch und machte sie zu. Er schaute Lura nur kurz an, ging dann vor ihm zurück in den großen fensterlosen Raum und setzte sich wieder auf den Boden vor den Eisenstangen.

»Mach deinen rechten Arm an der Stange fest«, befahl Lura.

»Kann ich was zu trinken haben?«, fragte Becker, nachdem er dem Befehl nachgekommen war.

»Klar. Wasser, Cola, Whiskey, Bier? Aber vorher trinkst du noch was zum Wachwerden: hier!« Lura reichte ihm den Becher, Becker trank.

Er schüttelte sich und sagte: »Kann ich jetzt Wasser haben?«

»Kommt sofort.«

Becker trank das Glas in einem Zug leer und stellte es neben sich.

»Hunger?«, fragte Lura.

Becker schüttelte den Kopf.

»Und was ist mit meiner kleinen süßen Maus?«

»Nein.«

»Selber schuld. Ich hab jedenfalls schon ein sehr opulentes Frühstück zu mir genommen.« Er steckte sich eine Zigarette an und blies Becker den Rauch ins Gesicht. Grinsend nahm er noch drei Züge, bevor er sie im Aschenbecher ausdrückte. »Ah, das Zeug bringt mich noch mal um. Ich werde wohl mit dem Rauchen aufhören.« Er lachte wieder meckernd auf, verschränkte die Arme hinter dem Rücken und lief mit langsamen Schritten auf und ab, den Blick zu Boden gerichtet.

»So, kommen wir zum eigentlichen Grund eures Aufenthalts hier. Seit wann genau geht das zwischen euch? Seit einem Jahr oder etwa länger? Ich meine, definitiv weiß ich es seit einem halben Jahr, vermutet habe ich es schon länger. Es war eher ein Zufall, dass ich es rausgefunden habe. Aber wie das so mit den Zufällen ist, sie kommen immer dann, wenn man am wenigsten mit ihnen rechnet. Ich frage mich nur, wie du das angestellt hast, ich meine, ich habe dich doch kontrolliert. Wie hast du es geschafft, mich auszutricksen?«

»Du bist eben nicht so clever, wie du immer vorgibst zu sein«, antwortete sie spöttisch.

»Nobody is perfect. Aber ihr seht, ich habe mir das Ganze lange angeschaut und geschwiegen, weil ich mir gedacht habe, irgendwann kommt der Zeitpunkt, an dem ich es euch heimzahlen kann. Und jetzt ist es so weit. Kommen wir zur Anklage. Da wäre als Erstes Ehebruch. Ich weiß, ich weiß, das ist schon seit Ewigkeiten nicht mehr strafbar, weshalb auch, es tut ja sowieso jeder. Aber dass du, Gabilein, mich hintergehst, das hätte ich nie für möglich gehalten.« Er blieb stehen, sah auf sie hinab, ein verächtliches Lächeln umspielte seine Mundwinkel. »Du, mein kleines unschuldiges Wesen, hast es also gewagt, dich mit meinem besten Freund einzulassen. Ich weiß zwar nicht, was du dir dabei gedacht hast, aber hat es dir nicht genügt, jeden Tag mindestens einmal von mir gefickt zu werden? Du brauchtest also noch einen anderen Schwanz in deiner gottverdammten Fotze. Ich hätte es nicht für möglich gehalten, dass du so eine bist, wo du dich doch immer so genierlich mir gegenüber gezeigt hast. Ich hätte dir wohl noch viel öfter den Hintern versohlen müssen. Und jetzt, meine Lieben, will ich Antworten von euch.«

Lura durchschritt den Raum zweimal, die Hände weiterhin hinter dem Rücken verschränkt. Es herrschte eine beinahe atemlose Stille. Nach einer Weile des Überlegens sagte er: »Wie habt ihr euch das vorgestellt? Werner, mein Freund, sag mir, wie du dir die Zukunft mit meiner werten Gattin vorgestellt hast.«

Keine Antwort.

»Ich warte.«

Becker fuhr sich mit der Zunge über die Lippen. Dicke Schweißperlen standen auf seiner Stirn. »Ich habe mir keine Zukunft mit Gabriele vorgestellt. Wir haben gestern Abend beschlossen, dem allen ein Ende zu bereiten. Das ist die reine Wahrheit, ich schwöre es.«

»Ich schwöre es, ich schwöre es!«, wiederholte Lura die Worte mit theatralischer Geste. »So wie deine Mandanten vor Gericht, wenn sie bei allem, was ihnen heilig ist, schwören, dass sie die zwanzig Millionen nicht unterschlagen haben. Und irgendwie paukt der große Wirtschaftsanwalt sie raus und kassiert kräftig ab …«

»Es ist die Wahrheit, du kannst sie glauben oder nicht«, sagte Gabriele Lura ruhig.

»Ich glaube die Wahrheit deines Lovers schon lange nicht mehr. Weißt du, er ist nichts als ein lausiger, stinkender Lakai, der die Drecksarbeit für die andern erledigt …«

»So wie deine, nicht?«, fuhr ihm Becker ins Wort.

»Welche meinst du denn?«, fragte Lura grinsend. »Die Kreutzer oder die Bergmann oder die Drechsler oder … Was soll's, das hat nun mal zu deinem Job gehört. Du bist exzellent dafür entlohnt worden. Allein von meinem Honorar hättest du dir einige Häuser kaufen können. Deshalb verstehe ich noch viel weniger, weshalb du mich so hintergangen hast. Aber ich denke, du wirst es mir schon noch sagen. Stimmt doch, oder?«

»Nein.«

»Nein?« Lura sah an die Decke, schüttelte den Kopf und trat

Becker unvermittelt in den Bauch. »Nein?!«, schrie er ihn an. »Ich will es aber wissen! Hörst du? Ich will es wissen, du verdammte Drecksau!«

Becker krümmte sich vor Schmerzen und hielt sich mit der freien Hand den Bauch. Er kämpfte gegen die bohrende Übelkeit an und versuchte Luft zu holen.

»Lass ihn in Ruhe!«, schrie Gabriele Lura mit Tränen in den Augen und riss an ihren Handschellen. »Er hat dir nichts getan! Ich bin schuld, ich ganz allein! Ich habe …« Sie stockte, ihre Nasenflügel bebten.

»Ja, bitte, sprich ruhig weiter. Was hast du?«, fragte Lura ruhig.

»Ich habe mich in ihn verliebt, weil ich dich hasse«, sagte sie leise, doch ihr Blick war hasserfüllt. »Ich habe dich von dem Moment an gehasst, als du mich zum ersten Mal geschlagen und vergewaltigt hast. Du bist ein Monster, und das zeigst du jetzt so richtig. Du hast alles geplant, deinen Abgang, der wie eine Entführung und schließlich wie Mord aussehen sollte, du hast die Polizei hinters Licht geführt, damit die mich und Werner verdächtigen, dich umgebracht zu haben. Du hast eine Lebensversicherung abgeschlossen und dein Testament geändert, was mich natürlich noch verdächtiger macht …«

»Ich sehe, du hast gut aufgepasst. Aber das ist genau das, was mich von euch unterscheidet. Ich bin genial, ich kann vorausdenken, während ihr nur den einzelnen Tag seht. Euer erbärmliches Leben interessiert mich einen feuchten Dreck. Ehrlich. Trotzdem kann ich nicht verleugnen, dass ich dich tatsächlich einmal geliebt habe, aber das ist lange her. Liebe ist letztlich doch nur ein Wort. Was warst du denn schon? Eine Putze, die die Wohnung in Schuss halten sollte, was dir so lala gelungen ist. Du hast die Wäsche gewaschen und mir deinen lausigen Fraß vorgesetzt. Bäh! Du hättest mal einen richtigen Kochkurs belegen sollen. Meine Mutter kann jedenfalls tausendmal besser kochen als du …«

»Mami kann sowieso alles besser«, stieß sie höhnisch aus, woraufhin er ihr kräftig ins Gesicht schlug. Ihre Nase blutete, doch in ihren Augen war nur noch blanker Hass. Sie wischte sich kurz mit dem Handrücken über die Nase und fuhr unbeirrt fort: »Sie hätte dich gleich nach deiner Geburt ersäufen sollen, dann wäre uns allen dein Anblick erspart geblieben!«

Er wollte erneut die Hand heben und zuschlagen, hielt dann aber inne und sagte: »Ach, was soll's, ich werde mich nicht mehr aufregen. Du wirst sicherlich verstehen, dass das Testament wertlos ist. Die Lebensversicherung wirst du nie bekommen, weil ich ja noch lebe. Und erben wirst du höchstens ein paar Brotkrumen, die ich dir zuschmeiße wie ein paar hungrigen Tauben. Vorausgesetzt, du kommst wieder mit mir nach Hause und bist ein liebes, braves Mädchen.«

»Und was ist mit Werner?«

»Er bleibt hier, ganz einfach.«

»Und wie willst du das der Polizei erklären?«

»Was soll ich der Polizei erklären? Dass ich plötzlich wieder da bin? Auch ganz einfach – Werner hat mich entführt, er wollte mich umbringen, er hat dir gesagt, dass du gefälligst das zu tun hast, was er sagt, sonst bist du auch dran, und so weiter und so fort. Die Bullen werden's schon glauben.« Er drehte sich um und grinste, was die andern nicht sehen konnten.

»Das hast du dir eben ausgedacht«, sagte Becker mit schwerer Stimme. »Du lügst, wenn du nur den Mund aufmachst. Du willst uns umbringen und wirst der Polizei erklären, dass wir dich entführt hätten und …«

»Und was?«, fragte Lura und sah Becker an. »Deine Geschichte stimmt nicht, sie ergibt zumindest keinen Sinn. Was denkst du, wie sollte ich das wohl anstellen, ohne mich selbst verdächtig zu machen?«

»Woher soll ich das wissen?! Aber ich schlage dir einen Deal vor, und der Einzige, der Schaden davonträgt, bin ich. Du lässt uns am Leben, und ich werde aussagen, dass ich allein den Plan hatte, dich zu entführen. Ich werde dafür ins Gefängnis gehen, und dann ergibt sich alles von selbst.«

Lura zündete sich eine weitere Zigarette an. »Wäre eine Überlegung wert. Ich denk drüber nach.« Und an seine Frau gewandt, die aufmerksam jedes Wort und jede Bewegung ihres Mannes verfolgte: »Sag mal, Liebes, was hat dich eigentlich in die Arme dieses kleinen Stücks Scheiße getrieben? Hat er einen größeren als ich? Oder was war's?«

Gabriele Lura schüttelte nur den Kopf. »Du bist so widerlich! Du denkst immer nur an das eine. Aber wenn du's genau wissen willst, ja, Werner hat einen größeren. Und er ist viel stärker, aber auch zärtlicher. Er ist so zärtlich, dass ich mich bei ihm zum ersten Mal richtig geborgen fühlte. Das ist es doch, was du hören wolltest. Du wirst mit Werner niemals mithalten können.«

Luras Augen glühten wie feurige Kohlen. Er kniff sie zusammen und drückte die halb gerauchte Zigarette auf dem Teppich aus. »Du willst dich über mich lustig machen? Ja, willst du das?!«, schrie er sie an. »Na und, meinst du vielleicht, mich interessiert auch nur im Geringsten, ob sein Schwanz zehn Zentimeter größer ist als meiner? Du täuschst dich, es ist mir scheißegal!« Er beugte sich nach unten, fasste sie mit kräftigem Griff am Kinn und zwang sie, ihn anzusehen. »Du bist eine kleine verfluchte Hure, ich wusste es immer schon. Mir gegenüber die enthaltsame Keusche spielen, aber hinter meinem Rücken treibst du's mit andern. Ich hatte also Recht, und meine Mutter hat mich von Anfang an vor dir gewarnt.«

»Ja, deine Mutter. Mamilein und Rolfilein! Ihr gebt ein wunderbares Paar ab. Eigentlich müsstest du mit ihr verheiratet sein, ihr ergänzt euch nämlich hervorragend.«

»Gabriele, bitte«, versuchte Becker sie zu beschwichtigen, aber sie ignorierte es.

»Deine Mutter ist eine Hexe, und du bist ihr Zauberlehrling. Aber irgendwann wirst du die Mächte, die du beschworen hast, nicht mehr kontrollieren können. Und irgendwann wirst auch du sterben, und ich hoffe, dass du dann deine gerechte Strafe für das bekommst, was du den Menschen angetan hast.«

»Was hab ich denn getan, Liebes?«, erwiderte Lura mit Unschuldsmiene. »Ich habe doch nur versucht, ein guter Ehemann und Vater zu sein. Ist das Unrecht? Ich denke nicht. Sicher, manchmal musste ich dich züchtigen, wenn du nicht gehorcht hast …«

»Manchmal?!«, spie sie ihm entgegen. »Fast jeden Tag hast du mich verprügelt und gedemütigt. Und ja, ich habe einige Male daran gedacht, mir das Leben zu nehmen, aber ich konnte und wollte Markus nicht allein in deinen Klauen lassen. Er hat so schon genug gelitten. Nur deshalb habe ich ausgeharrt.«

»Quatsch doch nicht so eine Scheiße! Ausgeharrt! Du hast dich zu viel mit diesem scheiß Bibelkram beschäftigt. Psalm 23 und Psalm 91, ich kenn die Dinger inzwischen auch auswendig. Der Herr ist mein Hirte, mir wird nichts mangeln, blablabla! Wo ist denn dein blöder Gott jetzt, hä? He, Gooottttt, wo bist du? Hörst du mich, großer Meister?« Er legte eine Hand an sein Ohr und lauschte grinsend in die Stille. »Siehst du, er antwortet nicht. Er kann nicht antworten, weil es ihn nicht gibt. Du bist einem Hirngespinst aufgesessen, einem Phantom, einer Fata Morgana. Und trotzdem hast du immer wieder vor dem Bett gekniet und gebetet. Was für eine Zeitverschwendung! Herr, bitte, erlöse mich von meinen Qualen! Wow, wie pathetisch. Du hättest zum Theater gehen sollen, du wärst bestimmt eine gute Schauspielerin geworden …«

»Es gibt einen Gott«, sagte sie mit fester Stimme. »Ich weiß, dass es ihn gibt, ich weiß aber auch, dass er mit Menschen wie dir nicht kommuniziert.«

»Ich scheiß auf ihn, er kann mich mal kreuzweise. Und wenn du meinst, dass ich auch nur einen Funken Angst hätte zu sterben, dann irrst du dich gewaltig. Irgendwann werde ich friedlich einschlafen, und das war's dann. Schluss, aus, vorbei. Und noch was zu deinen Selbstmordgedanken – du hängst viel zu sehr am

Leben, als dass du auch nur einen Moment ernsthaft darüber nachgedacht hättest, dich umzubringen. Sagen und schreiben kann man viel, aber du weißt, ich habe Psychologie studiert und gelernt, dass gerade diejenigen, die immer und immer wieder sagen und schreiben, dass sie sich am liebsten umbringen würden, es nicht tun. Nur die bringen sich um, denen man es am wenigsten anmerkt. Du gehörst nicht dazu, ich hätte die Anzeichen gesehen.«

»Und da bist du dir so sicher?«, fragte sie seltsam lächelnd.

»Ja. Weißt du, damals, als das mit deinem kleinen Finger passiert ist, dieser kleine Unfall, da hätte sich eigentlich jeder normal geartete Mensch die Kugel gegeben. Aber du nicht, obwohl es mit dem Klavierspielen seitdem nicht mehr so richtig geklappt hat …«

»Du hast ihn mir gebrochen, damit ich nicht mehr Klavier spielen kann.«

»Ja, ich bekenne mich schuldig. Weißt du, da war so'n Typ bei mir, Bernhardi, du kennst ihn. Er wollte mit dir sprechen und dich überreden, wieder auf die Bühne zurückzukehren. Dieser Schleimbeutel hat mich zugelabert, bis ich einfach nicht mehr konnte. Diese kleine schwule Kröte wollte, dass du deine Familie für diese Scheißmusik aufgibst. Das konnte ich unmöglich zulassen. Du bist meine Frau und hast geschworen, zu mir zu stehen in guten wie in schlechten Zeiten. Und ich bin nun mal der Ernährer der Familie, und eine Frau hat das zu respektieren und die eigenen Wünsche zurückzustellen. Seit unserer Hochzeit bist du keine Pianistin mehr, aber das ist nie in deinen Schädel gedrungen. Also musste ich ein klein wenig nachhelfen.«

»Was hast du mit Bernhardi gemacht?«, fragte sie mit zu Schlitzen verengten Augen.

»Gar nichts weiter. Ich hab ihm zu verstehen gegeben, dass er sich gefälligst verpissen soll, du hättest kein Interesse mehr. Er hat sich seitdem nicht mehr blicken lassen.«

»Du hast ihm was getan, gib's zu.«

»Er war mir zu unwichtig. Könnte aber auch sein, dass er einen Unfall hatte, genau kann ich mich nicht mehr erinnern.«

Becker hatte sich wieder aufrecht hingesetzt, sein ganzer Körper schmerzte. »Sag uns bitte, was du vorhast.«

Lura schaute auf die Uhr und antwortete: »Stimmt, es wird Zeit. Sie werden vermutlich schon nach euch suchen. Toll, nicht? Sie denken, dass ihr mich ermordet habt und jetzt kalte Füße bekommt, weil immer mehr Indizien gegen euch sprechen. Dumm gelaufen. Wer ist eigentlich diese reizende, attraktive Polizistin, die ich in den letzten Tagen gesehen habe? Sie wäre eine Sünde wert.«

»Hauptkommissarin Julia Durant«, sagte Gabriele Lura. »Versuch's doch mal bei ihr.«

»Ich werd's mir durch den Kopf gehen lassen. Sie gehört auf jeden Fall zu jener Sorte Frauen, die ich nicht von der Bettkante stoßen würde.«

»Wie diese Karin Kreutzer?«, fragte sie.

»Was weißt du von ihr?«

»Du hast vorhin ihren Namen genannt. Und die Polizei hat mich nach ihr gefragt. Ich habe gestern zum ersten Mal von ihr gehört. Aber anscheinend warst du auch bei ihr nicht besonders zimperlich.«

»Das war ich bei keiner dieser Schlampen. Nicht wahr, Werner?«, fragte er grinsend.

»Nein, das warst du nicht. Aber ich habe dir immer geholfen, vergiss das nicht.«

»Das war dein Job. Wie schon gesagt, du bist für deine Dienste fürstlich entlohnt worden. Genau wie diese Schlampen.«

»Nicht jeder Anwalt hätte das für dich getan«, sagte Becker.

»Was soll das werden? Willst du dich bei mir einschleimen? Weißt du, ich trenne Beruf und Privatleben strikt voneinander. Du hast für mich gearbeitet, aber du hast auch meine Frau gefickt. Und so was mag ich gar nicht. Du hättest mich zumindest fragen können, ob du deinen verdammten Schwanz in sie reinstecken darfst. Wer weiß, vielleicht hätt ich's dir sogar erlaubt. Ich bin schließlich kein Unmensch. Aber so … Nee, Werner, das war zu viel.«

»Was hast du mit den Frauen gemacht?«, wollte Gabriele Lura wissen.

»Möchtest du es ihr sagen, Freund?«, fragte Lura mit Blick auf Becker.

»Nein, das überlasse ich gerne dir.«

»Okay. Obwohl, was bringt es dir, wenn du es weißt. Du kennst mich ja, ich mag es nicht, zurückgestoßen zu werden. Und diese Damen waren so dreist, es zu tun. Erst nehmen sie mich aus, dann wollen sie mit einem Mal nichts mehr von mir wissen. Also musste ich sie bestrafen. Aber Werner war immer so freundlich, mir in gewissen Situationen zur Seite zu stehen. Ein wahrhafter Freund. Bis zu dem Moment, als ich das mit euch beiden rausgekriegt habe. Hast du dich eigentlich gar nicht gefragt, wieso ich in letzter Zeit so zurückhaltend war? Ich meine, bis auf Montagabend, das war noch mal ein kleiner Ausrutscher. Aber nur ein kleiner, und dazu war er noch geplant … Ich habe alles akribisch geplant, erst ist unsere Videoüberwachungsanlage kaputtgegangen, dann habe ich mein Testament zu deinen Gunsten geändert, ich habe eine hohe Lebensversicherung abgeschlossen und was sonst noch so anfällt.«

»Du hast die Anlage selbst kaputtgemacht?«

»Erfasst, meine Liebe.«

»Ich habe geahnt, dass du ein perfides Spiel spielst …«

»Das perfide Spiel habt ihr gespielt«, entgegnete Lura ruhig. »Ich habe nur den Spieß umgedreht.«

»Wenn du ein wirklicher Mann wärst, würdest du mit Werner kämpfen – Mann gegen Mann, ohne Waffen …«

»Liebling, solche blöden Sprüche können nur von dir kommen. Werner ist größer, er ist mit Sicherheit auch körperlich stärker, obwohl, wenn ich ihn mir jetzt so anschaue, kommt er mir

196

eher wie ein jämmerliches Stück Scheiße vor. Er hat Angst vor dem Tod, siehst du das auch? Werner, hallo, Angst?«

Schweigen.

»Und du, Gabilein? Hast du Angst?«

»Nein.«

»Okay. Würdest du, um am Leben zu bleiben, Werner töten?«

»Du bist wahnsinnig«, erwiderte sie gelassen.

»Das ist keine Antwort auf meine Frage. Würdest du es tun?«

»Nein, und wenn du mich dafür erschießt.«

»Und du, Freund? Würdest du meine oder besser unsere Gabi töten?«

»Nein.«

Lura verzog die Mundwinkel zu einem bösen Grinsen, beugte sich nach unten und flüsterte ganz leise in Beckers Ohr: »Du würdest Gabi wirklich nicht töten, um am Leben zu bleiben? Schau, ich biete dir eine einmalige Chance, und die willst du so einfach vertun?«

»Ich könnte niemals jemanden umbringen. Gabi schon gar nicht.«

Rolf Lura erhob sich wieder, zündete sich erneut eine Zigarette an und meinte: »Seht ihr, das waren die falschen Antworten. Ihr hättet die Wahl gehabt. Wenn einer von euch beiden den andern töten würde, würde ich Gnade vor Recht ergehen lassen, zumindest bei einem von euch. Aber so«, er zuckte mit den Schultern. »Meinst du, deine kleine bekloppte Frau kriegt das allein mit den Gören hin?«

»Du hast also von Beginn an vorgehabt, uns umzubringen«, sagte Gabriele Lura.

»Also, wenn ich ganz ehrlich bin, ja. Ihr werdet beide sterben. Und ihr seid nicht die Ersten, die ich töte. Nebenan, dort, wo das Klo steht, liegt richtig schön eingemauert eine ehemals junge Frau, die jetzt aber nur noch ein Skelett sein dürfte. Fünfundzwanzig Jahre ist das inzwischen her. Und nun zwei auf einen Streich. Und jeder wird denken, dass ihr euch selbst umgebracht habt.«

»Du hast schon mal jemanden ermordet?«, fragte Gabriele Lura mit einem undefinierbaren Lächeln, das Rolf Lura irritierte.

»Wieso grinst du so?«

»Ich hätte nicht gedacht, dass du schon mal gemordet hast. Man lernt nie aus.«

»Irgendwann muss man doch damit anfangen. Sie hat nicht lange leiden müssen. Außerdem war sie nur eine verdammte Hure.«

»Ich will nicht sterben«, jammerte Becker, der die letzten Worte von Lura gar nicht mitbekommen zu haben schien. »Sag mir, was ich tun kann, ich tue alles für dich, aber bitte, ich kann Corinna nicht allein lassen. Ich will nicht sterben!«, schrie er, doch keiner außer Rolf und Gabriele Lura hörte ihn.

»Wer will das schon«, meinte Lura lakonisch. »Corinna wird es auch ohne dich schaffen, ich werde ihr notfalls sogar dabei helfen …«

»Bitte«, flehte Becker, »bitte lass mich leben!«

»Lass mich leben, lass mich leben! He, Mann, bleib cool. Denkst du eigentlich immer nur an dich? Ist es dir egal, wenn deine Geliebte stirbt? Anscheinend ja. Siehst du, Gabilein, wenn's darauf ankommt, zieht der große, starke Werner seinen großen, starken Schwanz ein wie ein kleiner räudiger Straßenköter. Du bist ihm auf einmal völlig egal. Er will nicht sterben, aber du kannst ruhig verrecken. Dabei hat er dir doch bestimmt oft genug ins Ohr gesäuselt, wie sehr er dich liebt. Und auf einmal bettelt er nur noch um sein beschissenes Leben. Ach Werner, du hattest alles, was das Herz begehrt, aber du hast dir etwas genommen, was mir heilig war …«

»Als wenn dir irgendwas heilig wäre!«, sagte Gabriele Lura.

»Stimmt auch wieder. Heilig ist ein Begriff aus der Theologie. Nehmen wir wertvoll. Wertvoll hört sich an wie Diamanten oder andere Pretiosen. Du warst ein kostbarer Diamant, als ich dich kennen gelernt habe. Ich habe mich in dich verliebt, als ich dich am Klavier sitzen sah. Du warst so wunderschön, so zart und lieblich …«

»Und du hast mir Versprechungen gemacht, die du nie gehalten hast, weil du sie nie halten wolltest. Du bist das mieseste Schwein, das mir je untergekommen ist. Also mach schon, bringen wir's hinter uns. Ich habe keine Angst vorm Sterben, auch wenn es mir wegen Markus das Herz bricht. Aber ich weiß wenigstens, wo ich hingehe, während du eines Tages in der Hölle schmoren wirst. Und das ist so sicher wie das Amen in der Kirche.«

»Schon wieder dieser Religionsscheiß! Aber ich sehe, die Zeit vergeht im Fluge, also bringen wir's hinter uns, denn ich habe auch noch andere Dinge zu tun.« Er ging zum Tisch und nahm die Pistole in die Hand.

»Wer will als Erster?«, fragte er mit diabolischem Grinsen. »Werner?«

Becker sah ihn mit großen angsterfüllten Augen an, zitterte am ganzen Körper, zerrte wie wild an der rechten Handschelle und schrie wie ein Wahnsinniger.

»Rolf, ich flehe dich an! Lass mich leben! Ich will nicht sterben!«

»Halt's Maul! Ihr seid in wenigen Minuten für immer vereint, zumindest im Tod. Es geht schnell, viel schneller, als du glaubst. Du bist Linkshänder, nicht? Ja, doch, du schreibst mit links. Also werde ich dir eine Kugel in die linke Schläfe jagen. Du wirst nichts merken. Zack, und alles ist vorbei. Ready?«

»Neeeiiiiiiinnn!«

»Mein Gott, jetzt reiß dich doch mal zusammen! Du zickst ja rum wie andere beim Zahnarzt. Dabei tut der dir wesentlich mehr weh.« Lura begab sich in die Hocke und blickte Becker noch einmal in die ungläubigen, flehenden Augen. Becker schlug mit der linken Hand um sich, doch Lura packte sie und machte sie mit der anderen Handschelle fest.

»Du bist mir zu aggressiv«, sagte Lura nur und hielt die Waffe an Beckers linke Schläfe.

»Tu's nicht«, bat ihn Gabriele Lura mit sanfter Stimme. Sie dachte mit einem Mal an den Traum, den sie so lange schon hatte, zuletzt vorgestern. Der Traum, in dem sie in einem großen hellen Haus wohnte, mit einem großen Park darum, einem Bach, und die Sonne schien. Alles war friedlich und ruhig. Sie hatte keine Angst zu gehen, ein Gefühl unbeschreiblichen Friedens durchströmte sie. Sie lächelte sogar, als sie sagte: »Seine Familie braucht ihn. Er ist noch nicht so weit, er weiß nicht, dass der Tod eine Erlösung sein kann. Mich braucht keiner wirklich. Tu mir nur einen Gefallen – behandle Markus gut, er hat es verdient.«

Lura kniff die Augen zusammen und sah seine Frau beinahe ungläubig an. Alles in ihm vibrierte. »Ich kann nicht mehr zurück, Liebling, selbst wenn ich wollte, die Würfel sind gefallen«, versuchte er so fest wie möglich zu sagen, doch sie spürte die Unruhe und Nervosität, die ihn gepackt hatten. Er schloss für Sekundenbruchteile die Augen, seine Hand um den Knauf gekrampft, sein Finger auf dem Abzug. Nein, dachte er, ich werde nicht der Schwächling sein, als den sie mich jetzt sehen wollen. Er drückte in dem Moment ab, als Becker seinen Kopf zur Seite drehte und Gabriele Lura anschaute. Sie schrie kurz und schrill auf. In Beckers Schläfe war ein kleines Loch, ein letztes Zucken raste durch seinen Körper, sein Kopf sank nach vorn, etwas Blut lief an der Seite herunter. Der Geruch von verbrannten Knochen und Fleisch erfüllte den Raum.

Lura ging vor seiner Frau in die Hocke und sagte mit sanfter Stimme: »Adieu, Liebling, es war schön mit dir. Manchmal zumindest. Du wirst mir fehlen.« Dabei streichelte er ihr noch einmal übers Gesicht.

»Ist das jetzt eine Genugtuung, deinen besten Freund umgebracht zu haben? Deine Hand zittert ja. Das war doch sonst nie so, wenn du zugeschlagen hast. Was ist los?«

»Ich habe dich geliebt.«

»Du weißt doch gar nicht, was Liebe ist. Die einzige Liebe, die du vielleicht empfindest, ist die für deine Mutter. Aber sonst bist du dermaßen auf dich selbst fixiert … Nein, du hast keine Liebe in dir, nur grenzenlosen Hass auf alles und jeden, der nicht bedingungslos nach deiner Pfeife tanzt. Und jetzt mach schon, ich bin bereit.«

»Wieso hast du keine Angst?«, fragte er.

»Ich hatte noch nie Angst vor dem Tod, weil ich genau weiß, was danach kommt. Und mit dieser Gewissheit kann ich gehen. Du weißt aber nicht, was dich erwartet, wenn du eines Tages gehst. Lass dich überraschen. Und jetzt mach, ich habe keine Lust mehr, mich mit dir zu unterhalten«, sagte sie verklärt lächelnd.

Sie hielt den Kopf gerade und still und blickte ihrem Mann direkt in die Augen. Erst als die Kugel auch ihr Hirn zerfetzte, sank sie nach vorn.

Rolf Lura erhob sich und steckte die Pistole in den Hosenbund. Er löste die Handschellen und Fußfesseln, nahm erst Becker und zog ihn die sechzehn Stufen hinauf. Es war eine beinahe übermenschliche Kraftanstrengung. Er stöhnte ein paar Mal laut und schleifte ihn durch das Haus direkt in die Garage zum Jaguar und hievte den leblosen Körper in den Kofferraum, wobei er aufpasste, dass das Einschussloch nicht mit dem grauen Filz in Berührung kam. Anschließend holte Lura seine Frau, die wie ein Federgewicht war, und legte sie neben Becker.

Nachdem er noch mal nachgeschaut hatte, ob auch alle Geräte aus waren, löschte er das Licht im Bunker, schloss die Klappe und zog den Teppich, auf dem das Sofa stand, darüber. Nie würde jemand erfahren, was sich unter diesem Teppich und diesem Sofa befand. Ein letzter Blick in den Spiegel, er sah wieder aus wie der Rolf Lura, den jeder kannte. Dann nahm er den mit zehn Litern Benzin gefüllten Kanister, legte ihn auf den Rücksitz, vergewisserte sich, dass ihn auch niemand beobachtete, setzte sich ins Auto und fuhr auf die Bundesstraße. Schweißperlen hatten sich auf seiner Stirn gebildet, er war nervös. Das Schlimmste, was ihm jetzt passieren konnte, war, in eine Polizeikontrolle zu geraten, denn er war sicher, dass der Jaguar längst zur Fahndung ausgeschrieben war. Doch kein Polizeiwagen begegnete ihm, überhaupt waren nur wenige Autos auf der Straße zwischen Oberursel und Kronberg unterwegs.

Lura brauchte knapp zwanzig Minuten, bis er erneut in ein Waldstück einbog, über einen ausgetrampelten Pfad fuhr und schließlich etwa zweihundert Meter von der Straße entfernt zwischen den hohen Bäumen anhielt, die mittlerweile ihr Laub zu einem Teil verloren hatten. Er machte den Motor aus, warf einen langen Blick in die Runde, nahm schließlich das Fernglas aus dem Handschuhfach und lotete die Gegend aus. Er war allein. Als Erstes setzte er seine Frau auf den Beifahrersitz, danach Becker hinters Steuer. Dann schraubte er den Verschluss vom Kanister ab, schüttete das Benzin über das Fahrzeug und in den Kofferraum, warf den leeren Kanister auf die Rückbank, nahm die Pistole, schluckte schwer, richtete die Mündung gegen sich selbst und drückte zweimal ab. Zwei Kugeln, bei denen er sich sicher war, dass sie nicht tödlich sein würden. Er verzog das Gesicht, doch der Schmerz war nicht so groß, wie er vermutet hatte, hob die beiden Patronenhülsen auf, legte die Pistole zwischen Fahrersitz und Tür und warf eine Patronenhülse zwischen Fahrer- und Beifahrersitz und die andere neben die Pistole. Danach verteilte er etwas von seinem Blut auf der Rückbank, die rechte hintere Tür ließ er weit offen stehen. Als Letztes holte er eine Packung Streichhölzer aus der Hosentasche, zündete eins an, das vom Wind sofort ausgeblasen wurde, versuchte es noch drei weitere Male, bis eines schließlich brennen blieb, warf es auf die Motorhaube des Jaguar und die Schachtel durch das offene Fenster ins Wageninnere. Innerhalb weniger Sekunden stand das Auto in Flammen, dichte Rauchwolken stiegen nach oben. Die Vögel hörten auf zu zwitschern. Lura schleppte sich zur Straße, wo er zusammenbrach. Nur Sekunden später hielt ein Fahrzeug. Es war elf Uhr fünfundfünfzig.

Donnerstag, 9.40 Uhr

Meinst du, Becker wird sich kooperativ zeigen?«, fragte Durant, als sie vor der Kanzlei Halt machten.

»Wieso kooperativ zeigen? Ich hoffe, er packt endlich aus. Der Typ ist aalglatt und mit allen Wassern gewaschen. Und ich bin hundertpro überzeugt, dass er was mit der Lura hat.«

»Ich überlass ihn dir«, sagte sie und stieg aus. Sie gingen auf das um 1900 gebaute fünfstöckige Haus zu. Das goldene, blank polierte Schild mit der Aufschrift »Dr. W. Becker, Rechtsanwalt und Notar, Termine nur nach Vereinbarung« war nicht zu übersehen. Die weiße Fassade wirkte wie neu, die Eingangstür ließ sich nicht öffnen, eine kleine Videokamera war in der rechten oberen Ecke. Hellmer klingelte, und eine weibliche Stimme meldete sich. Er hielt seinen Ausweis hoch und sagte: »Hellmer, Kripo Frankfurt.« Ein leises Summen, er drückte die Tür auf und ließ Durant an sich vorbei eintreten. Die Kanzlei befand sich im ersten Stock. Eine etwa fünfunddreißigjährige Frau in einem blauen Kostüm saß am Computer. Sie hatte kurzes schwarzes Haar, naturbraune Haut, die tiefblauen Augen bildeten einen beinahe atemberaubenden Kontrast dazu. Auf dem Schreibtisch stand ein Schild mit ihrem Namen, Laura Antonioni.

»Ja, bitte, was kann ich für Sie tun?« Sie stand auf, ein Hauch von Chanel No. 5 umwehte sie, ihre Stimme war samten wie ihre Haut.

»Wir würden gerne mit Dr. Becker sprechen«, sagte Hellmer und betrachtete die Frau eingehend, was sie entweder nicht bemerkte oder schlicht ignorierte.

»Ich muss Sie leider enttäuschen, aber Dr. Becker war bis jetzt noch nicht im Büro. Was mich ein bisschen wundert, weil er um zehn einen Termin bei Gericht hat und noch einige Unterlagen mitnehmen muss. Kann ich etwas ausrichten?«

»Kommt er häufig später?«

»Eigentlich nicht. Normalerweise ist er gegen neun hier, außer er ist dann schon bei Gericht.«

»Haben Sie es schon bei ihm zu Hause probiert?«

»Nein. Dr. Becker hat mich ausdrücklich darum gebeten, nicht bei ihm zu Hause anzurufen, nur auf seinem Handy, wenn es ganz dringend ist.«

»Und, haben Sie das gemacht?«

»Ja, vor ein paar Minuten. Aber ich habe ihn nicht erreicht, nicht einmal die Mailbox war an. Das ist sehr ungewöhnlich bei Dr. Becker.«

Durant wurde immer ungeduldiger und auch nervöser. Das alles kam ihr nur zu bekannt vor.

»Dann rufen Sie bitte bei ihm zu Hause an.«

»Aber ...«

»Tun Sie es bitte, es ist wichtig«, forderte Durant sie auf. »Und erwähnen Sie nicht, dass wir hier sind.«

»Also gut, wenn Sie es wünschen.« Sie nahm den Hörer in die Hand und tippte die Nummer ein.

»Hier Antonioni. Frau Becker, ist Ihr Mann zu sprechen? ... Nein, ich frage nur, weil er um zehn einen Termin hat und noch einige Unterlagen benötigt ... Ja, ich werde es ihm ausrichten, sobald ich ihn sehe ... Ganz bestimmt, Frau Becker ... Ja, Ihnen auch noch einen schönen Tag.« Sie legte auf und zuckte mit den Schultern.

»Seltsam. Seine Frau sagt, er sei die ganze Nacht nicht zu Hause gewesen. Ich soll ihm ausrichten, dass er sie anrufen soll, wenn er kommt. Das ist wirklich merkwürdig. Aber er hat noch eine Wohnung hier über der Kanzlei. Vielleicht ist er ja dort. Hoffentlich ist ihm nichts passiert.«

»Haben Sie einen Schlüssel für diese Wohnung?«

»Nein, nur einen für die Kanzlei. Glauben Sie, dass…?« Sie ließ die Frage unausgesprochen, ihr Blick sprach Bände.

»Frau Antonioni, wir glauben im Moment noch überhaupt nichts«, erwiderte Durant ruhig. »Gibt es hier einen Hausmeister?«

»Warten Sie, ich hole ihn«, sagte sie. Die Nervosität war in ihrem Gesicht abzulesen.

»Nein, das machen wir schon selbst. Wo wohnt er, und wie heißt er?«

»Im Nachbarhaus links, er ist für mehrere Häuser verantwortlich. Sein Name ist Merkel.«

»Frank, würdest du dich bitte drum kümmern?«

»Klar, bin gleich zurück.«

»Darf ich Ihnen etwas anbieten? Einen Kaffee vielleicht oder einen Espresso?«, fragte Laura Antonioni.

»Einen Espresso habe ich schon ewig nicht mehr getrunken«, antwortete Durant. »Wie lange arbeiten Sie schon für Dr. Becker?«, fragte sie, während Laura Antonioni zwei Tassen Espresso zubereitete und gleichzeitig zwei Gläser mit Wasser füllte.

»Seit knapp acht Jahren. Hier, bitte«, sagte sie und reichte Durant die kleine Tasse und stellte die Gläser auf den Tisch. »Nehmen Sie doch bitte Platz.«

»Mit Wasser?«, fragte Durant.

Laura Antonioni lächelte und sagte: »Das macht man in Italien so. Man trinkt Wasser zum Espresso und zum Kaffee, weil so das Koffein besser über die Nieren ausgespült wird.«

»Ich habe aber bei meinem Italiener noch nie ein Glas Wasser zum Kaffee bekommen. Man lernt eben nie aus.«

»Es machen natürlich nicht alle, aber es ist gesünder. Die Italiener, die noch die Tradition bewahren, trinken Wasser zum Kaffee.«

»Sie sind Italienerin?«

»Ja, aber ich lebe schon seit meinem zehnten Lebensjahr in Deutschland.«

»Würden Sie mir vielleicht ein paar Fragen beantworten?«

»Selbstverständlich.«

»Wie gut kennen Sie Dr. Becker?«

»Diese Frage ist doppeldeutig. Aber nach acht Jahren als seine Sekretärin glaube ich ihn relativ gut zu kennen. Allerdings nur, was seine Qualitäten als Chef angeht.«

»Und wie sind die?«

»Ich habe bei einem anderen Anwalt meine Ausbildung gemacht, und der war ein echtes Brechmittel. Mit Dr. Becker zu arbeiten ist dagegen eine wahre Erholung, auch wenn ich manchmal zehn oder elf Stunden hier im Büro bin.«

»Und was wissen Sie über sein Privatleben?«

»Nicht viel, er spricht kaum darüber«, antwortete sie nur und wandte dabei den Kopf zur Seite.

»Nicht viel heißt aber auch, dass Sie doch einiges wissen. Was für ein Mann ist er?«

»Ruhig, sehr korrekt und …«

»Und über seine Ehe, was können Sie mir darüber sagen?«

»Ich weiß nicht«, antwortete Laura Antonioni zögernd.

»Es bleibt garantiert vertraulich, versprochen. Ist seine Ehe glücklich?«

»Seine Frau soll Probleme haben, doch ich kann Ihnen nicht sagen, welcher Art die sind. Aber soweit ich weiß, ist sonst alles in Ordnung bei ihnen, jedenfalls ist Dr. Becker immer sehr ausgeglichen. Wenn die beiden Streit hätten, würde er sich bestimmt anders verhalten.«

»Da mögen Sie Recht haben. Eine andere Frage. Einer seiner Klienten ist doch Herr Lura. Wie gut kennen Sie ihn?«

»Er und Dr. Becker sind miteinander befreundet. Ich habe heute Morgen gelesen, dass er vermisst wird. Was ist passiert?«

»Sie haben meine Frage nicht beantwortet«, sagte Durant lächelnd. »Wie gut kennen Sie Herrn Lura? Oder welchen Eindruck haben Sie von ihm?«

Laura Antonioni sah erneut zur Seite und verzog die Mundwinkel. »Ich kenne ihn vom Sehen und wenn wir uns manchmal unterhalten, aber um ehrlich zu sein, ich mag ihn nicht. Das ist alles, was ich über ihn sagen kann.«

»Und warum nicht?«

Sie seufzte auf und verdrehte die Augen. »Er hat mehrmals versucht, mich anzumachen. Aber sein Blick … Er hat kalte, stechende Augen, die …«

»Die was?«

»Er ist schon immer freundlich und nett, aber das ist er nur nach außen hin. Er hat mir des Öfteren Blumen mitgebracht, wollte mich ins Theater einladen und so weiter. Er hat sogar einmal gesagt, wenn ich ein Auto brauche, würde ich einen ganz speziellen Vorzugspreis erhalten. Aber ich kann mir schon vorstellen, was er als Gegenleistung dafür erwarten würde. Ich würde mich nie mit ihm einlassen, allein schon, weil er verheiratet ist.«

»Sie sind nicht verheiratet?«

»Geschieden. Und trotzdem wäre Herr Lura der Letzte, mit dem ich was anfangen würde. Sie haben jetzt bestimmt einen schlechten Eindruck von mir, doch das ist nun mal meine Meinung.«

»Wieso sollte ich einen schlechten Eindruck von Ihnen haben? Aber er und Dr. Becker sind beste Freunde?«

»Ob sie beste Freunde sind, kann ich nicht sagen, aber sie sind zumindest sehr gut befreundet. Außerdem gehört Herr Lura zu den wichtigsten Klienten von Dr. Becker. Die beiden kannten sich schon lange, bevor ich hier anfing. Allmählich kommt mir die Sache etwas unheimlich vor.«

»Machen Sie sich keine Sorgen, wir werden ihn schon finden«, versuchte Durant sie zu beruhigen.

»So etwas ist aber noch nie vorgekommen. Und jetzt, wo Sie da sind … Sie müssen doch einen Grund haben, weshalb Sie mit ihm sprechen wollen.«

»Natürlich. Es geht um Herrn Lura. Wir wollen Dr. Becker nur ein paar Fragen stellen. Aber etwas anderes – hat Ihr Chef sich in den letzten Tagen auffällig verhalten? War er vielleicht nervöser als gewöhnlich oder …«

»Nein, er war wie immer. Er war gestern Nachmittag bei Frau Lura, um einige Dinge mit ihr zu besprechen, für den Fall, dass ihr Mann tot sein sollte …«

»Das hat er Ihnen gesagt?«, fragte Durant zweifelnd.

»Ja, er sagt mir immer Bescheid, wenn er außer Haus zu tun hat. Er hat das Büro gegen drei verlassen und nur gemeint, ich solle abschließen, wenn ich gehe. Das war das letzte Mal, dass ich ihn gesehen habe.«

»Kennen Sie Frau Lura?«

»Ja. Sie war zwei- oder dreimal hier, eine sehr nette Frau.«

»Was hat sie hier gemacht, wenn sie herkam?«

»Keine Ahnung, es geht mich auch nichts an«, antwortete sie ausweichend.

»Das hört sich an, als wüssten Sie mehr als ich. Könnten Sie sich vorstellen, dass Dr. Becker und Frau Lura etwas miteinander haben?«

Laura Antonioni blickte zu Boden und presste die Lippen zusammen. Schließlich sagte sie: »Ich weiß nicht, ich will nicht indiskret erscheinen, aber ich habe das Gefühl, als wenn da mehr sein könnte als nur ein berufliches Interesse. Wenn Sie verstehen.«

»Können Sie das begründen?«

»Nein, es ist nur ein Gefühl. Sie ist nicht seine Klientin, zumindest ist sie in der Kartei nicht als solche vermerkt. Und ich bin schließlich die Einzige außer Dr. Becker, die das weiß.«

Durant wollte noch etwas sagen, als Hellmer mit dem Hausmeister hereinkam, einem kleinen, schmächtigen Mann mit Nickelbrille, der eher wie ein Uniprofessor aussah.

»Hat ein bisschen länger gedauert, sorry. Wir können hochgehen. Das ist Herr Merkel, Frau Durant, meine Kollegin.«

»Angenehm«, sagte Durant, Merkel nickte nur.

»Warten Sie«, sagte Laura Antonioni. »Unten vor der Garage steht ein blauer BMW. Ich glaube, er gehört Frau Lura. Ich weiß auch nicht, was der hier macht.«

»Und das sagen Sie erst jetzt? Sind Sie sicher?«

»Ziemlich. Hab ich was falsch gemacht?«

Ohne die Frage zu beantworten, wandte sie sich an Hellmer: »Frank, schau mal schnell nach dem Wagen. Ich geh inzwischen mit Herrn Merkel nach oben.«

»Schon unterwegs.«

»Erst mal danke für die Informationen, und sollte Ihr Chef sich nicht in den nächsten Stunden bei Ihnen melden, hier ist meine Karte, ich bin jederzeit erreichbar.«

Zusammen mit Merkel stieg sie in den zweiten Stock. Er öffnete die Tür mit dem Generalschlüssel.

»Danke«, sagte Durant, »Sie können wieder gehen, ich schaff das hier schon allein.«

»In Ordnung. Aber ziehen Sie bitte nachher die Tür hinter sich zu.«

Julia Durant wartete, bis der Hausmeister gegangen war, und sah sich in der Wohnung um. Hellmer kam die Treppe hochgerannt. Außer Atem stieß er hervor: »Das ist ihr Auto. F-GL, das sind ihre Initialen. Was zum Teufel geht hier vor? Sind die beiden getürmt?«

»Hier drin ist jedenfalls keiner. Und es sieht auch nicht so aus, als wären sie Hals über Kopf abgehauen. Wenn, dann war das geplant. Bevor wir aber etwas unternehmen, schauen wir vorsichtshalber noch mal bei der Lura vorbei.«

»Was meinst du mit ›unternehmen‹? Ringfahndung?«

»Was sonst? Aber sollten die schon letzte Nacht getürmt sein, dann haben wir schlechte Karten. Los, fahren wir, ich will wissen, ob sie zu Hause ist.«

Es war zehn Uhr siebenunddreißig, als sie sich auf den Weg nach Schwanheim machten.

Donnerstag, 10.54 Uhr

Verdammte Scheiße!«, fluchte Hellmer, als sie vor dem Anwesen standen. Sämtliche Rollläden waren runtergelassen, die Nachtbeleuchtung brannte noch. Hellmer kniff die Augen zusammen, warf Durant einen eindeutigen Blick zu und drückte mehrmals auf den Klingelknopf. Keine Antwort. »Gehen wir rein?«

»Wie willst du das denn anstellen?«, fragte Durant zweifelnd. »Das Haus ist eine Festung. Wir müssen die Tür aufbrechen lassen.«

»Die haben uns gelinkt. Siehst du, ich wusste gleich, dass die beiden unter einer Decke stecken. Aber du mit deiner Intuition wolltest ja nicht auf mich hören«, spöttelte Hellmer.

»Jetzt mal halblang! Wir hatten bis vor ein paar Minuten nicht einen einzigen Hinweis darauf, dass Becker und die Lura etwas mit der ganzen Sache zu tun haben. Jetzt wissen wir's eben.«

»Bloß ein klitzekleines bisschen zu spät. Wir hätten die werte Dame gestern Abend mitnehmen sollen, das hat mir nämlich meine innere Stimme gesagt. Die ist nicht so unschuldig, wie sie die ganze Zeit über getan hat.«

»Hahaha! Und mit welcher Begründung hätten wir sie mitnehmen sollen? Nur, weil wir ein Testament gefunden haben? Jeder Jurastudent hätte sie nach ein paar Minuten wieder rausgeboxt. Wir haben kein stichhaltiges Motiv, wir haben bis jetzt nichts, womit wir sie mit einem Verbrechen in Verbindung bringen könnten, wir haben keine Zeugen, alles, was wir haben, sind Vermutungen.«

»Toll, und jetzt sind die Vermutungen weg!«, konnte sich Hellmer nicht verkneifen zu sagen. »Wir hätten ganz sicher einen Grund gefunden, sie für wenigstens vierundzwanzig Stunden festzuhalten.«

»Mann, reg dich ab, du nervst! Ich hab einen Fehler gemacht, okay?! Und jetzt lass uns lieber zusehen, dass wir ins Haus kommen, und vor allem soll Berger eine Fahndung rausgeben.«

»Und nach was fahnden wir? Becker und Lura, oder nur die Lura?«

»Leck mich doch!«, entfuhr es Julia Durant, die sich vor lauter Nervosität eine Zigarette ansteckte. Sie ging ein paar Schritte vom Haus weg, wütend auf sich selbst. Ich blöde Kuh habe mich von der einlullen lassen. Dann stimmt es wahrscheinlich, was wir heute Morgen an Möglichkeiten durchgespielt haben. Die haben alles minuziös geplant und ausgeführt. Logisch, Lura war ein Pedant, auf Pünktlichkeit und Ordnung bedacht. Der hat vermutlich jeden Morgen um genau die gleiche Zeit das Haus verlassen. Und die beiden wussten, welche Route er immer nahm, schließlich ändert einer wie er … O verdammt, ich bin reingelegt worden. Die hat aber so perfekt das arme hilflose Persönchen gespielt …

Sie hörte, wie Hellmer mit Berger telefonierte. Anschließend stellte er sich zu ihr.

»He, war eben nicht so gemeint. Wir machen alle Fehler …«

»Ich hab die Frau einfach mit andern Augen gesehen. Der hätte ich niemals einen Mord zugetraut.«

»Ich ehrlich gesagt auch nicht. Sorry wegen eben. Aber Fakt ist, dass sie mit ihrem Lover das Weite gesucht hat. Das müssen die von langer Hand geplant haben. Ich gehe davon aus, dass wir das Auto bald finden. Becker hat genügend Kohle und die Lura mit Sicherheit auch. Die sind irgendwo im Süden. Die Fahndung läuft übrigens.«

»Was glaubst du, wann sie abgehauen sind? Gleich nachdem wir gegangen waren?«

»Schätz ich mal …«

»Moment, Moment«, wurde er von Durant unterbrochen, »die hat doch einen Sohn. Meinst du, die hat ihn mitgenommen? Normalerweise müsste er jetzt in der Schule sein.«

»Fragt sich nur, auf welche Schule er geht. Wenn sie ihn hier gelassen hat, dann ist das an Perfidität und Durchtriebenheit nicht zu überbieten.«

»Wer kommt, um die Haustür aufzumachen?«

»Jemand vom Schlüsseldienst. Der ist schon unterwegs.«

»Luras Bruder könnte wissen, welche Schule sein Neffe besucht. Ich ruf ihn mal an.«

Sie holte den Zettel aus ihrer Tasche, tippte die Nummer ein und wollte nach dem zehnten Läuten bereits die Aus-Taste drücken, als am andern Ende abgenommen wurde. Eine verschlafene Stimme meldete sich.

»Herr Lura?«, fragte Durant.

»Ja?«

»Hier Durant. Ich habe eine Frage an Sie. Wissen Sie, auf welche Schule Markus geht?«

»Welche Schule? Warum …«

»Sagen Sie doch bitte nur, ob Sie es wissen oder nicht.«

»Helene-Lange-Schule in Höchst. Was ist los?«

»Ich melde mich später noch einmal bei Ihnen. Erst mal vielen Dank.« Sie steckte das Handy zurück in ihre Tasche und sah Hellmer an. »Helene-Lange in Höchst. Kennst du die Schule?«

»Nee, aber ich weiß, wo sie ist. Zu meiner Zeit war das noch ein reines Mädchen-Gymnasium.«

»Das wär doch was für dich gewesen, oder?«, sagte Durant grinsend.

»Ich hatt's auch so ganz gut getroffen. In meiner Klasse waren wir in der Oberstufe sechs Jungs und einundzwanzig Mädchen.«

»Und du warst der Hahn im Korb, was?«

»Man tut, was man kann. Aber komischerweise waren zu meiner Zeit die Mädchen nicht halb so hübsch wie heute. Zumindest hab ich das damals so gesehen.«

»Och, du Ärmster. Das muss ja die reinste Hölle für dich gewesen sein. Aber dafür hast du ja jetzt mit Nadine einen richtig guten Fang gemacht.«

Ohne auf die letzte Bemerkung einzugehen, sagte Hellmer: »Wohin könnten sich die beiden abgesetzt haben?«

»Die Welt ist groß. Und wenn sie schon heute Nacht abgehauen sind …«

»Aber nachts gehen hier kaum Flieger ab. Die können nur mit dem Auto unterwegs sein.«

»Und wenn sie heute Morgen um sechs einen genommen haben? Sie haben unter falschem Namen eingecheckt, haben falsche Pässe und wahrscheinlich sogar ihr Aussehen verändert. Und sie kennen sich offiziell nicht.«

»Könnte sein. Zwei Mörder auf der Flucht. Die haben nach der Hausdurchsuchung die Panik gekriegt und …«

»Nee«, unterbrach ihn Durant, »das passt nicht. Wenn sie mit dem Flugzeug unterwegs sind, dann müssen die Tickets schon eine Weile vorher gebucht worden sein. Doch das lässt sich nachprüfen. Dass wir außer dem Testament und der Lebensversicherung nichts weiter gefunden haben, ist doch logisch. Aber dass ich so naiv war … Ich meine, ich bin doch sonst nicht so blauäugig. Wahrscheinlich werde ich einfach älter.«

»Soll ich jetzt sagen: Nein, mein Schatz, du wirst nicht älter? Komm, nimm's nicht so schwer, wir kriegen die. Und dann gnade ihnen Gott. Die werde ich durch die Mangel drehen, dass ihnen Hören und Sehen vergeht.«

Ein weißer Kombi hielt vor dem Haus, der Mann vom Schlüsseldienst kam ihnen entgegen. Nach einer kurzen Begrüßung machte er sich an die Arbeit. Er brauchte nicht einmal eine halbe Minute, bis er die Tür aufhatte.

Hellmer betätigte den Lichtschalter. Die Wohnung war leer, die Spuren der Hausdurchsuchung waren noch überall sichtbar. Sie gingen wortlos von einem Zimmer in das nächste, nichts. Nach zehn Minuten sagte Durant: »Sie hat nicht hier geschlafen, so viel steht fest. Das Bett ist letzte Nacht nicht benutzt worden.«

»Dann scheint sie wohl nur abgewartet zu haben, bis wir weg waren, und ist sofort danach abgehauen. Für uns gibt's hier im

Augenblick jedenfalls nichts weiter zu tun. Ich schlage aber vor, dass wir Frau Becker mal einen Besuch abstatten. Deren Reaktion möchte ich sehen.«

»Vorher sollten wir aber in Erfahrung bringen, ob der Sohn in der Schule ist. Angenommen, die haben ihn hier gelassen …« Sie stockte, fasste Hellmer am Arm und fuhr fort: »Sag mal, gestern Abend wurde doch auch das Zimmer des Jungen durchsucht, oder?«

»Ja.« Hellmer runzelte die Stirn.

»Was hat er denn gesagt, als plötzlich jemand Fremdes in sein Zimmer kam?«

»Ich war in dem Zimmer«, antwortete Hellmer. »Der Junge war nicht da.«

»Und er war auch nicht bei seiner Mutter. Wo war er also?«

»Keine Ahnung, aber er war nicht hier im Haus. Und wir sind erst nach zehn wieder gegangen. Irgendwann hätten wir ihn sehen müssen.«

»Such mal im Telefonbuch die Nummer der Schule raus und frag im Sekretariat nach, in welche Klasse er geht und ob er dort ist. Wenn er in der Schule ist, sollen die ihm aber nichts sagen.«

»Okay.« Hellmer blätterte im Telefonbuch, nahm den Hörer ab und wollte die Nummer bereits eintippen, als er innehielt und die Wahlwiederholungstaste drückte. Er sah auf dem Display eine Handynummer, doch es kam keine Verbindung zustande. »Schau mal hier«, sagte er, »ich gehe einfach mal davon aus, dass das die Handynummer von Becker ist. Nur da geht keiner ran, und es meldet sich auch keine Mailbox. Was schließen wir daraus?«

»Er hat den Chip entfernt und vernichtet, damit wir ihn nicht orten können. Er ist halt Anwalt. Hast du sie aufgeschrieben?«

»Ja. Und jetzt fragen wir vorsichtshalber seine Sekretärin, ob das seine Nummer ist.« Und nach einem kurzen Gespräch mit Laura Antonioni: »Bingo. Das letzte Telefonat, das sie geführt hat, war mit Becker. Er war gestern fast den ganzen Nachmittag bei ihr, und ich kann mir nicht vorstellen, dass sie ihn gleich darauf noch mal angerufen hat. Das war nach unserer Aktion. Die wusste, dass wir nicht aufgeben würden. Deshalb dieser überhastete Aufbruch. Dazu ihr Auto vor Beckers Kanzlei. Dort ist sie in seinen Wagen umgestiegen, und was dann passiert ist …«

»Ruf in der Schule an, ich will wissen, was mit dem Jungen ist.«

Julia Durant ging ein weiteres Mal durchs Haus, in die Garage, die leer war, und versuchte dabei Ordnung in ihre Gedanken zu bekommen, was ihr jedoch nicht gelang. Sollte ich mich in dieser Frau so sehr getäuscht haben?, dachte sie und atmete ein paar Mal tief ein und wieder aus. Hat sie uns vielleicht eine haarsträubende Geschichte von ihrer Ehe aufgetischt, die so gar nicht stimmt? Aber Luras Bruder hat das doch bestätigt. Und die Kreutzer hat mich doch auch nicht angelogen. Das würde ja letztendlich bedeuten, dass alle gelogen haben, was Lura angeht.

Sie begab sich zurück ins Wohnzimmer. Hellmer hatte sich eine Zigarette angezündet. »Halt dich fest«, sagte er mit ernster Miene, »Markus ist in der Schule. Sein Unterricht endet um zehn nach eins. Das heißt, er dürfte so gegen zwei zu Hause sein.«

»Jemand muss sich um ihn kümmern«, sagte Durant. »Wenn der erfährt, dass seine Mutter ihn allein zurückgelassen hat – nicht auszudenken! Ich krieg das nicht auf die Reihe. Wie kann eine Mutter so herzlos sein, wo sie doch selbst angeblich die Hölle auf Erden durchlebt hat.«

»Liebe macht blind, da vergisst du alles um dich herum. Wenn's sein muss, sogar dein eigenes Kind. Das macht unseren Beruf so interessant, wir erleben immer wieder was Neues.«

»Dein Sarkasmus in allen Ehren, aber der Junge muss von hier fern gehalten werden. Mir fällt da nur einer ein – sein Onkel. Ich werde ihn bitten, sich sofort auf den Weg hierher zu machen und nachher Markus von der Schule abzuholen. Danach soll er ihn mit zu sich nach Hause nehmen, vorläufig zumindest. Hatten wir schon mal so ein Familiendrama?«

Hellmer überlegte und schüttelte den Kopf. »Kann mich nicht erinnern.«

Julia Durant rief Wolfram Lura an. Er versprach, umgehend nach Schwanheim zu kommen.

»Wieso hast du ihm nicht gesagt, um was es geht?«, fragte Hellmer.

»Weil ich ab jetzt keinen Fehler mehr machen will. Hätte ich ihm alles erzählt, wäre er womöglich gleich in die Schule gefahren. Wir sagen's ihm hier.«

Wolfram Lura kam zwanzig Minuten nach dem Telefonat, es war zwölf Uhr achtzehn. Sein Haar war ungekämmt, er trug eine abgewetzte Jeans, ein T-Shirt und eine Lederjacke darüber, an den Füßen hatte er ehemals weiße Turnschuhe.

»Was ist los?«, fragte er und deutete auf die Rollläden. »Wieso sind die alle unten?«

»Herr Lura, wie es scheint, ist Ihre Schwägerin auf und davon. Wir vermuten, dass sie etwas mit dem Verschwinden Ihres Bruders zu tun hat. Wir haben aber noch ein weiteres Problem – sie ist ohne Markus weggegangen. Könnten Sie ihn bitte von der Schule abholen und vorerst mit zu sich nehmen?«

Wolfram Lura starrte die Kommissare entgeistert an und schüttelte energisch den Kopf. »Hören Sie, Sie können mir alles Mögliche erzählen, aber eins weiß ich ganz sicher, Gabriele hätte Markus niemals allein gelassen. Ich war zwar nicht oft hier, aber eine bessere Mutter als sie kann ich mir nicht vorstellen. Nein, nein und nochmals nein!«

»Herr Lura, ich kann Ihre Erregung verstehen, aber wir haben es schon mit Dingen zu tun gehabt, von denen wir glaubten, es gäbe sie nicht …«

»Nein, Sie können offensichtlich meine Erregung nicht verstehen! Gabi und Markus sind ein Herz und eine Seele. Sie hat ihn immer wie eine Löwin ihr Junges verteidigt. Ich habe es selber miterlebt. Sie hat ihn beschützt, sie hat immer versucht, ihre persönlichen Probleme von ihm fern zu halten. Es konnte ihr noch so dreckig gehen, sie war immer für ihn da. Ganz im Gegensatz zu meinem Bruder, der sich einen Scheiß für Markus interessiert hat. Wenn der Junge vor Angst zitternd in der Ecke gesessen hat, weil seine Mutter mal wieder verprügelt wurde, dann hat das Rolf wahrscheinlich sogar noch geiler gemacht. Und deshalb garantiere ich Ihnen, dass Gabi nie im Leben Markus allein zurückgelassen hätte. Haben Sie einen Abschiedsbrief gefunden?«

»Nein.«

»Sehen Sie, das passt nämlich auch gar nicht zu ihr. Glauben Sie mir, ich kenne sie. Was immer passiert ist, es ist anders, als Sie jetzt vermuten.«

»Und was vermuten wir?«, fragte Durant.

»Ach, kommen Sie, das ist eine blöde Frage. Sie denken, dass Gabriele meinen Bruder umgebracht hat und jetzt auf und davon ist. Aber ich habe Ihnen gestern schon gesagt, dass Gabriele niemals zu einem Mord fähig wäre, und dazu stehe ich auch heute noch.«

»Und wenn sie einen Geliebten hat?«

»Bitte, was? Gabi und einen Geliebten? Jetzt verarschen Sie mich aber ...«

»Sie halten das also auch für ausgeschlossen?«

»Absolut. Gabi ist nicht der Typ für so was. Außerdem, wann hätte sie sich denn mit einem andern Mann treffen sollen? Rolf hat ständig hier angerufen, um zu kontrollieren, ob seine über alles geliebte Gabi auch zu Hause ist. Nee ...« Mit einem Mal stockte er und sah Julia Durant misstrauisch an. »Oder wissen Sie etwa mehr als ich?«

»Wir stellen nur Vermutungen an«, antwortete Durant ausweichend.

»Na gut, möglich ist alles. Es soll sogar Leute geben, die mit kleinen grünen Männchen gepoppt haben. Was soll's auch. Macht es Ihnen was aus, wenn ich mir einen Whiskey genehmige? Mein Bruder hat nämlich nur beste Ware.«

»Wenn Sie nachher noch Auto fahren können«, sagte Hellmer.

»Ich kann. Aber auf den Schreck hin brauche ich einen.« Er schenkte sich ein halbes Glas voll und leerte es in einem Zug. »Vorzüglich«, sagte er und stellte das Glas auf den Tisch. »Fahnden Sie jetzt nach Gabriele?«

»Das müssen wir.«

»Alles klar. Ich muss los, sonst verpasse ich Markus noch. Und bitte, melden Sie sich bei mir, sobald Sie Näheres wissen. Markus kann bei mir bleiben, solange er will. Ich werde jedenfalls alles in meiner Macht Stehende tun, damit er nicht zu meinen Eltern kommt. Bis dann.«

»Bis dann und danke«, rief ihm Durant nach. Dann sah sie Hellmer nachdenklich an. »Was hältst du von dem, was er gesagt hat?«

»Es spricht alles gegen sie …«

»Kann sich jemand so verstellen, dass selbst jene, die sie lange kennen, nichts merken oder gemerkt haben?«

»Was weiß ich«, erwiderte Hellmer mürrisch. »Ich bin genauso ratlos wie du. Komm, fahren wir zu Beckers Frau. Aber vorher halten wir noch kurz an einem Imbiss, mir knurrt der Magen.«

»Ist okay.« Sie zog die Tür hinter sich zu und lief schweigend neben Hellmer zur Straße, als ihr Handy klingelte. Berger.

»Ja?«

»Frau Durant, wir können die Fahndung abbrechen …«

»Haben Sie sie schon gefasst?«, fragte sie sichtlich erleichtert und packte Hellmer am Arm, der sofort stehen blieb.

»Ja, haben wir. Dr. Becker und Frau Lura sind tot. Herr Lura wurde mit schweren Schussverletzungen in die Uni-Klinik gebracht …«

»Augenblick, Augenblick!«, stieß sie entsetzt aus. »Die sind beide tot? Und Lura lebt?«

»Das Fahrzeug ist ausgebrannt, unsere Spezialisten sind bereits auf dem Weg dorthin.«

»Wo?«, fragte Durant mit belegter Stimme.

»In einem Waldstück in der Nähe von Kronberg. Mehr weiß ich auch noch nicht. Wollen Sie die Nachricht Frau Becker überbringen?«

Durant schluckte schwer. »Wir waren sowieso schon auf dem Weg zu ihr. Aber ich will erst den Tatort in Augenschein nehmen. Wo ist es genau?«

Berger erklärte es ihr, sie wiederholte es laut, damit Hellmer mitschreiben konnte. »Sagen Sie den Kollegen Bescheid, dass sie mit der Arbeit warten sollen, bis wir da sind. Was machen Kullmer und Seidel?«

»Die sind noch unterwegs.«

»Wo?«

»Im Augenblick im Autohaus.«

»Die sollen alles dort abblasen und schnellstens in die Klinik fahren und versuchen, mit dem behandelnden Arzt zu sprechen. Ende.«

Sie drückte, ohne eine Erwiderung abzuwarten, auf die Aus-Taste, hielt das Handy aber weiter in der Hand.

»Du hast es mitgekriegt«, sagte sie zu Hellmer und sah ihn traurig an. Er nickte nur. »Wenn der Junge das erfährt, ich mag es mir gar nicht vorstellen. Komm, fahren wir.«

»Und was ist mit Essen?«

»Du kannst dir ja was holen, mir ist der Appetit vergangen. So eine Sauerei!«

»Du hast gesagt, dass Lura lebt. Wie kann das angehen?«

»Das werden wir wohl erst erfahren, wenn er aufwacht. Und ich hoffe inständig, dass er überlebt.«

»Hoffst du das wirklich?«

»Ich will den Mann kennen lernen, dem so viele schlimme

Geschichten angedichtet werden. Ich will wissen, wer er wirklich ist. Und jetzt komm.«

Donnerstag, 13.27 Uhr

Sie waren mit Blaulicht unterwegs und trafen kurz nach den Männern und Frauen der Spurensicherung und dem Fotografen ein. Der Ort war großräumig abgeriegelt worden. Hellmer und Durant gingen auf das fast ausgebrannte Fahrzeug zu. Die verkohlten Leichen saßen noch im Wageninnern, die rechte hintere Tür stand offen. Der durchdringende und beißende Geruch von verbranntem Fleisch, Kunststoff, Benzin und Öl hing noch immer in der Luft. Der Boden um das Fahrzeug war von dichtem Laub, das von den Bäumen jetzt in Massen abgeworfen wurde, bedeckt. Hier oben im Taunus war es noch um einiges kühler als in Frankfurt, doch Durant spürte die Kälte nicht mehr, sie sah nur auf das Fahrzeug und die beiden Toten, die in beinahe kerzengerader Stellung wie Mumien dasaßen.

»Wann ist es passiert?«, fragte Durant einen höchstens dreißig Jahre alten Streifenbeamten mit sehr kurzem blondem Haar und blauen Augen.

»Der Notruf kam um elf Uhr neunundfünfzig bei uns rein. Wir sind sofort los und waren um genau zwölf Uhr siebzehn hier. Nachdem wir sicher waren, dass es sich um das gesuchte Fahrzeug handelt, haben wir bei der Mordkommission in Frankfurt Meldung gemacht. Das war um zwölf Uhr achtundvierzig. Angerührt oder verändert haben wir nichts, weil wir auf Sie warten wollten.«

»Sehr gute Arbeit«, lobte Julia Durant, woraufhin der Beamte leicht errötete. »Herr Lura wurde in die Uni-Klinik nach Frankfurt gebracht?«

»Ja. Laut Notarzt soll sein Zustand stabil sein. Er hat zwei

Schussverletzungen und ein paar leichte Verbrennungen, aber sonst scheint mit ihm alles in Ordnung zu sein.«

»Wie weit ist das von hier bis zur Straße?«, fragte sie.

»Hundert bis hundertzwanzig Meter, das wird aber noch abgemessen«, antwortete der Beamte.

»Und Sie und Ihr Kollege …«

»Meine Kollegin«, sagte er und deutete auf eine ebenfalls etwa dreißigjährige Frau, die sich mit einer Beamtin von der Spurensicherung unterhielt.

»Sie und Ihre Kollegin waren als Erste vor Ort. Ist Ihnen irgendetwas aufgefallen, außer dem brennenden Fahrzeug?«

»Nein.«

»Hat es überhaupt noch gebrannt, als Sie kamen?«

»Nein. Ein anderer Fahrer hat zwar versucht zu löschen, aber da war nicht mehr viel zu machen. Das Fahrzeug ist vollständig ausgebrannt.«

»Danke, das war's fürs Erste. Wenn Sie sich bitte noch zur Verfügung halten würden.«

»Natürlich. Aber da wäre noch was. Dort drüben, dieser Mann«, sagte er und deutete auf einen älteren Herrn in einem braunen Mantel, »er behauptet, zwei Schüsse gehört zu haben. Ich habe mir gedacht, Sie wollen vielleicht mit ihm sprechen. Er war ziemlich aufgeregt, als er uns das erzählt hat.«

»Ich werde Sie bei Ihrem Vorgesetzten lobend erwähnen«, sagte Durant, und wieder errötete der junge Beamte.

Durant und Hellmer gingen zu dem Mann, der aufmerksam die Aktivitäten der Polizei verfolgte. Er war klein und untersetzt, Durant schätzte ihn auf Mitte bis Ende sechzig.

»Maier«, sagte er, nachdem Durant sich vorgestellt hatte, und fuhr gleich aufgeregt fort: »Ich habe schon Ihrem Kollegen erzählt, dass ich zwei Schüsse gehört habe. Ich dachte zuerst, dass das ein Jäger war, aber dann kamen mir doch Zweifel, denn um diese Zeit geht normalerweise keiner auf die Jagd. Und kurz darauf habe ich das brennende Auto gesehen. Eigentlich habe ich es zuerst gerochen, weil der Qualm in meine Richtung zog.«

»Haben Sie sonst noch jemanden gesehen?«

»Nein, erst später, als ich zur Straße runter bin. Ich war ja spazieren und wohne nur ein paar hundert Meter weiter dort unten. Da hatten aber schon zwei Autos angehalten, einer hat sich um den verletzten Herrn gekümmert und die Polizei oder den Notarzt gerufen, ein anderer ist mit dem Feuerlöscher losgerannt. Doch viel ausrichten konnte der auch nicht mehr.«

»Sie haben also zwei Schüsse gehört. In welchem Abstand sind die gefallen?«

»Sehr schnell hintereinander. Da lagen höchstens zwei oder drei Sekunden dazwischen.«

»Haben Sie mitbekommen, ob das Auto gebrannt hat, bevor die Schüsse fielen oder erst danach?«

»Das kann ich nicht sagen, obwohl ich nicht sehr weit entfernt war.«

»Waren die Schüsse sehr laut?«

»Nein, nicht besonders. Auch wenn ich Pensionär bin, so höre ich trotzdem noch wie ein Luchs. Aber es waren auf jeden Fall Schüsse.«

»Herr Maier, Sie haben uns sehr geholfen. Wenn Sie uns bitte Ihre Adresse und Telefonnummer geben würden, wir würden gerne Ihre Aussage zu Protokoll nehmen.«

»Muss ich dafür aufs Präsidium?«

»Nein, ich werde zwei Beamte zu Ihnen schicken, die das Protokoll bei Ihnen zu Hause aufnehmen. Jetzt erst mal vielen Dank.«

»Gern geschehen. Aber es ist schon schrecklich, so was zu sehen. Ich habe schon viel erlebt, aber so etwas noch nie.«

Durant und Hellmer entfernten sich und gingen zu dem Jaguar. Sie warf einen langen Blick auf das fast schwarze, ehemals von Sommersprossen übersäte Gesicht, das jetzt wie versteinert aussah, wie eine dreitausend Jahre alte Mumie. Anschließend betrachtete sie Becker, dessen Kopf weder die Kopfstütze noch die Rückenlehne berührte. Die Pistole lag zwischen Sitz und Tür. »Was ist das für eine?«, fragte sie Hellmer.

»Keine Ahnung, ich kann doch nicht alle Waffen kennen. Auf jeden Fall haben die ganze Arbeit geleistet.«

»Nicht ganz, Lura lebt noch«, murmelte Durant vor sich hin.

»Sie haben wohl gedacht, er sei tot. Tja, so kann man sich täuschen. Meine Theorie: Sie haben Lura entführt, ihn irgendwo gefangen gehalten, haben ihn vielleicht sogar gefoltert und ihm zwei Kugeln verpasst. Sie wussten aber, dass es für sie keinen Ausweg mehr gibt. Sie sind hierher gefahren, Becker hat das Auto mit Benzin übergossen, dann seine Geliebte getötet, das Auto in Brand gesteckt und gleich darauf sich selbst umgebracht. Lura war aber nicht, wie von ihnen angenommen, tot, sondern hat sich vermutlich nur tot gestellt und ist in dem Moment aus dem Wagen gesprungen, als Becker nicht mehr lebte.«

Ein Kollege der Spurensicherung kam zu ihnen und fragte: »Können wir anfangen?«

»Immer schön der Reihe nach. Erst der Fotograf, dann ihr. Ich will jede Einzelheit sowohl auf Video als auch auf Fotos haben. Und zwar von hier bis runter zur Straße. Jedes einzelne gottverdammte Detail. Und ihr arbeitet so gewissenhaft wie noch nie zuvor in eurem Leben.«

»Warum dieser Aufwand? Das ist doch alles ganz eindeutig«, sagte der Beamte verständnislos.

»Weil ich es so will«, fuhr sie ihn unwirsch an. »Und der Wagen kommt zur KTU, die sollen ihn auseinander nehmen. Und jetzt überlassen wir euch das Feld.« Und zu dem Fotografen, der mit seiner Videokamera parat stand: »Sie haben's mitbekommen?«

»Es wird mir ein Vergnügen sein.«

Und an Hellmer gewandt: »Für uns gibt's hier nichts mehr zu tun. Fahren wir.«

»Und wohin?«

»Eine Trauerbotschaft überbringen«, sagte sie kühl und begab sich zum Wagen.

Hellmer blieb noch einen Moment stehen und rannte ihr dann nach. »Sag mal, hast du irgendwas?«

»Was soll ich denn haben?«

»Bist du sauer oder was?«

»Seh ich so aus?«, fragte sie gereizt.

»Ja. Und du klingst auch so. Was ist los?«

»Okay«, sagte sie, nachdem sie eingestiegen war, »ich bin sauer. Ich bin sogar so was von stinksauer, das kannst du dir gar nicht vorstellen.«

»Warum denn? Der Fall ist abgeschlossen, und wir können uns wieder unseren geliebten Akten zuwenden. Wieso lässt du eigentlich hier das ganze Brimborium veranstalten?«

»Keine Ahnung. Vielleicht will ich nur vermeiden, wieder einen Fehler zu begehen. Und jetzt hör auf, mir Fragen zu stellen, denn ich hab im Moment keine Antworten.« Und nach einer kurzen Pause: »Wie bringen wir's bloß dem Jungen bei?«

»Das werden wir auch noch schaffen. Wenn ich nur wüsste, was in deinem Kopf vorgeht.«

»Weiß ich selber nicht. Irgendwie sträubt sich immer noch alles in mir zu glauben, dass die Lura ihren Mann umbringen wollte. Aber so wird's wohl gewesen sein.«

»Wir schauen eben immer wieder in neue Abgründe …«

»Das ist kein Abgrund«, unterbrach sie ihn und blickte aus dem Fenster, »da steckt vielleicht eine riesengroße Verzweiflung dahinter. Ich hoffe nur, dass wir jemals rauskriegen, was wirklich der Grund war.«

»Du wirst es rausfinden, weil du es willst, du Dickkopf. Sonst wärst du doch für den Rest deines Lebens noch unausstehlicher«, sagte er grinsend.

»Idiot. Und jetzt halt die Klappe, ich muss nachdenken.«

Donnerstag, 14.50 Uhr

Hellmer hatte an einer Imbissbude einen Stopp eingelegt und zwei Portionen Currywurst mit Pommes und zwei Dosen Cola geholt. Nach dem Essen, das Julia Durant diesmal nicht geschmeckt hatte, fuhren sie weiter zu Corinna Becker.

Sie kam nach dem Klingeln ans Tor, Hellmer zeigte seinen Ausweis. Corinna Becker war eine mittelgroße, sehr schlanke, aber wohlproportionierte Frau mit halblangen braunen Haaren, rehbraunen Augen und einem vollen breiten Mund, und Julia Durant dachte: Irgendwie hat sie eine gewisse Ähnlichkeit mit Julia Roberts. Sie trug ein Sweatshirt, eine Jeans und Leinenschuhe an den nackten Füßen.

»Frau Becker?«

»Ja. Sie wollen sicher zu meinem Mann ...«

»Nein, wir würden gerne mit Ihnen sprechen. Dürfen wir reinkommen?«

»Mit mir? Um was geht's denn?«

»Lassen Sie uns nicht hier draußen darüber reden.«

Sie öffnete das Tor und ging vor den Beamten ins Haus. Im Wohnzimmer saß ein kleines Kind auf dem Boden und spielte mit Bauklötzen, doch als es die Kommissare sah, schaute es auf und blickte sie aus großen blauen Augen an.

»Das ist mein Sohn Maximilian. Sag hallo, Maximilian.«

Er winkte nur aufgeregt mit einem Bauklotz und lachte dabei.

Corinna Becker blieb in der Mitte des Zimmers stehen, die Arme über der Brust verschränkt. Sie machte keine Anstalten, den Kommissaren einen Platz anzubieten, als wollte sie sie so schnell wie möglich wieder loswerden. Doch Julia Durant spürte, dass sie ahnte, weshalb die Polizei zu ihr kam, dass sie nicht hier war, um ihr eine freudige Botschaft zu überbringen.

»Frau Becker«, sagte Durant, »möchten Sie sich nicht setzen?«

»Ich stehe gut, danke«, war die kühle Antwort. »Jetzt machen Sie doch nicht so ein Geheimnis. Ist etwas mit meinem Mann?«

»Wir müssen Ihnen leider mitteilen, dass Ihr Mann tot ist. Möchten Sie sich jetzt nicht doch lieber setzen?«

Corinna Becker sah Julia Durant fassungslos und mit ungläubigem Blick an. »Hatte er einen Unfall? Nein«, sagte sie mehr zu sich selbst, »dann wären vermutlich ganz normale Polizisten in Uniform gekommen. Sagen Sie mir, was passiert ist, ich kann es verkraften.«

Ihre Mundwinkel begannen zu zucken. Durant hatte das Gefühl, dass die vorgebliche Stärke nur gespielt war und Corinna Becker kurz vor einem Zusammenbruch stand. Sie ging zu ihr, nahm sie am Arm und führte sie zur Couch, was sie sich widerstandslos gefallen ließ.

»Sollen wir einen Arzt rufen?«

»Nein, wozu denn?«, fragte sie mit Trotz und auch einem gewissen Stolz in der Stimme und sah Julia Durant dabei an. Die ersten Tränen lösten sich und liefen über ihr Gesicht. Sie wischte sich mit einer Hand über die Augen und fragte weiter: »War noch jemand bei ihm?« Der Ton ließ Durant aufhorchen.

»Es waren zwei Personen im Auto.«

»Dann war es also doch ein Unfall?«

»Das Auto ist ausgebrannt.«

Corinna Becker sprang unvermittelt auf, stellte sich für einen Moment ans Fenster und schaute hinaus auf den herbstlichen Garten, doch sie schien mit ihren Gedanken weit weg zu sein. Sie drehte sich um, ging an den klobigen Eichenschrank, öffnete eine Klappe und holte ein Glas und eine Flasche Cognac heraus. Sie schenkte das Glas mehr als halb voll und trank es in einem Zug leer.

»Wer war die andere Person? Eine Frau?«

»Ja.«

Corinna Becker lachte kurz und bitter auf und sagte: »Ich hätte wissen müssen, dass es eines Tages so weit kommt. Können Sie mir vielleicht den Namen dieser Frau nennen?«

»Frau Becker, ich …«

»Frau …«

»Durant.«

»Frau Durant, es ist doch völlig egal, ob Sie mir den Namen jetzt nennen oder ich ihn morgen oder übermorgen aus der Zeitung erfahre. Wer ist es?«

»Frau Lura.«

»Mein Gott, ausgerechnet Gabriele! Sie war es also, mit der er sich in letzter Zeit so häufig getroffen hat. Er hat auch dauernd mit ihr telefoniert, zuletzt gestern Nacht. Glaube ich zumindest.«

»Um welche Uhrzeit war das?«

»Er hat wohl gedacht, ich würde schon schlafen, aber ich konnte mal wieder nicht einschlafen. Sein Handy hat geklingelt, das war um genau drei Minuten nach halb elf. Er ist gleich danach weggefahren, ohne mir auf Wiedersehen zu sagen, und seitdem habe ich ihn nicht mehr gesehen.« Sie schenkte sich nach, hielt das Glas in der Hand und setzte sich zu Durant. »Ich habe schon seit längerem geahnt, dass eines Tages etwas Schreckliches geschehen würde, aber so etwas …« Sie schüttelte den Kopf, ihr Blick ging ins Leere. »Was soll ich jetzt bloß machen? Ich habe zwei Kinder, aber keinen Mann mehr. Und ich brauche ihn doch so. Was tun andere Frauen in solchen Situationen? Sie haben doch Erfahrung mit so was, oder?«

»Jeder reagiert anders auf eine solche Nachricht«, erwiderte Durant, die nichts anderes sagen konnte, die sich nur fragte, was Becker in die Arme von Gabriele Lura getrieben hatte, hatte er doch zu Hause eine so attraktive und für die meisten Männer begehrenswerte Frau. »Sie sind eine starke Frau.«

Julia Durant hatte es kaum ausgesprochen, als Corinna Becker das Glas fallen ließ, das Gesicht in den Händen vergrub und hemmungslos zu weinen begann. Die Kommissarin legte einen Arm um ihre Schultern und zog sie zu sich heran. Sie hatte das bewusst gesagt, um herauszufinden, wie stark diese Frau wirklich war. Maximilian war aufgestanden und kam zu seiner Mutter, und als er sie weinen sah, streichelte er ihr über die rechte Wange.

»Ist außer Ihnen noch jemand im Haus?«, fragte Durant.

»Verena, meine Tochter«, schluchzte Corinna Becker. »Sie ist oben auf ihrem Zimmer. Können Sie vielleicht Maximilian zu ihr hochbringen? Sagen Sie ihr aber nicht, was passiert ist, das muss ich selber tun.«

»Machst du das?«, bat Durant Hellmer, der Maximilian auf den Arm nahm, woraufhin der Kleine ebenfalls zu weinen anfing. Er versuchte ihn zu beruhigen, doch vergebens. Er klopfte an einer Tür, hinter der Musik spielte.

Verena kam heraus, erblickte Hellmer und sagte: »Tag. Wer sind Sie?«

»Ich bin von der Polizei, meine Kollegin ist unten bei deiner Mutter. Du möchtest dich bitte ein bisschen um deinen kleinen Bruder kümmern. Kannst du das?«

»Logisch«, antwortete sie und nahm Maximilian in Empfang. »Was wollen Sie von meiner Mama?«, fragte sie neugierig.

»Wir unterhalten uns nur ein wenig mit ihr«, log Hellmer. »Wir gehen auch gleich wieder. Tschüs dann.«

»Hm, tschüs«, sagte Verena und kickte die Tür mit dem Absatz zu.

Corinna Becker hatte sich, als Hellmer wieder nach unten kam, einigermaßen gefangen. Sie wischte sich die Tränen mit mehreren Taschentüchern ab, saß vornübergebeugt, die Ellbogen auf den Oberschenkeln, und hielt sich an einem Taschentuch fest. Julia Durant bedeutete Hellmer, sich kommentarlos zu setzen. Sie selbst schwieg auch und wollte abwarten, bis Corinna Becker bereit war, ein paar Fragen zu beantworten. Sie schnäuzte sich und schaute die Kommissarin aus rot geweinten

Augen an. Ihre Mundwinkel zuckten noch immer, als sie sagte: »Warum sind sie im Auto verbrannt?«

Julia Durant warf einen hilflosen Blick zu Hellmer, der kaum merklich mit den Schultern zuckte.

»Sie haben sich das Leben genommen.«

Ein kurzer Moment absoluter Stille entstand, Corinna Becker sah Durant wie einen Geist an, dann lachte sie auf. »Bitte was? Mein Mann soll sich das Leben genommen haben? Niemals! Sie haben meinen Mann nicht gekannt, sonst würden Sie so etwas nicht sagen. Werner hing am Leben wie ein Ertrinkender an einem Strohhalm. Er liebte seinen Beruf und … Nun, mich hat er wohl nicht so sehr geliebt, wie er es mir so oft gesagt hat. Aber das ist wohl meine Schuld, ich bin keine einfache Frau. Früher war das anders, aber seit ich mit Maximilian schwanger war, habe ich mich verändert, oder besser gesagt, da hat sich etwas in mir verändert, und Werner ist damit nicht klargekommen, was ich ihm auch nicht verdenken kann. Deshalb hat er sich wohl eine Geliebte zugelegt. Aber dass es ausgerechnet Gabriele war!« Sie hielt inne und sah Durant fragend an. »Sind Sie wirklich sicher, dass sie sich das Leben genommen haben? Sie haben sich einfach so bei lebendigem Leib verbrannt? Das glaube ich nicht, denn Werner hatte Angst vor dem Tod. Einmal hat er gesagt, er würde am liebsten ewig leben. Und noch etwas – Werner hatte panische Angst vor Schmerzen. Schon wenn er einen Zahnarzttermin hatte, mein Gott, er hat ihn manchmal fünf- oder sechsmal verschoben, bis er endlich den Mut fand hinzugehen. Nein, ich glaube Ihnen das nicht«, sagte sie mit Nachdruck.

»Wie es aussieht, haben sich Ihr Mann und Frau Lura, bevor sie verbrannt sind, erschossen.«

»Das wird ja immer schöner! Erstens hatte Werner gar keine Waffe, auch wenn er als Anwalt Anspruch auf eine gehabt hätte. Und zweitens, er hasste Gewalt in jeglicher Form, und dazu gehörte auch seine Abneigung gegen Waffen. Auch wenn er Anwalt war, er hat immer für das Recht gekämpft und keine Sachen gemacht, die ruchlos gewesen wären. Er hatte ein sehr hohes ethisches Empfinden und hat nur Fälle übernommen, die er auch mit seinem Gewissen vereinbaren konnte. Vor einigen Jahren trat ein Klient an ihn heran, der von ihm verteidigt werden wollte, weil er den Geliebten seiner Frau umgebracht hatte, aber mein Mann hat diese Bitte strikt abgelehnt. Er wollte nie Strafverteidiger werden, weil ihm das viel zu schmutzig war. Mehr kann ich Ihnen dazu nicht sagen. Mein Gott, was soll ich bloß ohne ihn machen?«

»Sie haben vorhin gesagt, Sie hätten schon länger gewusst, dass Ihr Mann eine Affäre hatte. Können Sie das konkretisieren?«

Corinna Becker zuckte mit den Schultern und meinte: »Ich habe es geahnt, aber nicht gewusst. Vor einem halben Jahr habe ich es zum ersten Mal vermutet. Aber es war halt nur eine Vermutung. Er hat mich seit der Geburt von Maximilian nicht mehr angerührt, doch das lag weniger an ihm als an mir, weil ich … Was bringt es schon, wenn ich es Ihnen erzähle, das macht ihn nicht wieder lebendig. Wäre ich doch nur ein klein wenig liebenswerter gewesen, dann wäre das alles nicht passiert. Es ist ganz allein meine Schuld, ich bin für seinen Tod verantwortlich. Was habe ich bloß angerichtet?!« Sie schloss die Augen und fing wieder an zu weinen.

»Frau Becker, Sie tragen keinerlei Schuld am Tod Ihres Mannes …«

»Doch, das tue ich. Er und Gabriele könnten beide noch leben, wenn ich nicht gewesen wäre. Alles habe ich kaputtgemacht. Alles, aber auch wirklich alles! Ich habe mich von ihm entfernt, und er hat keinen anderen Ausweg mehr gesehen, als … Und soll ich Ihnen was sagen – als Sie vorhin unten am Tor gestanden haben, da wusste ich, dass meine schlimmsten Befürchtungen Wahrheit geworden sind. Ich war letzte Nacht so ruhelos wie seit ewigen Zeiten nicht mehr, ich habe kaum geschlafen, und wenn, dann haben mich fürchterliche Träume gequält. Und als mich Frau Antonioni angerufen hat, da war mir klar, dass meine Träume wahr geworden sind. Träume lügen nicht, das hat mir schon meine Großmutter gesagt. Und sie hat Recht behalten. Ich habe schon immer Dinge geträumt, die letztlich auch eingetreten sind. Und vergangene Nacht war es besonders schlimm. Entschuldigen Sie, aber das wollen Sie bestimmt nicht von mir hören. Ich bin einfach nur durcheinander. Werner und Gabriele! Ich habe geahnt, dass da eine andere ist, aber ich wollte mich nicht damit auseinander setzen. Und jetzt habe ich die Quittung dafür bekommen. Ich hatte zuerst Frau Antonioni in Verdacht, schließlich ist sie eine mehr als attraktive Frau, und ganz ehrlich, ich hätte es ihm nicht einmal verübelt. Gut, so war es eben Gabriele, mit der er geschlafen hat. Ich hätte mit Werner darüber sprechen müssen, vielleicht wäre dann alles noch glimpflich abgelaufen. Aber so?« Sie zuckte mit den Schultern, wirkte aber erstaunlich gefasst, nachdem sie sich vom ersten Schock erholt zu haben schien.

Julia Durant fielen erst jetzt die Bilder an den Wänden auf, die etwas Magisches hatten, sie war beeindruckt von den kräftigen Farben, den sanft gezeichneten Gesichtern, die allesamt melancholisch wirkten und dennoch nicht lebensüberdrüssig.

»Von wem stammen diese Bilder? Sie gefallen mir.«

»Die Bilder sind von mir. Ich habe Kunst studiert, bevor ich Werner kennen lernte. Wir haben ziemlich schnell geheiratet. Und als dann Verena kam, habe ich angefangen, hier zu Hause zu malen. Mit dem Pinsel kann ich viel mehr sagen als mit dem Mund, das ist mein großes Manko. Bilder leben nicht, sie drücken nur etwas aus. Genau wie Bücher oder Musik.«

»Wie alt sind Sie, wenn ich fragen darf?«

»Vierunddreißig. Das ist noch kein Alter, oder? Werner ist zehn Jahre älter. Er war ein wundervoller Mann, der nie zornig wurde. Manchmal hat mich das zur Weißglut getrieben, diese stoische Ruhe, dieses alles Hinnehmen, aber ich habe zu spät erkannt, dass er eine Menge Ballast mit sich herumgetragen hat und auch eine Menge geschluckt hat, ohne es zu verdauen. Und das nur wegen mir.«

»Frau Becker, Sie sollten nicht so streng mit sich ins Gericht gehen. Und mit vierunddreißig sind Sie noch sehr jung und können noch viel erleben.«

»Glauben Sie vielleicht, ich würde jetzt an die Zukunft denken? Sicher, mein Leben fängt jetzt wohl oder übel neu an, aber ich möchte nur zu gerne wissen, wie dieser Anfang aussehen wird. Bis jetzt ist das alles nur wie ein böser Traum. Aber ich werde nicht aufwachen und denken, es war ja nur ein Traum. Es ist ein Scheißleben.«

»Sie werden es trotzdem schaffen. Haben Sie jemanden, der in den nächsten Tagen hier bei Ihnen sein kann? Eltern zum Beispiel?«

»Meine Mutter könnte herkommen. Mein Vater ist zu beschäftigt, er ist im Vorstand einer großen Bank und ständig in der Weltgeschichte unterwegs. Aber meine Mutter kommt bestimmt gerne. Sie wohnt auch nicht weit von hier in Sachsenhausen.«

»Das ist gut. Am besten rufen Sie sie gleich an.«

»Warum?«

»Tun Sie's bitte, es gibt mir persönlich ein besseres Gefühl.«

»Machen Sie sich etwa Sorgen, ich könnte mir etwas antun?«, fragte Corinna Becker mit einem undefinierbaren Lächeln.

»Ich hatte schon mit solchen Fällen zu tun und mache mir noch heute Vorwürfe deswegen.«

»Keine Angst, ich würde meine Kinder nie im Stich lassen. Aber um Sie zu beruhigen ...« Sie stand auf und telefonierte kurz mit ihrer Mutter, ohne den Grund des Anrufs zu nennen. »Sie wird in wenigen Minuten hier sein. Zufrieden?«

»Ja. Eine andere Frage – hat sich Ihr Mann in den letzten Tagen auffällig verhalten? War er nervöser als sonst, oder wirkte er abwesend?«

»Nein, er war wie immer. Eine solche Veränderung hätte ich bei ihm sofort gespürt.«

»Sagen Sie, wie gut kennen Sie Herrn Lura?«

»Er war oft hier. Werner und Rolf sind oder besser waren gute Freunde. Außerdem war Werner sein Anwalt. Weiß er schon, dass …?«

Julia Durant überlegte, ob sie ihr die volle Wahrheit sagen sollte, und entschied sich, es zu tun.

»Haben Sie heute noch keine Zeitung gelesen? Oder hat Ihr Mann Ihnen nichts erzählt?«

»Nein, ich habe weder Zeitung gelesen noch die Nachrichten gehört. Und was soll mein Mann mir erzählt haben?«

»Herr Lura ist vorgestern verschwunden und als vermisst gemeldet worden. Und wie es aussieht, haben Ihr Mann und Frau Lura etwas mit seiner Entführung zu tun …«

Corinna Becker machte eine abwehrende Handbewegung und sagte in scharfem Ton: »Frau Durant, es reicht! Ich weiß nicht, woher Sie Ihre infamen Anschuldigungen nehmen, aber mein Mann hätte niemals jemanden entführt, schon gar nicht seinen besten Freund und vor allem Klienten. Erst tischen Sie mir die Geschichte von seinem Selbstmord auf, dann soll er auch noch ein Verbrecher sein! Nein, nein, nein, im Leben nicht!«

»Frau Becker, die Fakten sprechen eine eindeutige Sprache. Leider. Es scheint, als wollten Ihr Mann und Frau Lura sich eine gemeinsame Zukunft aufbauen und dabei …«

»Ich möchte, dass Sie jetzt gehen, und zwar auf der Stelle! Ich habe keine Lust, mir diese Lügen länger anzuhören. Am Ende behaupten Sie noch, mein Mann hätte versucht, Rolf umzubringen. Vergessen Sie's!«, stieß sie aus. »Und jetzt gehen Sie, und kommen Sie erst wieder, wenn Sie mir Beweise für Ihre unverschämten Unterstellungen vorlegen können.«

»Frau Becker, bitte …«

»Lassen Sie mich allein! Bitte!«, sagte sie mit Nachdruck und schloss die Augen, die Arme wieder vor der Brust verschränkt.

Durant und Hellmer erhoben sich, sagten »Auf Wiedersehen«, erhielten aber keine Antwort. Im Auto meinte Hellmer nur: »Dumm gelaufen, was?«

»Halt die Klappe. Das war kein Fettnäpfchen, das war ein riesengroßer Fettnapf, in den ich reingetreten bin.«

»Quatsch! Du konntest doch nicht wissen …«

»Doch, konnte ich! Was lernen wir immer wieder auf unseren psychologischen Fortbildungen – nehmt Rücksicht auf die Hinterbliebenen und setzt sie nicht sofort unter Druck. Und genau das habe ich gemacht. Ich hätte mit dieser blöden Bemerkung auch warten können, bis sie … Die ist doch völlig durch den Wind. Erst geht ihr Mann fremd, dann ist es auch noch jemand aus dem engeren Bekanntenkreis, dann erzähle ich ihr, dass ihr Mann vermutlich ein potenzieller Mörder ist … Das verkraftet doch keine Sau!«

»Sie wird darüber wegkommen, und irgendwann wirst du auch mit ihr in aller Ruhe reden können. Wir müssen ihr nur die Beweise vorlegen. Im Moment sieht sie ihren Mann noch durch eine rosarote Brille. Aber dieses Arschloch ist nicht nur fremdgegangen, sondern …«

»Das weiß ich doch alles. Wir brauchen die Aussage von Lura. Ich erkundige mich mal bei Peter, ob er schon Gelegenheit hatte, mit dem Arzt zu sprechen.« Bevor sie die Nummer eintippte, fragte sie Hellmer: »Wie findest du eigentlich die Frau?«

»Ganz nett. Hat irgendwie was von Julia Roberts. Vor allem der Mund und die Augen. Und Beine scheint sie auch ganz schöne zu haben.«

»Kannst du auch mal auf was anderes achten als nur auf Äußerlichkeiten?«

»Kann ich und tue ich auch. Ich hab mich nämlich gefragt, warum Becker diese Klassefrau mit der eher unscheinbaren Lura betrogen hat. Und ich frage mich, was für ein Problem sie hat?«

»Die lebt in ihrer eigenen kleinen Welt. Und um noch mal auf Julia Roberts zu kommen – die ist alles andere als einfach.

Vielleicht sind die beiden über tausend Ecken miteinander verwandt«, sagte Durant, die allmählich ihren Humor wiederfand.

»Es muss doch aber einen Grund geben, dass zwischen den beiden schon seit längerem nichts mehr gelaufen ist«, meinte Hellmer, ohne auf die letzte Bemerkung einzugehen. »Ich würde die jedenfalls nicht von der Bettkante stoßen – wenn ich nicht verheiratet wäre«, fügte er schnell hinzu. »Warum hat sie ihren Mann nicht mehr rangelassen?«

»Wer sagt denn, dass sie ihn nicht rangelassen hat?«

»Ich, weil ich ein Mann bin. Schau, ich bin jetzt seit knapp vier Jahren mit Nadine verheiratet, ich kannte sie zwar schon lange vorher, aber ich habe bis jetzt die Lust an ihr nicht verloren. Das interessiert mich echt.«

»Dann frag sie doch. Da ist die Klingel.«

»Frag du sie.«

»Vielleicht gar keine so schlechte Idee. Ruf du in der Zwischenzeit bei Peter und Doris an«, sagte Durant, die wieder ausstieg und die Klingel betätigte. Corinna Becker trat ans Tor und sah die Kommissarin ernst an.

»Was wollen Sie noch?«

»Darf ich reinkommen?«, fragte Durant leise und erwiderte den Blick mit einem zaghaften Lächeln.

»Was soll's. Kommen Sie.«

»Ich wollte mich nur bei Ihnen entschuldigen. Das war nicht fair von mir.«

»Nein, war es nicht. Aber Sie haben Glück, ich schätze es, wenn Menschen aufrichtig sind. Möchten Sie mir noch etwas sagen?«

»Nein, nur eine Frage. Würden Sie mir den Grund nennen, warum Ihr Mann sich eine Geliebte gesucht hat? Ich bin deswegen auch allein gekommen, weil ich von Frau zu Frau mit Ihnen sprechen wollte. Sie haben vorhin erwähnt, dass Ihr Mann Sie seit der Geburt Ihres Sohnes nicht mehr angerührt hat, Sie haben aber gleichzeitig betont, dass es Ihre Schuld sei. Was ist damals passiert?«

»Ich hatte eine unglaublich schwere Schwangerschaft, vor allem in den letzten drei Monaten. Bluthochdruck, zu viel Eiweiß, zu viel Wasser, ich habe manchmal ausgesehen wie ein voll gesogener Schwamm. Der Arzt meinte, es könnte sein, dass ich die Schwangerschaft nicht überlebe oder dass das Kind es nicht schafft oder im schlimmsten Fall wir beide sterben müssen. Zum Glück ist alles gut gegangen. Aber ich hatte danach Angst, noch einmal schwanger zu werden. Ich vertrage die Pille nicht, bei Maximilian bin ich trotz Spirale schwanger geworden, na ja … Ich hatte einfach Angst davor, mit meinem Mann zu schlafen, habe mir aber eingeredet, dass es irgendwann wieder sein wird wie früher. Mein Mann hat mich zu einem Arzt geschickt, der mir Antidepressiva verschrieben hat, morgens Antidepressiva, abends Valium. Und dazu immer noch mal das eine oder andere Glas. Deshalb sage ich, es war meine Schuld, dass er sich eine Geliebte genommen hat, denn ich habe ihm nichts mehr gegeben.«

»Sie sind aber nicht schuld an seinem Tod, diese Entscheidung hat er ganz allein getroffen. Sie sind eine nette Frau, das möchte ich Ihnen einfach nur sagen. Und vielleicht können wir uns irgendwann mal über Ihre Bilder unterhalten, in zwangloser Atmosphäre.«

»Gerne. Eine Frage habe ich jetzt aber an Sie: Sind Sie wirklich überzeugt, dass mein Mann und Gabriele Herrn Lura umbringen wollten?«

»Ich habe mich vorhin falsch ausgedrückt. Ich habe keinerlei Beweise für meine Behauptungen. Es sind lediglich Vermutungen. Was sich wirklich abgespielt hat, wird uns wohl erst Herr Lura erzählen können.«

»Wie geht es ihm?«

»Das kann ich nicht sagen. Er ist im Krankenhaus, und ich war noch nicht bei ihm.«

»Was genau ist mit ihm passiert?«

»Er wurde angeschossen, von wem, entzieht sich jedoch bisher meiner Kenntnis.«

»Ich mag Rolf nicht«, sagte Corinna Becker. »Ich habe diesen Typ noch nie gemocht. Er ist schleimig und undurchschaubar, und ich habe mich immer gefragt, weshalb Werner und Rolf so gut befreundet waren. Ich habe ihm nicht nur einmal gesagt, dass es doch reichen würde, wenn sie auf rein geschäftlicher Basis verkehren würden, aber Werner hat nur gemeint, den besten Klienten müsse man wie ein rohes Ei behandeln. Das Anwaltsgeschäft ist nicht leicht, ein Großteil der Anwälte in Deutschland leben knapp über, viele sogar unter dem Existenzminimum. Durch Herrn Lura hat mein Mann viel Geld verdient, weil er durch ihn auch noch andere Klienten gewonnen hat. Aber das ändert nichts an meiner persönlichen Abneigung ihm gegenüber.«

»Haben Sie irgendwelche schlechten Erfahrungen mit ihm gemacht?«

»Einmal, aber das hat mir gereicht. Das war vor acht oder neun Jahren. Wir waren zu einem Gartenfest geladen, und dabei ist Herr Lura mir gegenüber ziemlich ausfällig geworden. Er hat zwar an diesem Abend recht viel getrunken, aber das entschuldigt nicht seine Entgleisungen. Seitdem halte ich Distanz zu ihm.«

»Wie haben diese Entgleisungen denn ausgesehen?«

»Als mein Mann sich mit anderen Gästen unterhielt, kam Herr Lura zu mir und hat mich richtiggehend angemacht. Er hat mich ganz unverblümt gefragt, ob ich nicht mal Lust hätte, mit ihm nach oben zu gehen, wobei er in seiner Ausdrucksweise ziemlich ordinär wurde. Ich habe es natürlich meinem Mann erzählt, aber der hat nur abgewiegelt und gemeint, bei einem Betrunkenen sollte man nicht alles so ernst nehmen. Aber so betrunken war er nun auch wieder nicht.«

»Sie sprechen jetzt die ganze Zeit von Herrn Lura, vorhin aber haben Sie ihn Rolf genannt. Ich nehme an, Sie wollten das gar nicht, oder?«

»Nein, aber ich habe gute Miene zum bösen Spiel gemacht,

als er mir das Du angeboten hat, allein schon, um meinen Mann nicht zu brüskieren. Ich habe ihn zum Glück nicht oft sehen müssen. Und wenn er hier war, habe ich mich nach oben verzogen.«

»Können Sie mir etwas über seine Ehe berichten?«

»Nichts Besonderes. Aber ich glaube, Gabriele war sehr unglücklich. Sie hat zumindest ein paar Mal so merkwürdige Andeutungen gemacht. Ganz ehrlich, ich mochte Gabriele, und ich kann ihr sogar noch nicht einmal jetzt übel nehmen, dass sie mir den Mann ausgespannt hat. Ich hoffe, ich erfahre irgendwann einmal die ganze Wahrheit, denn so, wie Sie mir das vorhin geschildert haben, so kann ich mir das Ganze nicht vorstellen. Wie gesagt, Werner war ein äußerst lebensbejahender Mann, der niemals seinem Leben freiwillig ein Ende bereitet hätte. Aber vielleicht irre ich mich ja auch.« Und nach einer kurzen Pause, während der sie sich mit der Zunge ein paar Mal über die Lippen fuhr: »Ich hoffe, ich irre mich nicht, denn dann hätte ich ein echtes Problem. Und ich bitte Sie, mir nichts zu verschweigen, mir ist die Wahrheit lieber als die Ungewissheit. Seltsam, im Augenblick ist alles ruhig in mir, ich kann das nicht erklären. Als wäre Werner jetzt hier, um mich zu trösten. Haben Sie so etwas auch schon mal erlebt?«

»Ja, als meine Mutter gestorben ist. Und auch bei andern habe ich das erlebt.«

Die Türglocke schlug mit einem warmen, tiefen Ton an. »Das wird meine Mutter sein. Sie weiß noch gar nicht, weshalb sie kommen sollte. Vielleicht bleibt sie ja über Nacht, dann bin ich wenigstens nicht so allein. Obwohl ich das Alleinsein inzwischen gewohnt bin.«

»Ich verabschiede mich dann mal. Ich lasse Ihnen auch meine Karte hier, Sie können mich jederzeit anrufen.«

»Danke. Aber warten Sie doch noch, damit Sie meine Mutter kennen lernen.«

Die Frau, die zur Tür hereinkam, war Corinna Becker wie aus

238

dem Gesicht geschnitten, nur mit dem Unterschied, dass sie mindestens zwanzig Jahre älter war, aber wesentlich jünger aussah. Man hätte sie leicht für die Schwester halten können. Sie hatte halblange dunkelbraune Haare, braune Augen und den gleichen vollen Mund wie ihre Tochter. Sie war jugendlich und in hellen Farben gekleidet, ihre Bewegungen waren grazil und elegant.

»Hallo, Mama. Das ist Frau Durant von der Kriminalpolizei, meine Mutter.«

»Angenehm. Was macht die Polizei hier?«, fragte sie nicht unfreundlich und reichte Durant die Hand.

»Ihre Tochter wird es Ihnen gleich erklären. Ich wollte sowieso gerade gehen. Auf Wiedersehen.«

Im Lancia fragte Hellmer: »Sag mal, war das eben die Mutter oder die Schwester?«

»Das war die Mutter. Hat sich toll gehalten, was?«

»Mein lieber Scholli, die muss doch über fünfzig sein.«

»Tja, manche Leute altern eben langsamer.«

»Oder sie haben einen guten Chirurgen«, fügte Hellmer grinsend hinzu. »Und jetzt? Zu Luras Bruder?«

»Ja. Was hat Peter gesagt?«

»Lura wurde gerade operiert, ist aber außer Lebensgefahr. Ein Schuss in die Brust und einer in den Bauch.«

»Und wann können wir mit ihm sprechen?«

»Ab sechs, er muss erst mal aus der Narkose aufwachen und ein bisschen zu sich kommen.«

»Dann mal los.«

Donnerstag, 16.50 Uhr _____

Wolfram Lura saß zusammen mit seinem Neffen vor dem Fernseher, machte aber die Wohnzimmertür zu, bat die Kommissare in die Küche und schloss auch diese Tür.

»Haben Sie schon Neuigkeiten?«, fragte er gespannt.

»Ja, aber leider nichts Gutes«, antwortete Hellmer. »Ihre Schwägerin ist tot.«

Lura holte sich einen Stuhl heran und ließ sich darauf fallen, stützte die Ellbogen auf den Tisch und hielt seinen Kopf.

»Sagen Sie, dass das nicht wahr ist. Nicht Gabi.«

»Es tut mir Leid, aber es ist so«, erwiderte Hellmer.

»Sparen Sie sich Ihr Mitgefühl. Gabi ist also tot. Und Rolf?«

»Er liegt in der Uni-Klinik.«

»Rolf lebt?«, fragte er und lachte höhnisch auf. »Fuck, fuck, fuck, dieser Scheißkerl überlebt wohl alles!«

»Was meinen Sie damit?«

»Wollen Sie's wirklich wissen?«, sagte er und schaute auf. Seine Augen funkelten wie die eines ausgehungerten Wolfs. »Wenn er draufgegangen wäre, das wär mir so was von scheißegal gewesen, das glauben Sie gar nicht. Aber Gabi … Und ich soll's Markus sagen. Mein Gott, der arme Kerl bringt sich um. Wann ist es passiert?«

»Gegen Mittag.«

»Und warum kommen Sie erst jetzt?«

»Herr Lura«, sagte Hellmer und ließ die Frage unbeantwortet, »nicht nur Ihre Schwägerin ist tot, sondern auch Dr. Becker.«

»Becker?« Er sah die Beamten fragend an. »Wer ist Becker?«

»Sie kennen ihn nicht? Dr. Werner Becker, Rechtsanwalt?«

»Ach der. Klar, ich hab ihn mal getroffen, ist aber schon eine Ewigkeit her. Mindestens zehn oder zwölf Jahre.« Und als weder Hellmer noch Durant etwas erwiderten, sagte er: »Na, machen Sie schon, ich will wissen, was für eine Sauerei da passiert ist.«

»Wir müssen erst alle Spuren auswerten und …«

»Ach, reden Sie doch nicht um den heißen Brei herum. Was ist passiert?«

»Es hat den Anschein, als ob Ihre Schwägerin und Dr. Becker

ein Verhältnis gehabt hätten. Und es hat ebenfalls den Anschein, als hätten sie Ihren Bruder entführt und versucht, ihn zu töten. Sie haben sich verbrannt.«

»Aha, so einfach ist das also. Gabi und dieser Becker haben Rolf entführt, wollten ihn kaltmachen, und als das nicht gelang, haben sie sich mal eben so in Flammen aufgehen lassen ... Wollen Sie mich verarschen?«

»Herr Lura«, entgegnete Hellmer gelassen, »wir wollen niemanden verarschen. Aber das ist alles, was wir bisher an Informationen haben.«

»Ich habe Ihnen doch vorhin etwas gesagt, bevor ich Markus von der Schule abgeholt habe. Können Sie sich erinnern, was das war?«

»Was meinen Sie?«

»Ich habe Ihnen etwas über Gabriele erzählt. Ich habe Ihnen gesagt, sie würde Markus niemals allein zurücklassen. Und dazu stehe ich auch jetzt noch. Was immer geschehen ist, ich gebe Ihnen Brief und Siegel, dass Gabriele damit nicht einverstanden war. Finden Sie heraus, was wirklich passiert ist, das ist doch Ihr Job, oder?«

»Wir tun unser Bestes, aber dazu sind wir auch auf Ihre Hilfe angewiesen. Wenn Sie uns helfen können ...«

»Das werde ich gerne tun, geben Sie mir nur ein wenig Zeit, damit ich das Puzzle zusammensetzen kann.« Er fuhr sich mit beiden Händen durchs Haar, presste die Lippen zusammen und schüttelte den Kopf. »Gabi hatte also einen Geliebten, diesen Becker. Die beiden haben mein liebes Brüderlein entführt und ihn irgendwo in der Pampa gefangen gehalten. Stimmt's so weit?«

»Kann sein.«

»Kann sein, kann sein«, äffte er Hellmer nach. »Was haben Sie denn noch zu bieten?«

»Nichts«, mischte sich Durant ein.

»Ich werde Ihnen jetzt etwas sagen, und das meine ich ernst.

Überlegen Sie einmal ganz genau, was in den vergangenen zwei Tagen abgelaufen ist, ich meine, nehmen Sie einfach die offizielle, auf der Hand liegende Version. Und dann überlegen Sie mal, ob es unter Umständen noch eine andere Version geben könnte, eine, die so abstrus ist, dass man sie gar nicht erst ins Kalkül zieht. Wenn Sie das getan haben, können Sie gerne wieder herkommen.«

»Von was für einer anderen Version sprechen Sie?«, fragte Durant und beugte sich nach vorn. Luras Atem roch intensiv nach Alkohol.

»Strengen Sie Ihr hübsches Köpfchen an, dann kommen Sie vielleicht drauf. Ich muss jetzt zusehen, wie ich es Markus beibringe. Sie finden ja sicherlich allein hinaus.«

»Herr Lura«, sagte Hellmer, doch der winkte bloß ab und ging aus der Küche. Durant und Hellmer sahen sich nur an und verließen die Wohnung. Im Hausflur begegnete ihnen Luras Lebensgefährtin Andrea. Sie begrüßten sich kurz im Vorbeigehen.

Unten angekommen, sagte Durant: »Was waren das für komische Andeutungen?«

»Frag mich was Leichteres«, antwortete Hellmer barsch.

»Was für eine abstruse Version könnte er meinen?«

»Ich hab keinen blassen Schimmer! Und jetzt ab ins Präsidium, ich hab die Schnauze voll. Dieser Typ tickt doch nicht ganz richtig. Der säuft wie ein Loch, und dann kommt er mit so 'nem Quark daher!«

»Er ist aber nicht besoffen, dazu war er viel zu klar im Kopf«, entgegnete Durant ruhig, obgleich alles in ihr vibrierte.

»Na und?! Der soll Fakten bringen und nicht so vage Andeutungen machen. *Wir* haben Fakten!«

»Haben wir die wirklich?« Sie zündete sich eine Zigarette an, inhalierte tief und behielt den Rauch lange in sich, bevor sie ihn langsam wieder ausstieß. Sie merkte, wie ihre Belastungsgrenze an diesem Tag erreicht war. Noch ein wenig mehr, und sie würde explodieren. Hellmer merkte dies ebenfalls und verhielt sich entsprechend zurückhaltend. Um siebzehn Uhr fünfunddreißig fuhren sie auf den Präsidiumshof.

Donnerstag, 17.40 Uhr _____

Polizeipräsidium, Lagebesprechung. Berger, Kullmer und Seidel saßen in Bergers Büro und waren bereits dabei, die vorliegenden Fakten auszuwerten.

»Na, habt ihr schon ohne uns angefangen?«, fragte Julia Durant gereizt und stellte ihre Tasche neben den Stuhl.

»Wir können gerne noch einmal alles wiederholen«, sagte Berger und lehnte sich zurück, die Arme hinter dem Kopf verschränkt.

»Ich bitte drum, denn noch leite ich die Ermittlungen.«

»Welche Laus ist dir denn über die Leber gelaufen?«, fragte Kullmer mit säuerlicher Miene.

»Was habt ihr heute rausgefunden?«, fragte sie mit eisiger Stimme und ebensolchem Blick.

»Ist doch egal, zählt doch sowieso nicht mehr«, erwiderte Kullmer schulterzuckend. »Der Fall ist abgeschlossen, die Presse wird entsprechend informiert, und damit basta.«

»Wenn der Fall für dich abgeschlossen ist, kannst du ja in dein Büro gehen und den Bericht tippen. Was ist mit dir?«, fragte sie Doris Seidel, die Durant verstört anschaute.

»Wir waren bei diesem Dr. Meißner, doch er hat gerade Hausbesuche gemacht und wollte anschließend ins Fitnesscenter gehen. Seine Sprechstundenhilfe hat aber gesagt, dass Lura und seine Frau Patienten von ihm sind. Ich denke, wenn wir ihn auf Frau Lura und vor allem Verletzungen nach Prügeln ansprechen werden, wird er mit Sicherheit behaupten, sie niemals deswegen behandelt zu haben. Und wenn das so ist, wie wollen wir das Gegenteil beweisen?«

243

»Wie wir das beweisen wollen?! Mensch, Doris, streng doch mal ein bisschen dein Gehirn an!«

»Frau Durant, bitte«, versuchte Berger sie zu beschwichtigen, wurde aber gleich von ihr unterbrochen.

»Herr Berger, ich möchte von den beiden nur wissen, was sie heute herausgefunden haben, nicht mehr und nicht weniger. Aber was höre ich als Erstes? Der Fall ist abgeschlossen, und wir brauchen nichts mehr zu beweisen.« Sie nahm einen tiefen Zug an ihrer Zigarette und schlug die Beine übereinander. »So, noch mal von vorne. Ich will jetzt alles wissen. Und wenn ihr fertig seid, werde ich meinen Bericht abliefern. Und dann werden wir sehen, ob hier irgendwas abgeschlossen ist. Also, Doris, ich will zum Beispiel wissen, in welcher Beziehung Meißner und Lura zueinander stehen.«

»Die kennen sich schon länger, aber angeblich nur auf reiner Arzt-Patienten-Basis, wie seine Sprechstundenhilfe sagt. Und er soll lediglich ärztliche Behandlungen durchgeführt haben, die von ihm korrekt abgerechnet worden seien. Das ist alles.«

»Habt ihr mal nach Karin Kreutzer gefragt?«

»Haben wir. Die Sprechstundenhilfe hat gesagt, dass sie keine Patientin mit diesem Namen in ihrer Kartei hat, was aber nicht bedeuten muss, dass sie nicht von ihm behandelt wurde, als er zum Beispiel Notdienst oder Vertretung hatte. Wir haben ihr auch nahe gelegt, mit Meißner nicht über unseren Besuch zu sprechen. Sie hat uns ihr Ehrenwort gegeben, es nicht zu tun.«

»Na gut, belassen wir's vorerst dabei. Und im Krankenhaus?«

»Der Arzt hat sich noch bedeckt gehalten. Lebensgefahr besteht jedenfalls keine. Das hat Peter aber alles schon Frank erzählt.«

»Und ab sechs können wir zu Lura?«

»So wurde uns das gesagt.«

»Okay, Frank und ich werden ihm einen Besuch abstatten. Gibt's eigentlich schon einen ersten Bericht der Spurensicherung oder der Rechtsmedizin?«

»Morbs hat lediglich festgestellt, dass sowohl die Lura als auch Becker durch Kopfschuss ums Leben gekommen sind. Die Kugeln sind Kaliber 22, was heutzutage eher selten ist. Das weitere Obduktionsergebnis liefert er uns morgen im Laufe des Tages. Die Spurensicherung hat sich noch nicht geäußert, außer, dass für das Feuer ein Brandbeschleuniger benutzt wurde.«

»Das weiß ich selber«, meinte Durant und zündete sich eine weitere Zigarette an. »Um es kurz zu machen, sowohl Frau Becker als auch Luras Bruder halten Selbstmord für ausgeschlossen. Sie behauptet, ihr Mann habe panische Angst vor dem Tod gehabt, und Luras Bruder sagt, seine Schwägerin hätte niemals ihren Sohn im Stich gelassen. Und doch sind beide tot, während der saubere Herr Lura lebt.«

»Und deswegen sind Sie so gereizt?«, fragte Berger.

»Ja, ich bin gereizt, denn das heute war ein absolut beschissener Tag. Und dieser Fall wird erst dann zu den Akten gelegt, wenn er vollständig aufgeklärt ist. Ich frage mich zum Beispiel, weshalb weder Becker noch die Lura einen Abschiedsbrief hinterlassen haben. Dieser Selbstmord war keine Ad-hoc-Entscheidung, dafür verwette ich mein nächstes Gehalt. Weshalb aber gibt es dann keinen Abschiedsbrief, wenn doch für die Lura ihr Sohn ihr Ein und Alles war? Und …«

»Augenblick mal«, meldete sich jetzt Kullmer zu Wort. »Sieh's realistisch, und bitte, sei nicht gleich wieder eingeschnappt. Es hat sich alles so abgespielt, wie wir das bereits vermutet hatten. Becker und seine Geliebte hatten schon lange den Plan gefasst, Lura aus dem Weg zu räumen. Das Ding war minuziös geplant. Dann kamen wir mit unserer unerwarteten Hausdurchsuchung, wodurch sich die beiden in die Enge getrieben fühlten. Ich stell mir einfach nur vor, ich plane eine solche Sache. Ich rechne mit allem, aber nicht damit, dass plötzlich die Bullen vor der Tür stehen und meine Bude auf den Kopf stellen. Sie finden aber nichts, dennoch weiß ich, sie werden wiederkommen und so lange suchen, bis sie ein Beweismittel gegen mich in der

Hand haben. Und dann kommt die Panik. Was jetzt tun? Hab ich überhaupt noch eine Chance? Aber wohin soll ich gehen? Und mit einem Mal merke ich, dass mein so sorgfältig ausgearbeiteter Plan nicht aufgeht. Schließlich brennen bei mir alle Sicherungen durch. So und nicht anders wird's auch bei denen gewesen sein. Die hatten gar keine Zeit mehr, großartig Abschied zu nehmen. Und sie müssen überzeugt gewesen sein, dass Lura tot war.«

»Sie hätten aber auch eine andere Möglichkeit gehabt«, sagte Durant ruhig, »sie hätten Lura nur zu befreien brauchen und sich stellen müssen. Sie wären für maximal zwei oder drei Jahre in den Bau gewandert, das wär's aber auch schon gewesen. Warum haben sie nicht diese Option gewählt?«

»Weil diese Option für sie nicht in Frage kam«, antwortete Kullmer. »Die beiden wollten für immer und ewig zusammen sein, was aber nach einer Verurteilung nicht mehr möglich gewesen wäre. Finito.«

»Klingt einleuchtend«, meinte Berger, Doris Seidel nickte zustimmend, und auch Hellmer schien überzeugt zu sein. Nur Julia Durant schüttelte den Kopf.

»Auf den ersten Blick klingt es sicher plausibel, ich habe dennoch meine Zweifel. Fragt mich aber nicht, warum, ich kann es nicht begründen. Vielleicht, weil da ein Kind ist, zu dem Frau Lura ein ganz besonders inniges Verhältnis hatte.«

»Spricht da wieder Ihr Bauch?«, fragte Berger mit seinem typischen Grinsen.

»Vielleicht. Frank, wir fahren in die Uni-Klinik, ich muss mit Lura reden. Und dann sehen wir weiter.«

»Einverstanden.«

»Wenn's sonst nichts mehr gibt, wir sind weg. Bis morgen.« Sie erhob sich, nahm ihre Tasche, und Hellmer folgte ihr.

»Wir fahren mit zwei Autos«, sagte sie, »ich will gleich danach heim.«

»Auch damit bin ich einverstanden.«

Donnerstag, 17.45 Uhr

Wolfram Lura war zu Markus ins Wohnzimmer gegangen und setzte sich neben ihn auf den Boden. Er wollte sich gerade die Worte zurechtlegen, Worte, die die kleine Welt des Jungen zerstören würden, als die Tür aufging und Andrea hereinkam.

»Hi«, sagte sie und gab ihm einen Kuss. »Was wollte die Polizei schon wieder von dir?«

»Nur ein paar Fragen. Ich muss dir mal was zeigen«, sagte er und stand auf. Und zu Markus: »Ich bin gleich wieder da. Dauert nicht lange.«

»Warum so geheimnisvoll?«, fragte sie, nachdem er die Schlafzimmertür hinter sich zugemacht hatte.

»Gabriele ist tot, deswegen waren sie hier. Ich hab Markus vorhin von der Schule abgeholt, er weiß es noch nicht. Aber er hat Angst, das sehe ich ihm an. Und jetzt muss ich ihm beibringen, dass er seine Mutter nie mehr wiedersehen wird.«

»Seine Mutter ist tot?«, stieß sie fassungslos aus. »Und dein Bruder?«

»Er lebt. Hilf mir bitte«, flehte er. »Wie sag ich's ihm, ohne dass er gleich aus dem Fenster springt?«

»Mensch, Wolfram, ich hab doch keine Ahnung. Wie ist es überhaupt passiert?«

Er erzählte ihr alles, was Durant und Hellmer gesagt hatten, und als er geendet hatte, fragte er erneut: »Wie bring ich's ihm bei?«

»Du kennst ihn, ich sehe ihn heute zum ersten Mal. Du musst da durch, und zwar am besten gleich. Je länger du es rausschiebst, desto schwerer wird es. Geh rüber und sprich mit ihm. Jetzt sofort.«

»Du bleibst aber bitte hier.«

»Ich rühr mich nicht von der Stelle.«

Wieder im Wohnzimmer, nahm Wolfram Lura die Fernbedienung und schaltete den Fernseher aus. Er setzte sich neben Markus, nahm ihn in den Arm und sagte: »Markus, du musst jetzt ganz stark sein, versprichst du mir das?«

Markus sah ihn nur aus großen Augen an. Die ersten Tränen liefen über seine Wangen, als wüsste er bereits, was sein Onkel als Nächstes sagen würde.

»Mensch, Markus, ich fühl mich so beschissen, aber deine Mutti wird nicht wiederkommen.«

Markus entzog sich der Umarmung und sagte unter Tränen: »Wo ist sie? Wo ist Mutti?«

»Sie lebt nicht mehr.«

Markus sprang auf, rannte an die Wand und trommelte mit beiden Fäusten dagegen und schrie allen Schmerz dieser Welt aus sich heraus. Wolfram stellte sich zu ihm und versuchte ihn in den Arm zu nehmen und an sich zu drücken, doch Markus entwand sich ihm. Er schrie immer nur wieder: »Mutti, Mutti, Mutti! Sie ist nicht tot, sie darf nicht tot sein!« Er schrie und weinte. Andrea kam herein. Zusammen mit Wolfram schaffte sie es, Markus festzuhalten. Er zitterte am ganzen Körper, schrie und schluchzte, bis Andrea seinen Kopf an ihre Brust drückte und ihm über das nass geweinte Gesicht streichelte. Auch sie und Wolfram konnten schließlich nicht mehr an sich halten und weinten ebenfalls. Nach über einer Stunde war Markus so erschöpft, dass er sich auf die Couch legen ließ, wo er leise vor sich hin wimmerte, immer wieder unterbrochen von kurzen Schreien nach seiner Mutter.

»Wir dürfen ihn heute Nacht nicht allein lassen«, sagte Andrea. »Am besten, er schläft bei uns im Bett.«

»Du glaubst doch nicht im Ernst, dass er schlafen kann? Wir sollten ihm etwas zur Beruhigung geben.«

»Und was? Wir haben keine Tabletten im Haus.«

»Dann ruf ich einen Arzt an, der soll herkommen und ihm etwas verschreiben oder am besten gleich geben. Wenn ich dieses

Häufchen Elend sehe, wird mir ganz anders. Ich kann mir lebhaft vorstellen, wie's in ihm aussieht.«

»Warum hat seine Mutter das bloß gemacht?«

»Die Frage sollte besser lauten, warum seiner Mutter das angetan wurde.«

»Bitte?«

»Gabriele hätte sich nie im Leben umgebracht, das hab ich auch den Bullen zu verklickern versucht. Aber die sehen in Gabi nur die verantwortungslose, selbstsüchtige Mutter. Nein, da steckt was ganz anderes dahinter, und ich schwöre dir, ich kriege raus, was da wirklich vorgefallen ist. Es ist schon seltsam, da verschwindet mein Bruder so Knall auf Fall und taucht als einziger Überlebender wieder auf. Findest du das nicht auch ein bisschen seltsam?«

»Ich kann dir nicht folgen.«

»Brauchst du auch nicht, Hauptsache, ich weiß, wovon ich rede. Aber so leicht kommt er mir diesmal nicht davon, das schwöre ich beim Tod von Gabi.«

»Ich würde aber gerne teilhaben an deinem Leben, schließlich wohne ich mit dir unter einem Dach, schlafe mit dir und wache morgens mit dir auf. Aber bis jetzt weiß ich kaum etwas über deine Vergangenheit. Vertraust du mir nicht? Wenn das so ist, dann sehe ich keine Zukunft für uns.«

Er sah sie lange an, verzog den Mund und sagte: »Du hast Recht. Ich werde dir alles erzählen, wirklich alles. Und dann bild dir deine eigene Meinung über mich und meine ehrenwerte Familie. Vor allem aber über meinen Bruder und meine Mutter.«

»Und was hast du jetzt vor?«

»Ich weiß es noch nicht, ich muss erst alles genau überdenken. Aber keine Angst, ich tue nichts Unbedachtes.«

»Okay, ich habe zwar keine Ahnung, was du planst, aber wenn du nichts Unbedachtes tun willst, dann musst du klar im Kopf sein, du weißt, was ich meine«, sagte sie mahnend, woraufhin er seine Arme um ihren Hals legte und ihr einen Kuss gab.

»Schatz, du weißt, ich liebe dich, und ich verspreche jetzt und hier, dass ich nicht mehr so viel trinke. Großes Ehrenwort.«

»Und du erzählst mir, was du vorhast?«

»Ich werde dich über jeden meiner Schritte auf dem Laufenden halten.«

»Du denkst also wirklich, dein Bruder hat was mit dem Tod von Gabriele zu tun?«

»Ich denke es nicht nur, ich bin felsenfest überzeugt davon. Und jetzt lass uns nicht mehr darüber reden, Markus braucht uns.«

Donnerstag, 18.35 Uhr

Uni-Klinik Frankfurt. Sie fuhren mit dem Aufzug in den fünften Stock, gingen nach rechts, den Gang entlang, und fragten im Schwesternzimmer nach dem diensthabenden Arzt.

»Wenn Sie sich einen Moment gedulden, ich hole ihn«, sagte die Schwester und kehrte wenig später mit einem groß gewachsenen, hageren Mann mit grauem Haar und graublauen Augen zurück, der jedoch höchstens vierzig Jahre alt war. Er reichte erst Durant, dann Hellmer die Hand und stellte sich als Dr. Förster vor.

»Gehen wir doch in mein Büro«, sagte er und bat die Beamten, ihm zu folgen. Er schloss die Tür und wies auf zwei Stühle, er selbst nahm hinter seinem Schreibtisch Platz. Er lehnte sich zurück und drehte einen Stift zwischen seinen Fingern.

»Zwei Ihrer Kollegen waren vorhin schon hier, aber da wurde Herr Lura gerade operiert, das heißt, wir waren schon fertig, doch er war noch in Narkose. Jetzt ist er allerdings wach und hat auch schon Besuch.«

»Von wem?«, fragte Durant.

»Seine Eltern. Er ist gegen drei aufgewacht und hat gleich darauf gebeten, dass seine Eltern informiert werden. Sie sind seit bestimmt zwei Stunden bei ihm.«

»Wie ist sein Zustand?«, wollte Durant wissen.

»Er hat unglaubliches Glück gehabt. Der Schuss in den Bauch hätte so oder so nicht zum Tod geführt, weil die Kugel sehr weit rechts eingedrungen ist und nicht mal den Darm verletzt hat. Im Prinzip war es nicht mehr als ein Streifschuss, auch wenn die Kugel stecken geblieben ist. Bei dem in die Brust hätte es schon anders ausgehen können. Die Kugel hat das Herz um etwa fünf Zentimeter verfehlt.«

»Was heißt das genau?«

»Er hatte einen Steckschuss etwas oberhalb des linken Lungenlappens zwischen dem Schlüsselbein und dem ersten Rippenbogen.«

»Das heißt, wenn ich Sie richtig verstehe, seine Verletzungen sind nicht lebensgefährlich?«

»Nein, auf keinen Fall. Diese Verletzung ist zwar schmerzhaft, aber wenn keine unerwarteten Komplikationen auftreten, wovon ich ausgehe, kann er das Krankenhaus schon morgen Nachmittag oder spätestens am Samstag wieder verlassen. Er hat nicht einmal sonderlich viel Blut verloren, weil auch die Lunge nur unwesentlich in Mitleidenschaft gezogen wurde. Die meisten Menschen denken eben immer noch, das Herz würde sich genau dort befinden, wo Herr Lura getroffen wurde. Und wer immer geschossen hat, er hat sich ziemlich dilettantisch angestellt.«

»Haben Sie die Kugeln aufbewahrt?«

»Selbstverständlich.« Er beugte sich nach vorn und reichte Durant einen kleinen durchsichtigen Plastikbeutel mit zwei Kugeln darin.

Durant betrachtete sie und sagte zu Hellmer: »Ziemlich kleines Kaliber, .22er? Oder was meinst du?«

»Bei Becker und der Lura war's auch 'ne .22er«, antwortete Hellmer trocken.

»Dr. Förster, hat Herr Lura noch weitere Verletzungen?«

»Nur eine leicht blutverkrustete Beule am Hinterkopf.«

»Auch keine Verbrennungen?«

»Das schon, aber die sind nicht der Rede wert. Auf jeden Fall nicht schlimmer, als wenn Sie mal kurz auf eine heiße Herdplatte fassen. Tut zwar ein bisschen weh, hinterlässt aber keine Narben.«

»Haben Sie schon mit ihm gesprochen?«

»Ich habe ihn gefragt, was passiert ist und ob es ihm gut geht. Letzteres hätte ich wohl besser nicht fragen sollen, denn er ist sehr emotional geworden und hat immer wieder nur betont, dass er nicht versteht, wie seine Frau ihm so was antun konnte. Am besten sprechen Sie selbst mit ihm.«

»Das wollten wir sowieso. Erst mal vielen Dank und einen schönen Abend noch.«

»Daraus wird leider nichts, ich habe bis morgen früh Bereitschaft. Aber ich hab ja ein Bett hier«, sagte er lächelnd. »Herr Lura liegt übrigens in Zimmer 23.«

Durant und Hellmer verabschiedeten sich, klopften an die Tür und traten ein. Lura hatte ein Einzelzimmer. Seine Mutter saß am Bett, sein Vater stand am Fenster und schaute hinaus in die anbrechende Dunkelheit.

»Ach, die Polizei ist auch schon da«, sagte die Mutter ironisch. »Meinem Sohn geht es sehr schlecht, vielleicht sollten Sie besser morgen wiederkommen.«

»So schlecht scheint es ihm aber nicht zu gehen, schließlich sind Sie schon seit zwei Stunden hier. Und Dr. Förster sagt …«

»Ich bin auch seine Mutter. Und Dr. Förster mag ein guter Arzt sein, mehr aber auch nicht. Die seelischen Wunden, die meinem Sohn zugefügt wurden, wird kein Arzt dieser Welt jemals heilen können. Sie sehen ja, was meine liebe Schwiegertochter angerichtet hat. Aber ich habe es ja immer schon gewusst.«

»Ist schon gut, Mutter«, sagte Rolf Lura und setzte sich auf, wobei er sein Gesicht vor Schmerzen verzog und hustete. »Die Kommissare tun auch nur ihre Arbeit. Ich lebe ja noch, und außerdem möchte ich nicht, dass du so schlecht von Gabi sprichst. Sie war krank, sie muss krank gewesen sein. Wir machen doch alle Fehler. Und jetzt lasst uns bitte allein.«

»Wie du meinst. Aber überanstrenge dich nicht. Und sollte etwas sein, ruf einfach an. Horst, wir gehen. Kommst du bitte. Und du schläfst dich jetzt erst mal richtig aus, damit du wieder zu Kräften kommst. Die letzten Tage waren die reinste Tortur.«

»Ja, aber es ist vorbei. Kommt gut nach Hause, und danke für alles.«

»Tschüs, mein Junge, und erhol dich gut. Ich werde für dich beten.« Bevor sie mit ihrem Mann nach draußen ging, gab sie ihrem Sohn einen Kuss auf die Stirn und streichelte über seine Wange. Es war ein beinahe groteskes Bild. Julia Durant und Hellmer hatten Mühe, nicht zu lachen. Im Vorbeigehen sagte Luras Mutter leise und mit einem Zischen zu Durant: »Behandeln Sie ihn gut, er ist durch die Hölle gegangen. Ich will keine Klagen hören.«

»Auf Wiedersehen, Frau Lura«, entgegnete Durant kalt und wartete, bis die Tür geschlossen war, die aber gleich wieder aufging.

»Frau Durant, eine Frage noch – wo ist eigentlich mein Enkel Markus?«

»Er ist gut untergebracht.«

»Und wo ist er untergebracht, wenn ich fragen darf?«

»Das werde ich gleich Ihrem Sohn sagen. Wenn Sie uns jetzt bitte entschuldigen wollen, Frau Lura.«

Julia Durant nahm sich einen Stuhl, während Hellmer am Bettende stehen blieb, und sagte: »Ich bin Hauptkommissarin Durant, das ist mein Kollege Herr Hellmer. Wir würden Ihnen gerne ein paar Fragen zu dem Geschehenen stellen. Fühlen Sie sich dazu in der Lage?«

Rolf Lura lächelte und antwortete, nachdem er erneut gehustet hatte: »Es geht mir nicht so schlecht, wie meine Mutter das hinstellt. Sie ist eben so. Für sie ist selbst die kleinste Verletzung schon ein Drama. Viel schlimmer für mich ist das, was meine Frau mir angetan hat. Ich hätte das niemals von ihr gedacht.«

»Erzählen Sie uns doch bitte, wie sich das alles abgespielt hat. Zum Beispiel interessiert uns, was am Dienstagmorgen war.«

Er hustete wieder, bevor er antwortete: »Markus hat um Viertel nach sieben das Haus verlassen, um zur Schule zu fahren, meine Frau hat mich gebeten, sie mitzunehmen, weil sie sich angeblich für einen Yogakurs anmelden wollte.«

»Aber Ihre Frau hat doch ein eigenes Auto. Wieso hat sie das nicht genommen?«

»Sie hat behauptet, sie hätte ihren Schlüssel verlegt. Sie wollte später mit dem Taxi nach Hause fahren. Ich habe mir wirklich nichts Böses gedacht, als ich sie mitgenommen habe, schließlich kenne ich meine Frau seit über dreizehn Jahren. Tja, und dann kam, was ich niemals für möglich gehalten hätte. Vielleicht zweihundert Meter weiter hat Dr. Becker am Straßenrand gestanden, ich habe angehalten, und mit einem Mal hat mir meine Frau eine Pistole an die Schläfe gedrückt. Becker ist dann zu uns ins Auto gestiegen und hat die Pistole an sich genommen, während Gabriele in seinen Wagen umgestiegen und hinter uns hergefahren ist. Becker hat mich gezwungen, an eine abgelegene Stelle im Stadtwald zu fahren. Dort hat er mir mit der Pistole eins übergezogen, und ab da weiß ich nicht mehr, was weiter passiert ist.«

»Was hat Becker denn gesagt, bevor er Sie niedergeschlagen hat?«

»Sehr unschöne Dinge, die ich nicht wiedergeben will. Ich hätte jedenfalls nie einen solchen Teufel in ihm vermutet. Wir waren schließlich Freunde, dachte ich zumindest, und dann muss ich erfahren, dass er und meine Frau schon seit längerem eine Beziehung hatten. Er hat aber eigentlich nicht viel gesagt. Ich begreife das alles nicht, es ist mir einfach zu hoch. Wie konnten mir die Menschen, denen ich so sehr vertraut habe, so etwas nur antun? Was habe ich Ihnen getan?«

Julia Durant hätte darauf gerne etwas Zynisches erwidert, hielt sich aber zurück.

»Wissen Sie, wo man Sie hingebracht hat? Sie waren schließlich zwei Tage in deren Gewalt.«

»Da muss ich leider passen. Es war ein dunkler Raum ohne Fenster. Sie hatten mich mit Handschellen an einer Eisenstange festgekettet. Ich war sicher, dass ich sterben würde. Aber das Schicksal hat es noch mal gut mit mir gemeint.«

»Sie sind also erst aufgewacht, als sie bereits in dem Raum waren?«

»Ja.«

»Und wie lange nach dem Schlag war das ungefähr?«

»Keine Ahnung, ich weiß nur, dass ich inzwischen angekettet war.«

»Haben Sie irgendwelche Geräusche gehört? Flugzeuge, Autos, Eisenbahn, Stimmen oder etwas anderes?«

»Nein, es war ein völlig schalldichter Raum. Ich habe mein eigenes Herz pochen hören. Es war unheimlich, vor allem, weil ich kein Licht hatte.«

»Und wenn Sie mal auf die Toilette mussten?«

Lura hustete und sagte: »Werner kam am Dienstagabend, hat mir wortlos etwas zu trinken gegeben und mich auf eine Campingtoilette gesetzt, weil ich ja die ganze Zeit über gefesselt war. Er kam dann noch mal am Mittwoch in der Frühe, ist aber gleich wieder gegangen, nachdem er mir erneut etwas zu trinken gegeben hat ich auf die Toilette durfte. Dann hab ich ihn zusammen mit meiner Frau erst wieder letzte Nacht gesehen.« Er stockte, schüttelte den Kopf, und ein paar Tränen liefen über sein Gesicht. Er hustete. »Es war furchtbar, einfach nur furchtbar. Sie haben mich verhöhnt und beschimpft, vor allem Werner. Und Gabriele hat nur dagestanden und mich angegrinst. Ich hätte das nie von ihr erwartet. Von jedem, aber nicht von ihr. Wir haben eine gute Ehe geführt, das müssen Sie mir glauben, zumindest ich war glücklich. Natürlich war auch bei uns nicht immer alles

255

eitel Sonnenschein, aber im Großen und Ganzen war es doch harmonisch. Und dann das! Ich begreife es nicht. Sie haben es sogar vor meinen Augen miteinander getrieben und dabei so schäbig gelacht.«

»Sie hatten Geschlechtsverkehr?«, fragte Durant zweifelnd.

»Nicht richtig. Sie haben sich eine ganze Weile befummelt und … Nein, ich will und kann nicht darüber sprechen, es war einfach zu widerlich.«

»Und wie ist es dann weitergegangen?«

»Sie waren die ganze Nacht über bei mir, Gabriele hat mal kurz geschlafen, aber Werner war die ganze Zeit über wach. Heute Morgen war er plötzlich wie ausgewechselt. Er hat immer wieder mit der Pistole vor meinem Gesicht rumgefuchtelt und gesagt, er würde mich kaltmachen …«

»Aus welchem Grund? Ich meine, Dr. Becker und Ihre Frau müssen Ihnen doch einen Grund für das alles genannt haben.«

»Nein, das haben sie nicht. Ich sage Ihnen die Wahrheit, ich kenne den Grund nicht. Aber diese hasserfüllten Blicke werde ich nie vergessen. Ich habe denen nichts getan, das schwöre ich bei Gott. Meine Frau hat ein Leben in Luxus geführt, sie hatte alles, was eine Frau sich nur wünschen kann. Aber sie hat schon seit einiger Zeit Geschichten über mich erzählt, die einfach nicht stimmen. Sie hat gesagt, ich würde sie schlagen und misshandeln, aber ich habe meiner Frau niemals auch nur ein Haar gekrümmt.«

»Haben Sie Ihre Frau auf diese Geschichten angesprochen?«

»Natürlich habe ich das. Aber sie hat alles abgestritten, sie habe so was nie gesagt und so weiter. Und ich Idiot habe ihr geglaubt. Inzwischen weiß ich aber auch, dass sie Markus, unserm Sohn, die gleichen Märchen aufgetischt hat. Sie hat ihn dermaßen manipuliert, wie soll ich es ausdrücken, er hat sich von mir distanziert, er wurde in letzter Zeit immer ängstlicher, sobald ich in seiner Nähe war, als wäre ich ein Monster. Aber ich liebe meinen Sohn und will doch nur, dass er sorgenfrei aufwächst.«

»Wussten Sie von dem Verhältnis zwischen Ihrer Frau und Dr. Becker?«

»Nein, das wäre auch das Letzte gewesen, was ich jemals vermutet hätte. Becker war mein bester Freund, und er war mein Anwalt. Wenn ich daran denke, wie viel Geld er allein durch mich verdient hat, dafür muss ein normaler Arbeiter ein ganzes Leben lang schuften. Frau Hauptkommissarin, das wird für mich immer unbegreifbarer, je länger ich darüber spreche. Glauben Sie mir das?«

»Natürlich«, antwortete Durant und warf einen kurzen Blick zu Hellmer, der sich auch einen Stuhl genommen hatte und ihr gegenüber auf der anderen Seite des Bettes saß. »Aber welchen Grund vermuten Sie denn hinter alldem? Ich meine, Sie sollten ja eigentlich sterben.«

»Ich weiß es doch nicht. Hat Gabriele denn keinen Brief hinterlassen, wenigstens für Markus?«

»Bis jetzt wurde keiner gefunden.«

»Na ja, das wundert mich eigentlich auch nicht, denn sie hat sehr abfällig über ihn gesprochen. Sie hat ihn heute Morgen ihren kleinen Bastard genannt … Ich war dreizehn Jahre lang mit einer Frau verheiratet, die ich nicht kannte. Und ich kann sie nicht einmal mehr fragen, warum sie das alles getan hat.«

»Erzählen Sie bitte, was sich weiter abgespielt hat«, forderte ihn Durant auf, als er keine Anstalten machte weiterzusprechen.

»Irgendwann hat meine Frau die Pistole an sich genommen und zweimal auf mich geschossen. Ich habe so getan, als ob ich tot wäre, und die haben das wohl auch geglaubt. Sie haben mich ins Auto gesetzt und angeschnallt und sind mit mir in diesen Wald gefahren. Werner hat dann den Benzinkanister aus dem Kofferraum geholt, das Benzin über das Auto gekippt und …« Er stockte und schüttelte fassungslos den Kopf.

»Waren Sie während der Fahrt bei Bewusstsein?«

»Ich war in einem Dämmerzustand, ich hatte starke Schmerzen, habe mich aber trotzdem tot gestellt.«

»Ich frage nur deshalb, weil Sie uns vielleicht sagen könnten, wie lange und welche Strecke Sie gefahren sind.«

»Auch da muss ich Sie enttäuschen, das kann ich nicht, ich hatte schließlich die Augen geschlossen, um denen keinen Grund zu geben, noch einmal auf mich zu schießen. Ich wusste ja nicht, was die vorhatten.«

»Okay, Becker hat also das Benzin über das Auto geschüttet. Und dann?«

»Er hat sich wieder reingesetzt, die Fenster aufgemacht, meine Frau erschossen, das Benzin angezündet und zuletzt sich selbst gerichtet. Ich dachte mir nur, raus aus dem Auto und irgendwie jemanden finden, der mir helfen kann. Das war's.«

»Aus welcher Richtung sind Sie denn nach Kronberg gekommen? Von Königstein, Oberursel, Bad Soden oder Eschborn?«

»Ich sage Ihnen doch, ich weiß es nicht. Ich habe drei Tage und zwei Nächte kein Auge zugemacht, ich war verletzt und musste so tun, als wäre ich tot. Glauben Sie vielleicht, da achte ich auf so was? Frau Hauptkommissarin, ich hatte panische Angst, und ich will das alles nur so schnell wie möglich vergessen, auch wenn mir das wahrscheinlich für den Rest meines Lebens nicht gelingen wird … Wo ist eigentlich Markus?«

»Er ist bei Ihrem Bruder.«

»Bei Wolfram. Das finde ich zwar nicht so gut, denn Wolfram führt einen eher unsteten Lebenswandel, seit seine Frau gestorben ist, aber wenn's sein muss. Ich denke trotzdem, dass Markus bei meinen Eltern besser aufgehoben wäre. Weiß Markus schon …«

»Ich nehme es an«, antwortete Julia Durant. »Wir wollen Sie jetzt auch nicht länger stören, Sie müssen sich ausruhen, wie Ihre Mutter schon gesagt hat. Wir danken Ihnen aber, dass Sie sich Zeit für uns genommen haben, Sie haben uns sehr geholfen.«

»Das ist doch selbstverständlich«, entgegnete Rolf Lura. »Ich habe mich gefreut, dass Sie hier waren. Und der Arzt hat gesagt, dass ich unter Umständen schon morgen Nachmittag oder spätestens am Samstag nach Hause gehen kann. Krankenhäuser sind mir ein Gräuel.«

»Wem nicht. Wir werden uns ganz sicher noch einmal mit Ihnen in Verbindung setzen, denn häufig kehrt die Erinnerung nach solch traumatischen Erlebnissen erst nach einigen Tagen wieder zurück. Schlafen Sie gut und auf Wiedersehen.«

»Danke. Und auch Ihnen noch einen angenehmen Abend«, erwiderte Lura. Er sah Durant und Hellmer nach, bis sie die Tür hinter sich zugemacht hatten, verzog den Mund zu einem Grinsen, stand auf und besah sein Gesicht im Spiegel. »Das hattu aber fein gemacht«, sagte er leise zu sich selbst und bleckte dabei die Zähne. »Das hattu sehr fein gemacht. Diese verdammten Bullenärsche haben mir alles abgekauft. Na ja, diese Durant würde ich aber schon gerne mal durchficken. Vielleicht ergibt sich ja mal die Gelegenheit. Rolf, du bist ein Genie, und dir wird bestimmt etwas einfallen.«

Er legte sich wieder ins Bett. Schmerzen hatte er keine mehr, nur ein leichtes Stechen in der linken Brust, das aber vermutlich schon morgen vorbei sein würde. Er löschte das Licht, schloss die Augen und schlief sofort ein.

Donnerstag, 19.55 Uhr _____

Tolle Geschichte, was?«, sagte Durant auf dem Weg zum Parkplatz.

»Was meinst du?«

»Ach komm, das weißt du ganz genau. Er erzählt uns was von heiler Familie, wie rührend er um sie besorgt war, blablabla! Und von wegen, Gabriele war krank, sie muss krank gewesen sein, aber sie war kein schlechter Mensch. Lura ist ein echter Menschenfreund, der sogar noch verzeiht, wenn er dem Sensenmann so gerade noch mal von der Schippe gesprungen ist. Mir kommt's hoch, wenn ich so 'nen Mist höre! Wem sollen wir glauben, seiner Frau, seinem Bruder, Frau Becker und dieser Karin Kreutzer oder ihm?«

»Was spielt das für eine Rolle? Fakt ist, dass er entführt wurde und so grade eben davongekommen ist. Der ganze andere Kram interessiert mich nicht.«

»Mich aber. Ich habe ein festes Bild von seiner Frau, und die hat bestimmt nicht gelogen, wenn sie sagt, dass er sie regelmäßig verprügelt hat. Außerdem deckt sich ihre Aussage mit der von der Kreutzer.«

»Na und? Was hat das eine mit dem andern zu tun? Willst du ihm jetzt vielleicht auch noch anhängen, dass er am Tod seiner Frau und seines Freundes schuld ist? Mag ja sein, dass er ein Charakterschwein ist, aber das ist noch lange kein Grund, ihn umzulegen.«

»Eine Frage, Frank. Angenommen, du wärst in seiner Situation gewesen, ich meine heute Vormittag, hättest du nicht wenigstens versucht, einen Blick nach draußen zu erhaschen, um zu sehen, wo du langfährst?«

»Und?«

»Manchmal bist du echt schwer von Begriff. Die haben ihn entführt und in den Kofferraum gelegt, das beweisen die Blutspuren. Als sie ihn aber für tot halten, setzen sie ihn auf den Rücksitz. Welchen Sinn macht das?«

»Die beiden haben nicht mehr gewusst, was sie taten. Sie hatten vor, Selbstmord zu begehen, und da war's doch egal, ob er im Kofferraum oder auf der Rückbank liegt. Umgebracht hätten sie sich so oder so.«

»Und warum haben sie den Selbstmord quasi doppelt ausgeführt? Erst erschießt er sie, dann zündet er das Auto an, und zuletzt erschießt er sich. Es hätte doch gereicht, wenn die beiden sich nur erschossen hätten. Das ist mir ein bisschen zu viel Aufwand. Oder kapier ich da etwas nicht?«

»Julia, du nervst. Weißt du was, zerbrich du dir deinen Kopf darüber, ich will nach Hause und wenigstens noch zwei oder drei Stunden mit Nadine zusammen sein. Und morgen im Präsidium kannst du deine gesammelten Erkenntnisse vorlegen. Okay?«

»Jetzt sei doch nicht eingeschnappt. Für mich ist das alles so unlogisch, vor allem habe ich das Gefühl, total verarscht zu werden.«

»Ich bin nicht eingeschnappt, aber du verrennst dich in etwas, das es nicht gibt. Wir haben die Fakten auf dem Tisch liegen, und das reicht mir. Ob Lura seine Familiengeschichte schönt, geht mir am Arsch vorbei. Ob er seine Frau verprügelt, geht mir genauso am Arsch vorbei, und die Geschichte mit der Kreutzer geht mir auch am Arsch vorbei. Finde dich einfach damit ab, dass der Fall abgeschlossen ist. Wir bearbeiten eben nicht immer die riesigen spektakulären Sachen. Manchmal sind's einfach nur Familiendramen. Und jetzt ciao und schlaf gut.«

»Du auch, und grüß Nadine von mir. Vielleicht können wir ja mal bei Gelegenheit was unternehmen.«

»Gerne. Und wenn dir zu Hause die Decke auf den Kopf fällt, du kennst den Weg zu uns. Bis morgen.«

»Hm, bis morgen«, sagte sie, zündete sich eine Zigarette an und stieg in ihren Corsa. Auf der Heimfahrt drehte sie die Musik laut, doch die Gedanken blieben. Ungereimtheiten. Und die Tatsache, dass sie Lura vom ersten Moment an nicht leiden konnte. Seine Geschichte klang ihr zu einstudiert, als hätte er die Sätze seit Wochen geprobt. Du bist bekloppt, so zu denken, sagte sie leise zu sich selbst, denn schließlich wurde er entführt und nicht seine Frau und Becker. Julia, hör auf damit, es bringt nichts. Lura ist ein Kotzbrocken, aber du musst ja nicht unbedingt mit ihm ins Bett gehen. Du machst dir gleich ein schönes Süppchen und zwei Salamibrote mit sauren Gurken, legst die Beine hoch und schaltest die Glotze an. Und du könntest auch mal wieder bei Papa anrufen und ihm was vorjammern. Mal sehen.

Sie holte die Post aus dem Kasten, zwei Rechnungen und ein Brief ihrer Exkollegin Christine Güttler, die mit ihrem Mann und dem neun Monate alten Sohn seit drei Monaten in Kiel lebte. Erst als sie die Treppe hochstieg, spürte sie die Müdigkeit und Erschöpfung, die ihren ganzen Körper erfasst hatte. Ihre Beine schmerzten bei jedem Schritt, und der Rücken tat ihr weh, als hätte sie den ganzen Tag in unnatürlicher Haltung zugebracht. Du wirst alt, Julia, dachte sie und schloss die Wohnungstür auf. Du wirst wirklich alt. Egal.

Donnerstag, 20.20 Uhr

Julia Durant warf ihre Tasche auf die Couch, öffnete das Fenster, um frische Luft hereinzulassen, und schaltete den Fernseher ein. Sie entkleidete sich bis auf die Unterwäsche, ging ins Bad, ließ Wasser in die Wanne laufen und bürstete sich das Haar. Sie warf einen Blick in den Spiegel, der ihre Laune auch nicht anhob. Das Geschirr in der Küche war seit dem Wochenende nicht abgewaschen worden, der Fußboden musste dringend gesaugt werden, der Wäschekorb quoll über. Sie verzog nur den Mund, stopfte die Maschine wahllos mit Weiß- und Buntwäsche voll, tat etwas Waschpulver und Weichspüler dazu und drückte auf Start. Sie spülte einen kleinen Topf, trocknete ihn ab und schüttete den Inhalt einer Dose Tomatensuppe hinein, gab noch einmal die gleiche Menge Wasser dazu und stellte den Topf auf den Herd. Dazu machte sie sich zwei Brote mit Salami, tat drei saure Gurken auf den Teller, setzte sich auf die Couch und legte die Beine hoch, die jetzt erst richtig schmerzten. Sie wartete, bis die Suppe erhitzt war, stand wieder auf, rührte um und schüttete den halben Inhalt in eine Suppentasse. Ein paar Tropfen Tabasco durften auch nicht fehlen. Sie stellte das Wasser aus und ärgerte sich, denn sie hatte vergessen, Badeschaum dazuzugeben, nahm eine Flasche Badeöl und verteilte vier Verschlusskappen voll im Wasser.

Während sie langsam aß, dachte sie an den zurückliegenden Tag, wobei sie weniger das Bild des ausgebrannten Autos mit den beiden Toten vor Augen hatte als Corinna Becker und vor allem Rolf Lura und das Gespräch mit ihm. Sie konnte nicht erklären, was sie an seiner Version des Geschehenen störte oder verunsicherte, es war nur dieses untrügliche Gefühl, das ihr sagte, dass Lura ihr etwas Wesentliches verschwieg, auch wenn er geplappert hatte wie ein Waschweib. Es gab Ungereimtheiten in seinen Ausführungen, aber den Tathergang hatte er genau so geschildert, wie Durant und ihre Kollegen es bereits vermutet hatten. Was also störte sie? Hellmer war im Augenblick keine große Hilfe, für ihn war der Fall beendet. Er war ein lieber Kerl, aber manchmal ging er ihr auf die Nerven. Sie wusste nicht mehr, was sie glauben sollte, und als sie zu Ende gegessen hatte und sich eine Dose Bier aus dem Kühlschrank holte und dabei eine Zigarette rauchte, sagte sie sich, dass Hellmer wohl Recht hatte, wenn er behauptete, sie würde sich in etwas verrennen. Ein Blick auf die Uhr, fünf nach neun. Sie griff zum Telefonhörer und tippte die Nummer ihres Vaters ein. Sie brauchte jetzt jemanden, mit dem sie reden konnte, ohne dumm angemacht zu werden.

»Hi, Paps, ich bin's.«

»Das ist schön, dass du anrufst, ich habe gerade an dich gedacht. Eigentlich habe ich den ganzen Tag über an dich gedacht, frag mich aber nicht, warum. Wie geht's dir?«

»Frag lieber nicht. Ich wollte mich nur mal melden. Was machst du gerade?«

»Ich sitze hier und lese und höre dabei ein bisschen Musik. Was soll ein alter Mann wie ich schon großartig machen? Du hörst dich aber nicht gut an. Komm, sag mir, was dich bedrückt. Ein Mann?«

»Wenn's das bloß wäre«, antwortete sie und seufzte auf. »Nein, ich bearbeite gerade einen ziemlich blöden Fall. Mein Bauch sagt mir, dass die Sache zum Himmel stinkt, aber die Fakten sehen nun mal anders aus.«

»Was ist das für ein Fall?«

»Vor zwei Tagen ist ein ziemlich angesehener Autohändler verschwunden. Wir haben natürlich seine Frau und seine Angestellten befragt, aber es gab keine Hinweise, dass irgendjemand aus seinem direkten Umfeld etwas damit zu tun haben könnte. Dazu muss ich sagen, dass dieser Typ ein ziemlich gespaltenes Verhältnis zu Frauen hat, das heißt, er wendet gerne Gewalt an. Eine ehemalige Mitarbeiterin war seine Geliebte, und als sie Schluss machen wollte, hat er sie auf das Schrecklichste gedemütigt. Mit seiner Frau ist er laut ihrer Aussage nicht anders verfahren, und immerhin waren die beiden dreizehn Jahre verheiratet. Na ja, um es kurz zu machen, sie hatte einen Geliebten, den besten Freund und Anwalt ihres Mannes …«

»Moment, was heißt, sie hatte einen Geliebten …«

»Gleich. Wir haben eine Hausdurchsuchung bei ihr durchgeführt, haben auch was gefunden, aber nachdem wir weg waren, muss sie gleich zu ihrem Geliebten gefahren sein. Heute Mittag dann wurde das Auto dieses Mannes ausgebrannt gefunden, und in dem Auto waren die Leichen von der Frau und ihrem Geliebten. Beide haben allem Anschein nach Selbstmord begangen. Der Einzige, der überlebt hat, ist der Entführte. Er hat nur zwei Schussverletzungen, die jedoch beide nicht lebensbedrohlich sind. Von seiner Frau wissen wir, wie es um die Ehe bestellt war, und das hat uns auch sein Bruder bestätigt. Als Frank und ich vorhin bei dem Mann in der Klinik waren, hat er uns aber eine völlig andere Geschichte aufgetischt. Du kennst das ja, wenn die Leute von heiler Welt reden, und in Wirklichkeit ist es wie Sodom und Gomorrha. Und jetzt sitz ich hier und weiß nicht mehr, was ich noch glauben soll.«

»Jetzt mal langsam. Da ist einer am Dienstag entführt worden. Und heute haben sich seine vermeintlichen Entführer das Leben genommen, aber er hat überlebt. Hab ich das richtig verstanden?«

Julia Durant lachte auf und antwortete: »Ich sollte vielleicht mal einen Rhetorikkurs bei dir belegen. Du hast es in wenigen Worten auf den Punkt gebracht. Genauso war es.«

»Und wo war er in den zwei Tagen?«

»Das kann er uns nicht sagen.«

»Und wo liegt jetzt dein Problem?«

»Das wüsste ich selber gerne. Ich habe mich lange und ausführlich mit seiner Frau unterhalten, und ich kann mir beim besten Willen nicht vorstellen, dass sie diese Tat begangen haben soll. Dann habe ich heute auch mit der Frau des andern Toten lange gesprochen, die mir gegenüber behauptet hat, ihr Mann habe am Leben gehangen wie kaum ein anderer. Aber jetzt sind zwei Menschen tot … Ich hab was vergessen. Die Tote hat einen zwölfjährigen Sohn, der für sie der ganze Lebensinhalt war. Der Bruder des Entführten beteuert, sie hätte ihren Sohn niemals allein zurückgelassen … Nun, jedenfalls sind zwei Menschen tot, von denen mir gesagt wurde, sie wären zum einen nie im Leben zu einem Verbrechen fähig, nicht einmal zu ganz normaler Gewalt, und zum andern, sie hätten auch niemals Selbstmord begangen, weil da eben noch Personen waren, die ihnen viel bedeutet haben. Klar, die beiden hatten eine Liaison, aber das allein kann nicht der Auslöser gewesen sein. Ich komm einfach nicht weiter.«

»Welchen Eindruck hattest du von der Frau?«

»Um ganz ehrlich zu sein, ich hätte sie am liebsten in den Arm genommen und sie getröstet. Ich habe schon viel mit Verbrechern zu tun gehabt, und glaub mir, diese Frau hätte weiterhin alle Demütigungen seitens ihres Mannes erduldet, aber sie hätte keine Gewalt ihm gegenüber angewandt. Und jetzt frage ich mich, ob ich mich so in ihr getäuscht habe oder ob das alles ganz anders abgelaufen ist.«

»Und der Geliebte?«

»Den hab ich nur kurz gesehen, Frank hat länger mit ihm gesprochen. Seine Frau beschreibt ihn als gutmütig und liebevoll,

265

auch wenn sie's so direkt nicht ausgesprochen hat. Aber sie kann den andern, den, der entführt wurde, nicht leiden.«

»Du hast auch noch von einem Bruder gesprochen. Was sagt der denn?«

»Der lebt seit vielen Jahren in Feindschaft mit seinem Bruder, aber er ist ein netter Kerl. Der behauptet auch steif und fest, dass seine Schwägerin im Leben nicht zu einem Verbrechen fähig gewesen wäre. Tja, eine verzwickte Sache, oder?«

»Hört sich zumindest ziemlich verworren an. Was sind denn deine Gedanken?«

»Ich weiß es nicht. Am liebsten wäre mir, es hätte sich alles so abgespielt, wie ich es geschildert habe …«

Sie machte eine Pause, und als sie nicht weitersprach, meinte ihr Vater: »Aber du zweifelst, weil du dich in die Menschen hineinversetzen kannst. Ich sage nur, nutze diese Gabe und tu, was du für richtig hältst.«

»Wenn ich nur wüsste, was richtig ist. Ich dreh mich im Kreis und weiß genau, dass ich heute Nacht nicht schlafen kann, weil ich andauernd an diese Sache denken muss.«

»Gut, dann werde ich dir einen Anstoß geben. Du wagst nicht auszusprechen, was du denkst. Dann werde ich es für dich tun. Du denkst, dass der Entführte selbst aktiv in die Sache verwickelt ist. Verbessere mich, wenn ich mich irre.«

»Nein, du irrst dich nicht. Ich frage mich nur, wie hat er das angestellt, wenn es so sein sollte. Das würde nämlich bedeuten, dass er seine Frau und seinen Freund auf dem Gewissen hat. Aber das klingt so absurd, wenn ich das morgen meinem Chef erzähle, der lacht mich doch aus. Alle werden mich auslachen. Ich will einfach keinen Fehler machen.«

»Du machst keinen, wenn du versuchst die Wahrheit herauszufinden. Julia, ich kann es nur wiederholen, tu, was du für richtig hältst, und pfeif auf die Meinung der andern. Und solltest du wider Erwarten einen Fehler machen, du meine Güte, du hast so viel für die Abteilung geleistet, man wird dir verzeihen.«

»Hoffentlich. Aber erst muss ich Berger überzeugen, dass er mich weiter an dem Fall arbeiten lässt.«

»Du wirst ihn überzeugen. Und jetzt versuch einfach, nicht mehr daran zu denken, zumindest nicht bis morgen früh. In Ordnung?«

»Ach Paps, wenn ich dich nicht hätte. Ich ruf morgen Abend wieder an, um dir zu berichten, wie's gelaufen ist. Gute Nacht und schlaf gut.«

Sie legte auf und wollte sich gerade eine zweite Dose Bier holen, als das Telefon klingelte. Corinna Becker.

»Frau Durant, ich habe schon eine ganze Weile versucht, Sie zu erreichen. Ich habe vergessen, Ihnen etwas zu erzählen. Gestern Abend hat mein Mann zu mir gesagt, dass er mit mir im November auf die Seychellen fahren will. Sagt so etwas ein Mann, der vorhat, sich umzubringen?«

»Das hat er gestern zu Ihnen gesagt?«, fragte Durant mit zusammengekniffenen Augen, was Corinna Becker nicht sehen konnte.

»Ja, und zwar kurz bevor ich zu Bett ging. Er hat mich in den Arm genommen und gemeint, wir sollten mal richtig ausspannen und weit wegfahren. Die Kinder wären so lange bei meiner Mutter geblieben und … Was soll ich sagen, er hat richtig aufgekratzt gewirkt. Ich bin sicher, er wollte es für uns tun. Frau Durant, das alles macht mich sehr nachdenklich.«

»Das kann ich gut verstehen, aber es ändert momentan nichts an den Tatsachen. Ich melde mich morgen noch einmal bei Ihnen. Ist Ihre Mutter noch da?«

»Ja, sie will bleiben, bis es mir etwas besser geht. Ich wollte es Ihnen nur sagen. Gute Nacht.«

Julia Durant legte auf und nahm die Dose Bier mit ins Bad. Das Wasser war inzwischen abgekühlt. Sie ließ sich heißes dazulaufen und legte sich hinein. Sie würde morgen mit Berger und den andern sprechen und Fragen aufwerfen. Und sie hoffte auf eine ruhige Nacht ohne Albträume. Um halb elf ging sie zu

Bett, rollte sich in die Decke ein und versuchte, an etwas Schönes zu denken. Es gelang ihr nicht. Erst weit nach Mitternacht fielen ihr die Augen zu, und sie schlief ein.

Freitag, 7.30 Uhr

Polizeipräsidium, Lagebesprechung. Julia Durant kam zeitgleich mit Berger ins Büro, die andern würden nach und nach eintrudeln. Berger hängte sein Sakko an den Kleiderständer, schenkte sich gleich ein Glas Wasser ein und setzte sich, während Durant sich mit dem Rücken ans Fenster stellte, die Hände in den Hosentaschen vergraben. Er legte die *Bild*-Zeitung und die *Frankfurter Rundschau* auf den Tisch und deutete auf die Schlagzeile in der *Bild* – »Entführter Autohändler wieder frei«.

»Ich hab das vorhin schon im Auto gelesen. Ziemlich einseitig, vor allem stehen da Sachen drin, die nicht von uns kommen.«

»Interessiert mich nicht«, sagte Durant nur.

»Mich eigentlich auch nicht«, meinte Berger und fuhr fort: »Frau Durant, was hat Ihr Besuch bei Herrn Lura ergeben?«

»Er hat genau das bestätigt, was wir vermutet hatten«, antwortete sie in einem Ton, der Berger hellhörig werden ließ.

»Aha. Und weiter?«

»Nichts. Gar nichts.«

»Liebe Frau Durant«, sagte Berger lächelnd, »wie lange kennen wir uns jetzt schon? Sieben Jahre, acht Jahre? Wenn Sie sagen, nichts, dann schließe ich daraus, dass Ihnen etwas auf dem Herzen liegt. Also raus mit der Sprache.«

»Hellmer würde den Fall am liebsten zu den Akten legen, aber ich habe meine Zweifel. Nur, ich kann sie nicht begründen.«

»Dann fangen wir eben von vorne an. Welchen Eindruck haben Sie von Lura?«

Durant zuckte mit den Schultern und antwortete: »Er gehört zu der Sorte Mensch, der ich gerne aus dem Weg gehe. Er hat zum Beispiel versucht, uns weiszumachen, dass seine Ehe glücklich und harmonisch war. Komischerweise ist er aber der Einzige, der das behauptet. Und es gibt für mich so viele Ungereimtheiten. Ich hoffe, Sie lachen mich jetzt nicht aus.«

»Warum sollte ich Sie auslachen? Habe ich das jemals getan?«, fragte er ernst. »Jetzt setzen Sie sich schon, Sie machen mich ganz nervös, wenn Sie da rumstehen. Entspannen Sie sich und schießen Sie los.«

Julia Durant nahm Berger gegenüber Platz, schlug die Beine übereinander und begann: »Eigentlich wollte ich mit Ihnen allein reden, aber ich denke doch, dass es die Fairness gebietet, auch die andern hinzuzuziehen. Ich habe mir vorhin beim Frühstück verschiedene Punkte notiert, die für mich nicht einleuchtend sind.«

»Dann warten wir auf die andern, wenn Ihnen das lieber ist. Ich verspreche Ihnen aber jetzt schon, dass die Akten erst geschlossen werden, wenn alle Unklarheiten beseitigt sind.« Er hatte es kaum ausgesprochen, als die Tür aufging und kurz nacheinander Hellmer, Kullmer und Seidel hereinkamen.

»Guten Morgen«, sagte Berger. »Sie können gleich alle hier bleiben, Frau Durant hat uns etwas mitzuteilen.«

»Ich kann mir schon denken, was es ist«, meinte Hellmer ironisch und zog sich einen Stuhl heran, während Kullmer sich auf die Schreibtischkante setzte und Doris Seidel an den Schrank gelehnt stehen blieb.

»Nein, das kannst du nicht«, erwiderte Durant. »Und du brauchst auch gar nicht so ironisch zu sein. Ich will es kurz machen – der Fall ist noch nicht abgeschlossen. Zumindest für mich nicht.«

»Moment mal«, sagte Kullmer und schüttelte verständnislos den Kopf, »was soll das heißen, noch nicht abgeschlossen? Was willst du denn jetzt noch?«

»Ich will die Hintergründe kennen, und ich will die Wahrheit herausfinden. Und dazu stellen sich mir einige Fragen, auf die ich Antworten haben will. Einige dieser Fragen haben wir bereits besprochen, aber dennoch bleiben mir Zweifel am Tathergang.«

Sie stand auf, stellte sich an die weiße Tafel, nahm einen edding-Stift und sagte, während sie stichpunktartig schrieb:

»Erstens: Wie konnten Becker und die Lura am Dienstagmorgen so exakt den Zeitplan einhalten, wo doch Becker schon um halb zehn einen Gerichtstermin hatte? Das haben wir bereits durchgekaut, es ist möglich, aber ein Vabanquespiel, das zum Beispiel eine Gabriele Lura, die in permanenter Angst vor ihrem Mann gelebt hat, niemals eingegangen wäre. Nur vier oder fünf Minuten Zeitabweichung nach hinten, und alles wäre geplatzt.

Zweitens: Warum hat man Lura bei der Entführung in den Kofferraum gelegt, beim großen Showdown aber auf den Rücksitz gesetzt und ihn angeschnallt, wie er selbst behauptet?

Drittens: Wieso konnten die beiden Lura für tot halten, wenn er nur einen, wie der Arzt sagt, Streifschuss am rechten Bauch und eine Kugel oberhalb des Herzens hatte, der der Lunge höchstens leicht angekratzt hat, um die Worte von Dr. Förster zu benutzen? Normalerweise vergewissert man sich, ob das Opfer auch wirklich tot ist, indem man zum Beispiel den Puls fühlt. Angeblich hat sich Lura tot gestellt, aber seltsamerweise kann er keinerlei Angaben machen, von wo nach wo er transportiert wurde. Er hätte wenigstens einmal kurz blinzeln können, um nach draußen zu schauen, denn ich bin überzeugt, er kennt sich in Frankfurt und Umgebung bestens aus.

Viertens: Zu Frage drei – warum ist Lura als Einziger mit dem Leben davongekommen? Wenn die Version stimmt, dass Becker das Fahrzeug mit Benzin übergossen hat, sich danach ins Auto gesetzt und erst seine Geliebte erschossen hat, anschließend das Auto in Brand gesteckt hat, um sich dann zu erschießen, wieso hat Lura keine schwereren Verbrennungen? Wir alle wissen, wie Brandbeschleuniger wirken und wie schnell sich das Feuer ausbreitet. Aber Lura hat nur Verbrennungen, die, so der Arzt, nicht schwerer sind, als würde man mit der bloßen Hand kurz auf eine heiße Herdplatte fassen.

Fünftens: Warum ist Becker in den Wald gefahren? Sich umbringen kann man auch an jeder andern x-beliebigen Stelle. Am logischsten für mich wäre es, wenn sie sich dort umgebracht hätten, wo sie Lura gefangen hielten. Dieser große Aufwand stört mich. Die kurven da erst noch eine Weile in der Gegend rum, obgleich sie gewusst haben müssen, dass nach dem Jaguar bereits gefahndet wurde.

Sechstens: Warum gibt es weder von Becker noch von der Lura einen Abschiedsbrief? Gabriele Lura hat auf mich den Eindruck einer fürsorglichen Mutter gemacht, wobei ich ganz offen zugebe, dass ich diese Frau ziemlich sympathisch fand, aber das tut nichts zur Sache. Viel wichtiger für mich ist, dass Becker noch am Abend seines Verschwindens seiner Frau gesagt hat, er wolle mit ihr im November auf die Seychellen reisen. Frau Becker hat mich gestern Abend noch angerufen, um mir das mitzuteilen. Sagt das ein Mann, der vorhat, sich umzubringen?

Siebtens: Warum beschreiben alle, die meisten Angestellten ausgenommen, Lura als tyrannisch beziehungsweise sadistisch, während er von seiner ach so harmonischen Ehe spricht? Lügen all jene, mit denen wir geredet haben? Lügt die Kreutzer, die von Lura fünfzigtausend Euro und einen Mercedes für ihr Schweigen bekommen hat, nachdem sie auf das Übelste von ihm misshandelt worden war? Lügt Corinna Becker, wenn sie behauptet, Lura habe sich einmal auf einem Fest ganz unverblümt und in ziemlich ordinärer Weise an sie rangemacht? Lügt Luras Bruder, wenn er sagt, dass seine Schwägerin ihm des Öfteren von ihrer Ehehölle berichtet hat?

Achtens: Warum hat Lura zwei nicht-tödliche Schüsse in den Oberkörper, während die andern beiden sich durch Kopfschüsse getötet haben? Und die beiden Schüsse auf ihn waren derart dilettantisch ausgeführt, darüber sollte man auch mal nachdenken.

Lura sagt aus, seine Frau habe auf ihn geschossen, doch die Geschichte und die Erfahrung zeigt, dass gerade Frauen im Zustand größten Hasses und über Jahre aufgestauter negativer Emotionen nicht nur ein- oder zweimal abfeuern, sondern gleich ein ganzes Magazin leer schießen, was garantiert keiner überlebt. Und mir soll keiner erzählen, dass sie es nicht getan hat, weil nicht genügend Munition vorhanden war.

Neuntens, und damit zur letzten Frage: Warum haben Becker und die Lura überhaupt Selbstmord begangen? Das Märchen von den beiden Königskindern, die nicht zueinander finden konnten, zieht bei mir nicht. So was machen vielleicht Jugendliche, aber keine gestandenen Erwachsenen. Vor allem Becker, der eine reife Persönlichkeit war, hätte als Anwalt erst alle Optionen durchgespielt, ehe er Mord und Selbstmord begangen hätte. Durch sein Wissen um die miese Vergangenheit von Lura hätte er diesen genauso gut erpressen können, was aber nicht seinem Persönlichkeitsprofil entsprach. Außerdem sagt seine Frau, dass er Gewalt verabscheute und nie eine Waffe besaß. Das alles sind für mich Ungereimtheiten. Und jetzt seid ihr dran.«

Julia Durant nahm wieder Platz, Kullmer holte einen Kaugummi aus der Brusttasche seines Hemdes und steckte ihn in den Mund, Doris Seidel wirkte sehr nachdenklich, und auch Hellmer sagte vorerst nichts. Der Erste, der das Schweigen brach, war Berger.

»Das ist starker Tobak, Frau Durant. Könnten Sie Ihre Vermutungen ein wenig näher erläutern?«

»Muss ich das wirklich tun? Reichen meine Fragen, die in Kurzform an der Tafel stehen, nicht aus?«

»Ich kann deine Fragen durchaus verstehen«, sagte Hellmer. »Aber das würde bedeuten, dass Lura seine Entführung inszeniert hat. Die alles entscheidende Frage für mich bleibt aber, wie es angehen kann, dass ihm zwei Kugeln rausoperiert werden mussten. Der Typ ist kein Arzt, und du hast selbst gehört, wie Dr.

Förster gesagt hat, nur fünf Zentimeter tiefer, und die Kugel hätte das Herz getroffen ...«

»Ja, aber fünf Zentimeter höher ist praktisch nichts mehr. Außerdem wurden kleinkalibrige Vollmantelgeschosse benutzt, die zwar in den Körper eindringen, dort jedoch keinen größeren Schaden anrichten, Mannstopper eben. Außer man schießt sich in den Kopf. Anatomische Kenntnisse kann sich heutzutage jeder Laie aneignen. Vielleicht hat Lura ja Röntgenaufnahmen seines Thorax studiert.«

»Ich bitte dich«, sagte Hellmer aufgebracht, »das sind nichts als unbewiesene Hypothesen. Deine Fantasie geht mit dir durch.«

»Herr Hellmer, wir sind dazu da, auch das scheinbar Unmögliche in Betracht zu ziehen. Ich kann die Bedenken von Frau Durant sehr gut nachvollziehen«, wurde er von Berger zurechtgewiesen. »Und unsere Hauptaufgabe besteht darin, das Unbewiesene zu beweisen.«

»Also gut«, meldete sich Kullmer zu Wort, »gehen wir vom unwahrscheinlichsten Fall aus, dass Lura selbst hinter seiner Entführung steckt. Dann hätten wir es mit einem Doppelmörder zu tun, und diese Anschuldigung ist schwer. Und etwas anderes entnehme ich deinen Worten nicht. Wie willst du deine Theorie untermauern?«

Julia Durant zündete sich eine Zigarette an. »Es wird verdammt schwer, das weiß ich, aber ich will es versuchen. Wenn Becker und die Lura schon tot waren, als das Auto in Flammen aufging, dann dürfte es eigentlich für unsere Rechtsmediziner kein Problem sein, das nachzuweisen. Außerdem werde ich Lura in nächster Zeit nicht aus den Augen lassen. Ich werde ihm Fragen stellen, ihm aber nicht das Gefühl geben, ich würde ihn verdächtigen, denn sollte ich mich nicht täuschen, dann ist er im wahrsten Sinne des Wortes mit allen Wassern gewaschen. Aber er ist derart clever und vor allem mitteilungsbedürftig, dass ich sicher bin, dass seine Erinnerung so nach und nach zurückkehren wird. Mit seiner Eloquenz wird er bei mir jedenfalls nichts ausrichten, denn ich bin auch nicht auf den Mund gefallen. Und vielleicht wird er sich irgendwann, wenn er sich zu sicher fühlt, in Widersprüche verwickeln ...«

»Das hört sich inzwischen aber nicht mehr nur wie eine Theorie an, sondern so, als ob Sie überzeugt wären, dass Lura seine Frau und Becker umgebracht hat«, sagte Berger.

»Nein, im Augenblick ist es nur eine Theorie, auch wenn es anders rüberkommt, aber ich bitte darum, dass alles getan wird, um sie entweder zu beweisen oder zu widerlegen. Ich werde diesem Muttersöhnchen jedenfalls nicht auf Gedeih und Verderb etwas anhängen, was er nicht getan hat.«

»Das wollte ich ja nur von Ihnen hören«, sagte Berger lächelnd. »Wie soll es also weitergehen?«

»Die KTU soll das Fahrzeug bis in den letzten Winkel auf Blut und andere Spuren untersuchen ...«

»Der Wagen ist ausgebrannt«, bemerkte Kullmer lakonisch und mit einer überheblichen Handgeste.

»Peter, komm, sei ein bisschen kooperativer. Du weißt genau, dass unsere Spezialisten auch in einem ausgebrannten Fahrzeug noch was finden können. Es gibt Spuren, da bin ich sicher. Und wenn es Spuren gibt, dann werden unsere Leute die auch finden. Zum Beispiel müsste es Blutspuren auf der Rückbank und dem Sicherheitsgurt geben, denn Lura sagt, er sei angeschnallt gewesen. Und noch was – für mich spielen unsere Rechtsmediziner eine ganz besondere Rolle. Ich werde Morbs oder Bock bitten, ihr Bestes zu geben, um den exakten Todeszeitpunkt von Werner Becker und Gabriele Lura zu ermitteln. Besonders wichtig hierbei ist mir herauszufinden, ob *beide* schon tot waren, bevor das Auto in Brand gesteckt wurde. Wir werden Lura nicht beschatten, denn sollte er ein Täter sein, so hat er sein Ziel erreicht und wird sich so normal wie möglich verhalten. Außerdem glaube ich, dass er eine Beschattung sofort merken würde. Aber wir werden ihn trotzdem nicht aus den Augen lassen, vor allem werde ich ihn des Öfteren mit meiner Anwesenheit beehren. Es gilt auch noch herauszufinden, ob Aufzeichnungen von Becker oder Gabriele Lura existieren, die uns Hinweise auf eine mögliche Entführung oder einen Fluchtplan oder sogar einen eventuellen Selbstmord geben. Sollten wir derartige Beweise haben, höre ich auf, Lura zu verdächtigen. Aber ich wette, es gibt keine solchen Beweise. Wir wissen zwar, dass das letzte Telefonat, das Frau Lura geführt hat, mit Werner Becker war, wir wissen auch, dass sie sich kurz danach mit ihm getroffen hat, da ihr Auto gestern Morgen vor Beckers Kanzlei stand, wir wissen jedoch nicht, was sich nach dem Treffen abgespielt hat …«

»Die Dame hat nach der Hausdurchsuchung kalte Füße bekommen und ist abgehauen. Sie hat gewusst, dass wir ihr über kurz oder lang auf die Schliche kommen würden«, sagte Kullmer.

»Das ist mir zu simpel. Einen Suizid der Lura könnte ich noch verstehen, nach dem, was sie durchgemacht hat, aber welchen Grund sollte Becker gehabt haben? Auch wenn in seiner Ehe nicht alles eitel Sonnenschein war, die Probleme waren nicht so gravierend, dass er gesagt hätte, ich will nicht mehr. Und dazu kommt, dass ich auch keinen Grund sehe, weshalb er Lura entführt haben sollte. Eine Affäre mit dessen Frau ist noch längst kein Grund dafür, vor allem, weil er nicht damit rechnen musste, dass diese Affäre auffliegt. Dazu kommt, dass Lura Beckers bester Klient war. Wie heißt es doch so schön, die Hand, die mich füttert, beiß ich nicht.«

»Und was werden Sie jetzt konkret unternehmen?«, wollte Berger wissen.

»Unsere Rechtsmediziner sind als Erstes gefragt. Die haben heutzutage die ausgefeiltesten Methoden, mit denen sie ermitteln können, ob Giftstoffe oder Rauch oder was immer vor dem Ableben eingeatmet oder verabreicht wurden. Die sollen das Blut der beiden untersuchen, die Lungen, den Mageninhalt und

so weiter. Und möglicherweise können sie auch den exakten Todeszeitpunkt bestimmen. Dann natürlich die KTU. Ich will vor
allem wissen, ob es Spuren im Kofferraum gibt.«

»Was für Spuren?«

»Blut, und zwar Blut, das nicht B-positiv ist, also nicht von
Lura stammt. Die sollen den Innenraum des Autos in seine Be-
standteile zerlegen. Und ganz wichtig ist für mich Luras Vita.
Ich will alles wissen, von seiner Geburt bis jetzt. Ich weiß, das
wird verdammt schwer, weil seine Eltern, vornehmlich seine
Mutter, sich sehr bedeckt halten. Aber ich setze große Hoffnungen auf seinen Bruder, der schließlich die Kindheit und Jugend
mit ihm verbracht hat. Um seinen Bruder kümmern sich Frank
und ich. Wir müssen, ob wir wollen oder nicht, auch mit Luras
Sohn reden. Tja, bliebe noch dieser Dr. Meißner. Auch von ihm
brauche ich einen kompletten Lebenslauf. Findet heraus, ob er
irgendwann schon einmal auffällig geworden ist. Ich werde
mich dann mit ihm persönlich unterhalten.«

»Okay«, erwiderte Kullmer und sah Durant an, »aber sag mir
bitte, bevor wir mit dem Puzzeln anfangen, welches Motiv hätte
Lura haben können, ein solches Verbrechen zu begehen? Du
hast erwähnt, dass Lura Beckers bester Klient war, und wir wissen auch, dass Becker eine Menge Drecksarbeit für ihn erledigt
hat. Das war ein Geben und Nehmen zwischen den beiden.
Wenn Lura einen Hass auf seine Frau hatte, warum hat er sie
nicht allein umgelegt und es wie einen Unfall aussehen lassen?
Das zwischen Becker und Lura war, wie's so schön heißt, eine
Win-Win-Situation. Beide haben voneinander profitiert. Jetzt
muss sich Lura einen neuen Anwalt suchen, der genauso skru-
pellos ist. Das Motiv, Julia, das Motiv sehe ich nicht. Bei Becker
und der Lura sehe ich aber eins. Das ist der Unterschied. Ich
kann alle Punkte, die du aufgeführt hast, irgendwie nachvollziehen, weil ich deine Denke kenne, aber richtig plausibel wird's
für mich dadurch trotzdem nicht. Nenn mir ein Motiv, das Lura
gehabt haben könnte.«

»Verletzte Eitelkeit?«, bemerkte Doris Seidel vorsichtig.

»Verletzte Eitelkeit weswegen?«, fragte Kullmer zurück.

»Er hat rausbekommen, dass Becker und seine Frau was miteinander hatten, und er war in seiner Ehre gekränkt.«

»Mein Gott, wenn jeder, der rauskriegt, dass der Partner fremdgeht, ihn und den Nebenbuhler gleich ermorden würde, müssten wir die Mordkommission auf tausend Mann erweitern. Nee, das mit der Ehre glaub ich nicht.«

»Aber nicht ein Bruchteil derer, die erfahren, dass der Partner fremdgeht, neigt von Haus aus zu Gewalttätigkeiten oder verfügt über sadistische Neigungen. Und diese sind bei Lura zweifellos vorhanden.«

»Wenn es weder verletzte Eitelkeit noch verletzte Ehre ist, welches Motiv käme dann in Frage?«, sagte Berger, der sich nach vorn gebeugt und die Hände gefaltet hatte.

»Das ist es doch, wovon ich die ganze Zeit spreche. Ich sehe keins«, antwortete Kullmer. »Lasst unsere Metzger und die Spusi ihre Arbeit machen, ich wette, von denen erfahren wir nichts, was wir nicht schon wissen.«

»Und wenn Lura ein Psychopath ist?«, fragte Durant. »Ein hochgradiger Psychopath, der in der Lage ist, jeden zu manipulieren? Vielleicht sogar eine schizophrene Persönlichkeit?«

»Einer der erfolgreichsten Autohändler soll schizophren sein?«, fragte Kullmer grinsend und tippte sich an die Stirn.

»Heb dir deinen Spott für ein andermal auf. Dieser überaus erfolgreiche Autohändler hat nicht nur über Jahre hinweg seine Frau misshandelt, er hat es auch mit andern Frauen gemacht. Aber gut, belassen wir's vorerst beim Psychopathen. Lura ist hochintelligent, und er weiß genau, was er tut. So, mehr möchte ich jetzt nicht sagen. Ich kann mich auch gewaltig täuschen, und sollte es so sein, lade ich euch alle zum Essen ein. Frank und ich fahren gleich mal rüber in die Rechtsmedizin und anschließend zu Frau Becker und danach zu Luras Bruder. Peter und Doris, ihr checkt bitte die Vita von diesem Meißner und vor allem von

277

Lura. Außerdem muss Luras Haus noch einmal durchsucht werden, und zwar jeder einzelne Winkel. Die KTU soll sich auch den Wagen von Gabriele Lura vornehmen, nur vorsichtshalber. Wir dürfen nichts übersehen. Wir hatten doch schon mal so eine Geschichte, wo alles wie Mord und Selbstmord aussah und sich hinterher die ganze Sache als Auftragsmord rausstellte. Vielleicht bin ich dadurch geprägt. Und dann besorgt eine Liste aller Häuser von Lura. Vielleicht besitzt er neben seinem Haus in Schwanheim noch eins hier in der Ecke.«

Kullmer erhob sich. »Machen wir uns an die Arbeit und sehen, ob wir deine Hypothese bestätigen können. Wenn nicht, dann gehen wir eben essen«, erklärte er mit einem dreckigen Grinsen.

»Das ist ein Wort«, sagte Durant und nahm ihre Tasche. Und zu Hellmer: »Auf in die Rechtsmedizin. Ich will mit Morbs und Bock persönlich sprechen.« Auf dem Weg zum Parkplatz sagte sie: »Weißt du, Frank, ich habe die ganze Zeit über das Gefühl, etwas übersehen zu haben. Aber ich komm verdammt noch mal nicht drauf, was es ist. Ich weiß jedoch, dass Luras Version nicht der Wahrheit entspricht.«

»Ich kann dir nicht helfen, Julia, weil ich ebendieses Gefühl nicht habe. Ich verlass mich diesmal hundertprozentig auf dich. Nicht böse sein deswegen, okay?«

»Red doch nicht so einen Blödsinn. Seit wann bin ich auf dich böse? Manchmal gehst du mir zwar auf den Keks, aber es hält sich immer noch im Rahmen.«

Freitag, 9.55 Uhr _____

Institut für Rechtsmedizin, Kennedyallee. Morbs hielt gerade einen Vortrag vor Studenten über tierische Gifte, Bock war in seinem Büro und telefonierte. Er blickte kurz auf, als die Beamten eintraten, und wies auf zwei Stühle.

Es war ein privates Gespräch, so viel konnten Durant und Hellmer heraushören. Bock lachte ein paar Mal auf und beendete das Telefonat mit einem »Bis nachher«. Er legte auf und sagte: »Was für eine Ehre, Sie gleich im Doppelpack hier zu sehen. Was kann ich für Sie tun?«

»Es geht um die Leichen von Werner Becker und Gabriele Lura«, antwortete Durant.

»Was ist mit denen?«

»Ich möchte Sie bitten, beide noch einmal eingehend zu untersuchen, speziell die Lungen, den Mageninhalt und das Blut. Und vielleicht gelingt es Ihnen ja auch, den genauen Todeszeitpunkt zu ermitteln.«

Bock beugte sich nach vorn und sah die Durant mit hochgezogenen Brauen an. »Warum? Ich meine, das Autopsieergebnis ist bereits auf dem Weg in Ihr Büro, das heißt, es müsste im Zeitalter der Computertechnik längst bei Ihnen sein.«

»Was haben Sie denn alles untersucht?«

»Wir haben eine äußere Leichenschau vorgenommen und die Kugeln entfernt. Beide hatten schwerste Verbrennungen, beide hatten je einen Kopfschuss. Mehr wurde nicht angeordnet.«

»Sie haben sie also nicht aufgeschnitten?«

»Nein, natürlich nicht. Ihr Kollege Kullmer hat gesagt, das wäre nicht nötig, und die Staatsanwältin war der gleichen Meinung. Und jetzt soll ich also doch das ganze Programm durchziehen?«

»Ich bitte darum«, sagte Durant.

»Dazu brauche ich das Einverständnis beziehungsweise die Order der Staatsanwaltschaft. Ohne die läuft jetzt gar nichts mehr.«

»Das sollte kein Problem sein. Frank, mach das bitte mal klar, du kommst doch mit der Tischler gut aus. Erklär ihr aber bitte genau, welchen Verdacht wir haben.« Und zu Bock: »Können Sie feststellen, ob Becker und die Lura schon tot waren, als das Auto in Brand gesteckt wurde?«

279

»Kommt drauf an. Aber ganz ehrlich, wie soll ein Toter ein Auto anzünden?«, fragte er lachend. »Der Geist aus dem Jenseits?«

»Professor«, erwiderte Durant ernst, »das will ich Ihnen ja erklären. Es gibt für mich etliche Ungereimtheiten in dem Fall, und ich will sichergehen, dass alles seine Richtigkeit hat. Und dazu brauche ich Ihre fachmännische Hilfe.«

»Und wie soll die genau aussehen?«

»Lassen Sie mich erst eine andere Frage stellen. Wie verbrannt waren die Leichen?«

Bock verzog den Mund und antwortete knapp: »Ziemlich verbrannt, um nicht zu sagen verkohlt.« Er machte eine kurze Pause, fuhr sich mit der Zunge über die Lippen und erklärte dann: »Zwischen Verbrennen und Verkohlen ist nämlich ein riesengroßer Unterschied. Verbrennungen hätten natürlich ausgereicht, um sie zu töten, sie wären sogar ganz sicher daran gestorben, aber eine verkohlte Leiche findet man häufig nach schweren Wohnungsbränden mit extremer Hitzeentwicklung, wenn sich jemand mit Benzin übergießt und bei lebendigem Leib verbrennt, ohne dass sofort Hilfe geleistet wird, nach Flugzeugabstürzen, wenn die Maschine explodiert, und so weiter. Wenn im vorliegenden Fall jemand sofort mit einem großen Feuerlöscher zur Stelle gewesen wäre … Doch worauf wollen Sie hinaus?«

Hellmer kam zurück und sagte: »Die Staatsanwältin gibt ihr Okay, sie schickt gleich ein entsprechendes Fax.« Er setzte sich wieder.

Durant antwortete auf Bocks Frage mit einer Gegenfrage. »Sind die inneren Organe noch unbeschädigt?«

»Davon gehe ich aus.«

»Angenommen, wirklich nur angenommen, Becker und die Lura waren schon länger tot, bevor das Auto in Flammen aufging, was könnte man an den inneren Organen und im Blut nachweisen?«

»Es dürfen sich zum Beispiel keine Rußpartikel in den Atemwegen, also Bronchien und Lungen finden. Außerdem darf das Blut keinen erhöhten CO_2-Wert aufweisen.«

»Ist es Ihnen möglich, den Todeszeitpunkt auf, sagen wir, eine halbe Stunde einzugrenzen?«

»Ich kann es versuchen, versprechen kann ich es nicht. Ich werde jedoch mein Bestes geben.«

»Können Sie feststellen, ob die Kopfschüsse vor dem Brand erfolgten?«

»Auch das dürfte nicht allzu schwer nachzuweisen sein. Sollten die beiden eine halbe Stunde oder länger vor dem Brand erschossen worden sein, so müsste sich bereits zu diesem Zeitpunkt eine Blutverkrustung um die Einschussstelle und auch im Kopfinneren gebildet haben …«

»Das haben Sie aber gestern nicht untersucht?«

»Nein, dazu bestand ja auch kein Anlass.«

»Aber Sie können es noch tun, richtig?«

»Wie gesagt, ich werde mein Bestes geben. Wir werden den Mageninhalt, die Leber, die Lungen, die Nieren und das Blut untersuchen. Ich werde aber in diesem Fall Morbs mit einbeziehen, wie das bei staatsanwaltschaftlich angeordneter Leichenschau so üblich ist. Und jetzt rücken Sie schon raus mit der Sprache, warum dieser Aufwand?«

»Es könnte sein, dass sich alles ganz anders abgespielt hat, wie es auf den ersten Blick aussieht. Sagen Sie, haben Sie schon einmal einen Fall gehabt, wo sich jemand selbst mit zwei Kugeln verletzt hat, um ein Verbrechen zu vertuschen?«

Bock überlegte einen Moment und antwortete dann mit einem Lächeln: »Frau Durant, es gibt hunderte, wenn nicht gar tausende von Fällen, wo Menschen einen Mord wie Selbstmord aussehen ließen, wobei sie nicht davor zurückgeschreckt sind, sich selbst Verletzungen beizubringen, um so die Spur zu einem fiktiven Täter zu legen. In Deutschland selbst ist mir nur ein Fall bekannt, der allerdings bis jetzt nicht gelöst wurde, weil die Indizienkette nicht geschlossen werden konnte. Das war vor ein paar Jahren in Köln. Da hat sich jemand ein Messer in den Bauch gerammt und behauptet auch heute noch, er sei angegriffen worden und hätte sich verteidigen müssen. Im Nebenzimmer lag ein anderer Mann, der tot war. Alles sah aus wie Notwehr, und bis heute konnte nicht nachgewiesen werden, ob die Tat sich tatsächlich so abgespielt hat. Aber ein Kollege von mir hat noch immer Zweifel. Er hat sogar ein Gutachten verfasst, in dem er dargelegt hat, dass der Stichkanal eine Besonderheit aufweist, die darauf schließen lässt, dass der Betreffende sich die Wunde selbst beigebracht hat. Ich kann Ihnen sagen, es gibt medizinische Laien, die über derart fantastische anatomische Kenntnisse verfügen, über die ich als Rechtsmediziner nur staunen kann. Wie schwer verletzt ist denn dieser Herr Lura?«

»Zwei Kugeln, eine oberhalb des Herzens und eine in die rechte Bauchseite«, antwortete Durant.

Bock überlegte und sagte: »Ich würde mir den Knaben gerne mal anschauen, dann könnte ich Ihnen unter Umständen weiterhelfen. Aber dazu brauche ich erstens seine Einwilligung, zweitens muss ein begründeter Verdacht vorliegen, und drittens muss auch in diesem Fall die Staatsanwaltschaft ihr Einverständnis erklären. Fragen Sie doch am besten den behandelnden Arzt, oder bitten Sie ihn, mir entsprechende Röntgenaufnahmen zur Verfügung zu stellen. Erst dann könnte ich möglicherweise etwas Näheres dazu sagen. Allerdings würde Ihnen das nicht viel weiterhelfen, denn sollte er sich die Verletzungen selbst beigebracht haben, so steht Aussage gegen Aussage, das heißt, seine gegen meine. Und einen wirklich schlüssigen Beweis werde ich nicht bringen können. Und wenn er einen gewieften Anwalt hat, dann zerreißt der mein Gutachten in der Luft und frisst es anschließend auf. Im Prinzip bringt's nichts.«

»Doch«, sagte Durant mit Nachdruck, »es bringt in dem Moment etwas, wenn Sie nachweisen können, dass Dr. Becker und

Frau Lura schon vor dem Brand tot waren. Wenn ich mich irre, auch gut, aber ich brauche mir dann wenigstens nicht den Vorwurf zu machen, nicht alles versucht zu haben.«

»Sie sind mir 'ne Marke«, sagte Bock und schüttelte den Kopf. »Immer auf der Lauer, was?«

»So ungefähr«, erwiderte Durant, stand auf und reichte Bock die Hand. »Wann können wir mit einem ersten Ergebnis rechnen?«

»Morbs ist um elf mit seiner Vorlesung fertig. Wenn wir die Mittagspause ausnahmsweise einmal ausfallen lassen, sagen wir, so gegen sechzehn Uhr. Reicht Ihnen das?«, fragte er.

»Sie sind ein Schatz«, sagte Durant und strahlte Bock an. »Und jetzt wollen wir Sie nicht länger aufhalten.«

»Ja, ja, Sie sind auch ein Schätzchen, liebste Frau Durant«, entgegnete Bock grinsend.

Draußen zündete sie sich eine Zigarette an und ging mit Hellmer langsam zum Auto.

»Und jetzt zu Frau Becker?«, fragte Hellmer.

»Hm.«

Freitag, 9.30 Uhr

Wolfram Lura parkte auf dem Gelände der Uni-Klinik und bewegte sich mit schnellen Schritten auf das Hauptgebäude zu. Er hatte seine Freundin gebeten, an diesem Morgen zu Hause zu bleiben und sich um Markus zu kümmern, während er seinem Bruder einen Besuch abstatten wollte. Er hatte eine schlaflose Nacht hinter sich. Immer wieder musste er Markus trösten, der, obwohl am Abend noch ein Arzt bei ihm gewesen war und ihm eine Beruhigungsspritze gegeben hatte, kaum ein Auge zugemacht hatte. Und wenn er doch für ein paar Minuten einschlief, dann wimmerte er vor sich hin, schwitzte und wälzte sich ruhelos hin und her. Er hatte seit dem Mittag weder etwas gegessen noch getrunken, das Einzige, was er wollte, war seine Mutter wiederhaben.

Um sieben Uhr war Wolfram zum Bäcker um die Ecke gegangen, hatte Brötchen und ein Schokocroissant für Markus geholt, in der Hoffnung, der Junge würde etwas essen, aber er biss nur einmal davon ab und trank einen Schluck Kakao, bevor er sich tränenleer ans Fenster stellte und hinunter auf die Straße sah. Er sprach kein Wort, doch seine ganze Haltung, sein Gesichtsausdruck, die Art, wie er sich bewegte, brauchten keine Worte, um auszudrücken, was in ihm vorging.

Wolfram hatte ihm nicht gesagt, wo er hinfahren würde. Die große Angst würde kommen, wenn er wieder bei seinem Vater leben musste.

Er fuhr mit dem Aufzug nach oben, fragte die Stationsschwester nach dem Zimmer seines Bruders, klopfte an und trat, ohne eine Antwort abzuwarten, ein.

»Hi.« Er sah seinen Bruder an, lächelte etwas unbeholfen und fragte: »Darf ich mich setzen?«

»Natürlich«, antwortete Rolf Lura und deutete auf einen Stuhl. »Ich freu mich, dass du gekommen bist, ehrlich. Ich hatte eigentlich nicht damit gerechnet.«

»Ist doch selbstverständlich«, erwiderte Wolfram und nahm Platz. »Scheiße, was? Tut mir echt Leid, was passiert ist. Kann ich irgendwas für dich tun?«

»Nein, ich komme schon klar. Ich hab gehört, dass Markus bei dir ist. Wie geht es ihm?«

»Wie soll's ihm schon gehen? Beschissen ist geprahlt. Er hat an Gabriele gehangen, aber sie offensichtlich nicht so sehr an ihm. Ich hab mich wohl ganz schön in ihr getäuscht.«

»Nicht nur du. Ich werde nie begreifen, warum sie das getan hat. Ich habe sie geliebt, ich habe sie mehr geliebt als mein eigenes Leben, das musst du mir glauben, auch wenn du mich für ein Arschloch hältst. Aber ich kann dir das auch nicht verdenken, nach all dem Bockmist, den ich verzapft habe.«

284

»Schwamm drüber, das ist Vergangenheit. Wir sind eben unterschiedlich, aber wir sind auch Brüder.«

»Wie hast du's erfahren? Durch die Polizei?«

»Na klar. Die waren gestern Nachmittag schon bei mir. Was glaubst du, wie schwer es für mich war, dem Jungen das beizubringen. Da kommt ein Haufen Arbeit auf dich zu. Ich denke, er wird einen Psychologen brauchen.«

»Das kriegen wir schon hin«, sagte Rolf Lura und hustete. »Scheiß Lunge! Wenn die nur ein bisschen tiefer getroffen hätte, würde ich jetzt im Leichenschauhaus liegen.«

»Tut's weh?«

»Es geht. War nur ein Lungensteckschuss hier oben«, antwortete er und wies auf die Stelle, »und hier unten rechts. Halb so wild.« Und nach einer kurzen Pause: »He, Wolf, ich will dir was sagen. Ich war in den letzten Jahren oft nicht fair dir gegenüber. Aber wenn man wie ich dem Tod so direkt ins Auge blickt, dann fängt man an nachzudenken. Ich habe all die Jahre über immer nur an mich gedacht und daran, dass es mir gut geht. Und darüber habe ich vergessen, dass es auch noch andere Menschen außer mir und meiner Familie gibt. Ich will mich bei dir entschuldigen, ich hab eine Menge Mist gebaut. Ich möchte einfach, dass wir uns vertragen.«

»Ist schon okay. Werd du erst mal wieder gesund. Wie lange wirst du denn hier drin bleiben müssen?«

»Der Arzt war vor ein paar Minuten hier und hat gemeint, wenn ich will, kann ich schon heute Nachmittag wieder heim. Natürlich muss ich mich schonen, aber ich habe ihm gesagt, dass ich nicht vorhatte, an einem Marathonlauf teilzunehmen«, antwortete Rolf Lura lachend und musste gleich wieder husten. »Unsere Mutter wird wohl ein paar Tage bei mir wohnen und mich verwöhnen, obwohl ich lieber allein wäre.«

»Seit wann hast du was gegen Mutter?«, fragte Wolfram erstaunt.

»Ich habe nichts gegen sie, aber manchmal geht sie mir schon auf die Nerven. Vor allem hasse ich es, wenn sie andauernd Rolfi zu mir sagt. Als wäre ich ein kleines Kind. Und sie weiß alles besser und … Ach, lass uns nicht darüber reden, ich muss damit klarkommen. Du hast doch auch kein so gutes Verhältnis zu ihr, oder hat sich das geändert?«

»Trotzdem ist und bleibt sie unsere Mutter. Aber du hast Recht, lass uns nicht darüber reden. Wie konnte das alles überhaupt passieren? Hat Gabi jemals irgendwelche Andeutungen gemacht, ich meine, hat sie Selbstmordabsichten geäußert oder dir gedroht?«

»Nein, das ist es ja. Wenn ich auch nur das Geringste geahnt hätte, was glaubst du, wie vorsichtig ich gewesen wäre. Aber so … Wie ich schon dieser netten Kommissarin sagte, ich hätte das von Gabi nie gedacht. Alles, aber nicht so was. Du etwa?«

»Nee …«

»Komm, erzähl mir von dir. Was machst du gerade, ich meine beruflich? Hast du wieder einen Job?«

»Noch nicht, aber die Zeit wird kommen.«

»Wenn du irgendwas brauchst, sag's einfach, ich helfe dir sofort. Mutter muss es ja nicht unbedingt erfahren.«

»Danke. Vielleicht komme ich sogar darauf zurück. Im Augenblick bezahlt Andrea das meiste, und ich häng nur rum.«

»Andrea?« Rolf Lura sah seinen Bruder fragend an.

»Stimmt ja, du kennst sie noch gar nicht. Ich lebe mit ihr seit ein paar Monaten zusammen. Sie arbeitet in einem Verlag und verdient ganz gut, aber ich fühl mich schon ganz schön mies, wenn ich …«

»Jetzt lass den Kopf nicht hängen, das wird schon. Komm einfach zu mir, wenn ich hier raus bin und … Na ja, du weißt schon. Verdammt, ich war echt ein Arschloch, das wird mir immer bewusster. Aber man muss wohl so was erlebt haben, um zur Besinnung zu kommen. Ich wünsche mir nichts sehnlicher, als dass wir wieder wie Brüder miteinander umgehen. Und ich möchte nicht, dass es dir schlecht geht. Damals, als das mit Meike passiert ist, hab ich mich wie ein Schwein verhalten. Aber ich danke Gott, dass er mir eine zweite Chance gegeben hat, meine Fehler zumindest ein bisschen wieder gutzumachen. Auf der andern Seite hasse ich ihn dafür, dass er Gabi nicht davon abgehalten hat …« Er drehte den Kopf zur Seite, ein paar Tränen liefen aus seinen Augen und fielen auf das Kopfkissen. »Warum hat er das zugelassen? Warum? Ich habe sie doch geliebt, ich habe sie mehr geliebt als mein eigenes verdammtes Leben. Ich hätte alles für sie getan, aber offenbar war ihr das nicht gut genug. Was hab ich bloß falsch gemacht? Weißt du das?«

»Was weiß ich, was in eurer Ehe war. Gabi hat ja nie mit mir darüber gesprochen«, log Wolfram und zuckte mit den Schultern.

»Sie hat dir gegenüber auch nie eine Andeutung gemacht, dass sie eine Affäre hat?«

»Mann, was denkst du eigentlich? Ich wäre so ziemlich der Letzte gewesen, dem sie davon erzählt hätte. Wir hatten doch kaum Kontakt. Ihr habt euer Leben gelebt, ich meins.«

»Komm, gib mir deine Hand«, sagte Rolf Lura und streckte seine aus. »Ich verspreche, dass sich das mit dem heutigen Tag ändert. Und tu mir einen Gefallen, glaub nicht alles, was man über mich sagt. Gabi hat so viele Lügen über mich verbreitet, vor allem Markus gegenüber. Doch nichts davon ist wahr. Der Junge muss wer weiß was von mir denken, aber ich habe Gabi nie schlecht behandelt. Natürlich haben wir auch mal gestritten, doch es hat sich immer im Rahmen gehalten. Sie war einfach eine perfekte Schauspielerin. Und dann auch noch das mit meinem besten Freund! Hätte ich das früher rausgekriegt, ich hätte ihn umgebracht. Bei Gott, das hätte ich. Ich bin kein perfekter Mensch, aber ich bin auch kein Monster oder eine Bestie. Oder glaubst du, dass ich ein Monster bin?«

»Quatsch doch nicht so einen Blödsinn! Ich habe dich nie für ein Monster gehalten«, log Wolfram Lura erneut und sah seinem Bruder direkt in die Augen, »ich habe mich nur oft gefragt, warum wir nicht wie ganz normale Brüder miteinander umgehen können. Das hat mich schon ein bisschen enttäuscht.«

»Deswegen bitte ich dich ja um Verzeihung. Komm morgen Nachmittag zu mir und bring deine Andrea mit. Ich möchte gerne die Frau kennen lernen, mit der mein Bruder jetzt zusammen ist. Und mal sehen, vielleicht ist mir ja bis dahin schon was eingefallen, womit ich dir helfen könnte, wenigstens beruflich wieder auf die Beine zu kommen.«

»Einverstanden. Soll ich Markus noch ein paar Tage bei mir behalten?«

»Bring ihn morgen mit, es ist besser, wenn er wieder in seiner gewohnten Umgebung ist. Oder nein, ich werde ihn am besten in einem Internat anmelden, damit er nicht andauernd hier an seine Mutter erinnert wird. Was hältst du davon?«

»Keine Ahnung, es ist deine Entscheidung.«

»Wo würdest du dich in seiner Situation wohler fühlen, zu Hause oder in einer völlig neuen Umgebung?«

»Ich denke, ich würde raus wollen. Frag ihn doch selbst, er ist alt genug, um diese Entscheidung mitzutreffen.«

»Das werde ich machen. Ich freu mich riesig, dass du gekommen bist. Ich hätte alles erwartet, aber nicht deinen Besuch. Mein Gott, was war ich bloß für ein Idiot!«

»Ich war auch einer. So, ich muss los. Andrea wartet darauf, dass ich sie ablöse. Sie ist nämlich extra zu Hause geblieben, um sich um Markus zu kümmern. Ich wollte ihn nicht mit herbringen, das hätte ihm nur noch mehr Angst gemacht. Ich meine diese ganze Krankenhausumgebung«, fügte er schnell hinzu.

»Das ist gut so. Und wir sehen uns dann morgen. Und nochmals danke für alles.«

»Hm, bis morgen, und halt die Ohren steif«, sagte Wolfram Lura und stellte den Stuhl wieder an die Wand. »Ciao, Bruderherz.«

»Ciao.«

Rolf Lura sah seinem Bruder nach, bis dieser die Tür hinter

sich geschlossen hatte. Ein maliziöses Lächeln umspielte seine Lippen. Er nahm die Flasche Wasser vom Boden, trank einen Schluck, wischte sich mit dem Handrücken den Mund trocken und sagte leise: »Idiot, kleiner gottverdammter Idiot!« Dann griff er zum Telefon, das neben seinem Bett stand, und tippte die Nummer seiner Eltern ein.

Wolfram Lura ging zum Aufzug, wartete eine Weile, bis er schließlich kam, und dachte: Du verdammtes Arschloch, wenn du meinst, du kannst mich mit deiner Ich-bin-ein-reuiger-Sünder-Tour einwickeln, hast du dich geschnitten. Aber ich werde morgen kommen, und ich werde dein verdammtes Spiel mitspielen. Doch diesmal werde ich gewinnen, großer Bruder.

Freitag, 11.10 Uhr

Bei Corinna Becker. Als Durant und Hellmer klingelten, wurde ihnen sofort die Tür geöffnet. Corinna Becker stand vor ihnen, das Gesicht unnatürlich blass. Sie hatte tiefe Ränder unter den matten Augen, war ungeschminkt, und ihre Schultern hingen leicht nach vorn. Sie versuchte zu lächeln, als sie die Beamten ins Haus bat, doch dieses Lächeln misslang gründlich, es machte ihr Gesicht noch trauriger.

»Hallo«, sagte Julia Durant, »ich hoffe, wir stören nicht. Wir wollten uns nur noch einmal kurz mit Ihnen unterhalten.«

»Nein, kommen Sie nur. Meine Mutter ist noch hier und kümmert sich um Maximilian. Verena ist heute auch nicht zur Schule gegangen, sie sitzt nur noch in ihrem Zimmer und heult sich die Augen aus. Und ich sehe bestimmt auch schrecklich aus, oder? Na ja, ich habe die ganze Nacht kein Auge zugemacht. Ich bin müde, aber ich kann nicht schlafen. Da helfen nicht einmal Tabletten oder Alkohol.« Ihre Stimme war schwer, ihr Atem roch nach Alkohol.

»Das ist normal«, sagte Durant und nahm neben Hellmer

Platz. »Jeder, der einen geliebten Menschen auf eine solche Weise verliert, fällt erst einmal in ein schwarzes Loch.«

»Bei mir ist es kein schwarzes Loch, in mir ist eine totale Leere. Ich kann es nicht einmal beschreiben, es ist irgendwie, als würde ich durch einen endlosen Nebel laufen. Und da ist natürlich auch immer die Frage nach dem Warum. Warum hat Werner das getan? Hat er es überhaupt getan?« Sie zuckte mit den Schultern und sah Julia Durant Hilfe suchend an. »Ich kann mir noch immer nicht vorstellen, dass er zu so etwas fähig gewesen sein soll. Werner, ausgerechnet er ...«

Sie wollte noch etwas hinzufügen, als ihre Mutter die Treppe herunterkam. Sie reichte erst Durant, dann Hellmer die Hand und sagte zu ihm: »Ich bin die Mutter von Frau Becker. Ihre Kollegin und ich haben uns gestern schon kurz gesehen. Meine Tochter ist völlig durcheinander, was ja auch verständlich ist.« Sie setzte sich neben Corinna Becker und streichelte ihr über den Rücken. »Meine Tochter und ich haben uns die ganze Nacht unterhalten, wie das passieren konnte, und ...« Sie fuhr sich mit der Zunge über die in leichtem Rosé geschminkten Lippen, bevor sie weitersprach. »Wissen Sie, je länger ich darüber nachdenke, umso unwahrscheinlicher erscheint mir das, was Sie sagen. Ich will auf keinen Fall Ihre Kompetenz anzweifeln, das liegt mir fern, aber ich würde auch heute noch beide Hände für meinen Schwiegersohn ins Feuer legen, dass er niemals etwas derart Abscheuliches getan hätte. Mag sein, dass ich mich total in ihm getäuscht habe, aber ich kenne ihn seit gut zwölf Jahren. Er war ein Schwiegersohn, wie ihn sich jede Mutter für ihre Tochter wünscht, aufmerksam, immer höflich, hat stets die Contenance bewahrt und war ein fürsorglicher Ehemann und Vater. Und glauben Sie mir, meine Menschenkenntnis hat mich bisher nie im Stich gelassen.«

»Sie haben sich oft gesehen?«, fragte Durant.

»Ich wohne doch nur wenige Minuten von hier und komme mindestens dreimal in der Woche vorbei. Meine Tochter hat

Ihnen ja erzählt, dass es seit der Geburt von Max ein paar Probleme gegeben hat, aber Werner hat ganz offen mit mir darüber gesprochen. Ich kannte beide Seiten, seine und die meiner Tochter. Er war natürlich nicht sonderlich glücklich darüber, dass Corinna sich so zurückgezogen hat, aber er hat stets betont, dass er sie liebt und sich nichts sehnlicher wünscht, als dass alles wieder so wird wie vorher.«

»Hatten Sie Kenntnis von seiner Affäre?«, fragte Durant.

»Nein, das hatte ich nicht.« Sie machte eine kurze Pause und sagte zu ihrer Tochter: »Corinna, es wäre vielleicht ganz gut, wenn du dich kurz um Max und Verena kümmern würdest. Ich mach das hier schon.«

Corinna Becker erhob sich wie in Trance und ging wortlos nach oben.

»Frau …«

»Oh, Entschuldigung, ich habe ganz vergessen, mich vorzustellen. Ich heiße Katharina Sauer.«

»Frau Sauer, warum haben Sie Ihre Tochter nach oben geschickt?«, fragte Durant geradeheraus.

»Ich wollte mit Ihnen allein sprechen. Es stimmt zwar, dass Corinna und ich uns die ganze Nacht unterhalten haben, aber es gibt etwas, das Sie wissen sollten. Mein Gott, wie soll ich es nur ausdrücken … Vielleicht sollte ich Ihnen erst einmal sagen, was heute Nacht wirklich war. Corinna ist wie ein aufgescheuchtes Huhn durchs Haus gelaufen und hat die ganze Zeit geheult. Da hat es auch nicht viel gebracht, wenn ich sie zu trösten versuchte. Es war mitten in der Nacht, als sie plötzlich das Bügelbrett aufgestellt und gemeint hat, sie müsste noch ein paar Hemden von Werner bügeln, er braucht doch jeden Tag ein frisches, wenn er in die Kanzlei fährt. Na ja, ich habe sie gewähren lassen, was hätte ich auch anderes tun sollen? Sie weiß im Moment einfach nicht mit der Situation umzugehen. Normalerweise sage ich ihr, sie soll nicht so viel trinken oder Tabletten nehmen, aber letzte Nacht habe ich nichts gesagt. Wenn sie doch nur schlafen könnte.«

»Das wird auch noch eine ganze Weile anhalten, fürchte ich«, meinte Durant. »Können Sie denn hier bleiben und auf sie aufpassen?«

»Natürlich werde ich hier bleiben. Ich könnte sie auch in eine Klinik bringen, aber dort wäre sie nicht gut aufgehoben. Ich werde mein Bestes tun, um ihren Kummer und ihre Trauer zu lindern.«

»Sie haben gesagt, es gibt etwas, was wir wissen sollten.«

»Ach ja, ich bin verständlicherweise auch etwas durcheinander. Es geht um Werner. Er hat mir vor nicht allzu langer Zeit gebeichtet, dass er eine Affäre hat. Wenn er private Probleme hatte, kam er immer zu mir, um sich auszuquatschen. Mit seinen Eltern konnte er nicht reden, die sind alt und hätten niemals verstanden, wenn er ihnen von seinen Sorgen berichtet hätte. Aber er war auch nur ein Mann, der Bestätigung brauchte, wenn Sie verstehen, was ich meine. Er wollte meiner Tochter nie wehtun, deshalb hat er es, so gut es ging, verheimlicht. Aber zwei Jahre ohne sexuellen Kontakt, das hält ein Mann wie er nicht aus. Meine Tochter weiß natürlich nicht, dass er mit mir gesprochen hat, und ich werde es ihr auch nie sagen. Sie würde es als großen Vertrauensbruch empfinden.«

»Hat er Ihnen auch gesagt, wer die andere Frau war?«

»Er hat sie mir beschrieben, gesehen habe ich sie nie. Doch er hat immer betont, dass Corinna seine große Liebe war und ist und dass zwischen ihm und der andern ein rein sexuelles Verhältnis bestand. Allerdings erzählte er mir, dass diese andere Frau, ich weiß ja jetzt, dass es Frau Lura war, einen Mann hatte, der das genaue Gegenteil von Werner ist, brutal und jähzornig. Er sagte sogar einmal, er sei ein Sadist. Die beiden haben sich irgendwie gebraucht, doch es kann unmöglich eine tiefe Liebe gewesen sein, eher ein Zusammenstehen in schweren Zeiten. Aber er schämte sich für sein Verhalten. Er hat nicht nur einmal betont, dass er sich schäbig vorkommt. Er hat geweint, und da ist eine Menge an Emotionen aus ihm herausgebrochen. Wie ich bereits sagte, er wünschte sich nichts sehnlicher, als mit Corinna wieder wie früher zusammen sein zu können.«

»Wenn er Ihnen gegenüber so offen war, hat er denn jemals von Selbstmord gesprochen?«

»Nein, niemals. Dazu liebte er seine Familie viel zu sehr. Auch wenn er innerlich in den letzten zwei Jahren völlig zerrissen war, kam er immer noch seinen Verpflichtungen nach, und er war ein äußerst pflichtbewusster Mann. Selbstmord hätte bedeutet, Corinna mit den Kindern allein zu lassen, und das hätte er nie übers Herz gebracht. Corinna hat Ihnen doch von der Reise erzählt, die Werner mit ihr auf die Seychellen machen wollte. Werner hätte so etwas nicht gesagt, wenn er vorgehabt hätte, sich umzubringen.«

»Kennen Sie Herrn Lura?«

Katharina Sauers Gesicht verdüsterte sich für einen Moment. Sie lehnte sich zurück und schlug die Beine übereinander. »Ich habe ihn einmal kennen gelernt, als ich hier war. Er kam zu Werner, um etwas Geschäftliches mit ihm zu besprechen. Ich habe ihn gesehen und sofort gemerkt, dass er nicht zu den Menschen gehört, die ich um mich haben möchte. Es war eine sehr kurze Begegnung, aber die hat gereicht, um mir ein Bild von ihm machen zu können. Wie schon gesagt, ich kann Menschen sehr schnell einschätzen.«

»Wann fand diese Begegnung statt?«

»Das liegt schon eine ganze Weile zurück, auf jeden Fall war Maximilian noch nicht geboren.«

»Und Sie können sich auch nicht vorstellen, dass es zwischen Ihrem Schwiegersohn und Frau Lura eventuell doch eine tiefere Liebesbeziehung gab, die schließlich in dieser Kurzschlusshandlung endete?«

»Nein. Werner konnte gut mit seinen Gefühlen umgehen. Glauben Sie mir, er wäre nicht zu mir gekommen, hätte es eine solch intensive Liebesbeziehung gegeben. Er wollte einen Rat von mir einholen, und den habe ich ihm gegeben.«

»Und was haben Sie ihm geraten?«

»Ich habe ihm gesagt, er soll Corinna nicht wehtun, sie würde sowieso schon genug leiden. Da ist auf der einen Seite ihre Sehnsucht nach Zärtlichkeit und Geborgenheit und auf der andern Seite die panische Angst, wieder schwanger zu werden …«

»Das hat sie mir erzählt. Aber es gibt doch Kondome.«

»Sie hatte auch davor Angst. Es könnte ja eins platzen … Sie ist schwierig, aber trotzdem eine wundervolle Tochter und meinen Enkelkindern eine bessere Mutter, als ich es jemals war. Finden Sie bitte heraus, was wirklich passiert ist, denn ich bin überzeugt, dass die Wahrheit ganz anders aussieht, als es scheint.«

»Wieso sind Sie da so sicher?«

»Weil ich mich auf meine Intuition verlassen kann, genau wie Sie«, sagte Katharina Sauer mit einem vieldeutigen Lächeln.

»Wie kommen Sie darauf?«, fragte Julia Durant irritiert.

»Sie wären heute nicht noch einmal gekommen, wenn der Fall schon abgeschlossen wäre. Ich bin sicher, die Antworten auf alle offenen Fragen finden Sie bei diesem Herrn Lura.«

»Danke für dieses aufschlussreiche Gespräch«, sagte Durant und erhob sich zusammen mit Hellmer. Sie reichte Katharina Sauer die Hand, lächelte sie an und verabschiedete sich.

Im Auto sagte Hellmer anerkennend: »Was für eine Frau. Man könnte fast denken, die war in ihren Schwiegersohn verliebt.«

»Glaub ich nicht. Ich finde sie einfach nur außergewöhnlich. Die wird sich gut um ihre Tochter kümmern. So, und jetzt will ich was essen und dann ab zu Wolfram Lura.« Sie nahm ihr Handy aus der Tasche und rief im Präsidium an. Kullmer war am Apparat.

»Hier ist Julia. Gibt's schon was Neues zu vermelden?«

»Allerdings, ich hätte sowieso gleich mal durchgeklingelt. Wir haben die Vita von diesem Dr. Meißner überprüft. Und siehe da, der gute Herr Doktor ist wegen sexueller Nötigung vorbestraft. Er hat sich an zwei Patientinnen vergriffen, während er eine Hypnosebehandlung durchführte.«

»Augenblick, ist der nicht praktischer Arzt? Wieso macht der dann Hypnosebehandlungen?«

»Der ist praktischer Arzt und Arzt für Naturheilkunde und alternative Heilverfahren. Und dazu gehört bei ihm offensichtlich auch, Menschen in Tiefschlaf zu versetzen. Er wurde damals zu drei Jahren Knast und fünf Jahren Berufsverbot verurteilt …«

»Wie lange ist das her?«

»Verurteilung 1983, da war er sechsunddreißig, war zu der Zeit aber in Münster tätig. Er wurde nach zwei Jahren wegen guter Führung entlassen. Nachdem sein Berufsverbot aufgehoben war, kam er 1988 nach Frankfurt, wo er in Höchst eine Praxis eröffnete. Seitdem ist er allerdings nicht mehr auffällig geworden. Was er zwischen '85 und '88 getrieben hat, geht aus den Akten leider nicht hervor.«

»Er ist Luras Hausarzt, und das reicht mir im Augenblick. Danke für die Info und bis später.«

Julia Durant berichtete Hellmer von dem Telefonat und sagte abschließend: »Ich glaube, die Sache fängt an, wirklich interessant zu werden, denn ich habe da eine Theorie.«

»Und die wäre?«

»Meißner und Lura. Geschmeiß findet sich immer irgendwie. Ich muss es erst für mich allein ausdenken. Lass uns was essen, ich hab einen Bärenhunger.«

Freitag, 10.50 Uhr _____

Hi, da bin ich wieder«, sagte Wolfram Lura, als er in die Wohnung kam. »Wie geht's Markus?«

Andrea zuckte mit den Schultern und antwortete: »Wie soll's ihm schon gehen? Er ist im Wohnzimmer, aber er will nicht mit mir reden. Als hätte er die Sprache verloren. Er starrt nur vor sich hin und weint fast andauernd. Der Schock sitzt unglaublich tief. Wie war's bei deinem Bruder.«

»Er hat mir die Hand gereicht und gemeint, es täte ihm Leid, was in der Vergangenheit vorgefallen ist. Er will mir helfen, finanziell und beruflich, und er ist dankbar, dass wir Markus aufgenommen haben. Er sagt, er kann sich überhaupt nicht vorstellen, weshalb Gabi ihn umbringen wollte. Und ich hab die ganze Zeit mitgespielt. Das Tollste war, als er von unserer Mutter sprach und meinte, er hätte es gar nicht gern, wenn sie ihn Rolfi nennt. Ich hab also die ganze Zeit so getan, als ob ich mich mit ihm vertragen will. Aber wenn Rolf dir die Hand reicht, dann kannst du davon ausgehen, dass er dich im nächsten Augenblick mit Haut und Haaren frisst. Und als er erst die Tour mit unserer Mutter abgezogen hat … Wer's glaubt! Mamilein ist sein Ein und Alles. Wenn die mal den Abgang macht, dann dreht er völlig durch.« Wolfram fasste Andrea an den Schultern und sagte: »Stell dir vor, der ist so durchtrieben und hat tatsächlich geglaubt, ich würde darauf reinfallen. Doch ich kenne ihn, irgendwas heckt der schon wieder aus. Ach ja, beinahe hätt ich's vergessen, er hat uns für morgen Nachmittag eingeladen. Du kommst doch mit, hoffe ich?«

»Irgendwie tickt ihr beide nicht ganz richtig«, sagte Andrea, verständnislos den Kopf schüttelnd.

»Du wirst mich verstehen, wenn du ihn kennen lernst.«

»Kann er denn schon so früh wieder nach Hause?«

»Du hast es erfasst, mein lieber Bruder wird aller Voraussicht nach schon heute Nachmittag das Krankenhaus verlassen können. Glaubst du mir jetzt endlich, dass da etwas nicht mit rechten Dingen zugeht?«

»Kommt das denn der Polizei nicht auch seltsam vor?«

»Diese Scheißbullen können mich mal! Die kapieren doch überhaupt nicht, was wirklich los ist. Ich werde die Sache jetzt selbst in die Hand nehmen.«

»Was hast du vor?«

»Ich werde beweisen, dass Rolf mehr Dreck am kleinen Finger hat, als es in der ganzen Kanalisation von Frankfurt gibt. Der hat mich mein Leben lang verarscht, jetzt drehe ich den Spieß um.«

»Wolfram, wenn dein Bruder wirklich so durchtrieben ist, wie du behauptest, dann spielt er vielleicht auch jetzt mit dir, und du merkst es gar nicht.«

»Mach dir keine Sorgen, ich bestimme ab sofort die Regeln. Er ist auf mich reingefallen. Wenn er anfängt, mir finanziell helfen zu wollen, weiß ich, dass ich ihn habe. Denn Rolf sitzt normalerweise auf seinem Geld wie eine Henne auf ihren Eiern. Der hat noch nie im Leben auch nur eine müde Mark für mich lockergemacht, egal, wie dreckig es mir ging.«

»Aber Menschen können sich doch auch ändern, vor allem nach einem solchen Schockerlebnis. Ich finde, du solltest erst einmal prüfen, ob er es ernst meint, und dann urteilen.«

Wolfram sah Andrea tief in die Augen und nahm sie in den Arm. Nach ein paar Sekunden ließ er sie los und sagte ernst und mit traurigem Blick: »Ich habe dir nie von meiner Familie erzählt, du kennst nur Bruchstücke. Aber wie ich dir gestern gesagt habe, du hast ein Recht darauf zu erfahren, was ich seit meiner Geburt erlebt und durchgemacht habe. Und das wünsche ich weiß Gott niemandem. Aber nicht jetzt, Markus ist wichtiger.«

»Einen Augenblick noch. Ich hab vergessen, dir zu sagen, dass dein Vater vor ein paar Minuten angerufen hat. Du möchtest ihn bitte auf seinem Handy zurückrufen.«

»Hat er gesagt, was er will?«

»Nein, wir haben nur ganz kurz telefoniert.«

»Und meine Mutter hat sich bis jetzt nicht gerührt? Das ist eigentlich nicht ihre Art, normalerweise hätte ich erwartet, dass sie längst auf der Matte steht und Markus zu sich holen will. Seltsam.«

»Was weiß ich, was da bei euch los ist. Jetzt ruf deinen Vater an und sieh zu, dass du Markus ein bisschen aufmunterst. Der springt mir sonst noch aus dem Fenster.«

»Ich bin hilflos«, gab Wolfram Lura zu. »Aber wenn ich mir

vorstelle, er wird für die nächsten Jahre von seinem Vater und seiner Großmutter … Nee, das darf ich nicht zulassen. Lieber behalte ich ihn bei mir, vorausgesetzt, du bist einverstanden.«

»Darüber reden wir noch, wenn's so weit kommen sollte. Ich dreh mal 'ne Runde um den Block, ich muss abschalten.«

»Mach das. Und denk dran, ich liebe dich.«

»Schön. Ich hoffe nur, dieser Albtraum ist bald zu Ende.« Sie zog ihre Jacke über, nahm den Schlüssel vom Bord und verließ die Wohnung.

Wolfram begab sich zu Markus, der ihn aus rot geweinten Augen ansah. »Du, ich muss nur noch mal schnell telefonieren, dann bin ich bei dir. Du musst mir sagen, was in deinem Kopf rumschwirrt. Versprichst du mir das?«

Markus nickte nur. Wolfram Lura nahm den Hörer in die Hand und stellte sich ans Küchenfenster. Er wartete, bis sein Vater sich meldete.

»Hallo, ich bin's. Ich sollte dich anrufen.«

»Ich habe schon die ganze Zeit auf deinen Anruf gewartet. Können wir uns sehen?«, fragte sein Vater.

»Gerne. Komm am besten her, ich kann Andrea nicht andauernd mit Markus allein lassen. Wo bist du jetzt?«

»Ich habe deiner Mutter gesagt, ich müsste mir ein wenig die Beine vertreten. Passt es dir um drei?«

»Klar. Aber du klingst so geheimnisvoll.«

»Nicht am Telefon. Wir sehen uns nachher.«

Wolfram starrte, nachdem das Gespräch beendet war, verwundert und irritiert zugleich auf den Hörer, bevor er ihn wieder zurück auf die Einheit legte. Er hatte diesmal anders geklungen als sonst, wenn sie telefonierten, was sie ohnehin meist heimlich machten. Diesmal war ein Unterton in seiner Stimme, der Wolfram aufhorchen ließ und nachdenklich machte.

Markus saß noch immer regungslos auf der Couch. Sein Onkel setzte sich zu ihm und sah ihn von der Seite an.

»Möchtest du was trinken?«

»Nein.«

»Wie lange willst das denn noch durchhalten? Bis du ausgetrocknet bist?«, fragte Wolfram scherzhaft, in der Hoffnung, der Junge würde dadurch etwas lockerer werden. Keine Antwort.

»Deine Mutter ist jetzt bei dir, auch wenn du sie nicht siehst. Aber wenn du genau darauf achtest, kannst du sie hören und vielleicht auch spüren«, sagte er, obwohl er sich nie mit dem Gedanken an ein Leben nach dem Tod auseinander gesetzt hatte, Gott für einen Mythos hielt, eine Einbildung von Menschen, die von einer besseren Welt träumten.

»Ich weiß«, erwiderte Markus mit trauriger Stimme, fast flüsternd. »Aber ich kann Mutti nicht anfassen. Ich will nicht zu Papa zurück. Er ist schuld, dass sie tot ist.«

»Deine Mutter war ein wunderbarer Mensch, ich hab sie unheimlich gerne gehabt. Sie wird uns allen fehlen. Aber du bist noch so jung, und die Zeit wird kommen, da wirst du nur noch schöne Gedanken an die Vergangenheit haben.«

Markus schien die letzten Worte nicht gehört zu haben, denn er sagte: »Mutti hat mir immer von einem Traum erzählt. Sie hat in einem wunderschönen großen Haus gelebt, da war viel Sonnenschein und alles Mögliche. Sie hat ihn mir vorgestern erst wieder erzählt, weil sie ihn wieder geträumt hat. Ich hab sie gefragt, ob ich auch in dem Haus bin, und sie hat gesagt, ja, ich bin auch dabei. Aber ich habe gewusst, dass sie lügt. Sie war allein in dem Haus. Ich glaube, sie hat ihren Tod geträumt. Sie hat mir immer so viel erzählt.«

Als Markus nicht weitersprach, fragte Wolfram: »Was denn alles? Auch Sachen von deinem Vater?«

»Er hat sie immer geschlagen und angeschrien und … Ich hasse ihn. Warum lebt er, und sie ist tot? Das ist so ungerecht. Wenn ich wieder zu ihm muss, bringe ich mich um.«

»Markus, hör zu, so was darfst du nicht einmal denken. Ich bin ganz, ganz sicher, dass deine Mutti auf dich aufpasst und dafür sorgen wird, dass dir nichts passiert. Ich war vorhin bei deinem Vater, und er hat gemeint, dass er dich vielleicht auf ein Internat schickt. Würdest du das wollen?«

Markus zuckte nur mit den Schultern.

»In einem Internat bist du rund um die Uhr mit andern Kindern zusammen. Du wohnst dort und kannst ab und zu nach Hause kommen …«

»Ist mir egal.«

»Glaubst du an Gott?«

»Hm. Mutti hat jedenfalls gesagt, dass es ihn gibt.«

»Komisch, ich hab nie an Gott geglaubt. Erzähl mir was von ihm, vielleicht kannst du mich ja überzeugen.«

»Er ist überall, er sieht alles, er hört alles, er kennt sogar deine Gedanken. Und er beschützt dich … Aber warum hat er Mutti nicht beschützt?«

»Ich kann dir darauf keine Antwort geben, aber denk einfach an den Traum deiner Mutter. Sie wohnt jetzt bestimmt in einem viel schöneren Haus, als ihr es habt. Und irgendwann seht ihr euch wieder.«

»Kann sein.«

Wolfram bemerkte, wie Markus plötzlich zu zittern anfing und ein erneuter Weinkrampf seinen kleinen Körper durchschüttelte.

»Komm her«, sagte er, nahm ihn in den Arm und streichelte über seinen Kopf. »Ich glaube dir, dass es sehr schwer ist, das alles zu verstehen, aber irgendwann wirst du es verstehen. Und wann immer du irgendwelche Probleme hast, ich werde immer für dich da sein, das verspreche ich dir hoch und heilig.«

Markus weinte fast eine Viertelstunde, bis er in Wolfram Luras Arm erschöpft einschlief. Er legte den Jungen vorsichtig hin, breitete eine Decke über ihm aus und erhob sich. Dann ging er an den Schrank und wollte schon nach der Whiskeyflasche greifen, als eine innere Stimme ihn zurückhielt. Und er dachte an die Mahnung von Andrea, dass er jetzt einen klaren Kopf brauchte. Er machte die Klappe wieder zu, holte sich aus der Küche eine Flasche Wasser und trank sie innerhalb weniger Minuten leer.

Was immer du Gabriele und Markus angetan hast, du wirst dafür bezahlen, dachte Wolfram mit entschlossenem Blick. Du wirst für alles bezahlen, was du in deinem verfluchten Leben angerichtet hast. Alles, alles, alles!

Er hatte Hunger und wollte sich gerade eine Scheibe Brot machen, als Andrea mit einer großen Tüte in der Hand zurückkam und sagte: »Ich hab uns von McDonald's Hamburger und Pommes mitgebracht, vielleicht …«

»Pssst.« Wolfram legte einen Finger auf seine Lippen und wies auf Markus. »Er ist endlich eingeschlafen«, sagte er leise. »Ich hab wenigstens ein paar Worte mit ihm wechseln können. Gabi hätte ihn nie allein gelassen!«

»Und was hat er gesagt?«, fragte Andrea, während sie die Tüte auf den Küchentisch stellte und ihre Jacke auszog.

»Er hat nur von seiner Mutter gesprochen und von einem Traum, den sie hatte. Mein Vater kommt übrigens um drei. Bin gespannt, was er will.«

»Bestimmt nichts Schlimmes, so wie ich ihn kenne.«

»Kann ich mir auch nicht vorstellen. So, und jetzt will ich essen, bevor es kalt ist. Kalte Pommes sind mir nämlich ein Gräuel.«

Freitag, 13.10 Uhr

Nach einem Stopp an einer Imbissbude fuhren Durant und Hellmer zu Wolfram Lura nach Bockenheim. Sie hatte ausnahmsweise zu ihrer Currywurst ein kleines Bier getrunken, denn sonst tat sie das tagsüber und vor allem im Dienst nicht, aber sie brauchte es diesmal und fühlte sich auch gleich ein wenig besser.

»Was willst du eigentlich von ihm?«, fragte Hellmer, als sie in einer Seitenstraße hielten.

»Das hab ich doch vorhin vor versammelter Mannschaft gesagt. Ich will wissen, was für ein Mensch Rolf Lura ist. Und wer könnte uns dazu besser Auskunft geben als sein Bruder. Mich interessiert seine Kindheit und seine Jugend, und ich will wissen, warum die beiden sich so spinnefeind sind. Bis jetzt haben wir nur ein sehr unvollständiges Bild von Lura, das eines tyrannischen, selbstherrlichen, sadistischen, aber auch überaus erfolgreichen Geschäftsmannes. Doch das reicht mir nicht, und deshalb befragen wir jetzt noch einmal seinen Bruder.«

Es war Andrea, die ihnen die Tür öffnete und sie in die Wohnung bat, Wolfram Lura kam ihnen aus der Küche entgegen. Nach einer kurzen Begrüßung sagte Durant: »Herr Lura, wir würden gerne noch einmal mit Ihnen sprechen. Es dauert auch nicht lange.«

»Bitte, aber ich dachte, es wäre alles geklärt«, sagte er kühl.

»Das dachten wir auch, aber Sie selbst haben mich doch aufgefordert, mein hübsches Köpfchen anzustrengen. Und das habe ich getan, und deshalb sind wir hier.«

»Gehen wir in die Küche, Markus ist vor einer guten Stunde eingeschlafen, und ich will ihn nicht wecken. Er war die ganze Nacht wach.«

»Ich leg mich hin, ich bin todmüde«, sagte Andrea nur und verschwand im Schlafzimmer.

»Also, was führt Sie zu mir?«, fragte Lura und bat die Beamten, Platz zu nehmen.

»Darf man bei Ihnen rauchen?«, fragte Durant.

»Natürlich, ich rauche ja selber.«

Sie steckte sich eine Gauloise an. »Sie haben gestern Andeutungen gemacht, die mich nicht in Ruhe lassen. Wenn ich Sie richtig verstanden habe, dann halten Sie Ihren Bruder für einen Mörder …«

»Moment, das habe ich nicht gesagt«, winkte Lura ab, »ich habe nur Zweifel an dem Geschilderten geäußert.«

»Herr Lura, ich bitte Sie, Sie haben, wenn mich meine Erinnerung nicht im Stich lässt, von einer Version gesprochen, die so abstrus ist, dass man sie gar nicht erst ins Kalkül zieht. Was haben Sie damit gemeint?«

»Ich glaube, das waren nur die ersten Emotionen. Nichts habe ich damit gemeint, rein gar nichts. Gabriele hatte einen Geliebten, mein Bruder war ihnen im Weg und damit basta. Mehr habe ich auch nicht zu bieten«, entgegnete er abweisend.

»Ich verstehe nicht, warum Sie auf einmal so abweisend sind. Sie selbst haben an Ihrem Bruder kein gutes Haar gelassen, und das schon, bevor wir überhaupt nur ahnen konnten, wie alles ausgehen würde. Sie hatten ein sehr gutes Verhältnis zu Ihrer Schwägerin, zu Ihrem Bruder hingegen ein sehr schlechtes. Ich möchte jetzt nicht alles wiederholen, was Sie über ihn gesagt haben, aber es war wenig schmeichelhaft …«

»Frau Durant, ich hatte bei unserem ersten Zusammentreffen etwas zu viel getrunken, und wenn ich getrunken habe, rede ich oft dummes Zeug. Das wird Ihnen jeder bestätigen können, der mich kennt. Und gestern war ich im ersten Moment einfach nur wie vor den Kopf geschlagen.«

»Aha. Und Ihr Bruder ist also doch nicht der Tyrann und Sadist, als den Sie ihn gestern noch beschrieben haben?«

»Er hat wie alle Menschen Fehler und Schwächen, aber er ist deswegen nicht schlechter als andere. Wir passen nur nicht besonders gut zusammen. Das soll's geben, auch unter Brüdern – oder gerade unter ihnen.«

»Warum schwenken Sie auf einmal so um?«

»Ich schwenke nicht um, ich sage nur jetzt, wo ich nüchtern bin, die Wahrheit. Und die ist immer noch bitter genug.«

»Hatten Sie schon Kontakt zu Ihrem Bruder?«

»Ich habe ihn heute Vormittag besucht. Ist das ein Verbrechen?«

»Nein. Hatten Sie wenigstens eine angenehme Zeit miteinander?«, fragte Durant spöttisch.

»Wir haben uns gut unterhalten, er hat sich bei mir für ein paar Dinge entschuldigt, obwohl es eigentlich gar nichts zu entschuldigen gibt. Na ja, und dann haben wir über dies und jenes gesprochen. Wir werden zwar nie auf einer Wellenlänge schwingen, aber man kann ja dran arbeiten.«

»Herr Lura«, sagte Durant und steckte sich gleich eine weitere Zigarette an, »hören wir doch bitte mit diesem Theater auf. Sie waren weder vorgestern zu betrunken noch gestern emotional zu aufgewühlt, um Dinge zu sagen, die so konkret waren, dass wir einfach noch einmal herkommen mussten.«

»Sparen Sie sich die Mühe …«

»Nein, Sie hören mir jetzt bitte zu. Es sind unter anderem Ihre Aussagen sowohl über Ihre Schwägerin als auch über Ihren Bruder, die uns veranlasst haben, den Fall weiter zu bearbeiten. Ich kann Sie nicht zwingen, mit uns zu kooperieren, aber ich kann Sie wenigstens bitten. Dieser Fall wirft eine Menge Fragen auf, und wenn Sie uns nicht helfen, werden wir womöglich niemals Antworten finden. Was ist jetzt?«

Wolfram Lura löste sich vom Fenster, setzte sich an den Tisch, deutete auf die Schachtel Zigaretten und sagte: »Kann ich eine von Ihnen haben? Meine sind im Schlafzimmer.«

»Bitte, bedienen Sie sich.«

Er nahm mit zittrigen Fingern eine heraus, Hellmer gab ihm Feuer. »Danke.« Er inhalierte und stieß den Rauch durch die Nase aus. »Ich werde Ihnen helfen, soweit ich kann. Fragen Sie.«

»Wie lange haben Sie mit Ihrem Bruder bei Ihren Eltern gelebt?«

»Ich bin mit neunzehn ausgezogen, Rolf hat den Absprung erst mit achtundzwanzig geschafft.«

»Wie war Ihr Verhältnis, als Sie Kinder und Jugendliche waren?«

»Anfangs normal, später waren es nur noch Machtkämpfe, die ich in der Regel verloren habe. Aber ansonsten hatte ich keine schlechte Kindheit.«

»Sie haben beide Abitur gemacht und studiert?«

»Sicher. Ich habe erst Germanistik studiert, dann habe ich die Journalistenschule in Hamburg besucht, was meiner Mutter überhaupt nicht gefallen hat. Rolf hat BWL und Psychologie studiert. Weiß der Geier, wie das zusammenpasst. Aber er hat's geschafft, er hat beide Examen mit Auszeichnung bestanden. Eins muss man ihm wirklich lassen, wenn er sich was in den Kopf gesetzt hat, dann schafft er es auch.«

»Heißt das, Ihr Bruder könnte genauso gut eine psychologische Praxis eröffnen?«, fragte Durant überrascht.

»Ich weiß ja nicht, was bei ihm noch hängen geblieben ist, aber ich denke schon.«

»Und warum hat er sich für das Autogeschäft entschieden?«

»Unsere Mutter hat ihn dazu gedrängt. Sie wollte, dass er das Autohaus übernimmt, obwohl unser Vater zu dem Zeitpunkt erst fünfundfünfzig war.«

»Ihr Bruder hat relativ spät geheiratet. War er vor dieser Ehe schon einmal verheiratet?«

»Nein, er hatte zwar häufig wechselnde Beziehungen, aber eine feste Freundin gab es nicht.«

»Ich habe jetzt eine sehr ernste Frage an Sie. Könnten Sie sich vorstellen, dass Ihr Bruder seine eigene Entführung inszeniert hat?«

Wolfram Lura zuckte mit den Schultern, schüttelte danach den Kopf und meinte: »Nein, das glaube ich nicht. Er kann zwar manchmal ziemlich grob werden, aber er ist kein Mörder, denn das wollen Sie damit ja ausdrücken.«

»Ich möchte Sie noch einmal fragen, was Sie gestern damit gemeint haben, als Sie den Begriff abstrus verwendeten?«

»Finden Sie nicht die ganze Situation abstrus?«, fragte Lura zurück. »Meine Schwägerin hat einen Geliebten, was ich ihr nicht verdenken kann, und irgendwann kommt ihnen der Gedanke, meinen Bruder aus dem Weg zu räumen. Gabi hat es einfach nicht mehr mit ihm ausgehalten, und da ist sie durchgedreht.«

»Und Dr. Becker hat einfach mitgespielt, weil er ja ach so verliebt in Ihre Schwägerin war. Aber dieser Mann war vierundvierzig und kein pubertierender Jüngling mehr. Ich könnte Ihnen jetzt eine ganze Menge über Dr. Becker und seine Ehe erzählen, aber wenn Sie uns nicht helfen wollen, behalten wir unsere Informationen auch für uns.«

»Daran kann ich Sie nicht hindern. Ich kann Ihnen nur sagen, ich habe mich in meinem Bruder getäuscht – und leider auch in meiner Schwägerin.«

»Herr Lura, so kommen wir nicht weiter. Sie wissen wesentlich mehr, als Sie uns hier weismachen. Aber gut, wenn Sie nicht wollen …«

»Halten Sie denn meinen Bruder für einen Mörder?«, fragte er.

»Sagen wir es so, wir haben Zweifel am Tathergang.«

»Und worauf stützen sich diese Zweifel?«

»Auf eine ganze Menge Indizien, die nur noch bewiesen werden müssen. Sie könnten es uns sehr leicht machen …«

»Ich kann Ihnen aber nicht helfen«, entgegnete Lura noch abweisender als vorhin schon.

»Dann lassen Sie es einfach«, sagte Durant nur und erhob sich. »Sie haben meine Karte, ich stehe Ihnen jederzeit gerne zur Verfügung. Ich hoffe nur, Sie machen keine Dummheiten.«

»Ich habe keine Ahnung, wovon Sie sprechen«, erwiderte Lura. »Auf Wiedersehen und viel Erfolg.«

»Auf Wiedersehen. Und passen Sie gut auf sich auf.«

»Sie brauchen sich um mich keine Sorgen zu machen.«

Wolfram Lura blieb sitzen, Durant und Hellmer gingen über die knarrenden Stufen nach unten.

»Was ist denn in den gefahren?«, fragte Hellmer verwundert.

»Gestern noch ist er über seinen Bruder hergezogen, und heute macht er auf einmal eine Kehrtwendung um hundertachtzig Grad.«

»Ich könnte mir vorstellen, er plant einen Alleingang, weil er uns nicht vertraut. Oder er will sich selbst beweisen, wie toll er ist, schließlich hat er immer im Schatten seines großen Bruders gestanden. Diese Familie ist mir ein großes Rätsel. Und ich hatte solche Hoffnungen in ihn gesetzt.«

»Jetzt lass den Kopf nicht hängen. Warten wir doch ab, was Bock und die KTU rausgefunden haben«, versuchte Hellmer sie zu trösten.

»Wenn dieser Typ sich nur ein wenig kooperativer zeigen würde! Wir fahren ins Präsidium, wir können jetzt eh nichts machen. Es kotzt mich alles nur noch an.«

»Beruhig dich wieder …«

»Nein, ich kann mich nicht beruhigen!«, giftete Durant. »Ich habe einen festen Eindruck von der Lura, und dieser Eindruck ist absolut positiv, und ich habe keinen Zweifel an dem, was sie über ihre Ehe und ihren Mann erzählt hat. Ich habe aber ebenso einen positiven Eindruck von Frau Becker und ihrer Mutter, und verdammt noch mal, ich kann mich doch nicht so irren! Und die Kreutzer hat sich das doch auch nicht aus den Fingern gesogen! Und die Erregung von Luras Bruder gestern und vorgestern hatte nichts mit Alkohol zu tun oder war gespielt, die war echt. Warum der jetzt auf einmal so mauert, kapier ich nicht. Haben uns alle angelogen? Sag's mir, wenn du davon überzeugt bist.«

»Ich weiß inzwischen überhaupt nicht mehr, was ich noch glauben soll. Ich gebe dir ja Recht …«

»Aber?«, fragte sie und sah Hellmer herausfordernd an.

»Nichts aber. Okay, das eben kam mir auch sehr spanisch vor …«

»Aha. Und dazu kommt dieses dubiose Verhältnis zwischen Lura und diesem Dr. Meißner, einem einschlägig vorbestraften Arzt. Ich frag mich nur, wenn Lura seine Frau und Becker getötet hat, wie hat er es getan und vor allem, wo. Und was ist sein Motiv? Hass, Rache, Eifersucht? Ich hab schon viel erlebt, aber wieso sollte Lura seinen besten Freund und Anwalt hassen? Sollte er rausgekriegt haben, dass zwischen seinem Freund und seiner Frau was läuft, er hätte ihm bloß eins in die Fresse zu hauen brauchen, und damit wäre alles erledigt gewesen. Lura war doch auf Becker irgendwie angewiesen, zumindest was die Drecksarbeit anging ...«

»Und wenn Becker ihn erpresst hat? Becker hat was mit der Lura, Lura kommt dahinter, stellt seinen Freund zur Rede und droht ihm vielleicht sogar, aber Becker sagt ihm eiskalt, er würde ihn ans Messer liefern für die Sauereien der Vergangenheit. Becker hatte nichts zu verlieren, nur Lura. Damit ist Becker für Lura zu einem Sicherheitsrisiko geworden. Könnte das hinhauen?«

»Möglich wär's. Und dazu kommt, dass Lura Psychologe ist, was ich von ihm nie vermutet hätte. Aber alle Spekulationen helfen uns nicht weiter, solange wir nicht die Ergebnisse unserer Spezis kennen. Ab ins Präsidium, ich hoffe, unsere Leute haben schon mehr Infos für uns.«

»Willst du vorher nicht noch mal bei Rolfi vorbeischauen und ihn fragen, wie's ihm geht?«, sagte Hellmer grinsend.

»Nee, der hat Zeit. Erst wenn ich Fakten habe, spreche ich wieder mit ihm.«

Freitag, 15.00 Uhr

Horst Lura kam, so wie es seine Art war, pünktlich zur verabredeten Zeit. Er machte ein ernstes Gesicht, trug wie meist um diese Jahreszeit einen Hut und einen dunklen Mantel, den er an die Garderobe hängte, während er den Hut mit ins Wohnzimmer nahm. Markus war kurz zuvor aufgewacht, doch die Erschöpfung der letzten vierundzwanzig Stunden war zu stark, so dass Andrea ihn ins Schlafzimmer begleitete, wo er sich gleich wieder hinlegte, nicht ohne vorher noch ein paar Mal wimmernd nach seiner Mutter gerufen zu haben.

»Hallo, Papa«, wurde Horst Lura von seinem Sohn begrüßt. »Weiß Mutter, dass du hier bist?«

»Nein, und sie sollte es auch besser nie erfahren«, sagte Horst Lura, der Andrea die Hand reichte und sie kurz anlächelte. »Wie geht es Markus?«

»Er leidet schlimmer als ein geprügelter Hund, aber zum Glück schläft er endlich. Möchtest du was trinken?«

»Wenn du einen Whiskey oder irgendwas anderes in der Richtung hättest …«

»Hab ich. Du auch, Andrea?«

»Ausnahmsweise.« Sie setzte sich in einen der beiden gelben Stoffsessel, während Horst Lura auf dem Sofa Platz nahm.

Wolfram holte drei Gläser und die Flasche Whiskey aus dem Schrank und schenkte ein. »Pur oder mit Eis?«

»Pur. Und lass die Flasche gleich stehen«, antwortete sein Vater mit schwerer Stimme, als würde ihn etwas bedrücken.

»Cheers.« Wolfram hob sein Glas und kippte den Inhalt in einem Zug hinunter, behielt das Glas aber in der Hand.

»Ich wollte eigentlich mit dir unter vier Augen sprechen«, sagte Horst Lura, nachdem auch er sein Glas geleert hatte.

»Schon gut, ich lass euch allein.« Andrea hatte sich bereits erhoben, doch Wolfram hielt sie zurück.

»Papa, ich habe keine Geheimnisse vor Andrea. Sie gehört zu mir und kann ruhig alles wissen.«

»Na gut, wenn du meinst. Es war auch nicht gegen Sie persönlich gerichtet«, versuchte er sich gegenüber der jungen Frau zu rechtfertigen. »Ich möchte nur, dass alles, was wir jetzt hier besprechen, auch wirklich unter uns bleibt.«

»Hab ich jemals etwas weitererzählt?« Wolfram schlug die Beine übereinander und sah seinen Vater auffordernd an.

»Entschuldigung, ich weiß, ich kann mich auf dich verlassen.

Ich bin wegen deinem Bruder gekommen. Ich kann und will nicht glauben, dass Gabriele ihn umbringen wollte, dazu habe ich sie zu gut gekannt. Aber ich will auch nicht glauben, dass er einen Plan geschmiedet hat, der so niederträchtig und böse ist... Und trotzdem fürchte ich, dass meine schlimmsten Vermutungen Gewissheit werden könnten.«

»Was für Vermutungen?«

»Kannst du dir das nicht denken?«

»Sag du's, vielleicht denken wir das Gleiche.«

»Er hat sich so verdammt merkwürdig benommen, als deine Mutter und ich gestern bei ihm im Krankenhaus waren. Aber frag mich jetzt bloß nicht nach Einzelheiten. Es ist einfach ein Gesamteindruck. Weißt du, ich habe fast vierzig Jahre lang Autos verkauft, ich habe mit fünfzehn bei meinem Vater angefangen, und da lernt man die Menschen kennen. Als ich das Geschäft damals auf Druck deiner Mutter an Rolf übergeben habe, da hatte ich ein ungutes Gefühl. Ich wusste von vornherein, er würde nichts so belassen, wie es war, weil er das, was ich gemacht habe, spießig fand, und ich habe Recht behalten ...«

»Aber er ist doch ein großartiger Geschäftsmann«, warf Wolfram ein.

»Sicher, aber er hat mir versprochen, es in meinem Sinne weiterzuführen. Und das hat er nicht getan, wie ich es vermutet hatte. Gut, der Name Lura ist jetzt in aller Munde, vor allem bei diesen blasierten Stinkreichen, doch ich wollte ... Ach, das tut auch gar nichts zur Sache. Wolfram, wir haben uns oft über Rolf unterhalten, und wir wissen beide über seine Hinterhältigkeit Bescheid. Er hat vorhin bei deiner Mutter angerufen, nachdem du bei ihm gewesen bist, ich hab das Gespräch zufällig mitbekommen. Er will, dass Markus vorerst zu uns kommt, und deine Mutter will das natürlich auch, wie du dir unschwer denken kannst, denn damit hätte sie endlich wieder jemanden, dem sie ihre Lebensweisheiten unterjubeln könnte. Er würde ihn immer am Wochenende abholen. Aber du weißt auch, was das für den Jungen bedeutet.«

»Natürlich. Doch das ist nicht der einzige Grund, weshalb du hier bist, oder?«, sagte Wolfram misstrauisch.

»Um es kurz zu machen, ich habe Angst, dass Rolf ein Mörder sein könnte. Ich habe verdammte Angst, dass mein Sohn ein Mörder sein könnte. Und das bringt mich fast um den Verstand.«

»Wie kommst du auf einmal darauf?«, fragte Wolfram mit belegter Stimme.

»Also gut, ich bin überzeugt, dass Rolf seine Entführung nur vorgetäuscht hat. Er ist perfide und durchtrieben, so war er schon als Kind, und er hat sich keinen Deut gebessert. Und deshalb bin ich auch zu dem Schluss gekommen, dass er Gabi und Becker auf dem Gewissen hat.«

»Wieso …?«

»Lass mich bitte ausreden … Weil ich es ihm einfach zutrauen würde! Sein ganzes Verhalten in den letzten fünfundvierzig Jahren spricht dafür«, stieß Horst Lura bitter aus. »Und deine Mutter ist wahrhaftig nicht unschuldig daran.«

»Gibt es da etwas, was ich noch nicht weiß?«

»Du weißt eine Menge nicht, Junge. Aber diese Einzelheiten will ich dir ersparen, du würdest nur den Kopf schütteln und mich auslachen.«

»Warum sollte ich das tun? Aber du musst nicht darüber reden, wenn du nicht willst.«

Horst Lura trank noch ein Glas Whiskey, wischte sich mit dem Handrücken über den Mund und sagte: »Rolf hat Gabi geschlagen und misshandelt. Wie oft, kann ich nicht sagen, aber es muss sehr oft gewesen sein …«

»Ich weiß, Gabi hat es mir erzählt.«

»Dann brauch ich ja nicht mehr viel zu sagen. Was du aber nicht weißt, ist, dass er diesen Zug von deiner Mutter hat. Von ihr weiß er, welche Wirkung körperliche Gewalt haben kann.«

»Ich verstehe nicht ganz, was du damit meinst«, erwiderte

Wolfram Lura, neigte den Kopf ein wenig zur Seite und sah seinen Vater fragend an. »Weder ich noch Rolf sind von Mutter jemals geschlagen worden. Zumindest erinnere ich mich nicht daran.«

»Deine Mutter verstand es großartig, alles geheim zu halten. Aber Rolf war ein paar Mal dabei und hat zugesehen. Ich glaube, deine Mutter wollte, dass er es sieht, dass ihr lieber kleiner Rolfi sieht, wozu sie fähig ist …«

»Wobei hat er zugesehen?«

»Unterbrich mich doch nicht andauernd!«, fuhr er Wolfram an. »Ich brauch noch was zu trinken«, sagte er und schenkte sich ein und trank. Er behielt das Glas in der Hand und wirkte gedankenverloren. Seine sonst so kernige Stimme wurde mit einem Mal beinahe zu einem Flüstern, und er blickte verschämt zu Boden, als er fortfuhr: »Rolf hat gesehen, wenn deine Mutter in einem ihrer Wutanfälle *mich* geschlagen hat.«

Das Fallen einer Stecknadel hätte in dem Zimmer gedröhnt wie ein Donnerhall. Andrea machte ein betroffenes Gesicht und sah Wolfram an, der kaum merklich den Kopf schüttelte, obgleich alles in ihm in Aufruhr war.

»Mutter hat dich geschlagen?«, sagte er mit belegter Stimme. »Wieso hast du dich nie gewehrt?«

»Tja, wieso?« Horst Lura zuckte mit den Schultern. »Wahrscheinlich, weil ich von meinen Eltern beigebracht bekommen habe, dass man eine Frau nicht zu schlagen hat. Sei immer freundlich zu andern, vor allem zu den Menschen, die du liebst. Das hat meine Mutter schon zu mir gesagt, als ich noch ein kleines Kind war. Deine Großmutter war eine wundervolle Frau, ich hab Gabi immer mit ihr verglichen. Schade, dass du sie nie kennen gelernt hast … Ich konnte jedenfalls nicht zurückschlagen, auch wenn ich es gewollt hätte, da war einfach eine innere Sperre. Manchmal hat mich schon die Wut gepackt, und ich hätte deine Mutter umbringen können, aber dann hab ich doch alles runtergeschluckt, bin in die Kneipe gegangen, und danach ging's mir besser. Du hältst mich jetzt bestimmt für einen Waschlappen …«

»Nein, nein, Papa, das tue ich nicht. Mein Gott, das habe ich nicht gewusst. Wieso hast du denn Mutter nicht verlassen?«

Horst Lura lachte kurz und bitter auf und antwortete: »Deine Mutter verlässt man nicht. Damals gab es noch ein anderes Scheidungsrecht, man konnte nicht so einfach beschließen, ich lass mich scheiden. Wenn die Ehefrau gesagt hat, ich will die Ehe aufrechterhalten, dann wurde sie aufrechterhalten. Deine Mutter hätte mich vernichtet, nicht körperlich, aber finanziell. Ich hatte keine Möglichkeit zu gehen. Als ihr noch klein wart, wollte ich euch nicht mit ihr allein lassen, weil ich mir eingebildet habe, ich könnte Schlimmeres verhindern, aber ich war zu schwach. Ich bin nie gegen sie angekommen. Und als erst du und dann Rolf das Haus verlassen habt, war es zu spät. Und mit der Zeit habe ich mich mit allem abgefunden. Ich hatte einfach keine Kraft mehr.«

»Du hast dich damit abgefunden, gedemütigt zu werden?« Wolfram sah seinen Vater mit ungläubigem Blick an.

»Ach Junge, mit der Zeit findet man sich mit allem ab. Es gibt Schlimmeres.«

»Und Rolf weiß davon, weil er es mit angesehen hat«, sagte Wolfram mehr zu sich selbst. »Das erklärt natürlich einiges.«

»Ja, und genau deshalb traue ich ihm auch zu, ein solch furchtbares Verbrechen begangen zu haben. Rolf geht über Leichen, wenn es sein muss, und er macht dabei auch vor sich selbst nicht Halt, vorausgesetzt, es ist zu seinem Vorteil. Früher habe ich immer gedacht, das würde sich nur auf das Geschäft beziehen, inzwischen bin ich anderer Meinung.«

»Aber welchen Vorteil sollte er davon haben, wenn er Gabi umbringt?«

Horst Lura lachte gallig auf, verzog die Mundwinkel und meinte: »Freude. Er hat Freude daran, Menschen zu quälen.

313

Gabi hat mir immer Leid getan. Ich hätte ihr so gerne geholfen, aber ich konnte nicht. Rolf und deine Mutter hätten es sofort rausgekriegt.«

»Du hast Angst vor deinem Sohn und deiner Frau? Hättest du mir nur früher einmal davon erzählt, wir hätten womöglich dieses Unglück verhindern können. Ist dir das eigentlich klar?«, sagte Wolfram nicht ohne Vorwurf in der Stimme.

»Es ist mir doch erst gestern klar geworden, aber da war es längst zu spät. Sollte Rolf jedoch Gabi umgebracht haben, dann werde ich dafür sorgen, dass er seine gerechte Strafe bekommt.«

»Geh zur Polizei, mehr kann ich dir nicht raten. Die waren gerade vorhin bei mir, für die ist nämlich der Fall noch längst nicht abgeschlossen. Vor allem diese Frau Durant scheint mir eine ziemlich hartnäckige Person zu sein.«

»Nein, ich gehe nicht zur Polizei. Was soll ich denen denn sagen? Dass ich mir vorstellen könnte, dass mein eigen Fleisch und Blut seine Frau ermordet hat? Soll ich denen vielleicht auch noch sagen, was für ein miserabler Ehemann und Vater ich bin? Nein, diese Kraft habe ich nicht mehr. Ich bin hergekommen, um dich zu bitten, ein Auge auf Rolf zu haben. Du bist noch jung und hast den Elan herauszufinden, ob an meiner Vermutung etwas dran ist. Ich kann das nicht mehr.«

»Und wie soll ich das anstellen? Rolf lässt mich nicht an sich heran.«

»Doch, das wird er, wenn du es einigermaßen geschickt anstellst. Du bist doch so einfallsreich. Mensch, ich habe alle deine Artikel und Kolumnen gelesen, du hast Talent. Komm, Junge, tu's Gabi und Markus zuliebe.«

»Also gut, ich werde mein Bestes versuchen. Aber ich kann nichts versprechen.«

»Das sollst du auch nicht. Ich bitte dich nur, die Wahrheit herauszufinden, damit ich wieder ruhig schlafen kann.« Horst Lura stand auf, lächelte verkniffen und sagte zum Schluss:

»Ich muss los, deine Mutter wird sonst misstrauisch. Es ist ein verdammtes Schweineleben.«

»Mach's gut und lass dich nicht unterkriegen. Und wenn sie wieder mal zuschlägt, dann schlag einfach zurück.«

»Sie hat das schon lange nicht mehr gemacht. Wir spielen nach außen hin weiter die heile Welt, die glückliche Familie, aber wie's hinter den verschlossenen Türen aussieht, geht keinen was an. Und was ich dir heute erzählt habe, das habe ich noch keinem erzählt. Aber vielleicht ist es ganz gut, dass es endlich raus ist. Bis dann, ich melde mich in den nächsten Tagen bei dir. Und solltest du etwas brauchen, sag Bescheid.«

An der Tür umarmte Wolfram seinen Vater und sagte leise: »Was ist bloß mit unserer Familie los?«

»Irgendwann wirst du das alles verstehen. Ich hab dir noch viel, viel mehr zu erzählen. Das eben war nur ein kleiner Teil von dem, was geschehen ist. Halt die Ohren steif.«

Wolfram wartete, bis sein Vater die Treppe hinuntergegangen war. Im Flur stand Andrea und sagte: »Ich glaube, ich möchte jetzt bald wissen, was in deinem Leben alles passiert ist. Wenn ich es nicht mit eigenen Ohren gehört hätte, ich würde deinen Vater für verrückt erklären. Eigentlich ist das ein Stoff für einen Roman.«

»Vielleicht heute Abend. Ich bin müde und muss mich hinlegen. Am liebsten würde ich hingehen und meiner Mutter ins Gesicht schreien, was ich von ihr halte. Aber sie würde natürlich alles abstreiten. Komm, setz dich ein bisschen zu mir, ich mag jetzt nicht allein sein.«

Freitag, 16.20 Uhr

Polizeipräsidium, Lagebesprechung. Die Kollegen warteten bereits auf Durant und Hellmer, Kullmer und Seidel waren in Bergers Büro und wirkten ziemlich aufgekratzt.

»Hi«, sagte Durant, hängte ihre Tasche über den Stuhl und setzte sich. »Gibt's hier Kaffee?«

»Ich hol dir einen«, erwiderte Seidel und kam wenige Sekunden später mit einem Becher zurück.

»Danke. Seid ihr schon auf dem Sprung nach Hause?«

»Noch nicht ganz«, antwortete Kullmer und grinste Seidel an. »Wir haben vorhin die vorläufigen Ergebnisse der KTU und der Rechtsmedizin bekommen. Womit sollen wir beginnen?«

»Rechtsmedizin«, sagte Hellmer.

»Okay.« Kullmer nahm die Akte zur Hand. »Also, zu achtzig Prozent waren die Lura und Becker schon tot, als das Auto angezündet wurde.« Er hielt inne und sah in die Runde.

»Mann, jetzt mach's doch nicht so spannend«, sagte Durant etwas gereizt und nippte an dem heißen Kaffee. »Was heißt zu achtzig Prozent?«

»Dazu muss man das Ergebnis der KTU kennen. Weder Becker noch die Lura hatten auch nur die geringsten Rußpartikel in den Atemwegen, und auch das Blut zeigt keine erhöhten CO_2-Werte. Aber, und das ist interessant, der Brand ging zweifelsfrei von der Mitte der Motorhaube aus. Das spricht dafür, dass Becker das Auto von außen angezündet haben muss, ins Auto gesprungen ist und sich erschossen hat, als der Wagen bereits in Flammen stand. Als Brandbeschleuniger wurde eindeutig herkömmliches Benzin verwendet …«

»Moment«, wurde er von Durant unterbrochen, »die Fenster des Wagens waren doch geöffnet. Becker hätte genauso gut das Streichholz anzünden und durch das Fenster auf die Motorhaube werfen können.«

»Ziemlich unwahrscheinlich«, bemerkte Kullmer, »denn dann würde etwas anderes keinen Sinn machen. Die Spurensicherung hat diesmal wirklich extrem genau gearbeitet und in etwa einem Meter Entfernung vom Jaguar drei nicht abgebrannte, aber angezündete Streichhölzer gefunden. Das heißt, Becker muss den Wagen von außen angesteckt und sich dann reingesetzt haben.

Das würde aber auch bedeuten, dass er einiges an Rauch inhaliert haben muss, bevor er sich die Kugel gab. Aber es sind keine Rauchspuren in seinen Lungen.«

»Und was willst du damit sagen?«, fragte Hellmer.

»Kannst du dir das nicht denken?«, antwortete Kullmer.

»Du meinst also auch, dass hier was nicht mit rechten Dingen zugegangen ist. Okay, aber wie wollen wir das beweisen?«

»Kommt Zeit, kommt Beweis«, entgegnete Kullmer nur.

Julia Durant hatte aufmerksam zugehört und sagte: »Im Prinzip sind wir wieder am Ausgangspunkt angelangt. Ich denke, wir alle hier sind überzeugt, dass sich die Sache anders abgespielt hat, als es auf den ersten Blick aussieht.« Sie schaute Kullmer an und fuhr fort: »Und wenn ich deinen Gesichtsausdruck richtig deute, hast du noch was auf Lager, oder?«

Kullmer grinste von einem Ohr zum andern. »Allerdings. Die KTU hat mit Luminol Blutspuren im Kofferraum nachweisen können. Das Problem ist nur, für eine Blutgruppenbestimmung kann es nicht herangezogen werden, weil auch der Kofferraum offensichtlich mit Benzin getränkt wurde. Jetzt stellt sich natürlich die Frage, warum dieser ganze Aufstand, und vor allem, warum Blut im Kofferraum?«

»Blut von Lura, als sie ihn bei seiner Entführung von seinem Mercedes in den Kofferraum des Jaguar umluden«, sagte Hellmer.

»Das Blut befindet sich aber an verschiedenen Stellen, was bedeuten würde, dass er sich dort von einer Seite auf die andere gedreht haben muss. Aber angeblich war er doch bewusstlos und ist erst in seinem Gefängnis wieder aufgewacht. Und soweit mir bekannt ist, bewegen sich Bewusstlose nicht. Und noch was – es wurden auch Haare und Blut in Luras Mercedes gefunden, und zwar unter anderem im Kofferraum. Mit welchem Auto also wurde er bei seiner Entführung transportiert? Bestimmt nicht in beiden auf einmal.«

»Aber wenn das Blut aus dem Jaguar nicht analysiert werden

kann, wissen wir auch nicht, ob es von Lura, seiner Frau oder Becker stammt«, warf Berger ein. »Es könnte auch genauso gut von einem Tier stammen oder älteren Datums sein.«

»Tja, Chef«, fuhr Kullmer fort und grinste ihn an, was Berger schmunzelnd erwiderte, »wir wissen halt schon ein klein wenig mehr. Julia, das ist nämlich noch nicht alles, was Bock und Morbs rausgefunden haben. Sowohl die Lura als auch Becker haben Hämatome an den Hand- und Fußgelenken, was ein ziemlich eindeutiges Indiz für Fesseln oder Handschellen ist. Außerdem hat Becker ein mehr als handgroßes Hämatom am Bauch, was entweder von einem oder mehreren Schlägen mit einem stumpfen Gegenstand oder Tritten herrühren könnte. Fragt sich nur, wer ihm diese Verletzungen beigebracht hat. Und als kleines Schmankerl zum Schluss – im Blut von beiden wurden Reste eines Betäubungsmittels gefunden, so genannte K.o.-Tropfen.«

Sekundenlanges Schweigen. Durant sah Hellmer an und schüttelte kaum merklich den Kopf.

»Habt ihr Bock gefragt, wann diese Tropfen eingenommen wurden?«

»Hab ich«, antwortete Kullmer. »Das muss am Abend zuvor gewesen sein. Und die Wirkung hält etwa vier bis fünf Stunden an.«

»Kann man danach noch Auto fahren?«

»Angenommen, die Tropfen wurden um Mitternacht eingenommen, dann schon, sagt Bock zumindest.«

»Gibt es noch andere Hinweise, dass Becker und die Lura schon vor dem Brand tot waren?«

»Nein, keine weiteren Hinweise«, antwortete Kullmer. »Bock hat gemeint, dass sich doch nicht exakt nachweisen lässt, wann genau der Tod eingetreten ist.«

»Heißt das jetzt, dass Lura ein kaltblütiger Mörder ist?«, fragte Durant.

»Zweifelst etwa gerade du daran?«, fragte Kullmer überrascht zurück.

»Nein, nein, das ist kein Zweifel, das war nur eine Frage. Aber wie wollen wir ihm diesen Doppelmord nachweisen? Aufgrund der Indizien haut ihn sogar ein Pflichtverteidiger raus, das heißt, Lura braucht gar keinen Verteidiger, denn ich kenne keinen Staatsanwalt oder Richter, der aufgrund dieser kärglichen Beweislage Anklage erheben würde. Hämatome an den Hand- und Fußgelenken können auch von Fesselspielchen herrühren, schließlich hatten die Lura und Becker ein Verhältnis. Das Hämatom am Bauch kann von einem Sturz auf eine Stuhllehne oder so was stammen. Die drei Streichhölzer neben dem Auto können vom Wind ausgeblasen worden sein, der durch die Fenster geweht ist. Und dann hat Becker es doch geschafft, eins anzuzünden und es auf die Motorhaube zu werfen. Wir haben zwar Beweise, aber es sind nur Beweise für uns. Wir können sie unmöglich schon jetzt einem Staatsanwalt vorlegen. Ich frag mich, wie wir Lura diese Morde nachweisen sollen. Der ist viel gerissener, als wir denken. Dazu kommen die beiden Kugeln in seinem Körper, die ihn quasi unantastbar machen.«

»Die hat er auf sich selbst abgefeuert, wobei er sicher war, dass sie nicht tödlich sein würden«, sagte Seidel.

»Aber ein Anwalt würde das ganz anders sehen«, konterte Durant.

»Er spielt ein Spiel, von dem er glaubt, es schon gewonnen zu haben«, warf Hellmer ein. »Doch was hat die Kriminalgeschichte in solchen Fällen immer wieder gezeigt?« Er blickte die andern an, und als er keine Antwort erhielt, fuhr er fort: »Solche Typen wollen weiterspielen. Lura fordert uns heraus, er wartet eigentlich nur darauf, dass wir kommen und ihn mit Fragen bombardieren. Und er wird sich ins Fäustchen lachen und uns fürchterlich alt aussehen lassen. Aber ich fürchte noch etwas – er könnte auch Blut geleckt haben, im wahrsten Sinne des Wortes. Er merkt, dass wir auf der Stelle treten, und braucht jetzt den ultimativen Kick, wenn ihr versteht, was ich meine.«

»Nein, ich verstehe nicht ganz, Herr Hellmer«, sagte Berger.

»Was, wenn er sich schon ein weiteres Opfer ausgesucht hat? Lura ist weiß Gott nicht dumm, aber er scheint ein Psychopath zu sein. Er ist ein Stratege, ein Planer. Das ist wie ein Schachspiel, bei dem er vom ersten Zug an weiß, dass er den Gegner besiegen wird. Und wir müssen nun seine Gedankengänge nachvollziehen. Wir müssen herausfinden, wo er seine Frau und Becker gefangen gehalten hat. Wir müssen seine wahren Beweggründe herausfinden, aber dazu sind wir auf Hilfe von außen angewiesen. Uns wird er nur Lügengeschichten auftischen. Wir müssen seine Vergangenheit kennen, seine Vorlieben, seine Schwächen, seine Fehler, vor allem aber seine Stärken. Erst wenn wir seine Stärken kennen, können wir ihn besiegen, denn seine Schwächen kennen wir schon.«

»Sie glauben allen Ernstes, er wird sich ein weiteres Opfer suchen?«, fragte Berger zweifelnd. »Eine sehr vage Theorie, Herr Hellmer. Ich sehe nur ein Motiv in diesem Doppelmord, wenn es denn einer war – Eifersucht und Rache. Er ist es gewohnt, immer und zu jeder Zeit die Kontrolle über alles und jeden zu haben. Dann merkt er, dass seine Frau fremdgeht, und das kann er unmöglich zulassen. Und da schmiedet er den Racheplan.«

»Ich glaube nicht, dass Eifersucht und Rache das Motiv sind«, meldete sich Durant zu Wort. »Ich stimme Frank zu, es steckt etwas völlig anderes hinter alldem. Er will uns beweisen, wie stark und mächtig er ist.«

»Oder er will sich etwas beweisen, nämlich, dass er nicht der kleine Rolfi ist, sondern ein gestandener Mann.«

»Das hat er doch schon allein dadurch, dass er ein äußerst erfolgreiches Geschäft führt.«

»Trotzdem nennt ihn seine Mutter immer noch Rolfi. Mich würde interessieren, wie seine Gefühle ihr gegenüber wirklich aussehen. Angeblich sind die beiden ein Herz und eine Seele, aber möglicherweise ist es von seiner Seite aus eine Art Hassliebe. Er liebt sie, denn sie hat ihm immer alles gegeben, was er brauchte. Sie war immer für ihn da. Aber auf der andern Seite könnte da auch eine gehörige Portion Hass sein, doch fragt mich nicht, warum.«

»Möglicherweise, weil er nie seine wahre Persönlichkeit entwickeln konnte, sondern ihm von seiner Übermutter eine Persönlichkeit aufgedrückt wurde, die er eigentlich gar nicht haben wollte«, sagte Seidel. »Er hatte keine Chance, sich gegen seine Mutter durchzusetzen, also hat er sich in sein Schicksal ergeben. Er empfindet Liebe für sie, unbewusst aber hasst er sie. Könnte das hinhauen?«

»Kann sein. Doch kommen wir noch einmal auf die Hypothese zurück, er könnte sich ein weiteres Opfer suchen. Haben Sie vielleicht auch schon ein potenzielles Opfer im Visier? Er ist kein Serienkiller …«

»Die meisten Serienkiller fangen mit einem Mord an …«

»Aber nicht so«, sagte Berger kopfschüttelnd. »Mir ist kein Fall eines Serienkillers bekannt, der, um die Polizei in die Irre zu führen, erst seine Entführung inszeniert, dann zwei Leute entführt, diese tötet und sich schließlich selbst schwere Verletzungen beibringt. Ich halte ein weiteres Verbrechen für ausgeschlossen.«

»Wisst ihr, was unser Problem ist?«, fragte Durant und zündete sich eine Zigarette an. »Wir sprechen die ganze Zeit über im Konjunktiv. Könnte, müsste, möglicherweise et cetera pp. Wie kommen wir Lura bei? Lasst uns mal kurz ein Brainstorming machen und alle Fakten zusammenlegen, die wir bisher haben. Anschließend gehen wir nach Hause und machen uns ein schönes Wochenende und denken vielleicht mal jeder für sich nach, wie's weitergehen soll.«

»Von mir aus«, sagte Kullmer, die andern nickten nur.

»Frank, schreib doch mal die Punkte an die Tafel …«

Nach zwanzig Minuten war die Tafel voll geschrieben. Durant warf noch einmal einen langen Blick darauf und sagte: »Habt ihr die Privatadresse von diesem Meißner?«

»Aber sicher doch«, antwortete Kullmer, ging zu seinem Schreibtisch und kam mit einem Zettel zurück, den er Durant reichte.

»Meißner wird uns weiterhelfen. Er kann es sich nicht leisten, uns seine Kooperation zu verweigern, dazu steht für ihn zu viel auf dem Spiel. Eine unglaubliche Hilfe für uns wäre natürlich, wenn wir die Kreutzer dazu bewegen könnten, eine eidesstattliche Aussage zu machen, dass Lura sie misshandelt, vergewaltigt und ihr anschließend ein sattes Schweigegeld gezahlt hat. Das wird uns allerdings eine Menge Überredungskunst kosten. Und ganz wichtig ist Luras Bruder. Warum der auf einmal so umgeschwenkt ist, bleibt mir ein Rätsel. Außerdem muss Beckers Kanzlei auf den Kopf gestellt werden, vielleicht finden wir Unterlagen, aus denen hervorgeht, wie oft Becker Luras Sauereien gedeckt hat. Ich könnte mir vorstellen, dass Lura in der Vergangenheit auch noch mit anderen Damen ähnlich verfahren ist … Was ist eigentlich mit der Hausdurchsuchung von Luras Haus? Und ich hab euch doch auch gebeten, mal in seiner Vergangenheit zu forschen.«

»Eins nach dem andern. Die Kollegen müssten inzwischen auf dem Weg hierher sein, bis vorhin aber Fehlanzeige. Ich glaub, wir könnten das ganze Haus Stein für Stein abtragen und würden nichts finden. Seine Vita, zumindest das, was wir so rausfinden konnten, liest sich eher normal. Wohlhabendes, aber nicht reiches Elternhaus, behütete Kindheit, Abitur mit achtzehn, Notendurchschnitt 1,0. Danach sofort auf die Uni, Studium der Betriebswirtschaft und Psychologie …«

»Das wissen wir schon«, sagte Durant.

»Mit gerade mal vierundzwanzig beide Examen bestanden, danach hat er bei seinem Vater angefangen zu arbeiten, bis er vor fünfzehn Jahren das Autohaus übernahm und komplett umkrempelte. Vom Wehrdienst wurde er wegen eines Knieschadens befreit. Strafrechtlich bisher nicht auffällig geworden, der Typ scheint auch seine Steuern auf Heller und Pfennig zu bezahlen, na ja, eben ein durch und durch sauberer Kerl. Was er allerdings privat so getrieben hat, entzieht sich unserer Kenntnis.«

»Sonstige Aktivitäten?«

»Er engagiert sich für Straßenkinder in Südamerika und unterstützt mehrere Obdachlosenheime in Frankfurt und Umgebung. Kunstfreak, der schon etliche Ausstellungen mitfinanziert hat, also am Geld scheint's bei ihm nicht zu hapern. Ansonsten null, nada, niente, was seine Person angeht. Und was seine Häuser betrifft – hier im Rhein-Main-Gebiet hat er nur das in Schwanheim. Alle andern sind viel zu weit weg. Eine Wohnung in Berlin, eine in Hamburg und in München und insgesamt sechs Häuser in Italien, Frankreich und Spanien.«

»Und über sein Privatleben wissen wir so gut wie gar nichts. Nur das, was uns seine Frau und sein Bruder erzählt haben. Die Frau ist tot, und sein Bruder behauptet auf einmal, es sei alles ganz anders. Lura muss uns seine dunkle Seite zeigen, aber wie stellen wir das an, ohne dass er hinter unsern Plan steigt und uns gleich wieder verarscht?«

»Du bist die Einfühlsame bei uns«, sagte Hellmer grinsend. »Dir wird schon was einfallen.«

»Na gut, machen wir Schluss für heute. Wenn nichts Unerwartetes dazwischenkommt, sehen wir uns am Montag in alter Frische wieder. Bis dann.«

Durant nahm ihre Tasche, nickte den andern zu und verließ das Büro. Draußen atmete sie ein paar Mal tief durch und ging zu ihrem Wagen. Sie hielt den Zettel mit Meißners Adresse in der Hand. Sie würde noch nicht nach Hause fahren, sondern Meißner einen Besuch abstatten. In ihr war eine Unruhe, die erst verflogen sein würde, wenn dieser Fall geklärt war. Sie wusste, Lura war ein Mörder, und sie würde ihn überführen. Doch diesmal musste sie es allein machen, ohne Hellmer und die andern. Sie fuhr um Viertel vor sechs vom Präsidiumshof und langte nur eine halbe Stunde später am Haus von Dr. Meißner in Hofheim an.

Freitag, 18.15 Uhr

Eine junge Frau, die von Durant auf höchstens fünfundzwanzig geschätzt wurde, öffnete die Tür und sah die Kommissarin aus großen, braunen Augen an. Sie hatte kurzes dunkelbraunes Haar und ein ebenmäßiges Gesicht mit vollen Lippen. Trotz der kühlen Witterung trug sie ein dünnes, eng anliegendes Trägerhemd, das ihren vollen Busen mit dem großen Warzenhof nur spärlich verhüllte, und eine hautenge Jeans. Sie war ein paar Zentimeter kleiner als Durant, hatte sehr weibliche Rundungen, zarte Hände mit langen, schmalen Fingern, und auch sonst schien alles an ihr beinahe makellos zu sein. Als ich noch so jung war, dachte Julia Durant neidisch.

»Ja, bitte?« Sie hatte eine helle, wohlklingende Stimme mit einem feinen Timbre.

Julia Durant hielt ihren Ausweis hin und sagte: »Durant, Kripo Frankfurt. Ich hätte gerne mit Dr. Meißner gesprochen.«

»Kann ich meinem Mann etwas ausrichten?«

»Das würde ich ihm gerne selber sagen. Ist er zu Hause?«

»Ja. Kommen Sie rein.« Nachdem sie die Tür geschlossen hatte, rief sie: »Liebling, hier ist jemand von der Polizei für dich. Kommst du runter?«

»Augenblick«, antwortete eine Stimme aus dem ersten Stock.

»Er wird gleich hier sein, er ist im Bad. Sie können ja mit ins Wohnzimmer kommen.«

Durant wurde in einen geschmackvoll eingerichteten Raum geführt, in dem nur helle Möbel standen, eine Stereoanlage und ein Großbildfernseher, zahlreiche Landschaftsfotos hingen an den Wänden.

»Sie können sich ruhig setzen«, sagte die junge Frau und ließ sich in einen Sessel fallen. Julia Durant musste innerlich grinsen, wenn sie dachte, dass Meißner, der mittlerweile fünfundfünfzig war, eine Frau hatte, die nicht nur über sehr hervorstechende äußere Attribute verfügte, sondern zudem auch leicht seine Tochter hätte sein können. Meißner trug ebenfalls eine Jeans und ein schwarzes Hemd, dessen drei oberste Knöpfe offen standen, am linken Handgelenk blitzte eine Rolex, um den Hals hatte er eine Goldkette mit einem Kreuz daran. Junge, du siehst aus wie ein alter Mann, der gerne jung sein möchte, dachte Durant, als sie ihm die Hand reichte. Er war solariumgebräunt, hatte volles dunkles Haar und einen Schnauzbart. Er war nicht sonderlich groß, machte einen sportlichen Eindruck, seine blauen Augen musterten die Kommissarin kritisch.

»Polizei um diese Zeit?« Er warf einen Blick auf die Uhr, verzog den Mund und fragte: »Um was geht's?«

»Können wir uns unter vier Augen unterhalten?«

»Schatz, würdest du uns einen Moment allein lassen? Dauert bestimmt nicht lange. Und schließ die Tür bitte hinter dir. Du kannst dich ja schon mal für nachher fertig machen.«

»Sie haben noch etwas vor?«

»Nur essen gehen und vielleicht ins Kino. Also, was gibt es so Dringendes?«, fragte Meißner und lehnte sich zurück, die Finger aneinander gelegt.

»Sie sind der Hausarzt von Herrn und Frau Lura, wie ich erfahren habe …«

»Hausarzt hört sich so intim an. Herr und Frau Lura gehören zu meinen Patienten, das ist richtig.«

»Sie haben bestimmt schon gehört, was passiert ist, oder?«

»Ich habe bisher nur vernommen, dass Herr Lura offensichtlich entführt wurde. Schrecklich, wirklich schrecklich. Ich muss aber zu meiner Schande gestehen, dass ich heute noch keine Zeitung gelesen habe, weil ich nicht dazu gekommen bin. Also bin ich auch nicht auf dem neuesten Stand. Ihm ist doch hoffentlich nichts …«

»Nein, da kann ich Sie beruhigen, Herrn Lura geht es gut. Er wird sogar schon morgen wieder das Krankenhaus verlassen können, vielleicht ist er sogar schon zu Hause. Es geht um Frau Lura – sie ist tot. Und deswegen bin ich hier.«

»Moment. Frau Lura ist tot?«, sagte Meißner mit zusammengekniffenen Augen. »Ich verstehe nicht ganz …«

»Beantworten Sie mir einfach nur ein paar Fragen, dann bin ich gleich wieder weg. Wie oft haben Sie Frau Lura behandelt?«

Meißner lächelte überheblich und antwortete: »Frau Durant, hätte ich ein fotografisches Gedächtnis, könnte ich Ihnen diese Frage leicht beantworten. Aber da ich das nicht habe, müsste ich in meiner Kartei nachschauen, und ich bin erst wieder am Montag in meiner Praxis.«

»Aber Sie können sich doch bestimmt erinnern, wann und weshalb Sie sie zuletzt behandelt haben, oder?«

»Das kann ich wohl, nur bin ich, wie Sie eigentlich wissen müssten, an meine ärztliche Schweigepflicht gebunden. Sollten Sie jedoch eine entsprechende Verfügung vorweisen können, bin ich gerne bereit, Ihnen Auskunft über die geleisteten Behandlungen zu geben und natürlich auch, wann diese stattgefunden haben.«

»Haben Sie Frau Lura jemals behandelt, nachdem sie von ihrem Mann geschlagen oder anderweitig misshandelt wurde?«, fuhr Durant unbeirrt fort.

Meißner beugte sich nach vorn, und seine Kiefer mahlten.

»Worauf wollen Sie hinaus?«

»Sagen Sie doch einfach nur Ja oder Nein. Mehr will ich gar nicht hören.«

»Nein.«

»Sie waren nie bei Frau Lura zu Hause?«

»Nein.«

»Sie waren nie bei den Luras, obwohl Sie deren Hausarzt sind? Merkwürdig, Frau Lura hat mir gegenüber vor ihrem Tod etwas ganz anderes geäußert. Sie behauptet, Sie seien einige Male dort gewesen, um sie zu behandeln, nachdem sie von ihrem Mann verprügelt wurde. Was sagen Sie jetzt?«

»Mein Gott, kann sein, dass ich einmal dort war, aber das war, als sie die Treppe runtergestürzt ist. Sie hat dabei einige Blessuren davongetragen, die von mir versorgt wurden. Zumindest hat sie mir das so gesagt. Wenn es anders gewesen sein sollte, dann hat sie mich eben angelogen.«

»Und was ist mit einer gewissen Karin Kreutzer, die von Ihnen am 9. Juli dieses Jahres ärztlich versorgt wurde, und zwar, lassen Sie mich zitieren, mit Salben und Valium. War das auch nach einem Treppensturz?« Es war ein Schuss ins Blaue, denn bisher war Durant nicht bekannt, ob Meißner überhaupt der Arzt war, der Karin Kreutzer behandelt hatte. Doch ihre Wut auf Meißner wuchs von Minute zu Minute, obwohl der Mann ihr gar nicht so unsympathisch war, wie sie ihn sich vorgestellt hatte, aber es war ein anstrengender, kräftezehrender Tag gewesen, mit einer Menge an Informationen, die jedoch im Augenblick noch nichts brachten.

Durant meinte zu merken, wie Meißner mit einem Mal unter seiner braunen Haut kalkweiß wurde, und das Zittern seiner Hände konnte er kaum verbergen. Doch schon nach wenigen Sekunden hatte er sich wieder gefangen und antwortete gequält lächelnd: »Frau Kreutzer, ja, ich erinnere mich. Ich wurde zu ihr gerufen, weil sie einen Nervenzusammenbruch hatte. Ich habe ihr eine Valium-Spritze gegeben, und kurz darauf hat sie sich beruhigt. Sonst war nichts.«

»Sie hatte also nur einen Nervenzusammenbruch«, sagte Durant ironisch. »Sie hatte keinen zerschlagenen Körper, keine Wunden, auf sie ist nicht uriniert worden, als wäre sie ein Stück Dreck?! Es war nur ein läppischer Nervenzusammenbruch, mitten in der Nacht?! Sauber! Und Sie wollen mir erzählen, Sie hätten sie nicht behandelt, weil sie nicht mehr laufen konnte vor Schmerzen?!«, fuhr sie ihr Gegenüber an.

»Es war ein Nervenzusammenbruch«, betonte Meißner noch einmal und krampfte die Hände ineinander.

»Wie war das damals eigentlich in Münster? Weshalb sind Sie

noch mal verurteilt worden? Wegen sexueller Nötigung, nachdem Sie Frauen in Hypnose versetzt hatten?«

»Was soll das?«, brauste er auf. »Wollen Sie mir meine Jugendsünden vorhalten? Ich habe meine Strafe bekommen und abgesessen. Aber so wahr mir Gott helfe, ich habe mir seitdem nichts mehr zuschulden kommen lassen.«

»Dr. Meißner, erstens waren Sie zu dem Zeitpunkt bereits sechsunddreißig Jahre alt, und zweitens, ich bekomme die Wahrheit so oder so heraus. Und sollte diese Wahrheit ganz anders aussehen als Ihre Schilderungen, werden Sie für den Rest Ihres Lebens nicht mehr als Arzt tätig sein. Es wäre also besser, wenn Sie sich ein klein wenig entgegenkommender zeigen würden.« Sie machte eine kurze Pause und sagte mit vieldeutigem Blick: »Sie haben eine sehr junge und äußerst attraktive Frau, die sicher sehr anspruchsvoll ist, und zwar in jeder Beziehung. Wie, glauben Sie, wird diese junge hübsche Frau reagieren, wenn sie von Ihrer Vergangenheit erfährt?«

»Sie kennt meine Vergangenheit.«

»Wenn Sie nichts zu verbergen haben, dann können wir sie ja auch dazuholen«, entgegnete Durant spöttisch.

»Augenblick, was soll das alles? Wollen Sie mir drohen?«, fragte er mit Schweiß auf der Stirn. Er wurde zunehmend nervöser.

»Nennen Sie es, wie Sie wollen. Ihre Frau weiß also nichts von Ihrer Vergangenheit. Auch gut, ich kann's sogar verstehen. Aber entweder Sie helfen mir und ich vergesse, dass Sie Ihren hippokratischen Eid gebrochen haben, oder Sie sind erledigt. Also noch mal von vorne. Haben Sie Frau Lura jemals behandelt, nachdem sie von ihrem Mann geschlagen oder misshandelt wurde? Und haben Sie Frau Kreutzer wegen einer ähnlichen Sache behandelt?«

»Nein, habe ich nicht«, antwortete Meißner mit fester Stimme, doch mit noch mehr Schweiß auf der Stirn. »Und jetzt möchte ich Sie bitten zu gehen. Wenn Frau Lura tot ist, tut es mir

Leid, aber ich werde nicht etwas zugeben, das ich nicht getan habe.«

»Wie Sie wollen«, sagte Durant und erhob sich, während er sitzen blieb. »Hier ist meine Karte. Ich gebe Ihnen bis Montag früh acht Uhr Zeit, sich bei mir zu melden. Sollten Sie das nicht tun, werden Sie Ihre Praxis sehr bald schließen müssen – und zwar diesmal für immer.« Sie machte eine Pause, blickte Meißner scharf und durchdringend von oben an und sagte weiter: »Sie haben mich übrigens noch gar nicht gefragt, woran Frau Lura gestorben ist. Interessiert Sie das denn nicht?«

»Entschuldigen Sie, ich bin etwas verwirrt. Natürlich interessiert es mich. Woran ist sie gestorben?«

»Frau Lura wurde Opfer eines Gewaltverbrechens. Genau wie ein gewisser Dr. Becker, der Ihnen ja auch nicht unbekannt sein dürfte.«

»Bitte was? Dr. Becker? Ich verstehe nicht …«

»Ich und meine Kollegen auch noch nicht. Aber wir sind sehr zuversichtlich, schon bald zu wissen, wie sich alles zugetragen hat. Dazu benötigen wir allerdings Hilfe.«

»Hat Herr Lura etwas mit dem Tod seiner Frau zu tun?«, fragte er, ohne Durant anzusehen.

»Dazu kann ich Ihnen keine Auskunft geben«, entgegnete Durant sarkastisch.

Meißner schluckte schwer, nahm die Karte, warf einen Blick darauf und stand jetzt ebenfalls auf. Durant bewegte sich mit schnellen Schritten auf den Ausgang zu, als Meißners Stimme sie zurückhielt.

»Warten Sie.«

Sie drehte sich um und sah ihn erwartungsvoll und doch kühl an. »Ja?«

Er presste für einen Moment die Lippen aufeinander, als würde er noch überlegen, dann sagte er: »Ich bin an meine ärztliche Schweigepflicht gebunden. Ich habe nichts Unrechtes getan, ich habe nur geholfen, wenn Hilfe vonnöten war. Mehr kann ich Ihnen nicht sagen. Aber ich bin kein Verbrecher, auch wenn ich vorbestraft bin.«

»Wann war denn Hilfe vonnöten?«, fragte sie, trat auf ihn zu und sah ihm direkt in die Augen. »Wenn Zähne ausgeschlagen waren, wenn die Frauen sich vor Schmerzen krümmten und schrien, weil ihnen innen und außen alles wehtat, weil ein gewisser Herr Lura seine Aggressionen mal wieder nicht unter Kontrolle hatte? Uns ist bekannt, dass Sie für Herrn Lura arbeiten und sicher exzellent dafür entlohnt werden. Sie haben gut zwei Tage Zeit, sich zu entscheiden, ob Sie mir helfen wollen. Alles andere genügt mir nicht. Wir sehen uns noch. Ich wünsche Ihnen einen schönen Abend, und bestellen Sie Ihrer reizenden Gattin einen herzlichen Gruß von mir. Wer weiß, wie lange Sie sie noch haben. Ach ja, in Ihrem eigenen Interesse wäre es vielleicht nicht gerade angebracht, wenn Sie mit Herrn Lura über unsere kleine Plauderei reden würden.«

»Ich kann doch nicht einfach … Mein Gott, Herr Lura ist … Er darf nie erfahren, dass ich mit Ihnen gesprochen habe«, sagte Meißner mit verdächtigem Vibrato in der Stimme.

»Warum nicht?«

»Das ist doch egal. Kommen Sie, setzen wir uns noch einmal.« Er machte eine Pause, als müsste er erst genau überlegen, was er als Nächstes sagen sollte. Durant folgte ihm wieder ins Wohnzimmer, er schloss die Tür hinter sich. »Also gut, ich habe Frau Kreutzer und Frau Lura behandelt, nachdem er wieder einmal durchgedreht hat, was nicht selten vorkam. Was hätte ich denn machen sollen?«

»Zum Beispiel die Polizei rufen«, antwortete Durant etwas trocken.

»Das sagen Sie so einfach, aber so einfach ist das nicht. Mit Lura ist nicht zu spaßen. Außerdem bin ich in solchen Fällen nicht verpflichtet, die Polizei zu verständigen, wenn die Frauen das nicht selbst möchten. Das müssten Sie eigentlich wissen. Ich würde sehr schnell meine Zulassung verlieren, und nach einem zweiten Entzug bekomme ich sie nicht wieder.«

»Hat er Sie mit irgendetwas in der Hand?«, fragte Durant.

»Vergessen Sie's. Ich habe meine Aussage gemacht, und das war's. Nur so viel, Lura kennt so ziemlich alle Mittel und Wege, um einen Menschen zu ruinieren.«

»Hat er es auch bei Ihnen probiert?«

»Nein, schließlich braucht er mich.«

»Würden Sie ihm einen Mord zutrauen?«

»Keine Ahnung. Nein, eigentlich nicht. Außerdem, warum sollte Lura ein Mörder sein, er wurde doch entführt.«

»Sind Sie mit ihm befreundet?«, fragte Durant, ohne auf die letzte Bemerkung einzugehen.

Meißner lachte kehlig auf. »Frau Durant, mit einem wie ihm kann man nicht befreundet sein.«

»Was heißt, mit einem wie ihm?«

»Er ist kalt bis ins Mark. Er tut zwar so, als wäre man sein Freund, doch letzten Endes bestimmt er die Regeln einer Freundschaft.«

»Wie sind Sie mit ihm bekannt geworden?«

»Über Becker. Mein damaliger Anwalt kannte ihn und hat ihn mir empfohlen. Auf diese Weise lernte ich auch Lura kennen.«

»Bei welcher Gelegenheit?«

»Lura stand eines Tages in meiner neu eröffneten Praxis, und damit hat sich alles Weitere wie von selbst ergeben.«

»Dann möchte ich Sie doch noch einmal fragen, ob Sie in irgendeiner Abhängigkeit zu ihm stehen? Hat er Ihnen damals geholfen, als Sie neu in Frankfurt waren?«

Meißner lachte unnatürlich auf und sagte: »Geholfen! Mein Gott, ich war ein halbes Jahr hier und hatte es mit Müh und Not geschafft, einen Kredit zu bekommen, um die Praxis mit dem Notwendigsten einzurichten, und Sie können sich wahrscheinlich kein Bild machen, was das kostet. In Münster hätte ich kein Bein mehr auf den Boden gekriegt, ich hab's schließlich drei

Jahre lang vergeblich versucht. Aber da waren zum einen die Leute, für die ich nur der böse Arzt war, zum andern die Banken, die alle abgewunken haben, weil die natürlich auch von meiner unseligen Vergangenheit wussten, und dieses Risiko wollten sie nicht eingehen …«

Er machte eine Pause, und als er nicht weitersprach, fragte Durant: »Und dann?«

»Tja, dann kam Lura. Er war damals noch nicht verheiratet, aber er hatte sich an einer jungen Dame vergriffen und mich gebeten, sie zu versorgen. Ja, und so ging das all die Jahre über weiter. Er muss einen unglaublichen Hass auf Frauen haben. Oder er hat Komplexe. Auf jeden Fall ist er krank.«

»Wie sah denn seine finanzielle Unterstützung aus?«

»Ich konnte meine Praxis auf einen sehr modernen Stand bringen, und er hat mir geholfen, meine Schulden abzubezahlen, indem er mich an eine betuchte Klientel weiterempfohlen hat, was natürlich eine Menge Geld einbringt. Was glauben Sie, wie viele von diesen blasierten Neureichen zu mir kommen, um sich die Langeweile zu vertreiben. Die kommen mit allen möglichen Wehwehchen, ich höre ihnen zu, verschreibe ihnen ein homöopathisches Mittel oder versetze sie in einen tranceähnlichen Zustand, und sie sind zufrieden – bis zum nächsten Mal.«

»War auch Becker jedes Mal dabei, nachdem Lura eine dieser Frauen misshandelt hatte? Ich meine, wenn Sie gerufen wurden.«

»Nicht immer. Das heißt, er war schon immer zur Stelle, wenn mal wieder etwas vorgefallen war, aber wir waren selten gleichzeitig vor Ort. Becker war für das Geschäftliche zuständig.«

»Was meinen Sie damit?«

»Er hat die Damen jedes Mal einen Vertrag unterschreiben lassen, in dem sie versicherten, nie etwas mit Lura gehabt zu haben. Sie haben Geld bekommen, sozusagen Schmerzensgeld, und vielleicht noch etwas anderes, und damit war der Fall erledigt.«

»Hat Becker mit Ihnen darüber gesprochen?«

»Ja.«

»Wie stand er denn dazu? Hat er das gerne gemacht?«

»Ganz im Gegenteil. Ihm hat das genauso gestunken wie mir. Aber genau wie ich war auch er auf Lura angewiesen.«

»Inwiefern?«

»Lura hat verdammt viel Geld. Was glauben Sie, was der mit seinen Luxusschlitten verdient? Das sind leicht fünf bis sechs Millionen Euro im Jahr, das hat mir Becker einmal verraten, als er einen über den Durst getrunken hatte. Dazu kommt, dass ihm eine ganze Reihe von Immobilien gehören, nicht nur hier, sondern auch im Ausland. Er ist jedenfalls reicher, als man das von einem schnöden Autohändler erwarten würde. Sein Vermögen dürfte sich so auf zwanzig bis dreißig Millionen Euro belaufen, die Immobilien natürlich ausgeschlossen. Deshalb kann er sich auch alles leisten. Er kauft Menschen, benutzt sie, und wenn er sie nicht mehr braucht, wirft er sie weg. Aber solange er sie braucht, so lange ist er ausnehmend großzügig.«

»Was würde denn aus Ihnen werden, sollte Herr Lura die Beziehung zu Ihnen abbrechen?«

»Ich bin zum Glück nicht mehr auf ihn angewiesen, deshalb würde es mir nichts ausmachen. Aber ich kann Ihnen versichern, ich hätte Angst vor ihm, sollte er erfahren, dass ich mit Ihnen über ihn gesprochen habe.«

»Was könnte er Ihnen denn Ihrer Meinung nach tun?«

Meißner lachte auf und antwortete: »Frau Durant, Sie haben anscheinend nicht richtig zugehört, oder ich habe mich nicht richtig ausgedrückt. Lura lässt sich immer etwas Neues einfallen, bei ihm weiß man nie, woran man ist. Wie gesagt, er benutzt die Menschen, wie es ihm passt. Er könnte mich zum Beispiel diskreditieren, mich bei meinen Patienten madig machen, weil ja viele von ihnen mit ihm sehr gut bekannt sind. Wissen Sie, einen wie ihn hofiert man, oder besser ausgedrückt, man kriecht ihm in den Hintern.« Er holte tief Luft und fuhr mit einem leichten Kopfschütteln fort: »Und sollte er tatsächlich ein Verbrechen begangen haben, so werde ich mir sehr reiflich überlegen, ob ich eine Aussage gegen ihn machen werde. Denn in dem Moment bin ich meine Zulassung ein für alle Mal los.«

»Sie können ganz beruhigt sein, alles, was Sie gesagt haben, wird von mir im Moment absolut vertraulich behandelt. Sie haben mein Wort drauf. Und sollte es hart auf hart kommen und wir Ihre Aussage benötigen, gibt es immer noch eine richterliche Anweisung, die Sie von Ihrer Schweigepflicht befreit. Aber um noch mal auf seine Freunde zurückzukommen, seine Frau hat gesagt, dass er außer Becker keine Freunde hat.«

»Becker hat nur so getan, als ob er sein Freund wäre, in Wirklichkeit hat er bloß ein bisschen geschleimt. Aber sonst hat Lura keine Freunde. Er hat eine Menge Bekannte, Geschäftsfreunde und so weiter. Aber wahre Freunde, nein, die hat er nicht.«

»Aber nach all dem, was Sie mir jetzt erzählt haben – einen Mord würden Sie Lura trotzdem nicht zutrauen?«, fragte sie noch einmal.

»Nein. Er ist zwar auf eine gewisse Weise unberechenbar, aber Mord«, er schüttelte den Kopf, »nein, das halte ich für ziemlich ausgeschlossen. Er hat einer Menge Frauen physisch sehr wehgetan, aber er hat bisher keine umgebracht, zumindest ist mir nichts davon bekannt. Er ist gewalttätig, aber er weiß ganz genau, wie weit er gehen kann. Ich würde sogar sagen, er geht jedes Mal ein kalkuliertes Risiko ein.« Und nach einer kurzen Denkpause: »Weshalb ist er eigentlich im Krankenhaus?«

»Er hat zwei Schusswunden, die aber nicht lebensgefährlich sind.«

»Und wieso halten Sie ihn dann für einen Mörder? Irgendwie ergibt das doch keinen Sinn.«

»Es gibt Ungereimtheiten, und deshalb müssen wir jeder noch so vagen Spur nachgehen. Aber jetzt mal ganz ehrlich – wie oft sind Sie zu Frau Lura gerufen worden, nachdem sie misshandelt wurde?«

Meißner zuckte mit den Schultern und meinte: »Ich hab die Zahl nicht im Kopf, aber bestimmt so an die zwanzigmal.«

»Und was waren die schwersten Verletzungen, die Sie bei ihr diagnostiziert haben?«

»Einmal hat er ihr zwei Vorderzähne ausgeschlagen, einen kleinen Finger hat er ihr gebrochen, ich weiß aber nicht mehr, von welcher Hand, das liegt schon zu lange zurück. Na ja, und dann eben noch die üblichen Geschichten, schwere Prellungen, auch blutende Wunden und so weiter. Ich habe sie aber nur einmal gesehen, nachdem er sie auch ins Gesicht geschlagen hatte, das war das mit den Zähnen. Frau Lura hat danach bestimmt zwei Wochen nicht auf die Straße gehen können.«

»Haben Sie jemals den Sohn bei einem Ihrer Besuche angetroffen?«

»Markus? Ja, einmal, aber nur ganz kurz. Er stand oben auf dem Treppenabsatz und hat wie ein Häufchen Elend gezittert. Bis Lura hoch zu ihm ist und ihn auf sein Zimmer gebracht hat.«

Durant stand auf und reichte Meißner die Hand. »Danke für Ihre Auskünfte, Sie haben mir sehr geholfen. Und sollte Ihnen noch etwas einfallen, dann rufen Sie mich bitte an«, sagte sie mit versöhnlicher Stimme, denn sie spürte die Angst von Meißner, vielleicht doch etwas zu viel preisgegeben zu haben. »Und bitte, tun Sie es vor Montag. Nur wenn Sie mir helfen, kann ich auch etwas für Sie tun. Sie können doch unmöglich dieses angenehme Leben hier aufgeben wollen, oder?«, fügte sie hinzu und warf einen letzten vielsagenden Blick um sich.

Ohne eine weitere Erwiderung abzuwarten, verließ Durant das Haus. Draußen zündete sie sich eine Zigarette an und stieg in ihren Corsa. Auf der Fahrt zurück nach Frankfurt stellte sie das Radio auf volle Lautstärke. Sie wollte nur noch baden, etwas essen und die Beine hochlegen. Lura. Ihr war jetzt endgültig klar, dass er zwei Morde begangen hatte. Aber es würde schwer werden, ihm diese Taten nachzuweisen.

Freitag, 20.10 Uhr

Rolf Lura war seit zwei Stunden zu Hause. Er war von einem Taxi gebracht worden und hatte sich als Erstes einen Whiskey eingeschenkt und ausgetrunken. Sein Blick war düster, als er das Chaos sah, das die Beamten von der Spurensicherung hinterlassen hatten. Er war durch jeden Raum gegangen, in den Keller und in die Garage, und war von Minute zu Minute wütender geworden. Gottverdammte Bullen!, dachte er zornig und ließ sich auf die Couch fallen, wischte mit der rechten Hand ein paar Bücher weg und legte die Beine auf den Tisch. Sein linker Arm war in einer Schlinge. Er zog ihn vorsichtig heraus, seine ganze Brust schmerzte, aber das würde bald Vergangenheit sein. Nach dem dritten Glas schwand die Wut allmählich, er grinste vor sich hin und dachte, ihr könnt mich alle mal. Ich habe das perfekte Verbrechen begangen, und ihr könnt noch so viel rumeiern, mich kriegt ihr nicht. Ich weiß, dass ihr mich verdächtigt, ich würde das an eurer Stelle auch tun, aber ihr habt nicht einen einzigen klitzekleinen Beweis.

Er stand auf, griff zum Telefon und wollte bereits eine Nummer eintippen, als er innehielt und den Hörer gleich wieder auf die Einheit legte. Nein, nein, nein, beinahe hättest du einen Fehler begangen, lieber Rolf. Du wirst jetzt einen kleinen Spaziergang machen und von einer Telefonzelle aus anrufen, dachte er mit einem noch breiteren Grinsen. Liebe Frau Durant, jetzt werde ich dir zeigen, wie gut ich bin.

Er zog einen Mantel über, nahm den Schlüssel, vergewisserte sich, dass er auch allein war, und ging etwa fünfhundert Meter, bis er an der Telefonzelle anlangte. Er holte das Portemonnaie aus der Hosentasche, steckte die Telefonkarte, die er für alle Fälle immer bei sich hatte, in den Schlitz und tippte die Nummer ein, die er inzwischen auswendig kannte.

Mandy Preusse. Sie war Anfang des Jahres aus Chemnitz nach Frankfurt gekommen und arbeitete seitdem zusammen mit Judith Klein in der Buchhaltung des Autohauses. Eine nette junge Frau, doch sie war nicht ganz sein Typ. Ihre Haare waren zu kurz, und ihn störte auch das Piercing am Kinn. Wozu zum Teufel muss man sich so verunstalten, hatte er beim Vorstellungsgespräch gedacht. Auch mochte er diesen sächsischen Akzent nicht sonderlich, er hatte in seinen Ohren etwas Asoziales. Doch Rolf Lura sagte sich, die junge Frau werde ohnehin nur in der Buchhaltung tätig sein und keine Verkaufsgespräche führen. Aber, und das war ihm gleich beim ersten Mal nicht entgangen, sie hatte eine sehr ansehnliche Figur mit großen Brüsten und einem nicht zu breiten Becken. Und er hatte sofort gemerkt, dass es ein Leichtes für ihn sein würde, sie bei Gelegenheit ins Bett zu kriegen. Er kannte die Frauen zur Genüge und konnte Blicke und Gesten deuten. Und er verstand auch die Körpersprache sehr wohl und spürte bei diesem ersten Gespräch, dass hinter der scheinbar selbstbewussten und selbstsicheren Mandy Preusse ein introvertiertes, zurückhaltendes Wesen steckte.

»Ja, bitte?«

»Frau Preusse?«

»Ja.«

»Hier Lura. Ich hoffe, ich störe nicht.«

»Herr Lura! Das ist aber schön, dass alles … Oh, entschuldigen Sie, aber das Unglück, wir haben das mit Ihrer Frau gelesen …«

»Sie brauchen sich nicht zu entschuldigen. Was passiert ist, ist eben passiert. Weswegen ich anrufe … ähm … mir geht es im Augenblick nicht sonderlich gut, und ich wollte Sie fragen, ob Sie heute Abend schon etwas vorhaben?«

»Nein, überhaupt nichts«, antwortete sie schnell, doch Lura hörte an ihrem Ton, dass sie nicht ganz die Wahrheit sagte, ihm zuliebe aber alle Pläne über den Haufen warf.

»Könnte ich vielleicht so in einer Dreiviertelstunde bei Ihnen vorbeikommen? Mir fällt die Decke auf den Kopf. Ich will Sie aber um Himmels willen nicht belästigen.«

»Herr Lura, Sie belästigen mich nicht. Sie wissen, wo ich wohne?«

»In der Waldschulstraße in Griesheim, richtig?«

»Genau. Nummer 23, zweiter Stock. Wir können ja etwas trinken gehen, wenn Sie Lust haben.«

»Ja, gerne. Ich mach mich gleich auf den Weg. Vielleicht werden's auch zehn Minuten später, heute geht alles noch etwas langsam. Nochmals danke und tschüs.«

Er hängte den Hörer ein, grinste und begab sich zum Taxistand um die Ecke. Ein Wagen stand dort, Lura stieg ein und sagte nur: »Mörfelder Landstraße. Ich zeig Ihnen dann, bis wohin.«

Die kleine Preusse. Wahrscheinlich duscht sie noch schnell, zieht sich was Frisches an, vielleicht fein duftende Unterwäsche, dachte er, während der Taxifahrer auf die Schwanheimer Uferstraße fuhr und weiter Richtung Sachsenhausen. Die Fahrt dauerte eine Viertelstunde, das Taxameter zeigte vierzehn Euro an, Lura reichte dem Fahrer einen Zwanziger und sagte, das sei okay, hörte noch das Danke des jungen Mannes und stieg aus. Er wartete, bis das Taxi gewendet hatte, und ging zu dem Honda Civic, den er Mittwochnacht hier abgestellt hatte. Er brauchte etwas mehr als zwanzig Minuten bis nach Griesheim, wo er einen Parkplatz in unmittelbarer Nähe zum Haus Nummer 23 auf der gegenüberliegenden Straßenseite fand. Er zog den Mantel aus, schob den linken Arm wieder in die Schlinge und ging, den Mantel um die Schulter gelegt, auf den Eingang zu. Er klingelte, woraufhin sofort der Türöffner betätigt wurde, als hätte sie neben der Tür gestanden und nur auf das Klingeln gewartet.

»Schön, Sie zu sehen«, sagte sie mit ehrlichem und doch etwas verschämtem Blick. Sie trug einen kurzen grauen Rock, schwarze Strümpfe und eine blaue Bluse. »Kommen Sie doch rein, oder wollen wir gleich irgendwohin gehen?«

»Gehen wir gleich, ich brauch etwas zu essen und zu trinken. Ich kenne da ein hervorragendes Restaurant.«

»Warten Sie, ich zieh mir nur schnell eine Jacke über und hole meine Geldbörse und mein Handy.«

»Frau Preusse, ich bitte Sie«, erwiderte Lura mit treuherzigem Blick und einem jungenhaften Lächeln, »vergessen Sie die Geldbörse. Wie schon gesagt, ich brauche nur jemanden, mit dem ich den Abend verbringen kann, und ich habe dabei an Sie gedacht, weil ich jemanden brauche, mit dem ich mal quatschen kann, und Ihnen vertraue ich, sonst hätte ich Sie nicht eingestellt. Aber wenn Sie noch einen Anruf erwarten, will ich Sie natürlich nicht belästigen.«

»Nein, ist schon gut. Eine Freundin aus Chemnitz besucht mich morgen und will ein paar Tage bleiben. Sie wollte aber noch Bescheid sagen, wann genau sie kommt.«

»Ein paar Tage?«

»Ja, ich habe mir extra Montag und Dienstag freigenommen, wir wollen etwas unternehmen.«

»Ach so. Also fahren wir. Und wenn Sie noch einen Tag länger frei haben möchten, Sie brauchen es nur zu sagen.«

»Danke schön.« Mandy Preusse lächelte verlegen, wurde knallrot im Gesicht und zog die Tür zu. Auf der Treppe kam ihnen eine ältere Frau entgegen, die jedoch keine Notiz von den beiden nahm.

Sie überquerten die Straße. Lura sagte mit Blick auf den Honda: »Ist leider kein Mercedes, meiner steht noch immer bei der Polizei zur Untersuchung. Ich kann mir erst morgen aus der Firma einen anderen Wagen holen.«

»Das macht doch nichts«, erwiderte Mandy Preusse und stieg ein, während Lura ihr die Tür aufhielt. »Ich habe ja nicht einmal ein Auto.«

»Ach was, das wusste ich gar nicht«, log Lura, denn er kannte die Vita von Mandy Preusse ganz genau. Er kannte ihre Gewohnheiten und wusste, dass sie keinen Freund hatte und die meiste Zeit allein verbrachte. »Das müssen wir aber ganz schnell ändern, denn das, was man hier in Frankfurt für die öffentlichen Verkehrsmittel bezahlt, ist gelinde gesagt eine Unverschämtheit. Ich kümmere mich drum, Mitte nächster Woche haben Sie einen netten kleinen Firmenwagen …«

»Aber …«

»Kein Aber, meine Angestellten sollen niemals von mir sagen, ich würde deren Bedürfnisse nicht erkennen. Nur zufriedene Mitarbeiter sind auch gute Mitarbeiter. Das ist meine Philosophie, seit ich das Unternehmen übernommen habe. Sie haben doch einen Führerschein?«

»Ja, natürlich. Soll ich vielleicht fahren?«, fragte sie mit Blick auf Luras linken Arm.

»Ach was, das geht schon. Mögen Sie ungarische Küche? Ich kenne da ein hervorragendes Lokal in der Nähe vom Zoo.«

»Ich war noch nie bei einem Ungarn, obwohl ich früher, als die Grenze noch zu war, mit meinen Eltern zweimal am Plattensee Urlaub gemacht habe. Aber essen gehen, nee, das konnten wir uns dann doch nicht leisten.«

»Dann wird es aber höchste Zeit. Ich hoffe, Sie haben niemandem gesagt, dass wir ausgehen. Die würden wer weiß was denken, vor allem meine Perle, Frau Walter. Sie ist zwar unersetzlich, aber sie tratscht, dass sich die Balken biegen. Die würde doch glatt denken, der Lura verliert seine Frau, und kaum ist er aus dem Krankenhaus raus, schon geht er mit einer hübschen jungen Dame essen. Aber keine Angst, ich habe keine Hintergedanken.«

»Ach wo, mit wem hätte ich denn sprechen sollen? Keine Sorge, das bleibt unter uns.«

Als Lura an der Zoopassage ankam, stutzte er und meinte: »Komisch, ich war noch vor kurzem hier essen. Der hat doch wohl nicht etwa Pleite gemacht? Allerdings würde mich das bei der derzeitigen Konjunktur nicht wundern. Aber ich kenne noch einen Ungarn, und der existiert garantiert noch, denn den gibt's schon seit dreißig oder vierzig Jahren. Oder wollen Sie lieber wieder nach Hause?«

»Nein, ich richte mich ganz nach Ihnen, Herr Lura.«

»Frau Preusse, einige meiner langjährigen Angestellten nennen mich Rolf, und ich würde mich sehr freuen, wenn wir einfach zum Du übergehen würden. Ich biete es längst nicht jedem an, aber bei Ihnen möchte ich doch gerne eine Ausnahme machen, obwohl wir uns erst seit gut neun Monaten kennen.«

Mandy Preusse lächelte noch verlegener als eben schon, Zum Glück ist es dunkel, und er sieht nicht, wie ich schon wieder rot werde, dachte sie. »Wenn Sie möchten. Ich heiße Mandy.«

»Ein schöner Name.«

»Wie man's nimmt. Bei uns drüben heißt fast jede zweite in meinem Alter Mandy. Keine Ahnung, was unsere Eltern sich dabei gedacht haben, aber wahrscheinlich wollte man damit irgendeinen Protest ausdrücken, indem man den Mädchen englische Namen verpasste. Ich mag den Namen nicht.«

»Ich schon. Er hört sich so weich an, vor allem, wenn Sie ihn aussprechen, Entschuldigung, wenn du ihn aussprichst. Es gibt übrigens ein wunderschönes Lied von Barry Manilow, in dem er seine Mandy besingt.«

»Ich kann mich erinnern, dass meine Eltern das hoch und runter gespielt haben«, sagte sie lachend.

»Und, gefällt es dir?«

»Ganz nett, aber eigentlich stehe ich mehr auf andere Musik.«

»Und welche, wenn ich fragen darf?«

»Ich glaube, das gefällt Ihnen nicht«, antwortete sie.

»Wem gefällt das nicht?«, fragte er grinsend.

Sie errötete erneut und entschuldigte sich: »Ich muss mich erst an das Du gewöhnen. Wird schon noch.«

»Woher willst du wissen, was mir gefällt und was nicht? Ich bin nicht von gestern, ganz im Gegenteil. Ich steh zum Beispiel auf AC/DC oder Deep Purple. Eigentlich mag ich alles, was gut ist, von der Klassik bis zu Heavy Metal. Nur mit Techno kann ich nicht so richtig was anfangen.«

»Ich auch nicht. Ich mag Gruppen wie die Cardigans oder Oasis, oder Natalie Imbruglia und so was. Grönemeyer und Westernhagen find ich auch ganz gut, vor allem das Lied ›Mensch‹. Ist echt toll. Ich habe Verwandte, die bei der Elbeflut alles verloren haben, und immer, wenn ich das Lied höre, muss ich heulen.«

»Das Lied ist auch schön. Wo wohnen denn deine Verwandten?«, fragte er und musste husten. Seine linke Brust schmerzte noch immer.

»In einem kleinen Nest in der Nähe von Pirna. Denen ist das ganze Haus weggespült worden.«

»Ja, eine Katastrophe. Aber es war abzusehen, dass es eines Tages so weit kommen würde, so wie wir mit der Natur umgehen. Und die Leidtragenden sind wie immer die, die sowieso kaum was oder gar nichts haben.«

»Die kommen schon wieder auf die Beine, weil jeder jedem hilft«, sagte Mandy Preusse. Und nach einer Weile: »Wo fahren wir jetzt hin?«

»Lass dich einfach überraschen. Ich möchte, dass du diesen Abend nie vergisst. Szegediner Gulasch, Tokajer und Zigeunermusik. Ich liebe Ungarn und diese fröhliche Mentalität.«

Um halb zehn passierte Lura die Stadtgrenze von Frankfurt und fuhr auf einen hell erleuchteten Parkplatz neben dem ungarischen Restaurant. Er holte eine getönte Hornbrille und eine dunkle Perücke aus dem Handschuhfach und setzte beides auf.

»Ich will nicht, dass mich jeder gleich erkennt, schließlich war mein Bild in allen Zeitungen. Jetzt sehe ich irgendwie aus wie Heino«, sagte er lachend.

»Nein, so schlimm nun auch wieder nicht, aber du bist nicht mehr wiederzuerkennen.«

»Gehen wir essen und trinken, ich brauche das nach den letzten schrecklichen Tagen.«

Das Restaurant war zur Hälfte besetzt, die Gäste aßen und tranken und unterhielten sich. Es herrschte eine angenehme, ruhige Atmosphäre.

»Wir nehmen den dort hinten«, sagte Lura und deutete auf einen Tisch an der Wand. »Dort sind wir einigermaßen ungestört. Gib mir deine Jacke, ich häng sie mit meinem Mantel an die Garderobe.«

Der Kellner kam mit zwei Karten, Lura bestellte gleich eine Flasche Tokajer. Nachdem der Kellner sich entfernt hatte, sagte Lura: »Ich habe einfach nur Appetit auf Szegediner Gulasch. Und wie sieht es bei dir aus?«

»Ich hab's noch nie gegessen. Also gut, für mich auch.«

Der Kellner kehrte zurück, schenkte ein, Lura gab die Bestellung auf.

»Tja, jetzt sitzen wir hier, und ich weiß nicht, was ich sagen soll. Die letzten Tage waren die reinste Hölle für mich. Ich wundere mich, dass ich das alles überlebt habe. Und ausgerechnet meine eigene Frau wollte mich umbringen. Kannst du das verstehen?«, fragte er und wurde erneut von einem Hustenanfall durchgeschüttelt. »Entschuldigung, aber das sind noch die Nachwirkungen von dem Steckschuss. Es ist jedes Mal ein ekelhafter Schmerz beim Husten.«

»Ich kann nur versuchen mir vorzustellen, wie du dich fühlst«, erwiderte Mandy Preusse und drehte ihr Glas zwischen den Fingern. »Als ich gehört habe, was passiert ist, habe ich gedacht, das kann doch gar nicht wahr sein. Ausgerechnet der Herr Lura. Und die Frau Walter war völlig durcheinander. Die ist wie ein aufgescheuchtes Huhn durch die Firma gerannt. Und als wir heute Morgen erfahren haben, dass du lebst, da ist uns allen natürlich ein Stein vom Herzen gefallen. Aber das mit deiner Frau ist ganz schön blöd.«

»Das ist wohl nicht der passende Ausdruck. Dabei habe ich sie mehr als mein eigenes Leben geliebt. Ich war so blind, dass ich nicht gemerkt habe, was sich hinter ihrer schönen Maske für Abgründe aufgetan haben. Ich glaube, ich werde das nie begreifen. Meine Frau und mein bester Freund! Wie können Menschen zu so etwas fähig sein? Ich habe mir die ganze Zeit über den Kopf darüber zerbrochen, aber glaub bloß nicht, dass ich eine Antwort gefunden habe. Das Leben ist manchmal schon seltsam … Doch reden wir nicht von mir, ich muss das alles erst allmählich verdauen. Was ist mit dir? Hast du manchmal Heimweh nach Chemnitz?«

Mandy Preusse zuckte mit den Schultern und antwortete: »Manchmal schon, aber was soll ich da? Mein Vater hängt an der Flasche, meine Mutter ist schon vor Jahren mit irgendeinem Typ durchgebrannt, und keiner weiß, wo sie sich aufhält. Ich hab keine Geschwister und auch sonst keine Verwandten, nur ein paar alte Freunde und Bekannte. Außerdem gibt's dort drüben kaum Arbeit. Es ist schon ganz gut, dass ich hier bin.«

»Das hört sich aber nicht sehr glücklich an«, sagte Lura und trank einen Schluck von seinem Wein. »Hast du denn hier wenigstens schon Anschluss gefunden?«

»Das ist gar nicht so einfach. Frankfurt ist eine kalte Stadt und … Ach was, ich komm gut zurecht.«

»Und was machst du in deiner Freizeit?«

»Malen, Gedichte schreiben, fernsehen oder auch mal mit Freunden in Chemnitz telefonieren. Ziemlich langweilig, was?«

»Ganz und gar nicht. Was malst du denn?«

»Alles Mögliche«, antwortete sie mit einem Lächeln, »hauptsächlich Akte. Ich habe vier Semester Kunst studiert, bis ich gemerkt habe, dass damit kein Geld zu verdienen ist. Also habe ich eine Ausbildung als Buchhalterin gemacht.«

»Ich wusste gar nicht, dass du so eine kreative Ader hast. Hast du nicht manchmal den Wunsch, diesem ganzen kreativen Potenzial in dir nachzugeben? Wenn man so was unterdrückt, geht man über kurz oder lang daran kaputt, hab ich zumindest mal gehört.«

»Ich würde es ja auch gerne machen, aber wie soll ich das anstellen? Es gibt tausende von Malern und Schriftstellern, von de-

344

nen man nie etwas hört. Ich zähle eben auch dazu. Außerdem gefällt es mir in der Firma. Mit Frau Klein komme ich gut aus, sie ist wirklich nett und hat mir von Anfang an geholfen, wenn ich etwas unsicher war …«

»Dafür machst du aber deinen Job jetzt umso besser. Ganz ehrlich, ich würde dich nur sehr ungern verlieren. Was verdienst du im Moment?«

»Zweitausendvierhundert.«

»Und was bleibt netto übrig?«

»Knapp sechzehnhundert.«

»Und was zahlst du für die Wohnung?«

»Siebenhundertfünfzig warm.«

Lura überlegte, fuhr sich mit einer Hand übers Kinn und meinte: »Das Leben ist verdammt teuer geworden. Pass auf, du bekommst spätestens am Mittwoch einen Wagen, sagen wir einen Corsa oder Polo, natürlich neu. Steuern brauchst du ja die ersten drei Jahre nicht zu bezahlen, Versicherung und Benzin gehen aufs Haus. Aber damit die andern das nicht mitkriegen, bekommst du ab sofort eine Gehaltserhöhung von fünfhundert Euro, womit du ganz leicht den Unterhalt für das Auto bezahlen kannst, und du hast sogar noch etwas übrig. Ist das ein Angebot?«

Mandy Preusse trank ihr Glas leer und sah Lura staunend an. »Schon, aber wieso …«

»Keine Fragen, bitte. Nimm's einfach nur an.«

»Ich kann gar nicht sagen, wie sehr ich mich darüber freue. Danke.«

»Nicht der Rede wert. Was für ein Auto würde dir denn vorschweben?«

»So ein Polo wär schon nicht schlecht.«

Lura schenkte nach und sagte: »Dann werde ich gleich morgen den Polo bei einem Freund bestellen und ihn bitten, ihn so schnell wie möglich für dich zuzulassen. Hast du eine Wunschfarbe?«

»Das ist mir egal, nur nicht rosa oder weiß. Was eben da ist.«

»In Ordnung«, sagte Lura, holte einen Zettel und einen Stift aus der Innentasche seines Sakkos und schrieb alles auf. »Und bitte, nicht, dass du jetzt etwas Falsches von mir denkst, ich erwarte keine Gegenleistung dafür, ich möchte nur, dass du weiterhin so gute Arbeit ablieferst. Lass uns das mit einem Handschlag besiegeln.«

Er reichte ihr die Hand. Ihre fühlte sich warm und weich an, ihre Augen glänzten voller Freude, ihre Wangen waren rosig.

»Auf weiterhin gute Zusammenarbeit … Ah, da kommt ja endlich unser Gulasch. Ich habe schon gedacht, die hätten uns vergessen. Lass es dir schmecken, richtig zubereitet ist es einfach ein Gedicht. Und hier bereiten sie es immer richtig zu.«

Sie unterhielten sich während des Essens, Lura bestellte zum Abschluss noch je einen Digestif und beglich kurz darauf die Rechnung. Um kurz vor elf verließen sie das Restaurant. Lura fuhr vom Parkplatz und fragte: »Hast du noch einen Moment Zeit?«

»Ich muss ja morgen früh nicht raus«, antwortete sie unternehmungslustig, ihre Zunge war schwer, sie hatte vier Gläser Wein getrunken, davon zwei vor dem Essen auf nüchternen Magen. Der Alkohol zeigte Wirkung. »Sollte meine Freundin nicht mehr anrufen, dann kommt sie wohl um drei.« Sie hatte es kaum ausgesprochen, als das Handy mit melodiösem Klang anschlug. Sie holte es aus der Tasche. Lura passte genau auf, was sie sagte, aber sie erzählte weder, mit wem sie zusammen war, noch, wo sie war. Er registrierte lediglich, wie sich Enttäuschung auf ihrem Gesicht breit machte.

»Das war Maren. Sie kann nicht kommen, ihr Auto ist kaputtgegangen.«

»Das ist schade. Aber bald kannst du ja mit deinem neuen Auto zu ihr fahren. Und wenn du möchtest, gehen wir morgen Abend ins Kino. Was hältst du davon?«

»Gerne.«

346

»Okay, dann will ich dir noch etwas zeigen, damit du dir eine vage Vorstellung von dem machen kannst, was ich erlebt habe. Es dauert auch nicht allzu lange. Und wenn du möchtest, gehen wir hinterher noch in eine Bar.«

»Von mir aus.«

Mandy Preusse schloss die Augen während der Fahrt. Lura beobachtete sie ab und zu aus dem Augenwinkel. Erst als er die Geschwindigkeit drosselte und in den Waldweg einbog, machte sie die Augen wieder auf.

»Wo sind wir?«, fragte sie.

»Wir sind gleich da. Könnte sein, dass die Polizei auch noch dort ist. Ich will dir nur zeigen, wo ich die letzten Tage verbracht habe.«

Die Scheinwerfer durchbrachen die Schwärze der Nacht, bis Lura vor dem Haus hielt und den Motor abstellte.

»Komm mit, du brauchst keine Angst zu haben, wir sind hier sicher.«

Sie stieg arglos aus und ging leicht schwankend neben Lura auf das Haus zu, das von der Dunkelheit völlig eingehüllt war.

»Hier haben sie mich gefangen gehalten, meine liebe Frau und mein Freund«, stieß er gespielt verbittert aus und musste gleich wieder husten. Er holte den Schlüssel aus der Hosentasche und schloss die Tür auf.

»Du hast einen Schlüssel für das Haus?«, sagte sie und schien mit einem Mal hellwach.

»Das Haus hat meiner Frau gehört. Davon wusste die Polizei aber nichts, sonst wäre das alles nicht passiert. Ich habe vorhin daheim den Schlüssel entdeckt. Warte, ich muss mich erst zurechtfinden«, log er und tastete ein paar Sekunden nach dem Lichtschalter. Er machte das Licht an und sagte: »Schön abgelegen, kein Mensch weit und breit, das ideale Versteck.«

»Das ist gruselig, wenn ich mir vorstelle …«

»Ja, es ist gruselig.« Er zog den Teppich zur Seite und öffnete die Tür, die in den ehemaligen Bunker führte, und schaltete auch

347

hier das Licht an. »Hier unten war es. Komm und sag mir, dass diese Menschen krank gewesen sein müssen. Aber sei vorsichtig beim Runtergehen, die Stufen sind ziemlich steil.«

Mandy Preusse zögerte und sagte dann: »Ich will da nicht runter. Das ist wie in einem Horrorfilm.«

»Geh schon, wir bleiben auch nicht länger als zwei Minuten. Du sollst nur eine Vorstellung von dem bekommen, was mir angetan wurde.«

Sie zögerte noch immer, setzte aber schließlich einen Fuß vor den andern, bis sie vor Lura unten angekommen war. Sie stand in der Mitte des großen Raums und ließ ihren Blick von einer Seite zur andern schweifen.

»Das ist ja komplett eingerichtet. Wie tief ist das unter der Erde?«

»Fast fünf Meter. Um genau zu sein, vier Meter achtundachtzig. Furcht einflößend, nicht?«

»Ja, allerdings. Lass uns gehen, ich fühl mich hier nicht wohl.«

»Die haben feinsten Maltwhiskey. Trinken wir ein Glas auf meine Freiheit. Und danach verschwinden wir. Einverstanden?«

»Ich weiß nicht …«

»Keine Widerrede«, sagte Lura lachend und goss den Whiskey in zwei Gläser. »Cheers.«

Sie kippte die braune Flüssigkeit in einem Zug hinunter. Rolf Lura stand direkt vor ihr und sah Mandy Preusse in die Augen. Ohne zu fragen, schenkte er nach, und sie trank auch dieses und noch ein weiteres Glas, während er sich mit dem einen begnügte. Er stellte sein leeres Glas auf den Tisch, drehte sich wieder um und sagte: »Siehst du da hinten die Handschellen? Damit haben sie mich angekettet – wie einen räudigen Hofhund.«

»Kaum zu glauben. So was sieht man sonst nur im Fernsehen oder im Kino.« Ihre Stimme wurde zunehmend schwerer und schleppender.

348

»Hm, wie im Kino oder Fernsehen. Nur, dass das hier Realität ist. Hast du schon mal Handschellen umgehabt?«

»Nein«, antwortete sie kichernd und kaum noch fähig, sich auf den Beinen zu halten.

»Dann wird es aber Zeit. Nur einmal, okay?«

»Ich bin zu allen Schandtaten bereit, auch in diesem Gruselkabinett«, erwiderte sie immer noch kichernd. »Gruselkabinett, Geisterbahn, Gruselfilm, Horrorfilm, alles Grusel und Horror und Geister. Buuuuhhhh! Handschellen, ich will die Handschellen.«

»Setz dich hin«, sagte Lura ruhig.

Sie kam seiner Aufforderung umgehend nach, fiel beinahe hin und meinte: »Uups, das war wohl ein bisschen viel heute Abend. Aber was soll's, man lebt nur einmal. Und jetzt die Handschellen.« Sie streckte willig ihre Hände aus, und Lura kettete sie an den Eisenstangen zu ihrer Rechten und Linken an.

»So, das war's«, sagte er gelassen, streifte seinen Mantel ab, zog den Arm aus der Schlinge – es tat gar nicht mehr so weh wie vorhin noch – und setzte sich auf die Tischkante. »Wie fühlst du dich?«

»Müde«, antwortete sie mit glasigem Blick.

»Dann schlaf gut.«

»Aber doch nicht mit den Dingern dran«, entgegnete sie lachend. »So kann ja kein Mensch schlafen.«

»Doch, mit den Dingern dran«, sagte er kalt und beobachtete sie.

»Mach mich los, bitte«, flehte sie theatralisch und machte einen Schmollmund. »Bitte, bitte, bitte, mach mich doch los, liebster Rolf. Ich erfülle dir auch jeden Wunsch.«

»Du glaubst, das ist ein Spiel?«, sagte er. »Meine liebe Mandy, du befindest dich gerade in *meinem* ganz persönlichen Refugium. Das ist mein Verlies, und du bist meine Gefangene.«

»Hör doch mit diesem Scheiß auf und mach mich schon los!«, fuhr sie ihn wütend an.

Lura sprang vom Tisch und begab sich vor Mandy Preusse in die Hocke. »Das ist kein Scheiß, meine Liebe, sondern bitterer Ernst. Aber wenn du ein ganz braves Mädchen bist, wird dir nichts geschehen. Sei einfach nur ganz lieb und brav. Du hast schöne große Titten, das gefällt mir. Ich will sie mir mal aus der Nähe betrachten und schauen, wie sie sich anfühlen.«

»He, lass das! Das war nicht abgemacht«, sagte sie, sich noch immer nicht bewusst, in welch prekärer Lage sie sich befand.

Lura knöpfte die Bluse auf und löste den Verschluss des BHs. Er streichelte über die vollen, schweren Brüste und meinte: »Sind die echt?«

»Natürlich sind die echt, was glaubst du denn? … Bist du pervers?«, fragte sie und begriff allmählich, dass dies kein Spiel mehr war.

»Jeder von uns ist doch auf die eine oder andere Art pervers. Du malst heimlich in deiner Freizeit Akte und geilst dich daran auf, weil du keinen hast, der dich regelmäßig durchfickt, und ich stehe eben auf andere Sachen.« Er griff unvermittelt zwischen ihre Beine, riss den Slip mit brutaler Gewalt auseinander und sagte: »Auch nicht schlecht, was ich da fühle. Bist du geil?«

»Nein, ich hab zu viel getrunken. Doch wenn du unbedingt willst, bedien dich. Aber beeil dich, die Handschellen tun weh.«

»Ich fick keine besoffenen Weiber«, sagte Lura ruhig und stand auf. »Morgen früh, wenn du deinen Kater ausgeschlafen hast, können wir über alles reden. Aber vorher muss dieses beknackte Piercing weg, ich kann so'n Zeug nämlich auf den Tod nicht ausstehen. Warum tut ihr euch das eigentlich an? Diese Verunstaltung!« Er hielt inne, fuhr sich mit der Zunge über die Lippen und meinte noch: »Ach ja, ich muss jetzt leider gehen, das heißt, ich muss nach Hause fahren und mich hinlegen, es war ein anstrengender Tag. Außerdem muss ich ständig damit rechnen, dass die Bullen vor meiner Tür stehen und mir blöde Fragen stellen. Die Bullen können ja so blöd sein, aber ich bin schlauer als die, wenn du verstehst.«

»Was soll der Schwachsinn? Ich versteh gar nichts.«

»Oh, nichts weiter. Geht nur um meine Frau und meinen Freund. Die Bullen sind so was von überzeugt, ich wäre von denen entführt worden … Aber ich will sie gern in dem Glauben lassen.«

Mandy Preusse schien von einer Sekunde zur andern nüchtern geworden zu sein und sah Lura aus großen Augen an. »Was hast du da eben gesagt? Heißt das, du bist gar nicht entführt worden?«

Ein maliziöses Lächeln umspielte Luras Mund. »Du bist ja doch nicht so besoffen, wie ich dachte. Nein, ich wurde nicht entführt, ich habe meine Frau und ihren Lover entführt und kaltgemacht. Aber die Bullen glauben es. Weißt du, meine liebe Gattin hat mich genervt. Und dann hat sie auch noch mit meinem Freund rumgefickt. Die wollten mich einfach aus dem Weg räumen. Na ja, das ist zumindest die Meinung der Bullen. Und jetzt wollen wir doch mal sehen, wie schlau die wirklich sind.«

»Wenn du das wirklich warst, dann kriegen die dich auch, du Bastard!«, schrie sie verzweifelt.

»Kaum. Welche Beweise haben die schon gegen mich? Im Grunde genommen gar keine. Außerdem komme ich als Täter gar nicht in Betracht, schließlich bin ich das Opfer.«

Pause. Schweigen.

»Was hast du mit mir vor? Willst du mich auch umbringen?«

»Nicht, wenn du artig bist. Und bitte, kotz mir bloß nicht den Boden voll, das Zeug hat ein Schweinegeld gekostet. Wenn du noch mal pissen musst, bevor ich gehe, sag's jetzt.«

»Warum ich? Was hab ich dir getan?«, fragte sie weinend.

»Weil gerade keine andere da war«, antwortete er lakonisch. »Du lebst allein, du bist einsam, ich kenn dich eben. Weiber wie du, ph, was haben die schon vom Leben? Du kommst morgens ins Büro, gehst abends heim, hockst vor der Glotze oder schreibst irgendwelche bescheuerten Gedichte oder malst nackte Typen, die in deiner Fantasie entstehen … Gib zu, das ist kein Leben, das ist Scheiße, riesengroße Bullenscheiße!«

»Aber es ist mein Leben«, schluchzte sie. »Ich will nicht sterben.«

»Hab ich das gesagt? Liebste Mandy, sei doch nicht so pessimistisch. Kopf hoch, wird schon wieder. Und jetzt sag schon, musst du mal pissen?«

Es entstand eine kleine Pause.

»Du bist eine perverse Sau.« Dann plötzlich wurde Mandys Stimme versöhnlicher, und sie sagte mit einem gekünstelten Lachen: »He, komm, sei friedlich und mach mich endlich los. Wenn du mich bumsen willst, dann kannst du das auch so haben. Ich hatte sowieso gehofft, dass du über Nacht bei mir bleibst.«

»Tja, so kann man sich irren. Ich fick dich, wann ich will. Du bleibst jedenfalls hier. Ich komme irgendwann morgen im Laufe des Vormittags vorbei, um nach meiner lieben Mandy zu schauen.«

»Gott, hilf mir! Hiilllfffeeee!!!«

Er schlug ihr mit dem rechten Handrücken zweimal mit voller Wucht ins Gesicht und sagte mit Eiseskälte: »Spar dir die Kraft, hier hört dich keiner. Und wenn du gehorchst, passiert dir nichts. Versprochen. Und jetzt zum letzten Mal – musst du aufs Klo?«

»Ja«, antwortete sie mit Tränen in den Augen. Ihre Nase blutete, dicke Tropfen fielen auf ihre entblößte Brust.

Lura holte die Campingtoilette aus dem Nebenraum. »Heb deinen Arsch hoch, damit ich das drunterschieben kann. Und beeil dich.«

Als sie fertig war, schob er die Toilette zur Seite und sagte: »Hör auf zu heulen, es gibt Schlimmeres im Leben. Ich lass die Toilette direkt neben dir stehen, du kannst also ganz leicht deine Geschäfte verrichten. Du brauchst sie nur mit einem Fuß zu dir zu ziehen. Und jetzt mach's gut, liebste Mandy. Und du hast sogar das unverschämte Glück, dass ich das Licht anlasse. Das mach ich nur dir zuliebe.«

»Neeeiiiinnn!!!! Ich will nicht allein hier bleiben!«, schrie sie heulend und rüttelte noch stärker an den Handschellen. Sie schrie und schrie und schrie, doch jeder Schrei verhallte im Nichts. Schließlich gab sie es auf, nachdem Lura nur grinsend dastand, und sie begriff, dass sie im Moment keine Chance hatte zu entkommen.

»Was muss ich tun, damit du mich losmachst?«, fragte sie mit heiserer Stimme.

»Nichts, rein gar nichts. Hab ich irgendwas von dir verlangt? Übers Ficken reden wir ein andermal.«

»Bleib noch, bitte. Ich habe Angst allein. Außerdem ist mir schlecht.«

»Jeder Mensch hat vor irgendetwas Angst. Das ist ganz natürlich. Je länger du allein bist, desto mehr gewöhnst du dich daran. Die hungernden Kinder auf der ganzen Welt gewöhnen sich an den Hunger, der Alkoholiker an den Alkohol, der Junkie an die Drogen, der Einsame an die Einsamkeit. Du bist nicht allein mit deiner Angst, es gibt Millionen von Menschen, die vor allem Möglichen Angst haben. Nur ich habe komischerweise vor nichts Angst.«

»Aber ich habe Angst! Ich habe Angst, Angst, Angst!!! Und mir ist wirklich schlecht.«

»Die Toilette steht neben dir.« Er setzte die dunkle Perücke und die getönte Brille auf, nahm das Handy aus der Handtasche von Mandy Preusse, entfernte die Chipkarte und warf sie in das halb volle Glas Whiskey. Anschließend stieg er nach oben, schloss die Klappe und schob den Teppich darüber. Emotionslos fuhr er denselben Weg, den er gekommen war, nach Schwanheim. Um fünf nach halb zwei am Samstagmorgen stellte er den Honda in der Nähe der Telefonzelle ab, steckte die Brille und die Perücke in die Innentaschen seines Mantels und lief mit schnellen Schritten nach Hause. In keinem der anderen Häuser brannte mehr Licht, oder es war nicht zu sehen, weil die Rollläden heruntergelassen waren. Er begab sich ins Schlafzimmer,

353

zog sich aus, legte sich nackt ins Bett und rollte sich in die Decke. Bevor er einschlief, musste er noch einmal ins Bad, um seine Blase zu entleeren. Er wusch sich die Hände, warf einen Blick in den Spiegel und sagte leise zu sich selbst: »Du bist perfekt. Du bist einfach nur perfekt. Und Mandy werden sie frühestens am Mittwoch vermissen. Tja, Mädchen, du hättest mal lieber im Osten bleiben sollen.«

Freitag, 22.10 Uhr

Julia Durant hatte gebadet und sich vom Pizzaservice eine Pizza mit je einer doppelten Portion Champignons und Salami sowie einen Salat kommen lassen und saß vor dem Fernseher, wo eine Talkshow lief. Sie hatte beim Baden eine Dose Bier getrunken und zwei Zigaretten geraucht, alte Verhaltensmuster, die sie längst abgelegt haben wollte. Doch inzwischen war ihr klar, dass sie, solange sie diesen Job machte und Fälle wie dieser an ihren Nerven zehrten, diese Gewohnheiten nicht würde ablegen können. Sie rauchte zwar wesentlich weniger als noch vor einem Jahr, aber immer noch zu viel. Selbst die Gedanken an ihre an Lungenkrebs verstorbene Mutter ließen sie in Zeiten wie diesen nicht davon abkommen. Sie hatte die Füße auf den Tisch gelegt, die Pappschachtel mit der Pizza auf ihren Oberschenkeln, die kleine Plastikschüssel mit dem Salat stand neben ihr auf der Couch. Ein junger Schauspieler, der gerade seine ersten großen Erfolge feierte, antwortete artig auf die Fragen der Talkmasterin und warf hier und da einen Witz ein, über den alle lachten, bloß Julia Durant lachte nicht, weil sie nur mit halbem Ohr zuhörte. Eigentlich hatte sie diesen Tag hinter sich lassen wollen, nicht mehr über das nachdenken, was sie alles aufgenommen und zu verarbeiten hatte. Nur das Wochenende genießen, die Wohnung aufräumen, Wäsche waschen und viel schlafen. Sie war müde, ausgelaugt, erschöpft, und sie war allein. Eine melancholische Stimmung überfiel sie wie so oft in letzter Zeit. Sie würde in knapp drei Wochen neununddreißig werden, und sie hatte keinen, an den sie sich anlehnen und bei dem sie sich fallen lassen konnte. Neununddreißig, seit einigen Jahren geschieden, und jede Beziehung, die für sie seitdem vielversprechend ausgesehen hatte, war gescheitert. Um die Einsamkeit, das Alleinsein zu kompensieren, stürzte sie sich in die Arbeit, rieb sich auf und merkte, wie sie immer härter gegen sich und andere wurde. Sie ließ das erste Gespräch mit Gabriele Lura Revue passieren und dachte daran, dass sie unfair ihr gegenüber gewesen war und offensichtlich nicht die Verzweiflung dieser kleinen, zerbrechlichen Frau bemerkt hatte. Eine Frau, die über Jahre hinweg auf das Schlimmste gedemütigt worden war und die keinen Ausweg aus ihrer verfahrenen Situation kannte und schließlich Hilfe bei Becker fand, der laut den Schilderungen seiner Sekretärin, seiner Frau und seiner Schwiegermutter ein guter Mann gewesen sein musste. Keiner von diesen schmierigen, windigen Anwälten, wie Hellmer ihn charakterisiert hatte. Nur ein Mann mit Problemen, wie viele andere Menschen auch – der auch Drecksarbeit erledigt hatte.

Sie ließ die letzten beiden Stücke Pizza unberührt, stellte die vom Öl durchtränkte Pappschachtel auf den Tisch und aß etwas von dem Salat, der ihr nicht schmeckte. Sie trank noch eine Dose Bier und rauchte eine Zigarette, legte den Kopf in den Nacken, schloss die Augen und spürte das Pochen des Blutes in ihren Schläfen.

Rolf Lura. Was stimmt an deiner Version der Geschichte nicht? Du hast uns alle reingelegt, aber wir können dir nichts beweisen. Noch nicht. Du warst ziemlich aufgekratzt im Krankenhaus und …

Sie schoss hoch, blieb einige Sekunden in kerzengerader Haltung sitzen, griff zum Telefonhörer und tippte Hellmers Nummer ein.

»Ja?« Nadine war am andern Ende.

»Hi, hier Julia. Kann ich bitte Frank sprechen?«

»Klar. Wie geht's dir denn?«

»So la la. Und dir?«

»Julia, du klingst nicht gut. Was hältst du davon, wenn du morgen Abend zu uns kommst? Wir köpfen eine Flasche Rotwein, quatschen, und du übernachtest bei uns und bleibst auch am Sonntag noch da?«

Das war Nadine, die sich nichts vormachen ließ. Julia Durant musste zwangsläufig lächeln.

»Nadine, du und Frank …« Weiter kam sie nicht.

»Keine Ausreden. Wann warst du das letzte Mal hier? Das war irgendwann im Sommer. Tu mir den Gefallen, ich möchte mal wieder mit jemandem reden, der nicht nur dummes Zeug quatscht. Frank und ich hocken sonst sowieso nur vor der Glotze.«

»Überredet. Wann soll ich kommen?«

»Wann du möchtest. Sechs, sieben. Am besten zur Abendbrotzeit. So, und jetzt reich ich dich weiter an meinen lieben Göttergatten. Frank«, rief Nadine, »Telefon.«

»Wer?«

»Julia. Ich hab sie für morgen und übermorgen eingeladen.«

»Wenn du morgen kommst, was willst du dann jetzt von mir?«, fragte er grinsend.

»Ich muss das einfach loswerden. Erinnerst du dich an unseren Besuch bei Lura im Krankenhaus?«

»Noch leide ich nicht an Alzheimer.«

»Hab ich fast vergessen. Spaß beiseite, mir ist da gerade eben was eingefallen. Lura behauptet doch, er hätte die ganze Zeit über die Augen geschlossen gehabt und so getan, als wäre er tot. Richtig?«

»Ja, und?«

»Erinnere dich mal, was er gemacht hat, als wir ihn befragt haben. Fällt dir da im Nachhinein irgendwas auf?«

»Lass mich nachdenken …« Und nach einer Weile: »Nein, gib mir einen Tipp.«

»Er hat im Bett gelegen und schön artig unsere Fragen beantwortet. Aber was hat er während seiner Aussage noch gemacht?«

»Ach Julia, es ist spät, und ich mag jetzt keine Rätsel lösen. Also sag schon, was er gemacht hat.«

»Er hat gehustet, und zwar nicht nur einmal. Ich gehe ganz stark davon aus, dass dieses Husten mit seiner Verletzung zusammenhängt. Kannst du mir folgen?«

Es entstand eine Pause, während der Julia Durant das Atmen von Hellmer hörte.

»Du meinst, er muss auch gehustet haben, als er von A nach B transportiert wurde?«

»Genau das. Oder glaubst du etwa, er hat erst im Krankenhaus damit angefangen?«

»Wenn du ihn darauf ansprichst, wird er aber behaupten, den Hustenreiz mit aller Gewalt unterdrückt zu haben, um nicht den finalen Todesschuss zu kriegen.«

»Darauf kommt's mir auch gar nicht an, sondern auf die Indizienkette, die wir zusammenbasteln müssen. Es wird allmählich eng für ihn.«

»Das denkst aber auch nur du. Was wir brauchen, sind handfeste Beweise, mit denen wir ihn festnageln können. Und die haben wir nicht. Alles, was wir vorhin im Büro besprochen haben, und jetzt das mit dem Husten wird vor Gericht nicht verwertbar sein, wie alles andere, was wir bis jetzt an Hypothesen haben. Und etwas anderes ist es für die Staatsanwaltschaft nicht. Versuch doch einfach mal abzuschalten, und vergiss wenigstens bis Montag diesen Lura. Und wenn du morgen kommst, will ich den Namen Lura nicht hören, kapiert?«

»Aye, aye, Sir. Wir sehen uns morgen. Und noch mal Danke.«
»Wofür?«
»Für die Einladung.«

»Dafür ist Nadine zuständig. Ich geb's aber weiter. Und jetzt schlaf gut.«

»Ciao.«

Sie drückte die Aus-Taste und legte den Hörer zurück auf den Tisch. Sie freute sich auf das Wochenende, vor allem auf Nadine. Nachdem sie den Fernseher ausgeschaltet hatte, legte sie die neue CD von Bruce Springsteen ein, spülte, während die Musik lief, das Geschirr und saugte, obgleich es schon sehr spät war, den Fußboden und wischte zuletzt noch Staub. Sie fühlte sich plötzlich auf unerklärliche Weise gut. Bevor sie zu Bett ging, machte sie noch einmal alle Fenster auf, um frische Luft hereinzulassen, putzte die Zähne, fand, dass es kalt genug in der Wohnung war, und schloss die Fenster wieder und zog die Vorhänge zu, rollte sich in ihre Bettdecke und schlief fast augenblicklich ein.

Samstag, 8.30 Uhr

Rolf Lura hatte fünf Stunden geschlafen, er brauchte selten mehr, hatte seine Morgentoilette erledigt, duschen, Haare waschen und Zähne putzen, und sich zwei Scheiben Toast mit Schinken und Käse und eine Tasse Kaffee gemacht. Bevor er das Haus verließ, schaute er im Spiegel nach, ob die Perücke in der Mantelinnentasche auch nicht zu sehr auftrug, aber der Mantel war weit geschnitten und zeigte keine Unebenheiten.

Um acht Uhr bestellte er sich ein Taxi, das ihn in sein Autohaus brachte. Er hatte den Arm wieder in der Schlinge. Zwei seiner drei Verkäufer waren bereits im Geschäft und empfingen ihn freudig, als wäre er von den Toten auferstanden. Sie plapperten munter drauflos und drückten auch ihr Beileid aus. Labert nicht so ein dummes Zeug, dachte er, nickte jedoch freundlich und bedankte sich für die Anteilnahme. Er sagte, er komme am Montag wie gewohnt, und verabschiedete sich gleich wieder. Mit einem Porsche 928, der erst am Montag zugelassen worden war und als Vorführwagen diente, fuhr er vom Hof.

Er musste sich beeilen, denn er wollte nicht später als elf Uhr wieder zu Hause sein, falls doch jemand von der Polizei auf die dumme Idee kommen sollte, bei ihm vorbeizuschauen, um noch dümmere Fragen zu stellen. Während der Fahrt überlegte er, ob er Corinna Becker in den nächsten Tagen einen Kurzbesuch abstatten sollte, um ihr zu sagen, wie sehr er den Vorfall bedauere, grinste bei dem Gedanken und beschloss, es eventuell am Abend zu machen, wenn sein Bruder und dessen Freundin wieder gegangen waren. Er würde es schon so drehen, dass sie nicht zu lange blieben, denn er konnte seinen Bruder auf den Tod nicht ausstehen. Er war ein Versager, ein Niemand, der nicht mal in der Lage war, sein eigenes Konto ordentlich zu führen. Und doch würde Rolf Lura den netten Bruder hervorkehren und dem Big Loser sogar ein bisschen Geld zustecken.

Er achtete genau auf die Geschwindigkeitsbegrenzungen, es wäre fatal, würde man ihn ausgerechnet jetzt blitzen. Dann wären die dummen Fragen der Bullen keine dummen Fragen mehr. Kurz vor dem Ziel hielt er am Straßenrand an, setzte schnell die Perücke und die Brille auf und bog in den Waldweg ein. Wie fast immer begegnete ihm auch an diesem grauen Samstagmorgen kein Mensch. Er stellte den Porsche in die Garage, ging ins Haus und machte die Bunkertür auf.

»Hallo, liebste Mandy, da bin ich wieder, dein lieber Rolf!«, sagte er und stieg nach unten. Keine Antwort. Auf halber Strecke blieb er stehen und kniff die Augen zusammen.

Mandy Preusse saß in seltsam verkrümmter Haltung auf dem Boden, der Kopf hing nach vorn, das Kinn auf der Brust, vor ihr ein Haufen Erbrochenes. Das kalte Neonlicht ließ alles noch kälter erscheinen, als es ohnehin schon war.

»Scheiße, große gottverdammte Scheiße!«, fluchte Lura, als er näher herantrat und die vor Entsetzen weit aufgerissenen gebrochenen Augen sah. »He, Mandy, was soll der Scheiß!« Er klopfte ihr ein paar Mal auf die Wangen, ihre Haut war kalt und unnatürlich weiß. Er fühlte ihren Puls, nichts. Er stand auf und trat mit voller Wucht gegen den toten Körper. »Du verfluchte Schlampe! Du hast alles versaut! Warum musstest du jetzt schon krepieren?! Ich hatte doch noch so viel mit dir vor. Auf euch Weiber ist wirklich kein Verlass. Eine wie die andere.« Er sah den leblosen Körper an. »Woran bist du denn verreckt? Doch nicht etwa an deiner eigenen Kotze, oder? O Mann, wenn ich das geahnt hätte, dass du so eine Mimose bist! Und was mach ich jetzt mit dem schönen Teppich? Den hast du mir nämlich auch versaut, du blöde Kuh!« Er schenkte sich ein Glas Whiskey ein und trank es in einem Zug leer. »Jetzt muss ich auch noch deine Kotze wegmachen. Wenn du wenigstens in die Toilette gekotzt hättest! Nichts als Arbeit.«

Er setzte sich aufs Bett, die Arme auf den Oberschenkeln, die Hände gefaltet. Ich hab noch nie Kotze wegmachen können, dachte er wütend, während es in seinen Eingeweiden rumorte, wenn er sich nur vorstellte, gleich diesen stinkenden Haufen beseitigen zu müssen. Er trank noch einen Whiskey, sein Magen beruhigte sich allmählich. Dann holte er aus dem Bad einen Eimer mit Wasser und einen Lappen, hielt die Luft an, während er das Erbrochene aufwischte, und schüttete schließlich das Schmutzwasser auf die Wiese hinter dem Haus. Anschließend wusch Lura sich die Hände, trocknete sie ab und begab sich wieder nach unten.

»Was mach ich jetzt mit dir? Hängen lassen? Was würdest du denn machen? Ist eigentlich egal, du merkst ja eh nichts mehr … Ach nee, du fängst vielleicht an zu stinken und … Ich werd dich wohl oder übel in die Gefriertruhe packen müssen, da bleibst du wenigstens schön frisch. Zumindest für ein paar Tage.«

Er machte die Handschellen los, Mandy Preusse fiel nach vorn und schlug mit dem Gesicht auf den Boden. Lura nahm sie an beiden Händen und zog sie in den Nebenraum, wo die Gefrier-

360

truhe stand. Er hob die Tote hoch und ließ sie in die fast leere Truhe fallen. »Und ich wollte dich doch wenigstens einmal ficken«, sagte er leise und mit einem seltsamen Grinsen. »Na ja, es gibt noch andere geile Weiber auf der Welt. Und dein Leben war eh beschissen genug.« Er stellte die Gefriertruhe auf die höchste Stufe, holte fünf Eimer Wasser und kippte sie über Mandy Preusse. »Bald wirst du wie Schneewittchen im gläsernen Sarg schlafen. Aber jetzt muss ich dich leider allein lassen. Tschüüüs, und schlaf gut, liebste Mandy.«

Die Wolkendecke war noch dichter geworden, die ersten dicken Tropfen fielen auf die Erde. Um kurz nach elf kam er in Schwanheim an, stellte den Porsche in die Garage und ging ins Haus. Mittlerweile goss es in Strömen.

»Ich muss aufräumen«, sagte er zu sich selbst, »diese verdammten Bullen haben ja nichts an seinem Platz gelassen. Ich mein, ich könnte auch Mutter holen, die würde es bestimmt machen, aber nee, das ist mir doch ein bisschen zu unordentlich, und außerdem bekomme ich nachher ja noch lieben Besuch.«

Er begann im Wohnzimmer, stellte die Bücher in die Regale und … Nach zwei Stunden war der größte Teil des Chaos, das die Polizei bei der Hausdurchsuchung hinterlassen hatte, beseitigt. Er war vorbereitet auf den Besuch von Wolfram, Andrea und Markus.

Samstag, 15.30 Uhr

Rolf Lura hatte nach dem Aufräumen eine Stunde auf der Couch geschlafen, während im Hintergrund leise die Sinfonie 104 von Haydn spielte. Danach telefonierte er mit seiner Mutter und bat sie, am Sonntag doch vorbeizuschauen und ihm ein wenig zur Hand zu gehen.

Als es klingelte, trat er zur Tür und öffnete sie.

»Markus, du hast doch einen Schlüssel«, sagte Lura und sah seinen Sohn liebevoll an. »Ihr braucht doch nicht zu klingeln.«

»Wir wollten nicht einfach so reinplatzen«, erwiderte Wolfram. »Darf ich vorstellen, mein Bruder Rolf, Rolf, das ist Andrea, von der ich dir erzählt habe.«

»Angenehm.« Rolf Lura reichte Andrea die Hand und lächelte sie an. »Aber jetzt kommt doch endlich rein, bei diesem Sauwetter jagt man ja keinen Hund vor die Tür. Legt ab und nehmt Platz.« Und an Markus gewandt: »Komm, wir gehen mal kurz nach oben, ich will dir etwas sagen.« Er legte einen Arm um Markus' Schultern und ging mit ihm in den ersten Stock. Auf der Treppe rief er Wolfram und Andrea noch zu: »Wir sind gleich wieder da.«

»Markus«, begann er, nachdem er sich mit ihm auf das Bett gesetzt hatte und seine beiden Hände hielt, »ich weiß genau, was du jetzt durchmachst, und ich fühle mich absolut hilflos. Es tut mir so entsetzlich Leid, doch wir können die Zeit nicht zurückdrehen. Aber ich denke, gemeinsam können wir es schaffen. Deine Mutter war keine schlechte Frau, ganz im Gegenteil, aber … Komm, sag was, bitte.«

Markus zuckte nur mit den Schultern, stumme Tränen liefen über sein Gesicht.

»Möchtest du erst einmal für eine Weile bei Wolfram bleiben?«, fragte Rolf Lura gespielt mitfühlend. »Ich hätte nichts dagegen. Und in ein paar Tagen reden wir über die Zukunft. Aber glaub mir eins, ich werde deine Mutter immer in bester Erinnerung behalten, auch wenn sie mir sehr, sehr wehgetan hat. Ich bin sicher, sie selbst wollte das alles gar nicht, es war der andere, du weißt, wen ich meine. Verstehst du das?«

Markus nickte, obwohl er seinem Vater am liebsten ins Gesicht gespuckt hätte.

»Ich dachte mir, dass du ein vernünftiger Junge bist, eben ein echter Lura. Möchtest du bei Wolfram bleiben, zumindest vorerst?«

»Ja«, antwortete Markus zögernd.

»Ich weiß, hier in diesem Haus erinnert dich alles an deine Mutter. Wenn ich sie nur davor hätte bewahren können, dieses … Ach Markus«, sagte er, zog ihn zu sich heran und legte seine Arme um ihn, »das Leben muss weitergehen, und es wird weitergehen. Wir haben ja noch uns. Ich werde alles tun, dass aus dir ein richtiger Mann wird. Denn eines Tages wirst du das Autohaus übernehmen. Aber darüber reden wir nicht jetzt. Möchtest du mit nach unten kommen oder lieber hier oben bleiben?«

»Weiß nicht.«

»Ich geh jetzt runter, du kannst ja nachkommen.«

»Warum hast du Mutti immer geschlagen?«, fragte Markus unvermittelt, woraufhin ihn sein Vater ernst ansah.

»Du denkst wirklich, ich hätte deine Mutter schlecht behandelt?«, sagte er und kam wieder näher. »Mein Junge, du wirst erst begreifen, was zwischen Eheleuten vorgeht, wenn du selbst verheiratet bist. Ich gebe zu, ich habe deine Mutter früher ein paar Mal geschlagen, aber ich habe mich geändert, als ich erkannte, dass man das nicht machen darf. Ich weiß aber auch, dass sie dir, und nicht nur dir, oft Dinge über mich erzählt hat, die einfach nicht wahr sind. Für dich bin ich wahrscheinlich ein böser alter Mann, ein schlechter Vater und ein schlechter Ehemann. Aber ich werde dir im Laufe der Jahre das Gegenteil beweisen. Und noch was – deine Mutter hat versucht, mich umzubringen, das solltest du nie vergessen. Egal, was auch immer geschieht oder geschehen sein mag, es gibt keinen einzigen Grund, einen Menschen zu töten. Sie hat mich zusammen mit ihrem Liebhaber entführt und zweimal auf mich geschossen. Ich habe Glück, dass ich noch am Leben bin. Ich hoffe, du wirst bald merken, dass ich es immer nur gut mit euch gemeint habe, und ich danke Gott, dass er mich am Leben gelassen hat. Trotzdem bitte ich dich inständig, behalte sie so in Erinnerung, wie du sie gekannt hast, nämlich als eine liebevolle, treusorgende Mutter

Denn wenn sie jemanden aufrichtig geliebt hat, dann dich. Ich kann sie dir nicht ersetzen, aber ich werde mein Bestes tun und dir ein guter Vater sein. Versprochen.«

Rolf Lura drehte sich um und begab sich nach unten, Markus stellte sich ans Fenster, die Hände in den Hosentaschen vergraben, und schaute hinaus in das triste Grau, aus dem unablässig der Regen fiel. Er war verwirrt, er konnte und wollte nicht glauben, dass seine über alles geliebte Mutter seinen verhassten Vater umbringen wollte. Und doch hallten die Worte seines Vaters in seinen Ohren nach, Worte, die wie Nadelstiche waren. Aber er hatte es doch so viele Male mit eigenen Augen gesehen, er hatte es gehört, wenn er zugeschlagen hatte. Er hatte die erstickten Schreie gehört, die bösen Worte, die aus dem Mund seines Vaters gekommen waren.

Er hatte sie getröstet, wenn ihr Körper wieder zerschunden war, sie hatten noch vor ein paar Tagen Pläne gemacht, um abzuhauen. Und jetzt fühlte er nur noch eine unendliche Leere und Trauer in sich. »Mutti«, sagte er leise, als könnte sie ihn hören. »Mutti, du hast doch nicht versucht, Papa zu töten, oder?« Er sprach mit ihr, doch es war, als würde er mit dem Regen sprechen, der, von einem böigen Wind getrieben, an das Fenster prasselte. Seit drei Tagen erst war sie tot, und bereits jetzt konnte er sich an ihr Gesicht nur noch schemenhaft erinnern, und er fragte sich, warum das so war. Sosehr er sich auch anstrengte, ihr Gesicht war verschwunden, und hätte er nicht die Fotos, so gäbe es bald überhaupt keine Erinnerung mehr an sie. Nur ihre Stimme war noch da, diese warme, zärtliche Stimme, wenn sie in sein Ohr flüsterte, dass er keine Angst zu haben brauche, es werde alles gut werden. Irgendwann und irgendwie. »Warum hast du mich mit ihm allein gelassen? Ich will nicht bei ihm bleiben, ich will auch nicht bei Wolfram bleiben ...« Er ließ sich auf sein Bett fallen, vergrub sein Gesicht im Kissen und schluchzte hemmungslos.

Wieder unten, machte Rolf Lura ein leidendes Gesicht und

sagte: »Markus wollte noch auf seinem Zimmer bleiben, ihm geht es wirklich schlecht. Ich denke aber, dass er bald runterkommen wird. Möchtet ihr was trinken? Vielleicht ein Glas Wein?«

»Gerne«, antwortete Andrea. »Wie geht es Ihnen, wenn ich das fragen darf?«

»Wie soll's mir schon gehen. Das Haus ist leer, meine Frau wird nie mehr wiederkommen … Das einzig Gute, das ich all dem abgewinnen konnte, ist, dass ich das Leben neu zu schätzen gelernt habe. Und natürlich frage ich mich, was ich falsch gemacht habe.«

»Und körperlich?«

»Halb so wild. Gabriele war eine miserable Schützin. Das ist der einzige Grund, weshalb ich noch lebe. Meinen linken Arm werde ich wohl ein paar Tage nicht gebrauchen können, aber was soll's. Begreifen werde ich das alles wohl nie.«

Rolf Lura holte eine Flasche Bordeaux und drei Gläser, schenkte ein und sagte immer noch mit Leidensmiene und einem aufgesetzt gequälten Lächeln: »Auf euer Wohl.«

»Auf Ihr Wohl«, entgegnete Andrea und hob das Glas. »Damit Sie bald wieder gesund sind.«

»Ich heiße Rolf, und ich bin gesund. Es tut nur noch ein bisschen weh, aber in ein paar Tagen wird auch das vorbei sein. Ich mache mir viel mehr Sorgen um Markus. Er trauert sehr. Wie ist er denn bei euch?«

»Nicht viel anders. Aber was willst du von einem Zwölfjährigen schon erwarten?«, sagte Wolfram. »Der Schock sitzt tief. Er muss für meine Begriffe unbedingt eine Therapie machen.«

»Ich werde einen guten Therapeuten finden. Wenn ich das alles nur einigermaßen begreifen könnte«, meinte Rolf mit weinerlicher Stimme und wandte seinen Kopf zur Seite, obwohl er innerlich grinsen musste.

»Möchtest du mal darüber sprechen?«, fragte Wolfram, der sein Glas ausgetrunken hatte und sich nachschenkte. »Du musst nicht, aber …«

365

»Schon gut …«

Rolf Lura erzählte in den folgenden Minuten dieselbe Geschichte, die er bereits Julia Durant und Frank Hellmer erzählt hatte. Nachdem er geendet hatte, sagte Andrea: »Und deine Frau hat nie irgendwelche Anzeichen gezeigt, ich meine …«

»Nein, nie. Ich hätte sonst doch etwas unternommen.«

»Und was sagt Mutter zu dem Ganzen?«, fragte Wolfram.

»Sie ist genauso entsetzt. Sie hat Gabi gemocht, auch wenn sie es ihr nie richtig zeigen konnte, du kennst sie ja. Sie kann ihre Gefühle genauso wenig ausdrücken wie ich. Hab ich wohl von ihr geerbt. Ich bin eben der typische Geschäftsmann, immer kühl und … Aber ich habe Gabi geliebt wie keine andere Frau jemals zuvor. Und es wird auch nie eine Frau geben, die ihren Platz einnehmen wird. Dazu war Gabi zu einzigartig.«

»Obwohl sie dich umbringen wollte?«, sagte Wolfram zweifelnd und mit einem leicht ironischen Unterton. »Ich weiß nicht, ob ich jemanden lieben könnte, der versucht hat, mich umzubringen. Ich hätte nur noch Hass für denjenigen übrig.«

»Ach, Wolfram, wenn du in meiner Situation wärst, würdest du ganz anders denken.«

»Deine Frau hat Klavier gespielt, wie Wolfram mir erzählt hat. Sie soll sogar eine hervorragende Pianistin gewesen sein. Warum hat sie damit aufgehört?«

»Als Markus geboren wurde, wollte sie nur noch für die Familie da sein …«

»Aber da war doch auch noch die Geschichte mit dem kleinen Finger. Was ist damals eigentlich passiert?«, fragte Wolfram, der die Antwort wusste, aber gespannt war auf Rolfs Version.

Für einen kurzen Moment meinte Wolfram ein Aufblitzen in den Augen seines Bruders auszumachen, der einen Schluck aus seinem Glas nahm und es wieder auf den Tisch stellte.

»Sie hat sich den Finger gebrochen. Sie ist in der Küche ausgerutscht und so unglücklich gefallen … Das war furchtbar für sie, vor allem, weil er danach fast steif geblieben ist. Sie hatte zu dem Zeitpunkt gerade wieder angefangen, Klavier zu spielen, und wollte zurück auf die Bühne oder zumindest als Musikdozentin arbeiten, aber damit war's dann vorbei. Sie hat viele Schicksalsschläge hinnehmen müssen. Und ich denke mir, wenn ich alles zusammen betrachte, waren es diese Schläge, die sie zu dieser Verzweiflungstat getrieben haben. Deshalb kann ich ihr einfach nicht böse sein. Und im Nachhinein ärgere ich mich, dass ich nicht mehr Zeit für sie aufgewendet habe. Ich war wohl nie da, wenn sie mich wirklich brauchte.«

»Ja, ja, das ist schon tragisch«, bemerkte Wolfram und spielte den Mitfühlenden, »aber nicht zu ändern. Halt die Ohren steif, Bruderherz, und wenn was ist, klingel einfach durch. Wir müssen jetzt los, ich muss nämlich noch einen Artikel schreiben«, log er.

»Du schreibst wieder?«

»Nur kleine Aufträge für Feuilletons. Andrea verdient im Moment noch das Geld für uns.«

»Wartet noch ein paar Minuten.« Rolf Lura erhob sich und ging in sein Arbeitszimmer. Er kam mit Markus zurück und sagte zu seinem Bruder: »Hier, nimm das, ich denke, du kannst es brauchen. Und komm bloß nicht auf die Idee, es mir zurückzuzahlen. Sagen wir, es ist für Kost und Logis von Markus.« Er reichte Wolfram einen Scheck.

Dieser warf einen Blick darauf und meinte: »Sorry, aber das kann ich nicht annehmen. Hier, vergiss es.«

»Dann musst du ihn schon zerreißen. Vielleicht hilft dir das ja auch bei deinen Zukunftsplänen. Nimm's und lass uns nicht mehr darüber sprechen, okay?«

»Wenn du meinst. Danke schön und erhol dich gut. Bist du bereit, Markus?«

»Ja.«

»Tschüs, und danke, dass ihr da wart. Und ihr seid jederzeit herzlich willkommen, aber bitte ruft vorher an, damit ich auch zu Hause bin. Und du, Markus, sei lieb und denk dran, was ich dir vorhin gesagt habe. Es wird zwar nicht mehr so sein wie früher, aber es wird trotzdem alles gut.«

Rolf Lura begleitete sie zur Tür, sah ihnen nach, bis sie durch das Tor gegangen waren, begab sich zurück ins Wohnzimmer, trank zwei Gläser Whiskey und steckte sich eine Zigarette an. Wolfram, Wolfram, Wolfram, du bist und bleibst ein Versager. Ein kleiner dummer Versager.

Samstag, 17.15 Uhr

Markus, du kannst ruhig fernsehen, Andrea und ich haben kurz was zu besprechen.«

Wolfram und Andrea gingen in die Küche und machten die Tür hinter sich zu.

»Dein Bruder …«, wollte Andrea gerade ansetzen, als Wolfram sie unterbrach.

»Mein Bruder ist ein eiskalter Killer. Ich hab dir die Story mit dem Finger noch nicht erzählt, aber das war damals ganz anders, als er das geschildert hat. Er hat ihn ihr gebrochen, damit sie nicht mehr Klavier spielen kann.«

»Du spinnst doch, oder?«

»Schön wär's. Aber du hast heute den perfekten Schauspieler Rolf Lura kennen gelernt, höflich, aufmerksam, jovial und äußerst großzügig. Zwanzigtausend Euro, einfach mal so. Aber als Constanze gestorben ist, kam er nicht mal zur Beerdigung. Er hat es nicht einmal für nötig empfunden, hier anzurufen oder wenigstens einen Kranz oder ein Gesteck zu schicken. Und jetzt auf einmal, wo Gabi tot ist, will dieser Drecksack sich um hundertachtzig Grad gedreht haben? Glaub's bitte nicht. Rolf ist Rolf und wird es auch immer bleiben. Hast du ein paar Mal dieses Aufblitzen in seinen Augen bemerkt?«

»Nein.«

»Na ja, du kennst ihn eben nicht. Vor allem, als ich ihn auf den

Finger angesprochen habe. Es war nur für Sekundenbruchteile, aber ich kenne diesen Blick von ihm. Und diesen verdammten Scheck werde ich nicht einlösen. Lieber verhungere ich, als dass ich Geld von meinem Bruder nehme.«

»Darf ich jetzt auch mal was sagen?« Andrea sah ihn von unten herauf an, lächelte liebevoll und legte ihre Arme um seinen Hals.

»Was denn?«

»Du ziehst die ganze Zeit über deinen Bruder her. Aber was willst du mit deinen Hasstiraden ausdrücken?«

»Kannst du dir das nicht denken?«

»Doch, aber ich will's aus deinem Mund hören.«

»Okay. Ich bin felsenfest davon überzeugt, dass er ein zweifacher Mörder ist. Und ich werde es beweisen.«

»Genau das wirst du nicht tun«, sagte sie ruhig, doch energisch. »Das ist Angelegenheit der Polizei. Solltest du jedoch einen Alleingang unternehmen, packe ich meine Sachen, und du siehst mich nie wieder, denn ich habe keine Lust, hier noch ein Drama zu erleben. Du hast mir gestern Abend eine ganze Menge aus deiner Kindheit und Jugend erzählt, und auch von Rolf. Und glaub bloß nicht, dass ich so blöd bin, nicht zu merken, wenn du mir was vormachst. Wenn dein Bruder so gefährlich ist, dann darfst du es nicht allein machen. Hörst du, du darfst es nicht! Hilf der Polizei, diese Frau Durant ist doch ganz patent …«

»Ich trau der nicht …«

»Und warum nicht? Nur weil sie eine Frau ist?«, fuhr Andrea ihn wütend an. »Überleg dir gut, was du machst. Sprich noch mal mit deinem Vater und dann ruf Frau Durant an. Das ist am sichersten. Du wirst niemals auf eigene Faust beweisen können, dass dein Bruder ein Mörder ist. Und wenn, dann begibst du dich in allerhöchste Gefahr.« Sie machte eine Pause und fuhr in versöhnlicherem Ton fort: »Und den Scheck wirst du schön brav einlösen, schließlich ist das Geld für Kost und Logis von Markus. Wir können das Geld gut gebrauchen, du könntest ein paar

Anzeigen schalten, dich vorstellen und vor allem ein paar Altlasten loswerden.«

»Ich kann das nicht.«

»Doch, du kannst. Ich bin ja auch noch da. Ich wollte heute nur einmal den Mann kennen lernen, über den so viel Negatives berichtet wird. Und jetzt glaube ich dir.«

»Wieso? Er war doch ganz nett«, sagte Wolfram Lura irritiert.

»Weibliche Intuition. Mit dem würde ich keine zwei Minuten allein in einem Raum verbringen. Er hat diesen stechenden Blick, der mehr sagt, als tausend Worte es könnten.«

»Also gut, überredet. Ich ruf diese Durant am Montag an.«

»Fein. Und jetzt bestellen wir uns was beim Chinesen. Und Markus muntern wir ein bisschen auf. Und diesmal übernehme ich das, ich hab da nämlich eine Idee.«

Wolfram Lura nahm Andrea in den Arm und sagte: »Ich hätte niemals für möglich gehalten, nach Constanze noch einmal eine Frau zu finden, die ich lieben könnte. Und jetzt habe ich dich.«

»Und ich habe dich. Und deshalb dürfen wir keine Dummheiten machen. Ich würde jetzt gerne mit dir schlafen, aber das wird wohl in den nächsten Tagen beinahe unmöglich sein.«

»Vielleicht findet sich ja doch eine Gelegenheit«, sagte Wolfram grinsend. Gemeinsam gingen sie ins Wohnzimmer, wo Markus sich die Bundesligaberichte anschaute. Andrea setzte sich neben ihn und sagte: »Hast du eine Lieblingsmannschaft?«

»Hm.«

»Und welche?«

»Mönchengladbach.«

»Borussia Mönchengladbach. Mein Vater ist, seit ich denken kann, Gladbach-Fan. Wie haben die denn heute gespielt?«

»Ist noch nicht gezeigt worden.«

»Darf ich mitgucken?«

»Klar, ist doch dein Fernseher.«

370

»Unser Fernseher. Wolfram und ich wollen was beim Chinesen bestellen. Was ganz Leckeres. Aber alleine macht das keinen Spaß. Magst du chinesisches Essen?«

»Hm.«

»Wolfram, würdest du bitte die Bestellung aufgeben. Ich könnte mir denken, dass Markus und ich den gleichen Geschmack haben, Ente süß-sauer.«

Zum ersten Mal seit zwei Tagen aß Markus wieder eine komplette Mahlzeit. Um halb elf ging er zu Bett, Andrea legte sich neben ihn und unterhielt sich noch eine Weile mit ihm. Als sie später ins Wohnzimmer zurückkam, saß Wolfram auf der Couch, den Kopf in den Händen vergraben.

Samstag, 17.30 Uhr

Julia Durant hatte bis um neun Uhr geschlafen, und sie fühlte sich zum ersten Mal seit vielen Tagen ausgeruht. Nach einem ausgiebigen Frühstück hatte sie zwei Jeans, drei Blusen und zwei Sweatshirts gebügelt und noch eine Maschine Wäsche gewaschen und war schließlich um zwölf zum Aldi gefahren, um den gähnend leeren Kühlschrank und den Obstkorb aufzufüllen. Nach dem Einkauf nahm sie ein Fußbad, machte dabei ihre Fingernägel und später eine Pediküre und ließ nebenbei den Fernseher laufen, wobei ihre Gedanken trotzdem weiter um Lura und den mysteriösen Tod seiner Frau und seines Freundes kreisten.

Um kurz vor fünf zog sie sich an, denn sie wollte, entgegen allen gestern gefassten Vorsätzen, noch bevor sie zu Hellmer fuhr, bei Rolf Lura vorbeischauen und ihm ein paar Fragen stellen. Es war kein Umweg, nur ein kurzer Schlenker von der Schwanheimer Uferstraße in den Oestricher Weg.

Lura war zu Hause.

»Frau … Entschuldigen Sie, aber ich habe Ihren Namen schon

wieder vergessen«, sagte er, als er das Tor öffnete. Der Regen hatte nachgelassen, es tröpfelte nur noch.

»Durant. Darf ich reinkommen?«

»Natürlich. Was verschafft mir die Ehre?«

»Es gibt da ein paar Dinge, die für mich noch unklar sind. Ich hoffe, Sie können mir da weiterhelfen.«

»Ich werde mein Bestes tun. Kann ich Ihnen etwas zu trinken anbieten?«, fragte er mit jungenhaftem Lächeln und machte eine Handbewegung, dass sie Platz nehmen solle. »Ein Glas Wein oder einen exzellenten Scotch?«

»Zu einem Scotch sage ich nicht Nein«, antwortete Durant, obwohl sie den Geschmack von Whiskey nicht ausstehen konnte.

»Mit oder ohne Eis?«

»Mit Eis, bitte. Tut's noch sehr weh?«, fragte sie mit Blick auf seinen Arm.

»Geht so.« Lura reichte ihr ein Glas und setzte sich auf die Couch.

»Sie arbeiten also auch am Wochenende. Ist das so üblich bei der Kripo?«

»Nur manchmal. Aber lassen Sie es mich kurz machen, ich will Ihre Zeit nicht unnötig in Anspruch nehmen …«

»Frau Durant, ich bin allein und habe heute nichts mehr vor. Eigentlich wollte ich mit meiner Frau ins Theater gehen, aber … Das Schicksal ist eben nicht berechenbar.«

»Nein, das ist es nicht. Herr Lura, Sie haben am Donnerstag gesagt, Ihre Frau habe Lügengeschichten über Sie in die Welt gesetzt. Erinnern Sie sich daran?«

»Welche meinen Sie?«

»Nun, dass Sie sie geschlagen hätten und so weiter. Haben Sie Ihre Frau jemals geschlagen oder anderweitig misshandelt?«

Luras Gesichtsausdruck verdüsterte sich für Sekundenbruchteile, doch er hatte sich gleich wieder unter Kontrolle.

»Warum hätte ich das tun sollen? Nein, habe ich nicht.«

»Ihre Frau hat mir aber etwas ganz anderes berichtet. Sie hat gesagt, Sie hätten sie sogar häufig verprügelt.«

»Das sind alles Lügen«, erwiderte er gelassen. »Wem wollen Sie glauben, einer Frau, die ihren eigenen Mann umbringen wollte, oder mir, der dem Tod nur knapp entronnen ist? Sie glauben mir nur nicht, weil ich ein Mann bin, stimmt's?«

»Im Augenblick weiß ich nicht, was ich glauben soll. Wie war das eigentlich auf der Fahrt von Ihrem Gefängnis in den Wald? Sie behaupten, sich nicht erinnern zu können, welche Strecke Sie gefahren sind. Sie haben nicht ein einziges Mal geblinzelt, um zu sehen, wo Sie sich befinden?«

»Frau Durant, worauf wollen Sie eigentlich hinaus?«

»Worauf ich hinauswill? Sagen wir es so, ich bin eine Wahrheitsfanatikerin, und ich bin nicht blauäugig, auch wenn ich eine Frau bin. Ihre Frau hat zweimal auf Sie geschossen, aber weder sie noch Dr. Becker hat sich vergewissert, ob Sie auch wirklich tot sind. Kommt Ihnen das nicht auch ein bisschen merkwürdig vor?«, fragte sie mit einem ironischen Unterton, in der Hoffnung, Lura dadurch aus der Reserve locken zu können.

Lura beugte sich nach vorn, die Hände gefaltet. Er wirkte ernst. Durant registrierte es und dachte nur, du bist ein fantastischer Schauspieler. »Soll ich Ihnen sagen, was ich getan habe? Ich habe in den zwei Tagen in meinem Gefängnis unablässig zu Gott gebetet, er möge mich am Leben lassen. Ich habe in meiner Verzweiflung immer und immer wieder die Psalmen 23 und 91 aufgesagt, weil sie mir schon als Kind in schweren Zeiten Trost gespendet haben. Und Gott hat meine Gebete erhört, und dafür danke ich ihm aus tiefstem Herzen.«

»Was steht in den Psalmen?«

»Der Herr ist mein Hirte, mir wird nichts mangeln. Er weidet mich auf einer grünen Aue und führet mich zum frischen Wasser … Oder: Wer unter dem Schirm des Höchsten sitzt und unter dem Schatten des Allmächtigen bleibt … Möchten Sie, dass ich Ihnen alles aufsage?«, fragte er lächelnd.

»Nein, nicht nötig, ich kenne diese Psalmen, mein Vater ist Pastor und hat sie oft genug zitiert.«

»Ach, Sie wollten mich also auf die Probe stellen. Na ja, ich kann Sie ja verstehen …«

»Das glaube ich kaum. Es gibt nämlich einige Ungereimtheiten, die *ich* nicht verstehe, zumindest noch nicht. Wieso zum Beispiel hat man Sie auf dem Rücksitz transportiert, wo doch der Kofferraum dafür viel geeigneter gewesen wäre, vor allem, wenn Ihre Frau und Dr. Becker überzeugt waren, dass Sie tot sind? Eine Leiche auf den Rücksitz zu setzen und anzuschnallen, entschuldigen Sie, aber das klingt geradezu absurd. Ich stelle mir nur vor, es hätte Sie jemand gesehen. Beckers Wagen war nämlich zu dem Zeitpunkt schon zur Fahndung ausgeschrieben. Warum, glauben Sie, sind sie dieses Risiko eingegangen?«

»Woher soll ich das wissen? Ich bin kein Hellseher oder jemand, der die Gedanken anderer lesen kann.«

»Das habe ich auch nicht behauptet.« Sie machte eine Pause und nippte an dem Whiskey, der grässlich schmeckte. »Mussten Sie eigentlich während der Fahrt in den Wald nicht husten?«

»Wieso hätte ich husten sollen?«, fragte Lura zurück und schien im selben Moment zu merken, dass er falsch auf die Frage geantwortet hatte, doch bevor er sich verbessern konnte, fuhr Durant fort: »Sie haben am Donnerstag in der Klinik ständig gehustet. Wie haben Sie es geschafft, diesen Schmerz und diesen unerträglichen Hustenreiz so zu unterdrücken, dass weder Ihre Frau noch Becker etwas davon mitbekommen haben? Ist das nicht verdammt schwer, wenn die Kugel die Lunge angekratzt hat und der Hustenreiz so übermächtig wird und man genau weiß, einmal husten, und alles ist vorbei?«

»Ich verstehe Ihre Frage nicht«, gab sich Lura ahnungslos und sah Durant mit Unschuldsmiene an.

»Ich denke, ich habe mich deutlich genug ausgedrückt. Wie haben Sie das gemacht? Vielleicht kann ich ja noch etwas von Ihnen lernen.«

»Im Angesicht des Todes schafft man alles, Frau Durant. Da können die Schmerzen noch so groß sein, man ignoriert sie einfach, weil man leben will. Es gibt Menschen, die haben sich einen Arm oder ein Bein abgehackt, um am Leben zu bleiben. Leben, das größte Geschenk in diesem Universum! Jeder will leben, die meisten am liebsten ewig, aber mir scheint, Sie haben dem Tod noch nie ins Auge geblickt, sonst würden Sie es verstehen.«

»Sie waren aber nur leicht verletzt, weshalb Sie die Klinik schon gestern wieder verlassen konnten«, entgegnete Durant lakonisch. »Doch das nur nebenbei. Eine andere Frage: Sie können mir auch heute noch nicht sagen, wie lange in etwa Sie von Ihrem Gefängnis aus unterwegs waren?«

»Nein, ich kann nur schätzen. Vielleicht zwanzig Minuten, vielleicht eine halbe Stunde.« Er zuckte mit den Schultern. »Wenn man die Augen zu hat und sich nur darauf konzentriert, keinen Fehler zu machen, bekommt die Zeit eine andere Dimension.«

»Aber Sie wussten, dass Ihre Frau und Becker Selbstmord begehen wollten?«

»Ich habe nur gehört, wie sie gesagt haben, sie würden gemeinsam in den Tod gehen. Und ich wäre sicher der Letzte gewesen, der sie daran gehindert hätte. Ich habe jedoch leider den genauen Wortlaut vergessen. Nächstes Mal nehme ich einen Kassettenrekorder mit«, sagte er sarkastisch.

»Ja, Herr Lura, das war's für heute. Eigentlich wollte ich nur mal sehen, wie es Ihnen geht. Und mir scheint, Sie haben das Erlebte recht gut verkraftet. Wo ist überhaupt Ihr Sohn?«

»Markus bleibt vorerst bei meinem Bruder. Und so gut verkraftet, wie Sie denken, habe ich das alles nicht. Ich wünsche Ihnen noch einen schönen Abend«, sagte er reserviert und erhob sich zusammen mit Durant, die ihr fast noch volles Glas Scotch, in dem das Eis längst geschmolzen war, auf den Tisch stellte.

»Den wünsche ich Ihnen auch. Ich finde allein hinaus.« Sie

begab sich zur Tür, wo sie stehen blieb, sich noch einmal umdrehte, ein paar Schritte zurückkam und meinte: »Eines möchte
ich Sie doch noch wissen lassen. Mir liegen die Aussagen von
mehreren Personen vor, die sehr glaubwürdig bezeugen, dass
Sie ein Problem mit Frauen haben. Und das größte Problem hatten Sie angeblich mit Ihrer eigenen Frau. Ich sage nur Zähne und
kleiner Finger, wenn *Sie* verstehen … Jetzt muss ich aber wirklich los. Wir sehen uns noch.«

»Wer behauptet so was?«, rief er ihr hinterher. »Wer?«

»Sie wissen doch, Vertraulichkeit ist bei uns oberstes Gebot.«

»Das können nur Leute sein, die sich von meiner Frau haben
manipulieren lassen«, spie er verächtlich aus. »Wahrscheinlich
kommt dieser Schwachsinn von meinem Bruder.«

»Nein. Ich war gestern Nachmittag bei Ihrem Bruder, der mir
gegenüber betont hat, dass Sie sich versöhnt haben. Von Ihrem
Bruder habe ich das nicht.«

»Was soll's, meine Frau hat jeden um den Finger wickeln
können.«

»Wenn Sie meinen. Und genießen Sie Ihr Leben, solange es
noch geht.«

»Einen Moment noch, Frau Durant! Was soll das heißen, solange es noch geht? Verstehe ich Sie richtig, Sie zweifeln an
meinen Worten?«

»Schon möglich.«

»Damit stempeln Sie mich zu einem Lügner ab. Ich sage aber
die Wahrheit, merken Sie sich das.«

»Ich habe mir schon sehr viel gemerkt. Ich möchte Ihnen nur
einen Rat geben, seien Sie in Zukunft sehr vorsichtig. Es könnte
sein, dass wir Ihnen noch einige sehr unangenehme Fragen stellen, was den Tathergang betrifft.«

»Was soll das denn jetzt schon wieder heißen? Oder nein,
nein, nein, Sie irren sich gewaltig, wenn es das ist, was ich ver-
mute. Ich schwöre bei Gott, dass ich die Wahrheit …«

»Mein Vater hat früher immer zu mir gesagt, wer bei Gott

schwört und doch lügt, kommt in die Hölle. Und er hat noch hinzugefügt, der Grat zwischen Himmel und Hölle, auf dem man wandert, ist sehr, sehr schmal.«

»Sie spinnen, wahrhaftig, Sie spinnen!«

»Kann sein. Was aber zu beweisen wäre. Und jetzt erholen Sie sich gut von dem grausamen Erlebnis.«

»Frau Durant«, hielt Lura sie noch einmal zurück und sagte mit zerknirschter Miene: »Okay, ich gebe zu, ich war nicht immer ein vorbildlicher Ehemann. Und ich gebe auch zu, dass mir ab und zu die Hand ausgerutscht ist. Aber Gabriele hat es wunderbar verstanden, mich zur Weißglut zu treiben. Ich wollte sie nie schlagen, doch sie hatte manchmal eine Art … Ich weiß, das ist keine Entschuldigung …«

»Nein, das ist es nicht. Ich frage mich nur, warum Sie mich angelogen haben, als Sie sagten, Sie hätten Ihre Frau nie geschlagen.«

»Welcher Mann gibt schon gerne zu, dass er … Es ist ein Armutszeugnis, das weiß ich, aber es ist keine Entschuldigung. Ich bin im Grunde genommen nur ein einfacher Mann. Ich habe mehr Geld, als ich jemals ausgeben könnte, aber ich bin trotzdem ziemlich einfach gestrickt. Ich wollte ihr nie wehtun. Ich habe ihr sogar versprochen, dass ich eine Therapie mache, um das alles abzustellen, das müssen Sie mir glauben. Am Montagabend haben wir noch darüber geredet, und zwar in aller Ruhe, und sie hat mich dabei angelächelt und gesagt, es würde alles gut werden. Und ich habe ihr geglaubt. Ich habe Gabriele geliebt, ich habe sie wirklich über alles geliebt. Und ich möchte mich auch für mein ausfallendes Benehmen von eben bei Ihnen entschuldigen. Es ist wohl wahr, ich habe ein Problem mit Frauen. Aber ich bin kein Mörder, ich könnte niemals jemanden umbringen.«

»Schon gut. Danke, dass Sie doch noch so offen zu mir waren.«

Ja, ja, ja!, dachte sie auf dem Weg zum Auto. Ich hab dich. Und jetzt lass ich dich nicht mehr los, ich mach dich so mürbe, dass du am Ende freiwillig in den Knast gehst. Du bist ein Mörder, und ich krieg dich, das schwöre *ich* bei Gott!

Lura knallte die Tür zu, nahm das Glas, an dem Durant genippt hatte, roch daran und warf es mit aller Wucht gegen die Wand. Er trat ein paar Mal gegen die Couch, riss die Kissen herunter und schrie: »Du kleine stinkende Fotze! Ha, du willst mit mir spielen? Gut, spielen wir, aber du wirst verlieren. Und wenn's sein muss, krieg ich dich auch noch. Und keiner wird mir etwas nachweisen können.«

Samstag, 18.50 Uhr

Julia Durant wurde von einer strahlenden Nadine bereits an der Tür umarmt. Sie schien sich wirklich über ihr Kommen zu freuen, jedenfalls zeigte dies das Leuchten ihrer Augen. Durant hatte außer ihrer besten Freundin Susanne noch keine andere Frau kennen gelernt, die so ehrlich in ihren Gefühlen war wie Nadine. Sie konnte einfach nicht lügen, sie war glücklich mit ihrem Leben, und wenn sie sich auch alles leisten konnte, so war sie doch auf dem Teppich geblieben und zeigte dies nicht nach außen. Auch das machte sie in Julias Augen zu etwas Besonderem.

»Schön, dass du da bist. Ich hab mich schon den ganzen Tag darauf gefreut. Gut siehst du aus.«

»Danke«, erwiderte Durant leicht verlegen, »ich hatte auch einen guten Tag.«

»Komm rein und erzähl. Hast du jemanden kennen gelernt?«

»So kann man es auch ausdrücken«, sagte Durant mit vieldeutigem Lächeln.

»Wen denn?«, fragte Nadine Hellmer neugierig.

»Jemanden, über den wir heute auf keinen Fall sprechen wollten. Und ich möchte doch Frank nicht verärgern.«

»Frank«, sagte Nadine und winkte ab, »der muss ja nicht

unbedingt dabei sein, wenn wir uns unterhalten. Ist es dieser Lura?«

Durant nickte nur.

»Warst du etwa bei ihm?«

»Gerade eben. Aber jetzt Schluss damit … Hi, Frank, lange nicht gesehen …«

»Hahaha«, machte er und kam aus seinem Sessel hoch. »Du scheinst ja eine mächtig gute Laune zu haben, so kenne ich dich gar nicht.«

»Jetzt übertreib aber nicht«, erwiderte Nadine für Julia Durant. »Ich hab Julia noch nie mit schlechter Laune erlebt …«

»Du musst ja auch nicht mit ihr zusammenarbeiten«, sagte Hellmer mit breitem Grinsen. »Was hab ich da eben gehört, du warst bei Lura. Warum das denn?«

»Einfach so. Ich hab ihm ein bisschen auf den Zahn gefühlt. Ich will, dass er merkt, dass wir an ihm dran sind. Und ich glaube, er hat's kapiert. Mehr sag ich dazu nicht.«

»Komm schon, wie hat er auf deinen Besuch reagiert?«, fragte Frank neugierig.

»Er wurde am Ende sehr wütend, was ich ihm nicht einmal verdenken kann. Schließlich habe ich ihn mit einigen Dingen konfrontiert, die er bestimmt nicht hören wollte. Wir werden es nicht leicht mit ihm haben, aber er wird einen Fehler machen, da bin ich sicher.«

»Was hast du zu ihm gesagt?«

»Nur etwas, um ihn aus der Reserve zu locken. So, das war's.«

»Komm schon, lass dir nicht alles aus der Nase ziehen.«

»Ich habe keine Namen genannt, aber ich habe ihm gesagt, dass wir von mehreren Personen gehört haben, dass er ein Problem mit Frauen hat beziehungsweise hatte, vor allem mit seiner eigenen. Seine Reaktion war anfangs sehr eindeutig, doch dann hat er mit einem Mal einen auf reuiger Sünder gemacht und zugegeben, dass ihm wohl des Öfteren die Hand ausgerutscht ist, angeblich, weil seine Frau ihn zur Weißglut getrieben hat.«

»Julia, Julia«, sagte Hellmer kopfschüttelnd, »du musst auch immer bohren. Ich hoffe nur, du hast ihm jetzt nicht Futter geliefert.«

»Welches Futter denn?«

»Der Typ ist so ausgebufft, der legt sich eine Strategie zurecht, gegen die wir nicht ankommen, es sei denn, wir finden den Ort, an dem er gefangen gehalten wurde.«

»Schluss jetzt, ihr beide«, mischte sich Nadine ein. »Julia, du kommst mit in die Küche, wir machen zusammen das Abendbrot.«

»Wo ist eigentlich Stephanie?«

»Du meine Güte, die hätt ich beinahe vergessen. Die sitzt in der Badewanne. Frank, kümmerst du dich um Steffi?«

»Ja, ja, bin schon unterwegs.«

»Wir machen uns einen richtig schönen Abend mit Wein, Kerzenlicht und leiser Musik. Ich hab lange nicht mehr gepflegte Konversation betrieben.«

»Ich auch nicht«, sagte Julia Durant und begann die Tomaten zu schneiden.

Es wurde der schöne Abend, den Nadine versprochen hatte. Sie redeten bis tief in die Nacht hinein, ohne dass der Name Lura auch nur ein einziges Mal erwähnt wurde. Um drei Uhr löschten sie die Kerzen und gingen zu Bett.

Samstag, 19.45 Uhr_____

Als das Telefon klingelte, nahm Wolfram Lura nach dem ersten Läuten ab.

»Ja?«

»Hallo, Junge, ich bin's, Vater. Kannst du in einer halben Stunde in meinem Stammlokal sein?«

»Sicher. Aber um was geht's denn?«

»Nicht am Telefon, deine Mutter ist gerade mal oben, ich muss vorsichtig sein. In einer halben Stunde?«

»In Ordnung.«

Er legte auf und sagte: »Das war mein Vater. Er will mich unbedingt sehen. Ich fahr gleich hin.«

»Nach Hause?«

»Nein, er hat eine Stammkneipe, dort treffen wir uns. Ich weiß nicht, was er will, doch es scheint wichtig zu sein. Sorry, aber ich bin bestimmt nicht später als zehn wieder zurück.« Er gab Andrea einen Kuss, nickte Markus zu, zog sich eine Jacke über und ging zum Auto.

Nur knapp zwanzig Minuten später hielt vor dem Lokal, das um diese Zeit fast voll besetzt war. Sein Vater saß am Tresen, ein Glas Bier vor sich, über dem Hocker neben ihm lag sein Mantel. Horst Lura drehte sich um, als Wolfram ihm von hinten auf die Schulter tippte.

»Hi, da bin ich«, sagte er, hängte den Mantel an die Garderobe und setzte sich neben seinen Vater. Er bestellte sich auch ein Bier und dazu einen Klaren.

»Schön, dass du gekommen bist«, sagte sein Vater mit gedämpfter Stimme. »Warst du heute bei Rolf?«

»Ja.«

»Und wie war er?«

»Warum hast du mich herbestellt?«, entgegnete Wolfram und ließ die Frage unbeantwortet.

»Sag mir erst, wie es bei Rolf war.«

»Er hat eine Show abgezogen, die sogar Andrea durchschaut hat. Die Krönung war, als er mir einen Scheck über zwanzigtausend in die Hand gedrückt hat.«

»Warum hat er das gemacht?«

»Angeblich will er mir helfen, wieder auf die Beine zu kommen. Eigentlich will ich das Geld nicht, aber als wir wieder zu Hause waren, hat Andrea gemeint, dass ich den Scheck nicht zerreißen soll. Sie hat mich überzeugt.«

»Zwanzigtausend sind für Rolf ein Trinkgeld. Nimm's ruhig an.« Er trank sein Bier aus und gab ein Zeichen, dass er noch eins haben möchte. »Pass auf, ich hab mir seit gestern die ganze Zeit über Rolf Gedanken gemacht. Mir ist da was eingefallen, ich weiß aber nicht, ob das heute noch für ihn gilt. Kannst du dich erinnern, als ihr noch Jungs wart, da war deine Mutter mit Rolf doch oft beim Arzt …«

Wolfram schüttelte den Kopf und sagte nach einigem Überlegen: »Ich könnte mich noch so sehr anstrengen, aber daran kann ich mich nicht erinnern.« Er vermochte sich tatsächlich nicht zu erinnern, denn vieles aus seiner Kindheit und Jugend war einfach verloren gegangen, da dieser Teil seines Lebens zu den eher unerfreulichen Abschnitten gehörte. Erst als er älter und von zu Hause ausgezogen war, begann er sich freier und unbeschwerter zu fühlen.

»Es war aber so. Er hatte andauernd irgendwas, meist hat er sich verletzt, irgendwo geschnitten oder den Kopf aufgeschlagen oder weiß der Geier was. Und als ich letzte Nacht darüber nachgedacht habe, ist mir eingefallen, dass Rolf sich immer dann verletzt hat, wenn er seinen Willen nicht gekriegt hat. Er hat sich sogar einmal den Arm und das Bein gebrochen, weil er vom Baum gefallen ist.«

»Und was willst du damit sagen?«

»Ich glaube, er hat sich absichtlich verletzt, um seinen Willen durchzusetzen. Dafür hat er auch große Schmerzen in Kauf genommen.«

»Sprichst du damit auf die Schussverletzungen an, die …«

»Ja, verdammt noch mal! Ich hab ja keine Ahnung, ob er heute noch immer so ist, aber das letzte Mal war er einundzwanzig, als er mit dem Kopf gegen eine Tür gerannt ist. Angeblich ist er gestolpert, aber das war kurz nachdem ich mich weigerte, ihm den BMW zu kaufen, vielleicht erinnerst du dich.«

»Daran kann ich mich erinnern, doch ich hab das für einen Unfall gehalten.«

»Das war's aber nicht. Er hatte eine schwere Gehirnerschütterung, lag eine Woche im Krankenhaus, und deine Mutter hat mich schließlich überredet, ihm quasi als Schmerzensgeld den Wagen zu kaufen. Ich hatte ihm damals einen Ford Escort aus meinem Geschäft angeboten, aber den wollte er nicht. Also hat er den BMW gekriegt.«

»Ich hab das nie gewusst«, sagte Wolfram nachdenklich, trank sein Glas in einem Zug leer und bestellte gleich ein weiteres. »Ich habe immer gedacht, er wäre nur tollpatschig. Außerdem war es mir sowieso egal, was mit ihm war.«

»Ich glaube, dein Bruder hat etwas ganz Furchtbares gemacht. Du musst mit der Polizei darüber sprechen. Und da ist noch etwas. Rolf war ein paar Mal für einen Tag einfach so verschwunden, ohne dass wir ihn finden konnten. Und mit einem Mal ist er wie aus dem Nichts wieder aufgetaucht. Und wir wussten nie, wo er war, er hat es nie gesagt. Kannst du dich wenigstens daran erinnern?«

»Nein, ist aber auch egal. Wenn du's sagst, wird's wohl so sein.«

»Es passt einfach alles zusammen. Er ist am Dienstag verschwunden, und zwei Tage später war er wieder da. Aber diesmal gab es zwei Tote.«

»Mein Gott! Das ist heftig. Doch um noch mal auf den Arzt zurückzukommen, wie hieß der noch gleich?«

»Dr. Hahn. Er war unser Hausarzt. Aber dich hat er nie behandelt, weil du nie krank warst.«

»Lebt der noch?«

»Keine Ahnung. Und wenn, dann ist er bestimmt schon achtzig, vielleicht sogar noch älter. Ich wollte es dir nur sagen.«

»Wir müssten Dr. Hahn ausfindig machen und …«

»Nein, nicht wir, sondern die Polizei soll ihn finden. Er hat seine Praxis gleich um die Ecke gehabt. Ich hoffe nur, dass er noch nicht tot ist und sich an Rolf erinnern kann. Normalerweise dürfte ich als Vater gar nicht so denken, aber ich habe Gabi viel zu sehr gemocht, und ich weiß, dass sie Markus niemals allein bei Rolf gelassen hätte. Ich wünsche mir, dass Rolf kein Mörder ist, aber je mehr ich darüber nachdenke, desto sicherer werde ich. Das ist ein elendes Gefühl für einen Vater, das kann ich dir sagen.«

»Ich glaub's dir.«

»Und versprich mir, nichts auf eigene Faust zu unternehmen. Sag's der Polizei, und sollten sie noch Fragen haben, dann schick sie zu mir. Deine Mutter soll ruhig wissen, was für eine Satansbrut sie großgezogen hat. Ich mein damit natürlich nicht dich.«

»Andrea hat mich auch schon gewarnt, allein etwas zu unternehmen. Sie würde mich sonst verlassen …«

»Sie ist nett, ich mag sie. Tu ihr nicht weh.« Nach den letzten Worten senkte Horst Lura den Kopf, seine Schultern zuckten, seine Hände zitterten, Tränen tropften auf den Tresen.

»He, Papa, komm, lass uns nach draußen gehen«, sagte Wolfram und legte seine Hand auf die seines Vaters.

»Lass gut sein. Es ist nur so, da gehst du immer schneller auf das Lebensende zu und erkennst, was dieses Leben alles mit dir angestellt hat. Du hast geschuftet wie ein Esel, aber sonst war da nichts. Seit siebenundvierzig Jahren bin ich jetzt mit deiner Mutter verheiratet, aber sie ist mir völlig fremd geworden. Ich mag nicht mehr mit ihr zusammen sein, aber ich kann in meinem Alter auch nicht mehr weggehen. Ich habe früher einmal gedacht, ich würde sie lieben, doch ich glaube, das war nur am Anfang. Erst kam Rolf, dann du, und sie wurde immer launischer und unberechenbarer. Du solltest mal miterleben, wie ein normaler Tag bei uns aussieht. Die putzt immer noch jeden Tag das ganze Haus, ich kann dieses verfluchte Geräusch des Staubsaugers nicht mehr hören oder das Quietschen, wenn sie die Fenster putzt. ›Horst, zieh deine Schuhe aus und pass auf, dass du nicht krümelst, ich hab gerade vorhin gesaugt!‹ Die hat jedes Mal vorher gesaugt und Staub gewischt und … Mir kommt die Galle hoch! Also verziehe ich mich fast jeden Abend hierher, trink meine drei, vier Bier und lass alles über mich ergehen.«

»Papa, du hast doch genug Geld. Nimm's und mach dir ein schönes Leben am Mittelmeer oder sonst wo. Ich bin aus allen Wolken gefallen, als du mir gestern erzählt hast, was Mutter mit dir all die Jahre gemacht hat. Komm, du bist gerade mal siebzig und noch sehr rüstig. Hau ab von hier, lass dir die Sonne auf den Pelz brennen und lach dir eine andere Frau an. Mutter kommt auch ohne dich klar, sie hat ja noch ihren lieben Rolfi. Tu's einfach.«

Horst Lura lachte auf und meinte: »Ich soll nach siebzig Jahren einfach aus meiner Heimat weggehen? Wie heißt es so schön – einen alten Baum verpflanzt man nicht …«

»Das sind dumme Sprüche. Ich merke doch, dass du es gerne tun würdest, aber du hast Angst vor Mutter. Hab ich Recht?«

»Schon möglich.«

»Soll ich dir was sagen, wenn du deinen Lebensabend auf Mallorca oder in Portugal oder Spanien verbringst, sie würde dir nicht hinterherkommen. Und wenn du dort unten bist, reichst du die Scheidung ein.«

»Du hast gut reden …«

»Nein, hab ich nicht. Ich sehe nur, dass du über kurz oder lang zugrunde gehst, weil du es zu Hause nicht mehr aushältst. Und das kann doch nicht der Sinn sein. Gib dir einen Ruck und wirf diesen Ballast ab. Was hält dich hier? Sag's mir.«

»Was weiß ich! Erinnerungen.«

»Scheiß Erinnerungen! Ich an deiner Stelle hätte schon längst meine Sachen gepackt.«

»Ich werd's mir überlegen.«

»Aber nicht zu lange. Da unten warten nämlich lauter nette Damen auf dich, und die würde ich mir nicht entgehen lassen«, sagte Wolfram Lura grinsend.

»Sie dürfen aber nicht älter als fünfzig sein«, entgegnete Horst Lura ebenfalls mit schelmischem Grinsen und schaute seinen Sohn von der Seite an.

»So, wie du aussiehst, kriegst du auch noch eine Dreißigjährige ab. Ich mach dir einen Vorschlag – wenn das alles hier vorbei ist, fliegen wir beide zusammen nach Mallorca oder Spanien, wohin du willst, und ich helfe dir, eine Wohnung oder ein Haus zu finden. Und erst mal braucht Mutter gar nicht zu wissen, wo du bist.«

»Danke für das Angebot, ich werd's mir überlegen.«

»Überleg nicht, tu's. Du bist mein Vater, und den lass ich doch nicht im Stich. So, jetzt trinken wir noch ein Bier, und dann mach ich mich ab, ich hab nämlich Andrea versprochen, nicht später als zehn daheim zu sein. Bist du morgen wieder hier?«

»Ja.«

»Dann komm ich morgen Abend noch mal her und berichte dir von meinem Gespräch mit der Kommissarin. Und ich bring dir auch ein paar Infos über Mallorca und so weiter mit, ich druck mir das aus dem Internet aus.«

Um halb zehn fuhr Wolfram Lura wieder Richtung Frankfurt, sein Vater wollte noch im Lokal bleiben. Dr. Hahn, hoffentlich lebst du noch. Du kannst der Polizei möglicherweise entscheidend helfen.

Sonntag, 9.30 Uhr

Julia Durant schlief noch immer tief und fest, als sie von dem nervtötenden Ton ihres Handys geweckt wurde. Sie griff mit geschlossenen Augen nach ihrer Handtasche, die neben dem Bett stand, holte es heraus und meldete sich.

»Ja?«

»Frau Durant?«

»Ja, wer ist denn da?«

»Lura, Wolfram Lura. Ich hoffe, ich habe Sie nicht geweckt.«

»Das haben Sie in der Tat, aber Sie werden ja wohl einen Grund haben, mich so früh aus dem Bett zu schmeißen.«

»Es tut mir Leid, doch ich konnte einfach nicht länger warten. Ich muss Sie sprechen, aber nicht am Telefon. Es ist wichtig.«

Julia Durant war mit einem Mal hellwach und setzte sich auf. »Heute?«

»Es lässt mir keine Ruhe. Können Sie herkommen, oder sollen wir uns irgendwo treffen?«

»Nicht so schnell. Wie spät ist es eigentlich?«

»Halb zehn.«

»Ich hoffe in Ihrem eigenen Interesse, dass es wichtig ist. Ich bin so gegen elf bei Ihnen«, sagte sie und drückte die Aus-Taste. Sie hatte Kopfschmerzen und fuhr sich mit den Fingern über beide Schläfen. Die Nacht war kurz gewesen, Durant hatte drei oder vier Gläser Wein getrunken und vor dem Zubettgehen noch ein Bier, was sich jetzt rächte. Ihr Vater hatte einmal gesagt, Wein auf Bier, das rat ich dir, Bier auf Wein, das lass sein. Sie stand auf, auf ihrer Blase lastete ein beinahe unerträglicher Druck. Sie öffnete leise die Tür und horchte, ob die andern noch schliefen, hörte aber aus der Küche bereits das Klappern von Geschirr. Durant huschte ins Bad, wusch sich die Hände und das Gesicht und bürstete sich die Haare. »Du siehst grässlich aus«, sagte sie leise zu sich selbst und schlich wieder in ihr Zimmer, um sich anzuziehen. Sie machte das Bett und verspürte eine leichte Übelkeit.

»Guten Morgen«, sagte sie, woraufhin sich Nadine Hellmer, die zusammen mit Stephanie die Spülmaschine einräumte, umdrehte.

»Hallo. Ich hab noch gar nicht mit dir gerechnet. Geht's dir nicht gut?«, fragte sie.

»Hast du mal 'n Aspirin? Ich glaub, ich hab's gestern Abend ein bisschen übertrieben. Ich muss gleich los.«

»Wieso das denn? Ich dachte, du bleibst zum Mittagessen, ich hab extra für dich mitgekocht«, sagte Nadine enttäuscht.

»Ich bin zum Mittagessen wieder hier. Luras Bruder hat mich

geweckt, er will mich unbedingt sprechen. Ich bin um elf bei ihm und spätestens um halb eins wieder zurück. Mann, hab ich einen Brummschädel.«

»Setz dich erst mal hin, ich bring dir gleich eine Tablette. Der Frühstückstisch ist gedeckt, bedien dich einfach. Frank schläft noch. Nur ich musste wieder raus, Steffi ist noch nicht so weit, dass sie sich allein beschäftigen kann. Die hat schon um acht vor meinem Bett gestanden.«

Sie holte das Aspirin, Durant nahm gleich zwei und spülte sie mit einem Glas Wasser runter. Danach aß sie zwei Scheiben Toast mit Marmelade und trank eine Tasse Kaffee. Sie unterhielt sich dabei mit Nadine, während Stephanie ihr gegenüber auf dem Stuhl kniete, den Kopf auf die Hände gestützt, und sie beobachtete.

Um kurz vor halb elf stand sie auf und ging zu ihrem Wagen. Die Kopfschmerzen und die Übelkeit waren fast völlig verschwunden, ihre schlimmsten Befürchtungen, den ganzen Tag über mit Kopfschmerzen verbringen zu müssen, wurden glücklicherweise nicht wahr. Es regnete in Strömen, die Straßen waren fast menschenleer. Nach nur zwanzig Minuten hielt sie vor dem Haus in der Falkstraße.

Sie wurde von Wolfram Lura in die Küche gebeten, Andrea und Markus waren im Wohnzimmer, der Fernseher lief.

Sie setzten sich an den Tisch, im Aschenbecher glimmte eine Zigarette vor sich hin, die von Lura ausgedrückt wurde. Julia Durant zündete sich die erste an diesem Tag an.

»Dann schießen Sie mal los«, sagte Durant und inhalierte den Rauch.

»Erst einmal will ich mich für mein Benehmen am Freitag entschuldigen. Es war dumm von mir, wie ich mich verhalten habe. Aber weshalb ich heute noch mit Ihnen sprechen wollte – ich hatte am Freitag, nachdem Sie hier waren, Besuch von meinem Vater, der mir einiges aus seinem Leben erzählt hat, und glauben Sie mir, ich bin auch jetzt noch ganz schön schockiert.

Gestern dann hat er mich noch einmal angerufen und mich gebeten, ihn in seiner Stammkneipe zu treffen …«

»Was hat Sie denn so schockiert?«

»Das ist rein privat und tut nichts zur Sache. Mir sind nur die Augen über einige Dinge geöffnet worden. Aber gestern, das könnte für Sie interessant sein …«

»Sagen Sie mir erst, warum Sie am Freitag so gemauert haben.«

»Ich wollte meinen Bruder selbst zur Strecke bringen, aber Andrea und mein Vater haben es mir ausgeredet. Andrea hat mir sogar gedroht, mich zu verlassen …«

»Was ich ihr nicht verdenken kann. Aber gut, was war gestern Abend?«

»Ich kann mich an vieles aus meiner Kindheit und Jugend nur schwer oder schemenhaft erinnern, mein Vater dagegen umso besser. Er hat mir gesagt, dass Rolf als Kind sehr häufig beim Arzt war, weil er sich verletzt hatte. Außerdem ist er einige Male einfach so verschwunden, um einen Tag später wieder aufzutauchen, als ob nichts gewesen wäre. Mein Vater behauptet, er hat damit seinen Willen durchgesetzt, wenn er nicht sofort bekam, was er wollte.«

»Was für Verletzungen waren das?«

»Alles Mögliche, Schnittwunden, Arm- und Beinbrüche, bis hin zu einer schweren Gehirnerschütterung, weil er nach bestandener Führerscheinprüfung nicht gleich sein Traumauto bekommen hat. Danach hat er's bekommen.«

»Wie alt war Ihr Bruder da?«

»Einundzwanzig. Er durfte zwei Jahre lang den Führerschein nicht machen, weil er mit achtzehn bei einer Polizeikontrolle erwischt wurde – eine Woche vor der Prüfung.«

»Aha. Und Sie meinen, Ihr Bruder hat sich absichtlich verletzt, um bestimmte Sachen zu bekommen. Verstehe ich Sie da richtig?«

»So hat es mein Vater gesagt. Ich habe auch den Namen des

Arztes, der über Jahre hinweg unser Hausarzt war. Allerdings weiß ich nicht, ob er noch lebt, und wenn, wo er lebt. Das müssten Sie herausfinden.«

»Wieso, glauben Sie, hat das etwas mit dem Fall zu tun?«, fragte Durant, die die Antwort selbst zu wissen schien, sie aber von Lura bestätigt haben wollte.

»Die Schussverletzungen. Mein Bruder hat sich nicht geändert, und ich würde ihm zutrauen, dass er die Schüsse selbst auf sich abgefeuert hat und sich dabei sicher war, dass er nicht daran sterben würde. Er ist ein Sadist und ein Masochist, eine andere Erklärung habe ich nicht.«

»Wie ist der Name des Arztes?«

»Dr. Hahn. Der Mann müsste inzwischen an die achtzig oder sogar drüber sein, sagt mein Vater. Ich habe auf meinem Computer das Telefonbuch Deutschland durchsucht, aber es gibt so viele Hahns, allein in Oberursel und Umgebung einige …«

»Den Vornamen haben Sie nicht zufällig?«

»Nein.«

»Aber er hat in den sechziger Jahren praktiziert?«

»Auch noch in den Siebzigern. Das war eigentlich schon alles. Finden Sie diesen Dr. Hahn. Wenn er lebt und geistig noch fit ist, wird er sich an meinen Bruder erinnern. Und dann bin ich gespannt, was er zu sagen hat. Vielleicht können Sie es mir bei Gelegenheit ja mal erzählen.«

»Mach ich. Und es ist gut, dass Sie es sich doch noch anders überlegt haben. Vorgestern habe ich schon an meinem Verstand gezweifelt. Überlassen Sie einfach alles uns. Wie geht es Markus?«

»Ein bisschen besser. Wir waren gestern bei meinem Bruder, danach war er etwas verstört, aber inzwischen geht's schon wieder.«

»Und wie war's bei Ihrem Bruder?«

»Nicht der Rede wert. Ich will mit ihm auch weiterhin so wenig wie möglich zu tun haben. Andrea mag ihn übrigens auch nicht, und sie besitzt eine verdammt gute Menschenkenntnis.«

»Gut, ich werde gleich meine Kollegen informieren und sie bitten, diesen Dr. Hahn ausfindig zu machen. War er praktischer Arzt?«

»Ich nehme es an.«

»Das finden wir auch noch raus. Danke und machen Sie's gut. Sie hören von mir.«

Ihr nächster Weg führte sie ins Präsidium zum KDD. Sie bat die diensthabenden Kollegen, die Telefonnummer und Adresse von Dr. Hahn herauszusuchen und sie sofort zu informieren, wenn sie sie hätten.

»Warten Sie doch, das haben wir gleich«, sagte einer der Beamten und rief bei der Auskunft an. Dr. Hahn hatte, wie der Kollege vermutete, eine nicht eingetragene Nummer. Nur zwei Minuten später reichte er Durant einen Zettel mit den benötigten Informationen. Dr. Hahn wohnte noch immer in Oberursel. Sie ging mit dem Zettel in ihr Büro und wählte die angegebene Nummer. Sie wollte nach dem zehnten Läuten wieder auflegen, als am andern Ende abgenommen wurde.

»Ja, bitte?«

»Dr. Hahn?«, fragte Durant.

»Ja.«

»Hier Durant von der Kriminalpolizei in Frankfurt. Ich müsste dringend mit Ihnen sprechen. Hätten Sie etwas dagegen, wenn mein Kollege und ich heute Nachmittag bei Ihnen vorbeischauen würden? So gegen fünfzehn Uhr?«

»Um was geht es denn?«

»Um einen ehemaligen Patienten von Ihnen, der unter Mordverdacht steht. Mehr möchte ich dazu jetzt am Telefon nicht sagen.«

»Wenn ich Ihnen helfen kann, ich bin zu Hause. Wenn Sie klingeln, müssen Sie sich nur ein wenig gedulden, ich bin nicht mehr so gut zu Fuß.«

»Ja, natürlich. Vielen Dank und bis nachher.«

»Auf Wiederhören.«

Sie warf einen Blick auf die Uhr, zehn nach zwölf. Sie musste sich beeilen, wollte sie rechtzeitig zum Essen bei Hellmers sein. Es goss noch immer in Strömen, ihre Haare klebten an ihrem Kopf, Jacke und Hose waren klatschnass, als sie in ihren Wagen stieg. Julia, das ist ein guter Tag, dachte sie und drehte die Musik auf volle Lautstärke. Sie sang zwei Lieder mit, obwohl sie den Text nicht verstand, aber im Auto hörte sie ja keiner. Sie brauchte nur eine Viertelstunde vom Präsidium bis nach Hattersheim. Es ist eben Sonntag, dachte sie, und bei dem Scheißwetter verkriechen sich alle in ihren Wohnungen.

Sonntag, 12.30 Uhr

Pünktlich wie die Maurer«, sagte Hellmer und fügte sofort hinzu: »Was hast du bei Lura gemacht?«

»Erzähl ich gleich. Kann ich mich erst mal ein bisschen frisch machen? In den nassen Klamotten kann ich nicht länger rumlaufen.«

»Willst du duschen?«, fragte Nadine. »Wir warten dann so lange mit dem Essen.«

»Das wär ganz toll. Ich beeil mich auch. Und wenn du was für mich zum Anziehen hättest …«

»Bademantel hängt an der Tür, und wenn du fertig bist, holst du dir einfach was aus meinem Schrank raus. Wir haben ja zum Glück dieselbe Größe.«

»Du bist ein Schatz. Bis gleich.«

Innerhalb von zehn Minuten hatte sie geduscht, sich die Haare gewaschen und geföht und sich Unterwäsche, ein Sweatshirt und eine Jeans von Nadine angezogen.

»Jetzt fühl ich mich gleich viel besser«, sagte sie und setzte sich an den Tisch. »Was für ein Vormittag.«

»Jeder nimmt sich am besten selbst«, sagte Nadine, nur Stephanie hatte bereits eine halbe Roulade, zwei halbe Kartoffeln und etwas Rotkraut auf dem Teller und war schon am Essen.

Nachdem sich jeder genommen hatte, sagte Hellmer: »Was wollte Lura von dir am Sonntag?«

»Das ist eine heiße Geschichte …« Sie erzählte in knappen Worten von ihrem Gespräch mit Wolfram Lura und endete: »Diesen Dr. Hahn hat ein Kollege vom KDD ausfindig gemacht. Wir können um drei zu ihm kommen …«

»Augenblick«, unterbrach Hellmer sie mit mürrischem Gesichtsausdruck, »du willst damit sagen, dass ich heute bei diesem Sauwetter mit dir nach Oberursel fahren soll? Hätte das nicht bis morgen Zeit gehabt?«

»Ich kann auch alleine fahren, das macht mir nichts aus. Ich dachte nur, dich würde auch interessieren, was der über den kleinen Rolfi zu berichten hat.«

»Natürlich interessiert es Frank, nicht wahr, Schatz?«, mischte sich Nadine mit dem ihr eigenen unwiderstehlichen Lächeln ein und tätschelte seine Hand. »Ihr bleibt ja sicherlich nicht bis spät in die Nacht weg.«

»Bei Julia kann man nie wissen«, maulte Hellmer.

»Das dauert maximal zwei Stunden. Wir hauen um halb drei ab und sind so gegen halb fünf wieder da. Ich könnte mir vorstellen, dass es sehr interessant wird.«

»Ja, ja. Aber um spätestens halb sechs will ich wieder hier sein, Fußball gucken. Und wehe, du machst mir einen Strich durch die Rechnung.«

»Großes Indianerehrenwort.«

»Ihr beide seid ein klasse Team, so richtig tolle Bullen«, sagte Nadine grinsend, schnitt ein Stück von ihrer Roulade ab und steckte es in den Mund.

»Schmeckt hervorragend«, lobte Julia Durant. »Ich wünschte, ich könnte so gut kochen. Bei mir gibt's immer nur Dosenfutter.«

»Danke. Aber bei einem derart anspruchsvollen Mann wie Frank musst du gut kochen können. Ich will doch nicht, dass er sich eine andere sucht.«

»Hahaha. Ich könnte doch auf dieses Luxusleben gar nicht mehr verzichten«, sagte er. »Sei ehrlich, Julia, wo findet ein Mann schon so eine Frau – schön und reich dazu?«

»Jetzt ist gut, wir haben ausgemacht, dass wir über dieses Thema nie mehr sprechen. Und dabei bleibt es auch«, erwiderte Nadine ernst.

»Sorry«, entschuldigte sich Hellmer und wechselte gleich das Thema. »Und was gibt's zum Nachtisch?«

»Dosenpfirsiche, Vanilleeis und Sahne. Nichts Besonderes also.«

Nach dem Essen brachte Hellmer Stephanie ins Bett, Nadine und Durant räumten das Geschirr weg und legten sich anschließend noch für eine Stunde hin. Julia Durant schlief sofort ein, nicht ohne sich vorher den Wecker auf fünf vor halb drei gestellt zu haben. Um Punkt halb drei verließen sie und Hellmer das Haus. Es goss noch immer wie aus Kübeln.

Sonntag, 15.00 Uhr

Bei Dr. Hahn. Er wohnte in einem schmucken Haus, das von einem großen Garten umschlossen war, der allerdings einen etwas verwahrlosten Eindruck machte. Sie mussten eine Weile warten, bis er öffnete. Julia Durant wies sich aus und stellte Hellmer vor.

Dr. Hahn war ein großer, hagerer Mann, der leicht vornübergebeugt ging. Seine Augen waren eisgrau, aber wach. Durant schätzte ihn auf Anfang achtzig. Er trug einen braunen Anzug, ein weißes Hemd und eine blaue Krawatte, an den Füßen hatte er jedoch nur Hausschuhe.

»Treten Sie bitte ein. Geradeaus ist das Wohnzimmer. Suchen

Sie sich einen Platz aus, nur nicht den Ledersessel, den brauche ich wegen meines Rückens.«

Er ging langsam und schlurfend und stützte sich beim Hinsetzen mit beiden Händen ab und ließ sich ganz langsam nieder. Auf dem Marmortisch lag ein aufgeschlagenes Buch, der Fernseher lief, doch der Ton war abgeschaltet. Es roch etwas muffig.

»Mit Ihnen habe ich vorhin telefoniert?«, sagte Dr. Hahn und schaute Durant an.

»Ja, Sie haben mit mir telefoniert. Leben Sie allein in diesem großen Haus?«

»Noch, ja, aber nicht mehr lange. Ich habe beschlossen, in ein Seniorenheim zu gehen und das Haus zu verkaufen. Seit meine Frau vor zwei Jahren gestorben ist, hat es keinen Sinn mehr, allein hier zu wohnen. Der Garten ist völlig verwildert, und auch hier drin schaffe ich nur noch das Nötigste. Mein Sohn kommt zwar ab und zu vorbei, aber er wohnt in Hamburg und hat sehr viel zu tun. Er ist auch Arzt ... Aber Sie sind nicht gekommen, um mit mir über mich zu reden. Wie kann ich Ihnen behilflich sein? Sie haben vorhin von einem Mörder gesprochen, der einst mein Patient gewesen sein soll. Das klingt sehr aufregend. Ich bin gespannt, ob und wie ich Ihnen helfen kann.«

»Kennen Sie die Familie Lura?«

»Ja, natürlich kenne ich die. Sie waren meine Patienten, seit ich die Praxis hier in Oberursel eröffnet hatte, und das war 1955. Bis vor sechs Jahren habe ich noch regelmäßig gearbeitet, da war ich achtzig. Aber irgendwann hat mein Körper gesagt, lieber Freund, jetzt reicht es. Und Sie sehen ja selbst, jetzt brauche ich gute ärztliche Betreuung. Was ist mit der Familie Lura?«

Durant sah Dr. Hahn verwundert an und sagte: »Sie sind schon sechsundachtzig? Das hätte ich nicht gedacht.«

»Danke für die Blumen, aber ich merke schon, wie die Kräfte

schwinden. Zum Glück ist mein Verstand noch hellwach. Aber kommen wir auf die Familie Lura zurück. Was wollen Sie über sie wissen?«

»Eigentlich geht es um Rolf Lura, einen der beiden Söhne. Uns wurde berichtet, dass er als Kind und Jugendlicher häufig bei Ihnen in Behandlung war. Können Sie uns sagen, weshalb?«

»Gute Frau, Sie haben Glück, dass ich im Ruhestand bin, sonst dürfte ich Ihnen diese Auskünfte gar nicht geben. Eigentlich darf ich das auch jetzt nicht, aber in diesem speziellen Fall will ich gerne eine Ausnahme machen. Ich hoffe nur, Sie schwärzen mich nicht an«, sagte er mit einem verschmitzten Lächeln.

»Nein, das tun wir nicht.«

»Ja, der Rolf, das war ein seltsamer Bursche. Ich erinnere mich sogar sehr gut an ihn. Ich habe meine Praxis 1955 hier eröffnet, nachdem ich erst im Krieg als Lazarettarzt tätig war und danach fast zehn Jahre in einer Privatklinik in Paris gearbeitet habe. Herr Lura senior hatte ein gut gehendes Autohaus und war für die damaligen Verhältnisse sehr wohlhabend. Ihn habe ich aber kaum einmal zu Gesicht bekommen, dafür Frau Lura und ihren Sohn Rolf umso mehr. Als Frau Lura mit ihm schwanger war, habe ich sie betreut. Damals war ich so etwas wie ein Landarzt, gar nicht mehr zu vergleichen mit dem, was meine jungen Kollegen heutzutage machen. Zu meiner Zeit waren Hausbesuche noch sehr wichtig, heute wird selbst von alten Menschen verlangt, in die Praxis zu kommen … Aber ich schweife schon wieder ab.«

»Das macht doch nichts«, sagte Durant verständnisvoll.

»Nun, ich habe Rolf von seiner Geburt an betreut. Er war ein aufgeweckter Kerl, aber als er so sieben oder acht Jahre alt war, hat er sich sehr oft verletzt. Schürfwunden, Schnittwunden, unerklärliche Bauchbeschwerden, weshalb ich ihn einige Male auf Drängen seiner Mutter ins Krankenhaus eingewiesen habe, wo man aber nie einen körperlichen Defekt festgestellt hat. Ganz schlimm wurde es, als er in die Pubertät kam, so mit zwölf, dreizehn Jahren. Ich habe ihn mindestens einmal alle zwei Wochen gesehen, entweder in der Praxis oder bei ihm zu Hause. Er hatte alles Mögliche, und doch hatte er nichts. Ich hoffe, Sie können mir folgen.«

»War er ein Hypochonder?«

»Nein, nein, ein Hypochonder war er ganz bestimmt nicht, das hätte ich erkannt. Ich will jetzt nicht allzu negativ über ihn sprechen, aber er war ein durchtriebenes, egoistisches Bürschchen. Und seine Mutter, bitte verzeihen Sie, wenn ich so rede, aber diese Mutter hat ihn in allem auch noch unterstützt.«

»In was unterstützt?«

»Rolf hatte einen unglaublichen Dickkopf. Er hat seinen jüngeren Bruder, den ich kaum einmal zu Gesicht bekommen habe, gehasst. Das ist ihm einmal so rausgerutscht, als ich mit ihm gesprochen habe. Und Frau Lura hat sich auch abfällig über ihn geäußert. Für sie war Rolf der Liebling. Ich glaube, sie hat ihn mehr geliebt als ihren Mann. Nun, das tut aber nichts zur Sache, solche Fälle habe ich des Öfteren erlebt. Aber Rolf brauchte nur einen kleinen Kratzer zu haben, schon hat sie mich gerufen oder ist mit ihm hergekommen. Und ich glaube, Rolf hat sehr schnell rausgekriegt, wie das funktioniert, das heißt, wie er das zu seinem Vorteil nutzen konnte.«

»Inwiefern hat er das zu seinem Vorteil genutzt?«, wollte Durant wissen.

»Ich glaube, er hat sich manchmal selbst Verletzungen zugefügt, um so noch mehr Aufmerksamkeit zu bekommen, als er ohnehin schon bekam. Einmal habe ich versucht, mit seiner Mutter darüber zu sprechen, doch wenn Sie diese Frau kennen würden, dann wüssten Sie, dass mit ihr nicht zu reden ist. Sie ist eine äußerst dominante, ich würde fast behaupten herrschsüchtige Person, aber ich weiß ja gar nicht, ob sie überhaupt noch lebt …«

»Wir hatten bereits das Vergnügen, mit ihr zu sprechen, und können diesen Eindruck nur bestätigen«, sagte Durant.

»Dann erzähle ich Ihnen ja nichts Neues. Aber jetzt habe ich den Faden verloren …«

»Es geht um die Verletzungen, die Rolf Lura sich selbst beigebracht haben soll«, half ihm Durant auf die Sprünge.

»Ah ja. Was ich sagen will, ich kann es nicht einmal konkretisieren, aber für einen gesunden Burschen, wie er es war, war er einfach zu oft krank oder verletzt. Später habe ich einmal Herrn Lura darauf angesprochen, denn mit ihm konnte man wenigstens einigermaßen vernünftig reden. Er sagte, dass Rolf immer dann etwas hatte, wenn ihm ein Wunsch nicht sofort erfüllt wurde oder er meinte, nicht mehr im Mittelpunkt zu stehen. Für meine Begriffe litt Rolf unter einer Art von Realitätsverlust, er war unangepasst, und wie es so schön heißt, er war nicht in der Lage, sich sozial zu integrieren oder angemessen zu verhalten. Sein Wille war Gesetz, und dafür hat er offenbar alles in Kauf genommen, auch große Schmerzen. Sein Vater hat dem hilflos gegenübergestanden, er war hilflos gegenüber seinem Sohn und seiner Frau. Der arme Mann hat mir Leid getan, das muss ich ganz ehrlich sagen.«

»Gab es gravierende Verletzungen, die Sie bei Rolf behandelt haben?«

»Sogar mehrere. Er hat sich den Arm gebrochen, dann das Bein und sich scheinbar zufällig eine schwere Schnittverletzung an der Hand zugezogen, aber es war immer das gleiche Muster, nach dem er vorging. Doch was hätte ich als Arzt machen sollen? Er hat ja niemandem wehgetan außer sich selbst. Man nennt das auch autoaggressives Verhalten. Man fügt sich Wunden zu und empfindet dabei sogar eine Art Hochgefühl.«

»Haben Sie ihm denn jemals zugetraut, dass er auch anderen Menschen wehgetan haben könnte?«

»Das ist bei solchen Persönlichkeitsstörungen schwer zu sagen. Aber Menschen mit autoaggressivem Verhalten sind in der Regel so stark auf sich selbst fixiert, dass sie keine Gewalt andern gegenüber anwenden. Doch dazu müssten Sie schon einen Psychologen befragen, der kennt sich mit so etwas besser aus. Ich bin ein psychologischer Laie. Aber sagen Sie mir doch bitte, warum Sie das alles so interessiert. Oder darf ich das nicht wissen?«

»Natürlich dürfen Sie das, vorausgesetzt, Sie erzählen es nicht weiter«, antwortete Durant lächelnd.

»Sie haben mein Wort darauf.«

»Herr Lura steht im Verdacht, seine Frau und einen Mann getötet zu haben, aber wir können ihm noch nichts beweisen, denn offiziell wurde er entführt und tauchte etwa achtundvierzig Stunden später mit zwei Schussverletzungen auf, die allerdings nicht lebensbedrohlich waren. Wir haben dann heute Vormittag erfahren, dass Herr Lura schon als Kind und Jugendlicher extreme Verhaltensauffälligkeiten gezeigt hat, weswegen wir auch mit Ihnen sprechen wollten. Herr Lura senior hat gemeint, dass Sie uns möglicherweise weiterhelfen können.«

»Aus welchem Grund sollte er etwas derart Furchtbares getan haben?«

»Vielleicht aus genau dem Grund, den Sie uns genannt haben – es ist nicht alles nach seinem Willen geschehen.«

Dr. Hahn überlegte eine Weile und schüttelte den Kopf. »Verzeihen Sie mir, wenn ich Ihnen widerspreche, aber da muss noch mehr dahinter stecken. Sie sollten wirklich einen Psychologen zu Rate ziehen. Solange Rolf mein Patient war, was immerhin schon weit über zwanzig Jahre, wenn nicht sogar länger zurückliegt, so lange war er allein auf sich selbst fixiert. Was macht er eigentlich heute?«

»Er hat das Autohaus übernommen und von Grund auf neu strukturiert. Er handelt nur noch mit Luxusautos.«

»Ja, das passt zu ihm. Immer nur das Beste, das Größte und das Schönste. Und er im Mittelpunkt. So sieht er sich gerne. Ich würde Ihnen gerne weiterhelfen, aber mehr kann ich leider nicht über ihn sagen. Ob er ein Mörder ist oder nicht, das müssen schon Sie herausfinden.«

»Aber würden Sie ihm zutrauen, dass er sich selbst zwei Schussverletzungen beibringt, um einen Mord zu vertuschen?«

»Gute Frau, ich weiß, dass er die Neigung hat, sich selbst zu verletzen, doch mehr möchte ich dazu nicht ausführen.«

»Aber vielleicht können Sie uns doch noch sagen, ob dieses autoaggressive Verhalten über das pubertäre Stadium auch noch im Erwachsenenalter auftreten kann.«

»Auch darauf kann ich Ihnen keine Antwort geben. Wie gesagt, fragen Sie einen Fachmann, der sich auf diesem Gebiet auskennt.«

»Dr. Hahn, Sie haben uns sehr geholfen. Und sollten wir noch die eine oder andere Frage haben, dürfen wir uns dann wieder an Sie wenden?«

»Natürlich. Aber ich werde nur noch bis Ende November hier wohnen, danach finden Sie mich im Seniorenheim Sonnenblick.«

Er wollte aufstehen, doch Durant sagte: »Bleiben Sie ruhig sitzen, wir finden den Weg schon. Und nochmals vielen, vielen Dank.«

»Es hat mich gefreut, Ihre Bekanntschaft gemacht zu haben. Ich wünsche Ihnen viel Erfolg bei Ihrer Arbeit. Auf Wiedersehen.«

»Auf Wiedersehen.« Durant reichte ihm die Hand, und auch Hellmer verabschiedete sich von dem alten Mann.

Der Regen hatte noch immer nicht nachgelassen, und laut Wetterbericht sollte es auch in den nächsten Tagen weitere Regenfälle geben.

»Ich denke, wir sind der Sache ein ganzes Stück näher gekommen«, sagte Durant im Auto. »Unser lieber Rolf ist also eine Art Schnipsler. Natürlich wird er alles abstreiten, wenn wir ihn darauf ansprechen, und das Gegenteil können wir ihm nicht beweisen. Außerdem wird sein Anwalt dem Gericht anschaulich ver-

400

klickern können, dass ein sechsundachtzigjähriger Mann, der Lura seit zwanzig oder fünfundzwanzig Jahren nicht mehr gesehen hat, wohl kaum als kompetent zu betrachten ist. Uns bleibt nur eine einzige Möglichkeit – wir müssen das Versteck finden. Aber wo suchen wir?«, fragte sie und zündete sich eine Zigarette an.

»Ich fürchte, uns bleibt nichts anderes übrig, als seine Mutter zu fragen. Wenn die beiden wirklich ein so inniges Verhältnis haben, dann weiß sie vermutlich mehr, als sie uns gegenüber zugegeben hat. Sie würde ihren Sohn schützen, selbst wenn er ein Serienkiller wäre. Ich kann mir nicht vorstellen, dass er ihr niemals erzählt hat, wo er sich rumgetrieben hat, wenn er als Kind mal wieder auf Tour war.«

»Das können wir aber erst machen, wenn wir noch mehr in der Hand haben. Wenn wir jetzt seine Mutter in die Mangel nehmen …«

»Wir haben doch nichts zu verlieren«, sagte Hellmer. »Wenn sie nicht weiß, wo der Kerl sich früher immer rumgetrieben hat, dann haben wir's wenigstens versucht. Aber dieser Typ ist nicht mehr nur ein Schnipsler, er ist inzwischen zu einem Killer mutiert. Und eine innere Stimme flüsterte mir zu, dass er wieder an den Ort zurückgekehrt ist, an dem er sich als Kind oft aufgehalten hat. Wie ein Mörder, den es zwanghaft an den Ort des Verbrechens zurückzieht.«

Es entstand eine Pause. Durant dachte über die letzten Worte von Hellmer nach und fragte dann: »Wieso hast du das eben gesagt?«

»Was meinst du?«

»Das mit dem Zurückkehren an den Ort des Verbrechens.«

»Ich hab nur einen Vergleich gezogen.«

»Das macht aber Sinn. Was, wenn die Morde an seiner Frau und Becker nicht seine ersten waren?«

»Ach komm, das hab ich doch nur so dahingesagt. Ich wollte damit doch nur ausdrücken, dass er schon als Kind einen Ort gekannt haben muss, wo er völlig ungestört war. Und diesen Ort hat er jetzt für ein Verbrechen genutzt.«

»Lass uns morgen mal alle ungeklärten Vermissten- und Mordfälle der vergangenen dreißig Jahre raussuchen, und zwar Personen zwischen fünfzehn und fünfzig …«

»Und warum erst ab fünfzehn?«

»Lura ist keiner, der sich an Kinder ranmacht. Der braucht erwachsene, ihm aber nicht ebenbürtige Personen, weil er selber unter starken Minderwertigkeitskomplexen leidet, glaub ich jedenfalls. Lura ist bei seiner Frau und Becker so raffiniert vorgegangen, das war meiner Meinung nach nicht das erste Mal, dass er gemordet hat. Das war die Arbeit von jemandem, der sich etwas beweisen wollte. Er wollte sich beweisen, dass er zu allem fähig ist und dass er das perfekte Verbrechen begehen kann. Und der braucht ein Ventil, um die aufgestauten Aggressionen loszuwerden. Auf der andern Seite will er uns unbewusst auf seine Spur führen, weil er ein Gefangener seiner Triebe, Obsessionen und unterdrückten Wünsche ist. Nur, er würde niemals zugeben, einen Mord begangen zu haben, weil das nicht zu der ihm anerzogenen Persönlichkeit gehört. Alles, was er macht, macht er perfekt. Er macht sein Abi mit achtzehn und mit der Traumnote eins, er studiert BWL und Psychologie und schafft beide Examen mit Auszeichnung, er macht aus einem mittelmäßigen Autohaus eins für die Superreichen, er ist der Perfektionist schlechthin. Wir sollten Richter einschalten und ihn um ein Profil bitten.«

»Mach, was du willst, aber wirklich erst morgen. In einer Dreiviertelstunde fängt nämlich Fußball an.«

»Heute hätte ich sowieso keinen Nerv mehr dazu. Aber wenn wir irgendwas finden, das wir mit Lura in Zusammenhang bringen könnten …«

»Wenn, wenn, wenn. Schalt jetzt bitte dein Hirn ab und leiste Nadine Gesellschaft, damit ich in Ruhe fernsehen kann. Für heute ist jedenfalls Schluss.«

Sonntag, 20.30 Uhr

Julia Durant hatte noch bei Hellmers zu Abend gegessen und sich gegen zwanzig Uhr verabschiedet. Sie fuhr jedoch nicht nach Hause, wie sie ihnen gesagt hatte, sondern ins Präsidium. Von unterwegs hatte sie sich zwei Dosen Bier und eine Tüte Chips mitgebracht. Sie würde bestimmt drei, vier Stunden im Büro sein. Nur in einigen wenigen Zimmern brannte Licht, entweder Kollegen, die Bereitschaft hatten und jetzt Karten spielten, oder Beamte des KDD, die ständig präsent sein mussten.

Auf dem Weg nach oben begegnete sie niemandem. Sie ging in ihr Büro, schaltete den PC ein, zündete sich eine Zigarette an und wartete, bis der Computer hochgefahren war. Sie rief erst die Datei aller ungeklärten Mordfälle der letzten dreißig Jahre im Rhein-Main-Gebiet auf, stieß dabei jedoch auf keinen einzigen, den sie mit Lura in Verbindung bringen konnte. Es befanden sich vier Prostituierte darunter, dreizehn einschlägig vorbestrafte Kriminelle, zwei Frauen, die aber in ihrer Wohnung umgebracht und ausgeraubt worden waren, sowie neun andere Fälle, die Durant ebenfalls nicht mit Lura in Verbindung bringen konnte, weil es sich entweder um Rentner handelte, die einem Raubmord oder einem Mord aus anderen niederen Beweggründen zum Opfer gefallen waren, oder Morde, die eindeutig einen sexuellen Hintergrund hatten.

Nach gut anderthalb Stunden schloss sie die Datei und öffnete jene mit den vermissten Personen. Insgesamt waren seit 1972 zweihundertsechsundsiebzig Personen im Alter zwischen fünfzehn und fünfzig verschwunden, von denen es bis heute kein Lebenszeichen gab. Von den meisten dieser vermissten Personen existierte ein Foto, von jeder eine ausführliche Beschreibung (Größe, Geburtsdatum, Geburtsort, letzte Adresse) sowie die Tätigkeit, die die betreffende Person zuletzt ausgeübt hatte. Sie ging Jahr für Jahr durch, bis ihr Blick wie gebannt bei einer jungen Frau hängen blieb.

Melissa Roth, zweiundzwanzig Jahre alt, Studentin der Fächer BWL und Anglistik, vermisst gemeldet am 14.12.1978, zuletzt gesehen am 13.12.1978 am späten Nachmittag, als sie die Uni verlassen hatte. Gegen achtzehn Uhr dreißig hatte sie noch mit ihrer Mutter telefoniert und wollte sich am Abend mit einem Kommilitonen treffen, der aber nicht kommen konnte, weil ihm alle vier Reifen seines Autos von Unbekannten zerstochen worden waren. Sie hatten sich für halb neun an einer Bushaltestelle unweit der Wohnung von Melissa Roth verabredet, wo er sie abholen und anschließend mit ihr essen gehen wollte. Das Alibi des jungen Mannes war einwandfrei. Er gab an, noch versucht zu haben, sie zu erreichen, aber sie schien zu diesem Zeitpunkt bereits das Haus verlassen zu haben, was nicht verwunderlich war, da beide Wohnungen nur zehn Autominuten auseinander lagen. Ein Busfahrer erinnerte sich noch, Melissa Roth an der Bushaltestelle gesehen zu haben, doch sie hatte abgewunken, als er anhielt, weil er annahm, sie wollte einsteigen. Die Polizei hatte in den folgenden Tagen und Wochen sämtliche Personen befragt, die Melissa Roth kannten, unter anderem alle Studenten und Dozenten, die in ihrem BWL-beziehungsweise Anglistikkurs waren. Dabei stellte sich heraus, dass sie eine lebenslustige junge Frau war, die keinen festen Freund hatte, aber kurzen Liebschaften gegenüber nicht abgeneigt war. Sie hatte sogar schon eine kurze Affäre mit einem ihrer Dozenten gehabt. Die Suche nach Melissa Roth blieb erfolglos, die Akte wurde nach zwei Jahren zu den unerledigten Fällen gelegt.

Durant trank einen Schluck Bier, nahm eine Hand voll Chips und lehnte sich zurück, während sie das Foto der jungen und überaus attraktiven Frau betrachtete. »BWL«, sagte sie leise zu sich selbst. »Und Lura hat zur selben Zeit auch BWL studiert. Bist du ihm in die Hände gefallen?« Sie steckte sich zwei Chips in den Mund und spülte mit Bier nach. »Wenn er in deinem Kurs war, dann muss er dich gekannt haben. Wahrscheinlich war er sogar hinter dir her, aber du hast ihn abblitzen lassen, und das hat ihm überhaupt nicht gefallen. Oder du hast ihm erst gar keine Beachtung geschenkt, was für ihn noch viel schlimmer gewesen sein muss. Kann natürlich auch sein, dass ich völlig danebenliege, aber irgendwie passt das zu meiner Vermutung, dass Lura nicht zum ersten Mal gemordet hat. Er muss auf dich gestanden haben, er wollte dich haben, und als er merkte, dass er für dich Luft war, hat er beschlossen, dich zu beseitigen. Sein erster perfekter Mord. Aber nicht perfekt genug.«

Sie stand auf und stellte sich ans Fenster, die Dose Bier in der Hand, und schaute hinunter auf die Straße, ein Blick, den sie nicht mehr lange würde genießen können, denn schon bald würde sie ihr neues, steriles, eintöniges Allerweltsbüro im vierten Stock mit Blick auf die Eschersheimer Landstraße beziehen. »Melissa Roth«, sagte sie. »Spätestens morgen werde ich wissen, ob du in einem Kurs mit Lura warst. Wenn ja, dann glaube ich zu wissen, was mit dir passiert ist. Also gut, und jetzt schaue ich mir noch die restlichen Jahre an, und dann mach ich mich ab in mein Bett.«

Um zwanzig vor zwölf hatte sie es geschafft, doch keine weitere Person gefunden, die sie mit Lura in Zusammenhang bringen konnte. Sie druckte alles über Melissa Roth aus und legte es auf ihren Schreibtisch, fuhr den PC herunter, nahm ihre Tasche, löschte das Licht und machte sich auf den Heimweg. Sie freute sich schon jetzt auf die Gesichter ihrer Kollegen, wenn sie ihnen morgen früh die Akte Melissa Roth präsentieren würde.

Als sie zu Hause ankam, war eine Nachricht von Dr. Meißner auf ihrem Anrufbeantworter. Er bat sie, ihn zurückzurufen. Sie würde es gleich morgen vom Büro aus tun.

Montag, 8.15 Uhr _____

Lagebesprechung. Julia Durant kam als Letzte ins Büro, Kullmer, Seidel und Hellmer hielten sich in Hellmers

Büro auf, Berger saß hinter seinem Schreibtisch und studierte die Zeitung. Er schaute auf, als Durant eintrat und ihn mit einem gut gelaunten »Guten Morgen« begrüßte.

»Guten Morgen, Frau Durant«, erwiderte Berger und faltete die Zeitung zusammen. »Hatten Sie ein schönes Wochenende?«

»Danke, ich kann nicht klagen«, antwortete sie mit einem undefinierbaren Lächeln, hängte ihre Tasche über die Stuhllehne, sah, dass die Kaffeekanne voll war, und schenkte sich eine Tasse ein.

»Ja, dann wollen wir doch mal anfangen«, sagte Berger.

»Gleich, ich muss erst noch kurz telefonieren.« Durant begab sich in ihr Büro und machte die Tür hinter sich zu. Sie tippte die Nummer von Meißners Praxis ein und ließ sich von der Sprechstundenhilfe verbinden.

»Hier Durant, Sie wollten mich sprechen?«

»Ja. Einen Augenblick bitte, ich gehe in ein anderes Zimmer.«

Sie wartete, bis Meißner sich wieder meldete. »Ich habe noch einmal über alles nachgedacht, und dabei ist mir etwas eingefallen, was für Sie vielleicht von Nutzen sein könnte. Vor einiger Zeit hat sich Herr Lura einem kompletten Check unterzogen und dabei auch eine CT seines Thorax machen lassen. Er kam mit den Röntgenbildern zu mir und hat mich gefragt, ob bei ihm alles in Ordnung sei, was der Fall war. Ich habe ihm gesagt, dass er kerngesund ist. Dabei hat er dann wie beiläufig gefragt, was man denn auf einem Röntgenbild sieht, wenn man zum Beispiel angeschossen würde. Ich habe es ihm erklärt, woraufhin er gefragt hat, an welchen Stellen man getroffen werden müsste, um nicht tot zu sein. Ich habe ihm einige Stellen gezeigt, ohne mir natürlich groß Gedanken darüber zu machen …«

»Augenblick, nicht so schnell«, wurde er von Durant unterbrochen. »Wann war das genau?«

»Moment, ich habe mir die Karte rausgesucht und kann Ihnen sogar das Datum nennen. Es war am 4. Juni dieses Jahres.«

»Und welche Stellen haben Sie ihm gezeigt?«

»Den oberen Brustbereich etwas unterhalb des Schlüsselbeins und die äußere rechte und linke Bauchseite. Ich wollte natürlich wissen, wozu er diese Informationen braucht, aber er hat nur gelacht und gemeint, er hätte einen Krimi gesehen und ihm wäre da so einiges merkwürdig vorgekommen. Ich kann mich noch erinnern, wie er gesagt hat, die Drehbuchautoren sollten wohl mal besser recherchieren, bevor sie einen solchen Mist verzapfen. Das war auch schon alles.«

»Haben Sie die Röntgenbilder noch?«

»Nein, Herr Lura hat darauf bestanden, sie mitzunehmen.«

»Würden Sie vor Gericht beeiden, was Sie mir da gerade erzählt haben?«

»Nur, wenn ich offiziell von meiner Schweigepflicht entbunden werde. Ansonsten nein.«

»Darüber machen Sie sich mal keine Sorgen. Ich habe Ihnen zu danken, denn Sie haben mir sehr geholfen.«

»Keine Ursache. Irgendwann muss man die Schulden der Vergangenheit begleichen. Ich kann mir trotzdem nicht vorstellen, dass Herr Lura zu einem Mord fähig wäre.«

»Ich melde mich wieder bei Ihnen. Und nochmals vielen Dank.«

Julia Durant legte auf, ballte die Fäuste und jubelte innerlich. Sie rief im Archiv an und bat darum, ihr so schnell wie möglich die komplette Akte Melissa Roth zu bringen. Dann erhob sie sich, bat ihre Kollegen, mit ihr in Bergers Büro zu kommen, setzte sich und wartete, bis auch die andern Platz genommen hatten.

»Ein wichtiges Gespräch?«, fragte Berger.

»Kann sein. Ach, ich habe etwas auf meinem Schreibtisch vergessen«, sagte sie und holte den Ausdruck über Melissa Roth.

»Können wir jetzt anfangen?«

»Ich bin bereit«, antwortete Durant.

»Hat irgendeiner von Ihnen am Wochenende etwas Neues

über unseren potenziellen Mörder in Erfahrung bringen können?« Berger sah in die Runde.

Hellmer schaute Durant an, die kaum merklich mit dem Kopf schüttelte, Kullmer und Seidel sagten wie aus einem Mund: »Nein, es war Wochenende.«

»Und wie haben Sie sich jetzt das weitere Vorgehen vorgestellt?«, fragte Berger.

»Wir werden Lura vorläufig festnehmen und hier auf dem Präsidium verhören«, antwortete Durant trocken.

»Bitte? Mit welcher Begründung?«

»Unter anderem mit dieser«, sagte sie und legte den Ausdruck auf den Tisch. »Ich war gestern Abend hier und bin sämtliche ungeklärten Mord- und Vermisstenfälle der vergangenen dreißig Jahre durchgegangen, weil ich der Überzeugung bin, dass Lura kein Ersttäter ist …«

»Augenblick, Augenblick«, unterbrach sie Berger. »Jetzt mal ganz sachte und schön der Reihe nach, damit ein alter Mann wie ich das auch alles kapiert.«

»Melissa Roth, zweiundzwanzig Jahre alt, vermisst gemeldet am 14. Dezember 1978. Sie war BWL-Studentin, und zwar zur selben Zeit wie Lura. Der komplette Vorgang müsste in wenigen Minuten hier sein, ich habe ihn im Archiv angefordert. Lesen Sie selbst.«

Berger nahm die vier Seiten in die Hand und überflog sie. »Sie meinen, Lura könnte dahinter stecken?«

»Es ist vorläufig nur eine Vermutung …«

»Wenn Sie von Vermutung sprechen, dann heißt das, Sie sind überzeugt.«

Durant zuckte mit den Schultern. »Nennen Sie es, wie Sie wollen, für mich ist Lura ein Killer. Hellmer und ich haben uns gestern Nachmittag mit dem ehemaligen Arzt der Familie Lura unterhalten, der sehr detaillierte Angaben über Lura machen konnte. Frank, erzähl du.«

Hellmer berichtete von dem Gespräch mit Dr. Hahn, und er

ließ dabei keine Einzelheit aus. Als er geendet hatte, sagte Berger nachdenklich: »Das hört sich nicht sehr gut für den Herrn an. Gibt es noch etwas, das ich wissen müsste?«

»Ja. Ich habe am Freitagabend diesem Dr. Meißner einen Besuch abgestattet. Er wurde nach einer Weile doch ziemlich redselig und hat zugegeben, Lura gewisse Dienste erwiesen zu haben. Demnach hat Lura des Öfteren Frauen übel zugerichtet und sie von Meißner behandeln lassen. Ich will aber nicht, dass Meißner deswegen Scherereien bekommt, ich hab's ihm auch zugesichert. Lura hat ihn und auch Becker irgendwie in der Hand gehabt, auch wenn er ganz offensichtlich fürstlich bezahlt hat. Ich habe gerade eben noch mal mit Meißner telefoniert, und der hat mir etwas sehr Aufschlussreiches mitgeteilt. Lura hat von seinem Thorax eine CT machen lassen, und jetzt kommt's. Er hat Meißner gefragt, wo eine Kugel keinen größeren Schaden anrichtet, angeblich, weil ihm einige Ungereimtheiten in einem Film aufgefallen sind. Meißner hat's ihm erklärt, ohne sich was dabei zu denken. Er würde das übrigens auch vor Gericht bezeugen, vorausgesetzt, er wird von seiner Schweigepflicht befreit. Tja, und am Samstag war ich bei Lura. Ich habe ihm einige unangenehme Dinge auf den Kopf zugesagt, bis er schließlich zugab, seine Frau ab und zu geschlagen zu haben. Dabei hat er mir weismachen wollen, sie hätte ihn zur Weißglut getrieben und so weiter und so fort.«

Berger, Kullmer und Seidel hatten die ganze Zeit aufmerksam zugehört. Kullmer sagte: »Also, wenn ich das jetzt richtig verstanden habe, ist Lura schon als Kind auffällig geworden, indem er einige Male von zu Hause abgehauen, aber kurz darauf wieder aufgetaucht ist, ohne dass jemand wusste, wo er sich rumgetrieben hat. Außerdem hat er sich etliche Male selbst Verletzungen zugefügt, um damit ein bestimmtes Ziel zu erreichen, wie zum Beispiel das ersehnte Auto zu bekommen. Er hat sich erklären lassen, wie man sich Schussverletzungen beibringt, ohne dabei zu sterben, und er hat ein Riesenproblem mit Frauen …«

Die Tür ging auf, ein Beamter kam herein und legte zwei dicke Ordner auf den Tisch. »Die angeforderten Unterlagen aus dem Archiv.«

»Danke«, sagte Durant, woraufhin sich der Beamte wieder entfernte. Sie schlug einen Ordner auf, während Hellmer sich den anderen vornahm. Sie blätterten Seite für Seite durch, bis Hellmer sagte: »Hier ist die Liste mit den Studenten … Moment … Bingo! Rolf Lura war im selben Kurs wie Melissa Roth. Er wurde befragt, aber er hat ausgesagt, keinerlei Kontakt zu ihr gehabt zu haben. Sein Alibi ist dünn, laut seiner Aussage hat er am 13. Dezember 1978 zu Hause gelernt. Und das war's schon, mehr gibt's über ihn hier drin nicht. Er ist durchs Raster gefallen, weil er der Sohn eines angesehenen Autohändlers war. Mag jemand über Zufälle denken, wie er will, für mich ist das kein Zufall mehr.«

»Für mich auch nicht«, sagte Durant. »Damit haben wir eine Handhabe, ihn vorläufig festzunehmen. Und hier auf dem Präsidium wird er uns Rede und Antwort stehen.«

»Dazu gehört aber vor allem, dass er uns verrät, wo sein geheimes Versteck liegt. Ohne dieses Versteck haben wir im Grunde nichts in der Hand«, entgegnete Berger. »Eine auf Vermutungen basierende Beweisführung wird knallhart abgeschmettert.«

»Es gibt da auch noch seine Mutter. Zu ihr hat er ein äußerst vertrauensvolles Verhältnis. Ich bin sicher, er hat ihr irgendwann einmal erzählt, wo er sich aufgehalten hat, wenn er mal wieder verschwunden war. Wenn er sich nicht zufällig bei uns verplappert, bleibt nur sie als unsere letzte Hoffnung.«

»Frau Durant«, sagte Berger, »Sie haben wieder einmal Alleingänge unternommen, ohne mich davon zu informieren. Was soll ich davon halten?«

»Sie wissen doch, wie ich bin. Und ich werde mich auch nicht ändern.«

»Sie haben gute Arbeit geleistet. Schnappen Sie sich diesen Kerl und bringen Sie ihn her. Wir haben doch schon einiges gegen ihn in der Hand. Wir müssen nur sehr vorsichtig zu Werke gehen. Und jetzt los, ich will den Typ in spätestens einer Stunde hier haben. Ich werde inzwischen mit der Staatsanwaltschaft telefonieren und denen klar zu machen versuchen, dass Lura unter dringendem Tatverdacht steht. Vielleicht kriegen wir einen Haftbefehl, aber ich würde mir an Ihrer Stelle nicht zu viel Hoffnung machen.«

»Danke. Und fragen Sie bei der Gelegenheit gleich wegen Meißner nach, dass er von seiner Schweigepflicht befreit wird. Wir beeilen uns«, sagte Durant und gab Hellmer ein Zeichen. »Peter und Doris, ihr geht bitte noch mal die Akten von Melissa Roth durch, vielleicht findet ihr ja noch was … Nein, wartet, das hat Zeit. Was anderes ist viel wichtiger – ich brauche die Kreutzer hier im Präsidium. Schafft sie her, die Adresse steht in den Akten. Wir brauchen ihre schriftliche Aussage, dass sie von Lura misshandelt wurde und er sich ihr Schweigen erkauft hat.«

»Wird erledigt. Wir machen uns gleich auf den Weg.«

Auf dem Flur meinte Hellmer: »Du bist mir eine. Sagst, dass du nach Hause fährst, weil du müde bist, und in Wirklichkeit treibst du dich im Präsidium rum. Mann o Mann, aus dir soll einer schlau werden.«

»Was soll ich schon großartig zu Hause? Ich bin doch eh nur allein«, entgegnete sie traurig. »Allein essen, allein fernsehen, allein Musik hören … Frank, das ist ein Scheißleben. Da bin ich lieber hier und arbeite. Und du siehst ja, ich hatte Erfolg. Vielleicht ist das ja auch meine Bestimmung.«

»Quatsch«, sagte Hellmer. »Es ist niemals die Bestimmung eines Menschen, dass er sein Leben allein verbringt.«

»Hören wir auf damit, es gibt Wichtigeres zu tun. Fahr los.«

Montag, 9.45 Uhr _____

Autohaus Lura. Rolf Lura war in ein Kundengespräch verwickelt und zeigte einem jungen Mann, der höchstens fünfundzwanzig Jahre alt war, einen Lamborghini Murciélago in Metallicblau. Durant und Hellmer gingen auf Lura zu, dessen linker Arm nicht mehr in der Schlinge steckte. Es schien, als könnte er ihn wieder wie vor der Tat einsetzen.

»Herr Lura …«

Lura drehte sich abrupt um, als er die ihm bekannte Stimme hörte, und sagte höflich, aber bestimmt: »Wenn Sie sich bitte gedulden wollen, ich bin im Moment unabkömmlich, wie Sie sehen.«

»Lassen Sie einen Ihrer Mitarbeiter weitermachen. Wir möchten Sie bitten, uns aufs Präsidium zu begleiten.«

»Warten Sie einen Augenblick, Sie können sich ja mal reinsetzen und die unvergleichliche Atmosphäre dieses Traumautos auf sich wirken lassen. Ich bin gleich wieder bei Ihnen, und dann machen wir auch eine Probefahrt«, sagte er zu dem jungen Mann. Und dann an Durant und Hellmer gewandt: »Gehen wir in mein Büro. Ist Ihnen eigentlich klar, dass Sie mich in eine äußerst peinliche Situation bringen?«

»Herr Lura, wir werden nicht in Ihr Büro gehen, sondern in unser Büro. Wir haben einige Fragen, die nur Sie uns beantworten können.«

»Aus welchem Grund sollte ich mit Ihnen mitgehen? Haben Sie einen Haftbefehl?«

»Brauchen wir einen?«, fragte Durant spöttisch zurück.

»Nein, den brauchen Sie nicht, denn ich habe mir nichts vorzuwerfen«, antwortete er überheblich lächelnd. »Aber Sie werden jede Menge Ärger bekommen, das verspreche ich Ihnen. Herr Neubert, würden Sie bitte den Kunden übernehmen. Ich bin so um die Mittagszeit wieder zurück.«

»Wir werden sehen. Sind Sie bereit?«

»Ja.«

»Frank, begleitest du Herrn Lura bitte zum Wagen, ich muss noch mal schnell für kleine Mädchen. Sie haben doch eine Toilette im Haus?«

»Da vorne«, sagte Lura mit säuerlicher Miene.

Julia Durant wartete, bis Hellmer und Lura auf dem Parkplatz und in den Lancia eingestiegen waren, dann begab sie sich in den ersten Stock und ging schnurstracks auf das Büro von Judith Klein zu. Sie klopfte und trat einfach ein.

»Tag, Frau Klein. Sie erinnern sich noch an mich?«

Judith Klein erhob sich und reichte Durant die Hand. »Natürlich. War alles umsonst, was?«

»Was meinen Sie?«, fragte Durant.

»Ich habe wohl einige Dinge gesagt, die ich besser für mich behalten hätte. Ich meine, nach dem, was passiert ist. Ich bin eben manchmal zu vorlaut, das sagt auch meine Mutter andauernd.«

»Machen Sie sich deswegen keine Gedanken, Sie haben alles richtig gemacht. Frau Kreutzer war sehr kooperativ. Ich hoffe nur, Sie ist jetzt nicht sauer auf Sie.«

»Nein, wir haben am Samstag über alles geredet. Wir sind noch Freundinnen.«

»Ich wollte mich nur noch mal bei Ihnen bedanken. Sie sind heute allein, wie ich sehe.«

»Mandy, ich meine Frau Preusse, hat heute und morgen Urlaub.«

»Dann noch einen schönen Tag, und vielleicht sehen wir uns ja mal wieder«, sagte Durant und reichte Judith Klein die Hand. »Tschüs.«

Auf der Fahrt ins Präsidium sagte Lura: »Ich werde das Gefühl nicht los, dass Sie mir auf Gedeih und Verderb was anhängen wollen. Habe ich Recht?«

»Herr Lura, es ist nicht unsere Art, jemandem etwas anzuhängen, was er nicht getan hat. Wir haben wie gesagt nur ein paar Fragen an Sie, um den Fall endlich abschließen zu können.«

»Na toll. Und dafür müssen Sie mich quasi aus meinem Geschäft entführen. Das wird Konsequenzen für Sie haben.«

»Das haben Sie bereits betont. Aber Sie haben sich doch

nichts vorzuwerfen, und wir machen nur unsere Arbeit. Was ist das eigentlich für ein Auto, das Sie dem jungen Mann gezeigt haben?«

»Ein Lamborghini Murciélago. Einer der schönsten und schnellsten Sportwagen der Welt.«

»Und wie teuer ist so ein Schlitten?«, wollte Hellmer wissen.

»So teuer, dass Sie ihn sich bei Ihrem Gehalt niemals werden leisten können.«

»Mich interessiert nur der Preis.«

»So wie er da steht mit allen Extras um die zweihundertfünf-zigtausend Euro. Zufrieden?«

Hellmer sah Durant von der Seite an und grinste. »Nur zwei-hundertfünfzigtausend? Ich könnte meine Frau mal fragen, ob sie ihn mir zum Geburtstag schenkt. Sie hat übrigens schon mal bei Ihnen ein Auto gekauft.«

»Ihre Frau?«

»Frau Nadine Hellmer, wenn Ihnen der Name etwas sagt. Ich bin nur Polizist, weil mir der Job gefällt und ich was gegen Ver-brecher habe.«

»Worauf wollen Sie hinaus?«

»Nichts weiter.«

Hellmer bog auf den Präsidiumshof ein, stellte den Wagen ab, sie nahmen Lura in die Mitte und gingen nach oben.

»Hier entlang«, sagte Hellmer und machte die Tür auf. »Voila, da sind wir. Wenn Sie bitte Platz nehmen wollen. Möchten Sie etwas trinken? Wasser, Kaffee, Cola?«

»Nein, ich will nur so schnell wie möglich wieder hier raus«, fuhr ihn Lura barsch an.

»Keine Hektik. So dringend werden Sie nun auch wieder nicht gebraucht, schließlich waren Sie fast die ganze letzte Woche nicht im Geschäft, und es ist trotzdem alles weitergegangen. Wir werden übrigens dieses Gespräch mitschneiden, nur für alle Fälle.«

»Tun Sie, was Sie nicht lassen können. Aber wenn Sie mich

auf den Arm nehmen wollen, dann haben Sie einen denkbar ungünstigen Zeitpunkt gewählt. Fangen Sie also bitte an, ich habe meine Zeit nicht gestohlen.«

Durant ließ sich hinter dem Schreibtisch nieder, sah den Heftordner, schlug ihn auf, lächelte und drückte den Aufnahmeknopf des Tonbands. Hellmer zog sich einen Stuhl heran und setzte sich verkehrt herum darauf, die Arme auf die Lehne gestützt.

»Herr Lura«, sagte Durant, »ich habe nicht vor, Sie lange aufzuhalten, weshalb ich es kurz machen will. Haben Sie Ihre Frau und Dr. Becker umgebracht?«

Lura verengte die Augen zu Schlitzen und antwortete mit einem überheblichen Lächeln: »Aha, dachte ich mir's doch, darauf läuft es also hinaus. Ich habe geahnt, dass Sie mich verdächtigen, und jetzt haben Sie die Katze endlich aus dem Sack gelassen. Aber um auf Ihre Frage zu antworten – nein, ich habe weder meine Frau noch Dr. Becker umgebracht. Ich habe meine Frau geliebt, und Dr. Becker war ein äußerst fähiger Anwalt, der kaum zu ersetzen sein wird. Und anscheinend haben Sie vergessen, dass ich das Opfer bin beziehungsweise sein sollte.«

»Warum haben Sie Ihre Frau so häufig misshandelt?«

»Wer behauptet das? Ich habe Ihnen bereits am Samstag gesagt, dass ich meine Frau zwar geschlagen habe, aber von Misshandlung war nie die Rede. Und wer etwas anderes behauptet, lügt.«

»Sie haben ihr die Zähne ausgeschlagen, ihr den kleinen Finger gebrochen, so dass sie nicht mehr richtig Klavier spielen konnte, Sie haben sie derart misshandelt, dass sie oftmals tagelang nicht das Haus verlassen konnte. Ihre Mutter hat dann auf sie … aufgepasst.«

»Ach, kommen Sie, das sind Lügengeschichten, an den Haaren herbeigezogene Märchen! Ich …«

»Sie haben mehrere Frauen auf das Schwerste misshandelt. Ich will keine Details nennen, doch mir liegen die Aussagen mehrerer Personen vor, die diesen Vorwurf bestätigen. Was haben Sie dazu zu sagen?«, fragte Durant gelassen.

»Von wem haben Sie denn diesen Blödsinn?«

»Das tut im Augenblick nichts zur Sache. Es sind auf jeden Fall Personen, die dies vor Gericht beeiden würden.«

»Jeder Eid kann ganz schnell zu einem Meineid werden, das wissen Sie so gut wie ich. Und jetzt möchte ich bitte mit meinem Anwalt sprechen, da dies ja ganz offensichtlich ein Verhör ist und ich mir nicht länger diese Unverschämtheiten bieten lassen will.«

»Sie können Ihren Anwalt sprechen, wenn wir mit der Befragung fertig sind.«

»Stehe ich unter Mordverdacht? Wenn ja, verlange ich, meinen Anwalt zu sprechen.«

»Bevor ich's vergesse, Sie haben natürlich das Recht, die Aussage zu verweigern, jedoch kann alles, was Sie sagen, vor Gericht gegen Sie verwertet werden. Das nur, damit auch die Formalitäten abgeklärt sind …«

»Das sind Nazimethoden …«

»Schön, dann sind es eben Nazimethoden. Wenn Sie sich nichts vorzuwerfen haben, können wir ja fortfahren, wir haben nämlich unsere Zeit auch nicht gestohlen. Sie haben sich Anfang Juni dieses Jahres eine CT Ihres Thorax machen lassen und haben Ihren Hausarzt, Dr. Meißner, gebeten, Ihnen zu erklären, wo man hinschießen muss, um nicht tödlich getroffen zu werden. Angeblich haben Sie einen Film gesehen, in dem Ihnen Ungereimtheiten aufgefallen sind …«

»Meißner ist ein Spinner! Sie glauben doch wohl einem Ex-Knacki nicht so einen Blödsinn …«

»Herr Lura, Sie hatten zwei Kugeln in ihrem Körper, und zwar an genau den Stellen, die Ihnen von Dr. Meißner unter anderem gezeigt wurden.«

»Zufall, purer Zufall. Ist es vielleicht meine Schuld, wenn meine Frau nicht richtig zielen kann?!«

416

»Zufall«, sagte Hellmer und beugte sich noch weiter nach vorn. »Wie war das eigentlich in Ihrer Kindheit und Jugend, als Sie sich oft verletzt haben. Was waren das für Verletzungen?«

»Ich weiß nicht, wovon Sie sprechen.«

»O doch, das wissen Sie schon. Wir haben mit Ihrem damaligen Arzt, einem gewissen Dr. Hahn, gesprochen, der uns sehr aufschlussreiche Details genannt hat …«

Lura lachte zynisch auf und meinte: »Dr. Hahn, ich wusste gar nicht, dass der noch lebt. Na gut, er ist ein alter, seniler Mann. Was wollen Sie denn mit dem?«

»Er ist alt, das stimmt, aber senil ganz sicher nicht, davon haben wir uns einen Eindruck verschafft. Wollen Sie uns nicht sagen, warum Sie sich als Kind und Jugendlicher permanent selber verletzt haben? Im Fachjargon nennt man das auch autoaggressives Verhalten. Aber autoaggressives Verhalten hat immer etwas mit Aggression gegenüber andern zu tun, die man jedoch nicht rauslassen kann, weil man ja noch ein Kind ist.«

»Ich weiß noch immer nicht, wovon Sie sprechen. Außerdem habe ich selber Psychologie studiert und das Examen mit magna cum laude bestanden, aber das wissen Sie sicher längst. Ich kenne mich mit Autoaggressionen bestens aus, doch Sie sollten bedenken, dass dieses Krankheitsbild wesentlich komplexer ist, als Sie es hier darzustellen versuchen«, erwiderte Lura erneut überheblich lächelnd. »Ich wette, Sie haben dieses Wort gestern oder vorgestern zum ersten Mal gehört.«

Hellmer blieb unbeeindruckt und fuhr fort: »Sie waren einundzwanzig und wollten einen BMW haben, den Ihr Vater Ihnen aber nicht zu kaufen bereit war. Sie haben sich eine schwere Gehirnerschütterung zugefügt, lagen eine Woche im Krankenhaus, aber schließlich haben Sie Ihr Ziel erreicht, nämlich den ersehnten Wagen. Korrigieren Sie mich, wenn ich etwas Falsches sage.«

»Ich bin gegen eine Tür gelaufen, das ist alles. Aber ich sehe,

Sie haben keine Mühe gescheut, in meinem Leben rumzuschnüffeln.«

»Herr Lura, man läuft nicht einfach so gegen eine Tür und liegt danach eine Woche im Krankenhaus, schon gar nicht, wenn es sich dabei um einen jungen, kerngesunden Mann handelt. Wir wissen, dass solche und ähnliche Vorfälle sich häufig zugetragen haben.«

»Ich war schon immer etwas unbeholfen. Außerdem, was hat das mit dem Verbrechen an mir zu tun?«, fragte er scheinbar gelangweilt.

»Unter Umständen eine ganze Menge«, sagte Durant. »Sie haben doch neben Psychologie auch BWL studiert. Ich weiß, ich weiß, auch dieses Examen haben Sie mit Glanz und Gloria bestanden. Wie war denn so das Verhältnis zu Ihren Kommilitonen und vor allem Kommilitoninnen?«

Lura lehnte sich zurück und schlug die Beine übereinander. Er sah Durant mit stechendem Blick an, fuhr sich mit einer Hand über die Nase und antwortete: »Wie soll ich mich mit ihnen verstanden haben? Ganz gut.«

»Hatten Sie einen guten Kontakt zu den andern Studenten?«

»Es geht. Die meisten von ihnen waren ziemlich unreif, wenn ich es so formulieren darf, was jedoch nicht arrogant klingen soll. Aber für das Gros war das Studium nur Nebensache, sie trieben sich lieber in Kneipen oder Discos herum, haben bis zum Koma gesoffen oder sich mit Hasch die Birne zugedröhnt. Mit diesen Dingen hatte ich allerdings nichts am Hut, falls Sie darauf hinauswollen. Für mich zählte nur die Uni und mein Studium.«

»Also hatten Sie doch kein so gutes Verhältnis zu Ihren Kommilitonen. Sie hatten sicher auch keine Freunde während dieser Zeit.«

»Nein, ich hatte keine Freunde.«

»Hätten Sie denn gerne welche gehabt?«

»Nein. Freunde hindern einen am Wesentlichen. Nur weil ich

extrem diszipliniert war, habe ich es so weit gebracht. Das gilt im Übrigen auch heute noch.«

»Aber ohne Freunde kann man doch gar nicht richtig existieren. Jeder braucht jemanden, mit dem man seine Freude, aber auch seinen Kummer teilen kann. War da niemand?«

»Ich habe sehr früh gelernt, mir selbst mein bester Freund zu sein. Außerdem sollte Ihnen bekannt sein, dass ich bis vergangene Woche einen Freund hatte, Dr. Becker. Zumindest meinte ich, er sei mein Freund. Aber leider wurde ich eines Besseren, oder treffender gesagt, eines Schlechteren belehrt. Deshalb werden Sie verstehen, wenn ich auf Freundschaften keinen sonderlich großen Wert mehr lege.«

»Hatten Sie als Kind auch keine Freunde?«

»Warum interessiert Sie das?«

»Möchten Sie diese Frage nicht beantworten, oder können Sie nicht?«

»Natürlich hatte ich Freunde. Wir haben Fußball gespielt, haben uns versteckt, haben heimlich Liebespaare beobachtet, eben alles, was man als Jungs so treibt.«

»Wie hießen diese Freunde?«

»Das ist eine Ewigkeit her«, antwortete Lura schulterzuckend. »Namen sind für mich Schall und Rauch. Ich hab sie vergessen.«

»So, vergessen. Ich sage Ihnen etwas, Sie haben die Namen nicht vergessen, weil es keine Namen gibt. Sie waren immer allein, Sie hatten nie auch nur einen einzigen Freund …«

»Hören Sie doch auf mit diesem Psychoquatsch! Ich weiß genau, worauf Sie hinauswollen. Aber das zieht bei mir nicht. Was wissen Sie schon über meine Kindheit? Nichts! Und Sie werden auch nie etwas darüber erfahren, weil es nichts zu erfahren gibt.«

»Ich glaube, da täuschen Sie sich. Wir wissen mehr über Ihre Kindheit, als Sie uns hier weismachen wollen. Zum Beispiel sind Sie etliche Male für etwa einen Tag von zu Hause weggeblieben, und keiner hat eine Ahnung, wo Sie waren. Vielleicht erzählen Sie uns das ja. Bleibt auch unter uns«, sagte Hellmer grinsend.

»Ich soll von zu Hause weggeblieben sein? Das ist schon wieder so ein Blödsinn! Wer setzt bloß solche Lügen über mich in die Welt?«

»Personen, die Sie sehr, sehr gut kennen. Ihr Vater zum Beispiel. Also, wo waren Sie?«

»Ich kann mich nicht erinnern. Und mein Vater bringt sowieso andauernd irgendwelche Sachen durcheinander.«

»Bei unserem ersten Besuch, es kann auch beim zweiten gewesen sein, hat Ihre Frau uns gesagt, Sie hätten so etwas wie ein fotografisches Gedächtnis. Aber an bestimmte Ereignisse aus Ihrer Kindheit und Jugend können Sie sich angeblich nicht erinnern. Seltsam.«

»Was ist daran seltsam?«, fragte Lura und zündete sich eine Zigarette an. »Ich wette mit Ihnen eins zu hundert, Sie können mir nicht einmal fünf Namen von so genannten Freunden oder Spielkameraden aufzählen, als Sie acht oder neun Jahre alt waren.«

»Könnte ich sehr wohl«, schwindelte Hellmer, dem aber auf Anhieb nur ein Name einfiel. »Und wie war das, als Sie zwölf, dreizehn oder vierzehn Jahre alt waren?«

»Das tut doch nichts zur Sache, oder? Wessen beschuldigen Sie mich eigentlich?«

»Gäbe es irgendetwas, dessen wir Sie beschuldigen könnten?«

»Natürlich nicht. Ich habe zugegeben, meine Frau hin und wieder geschlagen zu haben, aber das macht in Deutschland etwa jeder dritte Mann in schöner Regelmäßigkeit, und keiner bekommt etwas davon mit, weil es sich immer hinter verschlossenen Türen abspielt. Ich bin kein Einzelfall, aber ich bin auch kein Mörder, als den Sie mich gerne hinstellen möchten. Sie basteln sich ein paar Indizien zurecht und meinen, damit könnten Sie mir einen Mord unterjubeln. Nein, so leicht geht das nicht.«

Die Tür wurde geöffnet, Kullmer kam herein und flüsterte Durant etwas ins Ohr. Sie nickte, stand auf und sagte: »Frank, ich bin gleich zurück. Du kannst ruhig weitermachen.«

»So geheimnisvoll?«, sagte Lura süffisant lächelnd und nahm einen tiefen Zug an seiner Zigarette.

»Herr Lura, wie hat sich das am vergangenen Dienstag noch mal abgespielt?«

»Das habe ich Ihnen bereits erzählt, und ich hasse Wiederholungen.«

»Wir haben aber kein Protokoll davon, weil Sie Ihre Aussage im Krankenhaus gemacht haben. Deshalb bitte ich Sie …«

»Schon gut, schon gut. Ich habe das Haus zusammen mit meiner Frau verlassen, sie hat mir eine Pistole an den Kopf gehalten, Becker hat auf uns gewartet, sie ist in seinen Wagen umgestiegen, Becker hat mir befohlen, zu einer abgelegenen Stelle im Stadtwald zu fahren, er hat mir die Pistole über den Schädel gezogen, und ab da habe ich einen Filmriss. Sonst noch was?«

»Was haben Sie zu essen und zu trinken bekommen?«

»Zu essen gar nichts, zu trinken nur Wasser.«

»Geräusche haben Sie keine gehört?«

»Nein, sagte ich doch schon.«

»Gut. Wieso haben Sie das Testament im Juni zu Gunsten Ihrer Frau geändert?«

»Weil ich sie über alles geliebt habe. Ich bin ein sehr vorsichtiger Mensch. Als wir geheiratet haben, war ich nicht sicher, ob das auch für die Ewigkeit halten würde. Deshalb habe ich zuerst meinen Sohn als Haupterben eingesetzt. Aber dann dachte ich, meine Frau hat so treu zu mir gestanden, ich bin es ihr schuldig, dass Sie mindestens gleichberechtigt ist. Und gedankt hat sie mir dafür, indem sie mich kaltblütig umbringen wollte.«

»Ihre Frau wusste also von dem neuen Testament?«

»Natürlich. Es lag ganz offen in meinem Schreibtisch.«

»Und wieso wusste Dr. Becker nichts davon?«

»Ich wollte es ihm noch mitteilen und das Testament bei Gelegenheit bei ihm hinterlegen.«

Julia Durant kam wieder herein, setzte sich, steckte sich eine Gauloise an und sagte: »Herr Lura, wir haben einen vorläufigen Haftbefehl gegen Sie, da alles dafür spricht, dass Sie Ihre Entführung selbst inszeniert und Ihre Frau und Dr. Becker umgebracht haben. Die bisherigen Indizien sprechen eindeutig gegen Sie, und wir sind dabei, immer mehr zusammenzutragen …«

Lura verschränkte die Arme vor der Brust und erklärte: »Ich werde keine Aussage mehr machen, bevor ich nicht mit meinem Anwalt gesprochen habe.«

Durant ging nicht darauf ein und fuhr fort: »Wir haben hier die Aussage einer gewissen Karin Kreutzer – der Name sagt Ihnen sicher etwas –, die vor Gericht eidesstattlich bezeugen wird, dass sie von Ihnen am 9. Juli auf das Schwerste misshandelt wurde, weil sie sich von Ihnen trennen wollte …«

»Die Kreutzer hat sie doch nicht mehr alle! Die hat von sich aus gekündigt …«

»Ja, nachdem Sie sich ihr Schweigen erkauft hatten. Sie hat uns erzählt, dass Dr. Becker ihr ein Schriftstück zur Unterschrift vorgelegt hat, laut dem sie bestätigt, nie eine Affäre mit Ihnen gehabt zu haben. Sie hat von Ihnen fünfzigtausend Euro in bar und einen Mercedes bekommen, damit sie ihren Mund hält. Dr. Meißner war als Arzt vor Ort und hat ihre Wunden versorgt und ihr Valium gegeben. Das hat er mir gegenüber ausgesagt, ohne dass ich ihn unter Druck gesetzt habe. Was sagen Sie zu diesen Vorwürfen?«

»Gar nichts, denn sie sind haltlos und aus der Luft gegriffen. Ein solches Schriftstück existiert nicht.«

»Sie täuschen sich. Dr. Becker hat Ihnen zwar das Original gegeben, aber er hat sich vorher eine Kopie davon gezogen, und meine Kollegen haben diese Kopie bei der Durchsuchung seines Büros gefunden«, sagte sie und hoffte, diese Lüge würde ihr vor Gericht nicht zum Verhängnis werden. Doch Lura fiel zum Glück darauf herein.

»Die Sache war ganz anders. Die Kreutzer wollte immer ein

Verhältnis mit mir anfangen, aber ich habe mich geweigert. Und dann hat sie begonnen, ein paar Dinge zu konstruieren, damit es so aussieht, als wäre etwas zwischen uns gewesen. Und um nicht meinen guten Ruf zu verlieren, habe ich ihr nahe gelegt zu kündigen und ihr eine sehr großzügige Abfindung angeboten, die sie gerne angenommen hat. Was Meißner sagt, ist eine glatte Lüge.«

»Sie bezichtigen ständig die andern der Lüge. Die Frage ist nur, wer hier lügt und wem man am Ende glaubt. Und wir haben hier noch etwas, das Sie interessieren dürfte«, sagte Durant, nahm die vier Blätter und legte das oberste Lura vor. »Kennen Sie diese Frau?«

Sie beobachtete Luras Reaktion, doch er zeigte sich unbeeindruckt.

»Müsste ich sie kennen?«

»Eigentlich ja. Melissa Roth, wenn Ihnen der Name etwas sagt. Sie war in Ihrem BWL-Kurs.«

»Wissen Sie eigentlich, wie viele Studenten in einem solchen Kurs waren? Manchmal war der Lehrsaal so voll, dass einige stehen mussten, wenn sie nicht rechtzeitig kamen. Wie soll man sich da jedes Gesicht merken?«

»Ich denke, ein solches Gesicht übersieht man nicht, schon gar nicht jemand wie Sie. Sie verschwand am 13. Dezember 1978 spurlos, nachdem sie sich mit einem Kommilitonen verabredet hatte, der jedoch nicht erscheinen konnte, weil ihm jemand alle vier Reifen zerstochen hatte.«

»Damals gab es eine Serie von …« Lura hielt urplötzlich inne und presste die Lippen zusammen. Er bemerkte den Fehler, den er begangen hatte, einen Tick zu spät.

»Sie haben Recht, damals ist wochenlang eine Bande von Reifenstechern durch Sindlingen und Zeilsheim gezogen. Das wollten Sie doch sagen. Daran können Sie sich komischerweise erinnern. Wir gehen davon aus, dass Sie Melissa Roth entführt und ermordet haben, weil sie Ihnen keine Beachtung geschenkt hat oder Sie hat abblitzen lassen. Sie können es nicht ertragen, wenn man Ihnen nicht die gebührende Aufmerksamkeit schenkt oder Ihnen gar einen Korb gibt. Deshalb haben Sie sie entführt und umgebracht.«

»Das ist Spinnerei. Ich kannte diese Frau nicht.«

»Sie kannten sie schon, das geht aus dem Vernehmungsprotokoll hervor, denn damals wurden sämtliche Studenten, die in ihren Kursen waren, befragt, unter anderem auch Sie. Allgemein bekannt war auch, dass Frau Roth einen etwas lockeren Lebenswandel geführt und ihre Beziehungen häufig gewechselt hat. Nur Sie hat sie nicht rangelassen, und das hat Sie zur Weißglut getrieben.«

»Sie versuchen schon wieder, etwas zu konstruieren. Ich habe keine Ahnung, was aus dieser Frau geworden ist. Ich habe mit ihrem Verschwinden oder ihrer Ermordung nichts zu tun.«

»Das wird sich noch herausstellen … Wo haben Sie sich als Kind immer versteckt, wenn Ihnen zu Hause alles zu viel wurde?«

»Mir ist nichts zu viel geworden. Außerdem habe ich das Recht, einen Anwalt einzuschalten. Und ich bestehe darauf, dieses Recht jetzt in Anspruch zu nehmen.«

»Haben Sie eine Übermutter? Eine Glucke, die Sie ständig unter ihre Fittiche genommen und vor all dem Bösen, das draußen lauert, beschützt hat? Oder hat sie Ihnen keine Freiheiten gelassen, so dass Sie sich diese einfach genommen und schon als Kind Ihr geheimes Versteck hin und wieder aufgesucht haben?«

»Ich will meinen Anwalt sprechen.«

»Möchten Sie etwas essen oder trinken?«

»Ich will meinen Anwalt sprechen.«

»Sie können heute Nachmittag Ihren Anwalt verständigen, doch vorher haben wir noch einige Fragen an Sie.«

»Sie können fragen, so viel Sie wollen, ich werde nichts mehr ohne meinen Anwalt sagen.«

»Gut, dann lasse ich Sie jetzt in Ihre Zelle führen. Wir unterhalten uns dann heute Nachmittag noch einmal. Aber denken

Sie dran, die Beweise gegen Sie sind derart erdrückend, dass Sie keine Chance mehr haben.«

»Fühlen Sie sich bloß nicht zu sicher. Sie stempeln mich zum Mörder ab und vergessen dabei das Wesentliche – ich sollte umgebracht werden …«

»Sie haben doch Psychologie studiert«, wurde er von Durant unterbrochen. »Dann will ich Ihnen mal etwas sagen – eine Frau, die voller Wut und Hass ist, feuert nicht nur zwei Kugeln ab, sondern schießt gleich das ganze Magazin leer, das sollten Sie eigentlich wissen. Der Dilettantismus, mit dem in Ihrem Fall vorgegangen wurde, passt nicht. Und Ihre Frau hätte nach dieser Ehehölle wahrlich genug Gründe gehabt, mehr als nur ein Magazin leer zu schießen. Und selbst danach hätte sie sich noch vergewissert, ob das Objekt des abgrundtiefen Hasses auch wirklich tot ist. Aber Sie sind quicklebendig und erfreuen sich bester Gesundheit.«

»Sie hätten meine Frau sehen sollen, wie sie gezittert hat. Die war überhaupt nicht mehr zurechnungsfähig. Was ist jetzt mit meinem Anwalt?«

Durant schaute auf die Uhr und sagte: »Später.«

»Frau Durant, wir leben in einem Rechtsstaat, zumindest habe ich das bis vor ein paar Stunden geglaubt, aber mir scheint, dies ist ein Polizeistaat. Auch wenn Sie einen Haftbefehl haben, so können Sie mir nicht verbieten, mich mit meinem Anwalt zu besprechen.«

»Frank, lass ihn in seine Zelle bringen. Wir haben noch etwas Wichtiges zu erledigen.« Sie schaltete das Tonband aus und wandte sich dann wieder Lura zu. »Herr Lura, Sie leiden offensichtlich unter Minderwertigkeitskomplexen. Diese Komplexe sind derart massiv ausgeprägt, dass Sie sich grundsätzlich an Schwächeren vergreifen, insbesondere Frauen. Für Becker mussten Sie sich aber etwas Besonderes einfallen lassen, doch Sie wussten ja, dass er selbst große Probleme hatte. Zudem hat er Ihnen die Frau ausgespannt, was für Sie die Demütigung schlechthin war. Also haben Sie einen perfiden Plan ausgeheckt, so perfide, dass am Anfang wirklich alles so ausgesehen hat, als hätten Becker und Ihre Frau versucht, Sie umzubringen. Selbst einige meiner Kollegen waren noch vor wenigen Stunden der Meinung, dass Sie unschuldig sein könnten. Ich hatte jedoch schon seit unserer ersten Begegnung im Krankenhaus meine Zweifel. Sie sind ein hochgradig gestörter Psychopath, sehr intelligent und sehr eloquent. Aber all dies wird Ihnen jetzt nichts mehr nützen, denn das große Finale kommt heute Nachmittag.«

»Wollen Sie mir drohen?«

»Das habe ich gar nicht nötig. Ich frage mich nur, was in Ihrem Kopf vorgeht. Aber das wissen wahrscheinlich nicht einmal Sie selber. Ach ja, was mich noch interessieren würde – was ist das eigentlich für ein Gefühl, wenn man sich selbst bewusst Verletzungen zufügt? Ist das wie ein Orgasmus oder sogar noch besser?«

»Sie können mich mal!«

Lura wurde von einem Beamten in seine Zelle geführt, Durant und Hellmer zündeten sich gleichzeitig eine Zigarette an und rauchten schweigend. Jeder hing seinen Gedanken nach. Schließlich sagte Hellmer: »Das ist ein harter Brocken. Wir setzen ihn unter Druck, haben aber noch keine Beweise gegen ihn. Wenn wir nicht bald etwas Handfestes vorweisen können, wird es zu einem reinen Indizienprozess kommen, den Lura, wenn er einen cleveren Anwalt hat, mit Sicherheit gewinnen wird, vorausgesetzt, es kommt überhaupt zu einem Prozess. Wir haben einfach nicht genug.«

Julia Durant drückte ihre Zigarette aus und sagte: »Lass uns fahren, ich garantiere dir, in ein paar Stunden haben wir die fehlenden Beweise.«

»Und wohin?«

»Das hast du doch gestern schon gesagt – zu seiner Mutter. Lura ist ein Muttersöhnchen, und es müsste schon mit dem Teufel zugehen, wenn sie den Ort nicht kennt, wo Lura sich immer versteckt hat.«

»Okay, probieren wir's.«

Sie erstatteten Berger und den andern kurz Bericht und machten sich auf den Weg nach Oberursel. Unterwegs hielten sie an einem Imbiss an, aßen jeder eine Currywurst mit Pommes und tranken eine Dose Cola. Um fünf vor zwei parkten sie vor dem Haus.

Montag, 13.55 Uhr _____

Ursula Lura kam an die Tür, sah die Beamten verwundert an und sagte: »Ja, bitte, was wünschen Sie?«

»Dürfen wir reinkommen, wir würden gerne mit Ihnen sprechen.«

»Und worüber, wenn ich fragen darf?«

»Das sagen wir Ihnen gleich.« Julia Durant fiel auf, dass sich Ursula Lura in der Wahl ihrer Worte kaum von ihrem Sohn unterschied.

»Und ich dachte, es wäre bereits alles geklärt. Aber bitte, treten Sie ein.«

Ein Strauß gelber Rosen stand auf dem Tisch, und wie beim ersten Besuch war es auch heute kalt und steril in dem Haus. Wieder kein Krümel auf dem Boden, kein Staubkorn auf den Möbeln, die Kissen standen wie mit dem Lineal gezogen auf dem Sofa und den Sesseln, die Fenster schienen frisch geputzt.

»Ist Ihr Mann auch zu sprechen?«

»Er hat sich hingelegt«, war die knappe Antwort.

»Wir würden ihn trotzdem gerne dabeihaben.«

»Was wollen Sie noch von uns?«

»Wenn Sie bitte Ihren Mann holen würden, sonst übernimmt das Herr Hellmer«, sagte Durant kühl und der Atmosphäre dieses Hauses angepasst.

427

»Ich verstehe zwar nicht, was das soll, aber bitte …« Sie ging nach oben und kam wenig später mit ihrem Mann zurück. Ohne den Beamten einen Platz anzubieten, setzte sie sich. Horst Lura war noch verschlafen. Er reichte erst Durant, dann Hellmer die Hand und wirkte freundlicher als beim letzten Mal.

»Nehmen Sie doch bitte Platz«, sagte er, woraufhin ihm seine Frau einen giftigen Blick zuwarf, den er jedoch ignorierte.

»Um es kurz zu machen, wir haben heute Vormittag Ihren Sohn wegen des dringenden Verdachts, seine Frau und seinen Anwalt ermordet zu haben, verhaftet. Er befindet sich im Augenblick in Polizeigewahrsam.«

Ursula Lura sah Durant erst mit großen Augen an, dann lachte sie schrill auf. »Horst, hast du das gehört, sie haben Rolf verhaftet, weil …«

»Du brauchst nicht so laut zu sprechen, ich höre noch ganz gut. Schießen Sie los.«

»Aber Horst …«

»Halt den Mund, ich will hören, was die Kommissare uns zu sagen haben.«

»Was fällt dir eigentlich ein, so mit mir zu reden?!«, fuhr sie ihn an. »Ich …«

»Ich hab gesagt, du sollst den Mund halten. Halt nur ein einziges Mal den Mund und hör zu!«

»Aber Horst …«

»Ruhe jetzt!«

Durant musste sich das Grinsen mühsam verkneifen, Hellmer sah zur Seite und versuchte krampfhaft etwas Ernstes zu denken, was ihm glücklicherweise gelang.

»Wie es scheint, hat Ihr Sohn seine Entführung selbst geplant und Ihre Schwiegertochter und Dr. Becker in einen Hinterhalt gelockt. Wir haben erfahren, dass Ihr Sohn sich bereits als Kind mehrfach selbst verletzt hat, um so seinen Willen durchzusetzen. Doch das nur nebenbei. Viel wichtiger bei unseren Ermittlungen ist es herauszufinden, wo sich Ihr

Sohn als Kind und Jugendlicher immer aufgehalten hat, wenn er für mehrere Stunden beziehungsweise einen ganzen Tag verschwunden war. Haben Sie jemals die Polizei eingeschaltet, wenn er weg war?«

»Frau Durant«, begann Ursula Lura, »erstens, mein Sohn ist kein Mörder, er könnte keiner Fliege etwas zuleide tun. Und zweitens, ich weiß nicht, wovon Sie sprechen. Rolf war immer die Zuverlässigkeit in Person.«

»Das stimmt nicht, was meine Frau sagt. Rolf war häufig weg, ohne dass wir wussten, oder besser ich wusste, wo er war. Und nein, die Polizei wurde nie eingeschaltet.«

»Wozu auch«, schrie ihn Ursula Lura an, »ich habe immer gespürt, dass ihm nichts passiert ist. Eine gute Mutter …«

»O ja, eine gute Mutter deckt ihren Sohn natürlich auch, wenn er ein mehrfacher Mörder ist. Und Sie sind doch eine sehr gute Mutter, oder?«, schoss Durant den nächsten Pfeil ab.

»Rolf ist kein Mörder, deshalb erübrigt sich jeglicher Kommentar. Und jetzt möchte ich Sie bitten, mein Haus zu verlassen und nicht mehr wiederzukommen.«

»Die Kommissare bleiben, bis wir ihre Fragen beantwortet haben«, sagte Horst Lura in einem Ton, der keinen Widerspruch duldete.

»Danke. Frau Lura, Sie und Ihr Sohn haben ein extrem inniges Verhältnis. Und ich wage zu behaupten, Sie haben nicht gespürt, wo er sich damals immer aufhielt, sondern Sie haben es gewusst, weil er es Ihnen gesagt hat. Habe ich Recht?«

»Nein!«

»Doch, sonst hätten Sie die Polizei eingeschaltet. Nennen Sie mir bitte den Ort.«

»Ich kenne den Ort nicht.«

»Du kennst ihn, und jetzt rede, verdammt noch mal!«, schrie Horst Lura seine Frau an. »Du und Rolf, ihr seid nicht Mutter und Sohn, ihr seid wie ein altes Ehepaar. Und jetzt mach endlich dein Maul auf!«

»Was ist los mit dir, Horst? Hast du wieder einmal zu viel getrunken? Na ja, wäre ja nicht das erste Mal …«

»Halt die Klappe! Wo war Rolf? Du hast es mir nie gesagt, aber du wirst es jetzt tun. Und wenn ich es aus dir rausprügeln muss.«

»Da lachen ja die Hühner! Du und prügeln! Pass nur auf, dass du dir nicht …«

»Ja, ja, dass ich mir nicht eine einfange. Sprich ruhig weiter, ich habe Wolfram alles erzählt und schäme mich auch nicht, wenn die Kommissare erfahren, in was für einem verdammten Haus ich lebe … Ich werde übrigens weggehen. Am Mittwoch ist es so weit. Aber vorher will ich wissen, was du weißt. Und nein, ich habe nicht getrunken, ich war selten nüchterner als heute. Wo hat sich Rolf immer rumgetrieben?«

»Du willst mich verlassen? Das wirst du bereuen, das schwöre ich dir!«

»Ich bereue es, nicht schon vor dreißig Jahren meine Koffer gepackt zu haben und abgehauen zu sein. Ich bereue es, dich überhaupt jemals geheiratet zu haben! Und jetzt mach endlich das Maul auf. Wo war Rolf?«

Ursula Lura sah ihren Mann verwundert an, dann blickte sie zu Boden, die Hände gefaltet und so fest aneinander gepresst, dass die Knöchel weiß hervortraten.

»Rolf war weg, aber ich brauchte mir doch keine Sorgen zu machen, es war doch alles in Ordnung.«

»Wo war er?«

»Irgendwo da draußen.«

»Frau Durant, ich habe in meinem ganzen Leben noch nie die Hand gegen meine Frau erhoben, aber ich stehe kurz davor, es zum ersten Mal zu tun.«

»Seien Sie ganz ruhig und entspannen Sie sich«, sagte Julia Durant und gab Hellmer ein Zeichen, sich neben Horst Lura auf den Zweisitzer zu setzen. Sie fuhr in gemäßigtem Ton fort. »Frau Lura, Ihr Sohn hat ein großes Problem. Wir haben unter anderem herausgefunden, dass er nicht nur seine Frau häufig schwer misshandelt, sondern auch anderen Frauen schlimme Dinge angetan hat. Wir wissen, dass er dazu neigt, sich selbst zu verletzen, um so die Aufmerksamkeit auf sich zu ziehen. Wir haben mit Dr. Hahn gesprochen und mit dem Hausarzt Ihres Sohnes, die beide nicht viel Gutes über ihn zu berichten hatten. Leider deutet alles darauf hin, dass Ihr Sohn …«

»Aber er wurde doch entführt und …«

»Nein, er wurde nicht entführt. Und die Schussverletzungen hat er sich selbst zugefügt, das Gefühl von Schmerzen war für ihn ja nichts Neues …«

»Rolf kann kein Mörder sein!«, schluchzte Ursula Lura, deren Selbstgefälligkeit und Arroganz mit einem Mal vollständig von ihr abfiel. »Horst, sag, dass das nicht wahr ist, Rolf doch nicht!«

»Rolf, Rolf, Rolf! Und was ist mit Wolfram? Dich hat immer nur Rolf interessiert. Wolfram, der auch dein Sohn ist, war für dich nur ein Stück Dreck. Wenn ich mich nicht um ihn gekümmert hätte, der Junge wäre verreckt. Aber das hast du jetzt davon. Sei einmal in deinem Leben ehrlich und nimm Rolf nicht schon wieder in Schutz. Er ist alt genug und kann auch ohne deine Hilfe für das geradestehen, was er getan hat.«

»Frau Lura, Ihr Mann hat Recht. Ihren Sohn mit allen Mitteln zu schützen hilft weder ihm noch Ihnen. Wenn Sie uns etwas verschweigen, was zur Aufklärung des Falles dienen könnte, machen Sie sich strafbar und gehen ins Gefängnis und werden dort aller Voraussicht nach bis zu Ihrem Tod bleiben. Ist es Ihnen das wert?«

Ursula Lura begann zu weinen, stand auf und holte sich ein Taschentuch aus der Küche. Sie verzog den Mund grimassenhaft und schüttelte immer wieder nur den Kopf.

»Es gibt da ein Haus, eine halbe Stunde zu Fuß von hier … Es hat meinen Eltern gehört, steht aber seit 1948 leer. Ich weiß nicht einmal, ob es noch existiert.«

»Wie kommen wir dorthin?«

»Zu Fuß oder mit dem Auto.«

Horst Lura kniff die Augen zusammen und schlug sich an die Stirn: »Du meine Güte, ich habe das Haus völlig aus meinem Gedächtnis gestrichen. Meine Frau hat mir zwar einmal davon erzählt, kurz nachdem wir uns kennen gelernt hatten, aber jetzt …«

»Kennen Sie den Weg dorthin?«

»Ich war nie dort, aber meine Frau kennt sicher noch den Weg. Tust du doch, oder?«

Sie nickte bloß, unfähig, auch nur einen Satz zu sprechen.

»Gut, fahren wir. Sie kommen bitte beide mit. Haben Sie einen Schlüssel für das Haus?«

Ursula Lura schüttelte weinend den Kopf.

»Ziehen Sie sich etwas über, draußen ist es kalt.«

»Draußen kann es nicht kälter sein als hier drin«, sagte Horst Lura zynisch. »Mein Sohn Wolfram hat mir gestern Abend erzählt, dass er mit Ihnen gesprochen hat. Wenn Rolf ein Mörder ist, dann soll er seine gerechte Strafe bekommen. Ich habe nie geglaubt, dass Gabriele so bösartig gewesen sein soll. Dazu war sie viel zu gutherzig.«

Ursula Lura wies Hellmer den Weg. Nach zehn Minuten gelangten sie an einen Privatweg.

»Ich glaube, Sie müssen hier reinfahren«, sagte Ursula Lura mit belegter Stimme. »Irgendwo dort vorne muss es sein.«

Nach gut zweihundert Metern kamen sie an ein großes Grundstück, umringt von dichten Büschen und hohen Bäumen und einem Zaun. Das Tor war abgeschlossen. Sie stiegen aus.

»Ist das das Haus?«, fragte Durant.

»Ja.«

»Kriegst du das Tor irgendwie auf?«, fragte sie Hellmer.

Er warf einen Blick darauf, griff darüber, löste die Verriegelung von innen und stieß es auf. Sie gingen auf das Haus zu – abgeschlossen.

»Wir haben jetzt zwei Möglichkeiten, entweder trete ich die

Tür ein, oder wir gehen durchs Fenster.« Und nach einem Blick auf die alten Luras meinte er: »Lieber durch die Tür.«

Er stellte sich davor und trat viermal kräftig dagegen, bis sie aufflog und an die Wand krachte.

»Das ist ein ganz normales Haus«, sagte er. Durant und Hellmer inspizierten die drei vollständig eingerichteten und penibel aufgeräumten Zimmer, fanden jedoch keine Hinweise, dass sich irgendjemand außer Lura in letzter Zeit hier aufgehalten haben könnte.

»Gibt es hier einen Keller?«, fragte Hellmer.

Ursula Lura wagte nicht, ihn anzusehen, sondern nickte wieder nur. Keine Frage, wieso dieses Haus sich in einem so guten Zustand befand, keine Frage, warum es so geschmackvoll eingerichtet war, Ursula Lura hatte keine Fragen mehr, ihr Blick sprach Bände.

»Und wo ist die Tür. Ich sehe hier keine Tür, die in den Keller führt.«

Ursula Lura ging in die Mitte des Wohnraums und deutete mit dem Finger nach unten.

»Die Tür ist in den Boden eingelassen?«

»Ja.«

Hellmer zog den dicken, flauschigen Teppich beiseite, und er und Durant sahen auf eine Eisentür, die mit dem Boden fast völlig verschmolz. Hellmer entriegelte sie und hob sie an.

»Das ist ja stockduster da unten. Hier muss es doch irgendwo Licht geben.« Er stieg die ersten drei Stufen hinab, suchte nach dem Schalter, fand ihn schließlich und betätigte ihn. Das Licht kalter Neonröhren flackerte auf.

»Mein lieber Scholli, das ist ja …«

»Ein Verlies«, vollendete Durant den Satz.

»Diesen Bunker haben meine Eltern zu Beginn des Zweiten Weltkriegs gebaut. Hier unten haben wir uns immer aufgehalten, wenn Bombenalarm war«, erklärte Ursula Lura mit leerer Stimme und ebenso leerem Blick.

»Und das war der Aufenthaltsort Ihres Sohnes, wenn ihm zu Hause mal wieder alles zu viel wurde«, sagte Durant leise und stieg hinter Hellmer die sechzehn steilen Stufen hinunter. Unten angekommen, stockte ihr der Atem. Sie sah die zwei Eisenstangen, die Handschellen, einen großen Fleck auf dem Teppich, die Campingtoilette, das Vorratsregal, den großen Tisch, das Bett, die Stereoanlage, den bequemen Ohrensessel, den Aschenbecher, der voller Kippen war. Die Luft war abgestanden, es roch muffig. Das einzig Helle waren das Licht und die schneeweißen Wände.

Hellmer war in den Nebenraum gegangen und rief ihr zu: »Komm her, das musst du dir ansehen.« Er stand wie versteinert vor einer großen, offenen Gefriertruhe. »Kennst du das Mädchen?«

»Großer Gott!«, stieß Durant entsetzt aus, als sie unter dem Eis das Gesicht und einen Teil des Körpers sah. »Das ist Frau Preusse.«

»Wer ist Frau Preusse?«

»Sie arbeitet, das heißt, sie hat in der Buchhaltung von Lura gearbeitet. Diese verdammte Drecksau! Ruf im Büro an, die sollen alles herschicken. Der muss sie irgendwann am Wochenende umgebracht haben, denn am Mittwoch hab ich sie noch im Büro gesehen.«

Durant begab sich wieder nach draußen, Ursula und Horst Lura standen auf der obersten Treppenstufe und nahmen von ihrem Standort aus nur einen Bruchteil des Raums wahr. »Kommen Sie runter, ich will Ihnen etwas zeigen«, sagte sie.

»Ich will nicht«, entgegnete Ursula Lura.

»Los, komm mit und schau dir an, was dein Sohn getrieben hat.«

»Lass mich!«

»Du kommst jetzt mit!«, herrschte Horst Lura seine Frau an, die wie angewurzelt dastand.

»Ich will da nicht runter«, murmelte sie. »Das ist ein abgekartetes Spiel, um Rolf kaputtzumachen.«

»Das einzig abgekartete Spiel war das zwischen dir und deinem werten Herrn Sohn all die Jahre lang. Und ich Depp hab natürlich keinen blassen Schimmer gehabt. Wenn ich gewusst hätte, was für eine Teufelsbrut in meinem Haus ein und aus geht ... Und jetzt runter«, befahl er ein weiteres Mal und zog sie einfach hinter sich her.

Als sie unten waren, sagte Durant sarkastisch mit Blick auf Ursula Lura: »Es scheint, Ihr über alles geliebter Sohn steht auf ausgefallene Spielchen.« Sie deutete auf die Handschellen. »Aber ich will Ihnen noch etwas anderes zeigen. Folgen Sie mir ... Das ist nur *ein* Werk Ihres Sohnes!«

Als Ursula Lura den Leichnam von Mandy Preusse sah, fing sie an zu schreien. »Rolf, mein Gott!!! Mein lieber kleiner Rolfi!«

»Bringen Sie Ihre Frau wieder nach oben. Meine Kollegen werden bald eintreffen.«

»Wir haben alles falsch gemacht«, sagte Horst Lura mit belegter Stimme. »Ich hatte nie eine Chance, und weiß Gott, ich habe mein Bestes versucht. Er nahm seine Frau am Arm und führte sie nach oben.

»Jetzt haben wir ihn endgültig«, sagte Julia Durant. »Da holt ihn auch der beste Anwalt der Welt nicht mehr raus.«

Montag, 16.35 Uhr

Polizeipräsidium, Vernehmungszimmer. Rolf Lura wurde von einem Beamten gebracht, der ihn wortlos auf den Stuhl drückte und ihm die Handschellen abnahm. Lura rieb sich die Handgelenke und sagte: »Könnte ich jetzt bitte etwas zu essen und zu trinken haben?«

»Sicher. Sie dürfen auch Ihren Anwalt verständigen«, antwortete Durant ruhig und schaltete das Tonband ein. Hellmer schob ihm das Telefon rüber, Lura nahm den Hörer ab und wollte gerade eine Nummer eintippen, als Durant meinte: »Sie können ihm aber auch gleich dazu sagen, dass es wenig Zweck hat, jetzt schon herzukommen.«

»Wie soll ich das verstehen?«, fragte Lura.

»Sie haben sich ein schönes Versteck ausgesucht. So lauschig und abgelegen. Von außen sieht das Haus ein bisschen verwahrlost aus, aber das soll es wohl auch, doch drinnen … Wie das eben so ist, außen pfui und innen hui. Ich weiß, ich weiß, der Spruch geht genau andersrum, aber das macht ja nichts. Alles schön von dichten Büschen und Bäumen verdeckt, nur durch das schmale Tor kann man einen Blick auf das Haus erhaschen.«

Luras Hand fing plötzlich an zu zittern, er schluckte schwer und wurde so weiß wie die Wände in seinem Bunker.

»Sie sind ja auf einmal so still. Na ja, wäre ich an Ihrer Stelle wahrscheinlich auch. Sie haben wohl nicht damit gerechnet, dass Ihre Mutter es uns verraten würde. Soll ich Ihnen sagen, wie das kam? Sie ist eine alte Frau und längst nicht mehr so stark wie früher. Ein wenig Druck, dazu noch Ihr Vater, der ziemlich wütend schien … Sie haben diesen Bunker wirklich hervorragend hergerichtet. Wie viele Menschen haben Sie denn auf dem Gewissen außer Melissa Roth, Ihrer Frau, Dr. Becker und Frau Preusse? Sie können es uns ruhig verraten, auf einen mehr oder weniger kommt es auch nicht mehr an. Oder waren das etwa alle?«

Lura sank in sich zusammen, stützte den Kopf in seine Hände und fragte leise: »Was hat meine Mutter gesagt?«

»Nicht viel. Nur das Wesentliche. Ohne sie hätten wir das nie gefunden. Und ohne sie wären Sie mit einem guten Anwalt und aus Mangel an Beweisen vermutlich wieder auf freien Fuß gekommen. Wir haben gespielt, genau wie Sie, nur mit dem Unterschied, dass wir diesmal gewonnen haben. Warum Melissa Roth?«

Schweigen.

»Eine Studentin, äußerst attraktiv, ein echter Hingucker, die aber noch keine feste Bindung eingehen wollte. Sie hatte häufig wechselnde Bekanntschaften oder Liebschaften, aber Sie waren scharf auf sie. Korrigieren Sie mich, wenn ich etwas Falsches sage. Sie waren so scharf auf sie, dass es Sie fast um den Verstand gebracht hat, weil diese junge bildhübsche Frau sich ständig mit andern vergnügt hat, Ihnen aber keine Beachtung geschenkt hat. Und dann kam der 13. Dezember 1978. Sie wussten, mit wem sie verabredet war. Es war jemand, der nur zehn Autominuten entfernt wohnte, zu Fuß waren es aber fast vierzig Minuten. Und das war Ihre große Chance. Sie haben seine Reifen zerstochen, in Ihrem neuen BMW 2002 gewartet und sind dann wie zufällig an der Bushaltestelle vorbeigekommen, wo sich Melissa Roth immer mit ihren jeweiligen Freunden traf. Sie haben sie angesprochen, vermutlich war sie sauer, weil ihre Verabredung nicht kam, und da ist sie aus lauter Frust bei Ihnen eingestiegen, weil Sie Ihren Charme haben spielen lassen. Dass es ihr Todesurteil sein würde, damit konnte sie beim besten Willen nicht rechnen. Habe ich es ungefähr so wiedergegeben, wie es sich abgespielt hat?«

Schweigen.

»Fragt sich nur, warum Sie sie umgebracht haben. Haben Sie keinen hochgekriegt, als Sie mit ihr das machen wollten, was so einige andere schon vor Ihnen mit ihr gemacht hatten? Oder haben Sie sich zu dumm angestellt und sind dafür von ihr ausgelacht worden? Tja, wenn ein Mann zu sehr erregt ist, kann es schon passieren, dass man alles vermasselt. Wie haben Sie sie umgebracht? Erstochen, erdrosselt, erwürgt oder gar erschossen wie Ihre Frau und Dr. Becker?«

»Sie war eine gottverdammte Hure, nichts weiter«, quetschte Lura durch die Zähne.

»Sie mag sich gerne vergnügt haben, aber eine Hure war sie nicht. Dann müssten alle jungen Mädchen und Frauen, die gerne mal in die Disco gehen oder sich vergnügen, Huren sein. Wir wissen, dass Frau Roth eine sehr gute Studentin war, die ihren

Abschluss mit Sicherheit auch mit Auszeichnung geschafft hätte. Nur hat sie diese Möglichkeit nicht mehr bekommen.«

»Sie war trotzdem nur eine Hure. Abschaum!«

»Wo finden wir die Leiche?«

Mit einem Mal grinste Lura und sagte: »Festgemauert in der Erden, liegt die Roth … Sie werden sie schon finden.«

»Was hat in Ihnen eigentlich diesen unsäglichen Hass auf Frauen ausgelöst? Sie haben das erste Mal gemordet, als Sie gerade einmal einundzwanzig Jahre alt waren. Schon da muss es in Ihnen gebrodelt haben wie in einem Vulkan. Aber manche Vulkane brechen nie aus, andere spucken nur ein bisschen Asche, und wieder andere verwüsten ganze Landstriche. Sie sind ausgebrochen.«

»Was ist denn der Auslöser für Hass? Sagen Sie's mir, Sie Amateurpsychologin.«

»Auslöser gibt es so viele wie Sand am Meer. Ich will hören, was bei Ihnen diesen Hass ausgelöst hat.«

»Es gibt Millionen und Abermillionen Gründe für Hass. Die ganze Welt ist voll davon.«

»Es geht aber um Sie. Ich möchte Sie gerne verstehen, und das meine ich ernst.«

»Sie werden mich nie verstehen. Heute Vormittag haben wir uns doch über Autoaggressionen unterhalten. Was glauben Sie, warum ich das gemacht habe?«

»Keine Ahnung. Frustration vielleicht.«

»Kompliment, gar nicht so übel. Sollte ich mich etwa in Ihnen getäuscht haben?«

»Was meinen Sie damit?«

»Sie sind nicht so dumm, wie ich vermutet habe. Das war wohl mein Pech.«

»Also Frustrationen. Mit dreißig haben Sie das Geschäft Ihres Vaters übernommen, mit zweiunddreißig haben Sie geheiratet … Warum haben Sie eigentlich BWL und Psychologie studiert? Wollten Sie ursprünglich Psychologe werden?«

»Schon möglich.«

»Und warum sind Sie es nicht geworden?«

»Fragen Sie doch meine Mutter.«

»Ich frage aber Sie … Frank, hol doch bitte mal ein paar belegte Brötchen und was zu trinken.« Sie gab ihm unauffällig ein Zeichen, mit dem sie ihm bedeutete, sie für einen Augenblick mit Lura allein zu lassen. Hellmer nickte, ging aus dem Büro und machte die Tür hinter sich zu. Lura nahm die Schachtel Zigaretten aus seiner Hemdtasche. Sie war leer, er knüllte sie wütend zusammen und legte sie auf den Tisch.

»Kann ich eine von Ihnen haben?«, fragte er.

»Bedienen Sie sich.« Durant schob die Schachtel zu ihm rüber, und er zündete sich eine Gauloise an.

»Meine Mutter wollte unbedingt, dass ich das Autohaus übernehme, aber ich wollte Psychologe werden, weil ich im Grunde meines Wesens kein Geschäftsmann bin. Wir haben uns wochenlang gestritten und sind schließlich zu einem Kompromiss gelangt, indem wir uns darauf geeinigt haben, dass ich beide Studiengänge absolviere. Ich habe ihr den Gefallen getan, weil sie meine Mutter ist. Aber nachdem ich mit meinem Studium fertig war, hat sie doch tatsächlich von mir verlangt, das verdammte Autohaus zu übernehmen, obwohl mein Vater zu dem Zeitpunkt noch ziemlich fit war. Meine Mutter kann sehr hartnäckig sein, sie hat meinen Vater praktisch gezwungen, mir das Geschäft zu übergeben. Tja, und dann habe ich mir gesagt, wenn schon, denn schon. Also habe ich das Beste daraus gemacht, und Sie sehen ja, was daraus geworden ist. Ich habe mir die beste Klientel an Land gezogen.«

»Lieben Sie Ihre Mutter?«

»Frau Durant, hören wir doch auf mit diesem Psychogeschwafel. Sie fragen mich, ob ich sie liebe, und wollen hören, dass ich sage, ich hasse sie. Suchen Sie sich etwas aus, aber so, wie ich Sie einschätze, kennen Sie die Antwort bereits.«

»Ihre Mutter hat Sie erdrückt, richtig?«

»Sie hat mich nicht erdrückt, sie hat mich zerquetscht. Aber sie hat alles für mich getan. Ich brauchte nur zu sagen, ich will dieses oder jenes haben, schon hatte ich es. Und wenn mein Vater Schwierigkeiten gemacht hat, dann habe ich eben ein wenig nachgeholfen. Mein Vater ist ein Schwächling, ein erbärmlicher Schwächling. Sie sagt spring, und er springt. So einfach geht das bei ihr. Aber ich habe mich durchgesetzt.«

»Und Ihr Bruder?«

»Was soll mit dem sein?«

»Sie hassen Ihre Mutter, Sie hassen Ihren Vater, Sie hassen Ihren Bruder. Warum dieser unsägliche Hass? Was hat Ihr Bruder Ihnen getan?«

»Nichts. Aber um in dieser Familie zu überleben, muss man entweder unglaublich stark sein oder zu ungewöhnlichen Mitteln greifen. Das habe ich getan. Mein Bruder hat sich nie durchsetzen können, er hatte einfach nicht den Mumm dazu. Aber ich hasse ihn nicht, das können Sie mir glauben.«

»Und Ihr Vater, ist der Ihnen auch gleichgültig?«

»Wenn Sie sehen, wie der eigene Vater von der Mutter verprügelt wird, verliert man jede Achtung vor ihm. Ich habe es gesehen. Er hat sich nicht gewehrt, nicht ein einziges Mal. Wolfram hat es nie mitbekommen, nur die kleinen Streitereien zwischen den beiden. Aber meine Mutter wollte, dass *ich* es sehe. Erst hat es mir das Herz gebrochen, weil ich nicht glauben wollte, was ich da sah, später wurde daraus Verachtung.«

»Das heißt, Sie lieben Ihre Mutter und hassen sie gleichzeitig. Ist das der Grund für Ihren Hass gegenüber Frauen?«

»Ich hasse Frauen nicht, das müssen Sie mir glauben.«

»Aber Sie misshandeln und töten sie. Ist das kein Hass?«

»Nein, so würde ich das nicht nennen. Ich kann Ihnen nicht sagen, was es ist.«

»Würden Sie mir jetzt etwas zu Melissa Roth sagen?«

»Ob Sie es glauben oder nicht, ich hatte nicht vor, sie umzubringen. Sie hat mich ausgelacht, und da ist in mir eine Sicherung durchgebrannt. Das war das erste Mal, dass ich die Aggressionen nicht gegen mich, sondern gegen jemand anders gerichtet habe. Und ich habe mich richtig gut dabei gefühlt, denn ich merkte, dass es auch einen anderen Weg gibt, diesen verdammten Frust und diese Aggressionen loszuwerden.«

»Bereuen Sie diese Tat?«

»Keine Ahnung. Ich glaube schon, aber das wird wohl alles kommen, wenn ich im Gefängnis Zeit habe, in Ruhe darüber nachzudenken.«

»Bereuen Sie denn all die andern Sachen?«

Lura lachte kurz auf. Durant wunderte sich über die folgenden Worte, die auf einmal so sanft und weich klangen. »Ich bereue nur eine Sache – dass ich nicht in eine andere Familie geboren wurde. Was rede ich da für einen Blödsinn, so was kann man gar nicht bereuen, aber ich habe mir als Kind und Jugendlicher oft gewünscht, eine andere Familie zu haben. Werten Sie das aber bitte nicht als Entschuldigung für meine Taten.«

»Wenn Sie bestimmte Dinge ungeschehen machen könnten, würden Sie es tun?«

»Bis eben habe ich mir keine Gedanken darüber gemacht, weil ich ein Meister im Verdrängen bin. Jetzt würde ich sagen, ja, ich würde es tun. Na ja, vielleicht. Wenn man hier sitzt, sagt man wohl so einiges.«

»Wie stehen Sie zu Ihrem Sohn?«

»Er wird hoffentlich seinen Weg gehen.«

»Lassen Sie uns über Ihre Frau sprechen. Die Gewaltexzesse in Ihrer Ehe waren an der Tagesordnung. Ich habe Ihre Frau kennen gelernt und muss sagen, sie hat mich sehr beeindruckt, noch mehr, als ich gehört habe, was sie alles durchgemacht hat. Aber Sie haben sie trotzdem immer wieder gedemütigt. Warum vergreifen Sie sich grundsätzlich an Schwächeren?«

»Weil nur die Starken überleben.«

»Sie empfinden es also als Stärke, wenn Sie Frauen misshandeln, obwohl Sie genau wissen, dass diese sich nicht wehren können. Für mich ist das keine Stärke, sondern ein Ausdruck von extremer Schwäche und Komplexen.«

»Wenn Sie meinen.«

»Jedes Mal, wenn ich Recht habe, antworten Sie mit ›wenn Sie meinen‹. Sie mögen nicht über Ihre Schwächen sprechen.«

»Sie vielleicht?«, fragte er süffisant lächelnd.

»Haben Sie Ihre Frau je geliebt?«

»Jeder definiert Liebe anders. Ja, ich habe sie geliebt, aber auf meine Art …«

»Und diese Art sah so aus, dass Sie regelmäßig Gewalt einsetzen mussten, um ihr diese Liebe zu beweisen, sie ihr praktisch einzuprügeln …«

»Mag sein, ich bin auch nur ein Mensch.«

»Warum haben Sie Ihre Frau und Dr. Becker umgebracht?«

»Sie hat mich mit diesem Arschloch betrogen. Alles andere überlasse ich Ihrer blühenden Fantasie«, sagte er zynisch und wurde wieder zu dem Rolf Lura, den Julia Durant kennen gelernt hatte.

»Sie können es nicht ertragen, wenn man Ihnen Ihr Eigentum wegnimmt. Sie können es nicht ertragen, wenn eine Frau sagt, bis hierher und nicht weiter. Sie können es nicht ertragen, wenn eine Frau sagt, ich trenne mich von dir. Sie können Zurückweisung nicht ertragen, denn Zurückweisung ist gleichbedeutend mit nicht geliebt zu werden …«

»Sie haben doch keine Ahnung, wovon Sie da reden!«

»Frau Kreutzer wollte sich von Ihnen trennen, weil sie es nicht mehr aushielt, wie Sie immer besitzergreifender wurden, wie Sie Ihre sexuellen Fantasien immer härter durchsetzten. Und als sie Ihnen mitteilte, sie würde sich von Ihnen trennen, sind Sie ausgerastet. Sie hat mir jedes Detail dieses Abends erzählt. Und laut der Aussage von Dr. Meißner war Frau Kreutzer nur eine von vielen Frauen, die Ähnliches mit Ihnen durchgemacht haben. Und sagen Sie mir noch einmal ins Gesicht, dass Sie keinen Hass auf Frauen haben. Los, sagen Sie's!«

Schweigen.

»Schweigen kann auch eine Antwort sein. Was ich mich aber frage, warum haben Sie Frau Preusse umgebracht?«

»Es hat zum Spiel gehört«, antwortete Lura lächelnd und nahm sich ungefragt eine weitere Zigarette aus Durants Schachtel.

»Was für ein Spiel war das?«

»Ein Spiel, das ich mir ausgedacht habe. Und wenn meine blöde Mutter nicht gequatscht hätte, könnten Sie mir bis jetzt nichts nachweisen. Diese dumme Sau! Ihre Großeltern haben das Haus 1948 aufgegeben, aber stehen gelassen. Sie hat's mir erzählt, da war ich sechs oder sieben. Meine Mutter will mit der Vergangenheit nichts mehr zu tun haben, deshalb hat sie alle Erinnerungen an ihre Kindheit und Jugend ad acta gelegt. Ich hätte nicht für möglich gehalten, dass sie sich doch noch daran erinnert. So kann man sich täuschen.«

Durant ging nicht auf die letzten Worte ein, sondern sagte: »Sie geben also zu, die Morde geplant und ausgeführt zu haben?«

»Soll ich jetzt etwa Nein sagen?«, fragte er und lachte hämisch auf. »Ja, ich habe die Morde geplant und ausgeführt. Na ja, das mit Melissa war eher eine Affekthandlung. Ich hatte nicht geplant, sie umzubringen, ich wollte ihr nur zeigen, dass ich genauso gut bin wie die andern Hurenböcke. Aber dann ist alles ganz anders gelaufen. Mir blieb keine andere Wahl.«

»Ihnen blieb also keine andere Wahl«, sagte Durant äußerlich gelassen, obwohl es in ihr kochte. »Und was ist mit Frau Preusse? Blieb Ihnen da auch keine andere Wahl?«, schrie sie ihn plötzlich an.

»Tja, die Mandy. Wissen Sie, die Kleine wollte eigentlich nur gefickt werden. Sie hatte ja sonst niemanden, der's ihr besorgte. Und wie sie gestorben ist? Ihre Gerichtsmediziner finden's ja sowieso raus, aber es war kein Mord. Sie ist an ihrer eigenen Kotze erstickt, als ich nicht da war. Diese blöde Kuh hat doch tatsächlich auf den Boden gekotzt und ist dabei verreckt.«

»Wann haben Sie sie in das Haus gebracht?«

»Am Freitagabend. Ich brauchte ein wenig Gesellschaft, und da ich wusste, dass Mandy allein lebte, dachte ich mir, gehen wir mal aus. Sie glauben gar nicht, wie sehr die sich gefreut hat, dass ich sie eingeladen habe. Aber irgendwie ist auch das anders gelaufen als ursprünglich geplant. Und als ich am Samstag wieder hingefahren bin, hing sie tot in den Seilen.«

»Das glaube ich Ihnen nicht. Sie haben sie nicht eingeladen, weil Sie Gesellschaft brauchten, sondern weil Sie mit diesem Mord noch eins obendrauf setzen wollten. Frau Preusse verschwindet spurlos, und die dumme Polizei tappt mal wieder im Dunkeln. Und Sie lachen sich ins Fäustchen. Wäre sie nicht an Ihrem Erbrochenen erstickt, Sie hätten sie so oder so umgebracht.«

Schweigen.

Durant erhob sich und stützte sich mit beiden Händen auf den Schreibtisch. Sie sah Lura in die Augen und sagte leise, aber mit schneidender Stimme: »Herr Lura, Sie sind ein eiskalter, unberechenbarer Killer, und mir ist es völlig wurscht, ob Ihre Kindheit oder Jugend beschissen war oder was sonst alles in Ihrem Leben schief gelaufen ist. Auf dieser Welt leben Millionen und Abermillionen von Menschen, denen es dreckiger geht, als es Ihnen jemals gegangen ist, aber Sie sind durch und durch ein Egoist und dermaßen auf sich selbst fixiert, dass Sie die Realität gar nicht mehr wahrnehmen. Sie haben Leben grundlos ausgelöscht, Sie haben ohne jede Gefühlsregung und berechnend gemordet. Sie haben nicht im Affekt oder unter Stress gemordet, sondern sind gezielt vorgegangen. Erschwerend kommt hinzu, dass Sie sehr intelligent sind und Ihre Taten auf eine Weise geplant haben, dass selbst wir von der Kripo beinahe darauf hereingefallen wären. Die Frage ist nur, wie viele Menschen hätten Sie noch umgebracht, bevor wir Sie geschnappt hätten? Sie haben Ihre ganz eigenen Spielregeln geschaffen, Sie sind brutal, jähzornig und zu allem fähig. Ich habe Ihre Aussage hier auf

Band, wir haben das Haus, in dem Sie mehrere Personen gefangen hielten, wir haben Beweise ohne Ende, um Sie für den Rest Ihres Lebens hinter Gitter zu bringen. Selbst der beste Anwalt der Welt wird Ihnen nicht mehr helfen können.«

»Und weiter?«

»Wie viele Menschen hätten Sie noch umgebracht? Haben Sie inzwischen Freude am Töten gefunden oder Blut geleckt, wie man so schön sagt? Wie viele? Zwei, drei, zehn, hundert?«

»Tausend, ich bin schließlich ein Hitler im Miniformat«, antwortete er ironisch grinsend.

»Das Grinsen wird Ihnen noch vergehen, darauf haben Sie mein Wort. Aber sagen Sie, jeder, der spielt, muss doch damit rechnen, auch einmal zu verlieren. Wollten Sie in Ihrem tiefsten Innern, wo sich der liebe kleine Rolfi versteckt, verlieren? Denn Rolfi kam mit dem Druck nicht mehr klar, den Rolf auf ihn ausübte. Hier der kleine Rolfi, der behütet und beschützt werden will, da der große, böse Rolf. Verbessern Sie mich, wenn ich falsch liege.«

Lura wich Durants Blick zum ersten Mal aus. Er schwieg.

»Wer würden Sie lieber sein, Rolfi oder Rolf?«

»Matthias«, antwortete er leise. Durant sah ihn verwundert an.

»Wer ist Matthias?«

»Das ist mein zweiter Vorname. Müsste eigentlich in Ihren Akten stehen.«

Durant sah nach und nickte.

»Sie wären also gerne Matthias. Warum?«

»Weil er liebevoll wäre. Rolf war nie gut, nur manchmal. Der Rolf, den Sie jetzt hier vor sich sitzen sehen, ist ein schlechter Mensch. Und ich hasse Rolfi, denn er existiert nicht, höchstens in der Fantasie meiner Mutter. Aber Matthias wäre ich gerne gewesen. Ich bin mein Leben lang zu Dingen gezwungen worden, die ich nicht wollte. Das soll keine Entschuldigung sein, sondern lediglich eine Feststellung. Ich weiß, es gibt Menschen, denen es schlechter geht, das haben Sie selbst gesagt. Aber ich kann mich nicht mit jemandem aus den Favelas oder Klongs vergleichen, ich bin in völlig anderen Verhältnissen groß geworden. Fragen Sie meine liebe Mutter, welche Chance sie mir gegeben hat. Sie hat mich nicht in den Kindergarten gehen lassen, ich durfte nie Freunde mit nach Hause bringen, weil das Haus ja dreckig werden könnte. Also hatte ich keine Freunde, denn Freunde sind schlecht, sie verderben einen nur, und Mamilein weiß sowieso alles besser … Aber kommen Sie jetzt bloß nicht auf den Gedanken, ich könnte eine gespaltene Persönlichkeit sein, das bin ich nicht. Matthias wollte Psychologe werden, Rolf musste ein Autohaus übernehmen, schließlich ging es um die Tradition und eine streng konservative Einstellung zum Leben. So konservativ, dass es zum Kotzen ist … Sie waren doch bei meinen Eltern. Wie haben Sie es dort empfunden? Kalt, steril, leblos, tot? Machen Sie sich nichts draus, so sieht es dort aus, seit ich denken kann. Keine Freunde, kein Besuch, alles muss vierundzwanzig Stunden lang sauber sein. Sauberer als in einem dieser Labore für Mikrochips im Silicon Valley. Sie müssten mal den Garten sehen, kein Grashalm länger als zwei Zentimeter, aber auch keinen Millimeter kürzer. Die Schuhe werden an der Haustür ausgezogen, auf ein Tuch gestellt, und dann muss man Hausschuhe anziehen. Wenn man aber mal vor die Tür gehen will, dann müssen wieder die Straßenschuhe angezogen werden, und sei es nur, dass man die Zeitung oder die Post aus dem Briefkasten holt. Jeden Morgen gibt es auf die Sekunde genau um sieben Uhr Frühstück, Mittags wird um Punkt zwölf gegessen, danach exakt eine Stunde geruht, Abendessen gibt es um achtzehn Uhr. Während des Essens darf nicht geredet werden, und wenn Wolfram und ich es doch einmal getan haben, wurden wir bestraft …«

»Von Ihrer Mutter?«

»Von wem spreche ich denn die ganze Zeit? Das heißt, Wolfram wurde bestraft, indem er zum Beispiel eine Woche lang nicht fernsehen durfte oder zwei Wochen Stubenarrest hatte, im schlimmsten Fall würdigte ihn meine Mutter tagelang keines

Blickes, sie sprach nicht mit ihm, sie machte ihm kein Essen, sie ignorierte ihn einfach.« Er nahm sich noch eine Zigarette, inhalierte tief und schloss für einen Moment die Augen.

Durant fragte: »Und was hat sie mit Ihnen gemacht?«

»Nichts. Und fragen Sie mich nicht, warum. Sie hat zwar meinem Bruder und meinem Vater gegenüber gesagt, ich würde bestraft werden, doch in Wirklichkeit hat sie mir nie etwas getan.«

»Haben Sie eine Erklärung dafür?«

»Ich bin der Erstgeborene, geboren unter großen Schmerzen, wie sie mir gesagt hat. Wolfram war unerwünscht, das hat sie ihn immer und immer wieder spüren lassen. Aber er war nun mal da, und sie konnte nichts mehr dagegen tun.«

»Hatten Sie denn nie Mitleid mit Ihrem Bruder?«

»Wollen Sie eine ganz ehrliche Antwort haben?«

»Ja.«

»Nein, ich hatte kein Mitleid. Ich habe früh gelernt, Menschen zu manipulieren. Meine Mutter wollte mich zwar des Öfteren bestrafen, aber ich hatte schon als Kind ihre wunde Stelle gefunden, indem ich mir selbst immer wieder Verletzungen zugefügt habe. Ja, ich bin ein so genannter Schnipsler, aber damit habe ich meinen Willen durchgesetzt, und meine Mutter hat es nicht einmal gemerkt. Und an Schmerzen gewöhnt man sich relativ schnell. Sie hat wirklich immer gedacht, ich sei krank, und ich habe das ausgenutzt. Ich war einfach stärker als Wolfram. Und wie schon gesagt, nur der Stärkere überlebt.«

»Und wie sehen Sie das jetzt?«

»Ich weiß, ich werde für den Rest meines Lebens ins Gefängnis gehen. Ich werde dort einen geregelten Tagesablauf haben, mich wird keiner besuchen, weil mich alle aus ihrem Gedächtnis streichen werden, wenn sie erfahren, was ich getan habe, ich werde viel lesen und versuchen, mich weiterzubilden, und ich werde auf meinen Tod warten. Und vielleicht kann ich ja einigen Gefangenen mit meinen psychologischen Kenntnissen ein wenig den Aufenthalt erleichtern.«

»Ich wollte eigentlich wissen, wie Sie jetzt über Ihren Bruder denken.«

»Kann ich nicht sagen. Nur so viel, ich werde mein Vermögen auf ihn und meinen Sohn aufteilen. Ich denke, ich bin es ihm schuldig.«

»Warum?«

»Einfach so.«

»Und warum wären Sie lieber Matthias?«

»Weil ich Rolf hasse. Das klingt jetzt so verdammt klischeehaft, aber ich wollte Psychologe werden, um damit mein eigenes Kindheitstrauma zu verarbeiten. Ich glaube, ich wäre ein sehr guter Psychologe geworden. Ich hätte vielen Menschen helfen können, weil ich die Spielregeln des Lebens schon früh gelernt hatte. Aber meine Mutter hat das nicht zugelassen, und ich war zu schwach, mich dagegen zu wehren. Gegen sie kann man sich nicht wehren, gegen sie verliert man grundsätzlich. So wie Wolfram und mein Vater.«

»Wen hassen Sie denn am meisten?«

Lura überlegte einen Moment, dann sagte er: »Rolf.«

»Und Ihre Mutter?«

»Sie hat mich zu dem gemacht, was ich bin. Wenn man schon als Kind in eine Schiene gepresst wird, hat man kaum noch eine Chance, sich frei zu entwickeln. Ich hoffe, das beantwortet Ihre Frage.«

»Sie können jetzt Ihren Anwalt anrufen«, sagte Durant, die müde war.

»Ich habe es mir überlegt, ich brauche keinen Anwalt, ich werde mich selbst verteidigen. Ganz gleich, ob mit oder ohne Anwalt, ich gehe ohnehin für den Rest meines verfluchten Lebens ins Gefängnis. Ich war noch nie in einem, wie ist es dort?«

»Zumindest gibt es dort keine Frauen, an denen Sie Ihre Aggressionen auslassen können.«

»Frau Durant, mein Leben ist anders verlaufen, als ich es mir vorgestellt und auch gewollt habe. Ich wollte Frauen lieben und ihnen nicht wehtun. Es gibt keine Entschuldigung für das, was ich getan habe, und ich werde meine Strafe akzeptieren. Ich habe mich in Gabriele unsterblich verliebt, als ich sie Klavier spielen hörte. Es war wunderschön. Ich wusste, sie war die Frau, die ich immer wollte. Und ich habe sie bekommen. Ich dachte tatsächlich, ich könnte an ihr wieder gutmachen, was ich Melissa angetan hatte. Aber genau das Gegenteil geschah. Die dunkle Seite in mir trat immer stärker in den Vordergrund und hat mich zu Dingen getrieben, die … Warum durfte ich nicht Matthias sein?«

»Möchten Sie mit einem Psychologen sprechen?«

»Nicht jetzt. Außerdem kenne ich doch alle Tricks …«

»Der, den ich meine, arbeitet nicht mit Tricks. Für ihn verbürge ich mich.«

»Wie heißt er?«

»Prof. Richter.«

»Der Prof. Richter? Du meine Güte, eine echte Koryphäe auf seinem Gebiet. Mit ihm würde ich mich in der Tat gerne einmal unterhalten, ich habe viel von ihm gelesen.«

»Ich werde ein Treffen arrangieren.«

»Darf ich meine Eltern sehen?«

»Wann? Jetzt?«

»Was spricht dagegen? Haben Sie Angst, ich könnte sie umbringen? Keine Sorge, ich bin froh, dass es vorbei ist. Sie werden es kaum glauben, aber vor ein paar Stunden war ich noch voller Hass auf Sie und die ganze Welt. Und jetzt – da ist nur noch Erleichterung. Das ist seltsam.«

»Ich werde schauen, ob ich es einrichten kann, dass Sie Ihre Eltern sehen. Aber erst morgen.«

»Ich habe Zeit«, sagte Lura lächelnd. »Ich habe verdammt viel Zeit.«

Durant schaltete das Tonbandgerät aus, öffnete die Zwischentür und gab Hellmer, der hinter seinem Schreibtisch saß, ein Zeichen, wieder rüberzukommen. Er hatte mehrere belegte Brötchen und je zwei Flaschen Cola und Wasser geholt und stellte alles auf den Tisch.

»Bitte, bedienen Sie sich«, sagte er.

»Danke.« Lura nahm sich eine Brötchenhälfte mit Schinken und trank dazu Cola.

Durant ging mit Hellmer zur Seite und flüsterte ihm ins Ohr, ohne dabei den Blick von Lura zu wenden, ob sie es zulassen soll, dass er seine Eltern sieht. Hellmer zuckte nur mit den Schultern.

»Herr Lura, wir haben einen Aufenthaltsraum, in dem Sie sich mit Ihren Eltern treffen können. Danach werden Sie Ihre Eltern erst wieder beim Prozess sehen. Aber wie gesagt, wird das heute nicht mehr möglich sein, da auch wir irgendwann Feierabend haben. Sie bleiben heute Nacht noch hier, wir sehen uns morgen Vormittag wieder. Dann werden auch Ihre Eltern hier sein, vorausgesetzt, sie wollen Sie überhaupt sehen.«

»Kann ich Zigaretten haben? Am besten gleich eine ganze Stange, Ihre Gauloises schmecken nämlich scheußlich. Mit irgendwas muss ich mir ja die Zeit in dieser erbärmlichen Zelle vertreiben. Und das Essen und Trinken, kann ich das auch mitnehmen?«

»Sicher. Und Sie bekommen Ihre Zigaretten, ich werde einen Beamten bitten, sie Ihnen zu holen. Haben Sie Geld?«

»Das haben Sie mir vorhin abgenommen.«

Hellmer bedeutete dem vor der Tür postierten Beamten, Lura in seine Zelle zu führen. In der Tür drehte sich Lura noch einmal um und sagte mit einem seltsamen Lächeln: »Ach ja, noch was – Sie sollten nicht alles glauben, was ich so sage. Sie verstehen schon, oder?«

»Was meinen Sie?«, fragte Durant irritiert.

»Überlegen Sie doch mal.«

Nachdem er weg war, fragte Hellmer: »Und, wie ist es gelaufen?«

»Du hast doch eben mitbekommen, was er gesagt hat. Ich

muss das alles erst verdauen. Als wir allein waren, hat er sich mit einem Mal sehr einsichtig gezeigt. Als wäre er vom Saulus zum Paulus geworden. Aber dieses kleine Arschloch spielt weiter mit uns. Der scheint noch immer nicht begriffen zu haben, dass er verloren hat. Schachmatt.«

»Was hat er denn so von sich gegeben?«, fragte Hellmer verwundert.

»Du kannst dir ja das Band anhören. Komm, wir gehen noch mal rüber zu Berger und dann nach Hause, morgen wird wieder ein anstrengender Tag. Und dann ist hoffentlich das Gröbste vorbei.«

Durant erstattete Berger einen kurzen und dennoch detaillierten Bericht über das Verhör und verabschiedete sich. Sie war müde und ausgebrannt, die Zeiger der Uhr standen auf zehn vor halb acht. Zusammen mit Hellmer ging sie zum Parkplatz, sagte nur »Tschüs« und fuhr nach Hause. Sie überlegte, ob sie noch genug Bier im Kühlschrank hatte, hielt an einem Penny Markt, der bis zwanzig Uhr offen hatte, kaufte sechs Dosen, schaute kurz auf den Pfandzettel und warf ihn weg.

Zu Hause angekommen, ließ sie sofort Badewasser ein, machte sich was zu essen, rauchte aber vorher eine Zigarette. Um kurz vor zehn ging sie zu Bett, hatte jedoch Mühe einzuschlafen, wie immer, wenn ein Fall gelöst war und alles noch einmal durch ihren Kopf raste.

Dienstag, 8.30 Uhr

Julia Durant hatte kaum vier Stunden geschlafen, als sie vom Wecker aus einem düsteren Traum gerissen wurde. Sie war wie gerädert und blieb noch fünf Minuten liegen, ihr Kopf schmerzte, als hätte sie die ganze Nacht durchgezecht. Nach ihrem morgendlichen Ritual fuhr sie ins Präsidium und besprach sich mit Berger und ihren Kollegen, bis Hellmer sagte: »Ich hab mir das Band angehört. Wenn man das vor Gericht verwendet, sieht es so aus, als würde er sich einsichtig zeigen …«

»Das hab ich doch gestern Abend schon gesagt. Der ist ein notorischer Spieler …«

»Aber du hast hoffentlich kein Mitleid mit ihm.«

»Quatsch, das wäre vielleicht früher mal passiert, doch heute … Aber es sind immer wieder neue Geschichten, mit denen wir konfrontiert werden.«

»Also doch Mitleid.«

»Hör doch auf mit diesem Scheiß! Wenn du genau hingehört hast, dann weißt du, wovon ich spreche. Lura hat gestanden, wir haben es auf Band, über alles Weitere entscheiden der Staatsanwalt und der Richter. Was willst du jetzt noch von mir?!«, giftete sie ihn an.

»'tschuldigung, gar nichts. Aber vergiss nicht, dass er vier Menschenleben auf dem Gewissen hat …«

»Frank, es reicht. Wir haben unsere Arbeit getan, und was jetzt passiert, liegt nicht mehr in unseren Händen. Bringt mir den Lura her.«

Er machte einen übernächtigten Eindruck, sein Anzug war zerknautscht, er hatte tiefe Ringe unter den Augen, seine Haut war unnatürlich blass.

»Wie geht es Ihnen?«, fragte Durant.

»Ich habe schon bequemer geschlafen, wenn man überhaupt von Schlafen reden kann, bei dem Krach. Türen auf, Türen zu, randalierende Gefangene, ich hab das volle Programm erlebt. Ist das im normalen Knast genauso?«

»Nein. Sie werden heute noch nach Weiterstadt verlegt, wo es um einiges angenehmer zugeht. Aber vorher will Sie der Staatsanwalt sprechen. Möchten Sie noch immer keinen Anwalt?«

»Brauche ich einen?«

»Es wäre besser.«

»Wenn Sie meinen. Haben Sie schon meine Eltern verständigt?«

»Nein, das machen wir gleich. Frank, ruf mal bei ihnen an und bitte sie herzukommen. Wenn möglich, noch innerhalb der nächsten Stunde, weil um elf Staatsanwalt Schmitz mit Herrn Lura sprechen will.«

»Kennen Sie einen guten Anwalt für Strafrecht?«, fragte Lura.

»Dr. Kohlmann. Er ist einer der besten Anwälte in Frankfurt. Hier ist seine Nummer.«

Lura telefonierte mit der Sekretärin, die ihm versprach, Dr. Kohlmann sofort Bescheid zu geben, sobald dieser vom Gericht zurück sei. Lura legte auf und steckte sich eine Zigarette an. Seine Hände zitterten, als er das Feuerzeug aufflammen ließ und an die Zigarette führte.

»Haben Sie schon etwas gegessen?«, fragte Durant.

»Ich hatte ja genug in meiner Zelle. Nein, jetzt nicht. Ich könnte aber einen Whiskey vertragen.«

»Diesen Wunsch können und dürfen wir Ihnen nicht erfüllen. Haben Sie Ihrer Aussage von gestern noch etwas hinzuzufügen?«

»Nein. Ich kann nur wiederholen, ich bin froh, dass es vorbei ist, und das meine ich ehrlich.«

»Was denken Sie eigentlich, wie Frau Becker sich jetzt fühlt?«

»Ich habe ihr den Mann genommen und den Kindern den Vater. Es tut mir Leid, und ich würde gerne alles ungeschehen machen.«

»Dafür ist es zu spät. Außerdem glaube ich Ihnen kein Wort von dem, was Sie eben gesagt haben.«

»Ich sehe, Sie haben gelernt. Gratuliere, Sie machen Fortschritte.«

Hellmer kam aus seinem Büro zurück und sagte: »Ihre Eltern werden so gegen zehn hier sein.«

»Und ich kann mit ihnen allein sprechen?«

»Ein Beamter wird anwesend sein, aber er wird Sie nicht stören«, sagte Durant. »Allerdings haben Sie nur zehn Minuten, und Sie werden Handschellen tragen. Und kein Körperkontakt.«

»Nicht einmal eine Umarmung?«

»Möchten Sie denn umarmt werden?«

»Es wird für lange Zeit das letzte Mal sein.«

»Ausnahmsweise.«

Dienstag, 10.00 Uhr _____

Horst und Ursula Lura wurden in eines der beiden Vernehmungszimmer gebracht, wo Rolf Lura bereits hinter einem Tisch saß. Ein uniformierter Beamter nahm in einer Ecke Platz und machte einen unbeteiligten Eindruck.

»Hallo«, sagte Rolf Lura und sah erst seine Mutter, dann seinen Vater an.

»Mein Junge, was hast du nur getan?« Ursula Lura blieb stehen, während sich ihr Mann auf einen der beiden Holzstühle setzte. »Wie konntest du nur …«

»Mutter, bitte, das bringt doch nichts. Es ist vorbei. Doch es gibt einen Grund, weshalb ich vor allem dich sehen wollte. Aber setz dich doch.«

Ursula Lura, die ein graues Kostüm trug, folgte der Aufforderung und stellte ihre Handtasche neben sich auf den Boden.

»Was …«

»Keine Fragen, jetzt rede ich. Von dir habe ich gelernt, wie man mit Menschen umgeht, und das verzeihe ich dir nie. Ich will dich weder beim Prozess noch jemals im Gefängnis wiedersehen. Das gilt nicht für dich«, sagte er und sah seinen Vater an. »Du bist jederzeit herzlich willkommen, Wolfram übrigens auch. Außerdem werde ich dafür sorgen, dass Markus wenn möglich bei Wolfram bleibt, da ich Wolfram etwa die Hälfte meines gesamten Vermögens vermache. Markus bekommt die andere Hälfte, einen kleinen Teil behalte ich für mich, weil ich mir im Gefängnis das eine oder andere leisten möchte …«

»Aber …«

»Ich bin noch nicht fertig. Ich habe vier Menschen umgebracht, ich habe gewusst, was ich getan habe, und ich habe es nicht bereut – bis gestern. Ich habe schwere Schuld auf mich geladen, und ich bin ganz allein dafür verantwortlich. Ich werde außerdem verfügen, dass du Markus nicht mehr sehen darfst, denn ich will verhindern, dass er eines Tages so wird wie ich. Das war's schon. Eigentlich haben wir zehn Minuten zur Verfügung, aber ich denke, es ist alles gesagt.«

»Das kannst du mit mir nicht machen!«, schrie Ursula Lura ihren Sohn an. »Rolfi, du bist doch mein kleiner Rolfi …«

»Hör auf! Ich will diesen Namen nie mehr hören! Ich bin kein kleines Kind mehr!« Rolf Matthias Lura sagte zu dem Beamten: »Ich bin fertig, meine Eltern möchten jetzt gerne gehen.«

»Du hast doch immer alles bekommen, was du wolltest. Wieso willst du nichts mehr mit mir zu tun haben?«, fragte Ursula Lura.

»Kommen Sie bitte«, sagte der Beamte und fasste Ursula Lura am Arm, doch Rolf Lura winkte ab, und der Beamte setzte sich wieder.

»Weil ich immer alles bekommen habe, oder wie es jemand mal gesagt hat, wer seinen Kindern die Zukunft verbauen will, räumt ihnen alle Steine aus dem Weg. Ich konnte tun und lassen, was ich wollte, du hast mir immer alles erlaubt, aber ich durfte keine Freunde haben, weil angeblich keiner von ihnen gut genug für mich war. Selbst wenn ich mich für einen Tag in meinem Versteck verkrochen habe, hast du nicht mal geschimpft. Ich gebe dir keine Schuld für all das, was geschehen ist. Ich weiß, ich bin erwachsen und selbst verantwortlich für meine Taten, aber möglicherweise wäre alles anders gekommen, wäre ich in einer anderen Familie groß geworden. Und jetzt lasst mich bitte allein.«

»Rolf«, sagte sein Vater, »ich werde wahrscheinlich nie verstehen, warum du Gabi umgebracht hast. Sie war eine liebe und herzensgute Frau. Trotzdem möchte ich dich noch einmal umarmen, wenn du gestattest, denn du bist auch mein Sohn. Ich werde dich aber nicht sehr oft besuchen können, weil ich am Donnerstag nach Spanien fliege, um mir dort eine Wohnung oder ein Haus zu suchen. Deine Mutter weiß schon Bescheid.«

Rolf Lura lächelte und sagte: »Eine weise Entscheidung, eine sehr weise Entscheidung sogar. Du hättest sie nur schon viel früher treffen müssen, dann wäre dir viel erspart geblieben, wenn du verstehst.«

Horst Lura umarmte seinen Sohn, während Ursula Lura hilflos dastand und die unwirkliche Szene beobachtete. Nach zehn Minuten verließen sie das Präsidium, Rolf Lura wurde wieder in Durants Büro geführt.

Um elf Uhr erschien der Staatsanwalt, der Lura noch einmal für zwei Stunden vernahm. Kurz darauf kam Luras Anwalt, Dr. Kohlmann. Er ließ sich erst von Durant den Fall erklären, um sich danach mit seinem Mandanten zu besprechen.

Anschließend wurde Rolf Lura dem Haftrichter vorgeführt, der den Haftbefehl und die Einweisung in das Untersuchungsgefängnis in Weiterstadt anordnete. Es war fast neunzehn Uhr, als Rolf Lura in das Untersuchungsgefängnis gebracht wurde.

Epilog

Julia Durant hatte sich für den Rest der Woche freigenommen und war am Mittwoch zu ihrem Vater gefahren, um sich in der Umgebung ihrer Kindheit und Jugend zu regenerieren. Sie schlief in ihrem alten Zimmer, das noch immer so aussah wie zu dem Zeitpunkt, als sie ausgezogen war. Sie machte lange Spaziergänge, führte endlose Gespräche mit ihrem Vater, der alles versuchte, um sie wieder aufzubauen, denn kaum ein Fall war ihr so nahe gegangen wie dieser, weil er ihr zeigte, wie eine Familie, die nach außen hin als perfekt galt, in ihrem Innern marode und kaputt war, dominiert von einer alles beherrschenden tyrannischen Mutter, gegen die keiner der drei Männer eine Chance hatte. Aber sie wusste auch, dass dies keine Entschuldigung für die Taten von Rolf Lura war, sondern höchstens eine Erklärung für sein abnormes Verhalten. Er war ein Lügner, ein Schläger, Vergewaltiger und Mörder. Sie hoffte, er würde nie wieder den Duft der Freiheit riechen dürfen.

Prof. Richter, der schon seit Jahren mit der Kripo zusammenarbeitete und inzwischen ein guter Freund von Julia Durant geworden war, hatte lange Gespräche mit Lura geführt und war letztlich zu dem Schluss gekommen, dass Rolf Lura zwar keine gespaltene Persönlichkeit war, aber dem ungeheuren Druck, den seine Mutter seit seiner Geburt auf ihn ausübte, nicht gewachsen war. Sie hatte ihn nie geschlagen, nie angeschrien, sie war liebevoll und doch erdrückend. Sein Trauma begann, als er mehrfach mit ansehen musste, wie diese Mutter seinen Vater ein ums andere Mal geschlagen und psychisch gedemütigt hatte und dieser keine Gegenwehr zeigte. Rolf Lura aber wollte nicht so werden wie sein Vater, er wollte sich den Frauen gegenüber behaupten, doch er kannte die Grenze nicht und wurde so zum Mörder.

Bereits Anfang Dezember wurde der Prozess gegen Rolf Lura eröffnet, er dauerte nur vier Verhandlungstage. Obwohl sein Anwalt alles in die Waagschale warf und ein feuriges Schlussplädoyer zugunsten seines Mandanten hielt, wurde Rolf Lura wegen Mordes in drei Fällen zu einer lebenslangen Freiheitsstrafe verurteilt. Auf eine anschließende Sicherungsverwahrung, wie von der Staatsanwaltschaft und den Anwälten der Nebenkläger gefordert, wurde verzichtet.

Rolf Lura wird im Gefängnis von Weiterstadt seitdem regelmäßig von seinem Bruder Wolfram besucht. Sein Vater kommt einmal im Monat aus Spanien, wo er sich ein kleines Haus an der Grenze zu Portugal gekauft hat. Ursula Lura schreibt jeden Tag einen Brief an ihren Sohn, doch alle Briefe gehen ungeöffnet wieder zurück. Als sie ihn einmal besuchen wollte, weigerte er sich, sie zu sehen.

Wolfram zog mit Markus und Andrea in den Vordertaunus, wo er sich ein unscheinbares Haus von dem Geld kaufte, das sein Bruder ihm vermacht hatte. Markus leidet nach dem Tod seiner Mutter schlimmer denn je unter Angstzuständen, kann nicht allein sein, hat Verlustängste, und seine schulischen Leistungen haben rapide nachgelassen. Er muss sich einer Therapie unterziehen, deren Ende noch lange nicht abzusehen ist, doch Wolfram Lura ist sicher, dass auch für seinen Neffen der Tag kommen wird, an dem für ihn das Leben wieder einen Sinn bekommt.

Im November zog das gesamte alte Präsidium samt Nebenstellen in den Neubau an der Ecke Eschersheimer Landstraße/ Adickesallee, wo bis vor ein paar Jahren noch ein Einkaufszentrum der US-Army stand. Ein riesiger rechteckiger Komplex, von dem Hellmer sagte, dass es schon von außen wie ein Stasi-Gebäude der ehemaligen DDR aussehe. Dabei hatte er gegrinst und gemeint, na ja, nicht ganz, ein bisschen moderner vielleicht, aber … Eine düster-graue Fassade mit etwas Weiß dazwischen und viel Glas, aber es würde nie jene Atmosphäre besitzen wie der alte Bau im Dreieck Friedrich-Ebert-Anlage, Mainzer Landstraße und Ludwigstraße. Hier würden sich vermutlich nie die Zeichen der Vergangenheit verewigen, Blutspuren an den alten Wänden, der teils muffige Geruch aus Zeiten, da Julia Durant noch nicht einmal geboren war, das Hallen der Schuhe auf den ausgetretenen Gängen. Hielt sie sich früher schon nicht gerne im Büro auf, weil sie Berichte-Schreiben und Akten-Aufarbeiten hasste, so würde dies hier noch viel weniger der Fall sein. Es war eine moderne Sterilität, leblos, kalt, unpersönlich. So kalt wie die Arrestzellen mit dem grellen Licht und kalten Fließen an den Wänden und auf dem Boden. So kalt wie die Technik, die mittlerweile die totale Überwachung ermöglichte. Mit einem Hubschrauberlandeplatz am Südteil. Mit acht Innenhöfen, die angeblich die Sterilität auflockern sollen, ein Hof sogar gänzlich mit hoch gewachsenen Bäumen bepflanzt. Aber sobald man die Eingangshalle betritt, zieht ein eisiger Wind, scheinbar aus allen Ecken kommend, in den Höfen ist es kalt, in vielen Büros jedoch, so unken einige Kollegen, wird es im Sommer brütend heiß sein, da man trotz aller Technologie auf eine Klimaanlage verzichtet hat. Alles für die Technik, kaum etwas für den Menschen. Bereits bei ihrem ersten kurzen Rundgang wusste Durant, dass dieses Gebäude ihr immer fremd bleiben würde.

Das Büro von Julia Durant liegt jetzt im vierten Stock, ein steriles Einheitszimmer wie hunderte andere auch, aber sie hat sich vorgenommen, es so herzurichten, dass sie sich wenigstens einigermaßen wohl fühlen kann. Eine ihrer ersten Handlungen war, sich zwei Grünpflanzen ins Fenster und ein Bild ihrer Eltern auf den Schreibtisch zu stellen. An den Wänden hängen drei Bilder von Südfrankreich, eines davon mit Susanne Tomlin und ihren beiden Kindern. Sie schreibt sich noch immer regelmäßig mit ihrer besten Freundin, und es steht schon jetzt fest, dass sie auch den nächsten Sommerurlaub bei ihr in Südfrankreich verbringen wird.

Nach dem ersten Prozesstag ging sie am Abend in eine Bar in der Innenstadt, lernte dort einen netten Mann kennen, sie tranken etwas zusammen und verbrachten eine gemeinsame Nacht in einem Hotelzimmer. Als sie sich am nächsten Morgen voneinander verabschiedeten, kannte noch immer keiner den Namen des andern. Und das ist auch gut so, dachte Julia Durant.

Hochspannung von einem der erfolgreichsten
deutschen Thriller-Autoren

Andreas Franz
Kaltes Blut

Roman

In einem wohlhabenden Frankfurter Vorort herrschen Entsetzen und Fassungslosigkeit: Die 15-jährige Selina ist aus dem Reitstall, in dem sie sich mit Vorliebe aufhielt, nicht nach Hause zurückgekehrt und wird kurz darauf ermordet aufgefunden. Kommissarin Julia Durant und ihre Kollegen stehen vor einem Rätsel, das noch undurchdringlicher wird, als sich herausstellt, dass Selina schwanger war …

Knaur Taschenbuch Verlag